MIRA®

Der Preis dieses Bandes versteht sich einschließlich
der gesetzlichen Mehrwertsteuer.

Umwelthinweis:
Dieses Buch wurde auf chlor- und säurefreiem Papier gedruckt.

Michael H. Schenk wurde 1955 geboren und lebt in der Nähe von Bonn. Er arbeitet im Informationswesen einer Bundesbehörde.

Sein besonderes Interesse gilt den Menschen und ihrer Entwicklungsgeschichte, woraus sich auch seine Idee zur Reihe der Pferdelords entwickelt hat. Im Bereich der Fantasy geht es ihm vor allem darum, eine fantasievolle Umgebung zu schaffen, die jedoch noch immer so realistisch wirkt, dass sie vom Leser als natürlich empfunden wird. Dazu gehört auch die Entwicklung einer Historie, von Landschaften, Lebensformen und von Personen, mit denen sich der Leser bei aller Unterschiedlichkeit immer noch identifizieren kann und die ihn zusammen mit einer spannenden und aktionsgeladenen Handlung gleichermaßen fesseln und unterhalten soll.

Die Pferdelords und die Kristallstadt der Zwerge

MIRA® TASCHENBUCH
Band 65002
2. Auflage: Juni 2007

MIRA® TASCHENBÜCHER
erscheinen in der Cora Verlag GmbH & Co. KG,
Axel-Springer-Platz 1, 20350 Hamburg
Originalausgabe

Die Veröffentlichung dieses Werkes erfolgt auf Vermittlung der Autoren- und
Verlagsagentur Peter Molden, Köln

Konzeption/Reihengestaltung: fredeboldpartner.network, Köln
Umschlaggestaltung: pecher und soiron, Köln
Redaktion: Dr. Heike Fischer
Illustrationen: Alexander Jung, Hamburg/
pecher und soiron, Köln
Satz: Buch-Werkstatt GmbH, Bad Aibling
Druck und Bindearbeiten: Ebner & Spiegel, Ulm
Printed in Germany
ISBN 978-3-89941-357-1

Homepage: www.pferdelords.de

www.mira-taschenbuch.de

Michael H. Schenk

Die Pferdelords und die Kristallstadt der Zwerge

Fantasyroman

MIRA®

N
W
O
S
Eternas
Hochmark
25 Tausendlängen
Die versteinert
Südpass
Alte Festung
Nordmar
Eodan
Hammerturm
Reitermar
Furten des Eisen
Westmark
Gondan
Bergfestung
Enderon
Königsmar

Die Marken der Pferdelords
lälder
Die weißen Sümpfe
Merdonan
Ostmark
ergonas
Südmark
Hedan
Grenze
Hauptfluss
Handelsroute

N
W
O
S
25 Tausendlängen
Eternas
Hochmark
Horngrundweiler
Balwin
Halfar
Südpass
Pfad
Alte Festung
Hammerturm
Westmark
Furten des Eisen

Die Hochmark der Pferdelords
Die versteinerten Wälder
NORDMARK
REITERMARK

Die Völker

Das Kaltmeer
Die weißen Sände
Zwerge
Elfen des Waldes
Tarsilan
Pferdelords
Endero
Die Barbaren des Dünenlandes
Das Königre
Die westlichen Wasser
Gedaneris
Das verlor
Das Südmeer
250 Tausendlängen
Grenze
Hauptfluss
Handelsroute

N
W
O
S
Eisvolk
Die Nachtläufer
Orks
Das Volk der
Lederschwingen
Orks
Die Sandbarbaren

1

Balruk atmete schwer und lehnte sich für einen Moment an einen der Felsen. Er war ein kräftiger Mann und mit seinen hundertzwanzig Jahren im allerbesten Zwergenalter, aber seine Beine waren einfach nicht dafür geschaffen, seinen stämmigen Körper so schnell und weit zu tragen. Während er um Atem rang, blickte er den schmalen Pass zurück, über den er und seine letzten drei Begleiter gekommen waren.

„Wir müssen weiter, mein König", ächzte einer der anderen. „Die Bestien sind uns dicht auf den Fersen."

„Sie sind größer und schneller als wir", brummte Balruk grimmig. „Aber solange noch Kraft in unseren Armen ist, werden wir es ihnen nicht leicht machen."

Einer der Begleiter wischte abwesend mit seinem braunen Umhang über die von schwarzem Blut bedeckte Axt und betastete dann missmutig die tiefe Kerbe in einer der beiden Schneiden. „Das kommt von diesen verfluchten Rundohren", knurrte er. „Möge der feurige Abgrund sie verschlingen. Ihre Panzer sind dick und hart."

„Nicht dick und hart genug für unsere Streitäxte." Balruk stieß sich von dem Felsen ab. Gelegentlich erklang das leise Poltern herabstürzender Steine, was im Gebirge eigentlich nicht ungewöhnlich war, denn die Erosion forderte ihren Tribut. Doch nun zuckten Balruk und seine Begleiter nervös zusammen, denn jetzt konnte jedes Geräusch vom Fuß eines herannahenden Orks ausgelöst worden sein.

„Aber dafür sind sie viele."

Ja, es waren einfach zu viele dieser Bestien.

So viele Jahre lang hatte man keine Orks mehr gesehen, und es schien fast so, als gehörten sie dem Reich der Sagen an. Diese Kreaturen gliederten sich in die Rundohren und die Spitzohren, die leicht voneinander zu unterscheiden waren, und das nicht nur an der Form ihrer Ohrmuscheln.

Die Rundohren waren etwas größer und kräftiger als ein Menschenmann. Ihre Haut wies eine Mischung aus grauen und braunen Farbtönen auf, und manchmal mischte sich ein Rot hinein, das den Wesen ein schmutziges Aussehen verlieh. Die Gesichter waren, zumindest in gewisser Hinsicht, menschenähnlich, doch besaßen sie gröbere Züge und kräftigere Kiefer, deren Eckzähne zu langen spitzen Fangzähnen ausgebildet waren. Die dicken Rüstungen waren einfach geschmiedet und bedeckten Leib und Beine der Bestien. Auf dem Kopf trugen sie schwere Helme, die mit den Symbolen der dunklen Macht verziert waren. Die Rundohren strotzten vor Kraft und trugen plumpe Klingen, deren hakenförmige Spitze den breiten Schwertern die Bezeichnung Schlagschwert eingebracht hatte.

Die Spitzohren hingegen waren kleiner und zierlicher gebaut, doch sahen sie ebenso schmutzig aus und hatten ein verschlagenes Wesen. Sie waren schneller als die großen Rundohren und trugen meist nur einfache Rüstungen, die aus ledernen Harnischen und Helmen bestanden. Ihre Stärke war es, den Feind aus der Distanz mit Pfeil und Bogen zu töten, anstatt ihm im offenen Schlagabtausch entgegenzutreten. Aber allen Bestien gemein waren die rötlichen Augen, ebenso wie ihre Blutgier und die Vorliebe für das frische Fleisch der erschlagenen Gegner.

Vor so vielen Jahren hatte die dunkle Macht des Schwarzen Lords zum ersten Mal ihr Haupt erhoben und die Legionen der Orks waren über die Welt hereingebrochen. Erst ein Bündnis von Menschenwesen und Elfen hatte die Macht der Horden gebrochen, doch dies war vor so langer Zeit geschehen, dass es längst dem Reich der Fabeln anzugehören schien.

Damals hatten die Zwerge nur wenig von den blutigen Kämpfen mitbekommen, die in der Oberwelt tobten. Denn sie lebten verborgen in ihren riesigen Höhlensystemen tief unter dem Gebirge. Sie hielten nur wenig Kontakt mit anderen Wesen, denn sie waren mit ihrer Abgeschiedenheit zufrieden, und ihr unterirdisches Reich bot ihnen fast alles, um ihre Bedürfnisse zu stillen. Sie züchteten nahrhafte Pilze und Schwämme, und gelegentlich brachten die Jagdtrupps von der Oberfläche das Fleisch eines erlegten Wildes herunter. Nur selten trieben sie Handel mit Elfen oder Menschenwesen, und Getreide war das bevorzugte Handelsgut, denn es war in ihrem Reich nicht zu ernten, und sie schätzten den Geschmack von frischem Brot. Die Menschenwesen und Elfen wiederum begehrten die bunten Kristalle, die Mineralien und Erze, welche die Zwerge in ihren Minen förderten.

Die Abgeschiedenheit ihrer Höhlen hatte den Zwergen schon oft Schutz geboten, denn sie lagen gut versteckt und waren nur schwer zugänglich. Und da sich die kleinwüchsigen Wesen nur wenig für die Ereignisse der Oberwelt interessierten, wurden sie kaum mit den Kriegen und Konflikten der Menschenwesen konfrontiert. Lange Zeit fühlten sich die Zwerge unbedrängt von den Nöten der Oberwelt, bis sie nun auf schmerzliche Weise erfahren mussten, dass ihre eigene friedliche Welt bedroht war. Die Macht des Schwarzen Lords und seiner dunklen Legionen griff unerwartet auch nach den Städten des Zwergenvolkes.

Einer von Balruks Begleitern wies auf die einfache Axt, die Balruk in den Händen hielt. „Sie haben Grünschlag, mein König. Wir müssen sie zurückerlangen."

Balruk nickte. „Das wird nicht ohne Hilfe gehen. Möge der feurige Abgrund die Bestien verschlingen."

Er dachte an die glitzernde grüne Doppelschneide der Axt Grünschlag. Ihre Klingen bestanden aus edelstem geschliffenen Grünkristall und waren zu spröde, um zum Kampf zu taugen. Doch Grünschlag war auch keine Streitaxt, sondern das zeremonielle Symbol der Königswürde. Ihr Griff bestand aus massivem Gold, und die heiligen Symbole des Volkes waren in Silber darin eingelassen. Das Ende des Griffstückes war aus einem feinen Stahl geschmiedet und wies zahlreiche Einkerbungen und Dornen auf. Was wie Verzierung wirkte, war jedoch der Schlüssel zur Macht über die Stadt des Zwergenvolkes. Denn wer auch immer den Stiel der Axt in den Thron des Zwergenkönigs steckte, gebot über die Menschen des kleinen Volkes. Aber nun würde ein orkisches Rundohr Grünschlag in den Thron stecken.

Erneut polterten Steine, und Balruk umklammerte den Griff seiner einfachen Streitaxt fester. „Mögen die Bestien nur kommen. Wir schicken sie in die feurigen Abgründe hinab."

Einer der Begleiter blinzelte und schirmte seine Augen gegen das grelle Sonnenlicht ab. Bald würde die Sonne untergehen, doch auch die Nacht würde ihnen keinen Schutz gegen die Orks bieten. Diese konnten mit ihren rötlichen Augen in der Dunkelheit ebenso gut sehen wie die Angehörigen des Zwergenvolkes, und sie rochen das Fleisch von anderen Wesen schon auf große Entfernung.

„Hier ist es so gut wie an anderer Stelle", sagte Balruk grimmig. „Der Abgrund möge sie verschlingen, unsere Beine sind zu kurz, um ihnen davonzulaufen."

„Dann werden wir sie aufhalten, mein König", sagte einer

der anderen Zwerge. „Ihr müsst die Axt Grünschlag zurückerlangen. Ihr müsst Hilfe für unser Volk herbeiholen.“

Ja, er musste Hilfe holen. Doch wenn die Legionen der Orks auferstanden waren und ihre Macht bereits bis in die Städte der Zwerge reichte, wo mochte es da in der Oberwelt noch Hilfe geben? War das Erscheinen der Horden in der grünen Kristallstadt Nal't'rund nicht das sichere Zeichen dafür, dass es keine freien Menschenwesen und Elfen mehr gab?

Die Orks hatten die Bewohner der Stadt überrascht, sie förmlich überrannt, und Balruk fühlte eine tiefe Scham, sein Volk so schmählich im Stich gelassen zu haben. Doch er wusste, dass sein Volk ohne fremde Hilfe nicht widerstehen konnte, denn die Axt Grünschlag war der Schlüssel zu dessen Macht. Balruk musste die Axt wieder an sich bringen, und dazu benötigte er Hilfe. Die Hilfe anderer Zwerge oder anderer Wesen. Wie auch immer, die Axt musste zurück in seine Hand.

Mit zehn Getreuen war er geflohen, hatte sich an den Wachen der Orks vorbeigeschlichen, während sich seine Hände fest um den Griff der Streitaxt geklammert hatten, im Verlangen, die Schädel der Bestien einzuschlagen. Sie hatten den Pfad am Sprung des Flusses genommen und waren dem Verlauf des Gebirgsrückens gefolgt. Balruk hatte sich erst nach Osten zur roten Kristallstadt begeben wollen, doch dieser Weg war ihm versperrt gewesen, denn von dort kamen die Legionen der Orks. Beim Anblick der herandrängenden Horden war Balruk von einer schmerzlichen Angst um seine zurückgebliebenen Vettern erfasst worden, und so hatten er und seine Männer sich dem Feind gestellt und sie für eine Weile aufgehalten. Doch sieben tapfere Axtschläger waren dabei ums Leben gekommen, und Balruk und seine drei letzten Begleiter waren nicht stark genug, um einem erneuten Angriff zu trotzen. So hatten sie sich nun nach Süden gewandt, dem Land der Menschenwesen entgegen.

„Meint ihr, die Menschenwesen werden uns helfen?“ Balruk erwartete keine Antwort. Sie wussten nicht einmal, ob es überhaupt noch freie Menschenwesen gab.

Einer der Begleiter kratzte sich ausgiebig im Schritt und stieß ein heiseres Knurren aus. „Vielleicht vermag der Weiße Zauberer uns zu helfen.“

Weit unten, am Ende der südlichen Gebirgsausläufer, erhob sich der gewaltige Hammerturm des großen Weißen Zauberers, dem alten Freund der Menschenwesen und des Zwergenvolkes. Seine Macht war so groß und sein Zauber so geheimnisvoll wie der Turm, den er bewohnte. Es war ein Gebäude in der Form eines gewaltigen Hammers, und seine Gestalt verriet dem Näherkommenden die Macht seines Besitzers, denn egal von welchem Standpunkt aus man ihn betrachtete, hatte der Hammerkopf stets die gleiche Form.

Erneut polterten Steine, und einer der Zwerge beugte sich ein wenig vor. „Sie kommen. Ich kann zehn und mehr Rundohren erkennen.“

„Dann werden es noch mehr von ihnen sein“, seufzte Balruk. „Kannst du auch Spitzohren ausmachen?“

Sie verabscheuten die Spitzohren in besonderem Maße, obwohl diese Orks eine halbwegs passable Größe für die Zwergenkämpfer hatten und man sich bei ihnen nicht sonderlich recken musste, um den Schädel vom Rumpf zu trennen. Aber die Spitzohren benutzten Pfeil und Bogen, und diese Waffen waren den Zwergen nicht geheuer. Die kleinen gefiederten Pfeile trugen weit und durchschlugen fast jede Rüstung. Zwar kannten die Zwerge Pfeil und Bogen auch vorher schon, doch waren diese in ihren Höhlen von geringem Nutzen, und selbst die Trupps, die gelegentlich in der Oberwelt nach Wild jagten, benutzten die handlichen Wurflanzen.

„Keine Spitzohren", stellte der Beobachter fest, dann kippte er lautlos hintenüber, und die anderen sahen den schwarz gefiederten Pfeil, der die Kehle ihres Gefährten durchbohrt hatte.

„Flieht nach Süden, mein König, und holt Hilfe für unser Volk", sagte einer der letzten beiden Axtschläger, der daraufhin die Enden seiner beiden Bartzöpfe ergriff und sie sorgsam im Nacken verknotete, damit ihn die Zöpfe beim Kampf nicht behinderten.

„Wir werden es hier austragen", erwiderte Balruk grimmig.

„Nein, mein König." Der Axtschläger schüttelte entschlossen den Kopf. „Das ist unsere Aufgabe. Die Eure ist es, mit Hilfe zurückzukehren und unsere grüne Kristallstadt wieder zu befreien."

Balruk stieß einen grimmigen Fluch aus, denn seine Begleiter hatten Recht. „Möget ihr reiche Schürfgründe finden, meine Freunde."

„Möge das Strahlen der Kristalle Eure Augen erleuchten", erwiderten die Axtschläger gleichzeitig.

Die beiden Zwergenmänner duckten sich hinter die Felsen, um den Pfeilen kein Ziel zu bieten, und warteten in grimmigem Schweigen auf den Feind. Balruk wandte sich ab und begann den Pfad entlangzuhasten, so schnell ihn seine schmerzenden Beine trugen.

Er hörte aufbrandendes Geschrei hinter sich und wusste, dass seine Axtschläger nun ihrem Namen gerecht wurden, hoffend, dass sie möglichst viele der Bestien in den feurigen Schlund hinabschickten. Sie verschafften ihm ein wenig Zeit, und er musste diese Zeit nutzen. Seine Beine stampften über den Pfad, und obwohl Zwerge nie über lange Strecken liefen, waren sie naturgemäß geschickte Kletterer. Sie waren es gewohnt, in ihren Höhlensystemen zu den entlegensten Stellen vorzudringen und ihre Stollen tief in das Gestein zu treiben. Balruk spürte fast instinktiv, welche Stellen des Pfades ihn trugen und welche er meiden musste. Seine Augen huschten über den Weg, und er wusste, dass die Dunkelheit seinen Schritt verlangsamen würde.

Der Schlag traf Balruk vollkommen unvorbereitet und ließ ihn einen heiseren Schrei ausstoßen. Die Wucht des Aufpralls war nicht einmal besonders groß, aber Balruk wusste sofort, dass er von einem Pfeil getroffen worden war, der seine Rüstung am Rücken durchschlagen hatte und tief in seine Schulter eingedrungen war.

Sein rechter Arm wurde sofort taub, weshalb Balruk seine Streitaxt in die linke Hand nahm und sich mit einem erneuten Aufschrei umwandte, um sich dem Feind zu stellen. Er erblickte ein Spitzohr, das in einiger Entfernung auf dem Pfad stand. Die rötlichen Augen des Wesens schienen triumphierend zu glühen. Balruk sah, wie der Ork einen weiteren Pfeil auf seinen Bogen legte, wich aber erst aus, als der Pfeil gelöst wurde. Die eiserne Spitze klatschte neben ihm an einen Stein, woraufhin der Ork fluchend auf Balruk zuhastete, um eine günstigere Schussposition zu finden. Balruk stieß einen kampfeslustigen Schrei aus und schwang die Axt mit seinem gesunden Arm. Er vermochte dem Pfeil nicht davonzulaufen, aber er konnte die Distanz zum Gegner verringern und das Spitzohr vielleicht zu einem übereilten Schuss verleiten. Unter Umständen kam er dann schnell genug heran, um seine Axt zwischen die aufgerissenen Fänge des Orks zu schlagen.

Das Spitzohr schien tatsächlich nervös zu werden, denn es hatte damit gerechnet, dass sein Gegner sich zur Flucht wenden würde. Eher instinktiv sprang der Ork zur Seite, um hinter einem Felsblock am Rand des Pfades Deckung zu nehmen. Aber sein Fuß traf auf loses Gestein, das unter ihm wegzurutschen begann. Das Spitzohr schrie auf, ließ den Bogen fallen, um sich herumwerfen zu können, und krallte die Hände in das unter ihm nachgebende Erdreich. Doch dann verlor es endgültig den Halt und sein Schrei verhallte, als der schmächtige Körper in den Abgrund stürzte.

Balruk hörte das blutrünstige Gebrüll weiterer Orks, darunter die tieferen Stimmen der Rundohren, und folgte dem Pfad mit hastigen Schritten weiter nach Süden. Er fühlte, dass sein Blut aus der Schulterwunde sickerte und sein Wams unter der Rüstung von der klebrigen Nässe getränkt wurde, die ihm seine zunehmende Schwächung ankündigte. Aber er konnte die Wunde nicht erreichen, konnte nur Fuß vor Fuß setzen. Balruk, König der Zwerge der grünen Kristallstadt Nal't'rund, hoffte, die Orks würden sich etwas Zeit mit der Verfolgung lassen und sich damit begnügen, ihre Fänge in das bluttriefende Fleisch der Axtschläger zu graben. Seine Füße schmerzten, und seine rechte Schulter war ohne Gefühl, doch jeder Schritt führte ihn weiter nach Süden. Vielleicht würde er dort Hilfe für sein Volk finden, im Süden, im Land der Pferdelords.

2

Lehn dich nicht so weit aus dem Fenster, mein kleiner Pferdefürst Garwin“, lachte Larwyn auf und verließ den massiven Schreibtisch, um an das Fenster zu treten. „Wir mögen schnell zu Pferde sein, doch können wir deshalb noch nicht fliegen.“

Garwin versuchte dennoch, die Brüstung des Fensterbogens zu erreichen, und krähte empört, als seine Mutter ihn sanft, aber bestimmt vom Fenster fortzog. Doch die Frustration des Dreijährigen verflog rasch, und sein Interesse wandte sich der rotbraunen Rüstung seines Vaters Garodem zu, die im Hintergrund des Arbeitszimmers des Pferdefürsten der Hochmark stand.

Larwyn sah ihrem Sohn lächelnd bei der Untersuchung der stählernen Beinschienen zu und setzte sich dann wieder hinter den Schreibtisch ihres Gemahls.

„Er wird ein rechter Pferdelord werden“, sagte ein schlanker und hochgewachsener Mann mit tiefschwarzem Haar aus der Mitte des Raumes. Tasmund, der Erste Schwertmann der Hochmark und Führer der Wache der Schwertmänner, hielt seine linke Hand ehrerbietig am Griff seines Schwertes. Wie gewöhnlich hatte er den rechten Arm ein wenig steif unter seinem langen grünen Umhang verborgen. Als vor Jahren eine orkische Legion gegen Eternas stürmte, war er gegen eine Mauer geschleudert und seine Schulter beinahe zerschmettert worden. Die Kunst der elfischen Heilerin Leoryn hatte bewirkt, dass er sie wieder bewegen konnte, aber der Arm war an der Schulter ein wenig steif geblieben, so dass Tasmund sein Schwert mit dem rechten Arm nie wieder richtig würde schwingen können. Er hatte sich zwar antrainiert, es mit der linken Hand zu führen, aber aus Tradition heraus hing die Waffe stets an seiner linken Hüfte.

„Das mag noch Zeit haben“, erwiderte Larwyn auflachend. „Vorerst wird er sich eher unter dem Bauch eines Pferdes als auf dessen Rücken bewegen.“

Drei Jahre war Garwin nun alt, und etwas mehr als drei Jahre lag es zurück, dass die Legionen der Orks erneut das Menschenvolk bedroht hatten. Ein neuer Bund von Elfen und Menschen war geschmiedet worden und hatte in der großen Schlacht vor der weißen Stadt des Königs von Alnoa zum Sieg gegen die Horden des Schwarzen Lords geführt. Zur gleichen Zeit hatte auch die Hochmark um ihr Überleben gekämpft, und die Spuren dieses Ringens waren noch an vielen Stellen zu sehen. Nun war Garodem, der Pferdefürst der Hochmark, in die Stadt des Königs der Pferdelords gereist, denn Reyodem, der König und zugleich der Sohn von Garodems in der Schlacht gefallenem Bruder, hatte den Rat der Pferdefürsten einberufen.

Larwyn blickte auf ihren Sohn und die Rüstung ihres Mannes, und ihre Gedanken schweiften einen Moment in die Vergangenheit.

Vor vielen Jahren war das Volk der Pferdelords von den Barbaren im Westen aus seinen angestammten Gebieten vertrieben worden und hatte in der großen Ebene eine neue Heimat gefunden. Das Volk hatte sich entwickelt, sich vermehrt und Marken gegründet, die von den Pferdefürsten im Auftrag des Königs geführt wurden. Die Pferdelords waren ein Volk von Rinder- und Schafzüchtern, deren ganzer Stolz die kräftigen Pferde waren, auf denen sie in die Schlacht ritten. Garodem, Larwyns Gemahl, war einer von zwei Söhnen des Königs der Pferdelords gewesen, und es lag nun schon über dreißig Jahre zurück, dass er sich mit seinem Bruder wegen eines von beiden begehrten Weibes entzweit hatte. Garodem war seinem Bruder nicht mehr begegnet, bevor dieser bei einem Angriff der Orks vor der weißen Stadt gefallen war, und Larwyn wusste, dass dies ihrem Gemahl ein heimlicher Kummer war.

Larwyn strich sich eine Strähne ihrer blonden Locken aus dem Gesicht und blickte zu der großen Landkarte, die an einer Wand des Raumes hing. Sie zeigte die Marken der Pferdelords und die anderen ihnen bekannten Länder. Doch waren darauf auch Gegenden dargestellt, die noch kein Pferdelord jemals gesehen hatte, denn es war eine elfische Karte. Sie wurde Garodem von den beiden Elfen Lotaras und Leoryn zum Geschenk gemacht, die damals der Hochmark im Kampf gegen die Legionen der Orks beigestanden hatten und inzwischen zu ihrem elfischen Volk zurückgekehrt waren.

Die Karte erschien Larwyn als ein Symbol für das neue Bündnis zwischen den Menschenwesen und dem Volk der Elfen. Sie war aus einem glatten und sehr weichen Stoff gewirkt und fein bemalt. Aber dieser Stoff war etwas Besonderes, denn die Karte konnte zusammengerollt oder gefaltet werden, aber wenn man sie an zwei Ecken anfasste, entrollte sie sich und wurde steif wie die Rüstung eines Schwertmannes. Die Karte zeigte die Städte und Weiler, die Furten und Wasserstellen, die Befestigungen und Grenzen der Marken der Pferdelords und die grenznahen Bereiche der benachbarten Länder.

Im Norden der Hochmark waren die Gebirge eingezeichnet, in denen das Volk der Zwerge leben sollte, und dahinter erkannte man das Land der Nordbarbaren. Im Nordwesten lagen die Häuser der Elfen, und ihre Wälder und Ebenen zogen sich bis zur Küste hin. Im Westen erstreckte sich das Dünenland mit den Sandbarbaren und den Reitriesen, aus dem die Pferdelords einst vertrieben worden waren. Im Osten fanden sich die versteinerten Wälder, an die sich die Weißen Sümpfe anschlossen, hinter denen der dunkle Turm des Schwarzen Lords aufragen sollte. Im Süden lag das Reich Alnoa, auch das Reich der weißen Bäume genannt, da die Gebiete reich an Bäumen mit weißer Rinde waren. Noch weiter im Süden schloss sich das alte Reich an, das „Erste Reich der alten Könige“. Die Karte zeigte auch die Kette der Signalfeuer, welche die Marken der Pferdelords miteinander verband und bis in die weiße Stadt des Königs von Alnoa führte. Jene Signalfeuer, welche die Menschen bei Gefahr zu den Waffen rufen sollten.

Larwyn strich erneut eine Strähne aus ihrem Gesicht und berührte dabei lächelnd den goldenen Stirnreif, den sie im Haar trug. Er zeigte das Symbol der Pferdelords, zwei einander abgewandte Pferdeköpfe. Sie war stolz darauf, dass Garodem sich schließlich überwunden hatte, denn dieses einigende Symbol, das man überall in den Marken der Pferdelords fand, ersetzte nun auch in der Hochmark zunehmend deren eigenes Zeichen, das Garodem aus Bitterkeit und falschem Stolz eingeführt hatte. Noch zeigten viele Rüstungen und Waffen gleichermaßen die beiden Pferdeköpfe der Pferdelords sowie den doppelten Pferdekopf mit Schmiedehammer der Hochmark, doch das Emblem Garodems würde zunehmend dem alten Zeichen der Zusammengehörigkeit weichen.

Tasmund räusperte sich und schreckte Larwyn aus ihren Gedanken. „Verzeiht, Hohe Dame, aber die gute Frau Meowyn wünscht Euch zu sprechen.“

„Meowyn?“ Larwyns versonnenes Lächeln vertiefte sich. „Lasst sie ein, guter Herr Tasmund.“

Meowyn hatte, wie so viele Menschen der Hochmark, unter

dem Ansturm der Orks gelitten. Ihr Mann Balwin war erschlagen und sie durch den Bolzen eines Orks verwundet worden. Nur der Hilfe ihres Sohnes Nedeam hatte die blonde Frau es zu verdanken, dass sie die Stadt und schließlich die Burg Eternas erreicht hatte. Die Heilkräfte der Elfenfrau Leoryn hatten das Ihrige dazu beigetragen, dass Meowyn bald wieder genas, und sie hatte von der Elfenheilerin begierig gelernt. Meowyn hatte die Betreuung ihres kleinen Hofes, den sie mit Balwin unterhalten hatte, Nedeam übertragen und sich als Heilerin in Eternas niedergelassen. Und sie war eine gute Heilerin, wie man allgemein anerkannte.

Die beiden Frauen nickten einander zu, und Meowyn schenkte Tasmund ein freundliches Lächeln, das im Gesicht des Ersten Schwertmannes eine ungewohnt freudige Veränderung hervorrief. Larwyn spürte, dass der treue Kampfgefährte ihres Mannes in seinem Herzen ein tiefes Gefühl für Meowyn verbarg. Tasmund zeigte nur selten solche Gefühle, denn all sein Streben schien einzig der Sicherheit der Hochmark und den Fähigkeiten seiner Schwertmänner zu gelten. Es war an der Zeit, dass der brave Tasmund auch andere Seiten des Lebens kennen lernte. Larwyn konnte sich nicht entsinnen, dass Tasmund sich je einem Weibe zugewandt hätte. Aber ein Mann, dessen Berufung das Töten war, und eine Frau, die sich der Rettung des Lebens verschrieben hatte, konnte das zusammenpassen? Eigentlich passten die beiden sogar sehr gut zusammen, befand Larwyn und lächelte unmerklich, aber Meowyn schien den Tod ihres Mannes noch immer nicht ganz verwunden zu haben und noch nicht bereit zu sein, ihr Herz erneut einem Mann zu öffnen.

„Verzeiht, Hohe Dame Larwyn, wenn ich Euch störe, aber es gibt Uneinigkeiten bei den Bauarbeiten in der Stadt."

„Sprecht, gute Frau Meowyn.“ Larwyn bemerkte, dass Garwin sich anschickte, den gepanzerten Schuh der Rüstung in den Mund zu nehmen, und zog ihren Sprössling seufzend an sich. Garwin brummte missbilligend, bis sie ihn auf den Schoß nahm. „Was bereitet Euch Sorgen? Ich dachte, es geht gut voran.“

Die beiden Frauen fühlten einander inzwischen eng verbunden, und unter vier Augen ließen sie die höfische Etikette häufig fallen, doch in Gegenwart eines Dritten wahrten sie noch immer die traditionelle Form. Die Heilerin trat an das Fenster heran und blickte über den Hof der Burg und die südliche Wehranlage hinweg zur Stadt hinüber.

„Es geht gut voran, Hohe Dame Larwyn. Vielleicht ein wenig zu gut. Die meisten Schäden an den Bauwerken sind längst beseitigt, und die Stadt wächst. Genau darin liegt offensichtlich das Problem, Herrin. Eternas beherbergt inzwischen mehr Menschen als vor dem Angriff der Orks.“

„Gibt es Probleme mit der Ernährung?“, fragte Larwyn verwundert. „Ich habe nichts dergleichen gehört. Die Felder tragen reiche Ernte, und inzwischen blüht der Handel wieder.“

„Nein, nein, Herrin“, lachte Meowyn auf. „Es ist nicht die Nahrung. Eher deren Verdauung. Bislang wurden die Abwässer, wie Ihr wisst, in kleinen Rinnen abgeleitet, die zum Fluss hinunterführen, doch nun sammelt sich so viel Unrat, dass die Abflüsse verstopfen. Leoryn hat mich darauf hingewiesen, wie wichtig es ist, den Unrat rasch zu entsorgen. Wir hatten geplant, Rohre aus gebrannter Erde oder Metall in den Boden zu legen. Der Unrat mag einen guten Dünger für die Felder geben, Herrin, jedoch entnehmen viele Bewohner ihr Wasser mittlerweile aus den unterhalb des Hauptabflusses gelegenen Flussbereichen. Die Stadt ist gewachsen, Herrin.“

„Oh.“ Larwyn lachte leise auf. „Ich denke, ich verstehe das

Problem. Das bedeutet, dass wir den Abfluss verlegen müssen, nicht wahr?"

„So ist es." Meowyn seufzte. „Die Baumeister halten dies für überflüssigen Arbeitsaufwand. Allerdings", fügte Meowyn trocken hinzu, „wohnen sie auch oberhalb des Abflusses."

Larwyn blickte Tasmund an. „Tasmund, guter Herr, besprecht dies in meinem Namen mit den Verantwortlichen und weist sie darauf hin, dass ich erwäge, ihre Wohnsitze in Gebiete unterhalb des Abflusses zu verlegen."

Tasmunds Augen funkelten belustigt, und er deutete eine knappe Verbeugung an. „Wie Ihr wünscht, Hohe Dame."

Larwyn wiegte Garwin auf ihrem Schoß und zog ihn mit sich, als sie sich hinter dem Schreibtisch erhob und neben Meowyn trat. „Wir haben so vieles in den vergangenen Jahren geschafft. Ich hoffe, es wird nie vergessen werden, wie sehr wir dafür gekämpft und gelitten haben." Sie blickte über den Fluss hinweg, doch von ihrem Standpunkt aus war das lang gezogene Grab auf der anderen Flussseite nicht zu erkennen. „Und wofür so viele von uns gestorben sind."

Der Ansturm der Orks vor mehr als drei Jahren hatte viele Menschen der Hochmark das Leben gekostet, und nur die Tatsache, dass viele von Garodem aus der Nordmark Gerettete hiergeblieben waren, hatte das erneute Aufblühen Eternas, ermöglicht.

Das Volk der Pferdelords war es gewohnt, das Land, das es bewohnte, behutsam zu nutzen. „Nimm nicht mehr vom Land, als es zu geben bereit ist", hatten schon die Vorväter den Ahnen gesagt, „sonst nimmt das Land mehr von dir, als du zu geben vermagst." Ein Säugling brauchte viele Jahre, um zu einem Pferdelord heranzuwachsen, so wie ein Baum Jahrzehnte brauchte, um gutes Holz zu bringen, und fruchtbarer Boden wiederum seine Zeit, um sich nach einer Ernte zu erholen. In den weiten Ebenen der anderen Marken des Pferdekönigs war es relativ leicht, neuen Ackerboden zu erschließen oder einen Teil des Waldes zu finden, in dem man Holz schlagen konnte, während ein anderer Teil sich erholte. Das Land der Hochmark hingegen war weit rauer und unwirtlicher, und hätte es nicht das Tal von Eternas gegeben, so hätte Garodem die seinen nicht hier angesiedelt. Doch dieses Tal und seine fruchtbaren kleinen Nebentäler boten Raum zum Siedeln und die Möglichkeit zu überleben und zu gedeihen.

Da Eternas keine befestigte Stadt war, bot lediglich der im Osten verlaufende Fluss Eten dem Wachstum der Stadt ein Hindernis. Denn das jenseitige Flussufer sollte künftigen Gehöften und der Ernährung der Bevölkerung vorbehalten bleiben.

Nun wurde also das Wachstum der Stadt zunehmend zu einem Problem. Am Anfang, als nur wenige Hundert Menschen dort lebten, hatten sich die Einwohner einfach außerhalb der Häuser erleichtert. Später, als die Häuser in die Höhe wuchsen, hatte man die Obergeschosse ein wenig über die Untergeschosse hinausragen lassen und die Produkte der Verdauung einfach in die Gosse hinabfallen lassen. Doch rasch wurde klar, dass der reichliche Dung zwar gut für den Boden war, die Nasen der Bewohner jedoch zunehmend belästigte. Auch war es nicht jedermann angenehm, in die Erleichterung des Nachbarn zu treten und diese an den Schuhen ins eigene Haus zu tragen.

Die Gemahlin des Pferdefürsten hatte dafür gesorgt, dass Abhilfe geschaffen wurde. Sie ließ Rinnen zwischen den Häusern anlegen, die ein geringes Gefälle aufwiesen und an den Seiten gemauert waren. Da es reichlich Wasser gab, wurden diese Rinnen immer wieder durch die Hausbewohner gespült, so dass der lästige Geruch bald abnahm. An den Übergängen der Gassen wurden die Rinnen abgedeckt, so dass man sie trockenen Fußes passieren konnte. Vornehmlich in der Nähe der Schänken und während der Nacht verfehlte jedoch mancher tastende Fuß diese sicheren Übergänge, und der Betroffene musste seinen Heimweg übel riechend und von eigenen und fremden Flüchen begleitet fortsetzen. Meowyns Absicht, die Abwässer künftig unterirdisch abzuleiten, konnte dem entgegenwirken.

Die Höfe und Getreidefelder der Bauern erstreckten sich kreisförmig in einem Radius von einigen Tausendlängen um die Stadt Eternas herum, und zwischen den in voller Reife stehenden Äckern konnte man die abgeernteten Brachen der Vorjahre erkennen, die man erst in späteren Jahren erneut nutzen würde, um den Boden nicht auszulaugen. Die Höfe lagen in der Nähe der Bachläufe, und obwohl die Menschen des Pferdevolkes ein wehrhaftes Reitervolk waren, erwiesen sie sich durchaus auch als geschickte Bauern. Jedes Jahr gab es gute Ernten, und die Vorratslager der Stadt und der Burg waren prall gefüllt.

Die Menschen der Hochmark waren stolz auf das, was sie geleistet hatten, und sie hatten allen Grund dazu. Zäh hatten sie der erdrückenden Übermacht der Orks standgehalten, bis die Pferdelords des Königs die ersehnte Rettung brachten.

Doch nun schien die Zeit des Krieges vorbei, und Frieden war in die Ebene von Eternas, in die Täler der Hochmark und die restlichen Marken der Pferdelords eingekehrt.

Larwyn beobachtete die gelblichen Wolken, die von den Feldern Eternas aufstiegen. Es war Erntezeit, und man warf das gedroschene Stroh in die Luft, wo die Spreu vom Wind erfasst und fortgetrieben wurde, während das schwerere Getreide in die hölzernen Siebe der Erntehelfer fiel. Auch dies war ein Zeichen des blühenden Handels. Vor wenigen Jahren war Holz noch so kostbar gewesen, dass die Menschen Eternas' schwere metallene Siebe benutzen mussten, und nicht wenige Helfer waren nun erfreut darüber, die leichteren Holzsiebe einsetzen zu können. Bald würde man sie sogar durch geflochtene Weidenkörbe ersetzen, denn in den östlichen Marken des Königs gab es viele Weiler mit reichen Schilfvorkommen.

Auch Fisch war nun reichlicher vorhanden, denn bislang hatte nur der Quellweiler die Menschen der Hochmark damit versorgen können. Allerdings erreichte der Fisch aus den anderen Marken die Stadt nur in getrockneter Form, da sonst die Geruchsbelästigung erheblich erhöht gewesen wäre, was wiederum Meowyn zusätzliche Beschäftigung gegeben hätte.

„Schaut dort, Herrin, sie trainieren", sagte Meowyn unvermittelt. Sie deutete nach Westen, wo sich der Übungsplatz der Schwertmänner und Pferdelords befand.

Larwyn lachte auf. „Ja, für das Spiel. In einem Zehntag soll das Turnier stattfinden. Der Horngrundweiler gegen den Quellweiler. Die Kurzweil wird den Menschen guttun."

Die Männer dort unten auf dem Platz waren Pferdelords, wie man an den langen grünen Umhängen erkennen konnte. Natürlich zählten auch die Schwertmänner dazu, aber es gab Unterschiede. Denn als ständige Wache des Pferdefürsten trugen die Schwertmänner einen rotbraunen Brustpanzer mit dem goldenen Emblem der Mark, dazu einen rotbraunen Metallhelm mit goldenem Kamm und darin befestigtem Rosshaarschweif, der die blaue Farbe der Mark vorstellte. Als einzige der Pferdelords trugen sie Schwerter, mit denen sie auch hervorragend umzugehen wussten und die den Männern ihre Bezeichnung eingebracht hatten. Daneben führten sie noch die lange Stoßlanze, deren Gebrauch jeder Pferdelord beherrschte, sowie Dolch und Bogen.

Jeder männliche Bewohner einer Mark konnte ab seinem

sechzehnten Lebensjahr ein Pferdelord werden. Doch es gab nur einige Hundert Schwertmänner im Land der Pferdelords, die neben ihrem Einsatz als ständige Wachen an den Höfen der Pferdefürsten und des Königs auch an den Grenzen der Marken patrouillierten. Aber wenn sich ein ernstzunehmender Feind zeigte, waren diese Männer zu wenige an der Zahl, um lange standhalten zu können. Darum gab es den Treueid, der jeden waffenfähigen Mann zum Dienst am König verpflichtete. Die Pferdelords wurden von den Schwertmännern im Umgang mit den Waffen geschult, welche sie jedoch, ebenso wie ihre Ausrüstung und Pferde, selber stellen mussten. Ihre Waffen und Rüstungen fielen daher sehr unterschiedlich aus. Einheitlich waren nur ihre langen Stoßlanzen, die grünen Rundschilde mit den Emblemen ihrer Weiler und der grüne Umhang des Pferdelords, der ein Symbol ihres Treueides und ihrer Ehre war.

Unten auf dem großen Platz, auf dem die Pferdelords sonst den Kampf und die verschiedenen Reitformationen übten, hatte sich eine größere Gruppe Schaulustiger angesammelt und feuerte ihre Favoriten begeistert an. In einem Zehntag würden zwei Gruppen zu je fünf Pferdelords gegeneinander antreten. Ihre Waffen würden aus langen Lanzen bestehen, deren Spitzen man entfernen und durch gepolsterte Ledersäcke ersetzen würde. Sie würden versuchen, einen elften Pferdelord aus dem Sattel zu stoßen und, da jeder Sturz des Punktreiters einen Punkt für die eigene Mannschaft brachte, die andere Mannschaft nach Kräften zu behindern und aus dem Sattel zu drücken.

Das Spiel war sehr beliebt, und es wurden hohe Wetten auf die Favoriten abgeschlossen. Zur Zeit des Stoßspiels würden die Schwertmänner Garodems alle Hände voll zu tun haben, die nächtliche Ruhe in den Straßen zu gewährleisten, denn sehr viele der Bewohner Eternas' würden ihren Sieg feiern oder den

Kummer ihrer Niederlage im Alkohol ertränken.

Die Schaulustigen hatten ein grobes Geviert um den Platz gebildet, und die Reiter in der Mitte des Vierecks umkreisten einander im aufwirbelnden Staub. Gelegentlich stürzte einer von ihnen unter dem Johlen der Zuschauer und der gegnerischen Partei aus dem Sattel.

Der kleine Garwin schrie vergnügt und versuchte offenbar, nach einem der Reiter zu greifen. Larwyn lachte leise. „Warte, mein kleiner Pferdelord, du wirst deinen grünen Umhang noch früh genug bekommen.“

3

Der Mann war von ungewöhnlich kleiner Statur, und hätte er nicht auf dem Rücken eines grobknochigen Wallachs gesessen und den grünen Umhang eines Pferdelords getragen, so hätte man ihn wohl für einen Knaben oder einen der sagenumwobenen Zwerge gehalten. Hinzu kam, dass der Mann eine gewaltige, seine Statur noch überragende Streitaxt geschultert hatte. Das Gesicht des Reiters war faltig und von Wind und Wetter gegerbt. Von der rechten Wange her zog sich eine breite Narbe bis zum Kinn hinunter, wodurch sein Lächeln verzerrt und grimmig wirkte. Der Name des Reiters war Dorkemunt.

Vor Jahren hatte er seine gesamte Familie bei einem Überfall der Orks verloren, und es hatte ihn mit den Pferdelords des Königs in die Hochmark verschlagen, wo er eine neue Heimat fand. Dorkemunt war kein Schwertmann Garodems, wie man an seiner Ausrüstung erkennen konnte. Er trug keinen metallenen Panzer, nicht einmal ein Kettenhemd, sondern lediglich einen Brustharnisch aus dickem und sorgsam poliertem Leder. Dieses war ebenso mit Messingringen verziert wie der mit Leder bespannte Metallhelm, der glatt und rund war, an dem jedoch der Rosshaarschweif der Schwertmänner fehlte.

Dennoch ritt Dorkemunt bei dieser Patrouille einer kleinen Schar von Männern aus Garodems ständiger Wache voran, denn die Instinkte des kleinwüchsigen Mannes waren in der Hochmark legendär. Dorkemunt war auf eigene Faust durch die Marken des Königs gezogen, damals, als die Legionen der dunklen Mächte das Land zu überfluten schienen, und er hatte an den Bestien Rache für den Mord an seiner Familie genommen. Dabei war er Nedeam, einem Knaben aus der Hochmark, begegnet und zu dessen Mentor geworden. Gemeinsam mit den Truppen des Königs der Pferdelords waren sie in die Hochmark zurückgekehrt, gerade rechtzeitig, um die Menschen von Eternas zu retten. Damals hatte Dorkemunt den Anführer der orkischen Legion im Zweikampf bezwungen. Nun bewirtschaftete er zusammen mit Nedeam den Hof von dessen Mutter Meowyn, doch der kleinwüchsige Pferdelord war plötzlich von einer unbestimmten Unruhe erfüllt worden. Er hätte sie nicht in Worte fassen können, und viele Worte waren ohnehin nicht nach seinem Geschmack. Aber dieses vage Gefühl hatte ihn dazu getrieben, sich einer Patrouille der Schwertmänner anzuschließen, welche die nördliche Grenze der Hochmark, und damit auch des Herrschaftsgebietes der Pferdelords, abreiten sollte. An Dorkemunts Seite ritt Kormund, Schwertmann Garodems und Befehlshaber der kleinen Schar. Der stämmige Mann führte an seiner Lanze den Wimpel des Beritts, ein langes dreieckiges Tuch in der grünen Farbe der Pferdelords. Es war mit dem blauen Saum der Hochmark eingefasst und zeigte in weißer Stickerei das Symbol der Mark.

Die kleine Schar war seit mehreren Tagen unterwegs und hatte bislang keinen Feind zu Gesicht bekommen, aber das hatte eigentlich auch niemand erwartet. An den südlichen und westlichen Grenzen der Hochmark konnten gelegentlich Barbaren eindringen, doch waren es meist nur kleine Gruppen, und die Pferdelords vermuteten, dass es sich weniger um organisierte Raubzüge denn um lose Verbände von Barbaren handelte, die von ihren Stämmen verstoßen waren und sich auf der Suche nach Essbarem zusammengeschlossen hatten. Diese kleinen Gruppen begnügten sich meist damit, einsame Gehöfte zu belauern und von dort Schafe oder Rinder zu stehlen. Nur selten griffen sie die Bewohner an, denn sie wussten, welche Rache die Pferdelords nehmen würden.

Kein Windhauch rührte sich über der alten Straße, der die Schar der Pferdelords bereits seit drei Tagen folgte. Kormund klemmte die Lanze mit dem Wimpel an den Körper und löste den Kinnriemen seines Helms. Seufzend wischte er sich den Schweiß von der Stirn. „Hier gibt es nichts als Felsen, Stein und Staub", knurrte der Scharführer missgelaunt. „Ich sollte froh darüber sein, doch ein wenig Abwechslung täte mir wohl."

Dorkemunt blickte die Straße entlang. Nun, gegen Mittag, schien die Sonne mit ganzer Kraft in die Schluchten des Gebirges hinein und erfüllte sie mit gleißendem Licht und sengender Wärme. „Ich glaube, diese Straße ist schon seit Generationen nicht mehr benutzt worden. Man sagt, früher habe man über diese Straße Handel mit den Zwergen getrieben."

„Zwerge." Kormund setzte den Helm wieder auf und zurrte den Kinnriemen fest. Er blickte zu den anderen Reitern der Schar zurück. Die Hufe der Pferde wirbelten den feinen Staub auf, der den Boden bedeckte, und die beiden letzten Männer der Gruppe wirkten grau gepudert. Selbst die blauen Rosshaarschweife ihrer Helme hatten an Farbkraft eingebüßt. „Sie gehören sicher zum Reich der Sage, diese Zwerge."

„Ja", Dorkemunt lachte. „Genauso wie die Elfen."

Die beiden erfahrenen Pferdelords grinsten einander an. Vor Jahren hatten sie alle geglaubt, es gäbe keine Elfen, doch dann waren Lotaras und Leoryn in die Hochmark gekommen. „Nun gut, es mag sie geben", räumte Kormund ein. „Irgendwo im Gebirge, mein Freund." Er grinste breit. „Vielleicht reiten wir gerade in diesem Augenblick über eine ihrer Städte hinweg? Wer vermag das zu sagen?"

„Wir sind jetzt drei volle Tage unterwegs", meinte einer der Reiter hinter ihnen. „Was können wir hier noch finden? Wir sollten umkehren, Kormund."

„Ah, Mortwin, du hast nur Angst, das Spiel zu versäumen", sagte der neben dem Mann reitende Pferdelord.

„Und selbst wenn." Mortwin beugte sich im Sattel vor und spähte mit theatralischer Geste um sich. „Hier draußen ist nichts. Nichts außer Steinen und Staub."

„Du brauchst dich nicht zu hetzen, Mortwin", lachte sein Flankenreiter. „Ihr vom Horngrundweiler werdet ohnehin verlieren."

„Das ist nicht wahr", ereiferte Mortwin sich. „Wir sind weitaus besser als ..."

„Haltet eure Zungen im Gehege eurer Zähne", knurrte Kormund. „Ihr keift wie alte Weiber. Da könnte sich ja eine ganze Legion von Orks anschleichen, ohne dass wir etwas mitbekommen." Er hob die Hand. „Wir rasten hier, Männer. Sitzt ab, aber haltet Augen und Ohren offen. Wir werden danach noch ein kurzes Stück reiten und dann wieder umkehren."

Sie hätten gerne Schatten aufgesucht, aber zu dieser Tageszeit boten die umliegenden Felsen keinen Schutz. Die Männer saßen ab, nahmen die Helme vom Kopf und füllten etwas Wasser aus den Feldflaschen hinein, um den Tieren davon zu saufen zu geben, dann ließen sie ihre Pferde frei laufen. Es waren ausgebildete Pferde, die sich nicht weit von ihren Reitern entfernten. Im Kampf stellten ihre Hufe und Gebisse tödliche Waffen dar, allerdings dauerte es seine Zeit, ein Pferd auf diese Weise zu schulen, denn es musste an Lärm und Blut und alle sonstigen Begleiterscheinungen eines Kampfes gewöhnt werden. Allein der flatternde Wimpel eines Beritts konnte ein Pferd dann noch nervös machen.

Kormund stöhnte, als er die Lanze mit dem Wimpel den spitzen Bodendorn voran in den steinigen Untergrund rammte.

Dabei beobachtete Dorkemunt, wie der stämmige Mann eine Hand unter seinen Brustpanzer schob und sich über die Brust rieb. „Schmerzt die Narbe?“

Kormund stöhnte erneut. „Wie verrückt. Ich glaube, wir bekommen einen Gewittersturm. Dann schmerzt sie nämlich immer höllisch.“

Kormund war beim Angriff der Orks auf die Burg Eternas durch einen Pfeilschuss in die Brust getroffen worden, doch er hatte überlebt. Und obwohl die Narbe ihn sichtlich behinderte, war der Scharführer nicht bereit, es sich selbst oder anderen einzugestehen.

Dorkemunt spähte in den blauen Himmel und sog warme Luft durch die Nase ein. „Es wird aber keinen Gewittersturm geben.“

Kormund spülte sich den staubigen Mund mit einem Schluck aus der Wasserflasche und spuckte aus, bevor er begann, seinen Durst zu stillen. „Das Wetter kann in den Bergen von einem Augenblick zum andern umschlagen, guter Freund. Ah, ich sage dir, ein Gewittersturm in den Bergen ist gewaltig. Seine Blitze können selbst Felsen spalten.“ Kormund nahm erneut einen langen Schluck. „Mein Vater, ein guter Kämpfer, sagte immer, es sei der Zorn toter Pferdelords, die nicht den Weg in die Goldenen Wolken gefunden hätten. Sie seien nicht ehrenhaft gestorben und dazu verurteilt, auf ewig in dunklem Zorn zu grollen. Er meinte, es sei das Funkeln ihrer Waffen, das die gleißenden Blitze entsende. Vielleicht wollte er mich damit anspornen, tapfer zu sein und als wahrer Pferdelord zu den Goldenen Wolken zu reiten.“ Er rieb sich erneut die Brust. „Ich sage dir, Dorkemunt, mein Freund, es wird einen gewaltigen Gewittersturm geben.“

Dorkemunt blähte schniefend die Nüstern und schüttelte den Kopf. „Es wird keinen geben. Glaube mir, ich habe ein oder zwei Monde mehr als du auf dem Buckel, Kormund, mein Freund, und ich garantiere dir, es gibt keinen Sturm."

„Nur Felsen, Stein und Staub", brummte Kormund. „Seit drei Tagen nichts anderes. Es wird Zeit, dass wir in die grüne Ebene von Eternas zurückkehren. Shib!", fluchte er und rieb sich wieder die Brust. „Ich garantiere dir, Dorkemunt, es gibt einen Gewittersturm." Er grinste plötzlich. „Oder hier schleichen Orks herum, auch dann schmerzt meine Brust."

Dorkemunt erwiderte den Blick des Scharführers, und sie verstanden einander. „Ich spüre schon seit Tagen etwas. Ich kann es nicht in Worte fassen, Kormund, mein Freund, aber ich spüre, dass etwas vor sich geht."

Kormund sah den alten Reiter forschend an. „Der Instinkt eines alten Pferdelords?"

Dorkemunt nickte. „Ja, der Instinkt eines alten Pferdelords."

Kormund stieß ein grimmiges Knurren aus. „Ich bin zu alt, um deine Vorahnungen auf die leichte Schulter zu nehmen. Ich kann mich noch gut daran erinnern, wie es damals vor über drei Jahreswenden war. Habe ich dir einmal erzählt, wie wir den getöteten Boten des Königs am Pass fanden und dann plötzlich die Orks auftauchten?"

„Du hast es erzählt, mein Freund", sagte Dorkemunt und reckte sich ausgiebig.

Sie aßen etwas Brot und Käse und spülten es mit Wasser hinunter. Kormund schüttelte nachdenklich seine Feldflasche. „Wenn wir sparsam sind, reicht es gerade noch bis zu dem kleinen Gebirgsbach, an dem wir gestern vorbeigekommen sind."

Dort, an der kleinen Quelle, hatten sie eine Raubkralle entdeckt, die hastig vor ihnen in die Schatten der Felsen geflüchtet war. Aber die Raubkralle war weit weg von Eternas und stellte keine Gefahr für die dortigen Schafe dar. Zudem war sie so klein gewesen, dass ihr Fell dem Jäger keine Ehre eingebracht hätte, also hatten sie den verschreckten Räuber laufen lassen.

Kormund zog die Wimpellanze aus dem Boden, gab das Zeichen zum Aufbruch, und die sechs Männer saßen auf. Langsam ritten sie weiter nach Norden, und ihre Blicke suchten die alte Straße und die steil aufsteigenden Felswände ab. Nur Mortwin schlief im Sattel ein und schnarchte leise, bis sein Flankenreiter ihn anstieß. Das Pochen der beschlagenen Hufe schien unnatürlich laut von den hoch aufragenden Felswänden widerzuhallen. Die Schatten begannen allmählich länger zu werden, doch es reichte noch nicht aus, den Männern und Pferden eine lindernde Kühle zu verschaffen.

„Nur Felsen, Staub und Stein", sagte Kormund leise. „Und nicht der geringste Windhauch."

„Wir könnten ein wenig galoppieren", meldete sich Mortwin. „Dann bliese uns der Reitwind ins Gesicht."

„Wenn du Wind willst, dann steig ab und laufe", knurrte Kormund. „Die Pferde werden jedenfalls geschont."

Alle zwei Zehnteltage saßen sie ab, um die Pferde zu führen. Selbst wenn sich keine Gefahr zeigte, schonten die Pferdelords so ihre Rosse für den Fall, dass eine schnelle Attacke oder ein plötzlicher Rückzug erforderlich würde. Nur Mortwin stieß jedes Mal ein unwilliges Brummen aus, wenn er absitzen musste.

Schließlich riss Kormund den Arm mit der Lanze in die Luft, und die Schar hielt an. „Wir sind weit genug geritten." Er wollte sein Pferd gerade herumziehen, als er stutzte. Dorkemunt konnte erkennen, wie sich die Augen des Scharführers verengten, bevor er sie mit der freien Hand beschattete. „Sag einmal, Dorkemunt, mein Freund, habe ich dir schon erzählt, wie wir vor Jahren den getöteten Boten des Königs am Südpass gefunden haben?“

„Ja, mein Freund“, bestätigte der kleinwüchsige Reiter, und sein Blick wurde forschend. „Das hast du getan“, fügte er dann mit tonloser Stimme hinzu, denn nun hatte auch er gesehen, was seinen Freund stutzig gemacht hatte. „Und du hast auch erzählt, dass schon bald darauf die Orks in der Hochmark auftauchten.“

„Sie haben immer noch nicht gelernt, ordentliche Pfeile herzustellen“, sagte Kormund leise und hob die Wimpellanze erneut in die Höhe, diesmal quer über seinen Kopf.

Die vier anderen Pferdelords merkten nun, dass etwas vor sich ging, und folgten dem Signal des Scharführers. Sie trieben ihre Pferde rechts und links neben Dorkemunt und Kormund und nahmen die klassische Schwarmreihe ein. Dabei vergewisserten sie sich, dass die Schwerter griffbereit waren.

„Nein, keine ordentliche Befiederung“, erwiderte Dorkemunt. „Aber es reicht, um zu töten.“

Ein Stück weiter die staubige Straße entlang, lag am Wegrand ein Gegenstand, der sich deutlich von den umgebenden Felsen abhob. Er zeigte weder die typische Maserung des Gesteins noch das sanfte Grün der Moosflechten. Stattdessen leuchtete ein kräftiges Braun unter dem staubigen Grau hervor. Aus dem braunen Bündel ragte der dünne Schaft eines Pfeils heraus, dessen struppige schwarze Befiederung den Männern verriet, dass es sich um den Pfeil eines orkischen Spitzohrs handelte.

Kormund richtete die Wimpellanze nun parallel zum Weg aus und hielt deren Spitze schräg nach unten, womit er seinen Begleitern bedeutete, langsam vorwärts zu reiten. Hätte er sie waagerecht nach vorn gehalten, so wäre der Beritt augenblicklich in Galopp verfallen. Aber noch war kein Feind zu sehen, nur der Gegenstand, aus dem der Pfeil emporragte.

Die schmale Reihe der Pferdelords ritt vorsichtig auf das Bündel zu. Kormund wusste, dass er sich auf seine Männer verlassen konnte. Die beiden äußeren Reiter würden ihre Aufmerksamkeit ausschließlich auf die Felswände an den Seiten der alten Straße richten, während die restlichen Gefährten diese selbst im Blick haben würden.

Ein Stück weiter die Schlucht entlang war ein leises Poltern zu hören, und keiner der Pferdelords ging davon aus, dass die Erosion diesen Stein gelöst hatte.

„Dorkemunt“, knurrte Kormund, „dein Pferd ist noch am frischesten, und du bist der leichteste Reiter. Sollten wir in Schwierigkeiten geraten, wirst du wie ein Elf reiten und die Hochmark warnen. Lass dich hinter die Linie zurückfallen.“

„Vergiss es, mein Freund“, erwiderte Dorkemunt. „Den Bissen werden wir uns teilen.“

Die Szenerie vor ihnen war nun in Bewegung geraten.

Zuerst war es nur ein einzelnes Spitzohr, das sichtlich überrascht war, als es die Reiter in den grünen Umhängen vor sich erblickte, und der Kopf mit den spitzen Ohren schien nervös zu zucken. Dann tauchten weitere Orks auf, Spitzohren im ledernen Harnisch und Rundohren in ihren metallenen Rüstungen.

„Verdammte Brut“, fluchte Kormund. „Das ist ein ziemlich großer Bissen. Lasst uns zuschlagen, bevor er zu groß wird. Schneller Ritt …“, gab er die Losung der Pferdelords.

„… und scharfer Tod“, ergänzten die Männer.

Sie trieben ihre Rosse aus dem Stand in einen schnellen Galopp, und die Tiere reagierten so spontan auf den Schlachtruf der Pferdelords wie die Männer selbst. Der Hufschlag hallte von den Felswänden wider, und die Gruppe der Orks begann ihre Kampfformation einzunehmen. Die Rundohren schwärmten zu einer schmalen Linie aus, welche die gesamte Breite der Schlucht einnahm. Dabei schwangen sie ihre groben Schlagschwerter und brüllten angriffslustig dem Feind entgegen. Hinter den Rundohren hatten die kleineren Spitzohren eine zweite Linie gebildet und legten nun die Pfeile an die Sehnen ihrer Bogen.

Schon begannen vereinzelt Pfeile zu zischen, doch die heranstürmenden Pferdelords ließen sich durch die Geschosse nicht beirren. Sie alle führten die Rundschilde des Reitervolkes links am Sattel, doch diese Schilde wurden nur zum Kampf am Boden genutzt. Wer vom Pferderücken aus kämpfte, brauchte Bewegungsfreiheit, und die Schilde engten diese nur ein. So mussten sie die Pfeile der Orks hinnehmen, doch sie wussten, dass den Spitzohren nur wenig Zeit blieb, ihre Bogen einzusetzen.

Dorkemunt hatte seine große Streitaxt zum Hieb bereit an die Schulter gelegt und fühlte den Schlag, mit dem sich ein Pfeil in den Schaft der Waffe bohrte. Ein anderer Pfeil durchschlug die am Sattel hängende Wasserflasche, deren ausfließendes Wasser die Flanke des Pferdes nässte. Dorkemunt liebte seinen starken Wallach, der sich nicht mehr um rossige Stuten bemühte und sich schon gar nicht an orkischen Pfeilen störte. Das Tier hatte seinen Kopf weit vorgereckt und bleckte das Gebiss, begierig darauf, seine Zähne in den Leib eines Orks zu schlagen.

Der Berittwimpel an Kormunds Lanze knatterte im Wind. In seinem Rücken hörte der Scharführer einen grimmigen Fluch und wusste, dass einer seiner Männer getroffen war. Aber er blickte nicht zurück, sondern suchte mit den Augen sein erstes Ziel, denn die Pferdelords schienen der Gruppe der Orks förmlich entgegenzufliegen.

Die Orks waren anfangs nur eine knappe Hundertlänge von

den Pferdelords entfernt gewesen, und als die Gruppen aufeinanderprallten, hatten es die Bogenschützen gerade einmal geschafft, drei bis vier Pfeile je Bogen zu lösen.

Kormunds Wimpellanze durchdrang mit metallischem Schlag die Rüstung eines Rundohrs und warf das brüllende Wesen nach hinten, während das Reittier des Scharführers nach einem quiekenden Spitzohr schnappte, das vergeblich den gelblichen Zähnen auszuweichen versuchte. Kormund überritt derweil das sterbende Rundohr, machte eine Drehbewegung mit der Lanze und löste sie so aus dem Körper des Orks. Der neben ihm reitende Dorkemunt ignorierte das zur Abwehr erhobene Schlagschwert einer anderen Bestie und ließ seine Axt durch den Helm des Rundohrs in dessen Schädel sausen.

Auch die anderen Pferdelords brachen kraftvoll in die Linien der Orks ein, und der Rausch des Kampfes erfasste Menschen, Pferde und Orks gleichermaßen. Staub wirbelte auf, als die Reiter sich in blutige Zweikämpfe verwickelten. Auch wenn die Gruppe der Orks klein war, standen doch wenigstens fünf von ihnen gegen jeden der Menschen. Aber diese Menschen waren Pferdelords und erfahren im Kampf. Einer der Reiter krümmte sich aufschreiend im Sattel, während über seinen gebeugten Rücken hinweg die Lanze eines anderen Pferdelords in das aufgerissene Maul eines Rundohrs stach. Einer der Reiter schleuderte seine Lanze in die Brust eines Angreifers, dann zog er mit einer gleitenden Bewegung sein Schwert aus der Scheide und stieß einen triumphierenden Schrei aus. Blut bespritzte die Kämpfer, und meist war es das schwarze Blut der Bestien.

Von der Flanke her sprangen drei Orks einen der Reiter an und zerrten ihn aus dem Sattel. Der Pferdelord hieb fluchend mit der Klinge um sich und tötete zwei der Angreifer, bis ein Schlagschwert ihm beinahe den Kopf vom Rumpf trennte. Ein anderer Ork versuchte Dorkemunt aus dem Sattel zu ziehen. Die orkischen Schlagschwerter wirkten mit ihrer langen breiten Klinge zwar plump, doch konnte man sich mit deren hakenförmigen Spitzen an einem Reiter festklammern und diesen vom Pferd reißen. Dorkemunts Wallach schien die Gefahr zu spüren. Er drehte sich ein wenig, und die Hufe seiner Hinterhand trafen die Brust des Rundohrs, dessen metallene Rüstung eingedrückt wurde und der Bestie einen qualvollen Erstickungstod bescherte.

Der aufwirbelnde Staub nahm den Kämpfenden zunehmend die Sicht, bis Freund und Feind nur noch als Schemen zu erkennen waren. Die Orks orientierten sich daran, dass nur, wer auf dem Pferd saß, auch ein Feind war, und Dorkemunt machte sich dies zunutze. Er sprang von seinem Pferd und schwang seine langstielige Axt in weit ausholenden Bewegungen. Mortwin folgte seinem Beispiel. Er glitt vom Pferd, nahm seinen Rundschild und trat Rücken an Rücken zu Dorkemunt.

Der Kampf war so überraschend schnell vorbei, wie er begonnen hatte. Noch eine Weile hörten die Pferdelords das wütende und klagende Gebrüll einiger vereinzelter Orks, die es vorgezogen hatten, den Klingen der Menschen zu entfliehen. Dorkemunt schrie ihnen Schmähungen hinterher und forderte sie auf, stehen zu bleiben und zu kämpfen, aber sie zogen sich zurück.

Langsam begann sich der Staub zu legen, und statt des Kampfgelärms waren nur noch das Schnauben der Pferde und das Stöhnen der Verwundeten zu hören. Dorkemunt legte seine bluttriefende Axt an die Schulter und bemerkte den abgebrochenen Schaft des Pfeils, der im Stiel seiner Waffe steckte. Während er sich auf dem Kampfplatz umsah, brach er den Pfeilstumpf heraus und warf ihn grimmig fluchend von sich.

Der Boden der Schlucht war über und über mit den Leichen der Orks bedeckt. Ihr Blut hatte Boden und Felsen getränkt. Die dicken Rüstungen der Rundohren hatten ihre Träger nicht vor den Lanzen und Schwertern der Pferdelords schützen können. Auch drei Pferdelords waren am Boden, doch nur einer von ihnen würde sich nie wieder erheben.

Dorkemunt verweilte nur kurz bei dem Toten und ging dann zu den beiden Verletzten hinüber. Einem von ihnen klaffte eine Pfeilwunde an der Schulter, dem anderen hatte ein orkisches Schlagschwert das Bein aufgerissen. Auch zwei der Pferde waren verletzt worden, eines von ihnen so schwer, dass es wohl nicht zu retten war. Auf dem Weg zu den Verwundeten bemerkte Dorkemunt die schwache Bewegung eines verletzten Rundohrs, und in einer wie beiläufig wirkenden Geste schwang er die Axt von der Schulter herunter und schlug sie in die Brust des Orks.

„Überprüft die Bestien", sagte Kormund heiser. „Einige könnten sich nur tot stellen." Er steckte die Wimpellanze in den Boden. Das dreieckige Tuch war mit Orkblut besudelt. „Zeige deine Wunde, Haronem. Sie sieht übel aus."

Der am Bein Verwundete verzog das Gesicht. „Nicht viel mehr als ein Kratzer."

„Ein recht großer Kratzer, wie mir scheint", entgegnete Kormund, als er das Bein genauer untersuchte. „Aber die Klinge hat tatsächlich keines der großen Blutgefäße durchtrennt. Du hast Glück gehabt, Haronem. Wirst du reiten können?"

„Ich werde es schaffen", versicherte der Pferdelord und begann mit seinem Dolch einen breiten Tuchstreifen von seinem Umhang abzutrennen, um damit sein Bein zu verbinden.

Der an der Schulter verletzte Reiter sah Kormund tapfer an. „Er steckt zu tief, Kormund."

Der Scharführer nickte. „Dann werden wir ihn durchstoßen müssen, oder wir brechen ihn ab, und Meowyn, die Heilerin, mag ihn später herausschneiden."

„Nichts gegen die Heilerin", sagte der Verletzte, „aber das Mistding schmerzt höllisch."

„Gut", entschied Kormund. „Dann stoßen wir ihn durch."

Einfache Jagdpfeile hatten eine glatte Spitze, so dass man sie gut aus einem erlegten Wild herausziehen konnte, Kriegspfeile dagegen trugen Widerhaken, damit ein getroffener Feind sie nicht ohne weitere Verletzungen entfernen konnte. Wenn man sie zur anderen Seite durchstoßen wollte, um die Spitze abbrechen zu können, musste man Acht geben, dabei keine anderen Organe oder großen Blutgefäße zu verletzen.

Kormund trennte die Oberbekleidung Haronems mit dem Dolch auf und betastete die verletzte Schulter. Aufmunternd zwinkerte er ihm zu.

„Du hast Glück. Ich kann die Spitze auf der anderen Seite fühlen."

Der Verwundete nickte mit zusammengebissenen Zähnen. „Dann bringen wir es hinter uns. Hoffentlich haben die Orks sie nicht mit irgendeinem Mist bestrichen."

Orkblut war für den Menschen giftig, und wenn es in Wunden geriet, gab es schwere Infektionen, die zum Tod führen konnten. Noch schlimmer war die Gefahr, wenn die Pfeilspitzen mit orkischen Fäkalien bestrichen waren. Doch auch hierin hatte Haronem Glück. Kormund stieß den Pfeil mit einem kurzen Ruck nach hinten durch, brach die Spitze vom Schaft und zog diesen dann wieder nach vorne aus der Wunde heraus. Haronem war erleichtert, als er sah, dass an der metallenen Spitze nur sein eigenes Blut schimmerte.

Während Mortwin herbeieilte, um dem Verletzten beim

Anlegen eines Verbandes zu helfen, trat Kormund zu seinem Freund Dorkemunt. „Wir sind glimpflich davongekommen."

Dorkemunt nickte. „Der Orkpfeil, der in dem Toten steckte, hat uns vorgewarnt. Wir waren einfach schneller."

Sie blickten einander an und dachten an den Toten, der ein gutes Stück die Straße zurück am Wegrand lag. „Die Bestien waren offenbar hinter dem Fremden her und haben ihn verfolgt", sagte Kormund nachdenklich. „Sie müssen überrascht gewesen sein, uns zu begegnen. Sehen wir uns einmal an, hinter wem sie so eifrig her waren."

Sie gingen den Weg zurück und erreichten bald das seltsame braune Bündel, in dem der Orkpfeil steckte.

„Ein Kind", brummte Kormund und beugte sich vor.

„Mit einem Helm?" Dorkemunt schüttelte den Kopf. „Das war kein Kind."

Sie wälzten den leblosen Körper herum und fuhren zusammen, als sie ein leises Stöhnen vernahmen. „Bei den Goldenen Wolken", flüsterte Kormund, „er lebt noch."

Es war ein kleinwüchsiges Wesen, noch etwas kleiner als Dorkemunt, doch seine Statur wirkte ungeheuer kompakt. Die Falten seines Gesichts und der dichte rote Bart verrieten, dass es sich um einen älteren Mann handeln musste. Aber konnte man da sicher sein?

„Meinst du, das ist ein Zwerg?" Dorkemunt kratzte sich im Nacken. „Was hat ihn hierher geführt? Und sieh dir seine Rüstung an. Sie ist sehr kunstvoll gearbeitet. Ihr Träger muss von hohem Rang sein."

„Das alles werden wir wohl nur erfahren, wenn ihr Träger auch am Leben bleibt." Kormund begann die Schnallen der Rüstung zu lösen und zog diese dann behutsam vom Körper des Verwundeten. Das dicke Wams des Mannes war rot durchnässt.

„Er hat viel Blut verloren. Der Pfeil steckt tief, und ich kann ihn nicht entfernen.“

„Dann schneide ihn ab. Wir sollten feste Polster um den Schaft binden, damit der Bursche nicht noch mehr Blut verliert.“ Dorkemunt seufzte. „Wir müssen ihn zu Meowyn bringen, aber ich glaube nicht, dass er es durchstehen wird.“

Haronem kam vom Kampfplatz herüber. Er hatte seine zerschnittene Oberbekleidung notdürftig umgelegt. „Was ist mit Hosmund?“

Der tote Pferdelord. Sie mussten ihn bestatten, wie es der Brauch verlangte.

Sie versorgten den Unbekannten, so gut sie es vermochten, dann schritt Dorkemunt zu dem schwer verwundeten Pferd und erlöste es mit einem Hieb seiner Axt. Es war Hosmunds Reittier gewesen, und so würde es ihn auf dem letzten Ritt zu den Goldenen Wolken begleiten. Dorkemunt trennte die Zügel des toten Tieres ab und ging zu der Stelle, wo die anderen bereits ein flaches Grab aushoben. Als es tief genug war, legten sie Hosmund hinein, wobei sie darauf achteten, dass sein Kopf richtig gebettet war. Dann gaben sie dem Toten seine Klinge in die eine Hand und die Zügel seines erschlagenen Pferdes in die andere, und Kormund sprach den Eid der Pferdelords. „In des Lebens Wonne und des Todes Not, soll Eile sein stets das Gebot, in Treue fest dem Pferdevolk, der Hufschlag meines Rosses grollt, soll Lanze bersten, Schild zersplittern, so wird mein Mut doch nie erzittern, ich stehe fest in jeder Not, mit schnellem Ritt und scharfem Tod.”

Der Scharführer seufzte leise. „Hosmund war ein guter Schwertmann und Pferdelord. Er hat dem grünen Umhang wirklich alle Ehre bereitet. So lasst ihn uns nun zu den Goldenen Wolken geleiten.“

Sie bedeckten das Grab mit Steinen, dann nahmen sie die grünen Rundschilde auf und schlugen rhythmisch mit den Klingen ihrer Schwerter dagegen. Der Rhythmus glich dem Hufschlag eines Pferdes, und das Trommeln wurde immer schneller, bis es mit einem letzten Schlag verstummte.

„Möge er zwischen den Goldenen Wolken noch lange reiten", sagte Mortwin leise.

Haronem schnüffelte an seinem Umhang und rümpfte die Nase. „Wir sollten zusehen, dass wir zu dem kleinen Bach kommen. Wir müssen unsere Kleidung und Rüstung säubern. Es riecht recht übel."

Dorkemunt nickte. „Das Blut der Bestien stinkt wie ihre Kadaver. Wir haben reichlich davon vergossen und einiges davon abbekommen."

„Steckt eure Schwerter nicht in die Scheiden, bis ihr die Klingen gereinigt habt", riet Kormund.

Mortwin lachte spöttisch auf. „Wir haben nicht zum ersten Mal das Blut der Bestien an den Klingen, guter Herr Scharführer. Und wir wissen, dass man es kaum aus den Scheiden herausbekommt."

„Schon gut." Kormund wischte sein Schwert an einem Stück seines Umhangs ab. Er würde ihn am Bachlauf auswaschen. „Ich habe mich nur um deine empfindliche Nase gesorgt, guter Mortwin."

Dorkemunt war der leichteste von ihnen, und so fiel ihm die Aufgabe zu, den seltsamen kleinen Mann vor sich in den Sattel zu nehmen. Sie brauchten zwei Männer, um den Körper des Verletzten hochzustemmen. „Was ihm an Größe fehlt", knurrte Dorkemunt, „macht der kleine Herr durch sein Gewicht wieder wett."

Kormund ließ die Männer aufsteigen und setzte sich mit

dem Berittwimpel an ihre Spitze. „Die Hochmark muss erfahren, dass erneut Orks an der Grenze aufgetaucht sind“, sagte er entschlossen. „Und wir müssen herausfinden, was es mit diesem kleinen Mann auf sich hat. So lasst uns nun eilen, wie es das Gebot der Pferdelords ist.“

Und so ritten sie an und trugen Balruk, den König der grünen Kristallstadt Nal’t’rund, in das Land der Pferdelords.

4

Man nannte das Königreich Alnoa nicht umsonst das Reich der weißen Bäume. Nur hier wuchsen diese einzigartigen Bäume, deren Anblick Lomorwin so faszinierte. Er war schon oft in dieses Land gereist und hatte sie immer wieder betrachtet. Ihr Stamm war fast makellos weiß, von einigen schwarzen Stellen abgesehen, und an ihren weit ausladenden Zweigen sprossen tiefgrüne, spitz auslaufende Blätter, die sich im Herbst erst rot, dann golden färbten, bevor sie schließlich abfielen. Doch selbst im Winter, wenn kein Blatt die Bäume zierte, wirkten sie nicht so bedrückend kahl wie die Stämme vieler anderer Laubhölzer. Zumindest nicht auf Lomorwin, der diese Pflanzen liebte, besonders, wenn sich im Frühling neue Blätter an ihren Zweigen zeigten und zartes Grün sich wieder über den weißen Stämmen zu erheben begann.

Das Königreich von Alnoa war das älteste noch existierende Königreich der Menschen. Ursprünglich hatte es sieben davon gegeben, doch im Laufe so vieler Jahrtausende war ihre Macht allmählich erloschen. Einst waren sie ein wehrhafter Bund gewesen und hatten der dunklen Macht an der Seite der Elfen getrotzt und sie niedergezwungen. Scheinbar niedergezwungen, denn während die siegreichen Menschenstaaten sich dem Frieden hingaben und ihre Wachsamkeit zu vernachlässigen begannen, rüstete die dunkle Seite wieder auf und fand zu neuer Stärke. Als die Königreiche der Menschen von Machtgier und Hochmut geschwächt und ihre Könige zerstritten waren, erlagen sie schließlich dem Ansturm des Schwarzen Lords und seiner Orks.

Alnoa hatte standgehalten, auch dank der Hilfe der Elfenhäuser, doch es hatte alle nur erdenkliche Kraft gekostet. Das letzte der sieben alten Königreiche hatte schwer unter dem Ansturm der Horden gelitten und schließlich den südlichen Teil seiner Besitzungen verloren. Doch noch immer besaß Alnoa Macht, und es beherrschte ein großes Gebiet im Süden der Marken der Pferdelords, das sich im Osten bis zu den Grenzen des dunklen Landes und im Westen bis hin zum Meer erstreckte. Noch immer hielten die Truppen Alnoas an den Grenzfesten die Standarte des Königreichs aufrecht. Das Banner zeigte drei weiße Bäume auf grauem Grund, wobei die graue Farbe für den gewaltigen Vulkankrater stand, auf dem die Hauptstadt Alnoas errichtet war, und die drei weißen Bäume jene einzigartige Baumart im Königreich Alnoa symbolisierten.

Einst standen die Ebenen voll dieser weißen Bäume, doch nun, nach so vielen Jahrtausenden des alten Königreiches, war ihr Vorkommen auf wenige Wälder geschrumpft. Allerdings waren auch diese wenigen Wälder noch immer imposant. Die weißen Bäume standen mittlerweile unter dem Schutz des Königs, aber es gab genug andere Wälder mit den überall vorkommenden Nadelhölzern und Laubbäumen.

Alnoa bot den Menschen vielfältige Landschaften mit weiten Ebenen, die vor allem entlang des gewaltigen Flusses Narquan reiche Ernten hervorbrachten und die Bevölkerung mit den wichtigsten Nahrungsmitteln versorgten. Rinder, Pferde und Schafe gediehen hier, und die Bergwerke an den Ausläufern der Gebirge brachten reiche Erträge an Erzen. Der Reichtum an Nahrungsmitteln und Rohstoffen befähigte die Menschen Alnoas, die Legionen der Orks und die Übergriffe der Barbaren abzuwehren, aber er brachte verlorenes Leben nicht zurück. Zu viele Menschen waren in all den Jahren dem fortwährenden Krieg zum Opfer gefallen. Und auch wenn Alnoa über viele Jahrhunderte wieder erstarkt war, so konnte es doch seine alte Macht nie ganz zurückerlangen.

Dann, vor nunmehr vier Jahren, waren die Legionen der Orks überraschend zurückgekehrt und bis an die Mauern der Hauptstadt Alneris gebrandet.

Das erneuerte Bündnis der Elfen mit den Menschen hatte die Stadt gerettet, und Alnoa gedachte nun jedes Jahr der aufopfernden Attacke der Pferdelords, deren furchtloser Angriff den Sieg ermöglicht, aber auch den König der Pferdelords das Leben gekostet hatte. Mit den Jahren war so ein festes Bündnis zwischen den Marken der Pferdelords und dem Königreich Alnoa entstanden, das von gegenseitigem Respekt getragen wurde. Doch obwohl beide Völker gleichermaßen Menschen waren, blieben die Pferdelords und die Bewohner Alnoas einander auf seltsame Weise fremd. Waren die einen ein Reitervolk, das noch immer seinem nomadischen Ursprung folgte, bildeten die Menschen Alnoas ein dem Stadtleben verbundenes Volk, das sich der Kunst und Kultur widmete. Handwerk und Technik hatten bei ihnen einen Stand erreicht, der dem der Pferdelords weit überlegen war. Diese Entwicklung ermöglichte es, dass kaum zwanzig Prozent der Bevölkerung auf dem Land lebte und den Rest ernähren konnte. Sinnbild dieser überragenden Technik war die gewaltige Hauptstadt Alnoas, die weiße Stadt Alneris.

Lomorwin hatte sich immer den Pferdelords zugehörig gefühlt, auch wenn er nie deren grünen Umhang getragen hatte. Zeit seines Lebens hatte er Handel getrieben, wie schon sein Vater vor ihm. Zunächst mit einem kleinen Laden in Eodan, der Hauptstadt der Nordmark, welchen er von seinem Vater übernommen hatte. Doch dann hatte es ihn hinausgezogen, und er war von Stadt zu Stadt, von Weiler zu Weiler gereist.

Dabei hatte er die Bedürfnisse der Menschen erkannt und sie mit seinen Waren zu stillen vermocht. Er war ein erfolgreicher Händler und betrieb inzwischen Handelsposten in allen Hauptstädten der Marken. Sogar in Alneris hatte er sich etablieren können. Er hätte sich längst bequem niederlassen und die Geschäfte anderen überlassen können, aber er fühlte sich immer noch jung genug, um selbst hinauszuziehen, was er auch gerne tat. So hatte er Dinge mit den eigenen Augen gesehen und mit den eigenen Händen berührt, von denen wohl niemand sonst aus dem Volk der Pferdelords jemals Kenntnis erlangen würde. Und doch wusste er, dass ein Menschenleben nicht ausreichen würde, alles zu sehen und zu erfahren. Dazu musste man wohl ein unsterbliches Elfenwesen sein. Manchmal bedauerte er es, den Handel nicht bis zu ihren Häusern ausdehnen zu können. Er wäre neugierig genug gewesen, aber er war so nicht leichtfertig, es zu versuchen. Der Weg hätte durch die Länder der Barbaren geführt, und sosehr Lomorwin den Handel und seine Waren liebte, so sehr hing er auch an seinem Leben.

An diesem Tag war Lomorwin sehr zufrieden, ja, er war sogar beinahe glücklich. Er hatte einen guten Handel in Alneris abgeschlossen, hatte eine der dortigen Theateraufführungen erlebt und sich und seinen Männern drei Tage der Muße gegönnt, bevor es auf den beschwerlichen Rückmarsch ging. Am Morgen hatten sie die weiße Stadt Alneris verlassen und waren auf der alten Handelsstraße gen Norden marschiert.

Die Straße war schon viele Menschenleben alt und bereits zur Zeit der ersten Könige angelegt worden. Sie war vier Längen breit und schien sich schnurgerade ins Unendliche zu erstrecken. Alle Verbindungsstraßen im Königreich der weißen Bäume waren ähnlich breit und durchschnitten die Landschaft wie Geraden. Sie waren mit großen, dicken Steinplatten gepflastert, deren jede Kante eine Länge maß. Dicht an dicht auf festgestampftem Boden verlegt, trotzten sie der Witterung. Zudem wurden die Straßen gepflegt, denn die Könige des Reiches Alnoa nutzten sie nicht nur für den Handel. Die Jahre des Kampfes gegen den Schwarzen Lord und seine Orks hatten die Krieger der Menschen gelehrt, wie wichtig es war, auch schwere Lasten schnell bewegen und Truppen rasch von einem Ende des Königreiches ins andere verlegen zu können.

Man konnte recht bequem auf diesen Straßen gehen, aber die Zeiten, da Lomorwin seine Füße über die Maßen beanspruchte, waren schon lange vorbei. Er gönnte sich mittlerweile den Luxus zu reiten, und letztlich geziemte sich dies für einen Mann des Pferdevolkes. Auch Ildorenim, sein Leibwächter, war beritten, doch die drei Treiber und die beiden anderen Wachen gingen zu Fuß.

Lomorwin besaß neun Lastpferde, die er gegenüber Wagen bevorzugte. Es gab Wagen mit einer oder zwei Achsen, und sie hatten Scheibenräder aus massivem Holz, die in der Lage waren, schwere Lasten zu transportieren. Zwei solcher Fahrzeuge, mit Pferden oder Rindern bespannt, hätten sicherlich mehr Waren tragen können, aber der Händler kannte auch den entscheidenden Nachteil dieser Fahrzeuge. Jedes Loch im Weg oder jeder aufragende Stein, gegen den eines der Räder stieß, erschütterte den ganzen Wagen und somit auch die Fracht. Gerade bei dieser Fracht wollte der Händler jedoch nichts riskieren. Auch wenn längst nicht so viel Ware auf einen Pferderücken passte, so wurde sie dort doch nur sanft geschaukelt und nicht bis zum Bruch durchgeschüttelt. So trugen die Wachen ihre Spieße und die langen Schwerter, während die Treiber die mit Handelswaren, Zelten und Verpflegung bepackten Pferde führten.

Ildorenim hatte schon Lomorwins Vater als Wachmann gedient, und eigentlich war der grauhaarige alte Pferdelord schon zu alt für diese Arbeit. Längst hätte er sich einen ruhigen Platz in einem Weiler oder auf einem gemütlichen Gehöft verdient gehabt. Doch er hing mit unverbrüchlicher Treue an Lomorwin, und aus dem einstigen Verhältnis von Herrn und Untergebenem war mit der Zeit eine feste Freundschaft geworden. Ildorenim trug einen Harnisch mit den beiden Pferdeköpfen der Pferdelords, ihren grünen Umhang und die traditionelle Stoßlanze, doch statt des Helms hatte er an seinem Umhang eine Kapuze befestigt, die seine Augen beschattete und vor der Sonne schützte.

Lomorwin ritt wie üblich seiner Gruppe voraus, und Ildorenim hielt mit ihm Schritt, während er nach Gefahren Ausschau hielt, die hier, im Königreich der weißen Bäume, allerdings kaum drohten. Der Leibwächter beugte sich ein wenig im Sattel zur Seite und sah Lomorwin fragend an. „Sagt, guter Herr Lomorwin, wann wollt Ihr Rast einlegen?“

Lomorwin blickte zur Sonne hinauf, um die Tageszeit abzuschätzen. „Gegen Mittag werden wir am Grenzturm sein. Dort werden wir rasten.“

„Und mit der Wache ein wenig Handel treiben“, sagte Ildorenim schmunzelnd.

Lomorwin lachte vergnügt. „Und mit der Wache ein wenig Handel treiben.“

Irgendwie trieb Lomorwin immer ein wenig Handel. Aber seine Waren hatten gute Qualität, und seine Preise waren gerecht. Der Instinkt hätte es Lomorwin verboten, nicht wenigstens einen Handel zu versuchen.

Ildorenim räusperte sich. „Ich werde es den anderen sagen, guter Herr. Helipator scheint das Marschieren noch nicht gewohnt zu sein.“

Lomorwin lachte erneut. „Helipator ist aus Alneris, und keiner der guten Bürger Alnoas ist das Marschieren gewohnt. Wenn man von der Garde einmal absieht."

Einer von Lomorwins altgedienten Treibern war erkrankt, und die kundigen Heiler der Hauptstadt Alnoas hatten Lomorwin versichert, er werde keine weite Reise mehr unternehmen können. Lomorwin hatte den Kranken ausgezahlt und ihm noch etwas hinzugegeben, damit er, sobald er gesundet war, bequem nach Hause gelangen konnte. Er hatte in Helipator einen neuen Treiber gefunden. Ein junger Bursche aus Alneris, den die Abenteuerlust aus der Stadt hinaustrieb. Lomorwin hatte dem Jungen erst einmal festes Schuhwerk besorgt, denn die eleganten Latschen, die für die Stadtbewohner typisch waren, hätten den Marsch nicht lange überstanden und Helipators Füßen keine guten Dienste geleistet.

Ildorenim rief den Treibern und Wachen zu, dass man gegen Mittag am Grenzturm halten werde, und Herrik, der Führer der drei Treiber, grunzte zustimmend. Herrik war ein wortkarger Mann mit bisweilen wenig vornehmen Manieren, wie Lomorwin fand. Aber er verstand sich auf Pferde und auch darauf, Lasten sorgsam zu stauen. Unter seinem aufmerksamen Blick und seinen geschickten Händen war kaum je etwas zu Bruch gegangen, und Lomorwin transportierte diesmal viele empfindliche Waren. Besonders stolz war er auf die feinen Klarsteinarbeiten, die er in Alneris erworben hatte. Sie würden in den Marken des Pferdevolkes gute Gewinne erbringen. Am liebsten hätte er sie selber behalten, aber das entsprach nicht seinem Verständnis von einem Händler. Nun, eine der kleinen Vasen würde er vielleicht noch für sich zurücklegen, doch nichts weiter, sosehr es ihn auch reizen mochte.

Nahe der großen Hafenstadt des Königreichs von Alnoa

gab es einen Strand mit unglaublich feinem weißen Sand. Dieser wurde mit Lastkähnen auf dem Fluss Narquan in die Stadt Alneris gebracht, wo Handwerker dem Sand ein Mineral beimischten, ihn dann schmolzen und aus der Masse den Klarstein fertigten. Mit seinem durchsichtigen zarten Schimmer war er der Stolz der Bürger von Alneris, die den Klarstein in kunstvolle Rahmen fügten und damit ihre Fensteröffnungen bedeckten. Kein Wind und kein Schmutz drangen mehr durch diese Fenster, und wenn man lüften wollte, konnte man die Rahmen einfach aufklappen. Lomorwin war sich sicher, dass dieser Klarstein bald die Fensterbespannungen aus Schafsdarm oder -blase ersetzen würde, die bei den Pferdelords gebräuchlich waren.

Leider war der Klarstein sehr zerbrechlich, und man musste sorgsam mit ihm umgehen. Lomorwin kannte seine Pferdelords und würde, wenn seine Lieferung in den Marken Anklang fand, in Alneris nachfragen, ob man den Klarstein für die Fenster nicht ein wenig dicker fertigen könne. Vor allem die Frauen würden Fenster mit Klarstein zu schätzen wissen, denn sie ließen mehr Licht hindurch und waren leichter zu reinigen als die herkömmlichen Bespannungen. Und die Frauen der Pferdelords, das wusste Lomorwin aus Erfahrung, führten im Haushalt die Zügel, auch wenn manche Männer dies bestreiten mochten. Doch die Klarsteinmacher von Alneris fertigten auch Trinkgefäße und kunstvolle Blumenvasen. Insgesamt, so befand Lomorwin, war der Klarstein ein Material, das Zukunft hatte.

Inzwischen waren die Wälder immer weiter zu den Seiten zurückgewichen und hatten den Blick auf eine weite Ebene freigegeben, die von sanften Hügeln und kleinen Wäldern unterbrochen wurde. In der Ferne sah man Rudel von Geweihtieren und Wildläufern ziehen, und einmal erkannten sie am Horizont einen streunenden Pelzbeißer. Langsam näherten sie sich der Nordgrenze des Reiches Alnoa und damit der Südgrenze des Landes der Pferdelords. In der Südmark würden sie sich nach Westen wenden und der dortigen Handelsstraße durch die Königsmark folgen, bis sie die Furten des Flusses Eisen überqueren und das Nordgebirge erreichen würden.

„Warum die Hochmark, guter Herr Lomorwin", hatte Ildorenim gefragt, als sein Herr ihm die Reiseroute bekannt gegeben hatte. „Wir könnten die Waren sicherlich schon viel früher loswerden."

„Ja, das könnten wir", hatte ihm Lomorwin lachend entgegnet. „Offen gesagt, guter Ildorenim, habe ich Garodem, den Pferdefürsten der Hochmark, bislang nicht kennen gelernt. Seine Mark steht dem Handel erst seit wenigen Jahren offen, und es wird Zeit, dass unser Weg uns dorthin führt."

„Es ist ein beschwerlicher Weg, guter Herr", hatte sich Herrik zu Wort gemeldet. „Steiniger und unebener Boden."

„Fürchtest du um deine Füße, guter Herrik?"

Der Gefragte hatte aufgelacht. „Nicht um meine Füße, guter Herr. Die Klarsteine sind es, um die ich mich sorge." Der Führer der Treiber hatte daraufhin ungeniert etwas Schmutz aus seiner Nase befördert und den Finger an seiner Hose abgewischt. „Ihr wisst, guter Herr, der Klarstein ist recht empfindlich."

„Natürlich weiß ich das", hatte Lomorwin erwidert. „Aber ich vertraue auf deine Fähigkeiten, Herrik. Die haben mich noch nie enttäuscht."

„Ich wollte es auch nur erwähnt haben, guter Herr", hatte Herrik mit einem erfreuten Grinsen geantwortet.

Gegen Mittag schließlich tauchte vor ihnen der Grenzturm auf. Er war einer von vielen an den Grenzen des Königreichs

Alnoa, und wie all diese Türme war er sehr alt. Er erhob sich über einem kleinen Hügel, der dicht mit Gras bewachsen war, und ein mit Steinplatten bedeckter Weg führte zum Gebäude hinauf.

Das Untergeschoss des Turms war viereckig und an seinen Ecken mit großen Steinstatuen der alten Könige verziert. Darüber erhoben sich vier weitere Ebenen, die nach oben hin immer niedriger wurden. Das Mauerwerk war von zahlreichen schmalen Öffnungen durchbrochen, deren typische Spitzbogen die alte Bauweise verrieten. An den mächtigen Felsquadern, aus denen der Turm errichtet worden war, hatten Zeit und Witterung ihre Spuren hinterlassen, aber er stand noch immer fest. Über der obersten Plattform wehte das graue Banner mit den drei weißen Bäumen des Königreichs in dem schwachen Wind, der über die Ebene strich, und signalisierte, dass die Garde den Posten hielt.

Lomorwins Tross aus sieben Männern, zwei Reittieren und neun Packpferden hielt am Fuß des Weges, der zum Turm hinaufführte. Auf der obersten Plattform beugte sich ein Mann vor. „Im Namen des Königs, wer seid ihr?“, rief er zu ihnen hinunter.

„Guter Herr Gardist, mögen die Götter Eure Augen mit dem scharfen Blick eines Raubvogels segnen, erkennt Ihr denn den guten Herrn Lomorwin nicht wieder?“

„Ihr seid unverwechselbar, guter Herr Händler“, rief der Mann aus. „Doch Ihr kennt das Geheiß des Königs. Ein jeder muss …“

„Nehmt es mir nicht übel“, unterbrach Lomorwin ihn schnell und sein breites Lächeln nahm seinen Worten jede Schärfe, „doch die Füße meiner Treiber sind sehr müde und brauchen eine kurze Rast.“

Der Wachhabende lachte auf, wandte sich ins Innere des Turms und rief etwas nach unten. Im nächsten Moment öffneten sich die beiden massiven Eisenflügel des Tores. Die Lautlosigkeit, mit der dies geschah, ließ darauf schließen, wie sehr die Anlage gepflegt wurde. Auch wenn man keinen Feind fürchtete, so hielten die Soldaten des Reiches der weißen Bäume stets ihre Augen offen und die Waffen bereit. Nie wieder würden sie sich, wie vor wenigen Jahren geschehen, von der Streitmacht der Orks überraschen lassen.

Die Truppen Alnoas hatten damals schwer gelitten, und es würde noch lange dauern, bis sie ihre alte Stärke wieder erreicht hatten. Aber nicht aus diesem Grund war der Turm nur mit wenigen Männern besetzt. Vielmehr diente der Wachtposten als Glied der Signalfeuerkette. Auf seiner obersten Plattform lag das geschichtete Brennmaterial bereit, um eine drohende Gefahr mit lodernden Flammen kundzutun.

Lomorwin und seine Gruppe betraten das Innere des Gebäudes. Das Erdgeschoss war derart geräumig, dass es einer großen Halle glich. An den Wänden waren die zahlreichen Öffnungen für die Bogenschützen zu erkennen, durch die schwach das Tageslicht hereinfiel. Die Stockwerke waren durch eine einzelne schmale Treppe verbunden, die für einen Angreifer wohl nur schwer zu erstürmen war.

Die Gardisten des Königreichs trugen im Gegensatz zu den Pferdelords eine einheitliche Rüstung aus silbergrauem Metall, die Unterleib und Oberkörper vollständig bedeckte. Der Brustpanzer lief nach vorn keilförmig zu und zeigte das eingeprägte Wappen des Königreichs. Die seltsam spitze Form erschwerte es entgegenkommenden Geschossen, die Panzer zu durchdringen. Die Helme bedeckten den Kopf bis zum Nacken, ließen jedoch die Ohren frei. Nach oben hin liefen sie zu Spitzen aus, in denen Federn steckten. Deren Anzahl und Farbe gaben Auskunft über Rang und Waffengattung ihrer Träger.

So kennzeichnete eine einzelne Feder den einfachen Gardisten, zwei Federn waren dem Rang eines Hauptmanns vorbehalten, ein Legionskommandeur führte drei, und ein Oberbefehlshaber schmückte seinen Helm mit vier Federn. Waren sie blau, so handelte es sich um Schwertmänner und Spießträger, die rote Farbe war den Bogenschützen vorbehalten, während Gelb die Reiterei des Königreichs repräsentierte.

Von der Turmbesatzung trugen nur vier Männer die volle Rüstung, die anderen hatten die Panzerung gar nicht erst angelegt, und so konnte man ihre grauen Beinkleider und Wämse sehen. Der Hauptmann trug zu seinem Wams als Zeichen seiner Würde lediglich den Helm mit den beiden schwingenden Federn.

„Ich bin erfreut, Euch wiederzusehen, guter Herr Lomorwin", sagte der Hauptmann wohlgelaunt und reichte dem Händler die Hand. In Alnoa war dies eine Geste der freundlichen Begrüßung, denn es wurde die Schwerthand gereicht, um zu zeigen, dass man keine Waffe hielt und friedliche Absichten hegte. „Ihr seid auf dem Heimweg in die Nordmark?"

„Sogar noch weiter hinauf", erwiderte Lomorwin und reichte einem Soldaten die Zügel seines Pferdes. „Mein Ziel ist die Hochmark des Pferdefürsten Garodem."

„Garodem? Ja, von dem habe ich gehört. Er soll sich vor Jahren recht wacker geschlagen haben." Der Hauptmann musterte Lomorwins Lasttiere. „Ihr wollt bei uns nur eine kurze Rast einlegen?"

„Und Ihr wollt sicherlich einen kurzen Blick auf mein bescheidenes Angebot werfen, nicht wahr, guter Herr Hauptmann?" Lomorwin lachte freundlich. „Dafür reicht die Zeit immer."

Lomorwin handelte ausschließlich mit Waren, die in den Ländern seiner Kunden nicht hergestellt oder zumindest sehr selten waren. Die Bewohner des Königreichs Alnoa interessierten sich besonders für die Lederarbeiten der Pferdelords, obwohl sie sich selbst auf die feinsten Arbeiten verstanden. Doch waren Rinder im Land der weißen Bäume selten, und so waren die Waren aus den Marken des Pferdevolkes wegen der günstigen Preise begehrt. Im Land der Pferdelords fanden hingegen die feinen Stoffe und Schmuckstücke aus Alneris reißenden Absatz. Die Stoffe waren weich und fließend und nicht so grob gewebt wie das Wolltuch der Pferdelords. Vor allem die Frauen wussten dieses feine Tuch zu schätzen.

Nach kurzer Rast und schnellem Handel zog Lomorwins kleine Karawane weiter, denn der Händler wollte bis zum Abend noch die alte Handelsstraße erreichen, die ihn entlang der Südmark in die Königsmark führen würde. Dann sollte es weiter in nordwestlicher Richtung gehen, am Westgebirge entlang, an dem die alte Bergfestung des Pferdevolkes lag, und schließlich hinauf zum Fluss Eisen und seinen Furten. Es war ein weiter Weg, der viele Tage in Anspruch nehmen würde.

Als Lomorwin und seine Gruppe endlich die Furten des Eisen erreichten, hatte sich das Warenangebot bereits deutlich reduziert. Zwei der Pferde waren inzwischen ganz ohne Last, und der Treiber Helipator aus Alneris nahm das Angebot gerne an, auf einem der Tiere zu reiten.

„Der hat sich das Abenteuer wohl anders vorgestellt“, grunzte Ildorenim missbilligend. „Vor allem für seine Füße. Ah, diese verweichten Stadtbewohner.“

„Sieh es ihm nach, guter Freund“, erwiderte Lomorwin lachend. „Erst nach der Reise werden wir wissen, wie weit ihn seine Füße tragen können. Zudem genieße auch ich den Ritt.“

„Ihr seid auch der Herr, und es steht Euch wohl an", brummte Ildorenim. „Das fehlte noch, dass der Herr zu Fuß geht und der Treiber reitet."

Zwei Tage zuvor hatten sie die Hauptstadt des Königs der Pferdelords verlassen und vor einem Tag die Grenze zur Reitermark überschritten. Die Reitermark bestand überwiegend aus einer großen Ebene, die üppig mit Gras bewachsen war und auf der die besten Pferde gediehen. Sanfte Hügel erhoben sich über die Ebene, die nur von wenigen Wäldern bestanden war. Der Fluss Eisen bildete die Grenze zwischen der Reitermark und der Westmark, hinter welcher das Dünenland der Barbaren begann.

Die Handelsstraße wurde hier seltener benutzt und war daher nicht so gut gepflegt. Einige der Platten hatten sich im Laufe der Jahre gesenkt, andere waren unter der Einwirkung der Witterung gesprungen, doch noch immer lief der Warenverkehr über diese Straße.

Um Handel mit der Westmark oder der Hochmark zu treiben, musste man auf die andere Seite des Flusses Eisen wechseln. Er entsprang im Gebirge, ein gutes Stück südlich der Hochmark, und da er von vielen Gebirgsbächen gespeist wurde, gewann er rasch an Kraft. Besonders an den Engstellen wurde er reißend und bot auch sonst nur wenige Stellen, an denen ein Reiter es riskieren würde, ihn zu durchqueren. Doch beladene Fahrzeuge konnten ihn nur an den großen Furten gefahrlos passieren, wo der Fluss sich stark verbreiterte und über kiesbedeckte Bänke verlief. Auf der anderen Seite des Flusses führte ein Abzweig der alten Handelsstraße zunächst nach Norden und zog dann westlich an der Hochmark vorbei zu den oberen Dünenländern. Auf seinem anfänglichen Verlauf führte dieser Abzweig zwischen dem Fluss und einem ausgedehnten

Waldgebiet entlang, an dessen nördlichem Ende sich die südlichen Ausläufer des Hochmarkgebirges anschlossen.

Schon viele Reisende und Handelswagen hatten die Furten genutzt, so dass man hier ein großes Gehöft mit einer Schänke errichtet hatte, die Reisenden Unterkunft und Erfrischung bot. Vor Jahren war das Gehöft bei der Schlacht um die Furten von den Orks niedergebrannt worden. Damals hatte hier auch ein Pferdefürst zusammen mit vielen seiner Männer sein Leben lassen müssen.

Doch nun war das Gehöft wieder aufgebaut worden und bot fast hundert Menschen ein Heim. Neben dem großen Bau der Schänke standen mehrere kleine Holzgebäude, die zusammen ein unregelmäßiges Viereck formten. Für die Tiere der Reisenden gab es eine Pferdekoppel, und wer wollte, konnte hier auch Pferde tauschen oder erwerben.

Ein Stück abseits weideten ein paar Rinder, und eine Schar von Kratzläufern rannte gackernd auseinander, als Lomorwins Gruppe das Gehöft erreichte. Es war ein friedvolles Bild. Nur auf einem kleinen Hügel jenseits der Ansiedlung erhoben sich zwei verwitterte Lanzen, auf denen die ausgeblichenen Schädel von Orks steckten. Sie sollten an die Schlacht erinnern, die hier einst getobt hatte.

Ildorenim wies auf den Platz vor der Schänke. „Es ist noch ein anderer Händler hier, guter Herr Lomorwin. Seht Ihr den Wagen? Eine eigenartige Konstruktion.“

Der Wagen war wirklich ungewöhnlich. Lomorwin saß ab, schritt zu dem Fahrzeug hinüber und betrachtete interessiert die Räder des Wagens. Bislang hatte er nur die massiven Scheibenräder gesehen, doch diese Räder waren anders. Sie bestanden aus einem dünnen, zerbrechlich wirkenden Reifen aus Holz, der von einem stabilen Eisenband umgeben war und durch strahlenförmig vom Mittelpunkt ausgehende Streben gestützt wurde. Das recht massive Mittelteil wiederum steckte auf der Achse des Wagens.

„Gefällt er Euch?“

Lomorwin blickte auf und sah einen Mann vor das Gasthaus treten. Der Gürtel mit den vielen Taschen daran wies ihn sofort als Händler aus, doch da man einander als Händler kannte, musste Lomorwin nicht weiter forschen. „Guter Händler Waltram, es ist eine Freude, Euch zu sehen. Ja, mir ist Euer Wagen aufgefallen. Dergleichen Räder sah ich noch nie zuvor.“

Waltram hakte mit stolzer Geste seine Daumen hinter den Leibgurt und nickte. „Das glaube ich wohl, guter Händler Lomorwin. Die Räder sind sehr leicht, wie Ihr seht, und dennoch sehr stabil. Dadurch kann der Wagen mehr Last tragen. Ich habe ihn aus der Hochmark. Nur dort bauen sie diese Räder.“

„Aus der Hochmark, sagt Ihr? Genau dorthin führt mich mein Weg.“

Waltrams Gesicht verfinsterte sich. „Wenn Ihr in die Hochmark reist, guter Händler Lomorwin“, sagte er eindringlich, „dann seid wachsam und haltet Ausschau nach Barbaren. Dort, wo das Gebirge beginnt und sich die alte Straße nach Westen wendet, gibt es zwar einen kleinen Posten der Pferdelords, doch immer wieder schlüpfen räuberische Barbaren an unübersichtlichen Stellen hindurch. Ihr wisst ja, guter Händler Lomorwin, die Streifscharen der Pferdelords patrouillieren an den Grenzen, doch sie können nicht überall zugleich sein.“

„Habt Dank für Eure Sorge“, erwiderte Lomorwin. „Aber soweit ich hörte, sind die Grenzen ruhig. Wir werden unsere Augen dennoch offen halten, und glaubt mir, mein grauhaariger Pferdelord Ildorenim hat noch immer scharfe Augen.“

„Nun, mir selbst sind keine Barbaren begegnet“, bekannte

Waltram. „Ich war zuvor in der Westmark und hörte dort ebenfalls, dass es an den Grenzen zu den Barbaren ruhig sein soll. Allerdings habe ich ein ungutes Gefühl, es ist schon etwas zu lange her, dass sie einen Raubzug versuchten."

Ildorenim lachte leise auf. „Sie haben sich jedes Mal blutige Nasen geholt. Vielleicht haben sie nun genug."

Waltram sah den grauhaarigen Pferdelord an und seufzte. „Einst waren sie es, die uns blutige Nasen verpassten, guter Herr Pferdelord. Vergesst nicht, dass sie uns aus unserer Heimat vertrieben haben."

„Das wird ihnen nicht noch einmal gelingen", knurrte Ildorenim grimmig.

Waltram lachte auf. „Aber was sollen solch trübe Gedanken, Ihr guten Herren. Unser Handwerk ist der Handel, und der entwickelt sich prächtig."

Während Waltrams Tross mitsamt den Wagen weiterzog, übernachtete Lomorwin mit seinen Leuten im Gasthaus. Am nächsten Morgen wechselten sie auf die andere Seite des Flusses und zogen dem Gebirge entgegen. Der Weg führte sie am legendären Hammerturm vorbei, der sich über einem kreisförmigen Areal erhob, das wohl zwei Tausendlängen umfasste und einen wüsten, trostlosen Anblick bot. Klaffende Spalten durchfurchten den Boden, über den noch immer die zermalmten und verbrannten Überreste von Waffen und anderem Kriegsgerät verstreut lagen. Es war offensichtlich, dass hier einst eine furchtbare Schlacht getobt hatte. Welche Mächte mussten hier aufeinandergeprallt sein, um so eine Zerstörung zu bewirken? Der Boden war noch immer an einigen Stellen verbrannt, doch inzwischen schob sich neues Gras über diese Wunden, und Bäume begannen das Areal von Neuem zu erobern. Die Natur holte sich zurück, was Menschen und Orks ihr genommen hatten.

Menschen, Orks und der Weiße Zauberer. Denn es war ungewiss, welcher Seite man die Weißen Zauberer überhaupt zurechnen sollte. In früheren Zeiten waren die Weißen und Grauen Zauberer die Freunde der Menschen gewesen, doch seit der großen Schlacht auf der Ebene von Alneris hatte niemand mehr von einem Zauberer gehört. Lomorwin konnte nicht glauben, dass diese mächtigen Wesen nicht mehr existierten. Irgendwo musste es sie noch geben, aber keiner wusste, wo, und keiner wusste, ob sie den Menschen noch wohlgesinnt waren. Zur Zeit der letzten großen Schlacht hatten jedenfalls einige der Zauberer auf der Seite des Schwarzen Lords gewirkt.

Die Zauberer waren eigenartige Wesen, niemand wusste genau zu sagen, woher sie kamen. Sie waren unsterblich wie die Elfen und verfügten über starke Zauberkräfte und großes Wissen. Sie begannen als Graue Zauberer und zogen in dieser Phase ihres Lebens durch die Länder, sammelten Kenntnisse und taten wunderliche Dinge, meist zur Freude der anderen Lebewesen, denn die Zauberer waren stets freundlich und hilfsbereit. Irgendwann stiegen sie dann in die Phase des Weißen Zauberers auf. Von diesem Moment an lebten sie an einem festen Ort, wie dem Hammerturm. Doch nun schien es keine Zauberer mehr zu geben, weder Graue noch Weiße.

Lomorwin und seine Begleiter betrachteten den Hammerturm mit Unbehagen und waren froh, als sie ihn und die umliegenden Wälder hinter sich gelassen hatten. Das Gelände vor ihnen stieg nun erst sanft, dann immer steiler an, bis es sich zu den Ausläufern des Gebirges auffaltete.

Lomorwin registrierte mit Unbehagen den Sonnenstand. „Wir werden die Hochmark nicht vor der Nacht erreichen." Ildorenim nickte zustimmend. „Ich denke, wir sollten uns einen geschützten Platz für das Nachtlager suchen. Die Worte des Händlers gehen mir nicht aus dem Sinn."

„Ja, ich spüre deine Anspannung, mein guter Freund."

Vor ihnen tauchten die Überreste einer alten Festung auf. Ildorenim wies auf die Ruinen. „Ein ehemaliger Grenzposten. Vielleicht noch aus der Zeit der ersten Könige, guter Herr Lomorwin. Er scheint zerfallen, aber ich denke, seine Mauern bieten noch immer Schutz."

Lomorwin nickte. „Du hast sicher Recht. Nun gut, verbringen wir die Nacht im Schutz der alten Mauern. Morgen ziehen wir dann weiter in die Hochmark."

5

Die Höhle lag weit im Osten, noch ein gutes Stück hinter den weißen Sümpfen. Es war eine große Höhle, eigentlich eher ein Höhlensystem. In dem oberen Gewölbe konnte man auf einem Felsabsatz Ruinen erkennen, die verrieten, dass einst Zwerge hier gelebt und geschürft hatten, doch nun reichte das Labyrinth aus Gängen und Kavernen sehr viel tiefer in die Erde hinein, als Zwerge je gegraben hätten. Je tiefer man kam, desto wärmer wurde es, und aus manchen Spalten im Fels loderten die Flammen brennenden Gesteins hervor. An den Wänden der Höhle zogen sich breite Stege entlang, die aus Holz und Metall errichtet waren und mit dem umgebenden Stein verschmolzen schienen, als seien sie gleichsam daraus hervorgewachsen. Seltsam harmonisch und zugleich doch offensichtlich Fremdkörper.

Die Höhlen waren von einer Kakophonie der verschiedensten Geräusche erfüllt. Man hörte das Hämmern von Schmieden, das Knarren riesiger Räder, welche vom Wasser herabstürzender Bäche angetrieben wurden, und das Gebrüll der Wesen, die diese Welt mit dumpfem Leben erfüllten.

Die Decke der oberen Höhle, welche einst die Zwergenstadt barg, war aufgebrochen worden, damit man rasch an die Oberfläche gelangen konnte. Dort oben stand eine Stadt, die eine für menschliche Sinne verwirrende Ordnung aufwies. Aber es war ja auch eine Stadt der Orks. Hier gab es weder Geschäfte noch Schänken, nur endlos scheinende Reihen von kleinen Hütten, die aus Stein oder aus Holz errichtet waren und bei deren Bau offensichtlich alles Verwendung gefunden hatte, was den Besitzern der Hütten in die Hände fiel. In die Mauern waren wahllos Rüstungsteile eingelassen, die sowohl von Orks als auch von deren Feinden stammten. Manchmal schienen die Trophäen dazu zu dienen, den Ruhm des Hüttenbesitzers zu bezeugen, doch meist verdeckten sie nur Löcher und Risse in den Wänden oder Dächern.

An verschiedenen Stellen der Stadt waren Fütterungsstellen angelegt, über denen beständig Rauch aufstieg. Hier sammelten sich die Orks, um ihre Rationen zu empfangen, wobei immer wieder Streit entstand, der von bewaffneten Rundohren rücksichtslos geschlichtet wurde. Und wer mit seiner Essensration nicht zufrieden war, endete rasch selbst als Nahrung.

Diese Stadt schien ohne Ordnung und unbeständig, denn da die Legionen täglich wuchsen, dehnte sich auch die Stadt jeden Tag weiter aus.

Einst hatten hier riesige Wälder gestanden. Uralte Bäume mit runden oder spitzen Blättern und gewaltigen Stämmen. Nun wucherte die Stadt der Orks auf einem immer größer werdenden baumlosen Areal. Kolonnen von Arbeitern rückten in endlosen Strömen aus, schlugen Bäume und schleiften sie in die Stadt. Dort wurden die Äste abgetrennt und, so sie eine akzeptable Länge und einen geraden Wuchs aufwiesen, zu Lanzen und Pfeilen verarbeitet. Die Stämme warf man durch das große Loch in das unterirdische Höhlensystem, doch der Bedarf an Holz war kaum zu stillen, denn die Legionen wuchsen.

In einer Seitenhöhle des Gangsystems beobachtete ein Ork in einer tiefroten Robe, wie fast gleichzeitig ein Spitzohr und ein Rundohr aus ihren Schleimbeuteln hervorgezerrt wurden. Der Ork war der Brutmeister dieser Stätte und als Herr über Leben und Tod verantwortlich für das Wachstum der Legionen. Als der frische Wurf von seinem Schleim befreit wurde, stieß der Brutmeister ein heiseres Knurren aus, und in seinem fast menschlich wirkenden Gesicht zeigten sich für einen Moment die kräftigen Fänge eines Rundohrs. Er packte einen der Brutgehilfen bei dessen brauner Robe und zog ihn zu sich heran.

„Du da, der Schwarze Lord ist nicht zufrieden. Er will eine höhere Wurfrate."

Das Spitzohr quiekte ängstlich. „Er will immer eine höhere Wurfrate. Immer mehr. Was sollen wir denn machen? Der Schleim gibt nicht mehr her."

Der Brutmeister fauchte, und das Spitzohr legte unterwürfig seine Ohren an. „Brutmeister, wir tun, was wir können. Wir haben ein Stück tiefer weitere Höhlen angelegt. Dort ist die Hitze größer, aber die Nährstoffe sind knapp. Ihr wisst doch, Brutmeister, die große Hitze zerstört die Nährstoffe." Das Spitzohr deutete mit seinen Händen zwei Schüsseln an und verschob sie dann langsam gegeneinander. „Es gilt abzuwägen, Brutmeister, zwischen der Hitze und dem Gehalt der Nährstoffe. Zu viel von dem einen bedeutet zu wenig von dem anderen."

Der Brutmeister ließ das Spitzohr los. „Der Schwarze Lord interessiert sich nicht dafür. Er erwartet Ergebnisse. Die Formierung der Legionen dauert ihm zu lange. Er will mehr Legionen, und er will sie schneller."

„Er will mehr Legionen, und er will sie schneller", äffte das Spitzohr nach und machte einen Satz nach hinten, als die Klaue des Brutmeisters vorschnellte. Das Spitzohr war zu langsam, und der Brutmeister schnürte seine Hand um die Kehle des Brutgehilfen, der erneut quiekte und dann ängstlich unter sich auf den Boden machte.

Der Brutmeister bleckte seine Fänge. „Vielleicht solltest du öfter unter dich machen, du Made", zischte er. „Wenigstens ein paar Nährstoffe, die du hervorbringst. Aber vielleicht sollte ich dich auch gleich ganz verfüttern, was meinst du?"

Das Spitzohr schüttelte hastig den Kopf, streckte diesen dann in den Nacken und entblößte unterwürfig seine Kehle. Der Brutmeister knurrte verächtlich und ließ das Spitzohr fallen, das nun eilig aus der Reichweite seiner Arme krabbelte.

Dann sah der Brutmeister zu den frisch geschlüpften Orks und beobachtete, wie man ihnen die Augen auswusch. „Gibt es wenigstens Fortschritte bei den Augen?"

Die Ohren des Brutgehilfen legten sich noch platter an den Schädel als zuvor. „Äh, Brutmeister, wir haben wirklich alles versucht. Die unterschiedlichsten Zusammensetzungen der Nährstoffe, Wechselwärme ..."

„Also ein Fehlschlag", stellte der Brutmeister fest.

„Unsere Augen sind hervorragend", sagte das Spitzohr hastig. „In der Nacht sehen wir weitaus besser als die Menschenwesen."

„Das ist es ja, du Made!", brüllte der Brutmeister wütend, und hätte das Spitzohr noch über ein wenig Darminhalt verfügt, hätte es nun gewiss auch diesen unrühmlich verloren. „Wir sehen gut in der Nacht, das ist wahr, doch das Tageslicht blendet uns viel stärker als die Menschen. Sie machen sich das zunutze, du Made. Sie blenden uns mit Feuern, die sie von den Wällen ihrer Festungen werfen, oder formieren sich so, dass uns die Sonne in die Augen scheint. Wir brauchen Augen, die den ihrigen auch am Tag ebenbürtig sind. Der schwarze Lord kann nicht immer dunkle Wolken schicken, die unsere Augen abschirmen."

„Aber das müsste ihm doch leichtfallen, bei all seiner Macht."

Der Brutmeister musterte den Gehilfen. „Was willst du denn damit sagen?"

„Nichts“, versicherte das Spitzohr hastig. „Gar nichts.“

Der Brutmeister wies auf die geschlüpften Orks. „Rote Augen. Immer nur rote Augen. Sie sind tagsüber zu empfindlich. Schaffe mir Orks mit einem roten und einem blauen Auge, und der Schwarze Lord wird zufrieden sein.“

„Aber das geht nicht, Brutmeister“, beteuerte das Spitzohr. Dann dachte er an das Schicksal einiger seiner Vorgänger und fügte schnell hinzu, dass man es natürlich versuchen werde. „Immer weiter werden wir es versuchen, Brutmeister, und bald wird es uns sicherlich gelingen.“

„Es sei dir angeraten, Made.“ Der Brutmeister spuckte aus und wandte sich um.

Das Spitzohr lehnte sich ächzend an die Wand, als die große Gestalt mit der roten Robe die Höhle verlassen hatte, dann schaute es zu den anderen Spitzohren hinüber. „Gebt euch mehr Mühe, ihr Maden, oder ich lasse euch als Nährstoff verfüttern. Ihr habt den Meister gehört, strengt euch stärker an.“

Der Brutmeister schritt einen der Stege entlang und musterte zufrieden das geschäftige Treiben um ihn herum. Die Rüstungsproduktion schritt gut voran. Sie fanden viel gutes Erz, aus dem sie das Eisen für Harnische und Waffen gewinnen konnten. Aus einer der Nebenhöhlen drang Gebrüll zu ihm herüber, und als er einen Blick hineinwarf, sah er, wie sich eine Gruppe von Rundohren stritt. Die aggressiven Wesen gingen mit Klauen und Fängen aufeinander los, bis einer der Unterführer dazwischentrat und zwei von ihnen mit dem Schlagschwert zu Nährstoff verwandelte. „Spart euch eure Kräfte für die Menschenwesen auf“, knurrte der Unterführer. „Es gibt noch genug davon für jeden von euch. An ihnen könnt ihr euch gerne austoben, ihr Maden.“

Der Brutmeister war recht zufrieden mit den Rundohren.

Hervorragende Schläger, die Mut im Kampf bewiesen. Es war bedauerlich, dass sie nicht zu mehr taugten. Sie waren nicht wirklich dumm, aber sie verspürten keine Neigung, kompliziertere Handlungen auszuführen, und begnügten sich damit, mit Rüstung, Schlagschwert und Spieß auf den Feind loszustürmen. Darin waren sie gut, das machte ihre Stärke aus.

Die kleinen Spitzohren waren schlauer, daher wurden sie auch zu Bogenschützen ausgebildet. Sie hatten zwar nicht den Mut der Rundohren, aber sie waren gut geeignet, Hinterhalte zu legen oder Massen von Pfeilen auf den Feind zu schießen. Etliche von ihnen konnten inzwischen auch gut mit den neuen Querbogen umgehen, die kleine metallene Bolzen verschossen, welche jede Rüstung durchschlugen. Die Spitzohren waren es auch, die die komplizierteren Belagerungsgeräte wie Bolzenwerfer, Katapulte und Belagerungstürme bedienten. Für Sturmleitern waren die kleinen Burschen nicht geeignet. Man brauchte nun einmal Mut, die Leitern an eine verteidigte Mauer zu stellen und hinaufzuklettern, und das lag wiederum eher den Rundohren.

Der Brutmeister stieß ein leises Fauchen aus, als er wieder an die Augen denken musste. Sie waren ein wirkliches Ärgernis. In der Dunkelheit, wenn die Orks den Menschen an Sehkraft überlegen waren, zogen sich diese in den Schutz ihrer Festungen und Häuser zurück. Und wenn die Orks dann angriffen, entzündeten die Menschenwesen Feuer oder schleuderten brennende Bündel über die Mauern hinab, welche die Orks blendeten. Er konnte den Wunsch des Schwarzen Lords durchaus verstehen, aber noch niemand hatte einen Weg gefunden, die Augen der Orks weniger lichtempfindlich werden zu lassen.

Er stieg in die obere Höhle hinauf und sah die Ruinen der alten Zwergenstadt vor sich liegen.

Es war schon lange her, dass die Legionen sie eingenommen hatten, und längst waren alle Zwergenwesen als Nährstoff verfüttert worden. Der Brutmeister räumte ein, dass man möglicherweise ein wenig zu vorschnell gehandelt hatte, denn inzwischen hatte man entdeckt, dass die Tätigkeit der Zwerge für die Orks hilfreich sein konnte. Aber vielleicht war es noch nicht zu spät. Nun hatte man eine andere Zwergenstadt eingenommen, und deren Bewohner hatte man verschont. Zumindest die meisten von ihnen, denn in der Legion hatte es einige knurrende Mägen gegeben. Der Brutmeister spürte, wie ihm der Speichel aus den Fängen sickerte, als er an das saftige Fleisch eines Zwergenwesens dachte. Doch man würde sich noch ein wenig gedulden müssen, bis es zum Festmahl kam. Erst mussten die Zwerge ein wenig arbeiten.

Der Brutmeister stieß ein triumphierendes Brüllen aus, und einige der Umstehenden sahen ihn furchtsam an. Er bleckte die Zähne. „An die Arbeit, ihr Maden. Habt ihr nichts zu tun?“

Ah, die Zwerge würden es sein, die endlich den Untergang des Menschengeschlechts ermöglichten. Er selbst würde dafür sorgen, dass die Legionen weiter wuchsen.

6

Am Ostrand der Stadt Eternas lagen die Töpfereien. Sie standen nahe des Flusses, dessen lehmiges Ufer reichen Rohstoff für Töpfe, Teller und Becher, für Vasen und Schalen bot. Inmitten der Töpfereien stand ein kleines Haus, das sich deutlich von den anderen unterschied, denn davor waren nicht die üblichen Regale mit feilgebotenen Tonwaren aufgebaut, sondern Gestelle, die mit ungewöhnlich kleinen Fellen bespannt waren. Sie stammten von jenen Nagetieren, welche die Bewohner plagten, indem sie sich an ihren Vorräten gütlich taten.

An einem der Gestelle stand ein grobschlächtig wirkender, stämmiger Mann mit dichtem schwarzen Haar und einem buschig wirkenden Vollbart, an dem abzulesen war, dass der Mann vor kurzem ein Ei gegessen hatte. Der Mann fädelte sorgfältig einen dünnen Lederriemen durch das Fell eines Nagers und verspannte den Faden am Rahmen.

„Man muss sehr darauf achten, dass man die kleinen Kerle nicht zerquetscht“, sagte der stämmige Mann zu einem anderen, der ihm bei der Arbeit zusah. „Wenn die Körper aufplatzen, leidet das Fell darunter, Toslot.“

Toslot war einer der Bauern Eternas’ und von eher schmächtiger Statur. Er wurde von ebenjenen Nagetieren geplagt, die der stämmige Mann namens Barus mit erstaunlicher Kunstfertigkeit erlegte. Barus war stolz auf seine Fähigkeiten, denn er jagte die Nager nicht nur mit Fallen, sondern vor allem mit der mächtigen Holzkeule, die zu seinem Markenzeichen geworden war. Er verstand diese Keule zielsicher zu schwingen und ebenso effektiv zu werfen.

Barus strich über einige der getrockneten Felle. „Die kleinen Kerle mögen ja ein Ärgernis sein, Toslot, aber sie haben ein wunderschönes weiches Fell. Daraus lassen sich erstklassige Pelze fertigen."

Toslot rieb sich die Nase und beäugte die Rahmen vor Barus' Haus. „Da braucht man aber viele Felle für einen ordentlichen Pelz."

Barus lachte auf. „Es gibt ja auch viele Nager, mein Freund."

Dann musterte er den Bauern nachdenklich. „Ich stehe dir natürlich gerne zu Diensten, Toslot. Du sagst, auf deinem Feld und in deinem Speicher tummeln sich viele von ihnen?"

„Schrecklich viele", seufzte der Bauer. „Sie fressen mir noch alle Körner vom Acker."

„Ja, nun", Barus blickte zu seiner Keule, die an der Wand seines Hauses lehnte. „Das hört sich nach einer Menge Arbeit an. Es wird nicht billig, Toslot, mein Freund."

Toslot legte die Ohren an und erinnerte Barus in diesem Moment an ein verschrecktes Spitzohr der Orks. Natürlich kannte Barus die Orks. Er hatte gegen sie gekämpft, als sie die Hochmark überfielen. Der schmächtige Bauer seufzte leise. „Vielleicht sind es doch nicht ganz so viele. Außerdem ist deine Keule ziemlich groß. Es mag ja sein, dass du gleich mehrere auf einen Schlag triffst."

„Unsinn", knurrte Barus. „Nicht, dass ich diese Kunst nicht beherrschen würde. Wenn sie einer beherrscht, dann ich. Aber wenn ich mehrere auf einen Schlag erwischen will, muss ich sehr kraftvoll zuschlagen. Das ruiniert mir die Felle, Toslot, mein Freund. Ich kann sie dann nicht mehr zu Pelz verarbeiten lassen." Er strich sich über den Vollbart, und etwas Eigelb tropfte auf den Boden. „Den Verlust müsstest du mir dann natürlich ersetzen."

„Ich, äh, könnte Hardim fragen", wandte Toslot zögernd ein, um den Preis etwas zu drücken.

„Hardim?" Barus sah den Bauern ungläubig an und brach dann in schallendes Gelächter aus. Seit die Bevölkerung Eternas' gewachsen war, hatte Barus Konkurrenz bekommen. Er schlug dem schmächtigen Mann belustigt auf die Schulter, und Toslot taumelte gegen die Wand des Hauses. „Hardim, diese alte kraftlose Gestalt? Der kann doch kaum noch sehen. Und wenn er irgendwo hinsieht, dann schielt er dabei." Barus lachte erneut und schlug sich amüsiert auf den Schenkel. „Du kannst ihn vielleicht als Vogelscheuche auf die Felder schicken, dafür mag er taugen. Weißt du übrigens, warum er an dem einen Fuß nur noch vier Zehen hat? Weil der halbblinde Hardim in seine eigene Nagerfalle getappt ist." Er lachte erneut. „Aber gut, hol nur Hardim, deine Nager werden sich jedenfalls darüber freuen."

„Schon gut." Toslot stieß ein leises Keuchen aus. „Es würde mir reichen, wenn du mir den Kornspeicher frei hältst."

Barus wurde plötzlich ernst und sah den Bauern forschend an. „Zwei Becher Korn für jeden Nager."

„Was?" Toslot riss entsetzt die Augen auf. „So viel frisst kein Nager. Du nimmst mir mehr als diese kleinen Ungeheuer."

„Unsinn." Barus wies auf seine Felle. „Ich nehme das Korn nur einmal. Ein Nager bedient sich öfter bei dir."

Toslot seufzte. Diesem Argument hatte er nichts entgegenzusetzen. „Also gut. Einen Becher."

„Anderthalb."

„Abgemacht."

Barus und Toslot stießen die Knöchel ihrer Fäuste aneinander, um ihr Geschäft zu besiegeln, und der Bauer konnte nur mühsam einem zweiten freundschaftlichen Stoß des Nagerjägers ausweichen. Barus nahm seine Keule und legte sie über seine Schulter. „Darauf sollten wir einen Becher heben, Toslot, mein Freund. Lass uns zum ‚Donnerhuf' gehen und hören, was es Neues gibt."

Barus' gewalttätiges Handwerk rief bei ihm oftmals einen starken Durst hervor, und daher gehörte der stämmige Nagerjäger zur Stammkundschaft des ‚Donnerhufs'. Der ‚Donnerhuf' lag nahe dem Ortseingang der Stadt. Der Wirt Malvin, ein ehemaliger Pferdelord, hatte diesen Ort mit Bedacht gewählt. Der Blick durstiger Heimkehrer wurde magisch von dem Schild des Gasthauses angezogen. Zudem lag die Schänke weit genug von der Burg entfernt, damit sich deren Pferdelords gelegentlich ein wenig Entspannung verschaffen konnten, ohne dass die Burgwache es sofort bemerkte.

Die Schänke hatte vor einigen Jahren beim Angriff der Orks schwer gelitten. Ein aggressives Rundohr war einfach durch eine der dünnen Wände gestürmt, hatte Fenster und Türen demoliert und schließlich die Inneneinrichtung in ihre Einzelteile zerlegt. Zu Malvins Verdruss hatte das Rundohr auch noch die im Keller befindlichen Alkoholvorräte entdeckt, und als die Orks bezwungen waren, waren dem Wirt nur zwei Fässer seines berüchtigten, nach eigener Rezeptur angesetzten Blutweins geblieben, deren Inhalt nun noch übler gerochen hatte als zuvor. Malvin hatte ernsthaft vermutet, dass das betrunkene Rundohr sich in die Fässer erleichtert hatte, aber er sagte sich auch, dass der Alkohol alle schädlichen Substanzen vernichtet haben würde, und letztendlich hatten die Gäste auch dieses Zeug anstandslos getrunken. Malvin hatte den ‚Donnerhuf' wieder aufgebaut, sogar etwas größer als zuvor, denn der Angriff der Orks auf die Hochmark lieferte eine Menge guter Geschichten, und gute Geschichten riefen guten Durst hervor.

Die Geschichten und der Durst seiner Gäste hatten Malvin zu einem gewissen Wohlstand verholfen, was an dem schmalen Gehweg und dem Vordach aus echtem Holz erkennbar war, die der Wirt des ‚Donnerhufs' hatte errichten lassen.

Barus stapfte schwerfällig neben Toslot her über die hölzernen Bohlen des Gehwegs auf den ‚Donnerhuf' zu und stieß dann die Tür zum Schankraum auf. Selbst zu dieser Tageszeit war der ‚Donnerhuf' halb voll mit Gästen. Die Hochmark hatte sich schnell von dem Ansturm der Orks erholt, und Zuwanderer aus anderen Marken strömten herbei, so dass die Zahl der durstigen Kehlen gestiegen war. Insoweit konnte Malvin sehr zufrieden mit den Entwicklungen sein. Aber inzwischen gab es auch unangenehme Gerüchte. Sehr unangenehme Gerüchte, denn man erwog offenbar, eine zweite Schänke in Eternas zu eröffnen. Immerhin kannte nur er das Rezept für den echten Blutwein, und bei ihm waren die besten Geschichten zu hören. Er schätzte daher vor allem jene Gäste, die eine gute Geschichte zu erzählen wussten, wie Guntram, der alte Schmied, und vor allem Barus, der als Nagerjäger weit herumkam. Doch leider hatte Barus in der letzten Zeit einen zunehmenden Durst entwickelt, der dem Fluss seiner Erzählungen abträglich war.

Malvin sah daher mit einem zwiespältigen Lächeln zu Barus hinüber, während er mit einem Lappen über die polierte Steinplatte seines Tresens wischte. Die Platte war mit wertvollen Intarsien aus Holz geschmückt, doch Malvin ärgerte sich inzwischen über seine Angeberei, denn Blutwein, Gerstensaft und der Mageninhalt betrunkener Gäste hatten Spuren auf dem kostbaren Holz hinterlassen, die auch durch eifriges Reiben nicht mehr zu entfernen waren.

„Barus, mein Freund", grüßte er jovial und breitete die

Arme aus. „Es hat den Anschein, als brächtest du guten Durst mit. Einen Gerstensaft?"

„Was sonst." Barus lehnte sich an den Tresen. „Und rühr vorher nicht so darin herum. Du weißt, ich mag den Gerstensaft lieber als den Schaum."

„Sicher, mein Freund, sicher." Malvin beugte sich zu dem Fass hinunter, ließ Gerstensaft in einen gebrannten Becher fließen und schüttelte ihn unauffällig. Ein gewisses Maß an Schaum gehörte zum Gerstensaft einfach dazu, das war besser für den Geschmack – und für Malvins Vorräte.

Barus hörte eine merkwürdig keifende Stimme aus dem Hintergrund der Kneipe hervordringen. Er runzelte die Stirn. „Esyne?"

„Wer sonst", seufzte der Wirt. „Ganz im Vertrauen, Barus, mein Freund, manchmal frage ich mich wirklich, ob es nicht besser gewesen wäre, die verdammten Orks hätten sie erwischt."

„Ja", stimmte Toslot zu, der an die Theke getreten war und ebenfalls einen Gerstensaft bestellt hatte. „Es wäre zumindest besser für unsere Ohren."

Barus zuckte die Achseln. „Sie macht gute Schuhe."

Esyne war eine der Schuhmacherinnen von Eternas, und ihre Kunstfertigkeit wurde geschätzt. Zudem war die blonde Frau überaus attraktiv und zog die Blicke der Männer auf sich. Doch Esyne war auch für ihre Streitlust und ihre scharfe Zunge bekannt, und sie schreckte auch nicht davor zurück, ihre Argumente handgreiflich zu untermauern. Ihre Stimme war unverkennbar. Offensichtlich stritt die blonde Frau gerade mit einem der anderen Gäste, und viele hörten der hübschen Esyne belustigt zu, deren Repertoire an unflätigen Bemerkungen beträchtlich war.

In jener Nacht, als Orks in die Stadt Eternas eindrangen und viele ihrer Bewohner erschlugen, hatte Barus mit ansehen müssen, wie eine blonde Frau von den Orks getötet wurde, und dabei geglaubt, Esyne erkannt zu haben. Damals hatte er überrascht festgestellt, dass ein Verlust der Schuhmacherin ihn schmerzen würde. Doch dann hatte sich herausgestellt, dass es eine andere Frau gewesen war, und als Barus nun die keifende Stimme hörte, musste er sich über seine damaligen Gefühle wundern.

„Man sollte einmal ordentlich mit ihr knarrzen", murrte Toslot und trank durstig von seinem Gerstensaft. „Dann käme sie auf andere Gedanken."

„Es gibt nicht wenige, die sie gerne einmal in ihre Bettstatt nehmen würden", stimmte Barus zu. „Doch zuvor müsste man sie vermutlich knebeln."

„Das würde mich nicht sonderlich stören", bekannte der schmächtige Bauer.

Toslot trank erneut, und Barus sah den Wirt augenzwinkernd an. „Drei?"

Es war bekannt, dass der Bauer nicht viel vertrug, und Malvin schüttelte bedauernd den Kopf. „Barus, du weißt doch, was Esyne immer sagt, nicht wahr? Toslot verträgt nicht mehr als zwei Becher und den Schaum vom dritten."

„Ihr Narren, allesamt seid ihr Narren", drang Esynes Stimme durch die Schänke, und Toslot verschluckte sich, als sich die Gestalt der blonden Schuhmacherin auf die Theke zubewegte.

„Allesamt seid ihr Narren", wiederholte die hübsche Frau und lehnte sich neben Barus an den Tresen. „Ach, hallo, Barus, ich dachte mir doch gleich, dass ich diese Keule kenne." Sie blickte zu Toslot. „Mach langsam, Toslot, dir steigt schon der Schaum vor den Mund. Nicht mehr lange, und der Rest wird nachfolgen."

Der schmächtige Bauer errötete und schob sich ein wenig zur Seite. Esyne bestellte sich Blutwein und prostete Barus damit zu. „Ich sage dir, Barus, seitdem wir wieder Handel mit den Marken des Königs treiben, wimmelt es hier nur so von Narren. Ich bin bekannt für meine guten Schuhe, nicht wahr, Barus, mein Freund?"

„Ja, das stimmt." Barus nickte bekräftigend. „Meine Stiefel sind auch von dir gefertigt, und ich muss sagen, es sind sehr gute Stiefel."

„Na also." Esyne lächelte wohlwollend und sah kurz zu Toslot hin, dessen Augen bereits leicht glasig wurden. Dann warf sie Malvin einen fragenden Blick zu. „Wie viele hat er schon?" Malvin hielt zwei Finger hoch, und Esyne nickte. „Dann fällt er gleich um."

„Was hat dich eigentlich so erzürnt?", brummte Barus und wies mit dem Kopf zu der Ecke, in der Esyne zuvor gesessen hatte.

„Ach, es geht um Helderim, diesen Narren."

„Den Händler?"

„Ja", fauchte sie. „Helderim, den Händler. Dieser Narr. Soll er sich ruhig ins Unglück stürzen."

„Was für ein Unglück?" Malvin beugte sich interessiert vor. „Ist etwas passiert?"

„Noch nicht", knurrte Esyne, und Malvin machte ein enttäuschtes Gesicht. „Ich fertige wirklich ausgezeichnete Schuhe, wie ihr wisst."

„Ja, das tust du", bestätigte Barus nochmals und sah zu Toslot, als dieser einen leisen Seufzer ausstieß. Toslot schaute Barus mit glasigem Blick an, verdrehte dann die Augen und kippte unvermittelt aus dem Gesichtsfeld des Nagerjägers. Der Bauer war seinem gewohnten Maß treu geblieben.

Esyne blickte kurz über Barus hinweg und grinste breit. „Ah, es lohnt sich nicht einmal, Wetten auf ihn anzunehmen. Es sind immer zwei Becher und …"

„… der Schaum vom dritten", ergänzten Malvin und Barus gleichzeitig und grinsten einander an.

„Wenigstens verunreinigt er heute nicht den Boden", brummte Malvin erleichtert.

Doch Toslot schien die Bemerkung gehört zu haben, und während er die Scharte auswetzte, blickte der Wirt ächzend zur Decke der Schänke hinauf. „Also bleibt er sich auch darin treu."

„Nun, was ist mit Helderim, dem Händler?", nahm Barus den Faden wieder auf.

„Schuhe und Stiefel", knurrte Esyne missmutig. „Es geht natürlich um Schuhe und Stiefel. Helderim meint doch tatsächlich, wir Schuster in Eternas könnten nicht mehr genug davon anfertigen. Er will jetzt Schuhe und Stiefel aus der Nordmark erwerben und in seinem Laden anbieten. Aus der Nordmark, ha!" Esyne leerte ihren Becher mit Blutwein und ließ sich nachschenken. „Die haben doch keine Ahnung, welches Schuhwerk wir brauchen. Bei dem steinigen Gelände der Hochmark muss eine Sohle gut und fest sein. Wir laufen nicht auf solch zartem Boden herum wie die aus der Nordmark, ha!"

Barus glaubte nicht, dass das Schuhwerk aus der Nordmark schlechter war, aber Esynes stimmliche Qualitäten geboten ihm, seine Meinung für sich zu behalten.

„Nun, was ist, was meinst du?" Esyne stieß Barus auffordernd an. „Brauchen wir das Zeug aus der Nordmark?"

Malvin blickte über sie hinweg zu einem der Fenster und polierte geistesabwesend die Platte seines Tresens. Der Rahmen des Fensters war mit frisch geöltem Darm bespannt und bot einen annähernd freien Durchblick auf die Straße, die am ‚Donnerhuf' vorbei nach Eternas hineinführte.

Barus bemerkte, dass Malvins Aufmerksamkeit von einem Vorgang auf der Straße abgelenkt wurde. „Was ist los?"

„Reiter", murmelte Malvin irritiert und ließ seinen Lappen sinken.

Der Schankwirt war früher ein erfahrener Pferdelord gewesen, und aus seiner Reaktion schloss Barus, dass an diesen Reitern etwas nicht stimmte. Er wandte sich um und erkannte den Grund für Malvins Irritation. Einer der Reiter, der von ungewöhnlich kleiner Statur war, trug einen anderen Mann vor sich im Sattel.

„Es scheint Ärger gegeben zu haben", sagte Malvin und trat hinter seinem Tresen hervor. „Das muss eine der Scharen sein, die an der Grenze patrouillieren."

„Vielleicht sind sie dort auf Barbaren gestoßen?", mutmaßte Barus.

Auch andere Gäste waren auf das Geschehen aufmerksam geworden und traten nun zu den Fenstern an der Stirnseite des Schankraums, um noch einen Blick auf die vorbeireitende Gruppe zu werfen. Malvin schob den Lappen nervös von einer Hand in die andere. „Sie haben Verwundete, und es fehlt ein Pferd. Es hat offenbar eine Menge Ärger gegeben."

Sie traten hinaus unter das kleine Vordach der Schänke und sahen der Gruppe nach, die langsam zwischen den Häusern verschwand.

„Ich glaube, der Kleine war Dorkemunt", sagte Esyne. „Den kenne ich. Für den habe ich ein paar wirklich feine Stiefel gemacht."

„Wir alle kennen Dorkemunt", brummte Barus. „Er hat damals den Anführer der orkischen Legion erschlagen. Aber wer, bei den Goldenen Wolken, war denn bloß der andere Kleine auf seinem Sattel?"

Das hätte Malvin auch zu gerne gewusst. Es sah ganz nach Neuigkeiten und durstigen Kehlen aus.

Sie wollten sich gerade wieder in die Schänke begeben, als Barus in südlicher Richtung erneut eine Bewegung auf der Straße wahrnahm. „Da kommt noch jemand. Sieht aber nicht nach einem Pferdelord aus."

Sie sahen eine einsame Gestalt, die drei Packpferde hinter sich herzog, welche mit Bündeln und kleinen Kisten beladen waren. Es war ungewöhnlich, dass der Mann kein Reittier dabeihatte, denn kein vernünftiger Mensch machte sich allein auf einen weiten Fußweg. Und dass dieser Mann weit gewandert war, erkannte man an seiner Erschöpfung und an der Staubschicht, die Mensch und Tiere gleichermaßen bedeckte. Die drei Pferde waren an den Zügeln miteinander verbunden und trugen keine Sättel, sondern die typischen Tragegestelle mit ihrer ledernen Verschnürung.

„Bei den Goldenen Wolken, wer ist das?", knurrte Malvin und musterte den Neuankömmling, der den ‚Donnerhuf' nun fast erreicht hatte, interessiert. „Hallo, Fremder, möge Euer Pferd Euch weit tragen", grüßte Malvin den Mann. „Und Euch zu einem guten Heim führen."

„Oh, es hat mich bereits weit getragen." Der Mann lächelte. „Oder besser gesagt, ich habe es weit geführt."

„Willkommen in Eternas", sagte Malvin eifrig und wies auf die offene Tür seiner Schänke. „Ihr könnt sicher eine kleine Erfrischung gebrauchen."

„Das ist wohl wahr", bestätigte der Fremde. Seine Stimme klang angenehm sanft, doch war sein Gesicht von der Kapuze seines langen Gewandes verborgen, die er trotz der Wärme übergestreift hatte. Jetzt trat der Mann an den Vorbau des ‚Donnerhufs' heran und schlang die Zügel des Führungspferdes an einen der metallenen Ringe, die für diesen Zweck dort eingelassen waren. Als er nun die Kapuze nach hinten streifte, kam ein freundliches Gesicht zum Vorschein. Es war schmal geschnitten und von grauem Haar umkränzt. Über seinem rechten Auge hob sich deutlich eine Narbe ab. „Mein Name ist Lomorwin", stellte er sich vor. „Ich bin Händler und komme aus der Südmark."

„Händler?" Esynes Stimme hatte diesen unterschwelligen Ton, den sie immer dann annahm, wenn ihre Besitzerin bereit war, einen Streit vom Zaum zu brechen. „Was denn für ein Händler?"

„Feinste Handelswaren, gute Frau", sagte Lomorwin lächelnd und deutete auf die zahlreichen Bündel an seinen Pferden. „Stoffe und feine Nadeln und Schmuck aus der weißen Stadt Alneris ..."

„Alneris", unterbrach Malvin überrascht. „Ihr wart in der weißen Stadt des Königreichs Alnoa?"

Lomorwin nickte. „Mein Weg führte mich weit, guter Herr."

„Dann solltet Ihr Euch stärken, guter Herr Lomorwin", sagte Malvin hastig. Ein Mann, der das ferne Königreich der weißen Bäume gesehen hatte, würde viele interessante Geschichten zu erzählen haben. Viele Geschichten für viele durstige Kehlen. „Kommt herein in mein bescheidenes Haus. Der ‚Donnerhuf' steht Euch zu Diensten, guter Herr Lomorwin."

„Was habt Ihr sonst noch zu bieten?", bohrte Esyne nach.

„Feine Geschmeide ..."

„Das sagtet Ihr schon", unterbrach Esyne schnippisch.

„Ihr mögt ihr verzeihen", beschwichtigte Malvin. „Esyne

ist unsere beste Schuhmacherin."

„Ah, Schuhe." Der Mann musterte Esyne. „Ich bedauere, aber Schuhe habe ich nicht in meinem Angebot, gute Frau Schuhmacherin."

„Keine Schuhe?" Die Miene der blonden Frau hellte sich schlagartig auf. „Auch keine Stiefel?"

„Nein", bestätigte der Händler. Er sah Esyne forschend an. „Aber ich könnte wohl damit handeln, wenn Ihr mir feine Ware bietet."

Esyne lachte leise auf und stupste den Händler erleichtert an den Arm. „Darüber können wir ja noch reden, guter Herr Lomorwin."

Malvin zupfte nun eindringlich am Ärmel des Händlers, und Lomorwin trat in die Schänke ein. Die Anwesenden sahen den Fremden neugierig an, woraufhin Malvin ihn seinen Gästen vorstellte. „Der gute Herr Lomorwin wird viel zu erzählen haben", fügte er hinzu. „Er ist ein weitgereister Mann, gerade kommt er aus dem Reich des Königs der weißen Bäume."

„Der erste Becher geht aufs Haus", verkündete Malvin und trat hinter seinen Tresen. Dann warf er einen abschätzigen Blick auf den Bauern Toslot, der friedlich vor sich hinschnarchte, und ärgerte sich darüber, den Boden noch nicht gereinigt zu haben. „Seht es mir nach, guter Herr Lomorwin, und stört Euch nicht an dem guten Herrn Toslot. Er ist ein anständiger Bauer, aber er verträgt nicht viel. Mögt Ihr Blutwein, guter Herr Lomorwin? Ihr werdet nirgendwo etwas Besseres getrunken haben, darauf könnte ich wetten. Es wachsen die fruchtigsten Trauben bei uns in der Hochmark. Ihr wart noch nie in der Hochmark, nicht wahr?"

„Meine Wege führen mich weit herum", bekannte der Händler, „doch in eurer schönen Mark bin ich nun zum ersten Mal.

Ich habe einen kleinen Laden in Enderonas, der Hauptstadt der Königsmark."

„Ah, Ihr kennt den König?"

„Ich habe die Gunst, den Hof mit feinen Stoffen zu beliefern." Lomorwin zupfte wie zur Bestätigung an seinem Gewand. Es war bodenlang, von mittelblauer Farbe und an den Seiten tief geschlitzt, um dem Träger Bewegungsfreiheit zu gewähren. Die Säume waren in unterschiedlichen Grüntönen gehalten und sorgsam bestickt. Esyne hatte sich leicht vorgebeugt und studierte aufmerksam die fein gearbeiteten springenden Pferde, die auf sie den Eindruck machten, als seien sie ineinander verschlungen. Im Licht schienen die kleinen Pferde sogar leicht zu schimmern. Lomorwin bemerkte Esynes Interesse. „Feinste Kristalle, die mit sorgsamen Stichen auf den Stoff genäht sind. Fühlt einmal, wie weich die Stickereien sind."

Der Händler war sichtlich stolz auf die Qualität der Arbeit. Um die Taille trug Lomorwin einen breiten, geflochtenen Ledergürtel, an dem einige kleine Beutel und Taschen befestigt waren. In einer metallbeschlagenen Scheide steckte ein kurzer Dolch, sonst schien er keine Waffen zu tragen.

„Habt Ihr keine Begleiter, guter Herr Lomorwin?", fragte Malvin interessiert und wies auf den Dolch. „Es drohen Euch auf Euren Wegen doch sicher mancherlei Gefahren."

„Ah, ich hatte bewaffnete Begleiter dabei", seufzte Lomorwin. „Doch ein schreckliches Unglück kostete meine Gefährten das Leben. Es geschah auf der Handelsstraße, die vom Süden heraufführt. Wir hatten den Hammerturm und die alte Grenzfeste hinter uns gelassen und gerade die Ausläufer des Gebirges erreicht, als sich ein Steinschlag löste und meine Gefährten erschlug."

„Entsetzlich", sagte Malvin mitfühlend. „Dann werdet Ihr

für den Rückweg sicher Begleitung brauchen."

Lomorwin zuckte die Achseln. „Wir werden sehen, guter Herr Wirt. Gibt es eine ordentliche Herberge in Eternas?"

„Wozu eine Herberge?" Malvin beugte sich ein wenig vor. „Sie wird Euch nicht gefallen, guter Lomorwin", flüsterte er verschwörerisch. „Sie ist nicht gerade komfortabel, und außerdem wimmelt es dort von Nagern."

Barus runzelte die Stirn und wollte einwenden, dass ihm bei seinem letzten Besuch in der Herberge nichts dergleichen aufgefallen war, aber dann sah er Malvins beschwörenden Blick. Der Wirt räusperte sich. „Ich kann Euch ein bescheidenes Gemach im ‚Donnerhuf' anbieten, guter Herr. Gelegentlich mag es hier vielleicht ein wenig laut zugehen, doch dafür werdet Ihr an diesem Ort viele Kunden finden."

„Und dankbare Ohren für Eure Geschichten", fügte Esyne mit einem spöttischen Seitenblick auf Malvin hinzu, der nur die Achseln zuckte.

„Nun gut, sagt mir, was Ihr für den Raum verlangt, guter Herr Malvin." Der Händler löste einen ledernen Beutel von seinem Gürtel, und man hörte leises Klirren. Malvin sah gespannt zu, wie der Mann den Beutel öffnete und eine Reihe glänzender Scheiben hervorholte.

„Was ist das, guter Herr Lomorwin?" Malvins Interesse war ein wenig abgekühlt, denn augenscheinlich handelte es sich nur um Gold.

„Die Währung des Königreichs Alnoa, guter Herr Wirt. Damit bezahlt man dort Waren und Arbeitsleistungen."

„Damit?" Malvin nahm eine der goldenen Scheiben und untersuchte sie genauer. Eigentlich war es gar keine Scheibe. Das Goldstück hatten den Durchmesser eines kräftigen Daumens und war relativ dünn. Doch seine Form entsprach eher einer winzigen Schüssel als einer Scheibe. „Was soll denn daran von Wert sein?"

Lomorwin lächelte. „Es ist natürlich nicht das Material, guter Herr Malvin. Gold ist recht hübsch anzusehen und widersteht der Witterung, doch ansonsten ist es nur von geringem Wert. Es ist das Siegel des Königs, das den Schüsselchen ihren Wert verleiht. Seht hier, in der Mitte der Wölbung."

Auch Esyne beugte sich interessiert vor. Im Boden des goldenen Näpfchens konnte sie eine Prägung mit der stilisierten Darstellung eines der weißen Bäume erkennen.

„Das ist das Siegel des Königs?", fragte die Schuhmacherin verblüfft.

„Des Königs von Alnoa, richtig", bestätigte der Händler. „So bürgt er mit seinem Namen für den Wert der Goldstücke." Er bemerkte die Skepsis der anderen. „Damit bezahlt man alle Waren und Leistungen. Jede hat ihren Gegenwert in Schüsselchen, und nur der König darf diese fertigen lassen."

Malvin zuckte die Achseln. „Ich denke nicht, dass sie von Wert sind. Das Gold kann schließlich jeder aus dem Boden kratzen, und selbst der Baum lässt sich von einem Schmied mühelos prägen."

„Ja, das stimmt", räumte Lomorwin ein. „Aber ein Schmied, der dies ohne Einwilligung des Königs täte, würde von der Gilde ausgestoßen werden, und ihr könnt Euch sicherlich denken, was das bedeutet."

Jeder wusste, was eine Gilde war. Sie prüfte die Fertigkeiten eines jeden Handwerkers, bevor er seine Berufsbezeichnung führen durfte. Ein schwerer Verstoß gegen das Recht der Gilde konnte dazu führen, dass man ausgeschlossen wurde, was wiederum zur Folge hatte, dass der Verstoßene keine Arbeiten mehr ausführen durfte, ganz gleich in welchem Handwerk. Dann blieb ihm nur noch die schlecht entlohnte Arbeit auf einem der Gehöfte, wenn er nicht verhungern wollte.

„Und Ihr sagt, guter Herr Lomorwin, mit diesen Schüsseln lassen sich Waren und Leistungen erwerben?“

Lomorwin nickte. „Überall im Königreich von Alnoa, und inzwischen auch in den unteren Marken der Pferdelords. Euer König Reyodem erwägt nun, eigene Goldschüsselchen zu prägen.“ Der Händler schob die Näpfchen in seinen Beutel zurück. „Nun sagt mir also, guter Herr Wirt, was Ihr für die Unterkunft verlangt.“

Malvins Augen funkelten einen Moment lang vor Gier. Er war zunächst versucht, die kleinen Holzscheiben zu fordern, welche der Hochmark so lange als Währung gedient hatten. Aber ihr Wert war mittlerweile ebenso wie der des Holzes gesunken. „Nun, Eisenplättchen oder diese goldenen Schüsselchen wären wohl recht. Wie lange wollt Ihr bleiben?“

„Ich weiß es noch nicht“, räumte der Händler ein. „Ich will sehen, mit welchen Waren ich hier handeln kann.“

„Dann bezahlt mich bei Eurer Abreise, werter Herr Lomorwin“, entschied Malvin und griff nach dem tönernen Krug. „Noch etwas Blutwein?“

Besser konnte es kaum laufen. Eine Patrouille, die offenbar an der Grenze einen Kampf gefochten hatte, und nun ein weitgereister Händler. Es würde in den kommenden Tagen viele Geschichten geben und viele durstige Zuhörer.

7

Einohr spürte noch immer den Schock in seinen Gliedern. Er war sich völlig sicher gewesen, dass sie den fliehenden Zwerg stellen und erledigen würden, doch dann waren plötzlich diese verfluchten Pferdelords aufgetaucht, mit ihren flatternden grünen Umhängen und ihren scharfen Klingen, und mit den Pferden, die sie so schnell zwischen die Gruppe der Orks getragen hatten.

Einohr zupfte nervös an dem Stummel, der ihm von seinem linken Spitzohr geblieben war. Schon einmal war er den Pferdelords begegnet, damals, als es schien, man würde die Menschenwesen endgültig besiegen können. Bei der Schlacht hatte die Lanze eines Reiters sein Ohr durchstoßen und den größten Teil davon abgetrennt. Aber Einohr konnte sich glücklich schätzen, denn er hatte die Begegnung im Gegensatz zu den meisten anderen seiner Mitstreiter überlebt. Er vermisste den abgetrennten Teil seines Ohres auch nicht sonderlich, denn der verstümmelte Rest verhalf ihm zu größerem Ansehen. Schließlich hatte er mit den Menschenwesen im Kampf gestanden.

Inzwischen war Einohr zum Unterführer aufgestiegen, und seine Schläue hatte ihn bislang davor bewahrt, im Konkurrenzkampf mit den anderen den Kürzeren zu ziehen. Niemand ahnte, dass Einohr ein wenig nachgeholfen hatte, als sein Vorgänger ausgerutscht und in den feurigen Abgrund gestürzt war. Aber nach Einohrs Auffassung hatte der alte Unterführer sein Schicksal verdient, denn er war nicht vorsichtig genug gewesen. Einohr hingegen war vorsichtig. Wenn es gutes Menschenfleisch gab, aß er immer ein Stück abseits der anderen, um nicht in die Raufereien der Rundohren zu geraten, die zwar schrecklich dumm, aber auch ungeheuer stark waren. Er achtete auch darauf, seiner Gruppe niemals voranzugehen, zumindest nicht in gefährlichem Gelände oder wenn sie dem Feind begegneten. Seine Aufgabe war es schließlich, seine Gruppe zu führen, und als Kadaver war ihm das kaum möglich.

Natürlich achtete Einohr darauf, dass er nicht in den Ruf kam, feige zu sein. Bei der Eroberung der Zwergenstadt hatte er einen tiefen Schnitt davongetragen und war mit dem Blut von Zwergenwesen bedeckt gewesen. Wen ging es etwas an, dass der Schnitt von einem scharfkantigen Fels herrührte, der ihm bei einem Sturz den Arm aufgeschlitzt hatte? Und immerhin hatte er zwei Zwerge erschlagen, auch wenn es nur zwei ihrer Weiber gewesen waren. Hatte er nicht lautstark gefordert, auch die restlichen Überlebenden zu töten, und so seinen Kampfeseifer bewiesen? Aber Blutfang, der Führer der Legion, hatte dies verweigert, da der Schwarze Lord anderes mit den Zwergen vorhatte.

Blutfang und der Schwarze Lord. Die beiden bereiteten Einohr großen Kummer. Wie das verwundete Rundohr, das sich nun zusammen mit Einohr zur eroberten Stadt der Zwerge zurückschleppte.

Blutfang hatte Einohr den Befehl gegeben, den fliehenden Zwergenkönig zu stellen, und es hatte nach einem einfachen Auftrag ausgesehen. Einohr hatte eine halbe Kohorte geführt und war mit siebzig Rundohren und dreißig Spitzohren aufgebrochen, eine komfortable Übermacht gegenüber den zehn entkommenen Zwergenwesen.

Aber diese verfluchten Axtschläger hatten sich in den Felsen versteckt und Einohrs Halbkohorte einen Hinterhalt gelegt, der eines Spitzohrs würdig gewesen wäre. Fast vierzig Orks hatte die Gruppe verloren und dabei nur eine Handvoll

Zwerge erschlagen können. Sie hatten nicht einmal Zeit gehabt, ihren Appetit angemessen zu stillen, denn der Zwergenführer war mit dreien seiner Krieger entkommen, und sie mussten ihm nachstellen. So hatte sich die kleine Horde nur ein paar der besten Stücke aus dem Fleisch ihrer Opfer herausschneiden können und war dann hinter den Flüchtenden hergeeilt. Aber schließlich, nach langer Hetzjagd, war nur noch der Zwergenkönig übrig geblieben, noch dazu durch einen Pfeil verwundet. Der Trupp war dem Flüchtigen dicht auf der Spur gewesen, und Einohr hatte den Auftrag schon als erledigt angesehen, als plötzlich die verfluchten Pferdelords erschienen waren.

Ah, der feurige Abgrund möge diese Pferdelords verschlingen. Blutfang würde seine Fänge zeigen, wenn Einohr ihm die Botschaft überbrachte, dass der Zwerg entkommen war. Einohr musterte das stöhnende Rundohr vor ihm auf dem Pfad. Die Lanze eines Pferdelords hatte ihm die Seite durchstoßen, so dass das Rundohr viel Blut verlor. Es war fraglich, ob es bis zur Zwergenstadt überleben würde. Und selbst wenn, taugte es allenfalls noch als Madenfutter.

Doch auch der Zwergenkönig war schwer verletzt worden und sicherlich schon längst verblutet, das würden auch die verfluchten Pferdelords nicht verhindert haben können. Ja, der Zwerg war so gut wie tot gewesen, daran gab es keinen Zweifel. Einohr konnte also beruhigt sagen, dass der kleine Bastard es nicht geschafft hatte, nicht wahr?

„Ist es noch weit?“, stöhnte das Rundohr wieder.

Sie würden noch einen ganzen Tag benötigen. Viel zu weit für das verletzte Rundohr. Andererseits waren Rundohren oft unerwartet zäh. Was wäre, wenn Blutfang unangenehme Fragen stellte? Einohr konnte den Kopf des Zwerges nicht vorweisen. Immerhin, der Zwerg konnte in eine tiefe Spalte gestürzt sein, was verhinderte, dass er Blutfang die Trophäe brachte. Aber das Rundohr war viel zu dumm, um sich nicht zu verplappern.

Es würde besser sein, wenn nur Einohr Bericht erstattete.

Das verletzte Rundohr stützte sich vor ihm an einen Felsen, und Einohr sah, dass zwischen Brustpanzer und Schenkelschutz dunkles Blut hervorsickerte und am kräftigen Oberschenkel hinunterrann. „Ist es noch … weit?"

Einen Pfeil durfte er nicht nehmen, denn Zwerge benutzten keine Bogen. Es blieb also nur der Kampfdolch, den jedes Spitzohr am Gurt trug.

An diesem Abend nagte Einohr lustlos am Schenkelknochen des Rundohrs, und das Gesicht des Getöteten zeigte noch immer einen verwunderten Ausdruck. Nach wenigen Bissen warf Einohr den Knochen von sich. Das Fleisch der Orks war sehnig und zäh und stellte nur gegenüber Brot oder dem getrockneten Nährbrei eine Alternative dar. Einohr sehnte sich nach dem saftigen Fleisch eines Menschenwesens oder eines Zwerges. Am schmackhaftesten waren die Weiber, wenn sie kurz vor dem Kalben standen. Es war an der Zeit, wieder in die Zwergenstadt zu kommen. Der Brutmeister würde ja wohl kaum alle Zwerge zum Arbeiten benötigen.

Einohr zupfte an seinem Ohrstummel, dann zog er seinen Dolch aus der Kehle des Rundohrs und säuberte ihn, indem er ihn einige Male in den Erdboden stieß. Er dachte erneut an Blutfang. Er würde dem Legionsführer einen vernünftigen Bericht liefern und dann endlich wieder vernünftiges Fleisch zwischen die Kiefer bekommen.

Einohr floss Speichel zwischen den Fängen hervor, als er sich im raschen Trott der Spitzohren auf den Weg in die grüne Kristallstadt der Zwerge machte. Ja, er würde Blutfang einen guten Bericht abliefern und dann gutes Fleisch verzehren.

8

Kormunds Schar hatte in der Stadt bereits Aufmerksamkeit erregt, und viele der Bewohner hatten dem Scharführer besorgte Fragen zugerufen. Es war offensichtlich, dass die Pferdelords einen Kampf bestritten hatten, und der Anblick der Verwundeten rief böse Erinnerungen an den Überfall der Orks vor knapp vier Jahreswenden in ihnen wach. Kormund versuchte die Menschen zu beruhigen, während sie die Pferde durch die Straßen lenkten, aber er war doch erleichtert, als sie endlich den breiten Weg erreichten, der zur Burg hinüberführte.

Eigentlich hätten sie von Norden aus direkt die Burg ansteuern müssen, ohne die Stadt selbst zu berühren, aber Kormund hatte trotz des Risikos für den verwundeten Zwerg einen Umweg nach Westen genommen, um in einem Weiler Männer zu rekrutieren, welche die Nordgrenze sicherten, solange sie in der Stadt waren. Daher waren sie nun auf ihrem Weg zur Burg von Süden her in die Stadt gekommen. Korwin hoffte, dass Larwyn und Tasmund für sein Handeln Verständnis haben würden, doch seine erste Sorge galt der Hochmark und nicht den Verwundeten.

Der Schatten des Haupttores fiel über die kleine Schar, und sie hörten die Rufe der wachhabenden Schwertmänner, als die Hufe ihrer Pferde über den vorderen Burghof klapperten.

„Was ist geschehen, guter Herr Kormund?“, rief eine der Wachen zu ihnen hinüber. „Ihr macht den Anschein, als wäret ihr in ein Gefecht geraten. Und was ist das für ein seltsamer kleiner Mann bei euch?“

„Ihr werdet alles erfahren", erwiderte Kormund. „Doch zunächst muss ich der Hohen Dame Larwyn und dem Ersten Schwertmann Tasmund Bericht geben."

Einer der beiden Schwertmänner vor dem Haupthaus eilte zu Kormund hinüber und nahm die Zügel seines Pferdes, als sich der Scharführer aus dem Sattel schwang. Kormund reichte einem weiteren hinzugekommenen Schwertmann die Lanze mit dem Berittwimpel, und als dieser das geronnene schwarze Blut daran erkannte, verengten sich kurz seine Augen, und er nickte Kormund schweigend zu. Der Wimpel würde ohne viel Aufheben vom Blut der Bestien gesäubert werden. Aus dem hinteren Burghof eilten nun Männer und Frauen herbei, während eine aufgeregte Stimme bereits nach der Heilerin Meowyn rief.

„Gebt Acht", murmelte Dorkemunt erschöpft, als man ihm den verwundeten Zwerg aus den Armen nahm. „Er hat viel Blut verloren. Die Heilerin soll sofort nach ihm sehen."

Auch die anderen schwangen sich nun aus den Sätteln, und der verletzte Pferdelord mit dem aufgerissenen Bein stöhnte schmerzerfüllt, als ein herbeieilender Helfer versehentlich dagegen stieß. Einer der unverletzt gebliebenen Reiter nahm die Zügel der Pferde, um sie zu den Stallungen zu führen und zu versorgen. Indessen gingen Kormund und Dorkemunt auf das Haupthaus zu, nicht ohne im Vorbeigehen hastig ihren Durst an dem großen Brunnen zu stillen, der vor dem Gebäude stand. Kormund blickte zu den Fensterbögen hinauf, hinter denen sich das Amtszimmer seines Pferdefürsten Garodem befand, und er erkannte Larwyn, die dort mit ihrem Sohn auf dem Arm stand und zu ihm hinuntersah. Kormund nickte ihr zu und richtete sich seufzend auf.

„Komm, Dorkemunt, mein Freund", murmelte er. „Wir haben schlechte Nachrichten zu überbringen.“

„Ist dir schon einmal der Gedanke gekommen, Kormund, mein Freund, dass heimkehrende Streiftrupps, die augenscheinlich Feindberührung hatten, immer nur schlechte Nachrichten bringen?“

Kormund lächelte knapp. „Nein, darauf wäre ich niemals gekommen, mein Freund. Aber nun lass uns hinaufgehen, die Hohe Dame hat uns bereits gesehen und wird schon warten.“

Sie schritten die Stufen unter dem Vorbau hinauf, durch die massive Doppeltür hindurch und traten aus dem gleißenden Sonnenlicht in das Halbdunkel des Erdgeschosses. In dem schmalen Gang, den sie betraten, brannte auch tagsüber eine Reihe von Brennsteinlampen, denn im Erdgeschoss gab es bis auf ein paar schmale Wanddurchbrüche in der großen Halle weder Fensteröffnungen noch Schießscharten. Linkerhand führte eine Treppe zum mittleren Wehrgang hinauf, der die beiden Burghöfe voneinander trennte. Sie folgten dem Korridor und betraten durch eine offen stehende Tür die große Versammlungshalle.

Einer der riesigen Brennsteinleuchter war entzündet, und sein düster wirkendes Licht hob die Umrisse der Säulen aus schwarzem Stein hervor, welche die Halle umgaben. Im Flackern der Brennsteinflammen tauchten gelegentlich die zwischen den Säulen aufgestellten Lanzen mit den Bannern und Wimpeln der Pferdelords aus dem Dunkel hervor. Nur das große Banner mit dem Symbol der Hochmark, das an der Stirnseite des Raumes hing, war deutlich zu erkennen. Bänke und Tische der großen Halle waren leer, und die Schritte der beiden Männer hallten von den massiven Steinwänden wieder. Sie gingen an dem wuchtigen Kamin vorbei und stiegen rechts davon die Stufen jener Treppe hinauf, die zum Amtsraum des Pferdefürsten und seinen privaten Gemächern führte. Als sie das breite hölzerne Podest vor der Tür zum Amtsraum erreichten, legte der hier postierte Schwertmann der Wache grüßend die Hand an den Schwertgriff. „Die Hohe Dame Larwyn erwartet Euch bereits, Kormund."

Der Schwertmann schlug kurz an die schwere Tür und öffnete sie dann. Die beiden Pferdelords betraten das Amtszimmer Garodems, und Kormund legte grüßend die Hand an den Schwertgriff, während Dorkemunt, der sich noch nie wirklich mit Schwertern hatte anfreunden können, die Klinge seiner Axt ehrerbietig auf den Boden setzte.

„Scharführer Kormund vom ersten Beritt", meldete Kormund förmlich. „Zurück vom Streifritt an der Nordgrenze, Hohe Dame Larwyn."

Larwyn hatte ihren Sohn in der Zwischenzeit in die Obhut einer der Mägde gegeben und stand nun vor dem großen Schreibtisch ihres Gemahls. Sie wies auf die gepolsterten Stühle, die vor dem massigen Möbel standen, und lächelte. „Ihr seht erschöpft aus, ihr guten Herren. Setzt euch und nehmt eine Erfrischung, bevor ihr mir berichtet."

Kormund nickte dankbar und stieß Dorkemunt an, der verunsichert nach einem geeigneten Stellplatz für seine riesige Streitaxt suchte. Schließlich lehnte er sie neben der Tür an die Wand und folgte seinem Scharführer zu den Stühlen. Erleichtert seufzend nahmen sie Platz. Larwyn reichte ihnen zwei Becher mit kühlem, wohlschmeckendem Wein.

Sie war sichtlich ungeduldig, Kormunds Bericht zu hören, doch beherrschte sie sich und wartete darauf, dass Tasmund eintreffen würde. Der Erste Schwertmann der Hochmark inspizierte gerade das Fluchtgewölbe unter der Burg, und so hatte man nach ihm schicken müssen. Endlich polterten die eiligen Schritte des Kommandeurs der Schwertmänner die Treppe herauf. Tasmund trat ein und grüßte die Hohe Dame Larwyn ehrerbietig, bevor er neben die Pferdelords trat.

„Berichtet", sagte Tasmund grimmig. „Ich habe den Wimpel gesehen und kann mir meinen Teil denken."

„Den Wimpel?" Larwyn sah den Ersten Schwertmann verwundert an. „Was ist mit ihm?"

„Bestienblut", erwiderte Tasmund knapp. Er musterte Kormund. „Wie viele? Ist die Mark bedroht?"

Kormund zuckte die Achseln. „Ich weiß es nicht, und auch Dorkemunt vermag es nicht zu sagen. Aber wir sind den Orks begegnet."

„Ihr hattet einen guten Kampf?"

„Den hatten wir."

Tasmund nickte. „Gut. Dann berichtet uns, was ihr erlebt habt."

Kormund begann zu schildern, was sich auf der Patrouille an der Nordgrenze ereignet hatte, und Tasmund und Larwyn hörten schweigend zu. Erst als Kormund geendet hatte und Dorkemunt bestätigend dazu nickte, hoben sie an, ihre Fragen zu stellen. Tasmund trat an die elfische Karte heran und vollzog in Gedanken den Weg der Schar nach. „Ihr habt lange gebraucht für den Rückweg."

Kormund räusperte sich. „Ich weiß, mein Schwertführer. Die Zeit drängte zwar, da wir Verwundete hatten und der kleine Mann dem Weg zu den Goldenen Wolken nahe ist. Aber es schien mir wichtiger, die Grenze zu sichern. Wir haben einen der größeren Weiler aufgesucht und eine kleine Schar Pferdelords verpflichtet, die Grenze nach Norden zu bewachen." Er machte eine entschuldigende Geste. „Ich weiß, dazu ist nur der Pferdefürst befugt oder …"

„Schon gut", schnitt Tasmund ihm das Wort ab. „Ihr habt

richtig gehandelt, guter Herr Kormund. Wir vergessen es, Eure Zustimmung vorausgesetzt, Hohe Dame Larwyn."

Larwyn nickte. „Lassen wir die höfischen Verrenkungen, Tasmund", sagte sie leise. „Dafür mag später wieder Zeit sein. Jetzt gilt es zu überlegen, ob wir einer Bedrohung gegenüberstehen."

Tasmund nickte. „Ihr habt Recht, Hohe Dame Larwyn." Der erste Schwertmann wandte sich wieder der Karte zu. „Die Nordgrenze ist relativ leicht zu sichern. Dort gibt es fast nur steil aufragende Felswände, und der einzige Weg nach Norden ist der Nordpass, der sich viele Tagesritte weit durch das Gebirge erstreckt. An den Engstellen ist er noch leichter zu halten als der Südpass." Er musterte Kormund. „Wie viele Männer hast du abgestellt, Kormund?"

„Zwanzig", erwiderte dieser. „Der Weiler kann mehr aufbieten, aber wenn ich mehr Männer aufgestellt hätte, wäre sicherlich Unruhe entstanden."

„Gut gemacht." Tasmund lächelte dem Scharführer zu. „Der rechte Mann, einen Wimpel zu führen. Zwanzig Mann können den Pass gegen eine marodierende Barbarengruppe halten und sind genug an der Zahl, um bei einem Ansturm der Orks die Mark zu alarmieren. Wer Eternas von Norden her angreifen will, trifft zuerst auf die Burg, und daran wird er sich die Zähne ausbeißen."

Larwyn runzelte die Stirn. „Als die orkischen Legionen uns vor Jahren berannten, fielen sie zuerst über die Stadt her, und wir mussten tatenlos zusehen, wie alle erschlagen wurden, die sich nicht in die Burg retten konnten."

„Ihr habt Recht, Larwyn", räumte der Erste Schwertmann ein. „Doch damals kam der Angriff von Süden und musste zwangsläufig durch die Stadt hindurch gegen die Burg vorgetragen werden."

„Verzeiht“, meldete sich Dorkemunt zu Wort. „Aber ich glaube nicht, dass es uns gilt.“

Der kleinwüchsige Pferdelord rutschte vom Polster des Stuhls und trat zu Tasmund an die Karte. „Seht ihr? Hier ungefähr fanden wir den Zwerg, so es denn einer ist. Er hatte viel Blut verloren und muss also schon ein gutes Stück unterwegs gewesen sein.“ Seine Hand fuhr auf der Karte nach Norden hoch. „Hier irgendwo soll eine der Städte des Zwergenvolkes liegen, und ich wette, er kam von dort.“

„Die Zwerge also?“ Tasmund kratzte sich im Nacken. Er konnte sich nur verschwommen an die Zeit erinnern, in der sein Vater noch Schwertmann am Hof des Königs gewesen war. Damals hatte sein Vater ihm zum ersten Mal von den kleinen, stark behaarten Wesen erzählt. Das war noch vor der Zeit gewesen, da der treue Schwertmann mit seinem kleinen Sohn Tasmund dem Pferdefürsten Garodem in die Hochmark gefolgt war. Tasmunds Vater hatte Garodem noch lange gedient, bis er bei einem Reitunfall zu Tode gestürzt war. Der Tradition folgend, war Tasmund in die Fußstapfen seines Vaters getreten, nachdem Garodem ihm des Vaters Schwert gereicht hatte. „Ja, mein Vater berichtete einst von diesen kleinen Wesen. Du magst Recht haben, Dorkemunt.“

„Es war jedenfalls kein Streiftrupp einer orkischen Horde“, bekräftigte Dorkemunt. „Sie waren eindeutig hinter dem Zwerg her.“

Larwyn blickte kurz zu der Rüstung ihres Gemahls Garodem, die hinter dem Schreibtisch in der Ecke des Raumes stand. „Wir müssen uns vergewissern, ob der Mark eine unmittelbare Gefahr droht. Ich denke, der kleine Mann wird uns mehr sagen können.“

„Wenn er noch lebt“, sagte Dorkemunt seufzend.

„Lasst uns sehen, was die gute Frau Meowyn für ihn tun kann." Larwyn lächelte ermutigend. „Sie hat von der elfischen Frau vieles Nützliche gelernt. Gehen wir zu ihr, Tasmund. Ihr, mein guter Kormund, und Ihr, Dorkemunt, habt euch wahrlich eine Erholung verdient. Geht nun und ruht euch aus, wir werden eure Kräfte bald genug wieder benötigen. Ich bitte euch aber noch darüber zu schweigen, dass ihr den Orks begegnet seid. Solange die Mark nicht unmittelbar in Gefahr ist, möchte ich die Menschen nicht beunruhigen."

Die beiden Pferdelords grüßten zum Abschied, und Larwyn folgte ihnen in Begleitung von Tasmund die Treppe hinunter, um das Hospital der Heilerin aufzusuchen. Sie überquerten den vorderen Hof und schritten unter den drei Torbögen der neu errichteten Mittelmauer hindurch an der Unterkunft der Schwertmänner vorbei zum Eingang des Hospitals. Dabei gingen sie gemessenen Schrittes, denn jede erkennbare Eile hätte nur unnötig für Aufregung gesorgt.

Sie stiegen die Stufen zu den Räumen der Heilerin hinauf und pochten kurz an die geschlossene Tür, bevor sie öffneten. Im Land der Pferdelords war es nicht allein ein Gebot der Höflichkeit, vor dem Betreten eines Raumes an die Tür zu klopfen. Vielmehr tat man damit seine friedlichen Absichten kund, wer jedoch eine Tür ohne Ankündigung öffnete, riskierte einen raschen Schwertstreich. Auch Meowyn, die Heilerin, verstand sich auf den Umgang mit Waffen. Als sie vor Jahren noch zusammen mit ihrem Mann Balwin und ihrem Sohn Nedeam die Schafherden hütete, hatte sie den Umgang mit Bogen, Lanze und Schwert erlernt, auch wenn sie letzteres Instrument nicht besonders liebte.

Das kleine Hospital erstreckte sich über zwei Stockwerke. Im unteren Geschoss lag der Behandlungsraum, in dem Meowyn ihre Heilkunst praktizierte. Dahinter schloss sich das Schlafgemach der Heilerin an. Der Behandlungsraum war eigentlich recht groß, wirkte aber durch die Einrichtungsgegenstände überfüllt und eher ungemütlich. In der Mitte des Raumes stand der Behandlungstisch, auf dem Meowyn die Verwundeten versorgte. Es war ein massiver Tisch mit einer dicken Holzplatte, die zahlreiche Kerben aufwies, vor allem an den Kanten, in die so mancher Patient vor Schmerz seine Finger gekrallt hatte. Auf der Platte des Tisches hoben sich dort die Kerben dunkel ab, wo Blut das Holz verfärbt hatte.

Es gab nicht viel, was den Schmerz linderte, wenn ein Knochenbruch versorgt und eine Wunde genäht oder gar ausgebrannt werden musste. Meist erhielt der Verletzte eine ordentliche Portion Alkohol und einen ledernen Knebel, den man ihm zwischen die Zähne schob, damit er sich im Schmerz nicht die Zunge abbiss. Manchmal half auch ein wohl dosierter Hieb, um den Patienten ruhigzustellen. Die Elfen verstanden sich auf die Verabreichung von Kräutern, welche den Schmerz betäubten, doch diese Kräuter waren selten, und Meowyn hatte sie bei ihren Ausritten in der Hochmark bislang nicht finden können.

Meowyn war oft in der Hochmark unterwegs, sammelte Kräuter, Beeren und Moose und kratzte Rinde von den Bäumen, um all dies später zu untersuchen. Die Beschäftigung mit der Natur war ihr von der elfischen Heilerin Leoryn nahegebracht worden, die ihr einiges vom elfischen Wissen vermittelt hatte. Die Heilerin experimentierte mit den Substanzen, mischte sie und erkundete, welche Heilkräfte ihnen eigneten. Zu diesem Zweck stand an einer Seite des Raums ein langer Tisch, auf dem sich Becher, Schalen, irdene Krüge und Stößel drängten. An den Wänden erhoben sich Regale, die angefüllt waren mit Schachteln, versiegelten Gefäßen und Bündeln von trocknenden Kräutern.

Vom Behandlungsraum aus führte eine breite Treppe ins Obergeschoss, in dem Verwundete oder Erkrankte betreut werden konnten. Der Treppenaufgang ließ sich von oben mit einer Klappe verschließen, um zu verhindern, dass sich Erkrankte im Fieberwahn von der Bettstatt erhoben und die Treppe hinunterstürzten.

Am Fuß des Treppenaufgangs führte eine Tür in Meowyns Kammer. Die Heilerin war sehr genügsam, und so enthielt die Kammer nicht viel mehr als eine Bettstatt, zwei große Kisten mit ihren Kleidern und Habseligkeiten sowie einen kleinen Tisch nebst Schemel. Sie wohnte nun nicht mehr auf Balwins Gehöft, denn die Erinnerung an ihren Mann schmerzte sie noch zu sehr. Natürlich hätte Meowyn auch ein Haus in der Stadt beziehen können, aber die blonde Frau empfand eine tiefe Freundschaft zu Larwyn und fühlte sich zwischen den Pferdelords in der Burg Eternas wohl. Nein, die einfache Kammer reichte ihr, zumal sie hier nur schlief, denn meist versorgte sie die Menschen oder war in der Hochmark unterwegs.

Die beiden verwundeten Pferdelords aus Kormunds Schar saßen noch unbehandelt auf einer Bank neben der Tür und sahen der Heilerin dabei zu, wie sie sich mit geübten Händen um den kleinen Mann bemühte. Meowyn hatte zwei Gehilfen, die ihr zur Hand gingen und dabei von ihr lernten, denn sollte es Meowyn einmal nicht möglich sein, mussten sie sich um die Verletzten und Erkrankten kümmern. Doch die meisten Bewohner der Hochmark verstanden sich auf die Versorgung von einfachen Verletzungen, wie Schnitt- und Schürfwunden oder Knochenbrüchen, und ein Pferdelord war nicht unbedingt zimperlich, wenn es darum ging, die eigenen Wunden zu behandeln.

Früher hatte man die Wunden mit einer Auflage von Moos versehen, das einer Entzündung entgegenwirkte, und dann einen Verband darübergelegt, oder man hatte sie ausgebrannt und die Blutgefäße mit einem glühenden Eisen verschlossen. Von den Elfen hatte Meowyn gelernt, dass es meist besser war, die Wunde mit einem Faden zu vernähen und so zu schließen. Aber es brauchte seine Zeit, diese Erkenntnisse zu vermitteln.

Meowyn blickte kurz auf, als die Tür geöffnet wurde, und wandte sich dann wieder ihrem Patienten zu. „Ihr müsst euch gedulden, ich kann euch noch nicht viel sagen. Er hat viel Blut verloren, und die Pfeilwunde ist tief. Der Schaft ist recht grob. Ein Orkpfeil, nehme ich an?"

„Ja", erwiderte Tasmund und nickte unwillkürlich, obwohl Meowyn gar nicht zu ihm hinsah.

Die Heilerin seufzte leise. „Dann muss ich ihn schnell entfernen, obwohl ich nicht glaube, dass die Orks ihn präpariert haben. Die Wunde ist zu sauber und nicht entzündet. Vielleicht hat auch die Blutung die Giftstoffe herausgewaschen."

Der Oberkörper des Verletzten war entblößt, und seine Kleidung lag in kleine Stücke zerschnitten am Fußende der Tischplatte. Meowyn und ihre Gehilfen hatten sie aufgetrennt, um sie schonend vom Körper des Mannes entfernen zu können. Der Mann lag auf dem Bauch und schien am ganzen Körper behaart zu sein. Es waren kräftige rötliche Haare, und wenn sie auch kein Fell bildeten, so wuchsen sie doch weitaus dichter als bei einem Menschenmann. Das Haupthaar war ungewöhnlich lang und kräftig. Vor allem die beiden dicken, geflochtenen Bartzöpfe verwunderten die Menschen.

Tasmund betrachtete einen der über den Tisch herabhängenden Zöpfe und trat näher. Dann hob er den Zopf an, besah sich die dunklen Flecken in dem Haar und schnupperte daran. Ja, es bestand kein Zweifel, das war das Blut einer Bestie.

„Ist es ein Zwerg?“, fragte Larwyn aufgeregt.

Meowyn nickte gedankenverloren. „Ein Zwerg? Ja, sicher ist es ein Zwerg. Ein anderes Wesen wäre wohl längst an dieser Wunde verblutet. Er hat sehr festes Gewebe. Ich werde schneiden müssen. Hoffentlich verlaufen seine Blutgefäße ebenso wie bei uns.“ Sie blickte auf. „Ihr müsst ihn festhalten. Auch wenn er jetzt ohne Bewusstsein ist, so wird der Schmerz ihn vielleicht aufwecken. Wenn er sich bewegt, könnte die Klinge abrutschen, und alle Mühe wäre umsonst.“

Die blonde Heilerin zog an einer Kette, die über dem Tisch von der Decke herabhing, und das glosende Brennsteinbecken senkte sich ein wenig tiefer. „Ja, so ist es besser“, murmelte sie und begann die um den Schaft des Pfeils herum freigelegten Wundränder zu betasten. „Ah, gut. Die Ränder sind glatt, und die Wunde ist nicht sehr lang. Demnach muss die Pfeilspitze recht schmal sein.“

Meowyn beugte sich zur Seite und schob einen länglichen Haken tiefer in den Brennstein eines anderen Beckens. Die Spitze begann langsam zu glühen. Dann nahm sie ein langes Messer mit einer sehr schmalen Klinge und hielt auch diese kurz in die Flammen.

„Warum tut Ihr das?“, fragte Tasmund interessiert. „Ich dachte, Ihr nehmt den Haken zum Ausbrennen.“

„Leoryn, die Elfin, sagte einmal zu mir, dass winzige Tiere auf allen Dingen leben und dass diese Tiere eine Wunde entzünden können. Das Feuer jedoch würde sie vertreiben.“

„Winzige Tiere, gute Frau Meowyn?“ Der Erste Schwertmann runzelte die Stirn und musterte die Klinge in Meowyns Hand misstrauisch. „Ich kann keines von ihnen sehen.“ Er lächelte. „Sicher wollt Ihr scherzen.“

„Nein, guter Herr Tasmund“,entgegnete Meowyn bestimmt. „Die Elfenfrau Leoryn hat es gesagt.“

Tasmund schwieg. Die Elfen kannten viele wunderliche Dinge, und wenn eine Elfenheilerin dergleichen gesagt hatte, so war Tasmund nicht der Richtige, dem zu widersprechen. Zudem waren die Augen der Elfen sicherlich besser als die der Menschen. Sie mochten wohl Dinge sehen, die ein Mann des Pferdevolkes nicht erkennen konnte.

„Haltet ihn fest“, sagte Meowyn.

Auch die beiden verletzten Pferdelords traten hinzu und halfen dabei, den Körper des Zwerges fest auf den Tisch zu drücken. Meowyn setzte die Klinge am Schaft des Pfeils in die Wunde und schnitt langsam tiefer ins Fleisch, wobei ihr Gesicht ihre ganze Konzentration verriet.

„Ich kann die Spitze spüren“, murmelte sie, während frisches Blut aus der Wunde quoll. „Da ist ein Widerstand, der dort eigentlich nicht sein dürfte. Passt gar nicht zur Form der Wundränder. Der Pfeil muss sich im Körper gedreht haben.“ Sie bewegte das Messer unmerklich und nickte zufrieden. „Ja, jetzt gleitet es an der Spitze entlang. Nur kleine Widerhaken. Ungewöhnlich für einen Orkpfeil.“

Sie zog die Klinge heraus, die mit menschenähnlichem Blut bedeckt war, setzte sie an der anderen Seite der Wunde an und ergriff den Stummel des Pfeilschafts. Nun schien die Heilerin eine winzige Drehbewegung auszuführen, und Larwyn glaubte zu spüren, wie der Körper auf dem Tisch unmerklich zusammenzuckte, doch dann gab es ein leises, schmatzendes Geräusch, und der Pfeil glitt entlang der Messerklinge aus dem Körper des Zwerges heraus.

„Haltet ihn“, murmelte Meowyn und betrachtete kurz die Stahlspitze, bevor sie die Reste des Pfeils mit einem verächtlichen Gesichtsausdruck in einen Kübel warf. Dann ergriff sie den Haken aus dem Brennsteinbecken. „Gut festhalten."

Sie warf einen kurzen Blick auf die Klinge des Messers, um die Tiefe der Wunde abzuschätzen, bevor sie die glühende Hakenspitze in die Wunde senkte. Es begann nach verbranntem Fleisch zu stinken, und der Körper auf dem Tisch bäumte sich kurz auf, bevor er wieder erschlaffte und auf die Holzplatte zurücksank. Meowyn zog den Haken heraus. „Ich bin nicht sehr tief gegangen, doch es wird gereicht haben, die oberen Gefäße zu verschließen. Das Gewebe ist sehr fest, und wenn der Zwergenmann nicht allzu viel Blut verloren hat, müsste es heilen."

Meowyn warf den Haken in das Brennsteinbecken zurück und trat an eines der Regale heran, aus dem sie einen kleinen irdenen Topf mit einer gelblichen Paste hervorzog, die bestialisch stank und deren Zusammensetzung die anderen lieber nicht erfahren wollten. Damit bestrich sie die Wunde und bedeckte sie schließlich mit frischem Moos. „Wäre er ein Menschenmann, so hätte ich die Wunde durch eine Naht verschlossen und sie der Selbstheilung überlassen", erklärte Meowyn. „Doch da ich das Innere der Zwergenwesen nicht recht kenne, habe ich die Gefäße lieber durch Hitze verschlossen."

Während die Heilerin gefaltete Stofflagen auf den Wundbereich gab und dann einen Verband anzulegen begann, musterte sie die beiden verletzten Pferdelords. „Was ich für diesen hier tun konnte, habe ich getan. Nun werde ich mich auch um euch kümmern."

Sie sah ihre wartenden Gehilfen kurz an. „Tragt nun den Zwergenmann behutsam nach oben und achtet darauf, dass sich dabei die Wunde nicht öffnet. Tritt Blut durch den Verband, so ruft mich sofort."

„Wann können wir mit ihm reden?", fragte Larwyn.

„Das vermag ich wirklich nicht zu sagen, Hohe Dame", seufzte Meowyn müde.

Alle Umstehenden fuhren zusammen, als die Gestalt auf dem Tisch ein vernehmliches Stöhnen hören ließ und sich schwach bewegte. Meowyn beugte sich über den Zwerg und wich überrascht zurück. „Er hat die Augen offen. Helft mir, ihn umzuwenden, aber seid vorsichtig."

Einige helfende Hände fassten den Körper des Zwerges und drehten ihn behutsam herum. Die Augen des Verwundeten schienen langsam klarer zu werden, während Meowyn vorsichtig Polster unter dessen Rücken schob. „Wir müssen drauf achten, dass er nicht auf der Wunde liegt und die Ränder nicht aufbrechen."

Der Zwerg stöhnte erneut auf und sah die umstehenden Menschen noch immer ein wenig benommen an. Sein Gesicht war schmerzverzerrt.

„Ihr seid in Sicherheit, guter Herr Zwerg", sagte Larwyn mit ruhiger Stimme und sah den Verwundeten freundlich an. „Ich bin Larwyn, Hohe Dame der Hochmark der Pferdelords, und ich biete Euch den Schutz meines Hauses und die Wärme meiner Gunst."

Der Zwerg murmelte ein paar undeutliche Worte, und Meowyn gab Tasmund einen Wink. Der Erste Schwertmann trat zu einem kleinen Fass neben der Tür, füllte einen Becher mit Wasser und hielt ihn, zum Tisch zurückgekehrt, an die Lippen des Zwerges. „Trinkt langsam, guter Herr Zwerg", sagte die Heilerin fürsorglich. „Nehmt nur kleine Schlucke."

„Balruk", stieß der Zwerg hervor und schob den Becher beiseite. Dann sah er Larwyn ächzend an. „Mein Name ist Balruk."

„Ich bin sehr erfreut, guter Herr Balruk, doch nun schont

Euch. Ihr habt viel Blut verloren“, gab Larwyn sanft zurück.

Balruk schüttelte den Kopf. Seine Stimme war leise und kaum zu verstehen. „Ich habe den Schutz Eures Hauses wohl nötig, Hohe Dame Larwyn, doch mein Volk braucht ihn noch mehr.“ Der Zwerg bäumte sich erneut auf und biss sich auf die Lippen. „Ah, dieser Schmerz … Ihr müsst uns helfen. Geht nach Norden bis zum Sprung des Flusses. Bis zum … Sprung …“

Balruks Augen weiteten sich plötzlich, dann sackte der Zwergenmann in sich zusammen. Meowyn fuhr hastig mit ihren Fingerspitzen über seine rot behaarte Brust. „Er lebt. Sein Herz schlägt, wenn auch sehr schwach. Er braucht jetzt Ruhe, sonst wird er sterben.“

Larwyn nickte zögernd. „Mehr können wir vorerst wohl nicht erfahren. So bringt ihn nach oben. Und achtet gut auf ihn, gute Frau Meowyn.“

„Habt keine Sorge, das werde ich tun.“

Während die beiden Gehilfen den bewusstlosen Balruk behutsam in die Krankenkammer hinauftrugen, begutachteten Larwyn und Tasmund die Kleidung, die Meowyn vom Körper des Zwerges geschnitten hatte. Larwyn ließ den Stoff durch ihre Finger gleiten und untersuchte die Säume. „Er ist sehr sorgfältig und fein gearbeitet. Nicht gerade das Gewand eines einfachen Mannes.“

„Seht Euch seinen Brustpanzer an, Hohe Dame Larwyn.“ Tasmund hob die metallene Brustplatte vom Tisch und wendete sie im Licht der Brennsteinbecken. „Hier ist ein Wappen eingearbeitet.“ Er kratzte an dem grünlichen Material. „Kein Metall. Es scheint mir eher Kristall zu sein. Sehr Ihr, wie es funkelt und die verschiedensten Grüntöne zeigt? Nein, das ist nicht die Kleidung eines einfachen Mannes. Und seine Rüstung schon gar nicht. Dieser Balruk muss von hohem Rang sein. Ein berühmter Krieger oder sogar ein Hoher Herr.“

Meowyn stand inzwischen über die klaffende Beinwunde des einen Pferdelords gebeugt und räusperte sich nun.

Larwyn hob entschuldigend die Hand. „Verzeiht, Meowyn, wir werden Euch nun Eurer Arbeit nachgehen lassen. Was wir erfahren konnten, haben wir erfahren. Kommt, guter Herr Tasmund, ich habe noch einiges mit Euch zu bereden.“

Larwyn und Tasmund verließen das Hospital und schlossen einen Moment geblendet die Augen, als sie in das grelle Sonnenlicht hinaustraten. Um sie herum war geschäftiges Treiben.

Pferde wurden vor dem Stallgebäude versorgt und gestriegelt. Ein Pferdelord, der bei der Hitze nur sein Wams trug, saß auf einer der breiten Steintreppen, die auf die nördliche Wehrmauer führten, und reinigte einen Sattel vom Blut seines Reiters. Zwei Burschen brachten Mist aus dem Stall und schichteten ihn in die Nische unter der Treppe. Oben auf dem Halbrund der Wehrmauer hantierten ein paar Männer an einem der kleinen Katapulte und an den neuen Bolzenwerfern. Mit den Katapulten konnte man Steine über große Entfernung schleudern. Griff ein Feind bei Dunkelheit an, umhüllte man die Steine mit brennbarem Material, das man zuvor mit Öl oder Fett getränkt hatte, und entzündete sie. Auf diese Weise ließ sich das Vorfeld der Burg erhellen. Die neuen Bolzenwerfer dagegen verschossen lange, kräftige Metallbolzen, die in der Lage waren, bei dicht gestaffelt vorrückenden Gegnern gleich mehrere Angreifer zu durchbohren und eine Schneise in die vorderen Reihen zu schlagen.

„Dieser Balruk und die Zwerge stecken offensichtlich mächtig in Schwierigkeiten.“ Tasmund beschattete seine Augen und sah zu dem Turm hinauf, der sich über das Hauptgebäude erhob und an dessen Spitze das Signalfeuer von Eternas vorbereitet war. Die Silhouette einer Wache mit dem wehenden Rosshaarschweif der Schwertmänner hob sich gegen das grelle Licht ab. „Und es sind die Orks, die ihnen diese Schwierigkeiten bereiten. Es müssen viele von ihnen sein, sonst würden die Zwerge nicht um Hilfe bitten."

„Ja. Sie scheinen ein ebenso stolzes Volk zu sein wie wir", stimmte Larwyn zu, während sie unter der mittleren Wehrmauer hindurchschritten. „Es wird ihnen nicht leicht gefallen sein, andere um Hilfe zu ersuchen. Ich wollte, Garodem wäre hier, dann wäre mir leichter." Sie seufzte leise. „Ich kann die Pferdelords nicht einfach nach Norden ins Ungewisse schicken. In den Jahren nach dem Ansturm der Orks haben wir uns von vielem erholt, und unsere Bevölkerung ist angewachsen, aber wir bringen kaum drei volle Beritte auf die Pferde, nicht wahr, guter Herr Tasmund?"

Der Erste Schwertmann kratzte sich im Nacken und überlegte kurz. „Drei Beritte, nun, Hohe Dame, eigentlich sind es eher zwei. Viele der Männer sind jung und noch nicht voll ausgebildet, es fehlt ihnen an Erfahrung. Zudem ist gerade Erntezeit, und die Schafschur hat begonnen."

Larwyn blickte zum Haupttor hinüber. Durch die offen stehenden Doppelflügel hindurch konnte sie die Stadt erkennen. Es stimmte, es war die Zeit, in der die Ernte eingebracht und die Schafe geschoren werden mussten. Viel Arbeit für die Menschen der Hochmark. Jeder Mann, dem sie die Losung der Pferdelords gaben und der dem Treueid folgte, würde dabei fehlen.

„Ihr habt Recht, guter Herr Tasmund. Ich will auch nicht zu viel Unruhe in die Mark bringen, solange wir nicht wissen, was wirklich geschieht. Garodem wird bald aus der Stadt des Königs zurückkehren, und dann mag er entscheiden, was zu tun ist. Sollte die Bedrohung durch die Orks zu groß sein, wird die Zahl unserer Pferdelords nicht ausreichen, ihr zu begegnen. Wenn wir Hilfe aus den anderen Marken benötigen, müssen wir Boten entsenden oder das Signalfeuer entzünden. Doch das kann nur mein Gemahl entscheiden. Bis es so weit ist, müssen wir in Erfahrung bringen, was im Reich der Zwerge vor sich geht."

„Kormund und Dorkemunt wären dazu wohl geeignet. Sie sind erfahren und haben ein Gespür für den Feind." Tasmund setzte sich auf den Rand des Brunnens vor dem Haupthaus. Die niedrige Einfassung in achteckiger Grundform war mit den Wildblumen der Hochmark bepflanzt. In der Mitte der Wasserfläche spie ein springendes Pferd aus weißem Stein seinen Wasserstrahl in das Becken. Der Schatten, den die große Steinstatue des ersten Königs der Pferdelords warf, berührte gerade erst den Rand des Brunnenbeckens. Es würde also noch dauern, bis die Sonne unterging und der Abend Abkühlung verschaffte. „Ich möchte sie nur ungerne sofort wieder hinausschicken, aber wir haben nicht sehr viele Männer mit ihrer Erfahrung."

Larwyn setzte sich neben ihn, schöpfte eine Handvoll Wasser und betupfte damit ihren Nacken. „Dorkemunt ist nicht nur ein sehr erfahrener Pferdelord", sagte sie leise und lächelte Tasmund an. „Er ist auch ein sehr kleiner Pferdelord."

Tasmund verstand, worauf sie hinauswollte. „Er würde sich recht unauffällig im Reich der Zwerge bewegen können."

„Richtig." Larwyn lachte auf. „Er mag nicht so breite Schultern haben wie ein Zwerg, und ihm fehlt wohl auch der üppige Bartwuchs, doch dem könnte man abhelfen."

Tasmund straffte sich. „Hohe Dame Larwyn, ich schlage vor, dass Kormund und Dorkemunt aus den beiden großen Weilern einen Beritt zusammenstellen, mit dem sie nach

Norden reiten, um die Lage zu erkunden. Hin zu diesem, äh, Sprung, den der Zwerg Balruk erwähnte."

„Hin zum Sprung des Flusses", bekräftigte Larwyn, „und, wenn nötig, auch weiter. Wohl denn, guter Tasmund, geht und bringt mir Dorkemunt und Kormund. Und schickt noch einen verlässlichen Mann zu mir. Ich will, dass über all dies Schweigen herrscht. Eilen wir uns, denn wir wissen nicht, wie viel Zeit uns noch bleibt."

9

Das kleine Tal zog sich in einem sanften Bogen durch das Gebirge. Seine Hänge waren nicht besonders steil, doch immer wieder lösten sich Steine und polterten hinab, wobei sie manchmal kleine Steinlawinen auslösten. Jedes Mal hob Nedeam misstrauisch den Kopf und spähte um sich, ob das Geräusch auf eine Gefahr hinwies. Er hatte seinen Bogen locker über den Sattelknauf gelegt und hielt einen Pfeil bereit, so wie jeder gute Herdenhüter seine Waffe bereithielt, wenn er seine Schutzbefohlenen bewachte. Der Fünfzehnjährige hatte an diesem Tag schon einige Male über seine Herde geflucht, denn sie verteilte sich über das gesamte Tal und suchte zwischen den Felsgruppen und am Rand des Wasserlochs nach dem zähen, aber nahrhaften Gras der Hochmark.

Fast hundert Schafe hatte Nedeam zu beaufsichtigen. Gestern waren es noch genau einhundert gewesen, aber am Morgen hatte er ein gerissenes Lamm gefunden. Der kleine Tierkadaver hatte am Rand des Tals in der Nähe einiger größerer Felsen gelegen, und Nedeam hatte ihn nur flüchtig untersuchen müssen, um die Todesursache bestimmen zu können. Es war einer Raubkralle zum Opfer gefallen.

Eigentlich waren Raubkrallen typische Räuber der großen Ebenen, wo sie in ihren kleinen Rudeln jagten. Doch hin und wieder zogen sie auch in die Gebirge der Hochmark hinauf, obwohl das Nahrungsangebot hier nicht so reichhaltig war. Meist waren es denn auch ältere und schwache Tiere oder Einzelgänger, die ihr Rudel verloren hatten oder von ihm verstoßen worden waren.

Nedeam hatte die Spuren der Krallen und der Zähne untersucht und vermutete, dass der Räuber ein relativ junges Tier war. Vielleicht ein Männchen, das reif genug war, sein eigenes Rudel zu gründen, und sich nun auf der Suche nach Nahrung und einem paarungswilligen Weibchen befand.

Nedeam war vor Jahren sogar einmal einem großen Pelzbeißer begegnet und hatte diese Begegnung nur mit Glück überlebt. Es wäre ihm fast lieber gewesen, wenn der Räuber eines dieser Tiere gewesen wäre, denn die Spur ihrer schweren Leiber ließ sich leichter verfolgen. Außerdem jagten Pelzbeißer nur tagsüber und schliefen in der Nacht. Den Raubkrallen hingegen war die Tageszeit gleichgültig. Wann immer sie Beute fanden, belauerten sie diese und töteten sie.

Nedeam hatte das gerissene Lamm ausgenommen. Das Fleisch war zart und gut, und aus dem kleinen Fell ließ sich Bekleidung fertigen. Schließlich wurde in den Marken der Pferdelords nichts verschwendet.

Im Moment war Nedeam allein auf dem Gehöft. Seine Mutter Meowyn und sein väterlicher Freund und Mentor Dorkemunt weilten in Eternas, viele Tausendlängen entfernt. So trug Nedeam die ganze Verantwortung für die kleine Herde. Er hatte sie zusammengehalten, so gut er es vermochte, aber die einigermaßen flachen Hänge luden die Schafe förmlich dazu ein, sich auf ihrer begierigen Suche nach gutem Futter zu verstreuen. Nedeam hatte sie unermüdlich wieder zusammengetrieben, aber schließlich hatte er resigniert geseufzt und die sturen Tiere ihrem eigenen Willen überlassen. Nur die kühnsten Ausreißer trieb er nun noch zu den anderen zurück. Es war wohl besser, sich auf die natürlichen Instinkte der Tiere zu verlassen. Schafe waren Herdentiere und drängten sich bei Gefahr zusammen. Sie hatten gute Nasen und witterten ein Raubtier auf große Entfernung, wenn der Wind günstig stand und den alarmierenden Geruch zu ihnen herantrug. Auch Nedeams Pferd hatte eine gute Nase und ergänzte auf diese Weise den geschärften Augensinn des Jungen, den er für den Fall brauchte, dass sich der Räuber gegen den Wind anschlich.

Jetzt neigte sich der Tag, und die Schatten wurden länger, ohne dass Nedeam die Fährte der Raubkralle entdeckt hätte. Vielleicht war sie längst weitergestreift, doch Nedeam spürte, dass sie noch in der Nähe war und hungrig darauf lauerte, erneut zuzuschlagen.

Aber irgendwann würde Nedeam schlafen müssen. Er konnte seine Augen nicht die ganze Nacht offen halten, denn seit Tagen war er allein und hatte nicht mehr richtig geschlafen. Auch diese Nacht würde er nicht in seiner Bettstatt verbringen, sondern auf dem harten Boden der Hochmark.

Nedeam prüfte die Windrichtung und suchte nach einer günstigen Stelle für seinen Lagerplatz. Zwischen zwei niedrigen Felsen, die etwas Schutz vor Wind und Sicht boten, wurde er fündig. Jeder gute Pferdelord wählte sein Nachtlager mit Bedacht, denn man wollte sich nicht im Schlaf von einem Räuber überraschen lassen, mochte er nun zwei oder mehr Beine haben. Während Nedeam schlief, würde sein Pferd für ihn Wache halten.

Nedeam schob die größeren Steine zur Seite, ebnete den Boden, so gut es ging, und breitete seine Decke darüber. Dann nahm er Wasserflasche und Proviantasche von seinem Pferd und klopfte diesem anerkennend auf die Flanke. Der Hengst schnaubte leise und trabte dann zum Wasserloch hinüber, um seinen Durst zu stillen und selber ein wenig von dem Gras zu zupfen. Viel hatten die Schafe nicht übrig gelassen. Aber auch in Nedeams Proviantasche fand sich kaum noch etwas. Morgen würde er die Schafe in ein anderes Tal treiben müssen und bei der Gelegenheit auf dem Gehöft seine Vorräte auffüllen.

Er aß etwas Brot und Schafskäse, dazu ein paar Trockenfrüchte, dann legte er Bogen und Pfeilköcher griffbereit neben sich und hüllte sich in den langen grünen Umhang. Er war so müde, dass er fast augenblicklich einschlief.

Nedeam erwachte, als der Hengst leise schnaubte und mit dem Kopf sanft an seine Füße stieß. Der junge Pferdelord war schlagartig wach und spürte die Gefahr, die sein Pferd zuerst bemerkt hatte. Nedeam sah zu seinem Reittier, dessen Kopf mit geblähten Nüstern in eine bestimmte Richtung wies. Der große braune Hengst mit dem lang gezogenen weißen Fleck auf der Stirn war gut ausgebildet und kampferfahren. Nedeam vertraute auf Stirnflecks Instinkt. Er nahm den Bogen, zog drei Pfeile aus dem Köcher und erhob sich lautlos. Vorsichtig spähte er über einen der Felsen hinweg in die Richtung, in die Stirnfleck witterte.

Die Nacht war nicht ganz sternenklar. Immer wieder schoben sich Wolken vor Mond und Sterne, und die Schatten gaukelten Bewegung vor, wo keine war. Nedeams Blick suchte Talboden und Hänge nach den lang gestreckten, schlanken Umrissen einer Raubkralle ab, welche sich beim Anschleichen an die Beute üblicherweise tief zu Boden duckte.

Dann entdeckte er den Räuber. Es war tatsächlich ein junges Tier, nicht besonders groß, sogar kleiner als ein ausgewachsenes Schaf, aber dennoch war es tödlich. Die Raubkralle stand starr auf dem Hang, und nur die Bewegungen ihres Kopfes und das nervöse Zucken des langen Schwanzes verrieten, dass Leben in dem Körper war.

Nedeam war ein guter Bogenschütze, einer der besten, wie man sagte. Aber das wechselhafte Licht und die Entfernung ließen keinen sicheren Schuss zu. Er entschloss sich zu warten, bis das Raubtier näher kam, dann bemerkte er, wie die Raubkralle zu ihm hinübersah, und blickte rasch zur Seite. Niemals einem Ziel in die Augen sehen, hatte Dorkemunt ihm eingeschärft. Es könnte spüren, dass man es ansah, die Gefahr erahnen und zu fliehen versuchen. Oder es könnte angreifen.

Genau das tat die Raubkralle nun. Sie griff an, was Nedeam überraschte, denn es war ungewöhnlich, dass ein Räuber es riskierte, verletzt zu werden. Es musste ein unerfahrenes Tier sein, und sicher war ihm noch kein Pferdelord mit Nedeams Fähigkeiten begegnet.

Nedeam blickte der heranschnellenden Raubkralle entgegen und fand sogar noch Zeit, die Anmut ihrer Bewegungen zu bewundern, während er seinen Bogen in Position brachte. Er wartete, bis die Raubkralle wieder mit einem langen Satz vorschnellte und sich ihr Leib für einen Moment über den Boden hob, dann löste er den Pfeil. Und während dieser noch durch die Luft zischte, legte er schon den zweiten an den Bogen.

Aber er brauchte ihn nicht mehr. Die Raubkralle überschlug sich in vollem Lauf und prallte schlaff auf den Boden. Der leblose Körper rutschte noch ein Stück über die Steine und blieb dann liegen. Mit schussbereitem Bogen trat Nedeam hinter dem Felsen hervor und ging vorsichtig auf das Tier zu. Doch die Raubkralle war unbestreitbar tot.

Nedeam schnitt seinen Pfeil aus dem Kadaver, denn es war ein guter Pfeil mit geradem Schaft, glatter Befiederung und einer scharfen Spitze, die von Guntram, dem Schmied, gefertigt worden war. Dass es ein Jagdpfeil und kein Kriegspfeil war, erkannte man an der Stellung der Spitze zur Befiederung. Die Rippen eines Tieres verliefen zumeist senkrecht, und so stand auch die Spitze eines Jagdpfeils senkrecht auf die Federn, um leichter zwischen den Rippen hindurchdringen zu können. Die Rippen eines Menschen oder Orks dagegen verliefen zumeist waagrecht. Es gab auch Pfeile mit kegelförmigen Spitzen, die für beide Zwecke geeignet waren, aber Nedeam schätzte sie nicht besonders. Sie waren spitz und dünn und rissen zu kleine Wunden. Der Getroffene verblutete nicht so rasch, und war der Schuss nicht auf Anhieb tödlich, konnte das Opfer fliehen oder sogar noch Rache nehmen.

Der junge Pferdelord zückte seinen Dolch und begann den Räuber zu häuten. Leider war das Fleisch einer Raubkralle nicht besonders schmackhaft, im Gegensatz zu dem eines Pelzbeißers. Aber ihr weiches, dichtes Fell war begehrt, und auch wenn dieses hier nicht besonders groß war, so würde Nedeam in Eternas dennoch einen guten Gegenwert dafür erhalten. Als er fertig war, verscharrte er den Tierkörper, nahm das Fell und legte sich wieder schlafen. In dieser Nacht würde seine Ruhe wohl nicht noch einmal gestört werden.

Als der Morgen anbrach, erwachte Nedeam und freute sich darauf, endlich wieder nach Hause zu kommen. Vielleicht würde er die Schafe eine Weile am Gehöft grasen lassen, denn er musste das Fell schaben und es von Fleischresten befreien, sonst würde es verderben. Vielleicht ergab sich auch die Gelegenheit, eine Weile auf der Bettstatt zu ruhen. Nedeam war sich nicht sicher, ob er das verantworten konnte, aber als er schließlich das Gehöft erreichte und beim Betreten der Schlafkammer seine Bettstatt erblickte, war jeder Zweifel verflogen.

Man nannte es noch immer Balwins Gehöft, obwohl Balwin vor mehr als drei Jahreswenden von den Orks getötet worden war und der Hof nun Meowyn gehörte. Doch da Meowyn als Heilerin in Eternas lebte, führte ihr Sohn Nedeam nun den Hof mitsamt der Schafzucht, und Dorkemunt, der kleinwüchsige Pferdelord, half ihm bei Kräften an des Vaters Stelle. Dorkemunt hatten Nedeam kennen gelernt, als der damals Zwölfjährige allein durch die Nordmark der Pferdelords streifte. Nedeam war auf der Suche nach dem Beritt des Pferdefürsten Garodem gewesen, doch hatte er nur Tod und Verwüstung vorgefunden, die marodierende Orks über das Land brachten. Mit Glück und Instinkt hatte der Junge überlebt und war dann auf Dorkemunt getroffen. Zusammen mit den Pferdelords des Königs waren sie gerade rechtzeitig in die Hochmark zurückgekehrt, um den Fall von Eternas zu verhindern. Nedeam war die ungewöhnliche Ehre zuteil geworden, im knabenhaften Alter von zwölf Jahren in die Riege der Pferdelords aufgenommen zu werden. Eigentlich war dies erst möglich, wenn man das sechzehnte Jahr erreicht hatte.

Dorkemunt war froh, dass die letzten Jahre in Frieden vergangen waren. Er kannte Nedeams Temperament, und der kleine Bursche hätte sich kaum aufhalten lassen, wenn der Pferdefürst erneut die Losung gegeben hätte. Selbst jetzt fand Dorkemunt den Jungen noch viel zu zierlich, um als Kämpfer in die Schlacht zu ziehen. Es fehlte ihm gewiss nicht an Körpergröße, schließlich war auch Dorkemunt selbst nicht gerade ein Hüne. Und auch an Mut mangelte es Nedeam nicht, doch fehlte ihm die Kraft, eine ordentliche Streitaxt oder die Stoßlanze zu führen.

Dorkemunt hatte sich mit widerstreitenden Gefühlen zu Balwins Gehöft aufgemacht, denn was er für Nedeam vorsah, würde er in langwierigen Diskussionen verteidigen müssen. Nicht unbedingt gegenüber dem Jungen, sondern gegenüber Meowyn, Nedeams hübscher Mutter. Ja, Meowyn gefiel ihm über alle Maßen, und wäre ihr Herz nicht so verschlossen gewesen, so hätte Dorkemunt ihr wohl nach altem Brauch das Pferd gesattelt und um ihre Hand angehalten. Sicher, er war reich an Jahren und Meowyn um so viele Monde jünger, doch dafür war er auch reich an Erfahrung und galt als guter Pferdelord.

Der kleinwüchsige Reiter trabte auf den Eingang der Schlucht zu, die in eines jener vielen kleinen Gebirgstäler mündete, welche sich zahlreich in die Landschaft der Hochmark kerbten. Zwei Tage dauerte für gewöhnlich die Reise von der Stadt zu Balwins Hof. Auf seinem Ritt war Dorkemunt an einzelnen Gehöften und einem Weiler vorbeigekommen. Schließlich sah er den Hof vor sich liegen und nickte zufrieden, als er den Rauch eines Dungfeuers aus dem Schornstein quellen sah. Nedeam war im Haus, und ihn zu überzeugen, würde die leichtere Aufgabe sein.

Unbewusst suchte der kleinwüchsige Pferdelord die Umgebung nach einem Anzeichen von Gefahr ab. Von irgendwoher aus dem Tal ertönte das Blöken der Schafe, und in der kleinen Koppel, die ein Stück vom Haus entfernt lag, grasten die drei Pferde des Hofes. Dorkemunt erkannte Stirnfleck, der den Kopf hochwarf und ihn gewittert zu haben schien. Er schätzte den Hengst mit dem weißen Fleck, denn er war ein hervorragend ausgebildetes Pferd und ein guter Kämpfer, wenn auch manchmal ein wenig eingebildet. So schien er zu glauben, keine gewöhnliche Arbeit verrichten zu müssen, und lahmte dann gerne, wenn man sie ihm abverlangte.

Hinter der Koppel plätscherte der kleine Gebirgsbach, der bis in das Tal des Quellweilers führte, wo er in den Fluss Eten mündete. An dem Bachlauf stand ein kleiner Verschlag, in dem man sich erleichtern konnte, ohne das Haus mit unangenehmen Gerüchen zu füllen. Vor dem Zugang des Verschlages hing ein Fell, das ein wenig half, die lästigen Flugstecher fernzuhalten. Dorkemunt fragte sich, ob Nedeam während seiner Abwesenheit darauf geachtet hatte, die Wolltücher auszuwaschen, die für die persönliche Säuberung vorgesehen waren.

Als Dorkemunt die Tränke erreicht hatte, die unmittelbar vor dem Haus stand, stieg er aus dem Sattel und ließ sein durstiges Pferd saufen, bevor er es zum Grasen auf die Wiese schickte.

Das Haupthaus des Gehöfts war ungewöhnlich groß, denn Nedeams Vater Balwin hatte zu jener Zeit, als lange und starke Balken in der Hochmark selten gewesen waren, einen außerordentlich großen Baum gefunden, und so maß das Gebäude fast fünf volle Längen. Es war, wie in der Hochmark üblich, massiv aus Stein und Fels errichtet, und durch seine niedrige und lang gestreckte Bauweise bot es genügend Raum und konnte zugleich den Stürmen des Winters trotzen.

Dorkemunt schwang seine Streitaxt an die Schulter, pochte an die Tür und trat ein.

Das Haus bestand aus dem eigentlichen Wohnraum und zwei abgetrennten Kammern. Eine von ihnen hatten ursprünglich Balwin und Meowyn bewohnt, doch nun nutzte Dorkemunt deren Bettstatt. Aus der anderen Kammer drang vernehmliches Schnarchen, und der alte Pferdelord lächelte wohlwollend. In seiner Abwesenheit bewirtschaftete Nedeam den Hof allein, und Dorkemunt konnte nachvollziehen, dass der Junge hin und wieder von Müdigkeit übermannt wurde. Er hörte das Knarren der Bettstatt, als Nedeam sich bewegte, und nahm sich vor, die Schnürungen der Hölzer nachzuziehen. Allmählich lockerten sie sich, vielleicht war eine von ihnen sogar angerissen, und niemand schätzte eine Bettstatt, die des Nachts plötzlich nachgab.

Er warf einen Blick auf das dicke Schaffell, das Nedeams Kammer vom Wohnraum abtrennte, und beschloss, den Jungen noch ein wenig ruhen zu lassen. Dorkemunt stellte seine Streitaxt griffbereit neben die Tür, bevor er sich auf die massive Holzbank setzte.

Als sein Blick auf die kleine Kochtruhe neben der Feuerstelle fiel, spürte der kleinwüchsige Pferdelord plötzlich, wie hungrig er war. Er erhob sich wieder, um Brot und Käse aus der Truhe zu holen, als er abermals das Knarren der Bettstatt vernahm. Kurz darauf wurde das Schaffell zurückgeschlagen, und Nedeam blickte verschlafen hervor.

„Schneller Ritt, junger Pferdelord“, begrüßte ihn Dorkemunt lächelnd.

„Hä?“ Nedeam rieb sich schlaftrunken die Augen und schüttelte seinen Kopf, um die Benommenheit zu vertreiben.

Indessen ging der kleinwüchsige Pferdelord zur Truhe hinüber und öffnete sie. Er nahm Brot und Käse heraus, hielt kurz inne und zog dann noch den kleinen Sack mit getrockneten und gesalzenen Fleischstreifen hervor. „Wir werden länger als drei Tage unterwegs sein“, sagte er beiläufig. „Pack für zwei Zehntage.“

„Was redest du da, Dorkemunt?“, fragte Nedeam, während er blinzelnd den Raum durchquerte und dann aus dem Haus trat, um sich an der Pferdetränke das Gesicht zu waschen. „Sag mir lieber, ob du das neue Schurmesser besorgt hast. Die alte Klinge ist schon wieder stumpf.“

„Ja, ich habe die neue Klinge“, erwiderte Dorkemunt, der Nedeam gefolgt war und nun an der Einfassung der Haustür lehnte. „Eine gute Klinge von Guntram, dem Schmied. Und ich habe dir sogar etwas Süßwurzel aus Eternas mitgebracht. Die isst du doch so gerne.“

Nedeam richtete sich mit erfreutem Gesichtsausdruck auf, und Dorkemunt sah ihn verschwörerisch an. „Aber du wirst nicht viel Zeit haben, sie zu genießen. Den Eid gilt es zu erfüllen, junger Pferdelord.“ Er breitete seine Arme theatralisch aus. „So, nun eile, junger Pferdelord, denn der Pferdefürst ruft dich zu den Waffen.“

Nedeam sah seinen Mentor überrascht an. „Ist das dein Ernst?"

Dorkemunt grinste breit. „Nun, es ist nicht direkt der Pferdefürst, der ruft, sondern Larwyn, die Hohe Dame, doch die Losung gilt."

„Und die Losung gilt mir?" Nedeam sah den alten Pferdelord mit großen Augen an.

„Unter anderem", bestätigte Dorkemunt. „Ah, ich weiß, du bist noch ein wenig jung, aber ich habe Kormund überzeugen können, dass wir deiner Dienste bedürfen." Er drohte Nedeam schelmisch mit dem Finger. „So gering sie auch sein mögen." Er lachte kurz auf und wurde dann wieder ernst. „Aber nun lass uns eilen. Kormund stellt einen Beritt auf, und der Eid muss erfüllt werden."

Dorkemunt konnte Nedeam gerade noch ausweichen, als dieser an ihm vorbei ins Haus schoss und zu der großen, eisenbeschlagenen Familientruhe stürzte, in der die Pferdelords neben anderen wertvollen Gegenständen auch ihre Rüstung aufbewahrten. „Orks?", fragte Nedeam aufgeregt, während er in der Truhe zu wühlen begann. „Sind die Orks in der Mark?"

„Wir könnten ihnen durchaus begegnen, Nedeam." Dorkemunt kniete sich neben ihn. Er konnte die Aufregung des Jungen gut nachvollziehen. Es war das erste Mal, dass Nedeam den Treueid der Pferdelords erfüllen sollte. „Ihnen und Zwergen."

Nedeam starrte ihn sprachlos an, und so schilderte ihm Dorkemunt, was sich im Norden ereignet hatte. Unterdessen zogen sie Nedeams einfache Rüstung hervor, und der junge Pferdelord begann aufgeregt sich anzukleiden, wobei er Dorkemunts Bericht immer wieder durch seine Fragen unterbrach.

Zunächst wurden die wollenen Beinkleider angelegt, die Beine und Unterleib bedeckten. Sie wurden mit angenähten

Schnüren an einem Gürtel befestigt, der um den Leib getragen wurde. Dazu kam ein weites Hemd mit rundem Ausschnitt und langen Ärmeln, das fast bis zu den Knien reichte. Anschließend wurden die Reithosen aus feinem braunen Leder über die Beinkleider gezogen und ebenfalls am Gürtel befestigt. Darauf folgte das Wams. Es reichte bis an das Gesäß und bestand aus gutem Tuch. Im Sommer wurde ein ungefüttertes Wams ohne Ärmel getragen, im Winter eines mit langen Ärmeln und einem ledernen Überfutter. Je nach Neigung und Stellung des Besitzers konnte das Wams auch Zierstickereien aufweisen.

„Fette die Stiefel und Fußlappen ordentlich ein", riet Dorkemunt. „Der Weg ist sicherlich beschwerlich, und Blasen sind ein rechtes Ärgernis."

„Ja, schon gut, ich weiß es doch", sagte Nedeam, und Dorkemunt musste über den Eifer seines Freundes schmunzeln.

Aber es stimmte ja, er selbst hatte Nedeam ausgebildet, und der Junge wusste, worauf es ankam.

Die Stiefel eines Pferdelords wurden mit Fett eingerieben, so dass sie dem Wetter widerstanden und geschmeidig blieben. Zum Schutz der Füße wurden diese in lange Tuchstreifen gewickelt, bevor man das Schuhwerk überzog. Auch diese Tuchstreifen wurden gefettet, so dass sie die Haut der Füße nicht wund rieben.

Zum ersten Mal legte Nedeam nun seine Rüstung an. Er verfügte ebenso wenig wie Dorkemunt über einen Brustpanzer. Stattdessen streifte er ein dickes Lederkoller über, wobei Dorkemunt ihm helfen musste, Brust- und Rückenteil durch Riemen und Schnallen miteinander zu verbinden. Das dicke Leder war mit einem Harz gehärtet, und in das Brustteil hatte Nedeam das Symbol der Hochmark eingeprägt. Der grüne Rundschild Nedeams war blau eingefasst und zeigte in weißer Farbe die

Tatze eines Pelzbeißers. Nedeams Großvater hatte einst einen dieser Räuber erlegt, und Nedeam selbst war nahezu unbewaffnet einem anderen Exemplar entgegengetreten. Dorkemunt fand, dass die Tatze durchaus ein passendes Symbol für den Jungen und dessen Mut war.

An Waffen gürtete Nedeam einen kurzen Dolch und das Schwert seines verstorbenen Vaters Balwin um. Er war noch nicht besonders geschickt im Umgang mit dem Schwert, doch übte er fleißig und würde es bald beherrschen. Mit dem Bogen hingegen war Nedeam schon jetzt ein vortrefflicher Schütze. Nur die Stoßlanze bereitete Dorkemunt Sorge. Der Junge konnte noch nicht genügend Kraft hinter die Lanze setzen, um die dicke Rüstung eines Rundohrs zu durchstoßen.

Nedeam schlang sich den langen grünen Umhang der Pferdelords um die schmalen Schultern und schloss die Spange mit den Pferdeköpfen vor seinem Hals. Zuletzt setzte er den halbrunden Helm mit dem rotbraunen Lederbezug auf den Kopf. Dorkemunt nickte zufrieden. „Du siehst wahrlich aus wie ein Pferdelord, Nedeam, mein Freund. Nun lass uns reiten und beweisen, dass du den grünen Umhang zu Recht trägst."

Dorkemunt vergewisserte sich, dass die Glut der Feuerstelle erloschen war. Die Schafe würden Futter und Wasser finden und sich bis zur Schur noch etwas gedulden müssen. Die beiden so unterschiedlichen Pferdelords nahmen die gefüllten Provianttaschen auf, gingen zur Tränke und füllten ihre Wasserflaschen. Dann holte Nedeam seinen Hengst Stirnfleck aus der Koppel, der vor Aufregung bereits schnaubte. Schließlich hängten sie ihre grünen Schilde links an die Sättel und saßen auf.

Nedeam reckte sich stolz im Sattel, als sie ihre Pferde antrieben und das Tal verließen. Zum ersten Mal in seinem Leben ritt er als Pferdelord einem Kampf entgegen.

10

„Beim Dunklen Turm, Barus, mein Freund, es war ein merkwürdiges Ding.“ Guntram stieß lautstark auf und streckte Malvin erneut den geleerten Becher entgegen. „Gib mir noch etwas von deinem seltsamen Gerstensaft, Malvin, mein Freund.“ Der muskulöse Schmied schwankte und musste sich für einen Moment am Tresen festhalten. „Dein Gerstensaft schmeckt manchmal genauso komisch wie dieses merkwürdige Ding.“

„Dann war es also zum Essen?“ Malvin schenkte zögernd nach. Guntram schien eine Neuigkeit zum Besten geben zu wollen, aber er hatte schon mehr getrunken, als ihm guttat. Malvin überlegte ernsthaft, ob er den Gerstensaft nicht etwas verdünnen sollte, damit es Guntram wenigstens noch schaffte, zu berichten, was ihn so erregt hatte.

Guntrams Haar war lang und grau geworden, und seine Augen waren auch nicht mehr besonders gut, aber er fertigte noch immer die besten Schurklingen, Waffen und Rüstungen der ganzen Stadt. Wenn er sich bewegte, wurden unter seinem halb geöffneten Wams gelegentlich die Narben früherer Verletzungen sichtbar. Guntram war einst ein sehr guter Pferdelord gewesen, und wenn seine Augen es noch zugelassen hätten, so wäre er wohl dem Eid noch immer gefolgt.

„Zum Essen?“ Guntram wirkte einen Augenblick verwirrt und schüttelte dann den Kopf. „Nein, nein, guter Freund, es war nicht zum Essen. Aber es war merkwürdig.“

Guntram grinste Malvin bierselig an und zeigte dabei seinen fast zahnlosen Mund. Er hatte vor Jahren einmal behauptet, der

Weg zwischen Burg und Stadt sei nur deshalb gepflastert, damit die betrunkene Wache des Pferdefürsten zu später Stunde auch den Heimweg fände. Das hatte dem Schmied ein Privatgespräch mit dem Ersten Schwertmann des Pferdefürsten Garodem und in der Folge ein paar fehlende Schneidezähne eingebracht. Doch seine Zunge war noch immer scharf. So scharf, dass mancher Pferdelord gerne einmal die Schärfe seiner eigenen Klinge daran erprobt hätte. Guntram hatte bei dem Angriff der Orks auf die Stadt Eternas seine Frau verloren, und seitdem sprach er dem Gerstensaft öfter zu. Sosehr es Malvin auch liebte, das Getränk über den Tresen zu schieben, so sehr bedauerte er es, dass der alte Schmied derart unter dem Verlust seines Weibes litt.

„Das merkwürdige Ding", erinnerte Malvin sein Gegenüber und schob ihm den aufgefüllten Becher hin.

„Also, einer der Gehilfen aus der Festung kam zu mir und bat mich, ihm zwei Helme zu fertigen. Getreulich nach dem Vorbild eines merkwürdigen Kopfschutzes, den er mitbrachte. Ich habe ihm gleich gesagt, der Helm tauge nichts und ich könne ihm viel bessere fertigen." Guntram trank in hastigen Schlucken, wischte sich den Schaum vom Mund und stieß erneut heftig auf, wobei er sich gegen die Brust klopfte. „Pah, dieser komische Helm taugte nichts. Gutes Eisen, sicherlich, und auch passabel gearbeitet. Aber auf der Oberseite ziemlich flach und ohne einen Steg, an dem die Klinge eines Schwertes abgleiten könnte. Nicht einmal ein passabler Nasenschutz." Guntram schnaubte verächtlich. „Und schon gar kein Nackenschutz."

Barus zuckte die Schultern. Auch er hatte an diesem Tag ein wenig mehr als gewöhnlich getrunken. Er hatte eine ganze Reihe der kleinen Nager erwischt, und der Erfolg hatte ihn durstig gemacht. „Vielleicht probieren die Schwertmänner einen neuen Helm aus?"

Guntram rülpste. „Pah, das Ding mag als Blumentopf taugen, aber nicht als Helm."

Sie blickten in den hinteren Bereich der Schänke, wo die anderen Gäste in einer großen Gruppe gedrängt um einen Tisch saßen. Immer wieder fielen die Namen der Weiler vom Horngrund und vom Quellgrund, und es war offensichtlich, dass es um das anstehende Stoßspiel ging.

Der alte Schmied leerte seinen Becher, und als er seinen Kopf in den Nacken streckte, schien er Mühe zu haben, sich auf den Beinen zu halten. Barus legte ihm hilfreich die Hand an den Arm und bewahrte Guntram vor einem Sturz, wofür dieser ihm dankbar zunickte.

„Ja, es mag ein etwas ungewöhnlicher Blumentopf sein", räumte der Schmied ein. „Die Farbe könnte jedenfalls passen. Der Mann wollte, dass ich die Dinger im gleichen hellen Farbton nacharbeite. Nicht das schöne Rotbraun unserer Helme, nein. Ich durfte nicht einmal diese komischen Verzierungen anbringen, die den Originalhelm schmücken. Oder den Originaltopf, oder was auch immer dieses Ding nun ist." Der Schmied grinste breit. „Ah, es mag zum Haareschneiden dienen. Man setzt es auf und schneidet sauber darum herum. Ich fand jedenfalls ein paar rote Haare darin."

Ihre Aufmerksamkeit wurde erneut auf die anderen Gäste gelenkt, deren Stimmen nun zunehmend lauter wurden. Guntram wankte und schob den leeren Becher zu Malvin. „Lass es gut sein, Malvin, mein Freund, für heute habe ich wohl schon genug."

Er hatte mehr als genug. Aber der alte Schmied fand seinen Weg zur Tür, auch wenn er dazu fast die volle Breite des Raumes ausnutzte. Barus sah ihm hinterher und schob dann seinen Becher erneut zu Malvin, der eilig nachschenkte. Der Nagerjäger lauschte Esynes Stimme, die sich allmählich über die der anderen zu heben begann. „Ich glaube, Malvin, mein Freund, es wird Ärger geben."

Malvin blickte besorgt zu der Gruppe hinüber. „Ach, es ist nur ein wenig lebhafter."

„Und ich sage euch, die Männer vom Horngrundweiler werden die vom Quellweiler aus dem Sattel stoßen", ereiferte sich einer der Männer und winkte Malvin heran.

Malvin beeilte sich, die Becher der Männer nachzufüllen. Die Diskussion über die Favoritenrolle beim anstehenden Stoßspiel erhitzte die Gemüter und trocknete die Kehlen aus. Und der Wirt hoffte, das Gespräch werde noch lange anhalten und nicht so lebhaft werden, dass sein ‚Donnerhuf' in Mitleidenschaft gezogen wurde. Wenigstens nicht über ein annehmbares Maß hinaus. Erst vor zwei Wochen hatte er einige der Schemel reparieren müssen.

„Unsinn", brummte ein stämmiger Schreiner. „Der Quellweiler hat die besseren Lanzen. Ich habe mir ihre Schäfte angesehen. Sie sind gerade und folgen exakt dem Maß. Der Horngrundweiler bietet doch nur verkrüppeltes Holz. Die Lanzen taugen nichts."

„Dafür taugen aber die Reiter viel", knurrte sein Gegenüber.

„Und sie haben die besseren Stiefel", meldete sich Esyne zu Wort. Die Wangen der blonden Schuhmacherin waren ein wenig gerötet und verrieten, dass sie sich eifrig an der Diskussion und am Genuss des Alkohols beteiligte. „Ich muss es wissen, ich habe sie schließlich gefertigt."

„Die haben doch selber einen guten Schuhmacher", versetzte der Schreiner launig.

Esynes Augen verengten sich, und sie richtete sich halb

auf. „Was willst du denn damit sagen? Etwa, dass meine Stiefel nichts taugen?“

„Oh, sie sind wundervoll“, sagte Malvin beschwichtigend. „Ganz wundervoll weich und geschmeidig. Wie gegossene Haut.“

„Da hörst du es“, keifte Esyne, die wieder einmal drauf und dran schien, ihre Argumente handgreiflich zu untermauern.

„Beim Stoßspiel braucht es harte Stiefel“, meldete sich ein weiterer Gast zu Wort. „Wo die Lanze nicht trifft, vermag ein Stiefel nachzuhelfen.“

Esyne wandte sich dem Mann zu. „Willst du sagen, meine Stiefel seien zu weich?“

Malvin trat rasch dazwischen. „Oh, sie sind furchtbar hart. Wie ein metallener Panzer, möchte ich sagen.“

„Was denn nun?“, knurrte der Mann, der den Horngrundweiler favorisierte. „Sind sie nun weich oder hart?“

„Weich im Schaft und hart in der Sohle“, schrie Esyne den Mann an.

„Jedenfalls werden die Spieler vom Horngrund siegen“, entschied der Mann und nickte bekräftigend dazu. „Egal, wessen Stiefel sie tragen.“ Er prostete Esyne zu. „Selbst in deinen Stiefeln werden sie siegen.“

Das war es. Malvin wusste es sofort. Er wusste es, noch bevor Esyne sich von ihrem Platz erhob. Die blonde Schuhmacherin gönnte ihrem Widersacher noch einen erfreulichen Einblick in den Ausschnitt ihres Gewands, bevor sie ihm den geleerten Krug mit weniger erfreulicher Härte über den Schädel schlug. Das gebrannte Gefäß zerbarst, und der Mann kippte wortlos hintenüber. Seine Beine schnellten hoch und schlugen von unten gegen die Tischplatte, woraufhin Becher in unterschiedlichen Stadien der Leerung umfielen und empörte Stimmen laut wurden.

„Wartet, ich fülle sofort nach", schrie Malvin beschwörend und suchte hastig im Regal nach einem vollen Krug, doch es war zu spät. In seinem Rücken ertönte wütendes Geschrei im Wechsel mit dem dumpfen Klatschen von Fäusten, und über alldem kreiste Esynes keifende Stimme, die für die Robustheit ihres Schuhwerks warb, indem sie wahllos mit dem übrig gebliebenen Griff des Kruges um sich schlug. Die anderen Gäste an dem Tisch beteiligten sich zunehmend mit Argumenten ganz eigener Art.

Malvin blickte Hilfe suchend zu Barus, der am Tresen lehnte. „Barus, mein Freund, sage doch auch etwas."

Auch Barus hatte an diesem Tag etwas zu viel Gerstensaft getrunken, und sein Bart war voller trocknenden Schaums. Er blickte trübe zu den anderen hinüber. „Sie sollten mit Keulen kämpfen", brummte er und klopfte gegen sein Handwerkszeug. „Dann sind die Stiefel schnell egal."

Malvin seufzte resigniert und verzog nur schmerzlich das Gesicht, als einer der Schemel krachend zerbarst.

Barus sah hinüber und nickte. „Wie ich sagte, Keulen sind am besten geeignet."

Erneut zerbrach ein Möbelstück, und diesesmal schlug ein Splitter in das Regal hinter der Theke ein und zertrümmerte zwei Krüge mit Gerstensaft und Blutwein. Malvin befürchtete, dass der Schaden noch weitaus größer werden würde, und da von Barus keine Hilfe zu erwarten war, warf der Wirt seinen Wischlappen auf den Tresen und rannte zur Tür, um nach einer Streife der Schwertmänner zu sehen. Er hatte Glück, denn zwei der Wachen ritten gerade die Straße entlang, und als Malvin aufgeregt mit den Armen winkte, zogen sie ihre Pferde herum und trabten zu ihm herüber.

Der Ältere von ihnen beugte sich grinsend im Sattel vor,

als er den Lärm aus dem ‚Donnerhuf' dringen hörte. „Deine Schänke scheint ihrem Namen ja wieder alle Ehre zu machen, Malvin, mein Freund."

„Sie schlagen alles kurz und klein", jammerte der Wirt und sah besorgt zur offen stehenden Tür. „Dabei hat alles so harmlos begonnen."

„Es beginnt immer harmlos", brummte der Schwertmann und schwang sich aus dem Sattel. „Um was ging es diesmal?"

„Um das Stoßspiel", seufzte Malvin.

Der Schwertmann schüttelte den Kopf und bedeutete seinem Begleiter, ebenfalls abzusitzen. „Narren. Jeder, der reiten kann, weiß doch, dass der Horngrundweiler gewinnen wird."

Sein Begleiter runzelte skeptisch die Stirn, verzichtete jedoch auf einen Kommentar. Die beiden Pferdelords aus Garodems Wache rückten ihre Schwertgurte zurecht und machten Anstalten, die Schänke zu betreten, als der Ältere unvermittelt die Hand hob und Malvin fragend ansah. „Ist das Esynes Stimme?"

Malvin zuckte verlegen die Achseln. „Ah, keine Sorge, sie kann sich kaum noch auf den Beinen halten."

Der Wachführer runzelte die Stirn. „Ihre Stimme klingt aber noch recht kraftvoll." Er sah seinen Begleiter an. „Hol Baromil und seinen Gefährten. Sie sind unten an der Töpferei." Während der andere Schwertmann davontrabte, blickte der Wachführer Malvin an. „Ein platzierter Schlag würde sie wohl zum Schweigen bringen, aber es brächte keine Ehre ein. Schließlich ist sie ein Weib."

„Es ist Esyne", wandte Malvin ein.

Der Schwertmann rieb sich das Kinn. „Auch wieder wahr." Erneut drang der Lärm eines zerbrechenden Möbels aus dem ‚Donnerhuf', und er zuckte die Achseln. „Nun gut, Malvin, bleib derweil draußen, ich will sehen, was sich machen lässt, bevor dir nichts mehr zum Ausschenken bleibt."

Die Argumente der Beteiligten hatten sich inzwischen weitestgehend erschöpft, Gesichter waren zerkratzt, zwei Ohren zerbissen, und Esynes Gewand war eingerissen, aber sie hatte die Robustheit ihres Schuhwerks eindrucksvoll unter Beweis gestellt und drosch gerade noch mit einem ihrer Stiefel auf einen Mann ein, der die Arme schützend über den Kopf hielt und vor ihr her durch die Schänke flüchtete.

Die blonde Schuhmacherin war wohl eher verblüfft denn erschrocken, als der einschreitende Schwertmann ihr den Stiefel mit einem Ruck entriss und der zuvor Geschlagene hinter die breiten Schultern des Wachmannes in Deckung flitzte. Esyne griff beherzt nach ihrem Stiefel, aber der Wachmann hielt ihn ein Stück höher. „Es ist genug, Frau Esyne", knurrte er grimmig. „Du hast nun die Ohren der Gäste und manches mehr genug strapaziert."

„Ich strapaziere gleich noch etwas ganz anderes", zischte sie wütend und versuchte den Mann zu erreichen, der sich ängstlich hinter dem Schwertmann verbarg.

„Stelle meine Geduld nicht auf die Probe." Der Schwertmann blickte über die Szenerie. Keine wirklich ernsthaften Blessuren, die einen Pferdelord am Reiten hätten hindern können, aber die Heilerin würde einiges zu nähen haben, und das nur wegen eines Stoßspiels. Wie würde es erst am Abend nach dem Turnier zugehen? „Sei froh, dass du ein Weib bist, sonst würde ich dich schon zur Ruhe bringen."

„Das ist kein Weib", schrie der Deckung Suchende. „Sie hat mich gebissen. Die hat Fänge wie ein Ork."

„Ich und kein Weib?" Esyne riss empört das ramponierte Gewand auseinander. „Ich zeige dir gleich, ob ich ein Weib bin."

Der Schwertmann war durchaus beeindruckt, aber auch für die Ruhe in der Stadt verantwortlich. „Bedecke dich, Weib, ich bin nicht in der Brunft."

Mit anzüglichem Blick musterte Esyne den Schwertmann. „Aha, das könnte Euch wohl gefallen, über ein schutzloses Weib herzufallen, was?"

In dem Moment spähte Malvin durch die Tür herein. „Ich störe euch nur ungern, aber ich glaube, das Stoßspiel fällt aus."

Der Schwertmann und Esyne blickten gleichermaßen verwirrt zu dem Wirt hinüber. „Wie meinst du das?", stammelten sie im Duett.

Auf der Straße war der Hufschlag vieler Pferde zu hören. Malvin wies hinter sich. „Dorkemunt und Mortwin werden schon bald aus der Stadt reiten. Mit Kormund an der Spitze. Es ist ein ganzer Beritt."

Daran gab es nichts zu rütteln. Zwei der Favoriten des Stoßspiels ritten in den vordersten Reihen eines kompletten Beritts von hundert Pferdelords die Straße entlang auf die Burg zu. Sie alle waren voll gerüstet, doch führten sie keinen Wimpel mit sich. Das konnte nur heißen, dass der Beritt das Feldzeichen in der Burg empfangen würde, um dann direkt von dort wieder auszuziehen.

Malvin betrachtete seufzend seine demolierte Schänke. Wieder sah es ganz nach Neuigkeiten und durstigen Kehlen aus, doch dieses Mal würde er Mühe haben, die Bedürfnisse seiner Gäste zu befriedigen. Nun, viele der Gäste schienen im Augenblick auch keine derartigen Bedürfnisse zu haben.

11

Der Beritt trabte durch die Hauptstraße von Eternas und folgte ihrem Verlauf auf die Burg zu. Dabei klapperten die Hufe der Pferde über die Steinplatten des Straßenpflasters. Die Pferdelords beschlugen die Hufe ihrer Reittiere mit Eisen, so wurden sie auf schlechtem Grund geschützt und konnten als tödliche Waffen wirken, wenn die Tiere im Kampf damit ausschlugen. Die Männer des Beritts hatten darauf geachtet, dass alle Pferde gut beschlagen waren und keines der Eisen lose oder abgenutzt war. Hier, auf dem glatten Untergrund der Straße, waren die beschlagenen Hufe allerdings von Nachteil, und der Beritt trabte nur langsam, damit keines der Reittiere ausrutschte.

Dorkemunt hielt sich dicht neben Nedeam und beugte sich nun zu ihm hinüber. „Hör zu, Nedeam, mein junger Pferdelord, du solltest wissen, dass es noch schlimmere Prüfungen gibt als die Begegnung mit blutrünstigen Orks."

„Welche sollten das sein?" Nedeam nickte stolz dem alten Guntram zu, der, seltsam wankend, vor seine Schmiede getreten war und nun den vorbeiziehenden Pferdelords lauthals Eisen für die Hufe ihrer Reittiere anbot. Dann sah er wieder seinen Mentor an. „Graue Zauberer?"

„Graue Zauberer? Noch viel schlimmer", seufzte Dorkemunt. „Besorgte Mütter. Überlass mir das Reden, wenn wir die Burg erreichen, ich versuche Meowyn zu beschwichtigen."

Wenig später trabten die Reiter unter dem Haupttor hindurch und erreichten den vorderen Burghof, wo der Trupp einschwenkte und hielt. Die Männer blieben jedoch noch im

Sattel, denn hier gab es nur noch eines zu tun, bevor sie nach Norden abrückten.

Tasmund und Larwyn traten nebeneinander aus dem Haupthaus, gefolgt von einem Schwertmann, der den dreieckigen Berittwimpel trug.

„Die Losung hat euch zum Dienst gerufen“, sagte Tasmund mit lauter Stimme und blickte die Doppelreihe der Pferdelords entlang. „Ihr seid dem Eid gefolgt und wollt nun erfahren, warum man euch zu den Waffen rief. Es ist eine besondere Mission, deren Ziel noch der Geheimhaltung bedarf. Euer Scharführer wird euch darüber aufklären, wenn ihr die Nordgrenze der Mark erreicht habt.“

Unter den Männern entstand für einen Augenblick Gemurmel. Sie folgten der Losung, weil der grüne Umhang sie dazu verpflichtete und die Ehre es gebot, den Eid zu erfüllen. Doch wenn ein Pferdelord sich für den Kampf rüstete, dann wollte er auch gerne wissen, wofür er es tat und vor allem, gegen wen er antrat. Sammelte sich ein Beritt beim Pferdefürsten, so gab dieser stets die Losung für den Kampf, und dass dies nun nicht geschah, war sehr ungewöhnlich.

Erwartungsvoll sahen die Männer zu Kormund, der offensichtlich weitaus mehr wusste. Nur wenige von ihnen trugen die Rosshaarschweife der Schwertmänner, die meisten von ihnen hatten Kormund und Dorkemunt eilig aus zweien der größeren Weiler rekrutiert. Die Männer waren der Losung, ohne viele Fragen zu stellen, gefolgt, hatten sich gerüstet und ihrem Hof den Rücken gekehrt. Ihre Rüstungen und Waffen sahen so unterschiedlich aus wie ihre Gesichter und Staturen. Lediglich die langen Stoßlanzen, die Form der grünen Schilde vor dem linken Knie und die grünen Umhänge waren einheitlich.

Tasmund nahm den Berittwimpel und gab ihn in Kormunds

Hand. Es war der Wimpel, den Kormund stets seiner Schar voranführte und der zwischenzeitlich vom Blut der Orks gesäubert worden war. So würde der Wimpel erneut mit dem Scharführer ausziehen können, ebenso wie der nörglerische Mortwin, der hinter dem Hornbläser des Beritts zu erkennen war. Der Hornbläser hatte die Aufgabe, im Gefecht die Befehle des Führers durch Hornsignale zu übermitteln. Alle Pferdelords kannten den Klang der Hörner und folgten ihm, aber das Horn der Hochmark war etwas Besonderes. In den Marken des Königs wurden solche aus dem Horn von Rindern benutzt, doch in der Hochmark waren es metallene Instrumente, die einen typischen Klang aufwiesen.

Nachdem Tasmund geendet hatte, trat Larwyn zu dem kleinen Reiter Dorkemunt und übergab ihm ein unförmiges Paket, das zum Schutz gegen die Witterung mehrfach in geöltes Tuch eingeschlagen war.

Der Erste Schwertmann erhob erneut seine Stimme. „So reitet nun in Eile und macht dem grünen Umhang ..."

„Nedeam?!"

Der Schrei übertönte Tasmunds Stimme und unterbrach dessen letzte formelhafte Worte. Verärgert wandte sich der Erste Schwertmann zur Seite und erkannte Meowyn, die unter einem der Tore der mittleren Wehrmauer stand und nun vor Wut und Angst errötend auf ihren Sohn starrte, der in der ersten Reihe der Pferdelords auf seinem Hengst Stirnfleck saß. „Nedeam, komm sofort da herunter!"

Der Angesprochene sah seine Mutter verwirrt an und wollte schon gehorsam aus dem Sattel steigen, als Dorkemunt ihn am Arm zurückhielt. „Warte, Nedeam. Lass mich das regeln."

Tasmund ahnte, dass es zu einem längeren Gespräch kommen würde, und blickte zu den Männern des Beritts. „Absitzen und den Schild tief halten."

Die Männer folgten dem Kommando und schwangen sich aus den Sätteln. Larwyn und Tasmund folgten indessen Nedeam und Dorkemunt, die auf Meowyn zuschritten.

„Bist du von Sinnen?" Meowyn sah Dorkemunt kopfschüttelnd an. „Wie kannst du nur Nedeam in den Beritt nehmen?"

„Ich bin ein Pferdelord", wandte Nedeam voller Stolz ein.

Seine Mutter musterte ihn von Kopf bis Fuß und blickte ihm dann streng ins Gesicht. „Zunächst einmal bist du mein Sohn und erst danach ein Pferdelord. Außerdem bist du noch keine sechzehn Jahrmonde alt und darfst noch überhaupt nicht in einem Beritt reiten."

Tasmund räusperte sich. „Verzeiht mir, gute Frau Meowyn, doch das ist nicht ganz richtig. Der Pferdefürst hat ihn in den Kreis der Pferdelords aufgenommen, und Nedeam hat den Eid abgelegt."

„Nur ehrenhalber", entgegnete Meowyn heftig. „Für das, was er damals leistete. Aber doch nicht dafür, jetzt schon hinauszureiten."

„Ah, gute Meowyn", Dorkemunt räusperte sich nervös. „Damals hat Nedeam Großes geleistet, und da war er erst zwölf. Nun ist er schon sehr viel größer." Dorkemunt musterte Nedeams eher schmächtige Gestalt. „Zumindest ist er älter. Und ich habe ihn gut ausgebildet."

„Ich verweigere meine Zustimmung", sagte Meowyn entschieden. „Ich habe das Recht dazu, denn er ist noch keine sechzehn."

„Aber er ist ein Pferdelord", sagte Tasmund, „denn er hat den Eid geleistet und ist ihm verpflichtet. Wollt Ihr ihm die Ehre nehmen, gute Frau Meowyn?"

„Dann entbindet ihn vom Eid", rief die Heilerin erregt.

Larwyn trat vor und legte ihre Hand beschwichtigend auf Meowyns Arm. „Haltet ein, Meowyn. Ich kann Eure Sorge verstehen, doch es hat einen Grund, weshalb auch Nedeam aufgerufen wurde. Und glaubt mir, werte Freundin, es ist ein guter Grund."

„Welchen Grund könnte man gut nennen, der meinen Sohn in den Krieg zwingt?", entgegnete Meowyn verbittert. „Würde die Mark berannt, so mag es angehen, doch noch steht der Feind nicht vor unseren Toren."

„Doch, das tut er", sagte Larwyn eindringlich. „Ihr wisst es selber ganz genau, Meowyn. Denkt an die Worte des Zwerges Balruk. Nun brauchen wir Männer, die den Feind auskundschaften, und wer wäre wohl besser dazu geeignet als Pferdelords, die sich unauffällig zwischen Zwergen bewegen können?" Sie nahm die Hand der schweigenden Meowyn. „Dorkemunt wird darauf achten, dass ihm nichts geschieht, nicht wahr, Dorkemunt?"

„Bei meiner Ehre, das werde ich, Hohe Dame", versicherte der kleine Pferdelord feierlich. „Das werde ich ganz gewiss."

„Lasst ihn mit Eurem Segen reiten, gute Frau Meowyn", drang die Herrin von Eternas auf die Heilerin ein. „Damit er den Pferdelords und seinem Eid Ehre machen kann."

Meowyn schwieg und nickte zögernd mit dem Kopf. Sie trat zu Nedeam und legte ihm die Hand an den Arm. „So mögest du denn reiten, mein Sohn."

Tasmund atmete erleichtert auf, und auch Dorkemunt ließ ein vernehmliches Schnaufen hören, während Nedeam sich dankbar von seiner Mutter verabschiedete.

Dann wandte sich der Erste Schwertmann dem Beritt zu. „Aufgesessen, ihr Pferdelords. Die Losung hat euch gerufen, und Eile ist nun das Gebot."

Die Männer saßen auf und formierten sich. Kurz darauf hallte Tasmunds Stimme über den Hof. „Schneller Ritt …“

„… und scharfer Tod“, erwiderten die Stimmen von einhundert Reitern.

Das Horn der Hochmark hallte im Burghof wieder, und das Donnern der Hufe erfüllte die Mauern, bis der Beritt dem flatternden Wimpel folgend aus der Burg gezogen war.

Meowyn trat in das offene Haupttor, um den entschwindenden Reitern nachzusehen. „So reitet er nun in den Krieg“, murmelte sie leise, und ihre Stimme nahm einen verzweifelten Klang an. „Ich habe schon Balwin verloren, ich kann nicht auch noch ihn verlieren.“

Tasmund und Larwyn traten neben sie. „Seid gewiss, gute Frau Meowyn“, sagte der Erste Schwertmann ernst, „er ist von hundert Lanzen umgeben, die auf ihn achten werden.“

Meowyn seufzte leise. „Haltet mich nicht für einen Narren, Tasmund, auch wenn Eure Worte gut gemeint sind. Nedeam und Dorkemunt sind die Einzigen, die unter Zwergen nicht sofort auffallen würden. Und eigentlich ist Nedeam schon viel zu groß dafür.“

„Sie sollen nur Nachricht bringen, was bei den Zwergen geschehen ist“, sagte Larwyn beruhigend. „Sie sollen doch nicht kämpfen.“

Meowyn lachte erbittert auf. „Nicht kämpfen? Gute Larwyn, Ihr kennt doch Eure Pferdelords, nicht wahr?“ Sie seufzte leise. „Und ich kenne meinen Nedeam.“

12

Es war dunkel geworden. Auf den Wällen der Festung Eternas loderten Becken mit Brennsteinen, und viele Fenster der Burg waren erleuchtet. Obwohl es schon spät war und einige der Bewohner sich bereits zur Ruhe begeben hatten, gab es noch immer viel zu tun. Die langsamen Schritte der Wachen waren zu hören, und gelegentlich drangen leise Stimmen und Gelächter aus den Unterkünften hervor. In der großen Küche wurden Töpfe und Schüsseln ausgerieben und gespült, während Köche die Vorbereitungen für den nächsten Morgen trafen. Und über einem Feuer hing einsam ein kleiner Kessel, dessen Inhalt allmählich zu kochen begann.

Im Vorratshaus schritt eine Wache mit einer Brennsteinlampe durch die Gänge und spähte besorgt an den Reihen der Regale entlang, in denen die Lebensmittel gelagert wurden. Der Mann hatte Bissspuren von Nagern an einigen Vorratssäcken gefunden, konnte die kleinen Räuber jedoch nicht entdecken, und so nahm er sich für den nächsten Tag vor, den Nagerjäger Barus darauf anzusprechen. Wo ein Nager auftauchte, folgten andere rasch nach, und die Biester vermehrten sich ungeheuer schnell. Die Gefahr, dass die Vorräte der Burg darunter litten, war einfach zu groß.

Dicht an der Ostmauer der Festung zupfte ein kleiner Schnellläufer friedlich im Sternenlicht an einem Grasbüschel, als ihn von oben ein weicher, übel riechender Gegenstand traf, der ihn verschreckt davonhoppeln ließ. Der Gegenstand hatte sich aus einem der hölzernen Vorbauten gelöst, die in unregelmäßigen Abständen in die Wehrmauern eingelassen waren.

Diese Vorbauten waren neu und erlaubten es den Bewohnern der Burg, sich auf dezente Weise zu erleichtern. Bis dahin hatte man dies in irgendwelchen verschwiegenen Ecken getan, und stets war Gesinde auf der Suche nach diesen Hinterlassenschaften gewesen, um die Räume von üblem Geruch frei zu halten und das, was sich von ihm noch hielt, mit Sträußen wilder Blumen und Kräuter zu bekämpfen. Die neuen Vorbauten hatten einen nach unten offenen Sitz, der diese Arbeit nun überflüssig machte und das Leben in des Wortes wahrstem Sinne erleichterte, worüber jedoch der kleine Schnellläufer vermutlich anderer Meinung war. Doch auch im Kampf leisteten die Erker gute Dienste, da man von ihnen aus Pfeile auf den Gegner schießen oder ihn mit siedendem Fett überschütten konnte.

In einem abgetrennten Teil des Stalls stand eine Gruppe von Schwertmännern und Stallburschen und sah einer Stute zu, die ihr Fohlen gebar. Ein Schwertmann fluchte in die Dunkelheit, als er auf der Treppe zum Nordwall ausrutschte und beinahe in den darunter aufgehäuften Mist gefallen wäre.

Die Hohe Dame Larwyn saß am Bettchen ihres Sohnes Garwin und betrachtete zärtlich sein friedliches Gesicht. In wenigen Augenblicken würde auch sie sich endlich zu Bett begeben. Weit über ihr, auf dem Turm des Signalfeuers, ertönte gelegentlich ein leises Scharren. Dort stand Tasmund neben dem Posten des Feuers und blickte durch den nächtlichen Sternenlicht sorgenvoll gen Norden.

Auch in dem kleinen Hospital der Burg brannte noch Licht, denn Meowyn wachte in doppelter Sorge. Um ihren Sohn Nedeam, der nun unbekannten Gefahren entgegenritt, und um den Zwerg Balruk, dessen Seele sich noch nicht entschieden hatte, ob sie in seinem Körper verbleiben oder sich zu den Goldenen Wolken begeben wollte.

Meowyn saß an der Bettstatt, auf die man Balruk gelegt hatte, und spürte das unmerkliche Zittern des stämmigen Körpers. Ein Fieber hatte den Zwerg ergriffen, und Meowyn fragte sich immer wieder, ob ihr wohl ein Fehler unterlaufen war. Sie hatte die Wunde untersucht, doch sie erschien ihr sauber. Dennoch konnte tief im Gewebe eine Entzündung aufgetreten sein. Sie war sich sicher, dass kein Stoffrest und kein Schmutz in der Wunde geblieben waren, die das Fieber hätten hervorrufen können, aber sie fürchtete, dass die Pfeilspitze vielleicht doch vergiftet gewesen war. In jedem Fall war das Fieber gefährlich und konnte zum Tod des Zwerges Balruk führen.

Meowyn nahm das feuchte Tuch von der Stirn des gut zugedeckten Zwerges und fühlte seine Temperatur. Sie war nicht gesunken, sondern schien sogar noch gestiegen zu sein. Seufzend benetzte sie das Tuch mit frischem, kaltem Wasser, faltete es und legte es erneut auf die Stirn. Der Zwerg ächzte und stöhnte und murmelte gelegentlich unverständliche Wortfetzen vor sich hin.

Die blonde Heilerin war überrascht, als der Zwerg unvermittelt die Augen aufschlug und sie mit fiebrig glänzenden Augen ansah.

„Seid ohne Sorge, guter Herr Zwerg“, sagte sie leise. „Ich habe viel von der Elfenfrau Leoryn gelernt und tue für Euch, was ich vermag.“

„Grünschlag“, keuchte Balruk. „Ihr müsst mir Grünschlag bringen.“

Meowyn lächelte sanft. „Ich kenne kein Kraut dieses Namens, Herr Balruk.“

„Kein … Kraut“, flüsterte der Zwerg und presste für einen Moment die Lippen aufeinander. „Ah, Ihr habt es sehr kalt hier, Menschenfrau.“

„Das ist das Fieber. Wartet, ich bringe Euch noch eine Decke." Meowyn wollte sich erheben, doch der Zwerg ergriff ihre Hand und hielt sie fest.

„Bleibt, bevor ich vielleicht für immer einschlafe." Balruk leckte sich über die trockenen Lippen und blicke um sich. Meowyn griff nach dem Becher mit Wasser und half ihm, etwas davon zu trinken, woraufhin der Zwerg sie dankbar ansah. „Grünschlag ist meine Axt, Menschenfrau. Die Orks dürfen sie nicht behalten. Ihr müsst Grünschlag zu mir bringen, Menschenfrau." Der Zwerg spannte seine Hand erstaunlich kraftvoll um Meowyns Arm. „Ihr müsst ... sie mir ... bringen ..."

Der Griff des Zwerges erschlaffte, und er verlor erneut das Bewusstsein. Meowyn stellte den Becher zur Seite und betrachtete sorgenvoll ihren Patienten. Wenn das Fieber nicht bald sank, musste sie einen anderen Weg einschlagen. Jeden der bekannten Kräutertränke hatte sie ihm bereits eingeflößt. Nun war ihr nur noch ein einziges Mittel bekannt, aber sie hatte es noch nie angewandt. Es war ein gefährliches Mittel, denn es konnte sowohl heilen als auch töten.

13

Sie waren in der typischen Art der Pferdelords geritten. Zwei Zehnteltage lang war es im schnellen Trab vorangegangen, dann hatten sie die Pferde zur Schonung für einen halben Zehnteltag geführt. Vor einigen Augenblicken war der Beritt wieder aufgesessen, und nun näherten sie sich der Stelle, wo Kormunds Schar den verwundeten Zwerg gefunden hatte und den Orks begegnet war. Vier Pferdelords ritten in Sichtweite ein Stück voraus. Weit genug entfernt, um die nachfolgenden Männer rechtzeitig vor einem Hinterhalt zu warnen, und nahe genug, sich schnell wieder mit ihnen vereinigen zu können, wenn sie angegriffen wurden.

Wieder einmal brannte die Sonne unbarmherzig auf sie herab, und die Männer schwitzten unter ihren Umhängen und Rüstungen. Schweiß sickerte unter den Helmen hervor und brannte in den Augen. Er vermischte sich mit dem aufgewirbelten Staub, so dass die Männer und Pferde in den hinteren Reihen zunehmend mit einer gleichförmigen Schicht aus grauem Puder überzogen wurden. So war in den vorderen Reihen des Beritts noch das leuchtende Grün und Rotbraun der Pferdelords und das Blitzen von blankem Metall zu erkennen, während in den hinteren Reihen ein tristes Grau dominierte.

Unter anderen Umständen hätte Kormund die Männer abwechselnd vorne und hinten reiten lassen, aber da sie sich nun dem Ort der ersten Feindberührung näherten, wollte der Scharführer die erfahrenen Schwertmänner der vorderen Gruppe sofort verfügbar haben. Kormund hörte einige der Männer erleichtert seufzen, als ein leichter Wind durch die Schlucht zu streichen begann. Die grünen Umhänge und blauen Rosshaarschweife begannen sanft auszuwehen, und gelegentlich erklang ein leises Husten, wenn einer der Männer zu viel Staub geschluckt hatte. Einige der Reiter mochten sich wohl im Flüsterton unterhalten, doch drang nichts davon durch das gleichmäßige und einschläfernd wirkende Pochen der Hufe hindurch nach vorne. Einige der Reiter mochten auch schlafen, doch die Pferde fanden den Weg, und die Männer waren eine Rast im Sattel gewöhnt.

Die mittlere Gruppe des Beritts führte Handpferde mit, die als Ersatz für ausfallende Tiere und zum Tragen der Lasten dienten. Auf ihnen waren zusätzliche Pfeile, Nahrung und Wasser in Traglasten verstaut.

Kormunds Wimpel flappte lustlos im schwachen Wind, der plötzlich einen süßlichen Geruch mit sich führte. Die erfahrenen Pferdelords kannten diesen Geruch nur zu gut. Er wurde stärker und wandelte sich zunehmend in einen widerlichen Gestank.

„Wir hätten ihre Kadaver verbrennen oder verscharren sollen“, brummte Dorkemunt, der sein Pferd an Kormunds Seite getrieben hatte.

Vor ihnen tauchten nun die von Verwesung aufgedunsenen Kadaver der erschlagenen Orks auf, und Kormund blickte zu der kleinen Grabstätte hinüber, von der aus der gefallene Pferdelord seinen Ritt zu den Goldenen Wolken angetreten hatte. Ein paar der Steine waren verrutscht. Vielleicht war es die Witterung gewesen, vielleicht aber auch ein einsames Raubtier auf der verzweifelten Suche nach Nahrung, denn diese Gegend des Gebirges schien den Tieren nicht viel Essbares zu bieten, selbst für die bescheidenen Bedürfnisse einer Raubkralle oder eines Pelzbeißers.

„Du weißt, dazu war nicht die Zeit“, erwiderte Kormund auf Dorkemunts Bemerkung. „Wir mussten damit rechnen, dass die Bestien bald mit Verstärkung zurückkehren würden, und wir hatten Verwundete.“

„Wohl wahr.“

Auch jetzt nahmen sie sich nicht die Zeit, die verwesenden Kadaver zu verscharren. Niemand hatte Lust, das verfaulende Fleisch zu berühren, und so versuchten die Männer, möglichst flach und durch den Mund zu atmen, bis sie die Stelle passiert hatten und der laue Wind den üblen Geruch von ihnen forttrug.

Sie ritten weiter durch die Schlucht, bis diese sich nach einer Weile plötzlich weitete und in eines der typischen Gebirgstäler mündete. Am Rand der Schlucht war nun das Glitzern eines Bachlaufs zu erkennen, und entlang seinem Ufer kämpfte kärgliches Grün ums Überleben. Vor ihnen schreckte ein Schnellläufer auf und hoppelte hastig auf die Deckung einiger Felsen zu. Ein leises Schnalzen ertönte, und ein Pfeil schwirrte an Dorkemunt und Kormund vorbei. Schon überschlug sich der kleine Nager und blieb ein ganzes Stück vor den Felsen liegen.

„Nicht viel für den Anfang“, erklang Nedeams Stimme hinter ihnen, „aber besser als das Trockenfleisch.“

Dorkemunt wandte sich im Sattel um und fixierte den Jungen mit gespieltem Ernst. „Das nächste Mal nicht so dicht an meinem Ohr vorbei. Du weißt, ich bin schreckhaft. Fast hätte ich jetzt keinen Halt mehr für meinen Helm.“

Nedeam lachte unbekümmert. „Deine Ohren sind groß genug. Es wäre noch reichlich übrig geblieben.“

Einige der Pferdelords lachten, und Dorkemunt nahm den gut gemeinten Spott hin. Im Grunde war er stolz auf Nedeams

Leistung. Der junge Pferdelord hatte ungeheuer rasch reagiert und den Schnellläufer mitten in der Bewegung getroffen. „Mag sein“, räumte er wohlwollend ein. „Aber einen Schenkel bist du mir dennoch schuldig.“

Kormund blickte über das weitläufige Tal und hob die Lanze mit dem Wimpel. Der Beritt hielt, und die Männer der Vorhut bildeten eine einreihige Schwarmlinie. „Wir rasten hier und füllen das Wasser nach. Anschließend ziehen wir weiter.“ Er hob das Gesicht zur Sonne und beschirmte seine Augen, dann musterte er die Schatten an den Felsen. „Wir können danach noch ein gutes Stück reiten.“

Der Beritt saß ab, und Kormund rammte die Lanze mit dem Wimpel in den Boden, um so die Position des Scharführers zu markieren. Nedeam eilte indessen zu dem erlegten Schnellläufer, schnitt den Pfeil heraus und begann den Nager routiniert auszunehmen.

Kormund kaute ein Stück Brot und einen Brocken Käse, bevor er seinen Durst mit kräftigen Schlucken aus der Wasserflasche stillte. Etliche der Männer traten an das kristallklare Wasser heran und wuschen sich den Staub ab. Kormund blickte auf, als ein Schatten über ihn fiel, und erkannte Mortwin, der sich mit mürrischem Gesicht neben ihn hockte.

Der Schwertmann nahm seinen Helm ab und schüttelte den Rosshaarschweif aus. „Verfluchter Staub. Kriecht einem bis unter die Rüstung. Nichts als Staub und Steine.“ Er sah den Scharführer an. „Außerdem haben wir eine Reihe von Weichärschen unter uns. Zwei der Männer haben sich den Hintern wund geritten.“ Mortwin spuckte verächtlich aus. „Du hättest keine Bauern auswählen sollen, sondern Züchter. Die sind den Sattel gewöhnt.“

„Man nimmt, was sich bietet“, brummte Kormund. Er nickte

unbewusst, als er sah, dass Dorkemunt die Vorposten auswechselte, damit auch diese Männer sich erfrischen konnten. „Du weißt, dass gerade Schurzeit ist. Ich kann nicht alle Schafhirten und Züchter verpflichten. Oder willst du im nächsten Jahr nur Brot zu essen haben?“

Mortwin zuckte die Achseln. „Ich habe ihnen gesagt, sie sollen sich den Hintern mit Stiefelfett einschmieren. Das sollte helfen.“

Kormund grinste. „Was machen deine Füße?“

Der Schwertmann erwiderte das Grinsen. „Das Stiefelfett steht mir fast bis an die Knie.“

Der Scharführer erhob sich. „Kümmere dich um die Neuen. Wir haben eine Reihe von Pferdelords, die noch keinen Feind gesehen haben. Sie werden sich an die erfahrenen Kämpfer wie dich halten, Mortwin, mein Freund.“

Mortwin nickte Kormund knapp zu, und der Scharführer ging zum Bachlauf hinüber, füllte seine Wasserflasche auf und kam wieder zurück. Er blickte sich um und zog die Lanze aus dem Boden. Als er aufsaß, folgten die anderen seinem Beispiel, und wenig später schon zog der Trupp weiter durch das Tal. An dessen Ende schloss sich eine enge schattige Schlucht an, die wiederum von einem kleinen Tal abgelöst wurde. Schluchten und Täler schienen beständig aufeinander zu folgen, und nur ihre Größe schien sie zu unterscheiden. Doch die wenigsten dieser Täler waren so fruchtbar wie die der Hochmark, und es war offensichtlich, dass es hier nicht viel Leben gab.

Kormund wollte gerade das Zeichen zum Halt geben, um das Nachtlager aufschlagen zu lassen, als er einen der Reiter aus der Vorhut heranpreschen sah.

„Vor uns liegt Aas“, sagte der Mann, als er die Gruppe erreicht hatte. „Wir können es riechen.“

„Dann lasst uns nachsehen, was den Geruch hervorruft." Es würde bald dunkeln, und Kormund wollte den Lagerplatz erst dann wählen, wenn er die Ursache des Geruchs kannte.

Der Beritt trabte an, und als sie an einer Engstelle der Schlucht anlangten, wurde rasch deutlich, welche Körper hier verwesten.

„Offensichtlich war der Zwergenmann anfangs nicht allein", stellte Kormund fest, und als der Beritt hielt, schwangen er und Dorkemunt sich aus dem Sattel und schritten zu den Leichen hinüber.

Die Engstelle war von verwesenden Körpern bedeckt. Unter den fast vierzig erschlagenen Orks fanden die Männer auch sieben oder acht getötete Zwerge. Sie waren sich nicht ganz sicher, denn einige der Körper waren zerstückelt, und manche Teile fehlten. Niemand brauchte den Pferdelords zu erklären, wohin sie verschwunden war.

„Verfluchte Bestien", knurrte einer der Männer und sprach damit aus, was alle empfanden.

Die meisten Reiter des Beritts zeigten ihr Erstaunen beim Anblick der toten Zwerge. Sie hatten Kormunds und Dorkemunts Schilderung mit Skepsis aufgenommen, doch nun standen sie vor den toten Körpern und mussten akzeptieren, dass es diese Zwerge offenbar wirklich gab.

Mortwin nahm seinen Helm ab und wischte sich den Schweiß von der Stirn. „Es beginnt zu dunkeln, Scharführer. Was machen wir mit den Toten?"

Kormund blickte über den Kampfplatz. „Nun, sie mögen keine Pferdelords sein, die Zwergenmänner. Aber sie haben den Orks einen guten Kampf geliefert, und wir sollten sie in Ehren zu den Goldenen Wolken geleiten."

„Sie haben keine Pferde", meinte einer der Männer. „Wie

sollen sie da die Goldenen Wolken erreichen?“

„Sie mögen zu Fuß gekämpft haben“, sagte Kormund. „Doch wir tun das auch gelegentlich. Sie haben ihr Leben in Ehre hingegeben, und wir sind es ihnen schuldig. Lasst sie uns bestatten und dann ein gutes Stück entfernt von den Kadavern der Orks das Lager aufschlagen.“

Ein paar der Männer hoben eine flache Grube aus, und andere sammelten Steine. Dorkemunt sandte eine kleine Schar als Vorposten voraus und schritt dann mit Kormund über die Kampfstatt. „Es stimmt. Die Zwergenmänner haben einen guten Kampf gefochten“, räumte er ein. „Ist dir aufgefallen, dass die Orks nichts mitgenommen haben? Ich meine, abgesehen von diversen Körperteilen.“

„Ja, sie waren offensichtlich in großer Eile“, stimmte Kormund zu. „Sie haben die Waffen und Rüstungsteile der Erschlagenen liegen gelassen. Eigentlich ungewöhnlich, denn sonst klauben sie alles vom Schlachtfeld, was sie finden können.“

„Ich wollte noch auf etwas anderes hinaus, Kormund, mein Freund.“ Dorkemunt sah den fragenden Blick des Scharführers und wies mit einer unbestimmten Geste in die Richtung, aus der Zwerge und Orks wohl gekommen waren. „Als wir die Orks zurückgeschlagen haben, können nur sehr wenige entkommen sein. Sie müssen auf dem Rückweg zu ihrer Horde wieder hier vorbeigelangt sein, und abermals haben sie gar nichts mitgenommen.“

„Stimmt, du hast Recht, Dorkemunt.“ Der Scharführer strich sich über das Kinn. „Vermutlich waren es zu wenige, und sie konnten keine große Last schleppen. Vielleicht haben wir sogar Glück, und die Entkommenen waren so schwer verletzt, dass sie es nicht mehr bis zu ihrer Horde schafften. Dann würde niemand erfahren haben, dass wir von ihnen wissen. Ja, das wäre günstig für uns, in der Tat.“

Die Männer waren nicht gerade begeistert, die zerfallenden Körper der Zwerge umzubetten, aber sie erwiesen den Toten diese Ehre. Sie legten sie in die Grube und gaben ihnen die Äxte in die schlaffen Hände. Dann bedeckten sie die Toten mit den Steinen. Es wäre unpassend gewesen, vor den erschlagenen Zwergen die rituelle Formel der Pferdelords zu sprechen, aber Kormund entschloss sich, ihnen ein paar Worte auf den langen Weg mitzugeben.

„Sie waren keine Pferdelords, die toten Zwergenmänner. Aber sie haben tapfer gekämpft gegen unseren gemeinsamen Feind, die Orks. Ich kann nicht abschätzen, auf welchem Weg ihre Seelen zu den Goldenen Wolken finden, doch es mag hilfreich sein, wenn wir sie dabei begleiten.“

Die Männer schlugen ihre Waffen rhythmisch an die Schilde, bis das Trommeln mit einem letzten Schlag abrupt verhallte. Dann zog der Beritt sich ein Stück zurück, um das Nachtlager aufzuschlagen.

Sie kampierten in dem größeren Tal und entzündeten in dieser Nacht keine Feuer. Der Anblick der Kampfstatt hatte ihnen vor Augen geführt, dass sie sich nun in Feindesland bewegten, und so aßen sie etwas und hüllten sich bald darauf in Umhänge und Decken, während ihre Pferde noch in der Nähe grasten. Wachen der Pferdelords waren um das Lager postiert, und da einige der Männer zum ersten Mal in den Krieg zogen, wies Kormund sie nochmals ein, bevor er sich ebenfalls zur Ruhe begab.

„Wer Deckung zwischen den Felsen findet, soll darauf achten, seine Stoßlanze stets flach zu halten. Wenn ihr keine Deckung habt, legt euch flach auf den Boden. So hebt ihr euch im Licht der Sterne nicht vor dem Hintergrund ab. Verlasst euch mehr auf eure Ohren als auf eure Augen, Männer, denn die Augen können euch in der Nacht schneller täuschen. Wenn ihr glaubt, etwas Verdächtiges zu hören, so scheut euch nicht, mich zu wecken. Ich wache lieber einmal zu viel auf, als dass mir ein Ork im Schlaf die Kehle durchschneidet."

Die Wachen wurden jeden Zehnteltag abgelöst, aber für niemanden war es eine erfreuliche Nacht. Die unerfahrenen Männer konnten nicht schlafen, weil die Aussicht auf einen Kampf sie mit zwiespältigen Gefühlen erfüllte. Manche packte eine Furcht vor dem Unbekannten, andere erregte der Gedanke an eine baldige Heldentat, und wieder andere froren einfach nur. Sie waren ein paar Tagesritte von der Hochmark entfernt und mittlerweile tief in das Gebirge vorgedrungen. So sengend die Sonne auch am Tag brannte, so wurden doch die Nächte hier empfindlich kalt, und das, obwohl es erst Spätsommer war. Manche fragten sich, wie man an diesem Ort überleben konnte, wenn erst der Winter hereinbrach. Es war schon in der Ebene und den Tälern von Eternas hart, wenn das Land von dichtem Schnee und Eis bedeckt wurde. Eine Zeit, in der manchmal sogar die Herden den Schutz von Felshöhlen oder Ställen aufsuchen mussten, obschon das Winterfell der Schafe sehr dicht war. Keiner liebte diese Zeit, wenn man als Herdenwächter einsam auf seinem Pferd saß und sich vor der beißenden Kälte zusammenkauerte, gegen die Umhang und Winterwams kaum Schutz boten. Und doch musste man hinaus, denn im Winter kamen selbst die scheuesten Raubtiere auf ihrer Suche nach Futter in die Täler herab. Zumindest die Raubkrallen, denn die Pelzbeißer verschliefen die kalte Jahreszeit in ihren Verstecken.

Am Morgen, als das erste Rot zögernd über dem Horizont erschien, waren alle erleichtert, sich erheben zu können. Selbst Kormund hatte lange wach gelegen, aber dennoch so getan, als schliefe er seelenruhig. Er konnte sich noch gut daran erinnern, wie ihn einst der Anblick seines fest schlafenden Berittführers am Vorabend einer Schlacht beruhigt hatte. Es hatte ihm gezeigt, dass der Mann sich nicht bekümmerte und auch dem jungen und unerfahrenen Kormund Ruhe und Zuversicht eingeflößt. So sah er sich in dieser kalten Nacht veranlasst, den unerfahrenen Männern seines Beritts die gleiche Ruhe zu spenden, obwohl er fror und seine Glieder gerne bewegt hätte.

Der Scharführer seufzte erleichtert und reckte seine Glieder. Und während die Pferdelords ihr Lager abschlugen, beobachtete er das Morgenrot, das sich nun überraschend schnell ausbreitete.

„Wir hätten Zelte mitführen sollen“, brummte Mortwin und zog fröstelnd seinen Umhang enger um die Schultern.

„Die Kälte kommt vom Boden her und nicht vom Wind.“ Kormund schüttelte seine Wasserflasche und stellte überrascht fest, dass ihr Inhalt teilweise gefroren war. „Zelte hätten uns nur aufgehalten.“

Auf längeren Ritten führten die Pferdelords dichte Baumwollplanen mit sich, in welche an den Längsseiten metallene Ringe eingearbeitet waren. Mit zwei Stoßlanzen aufgestellt, wurde daraus ein spitzes Dach, unter dem zwei Pferdelords Raum hatten, dessen Seiten allerdings offen waren. Mit Stöcken oder Dolchen ließen sich die Kanten gut befestigen, und wenn man Decken oder Umhänge vor die Öffnungen hängte, bot sich ein passabler Witterungsschutz. Die Zelte waren steil genug dafür, dass das Regenwasser an den Seiten herunterlief, ohne die Bewohner zu durchnässen. Aber vor Frost und allzu schwerem Wetter schützte das natürlich nicht.

„Wenn es noch kälter wird, Kormund, mein Freund, dann werden wir nachts Feuerstellen anlegen müssen“, sagte Dorkemunt bedächtig, während er dem Klingen der Eisbrocken in seiner eigenen Trinkflasche lauschte.

Kormund nickte widerwillig. „Wir müssten sie aber mit Decken und Überwürfen verhängen. Ich will nicht, dass man unser Lager schon auf große Entfernung erkennen kann.“

„Ich weiß.“ Dorkemunt blickte zu Nedeam hinüber. Trotz seiner schmächtigen Statur schien ihm die eisige Kälte erstaunlich wenig ausgemacht zu haben. Aber das mochte an dem Eifer der Jugend liegen, der den jungen Pferdelord erfüllte. „Wir sind ja nicht zum Kämpfen hier, sondern zum Erkunden der Lage. Wir schleichen uns auf leisen Sohlen durch diese fremde Mark.“

„Genau das tun wir, Dorkemunt, mein Freund. Und nun lass uns weiterschleichen.“

Sie ritten los und ließen die verrottenden Kadaver der Orks und die Ruhestätte der Zwerge hinter sich. Die Sonne stieg rasch höher, und der Dunst verdampfender Feuchtigkeit schien Landschaft und Beritt für kurze Zeit in einen feinen Nebel zu hüllen. Die Laune der Männer stieg zusehends, als die Sonne an Kraft gewann und langsam zu wärmen begann. Bald schon würden sie wieder über die Hitze fluchen.

Dann erreichte der Beritt eine größere Ebene, und Kormund richtete sich mit dem Arm vorausweisend im Sattel auf. „Seht dort diesen Fluss.“

Der Anblick spornte sie an, denn der Zwerg hatte vom Sprung des Flusses gesprochen, und so trabte der Beritt auf das schmale glitzernde Band zu, das von Norden her die Ebene durchzog, bis es in einem Seitental verschwand.

Der Fluss war nicht sonderlich breit, eigentlich kaum breiter als ein großer Bach, der sich sein Bett gegraben hatte. Einige der Pferdelords sprangen freudig von den Pferden, um zu trinken und die Wasserflaschen nachzufüllen. Dorkemunt kniff die Augen zusammen, denn er bemerkte, dass keines der Pferde trank, doch bevor er etwas sagen konnte, richteten sich die Pferdelords schon auf und spuckten das Wasser mit ekelverzerrtem Gesicht aus.

„Bah, es ist widerlich", rief einer der Männer. „Es riecht nicht, aber es schmeckt nach … nach …"

„Eisen", half einer der anderen aus. Er verzog das Gesicht. „Oder etwas anderem. Jedenfalls ist das Wasser nicht gut."

Zwanzig der Männer hatten davon getrunken, und keiner der anderen verspürte noch Lust, selbst davon zu kosten, zumal die Wasserflaschen zur Genüge gefüllt waren und die Pferde dem Flussbett regelrecht auswichen.

Kormund musterte das klare Wasser. Wäre der Fluss über eisenhaltiges Gestein geflossen, so hätten gelöste Stoffe das Wasser färben müssen. Aber vielleicht war es wirklich etwas völlig anderes. Er schöpfte eine Handvoll von dem Wasser und schnüffelte daran, doch es ließ sich kein ungewöhnlicher Geruch feststellen. Zumindest nicht mit der Nase eines Menschen, offenbar aber wohl mit den weitaus feineren Nüstern eines Reittiers.

Dorkemunt kam zu der gleichen Auffassung. „Ich glaube nicht, dass es Eisen ist." Der kleine Pferdelord kratzte sich am Kopf. „Kannst du dich an den kleinen Bach erinnern, der an Guntrams Schmiede vorbei zum Fluss führt?"

„Sicher", bestätigte Kormund. „Du denkst an die zahlreichen Wildblumen dort, nicht wahr?"

Dorkemunt nickte. „Es hätte mir früher auffallen müssen. Hier wächst kein Grün entlang dem Fluss. Gar nichts. Nicht einmal Moos."

„In jedem Fall müsste dies der Fluss sein, den der Zwergenmann meinte.“ Kormunds Blick strich an dem Wasserlauf entlang. „Folgen wir ihm, er wird uns sicher zum Volk des Herrn Balruk führen.“

Die Männer trabten wieder an und folgten dem Verlauf des Flusses bis zu jener Stelle, an der er aus einem Nebental hervorströmte. Es war ein kleines Tal, an dessen Ende eine hohe Felswand aufragte.

„Das Tal hat nur einen Ausgang“, stellte Kormund fest und legte die Lanze mit dem Berittwimpel an seine Schulter, um mit der frei gewordenen Hand seine Augen beschatten zu können. „Am Ende des Tals fällt der Fluss über einen großen vorspringenden Felsen in die Tiefe. Er scheint dort oben weiterzuführen. Durch das Tal gelangen wir jedenfalls nicht an seinen Ursprung. Wir müssen einen anderen Weg finden.“

Kormund sandte zwei Spähtrupps aus, deren einer von einem breiten Pfad berichtete, der sich am Ende der großen Schlucht, in welche sich das Haupttal mittlerweile verengt hatte, in die Höhe wand.

„Das wird der Weg sein“, vermutete Kormund. „Wir folgen ihm, aber ich ermahne euch, besonders auf der Hut zu sein. Wenn wir uns der Quelle nähern, ist auch die Stadt der Zwerge nicht fern.“

Sie waren nun bald an ihr Ziel gelangt, und die Hände der Pferdelords schlossen sich fester um die Schäfte ihrer Stoßlanzen, als der Beritt auf den Pfad zutrabte.

14

Malvin drückte seufzend frisches Baumharz in die Bruchstelle und presste das herausgeschlagene Bein unter die Sitzfläche des Schemels. Er entdeckte noch etwas Blut an dem Holz und einen weißlichen Gegenstand unter dem Tisch, den er misstrauisch beäugte und dann brummend hervorzog. Ein Schneidezahn. Einer der Gäste würde ihn wohl vermissen, doch im ‚Donnerhuf' verkehrten nicht wenige mit unvollständigem Gebiss, und er würde ja nicht jeden Einzelnen fragen können.

Toslot, der schmächtige Bauer, war im Augenblick der einzige Gast in der Schänke, denn er hatte sich bei der Ernte den Fuß verletzt und grollte darüber, nicht auf dem Feld sein zu können. Er sah dabei zu, wie Malvin den Zahn achtlos in einen Napf warf, und ein Schmunzeln huschte über sein Gesicht.

„Ich weiß gar nicht, was die Heilerin immer hat." Toslot wies auf den Napf mit dem Zahn. „Sie behauptet immer, wir sollten unsere Zähne mit den weichen Enden von Wurzeln reiben, damit sie sauber bleiben und nicht ausfallen. Was soll das nützen? Irgendwie fallen sie ja doch heraus."

„Bei dem hier hat Esyne nachgeholfen", räumte Malvin ein. „Zudem kann es durchaus sinnvoll sein, das Gebiss zu pflegen. Du möchtest das Fleisch auf deinem Teller doch auch nicht lutschen müssen, oder?"

Toslot zuckte die Achseln. „Was hast du gegen weiches Fleisch?"

Malvin zuckte seinerseits die Schultern und sah sich seufzend in der Schänke um. Die meisten Schäden waren zwar behoben, aber der Abend hatte ihm kaum Gewinn gebracht, denn was ihm die Gäste durch ihren Verzehr in den Beutel gegeben hatten, hatten ihm die zerschlagenen Möbel, Becher und Krüge wieder herausgenommen. So schwungvoll sich ein Abend durch Esynes Gegenwart auch anließ, er endete meist in einer handfesten Schlägerei.

„Sie sollte endlich einen Mann bekommen", brummte Malvin und nahm sein Tuch auf, um den Tresen zu polieren. „Das würde sie auf andere Gedanken bringen."

„Wer ist sie?" Toslot kratzte sich ausgiebig im Schritt. Seit einiger Zeit zwickte es ihn dort, aber er hatte noch keine Zeit gefunden, zum Fluss hinunterzugehen und sich Abhilfe zu verschaffen.

„Esyne."

„Esyne?" Toslot blickte sich erblassend um und war sichtlich erleichtert, als er die Schuhmacherin nirgends sah. „Was ist mit ihr?"

„Sie sollte endlich einen Mann finden", wiederholte der Schankwirt. „Einen, der ordentlich in der Bettstatt mit ihr knarrzt. Wenn sie bestiegen wird, hat sie Besseres zu tun, als meinen armen ‚Donnerhuf' zu ruinieren."

„Ah, wer sollte so dumm sein, Esyne zu besteigen?" Toslot schielte begehrlich auf einen Krug mit Gerstensaft, aber im Moment war sein Beutel leer und Malvin aufgrund des Zustands seiner Schänke nicht für einen Freitrunk aufgelegt. „Wahrlich, es müsste ein sehr dummer und sehr starker Mann sein."

„Sie ist hübsch."

„Ja, wenn sie die Zunge im Gehege ihrer Zähne hält." Toslot grinste. „Sie hat Nolwin ein Stück von seinem Ohr abgebissen."

Malvin nickte. „Er hat ohnehin sehr große Ohren. Er wird

das Stück nicht sonderlich vermissen."

Toslot kratzte sich erneut. „Vielleicht sollte Barus sie je besteigen."

„Barus?" Malvin lachte auf. „Ja, er ist wirklich sehr stark, aber er ist nicht dumm genug dafür." Er beugte sich vor. „Und hör endlich mit deinem Gekratze auf."

Toslot schnaubte und kratzte sich abermals, woraufhin Malvin missbilligend den Kopf schüttelte. „Es hilft nichts, du musst an den Fluss, Toslot, und deine Kleidung solltest du gut in den Rauch eines Feuers hängen. Ich könnte wetten, du hast viele Gäste an deinem Gehänge. Und vergiss nicht, die Nähte mit einer heißen Klinge auszudrücken, das tötet die Brut."

„Ja, ja, spotte du nur", seufzte Toslot.

Im hinteren Teil des Schankraums knarrte es vernehmlich, und als die beiden den Kopf wandten, sahen sie den Händler Lomorwin die hölzerne Stiege zum Obergeschoss herunterkommen. Wie üblich trug er das blaue Gewand mit den reich bestickten Säumen, hatte jedoch die Kapuze zurückgeschlagen. Malvin sah interessiert auf den schweren Geldbeutel, der am geflochtenen Gürtel des Mannes schwang.

Lomorwin trat an den Tresen und nickte Malvin und Toslot freundlich zu. Unbewusst rieb er die Narbe über seinem rechten Auge.

„Habt Ihr wohl geruht, guter Herr Lomorwin?", fragte Malvin beflissen.

Der Händler blickte sich im Schankraum um. „Sofern man von Ruhe sprechen kann."

„Ich bedauere die Störung zutiefst, guter Herr", beteuerte Malvin und schob dem Händler einen Becher mit Blutwein hinüber. „Hier, bitte, als kleine Entschädigung. Ein Schluck von meinem Besten."

Es war wirklich von seinem Besten und stammte aus dem versteckten Krug, den Malvin nur zu besonderen Anlässen hervorholte. Als Lomorwin den schmachtenden Blick des Bauern sah, machte er Malvin ein Zeichen. „Gebt ihm etwas Gerstensaft, Herr Wirt. Der gute Mann scheint mir durstig zu sein."

„Ihr seid ein gütiger und verständnisvoller Mann, guter Herr Lomorwin", versicherte Toslot beflissen. „Ihr habt ein Herz für das schwer arbeitende Volk."

Malvin schob Toslot einen Becher mit Gerstensaft hinüber, und der Bauer trank mit sichtlichem Durst. „Trink nicht so hastig, Toslot, sonst wirst du nicht mal den Schaum vom dritten erreichen." Er bemerkte den fragenden Blick des Händlers und lächelte. „Er verträgt nicht viel, der Gute."

Lomorvin sah Malvin eindringlich an. „Könnt Ihr mir einen guten Händler in Eternas nennen, mit dem sich vernünftige Geschäfte machen lassen?"

Malvin nickte. „Ich kann Euch Helderim empfehlen. Er ist ein ehrlicher Mann mit gerechten Preisen. Wollt Ihr etwas Bestimmtes von ihm kaufen?"

„Ich weiß es noch nicht." Lomorwin blickte durch die offen stehende Tür auf die Straße hinaus. „Vielleicht findet er auch Interesse an meinen Waren. Eure Mark bietet sicher etwas, das in den anderen Marken Absatz findet, und diese wiederum können euch etwas bieten. Das ist das Wesen des Handels, guter Herr Malvin."

„Das eine oder andere mag es da wohl geben", räumte Malvin ein.

„Habt ihr gute Metallschmiede in Eternas?"

„Selbstverständlich haben wir die." Malvin reckte sich stolz. „Unsere Schmiede können Euch hervorragende Rüstungen und Waffen fertigen."

„Ah, Derartiges suche ich nicht“, wiegelte der Händler ab. „Nichts derart Grobes. Ich brauche jemanden, der sich auf feine Arbeiten versteht.“

„Und was für Arbeiten sollen das sein?“, fragte Malvin neugierig. „Nicht, dass es mich sonderlich interessierte, guter Herr Lomorwin, doch wenn ich wüsste, was Ihr wollt, könnte ich Euch vielleicht den richtigen Schmied benennen.“

Lomorwin nickte. „Das ist wohl wahr.“ Der Händler griff an seinen Gürtel und öffnete eine der darangehängten kleinen Taschen. Malvin konnte ihren Inhalt nicht erspähen, denn der Mann zog einen kleinen Gegenstand hervor und schloss die Tasche sofort wieder. „Hier, um eine solche Arbeit geht es mir.“

Der Händler legte den Gegenstand auf den Tresen, und auch Toslot beugte sich interessiert vor. „Was ist das?“

„Ach, es ist ein Schmuckstück aus Alneris.“ Lomorwin lachte. „Die Damen sind förmlich verrückt danach.“

„Aus Alneris?“ Malvin sah das Teil interessiert an. „Ah, das Reich der weißen Bäume muss faszinierend sein.“

Das Schmuckstück bestand aus einem kleinen quadratischen Rahmen, dessen Kantenlänge kaum zwei Fingerbreiten maß und der einen geschliffenen und polierten schwarzen Stein einfasste. An einer Seite wies der Rahmen zwei kleine Löcher auf, durch die dünne Nieten passen mochten. Malvin nahm den Gegenstand vom Tresen und bemerkte nun, dass man durch den schwarzen Stein hindurchsehen konnte, wenn man ihn gegen das Licht hielt. „Ein seltsames Schmuckstück“, flüsterte er.

Lomorwin lachte. „Die Damen mögen nun einmal die seltsamsten Dinge, guter Herr Malvin.“ Der Händler nahm den Rahmen aus Malvins Fingern und wendete ihn herum. „Die Hohen Damen in Alneris fädeln eine feine Kette durch die Löcher und hängen sich den Schmuck um den Hals. Auch die einfachen Weiber mögen es. Damit lässt sich gut verdienen."

„Nun", murmelte Malvin nachdenklich, „ich denke, solche Rahmen lassen sich bei uns wohl fertigen. Aber diesen schwarzen Stein werdet Ihr hier nicht finden, guter Herr Lomorwin."

„Das macht nichts", erwiderte der Händler lächelnd und steckte den Gegenstand wieder ein. „Dafür habe ich schon eine andere Quelle."

15

Sie hatten den Fluss längst aus den Augen verloren, als sie den Pfad erreichten und ihm hinauf ins Gebirge folgten. Der Weg war beschwerlich und wurde immer schmaler, so dass bald kaum mehr zwei Pferdelords nebeneinander reiten konnten. Nedeam fühlte sich an den verborgenen Pfad erinnert, der im Süden unterhalb der Hochmark begann und einen geheimen Weg in die Nordmark geboten hatte, bis ein Steinschlag ihn schließlich unpassierbar machte. Neben den Reitern ragte der Fels nun senkrecht auf und fiel an der anderen Seite immer steiler ab. Obwohl sie vorsichtig ritten, wurde der Weg zusehends gefahrvoller, bis Kormund schließlich die Männer absitzen und ihre Pferde führen ließ.

Unter dem Tritt von Hufen und Füßen lösten sich immer wieder Steine, die polternd in die Tiefe stürzten. Mortwin stellte sarkastisch fest, dass von Schleichen bei ihnen wohl keine Rede sein konnte und die Orks schon taub sein müssten, sollten sie sie noch nicht gehört haben. Aber außer ihnen und den Steinen war keine Bewegung auszumachen. Nur ein einsamer Flugräuber zog ein Stück entfernt seine Kreise am Himmel und würde es wohl auch noch lange Zeit vergeblich tun, denn außer den Pferdelords gab es hier nichts Essbares, und die Männer hatten nicht vor, als Vogelfutter zu enden.

In Mortwins Rücken ertönte ein erstickter Laut, der von einem leisen Poltern begleitet wurde, und als der Pferdelord sich umwandte, sah er den nachfolgenden Mann, der zu nahe an den Rand des Pfades gekommen war und nun abrutschte. Der Unglückliche blickte Mortwin mit schreckgeweiteten Augen an, während seine Füße scharrend nach Halt suchten und seine Hände sich um die Zügel des Pferdes krallten. Dann rutschte der Mann endgültig über die Kante, und der Kopf des Pferdes wurde ruckartig herumgerissen, als das gesamte Gewicht des Mannes an den langen ledernen Riemen hing. Das Tier schnaubte heftig und stemmte seine Hufe in den Boden, um nicht selbst in den Abgrund gezogen zu werden.

Der Mann war einer der erfahrenen Pferdelords und schrie nicht, damit er den Beritt nicht verriet. Einer der jüngeren Reiter hätte eine solche Selbstbeherrschung wohl kaum aufgebracht. Mortwin murmelte eine Verwünschung, drängte sein Pferd enger an die Felswand und versuchte sich an ihm vorbeizuzwängen. Doch der Pfad war an dieser Stelle so schmal, dass es ihm nicht gelang.

Auch die anderen hatten nun erkannt, dass etwas vor sich ging, und der nachfolgende Pferdelord hatte bereits mit grimmigem Knurren seine Stoßlanze niedergelegt und war vorsichtig zu dem Verunglückten herangerobbt. Da das Hinterteil des panischen Reittiers ihm den Weg versperrte, konnte er nicht an die Zügel gelangen, um den Mann daran heraufzuziehen. Also nahm er seine Lanze und reckte sie seinem Kameraden entgegen. Der Blick des Gestürzten, der nur von den Zügeln seines Pferdes gehalten über dem Abgrund hing, raste zwischen Mortwin und dem Lanzenträger hin und her. Er stieß ein Keuchen aus, als das Pferd plötzlich ein Stück auf den Abgrund zurutschte und ihn tiefer sacken ließ.

Sein Kamerad auf dem Felssims musterte den vom Absturz Bedrohten forschend und stieß dann unvermittelt mit seiner Lanze zu. Deren Spitze schob sich über den Kopf des Mannes hinweg in den Spalt zwischen Rückenpanzer und Nacken. Der Stoß drückte den Mann noch ein Stück tiefer. Er stieß nun doch einen heiseren Laut aus, der mehr Fluch denn Angstschrei war. Der Helfer hingegen drehte jetzt die Lanze mit einem kräftigen Ruck.

Mortwin begriff die Absicht des Mannes. Die breit gehämmerte Spitze der Stoßlanze hatte den Panzer des Verunglückten in Längsrichtung durchstoßen und so einen Schlitz hinterlassen. Durch die Drehbewegung verhakte sich die Klinge nun in diesem Schlitz und sicherte den Mann. Doch der Pferdelord musste die Lanze am ausgestreckten Arm halten, und Mortwin konnte zwischen den Beinen des zitternden Pferdes hindurch erkennen, wie die Adern an Hand und Stirn des Mannes vor Anstrengung hervortraten, während er versuchte, seinen Kameraden auf den Felssims zurückzuziehen. Aber die Kräfte verließen den Lanzenträger zusehends, und der andere schien endgültig verloren.

Mortwin musste handeln, und irgendwie gelang es ihm schließlich doch, sich an seinem eigenen Pferd vorbeizuzwängen. Endlich konnte er die Zügel des anderen Pferdes erreichen und zog nun langsam, Stück für Stück, den Körper des Gestürzten höher. Nach einer schier endlos erscheinenden Zeitspanne schaffte es der Mann, ein Bein auf den Pfad zu schwingen. Mortwin griff beherzt nach der ausgetreckten Hand und zog seinen Kameraden mit einem Ruck endgültig in Sicherheit.

Sie zitterten alle drei, als der Gerettete sich vom Boden erhob. Seine Beine vermochten ihn kaum zu tragen, doch er nickte Mortwin und dem anderen zu, mit einem Blick, in dem tiefste Dankbarkeit lag. Der Lanzenträger befreite die Stoßlanze nun aus dem Rückenpanzer. Sie hatte eine tiefe blutige Schramme im Nacken des Geretteten hinterlassen, doch war dies ein geringer Preis für den abgewendeten Sturz in den sicheren Tod.

Mortwin gab einen Wink nach vorne, und mit einiger Verzögerung, die darauf beruhte, dass das Signal umständlich weitergeleitet werden musste, setzte sich der Trupp wieder in Bewegung, wobei die Männer nun noch mehr darauf achteten, wohin sie ihren Fuß setzten.

Sie alle atmeten auf, als der Pfad sich wieder verbreiterte. Der Weg führte in ein kleines Höhental mit einem See in der Mitte, auf dessen glatter Oberfläche sich das Sonnenlicht verlockend spiegelte.

Kormund ritt an der Spitze des Trupps in das Tal hinein und trat dann mit seinem Pferd an das Ufer des Sees heran. Als das Tier bereitwillig zu saufen begann, nickte er den anderen Männern zu. Dieses Wasser schien nicht verdorben zu sein.

Während nun auch die anderen zum See trotteten, um ihren Durst zu stillen, zog Kormund seinen Freund Dorkemunt auf die Seite.

„Ist es dir aufgefallen, Dorkemunt, mein Freund?“

Der kleine Pferdelord nickte. „Ja. Wir scheinen uns vergeblich gequält zu haben.“

Es war ein kleines und vollkommen abgeschiedenes Tal, dessen einziger Zugang der Pfad bildete, über den der Beritt heraufgekommen war. In dem Tal wuchsen einige Bäume, Sträucher und etwas Gras, und im See schwammen kleine Fische, von denen wohl nur die Weißen Zauberer zu sagen vermochten, wie sie hierher gelangt waren. Die Fische schienen sich von den grünen Fadenpflanzen zu ernähren, die nahe dem Ufer im Wasser wuchsen. Doch nirgends war der Zugang zu einer Höhle der Zwerge zu entdecken, und, was noch weitaus schlimmer war, es schien nicht einmal der Ursprung des Flusses zu sein, den sie hier zu finden gehofft hatten.

„Es ist merkwürdig“, sagte Dorkemunt nachdenklich. „Der See hat zwei Zuflüsse, aber keinen Abfluss.“

Das war auch Kormund aufgefallen, aber er zuckte die Schultern. „Vielleicht ist die Sonne hier heiß genug, dass es verdunstet."

„Nicht in dieser Menge, Kormund, mein Freund." Dorkemunt schüttelte entschieden den Kopf. „Nein, das Wasser fließt in den See, aber nicht mehr heraus. Zumindest können wir das nicht sehen."

„Du meinst, es fließt unterirdisch ab?"

Der kleine Pferdelord nickte. „Der Fluss, der über die Felsen springt, liegt ein gutes Stück unterhalb unseres Standorts. Ich denke, ungefähr …", er wandte sich um und streckte seinen Arm aus, „… in dieser Richtung." Dann bemerkte er Kormunds versteinerten Blick. „Gut, ich mag mich irren", räumte er ein und stutzte, als Kormund ihn immer noch anstarrte. „Was ist los?"

„Du sagtest, der Fluss *springt* über die Felsen. Verstehst du nicht? Der Sprung des Flusses. Der Zwerg Balruk meinte nicht die Quelle, nicht den Ursprung des Flusses, sondern eben diesen Sprung."

Dorkemunt schlug sich mit der flachen Hand vor die Stirn. „Ah, darauf hätten wir auch schon vorher kommen können. Ich glaube, du hast Recht. Wir müssen zu diesem Wassersprung zurück."

„Die Männer werden begeistert sein, sich den Pfad wieder zurückquälen zu dürfen", seufzte Kormund.

Dorkemunt nickte versonnen und zuckte dann zusammen. „Warte, Kormund, mein Freund, dieses Tal mag uns von Nutzen sein."

„Es bietet gutes Wasser, ein paar Fische und etwas Gras für die Pferde", führte Kormund den Gedanken seines Kameraden fort.

„Und eine gute Deckung“ ergänzte Dorkemunt. „Niemand wird uns hier vermuten, wenn wir uns still verhalten. Der Beritt kann sich hier verbergen, während einige von uns zum Sprung des Flusses gehen und ihn erkunden.“

„Das Tal lässt sich zudem gut verteidigen.“ Kormund strich sich über das Kinn. „Man kann es nur über den Pfad erreichen, und der ist schmal. Aber bedenke, mein Freund, wenn die Orks den Pfad am unteren Ende versperren, dann kommen wir ohne Hilfe nicht mehr hinunter und könnten ausgehungert werden.“

„Es darf also niemand erfahren, dass die Pferdelords hier oben sind“, sagte Dorkemunt entschlossen. Er blickte zur Sonne empor. „Sobald es dunkel wird, werden Nedeam und ich uns vorbereiten und den Sprung des Wassers aufsuchen.“

„Gut, so ist es denn beschlossen“, stimmte Kormund zu.

In dem Moment trat Mortwin zu ihnen. „Einigen Männern geht es übel, Scharführer.“

Kormund nickte. „Ich weiß. Sie haben unten am Fluss von dem Wasser getrunken.“ Er hatte schon auf dem Pfad mit Sorge bemerkt, dass einige dieser Männer ungewöhnlich blass wirkten und zunehmend Mühe zu haben schienen, sich auf den Beinen zu halten.

„Es geht ihnen wirklich übel, Kormund.“ Mortwin leckte sich unruhig über die Lippen. „Sie sind sehr geschwächt, und einige haben sich erbrochen. Das Wasser muss verdorben gewesen sein.“

„Sonst hätten die Pferde davon getrunken“, stimmte Kormund zu. „Die Männer waren zu eilig.“

„Sie waren durstig“, brummte Mortwin.

Der Scharführer nahm seinen Helm ab und kratzte sich am Kopf. Er hätte nun gerne die Fähigkeiten der Heilerin Meowyn in Anspruch genommen, aber sie war weit weg in Eternas. „Vielleicht hilft es, ihnen frisches Wasser einzuflößen." Er wies auf den See. „Das Wasser hier ist gut. Wenn man den Erkrankten reichlich davon gibt, wird es vielleicht die Gifte in ihren Mägen verdünnen. Das könnte helfen, Mortwin."

Der Pferdelord nickte bedächtig. „Gut, ich werde sofort dafür sorgen."

Kormund blickte zu den erkrankten Männern hinüber. Es waren nicht viele, aber er hoffte, dass sich ihr Zustand nicht verschlechterte und sie bald wieder auf den Beinen waren. Wenn sie dem Feind begegneten, und Kormund hatte keinen Zweifel daran, würde er jede Hand brauchen können.

16

Es war früher Morgen, und das Licht der Brennsteinlampen und Fackeln begann zunehmend dem Tageslicht zu weichen. Aus der Küche drang geschäftiges Geklapper, und die Wachen auf Türmen und Wehrmauern waren froh, dass der graue Morgendunst, in dem man einen Feind kaum erkennen konnte, bald von der Wärme des Tages vertrieben würde.

Meowyn hatte eine schlechte Nacht verbracht, denn viele Stunden lang hatte sie voller Sorge an der Bettstatt Balruks gewacht. Nur einmal war sie für kurze Zeit abgelöst worden. Sie wusste kaum noch, wie oft sie die feuchten Tücher auf der Stirn des Zwerges gewechselt hatte und zum wievielten Mal sie nun ihre Hand auf seine Haut legte, um die Temperatur zu fühlen.

Meowyn seufzte leise und sah Larwyn bedrückt an. „Das Fieber ist nicht gesunken. Im Gegenteil, mir scheint, es ist sogar noch gestiegen. Einen normalen Mann hätte es wohl schon längst umgebracht, aber dieser Herr Zwerg ist ein sehr zäher Bursche. Doch ich sehe nun keine andere Möglichkeit mehr, als das letzte Mittel anzuwenden."

„Und welches wäre das?" Larwyn beugte sich über den schweißbedeckten Körper des Zwergs.

„Die Elfen nennen es den Klaren Tod." Meowyn sah die Herrin Eternas' an. „Sie legen die Leiber ihrer Fieberkranken in kalte fließende Gewässer. Es senkt das Fieber, doch es belastet das Herz. So vermag es zu heilen, aber auch zu töten."

„Also ist es gefährlich für den Herrn Zwerg."

„So wie das Fieber auch, Larwyn. Das Fieber ist sogar noch gefährlicher, denn wenn es nicht rasch sinkt, wird der gute

Herr Balruk sterben. Der Klare Tod higegen gibt ihm noch eine Chance."

„Gut", seufzte Larwyn. „Sollen wir ihn zum Fluss bringen lassen?"

„Es muss nicht unbedingt ein Fluss sein." Meowyn überlegte kurz, dann hellte sich ihr Gesicht auf. „Der Brunnen im vorderen Hof sollte genügen. Er wird aus klarem kalten Quellwasser gespeist. Wir können den Herrn Zwerg hineinsetzen und das Wasser über seinen Körper fließen lassen."

„So machen wir es." Larwyn erhob sich. „Ich werde Männer rufen, die dir helfen. Brauchst du noch etwas anderes?"

„Vorgewärmte Decken und heiße Brühe von Kratzläufern, mit etwas von ihren Eiern darin."

„Du wirst es bekommen, Meowyn."

Larwyn verließ das Hospital und gab im Burghof ihre Anweisungen. Zwei kräftige Schwertmänner eilten zu Meowyn, und ein anderer Mann rannte zur Küche, um Brühe und Decken vorbereiten zu lassen.

Einige der Burgbewohner wurden auf die seltsame Prozession aufmerksam, mit der Meowyn und ihre Helfer den nackten Zwerg über den Hof trugen. Bald schon standen einige Schaulustige um den Brunnen herum und sahen neugierig zu, wie die Schwertmänner den fiebernden Zwerg behutsam in den Brunnen hoben und seinen Körper aufrecht hielten, während das kalte Wasser aus dem springenden Pferd über seinen Leib prasselte.

Zunächst schien Balruk kaum darauf zu reagieren, aber dann begann er sich schwach zu bewegen und zu prusten, während er sich gegen die Arme zu sträuben schien, die ihn unbarmherzig festhielten. Als die Haut des Zwerges eine unnatürliche Farbe annahm und sich bereits eiskalt anfühlte, nickte Meowyn den Schwertmännern zu, die den Zwerg umgehend aus dem Wasser hoben. Er zitterte immer noch schrecklich, doch nun nicht mehr wegen des Fiebers. Sie wickelten Balruk rasch in zwei Tücher und trugen ihn ins Hospital zurück, wo Meowyn ihn in die vorgewärmten Decken hüllte.

Der Zwerg zitterte noch eine ganze Weile, und währenddessen saß die Heilerin mit tiefen Sorgenfalten auf der Stirn an seinem Lager. Doch schließlich wurde sie von Müdigkeit und Erschöpfung überwältigt und nickte ein. Sie erwachte, als eine Hand ihren Arm berührte.

„Habt Dank, ehrenwerte Heilerin", sagte Balruk leise, und Meowyn war überrascht, wie klar die Augen des Zwergenmannes wirkten. „Es geht mir besser, das Schütteln ist aus meinem Körper gewichen."

Meowyn seufzte erleichtert. „Ihr habt mir große Sorge bereitet, guter Herr Balruk. Wartet, ich werde Euch etwas Heißes zu trinken holen. Das wird Euch guttun."

„Ein starkes Gegorenes täte mir ebenso wohl, gute Dame", sagte der Zwerg und lächelte schwach. „Doch ich fürchte, Ihr werdet hier kein gutes Blor zur Hand haben, nicht wahr? Aber Ihr habt wohl Recht. Gebt, was immer Ihr für sinnvoll haltet, gute Heilerin, es wird schon helfen."

Balruk versuchte, seine Arme aus den Decken zu befreien, doch Meowyn hielt ihn fest.

„Nicht so hastig, Herr Zwerg. Es mag Euch besser gehen, aber Ihr seid noch nicht wieder völlig gesund. Trinkt erst etwas Heißes, dann werden wir sehen, wie Ihr Euch fühlt."

Meowyn stieg die Treppe zum Behandlungsraum hinunter und verließ das Gebäude, um nach der Brühe zu senden. Sie sah Larwyn an einem der Fenster im Obergeschoss des Haupthauses stehen und winkte ihr zu. Larwyn nickte, und Meowyn ging in das Hospital zurück. Zu ihrem Erstaunen stand Balruk mitten im Behandlungsraum und stützte sich am Tisch ab.

Er wandte sich ein wenig zur Seite. „Hohe Dame, es wäre mir recht, wenn ich mich ein wenig schicklicher bedecken könnte. Auch wenn Ihr nicht meinem Volk angehört, so zeigen wir uns dergestalt doch nur unserem vertrauten Weibe."

„Ihr braucht nicht zu erröten, guter Herr Balruk", sagte Meowyn lächelnd und ergriff eine Decke. „Als Heilerin habe ich schon mancherlei gesehen."

Balruk ächzte leise und klammerte sich schwerfällig an den Tisch. „Mir ist noch nicht ganz wohl, gute Frau Heilerin."

„Kommt, guter Herr Zwerg." Meowyn trat an die stämmige Gestalt heran und merkte nun zum ersten Mal, dass es gar nicht so einfach war, einen Zwerg zu stützen. Einem Menschen hätte sie einfach unter den Arm gegriffen, doch Balruk reichte ihr gerade bis zum Bauchnabel. So blieb ihr nichts anderes übrig, als den kleinwüchsigen Mann an den Händen vor sich her zu führen, so wie es Larwyn bei ihrem kleinen Sohn tat. Doch Balruk war von ungleich kräftigerer und kompakterer Gestalt, und obwohl der Zwerg sich Mühe gab, auf eigenen Beinen zu gehen, zog er Meowyn nach vorne.

Die Heilerin war sichtlich erleichtert, als Larwyn in Begleitung von Tasmund eintrat und der Erste Schwertmann ihr unaufgefordert zur Seite sprang. Balruks Gesicht nahm eine tiefrote Färbung an, und es war ihm sichtlich unangenehm, auf derartige Hilfe angewiesen zu sein. „Geleitet mich einfach nur zu einer Bank, ihr guten Menschenwesen", ächzte er. „Das mag vorerst genügen."

Schließlich saß der Zwerg auf einer der Bänke, wobei seine Füße wie die eines Kindes weit über dem Boden hingen. Der kleine Mann hüllte sich in eine Decke und nahm dankbar die

Schale mit der heißen Suppe entgegen, die Larwyn ihm mitgebracht hatte. „Habt Dank, Hohe Dame, es wird mir guttun."

„Das wird es gewiss, guter Herr Balruk", versicherte Larwyn. „Stärkt Euch erst einmal, Ihr seid noch schwach. Sicherlich habt Ihr uns viel zu erzählen."

Larwyn und Tasmund musterten den kleinen Mann gespannt. Sie waren neugierig darauf, was er ihnen zu erzählen hatte. Meowyn hingegen sorgte sich um sein Wohlergehen. Sie konnte die körperliche Verfassung des Zwerges nur schwer einschätzen, aber es erschien ihr unwahrscheinlich, dass sein Körper sich derart rasch von den Folgen der Verwundung und des Fiebers erholt haben könnte. Der Zwerg schlürfte die heiße Suppe, und es schien ihn nicht zu stören, dass ein guter Teil davon ungenutzt durch seinen dichten Bart sickerte und fettige Tropfen sich in dessen langen Zöpfen sammelten. Er hielt Larwyn die geleerte Schale entgegen, und diese füllte ihm lächelnd nach.

„Es scheint Euch zu bekommen, guter Herr Balruk."

„Ah, ich kenne den Geschmack wohl, Hohe Dame", versicherte Balruk und leckte sich die fettigen Lippen. „Er rührt von diesen Eier legenden Laufvögeln her, nicht wahr?"

„Kratzfüßen", präzisierte Tasmund.

„Ah, von den Kratzfüßen, ja." Balruk musterte den Ersten Schwertmann. „Aus ihnen macht ihr auch die Befiederung für eure Pfeile, nicht wahr?" Er wartete die Antwort nicht ab und verzog das Gesicht. „Ah, elende Pfeile. Sie haben uns überschwemmt mit ihren Pfeilen." Er stöhnte leise auf. „So viele Pfeile waren es, dass wir nicht nahe genug herankamen, um unsere Wurflanzen gegen sie zu schleudern."

„Die Orks?" Larwyn beugte sich leicht vor.

Balruk nickte seufzend. „Ja, Hohe Dame, die Orks." Er

trank erneut von der Suppe und lehnte sich ächzend gegen die Wand. „Der feurige Abgrund möge sie alle verschlingen."

„Erzählt, was geschehen ist, guter Herr Balruk, und nehmt Euch Zeit dafür. Ihr seid nun in Sicherheit."

„Dafür danke ich Euch, Hohe Dame." Balruk seufzte erneut. „Doch schmeckt mir meine Sicherheit übel, wenn mein Volk zu leiden hat. Ah, ihr guten Menschenwesen, wir sind ein friedfertiges und arbeitsames Volk. Wir sind genügsam und begehren nicht den Besitz anderer Wesen. Wir leben zufrieden in unseren Städten und schürfen nach Erzen und Kristallen. Ah, ihr guten Menschenwesen, ihr müsstet sehen, welch wunderbare Kristalle wir herstellen. Wir bauen sie ab und schleifen sie auf das Feinste. Wirklich, es gibt keine schöneren Kristalle als die unseren. Jeder Zwerg kann euch das bestätigen." Balruk stellte die geleerte Schale neben sich auf die Bank. Dann begannen Tränen aus seinen Augen zu sickern. „Ah, diese Bestien, was haben sie meinem Volk nur angetan."

Balruk schniefte und wischte sich die Augen. „Verzeiht, ihr guten Menschenwesen, doch ich bin von Zorn erfüllt. Wir lebten friedlich in unserer schönen Stadt Nal't'rund, der Stadt der grünen Kristalle. Ah, es gibt keinen schöneren Anblick, ihr solltet sie wirklich einmal sehen. Vor einigen Zehnmonden überfielen uns die Orks. Es waren schrecklich viele von ihnen. Sie hatten die Wachen am Sprung des Flusses überwältigt und unsere Stadt erreicht, bevor man uns warnen und ich zu meinem Thron gelangen konnte. Ah, diese Bestien."

„Zu Eurem Thron?", fragte Larwyn überrascht.

„Zu meinem Thron, gewiss." Balruk reckte sich ein wenig. „Ich mag es noch nicht erwähnt haben, aber ich bin Balruk, König von Nal't'rund, der Stadt der grünen Kristalle."

„Verzeiht, Höchster Lord", sagte Larwyn und deutete eine

höfliche Verneigung an.

Balruk winkte ab. „Ah, belasst es bei Balruk, Hohe Dame. Es ist nicht die Zeit für höfisches Geplänkel. Zumal ich Grünschlag an die Bestien verlor."

„Wer ist Grünschlag, Höchster Lord?", schaltete sich Tasmund ein. „Einer Eurer Begleiter?"

„Grünschlag ist das Symbol der Stadt und ihrer Macht." Balruk knurrte grimmig. „Sie ist die Axt des Königs und noch weit mehr als das, verleiht sie doch unserer Stadt die Macht. Ah, ich glaube, ich muss es euch erklären, ihr guten Menschenwesen, ich muss es euch erklären."

Balruk fasste sich nachdenklich an seine langen geflochtenen Bartzöpfe und ließ seine Hände daran entlanggleiten. Etwas Suppe tropfte von den Enden auf den Boden, und Meowyn ahnte, warum ihr die Zopfenden immer so seltsam hart vorgekommen waren. Anscheinend legten die Zwergenherren Wert darauf, die Bartspitzen gut zu fetten. „Nun, ihr guten Menschenwesen, wir sind ein arbeitsames Volk, erwähnte ich das schon?"

„Das erwähntet Ihr, Höchster ... guter Herr Balruk."

„Ah, gut, denn es ist von Bedeutung. Wir sind kein kriegerisches Volk, obschon", der Zwerg lächelte grimmig, „wir durchaus wehrhaft sind. Ah nun, gelegentlich raufen wir gerne und geraten dabei ein wenig in, äh, Eifer, ihr versteht?" Er sah das Unverständnis in den Gesichtern der anderen und blähte seine Backen auf. Ein wenig verlegen fuhr er fort. „Nun, wenn der Eifer uns packt, dann mag es schon einmal vorkommen, dass uns die Fäuste ein wenig ausrutschen. Es liegt einfach in unserer Art, ihr guten Menschenwesen. Es wäre recht fatal, wenn wir dabei unsere Äxte einsetzen würden. Wirklich fatal, denn wenn ein guter Zwerg in gute Rage gerät, dann hält ihn nur wenig, ihr versteht?“

Tasmund lächelte. „Ich verstehe. Ihr seid wohl ein recht heißblütiges Volk, guter Herr Balruk. Dergleichen kennen wir durchaus.“ Tasmund dachte an den Bericht seiner Schwertmänner über die Schlägerei im ‚Donnerhuf‘ und an eine bestimmte weibliche Person mit langen blonden Haaren. „Ich kann durchaus nachvollziehen, was geschehen mag, wenn bei einer Auseinandersetzung das Blut in Wallung gerät.“

„Ah, gut.“ Balruk nickte erfreut. „Wir Zwerge haben nun einmal ein ordentliches Temperament, und da wir ein sehr friedliches und arbeitsames Volk sind ... erwähnte ich das schon? Ah, gut, nun, damit ein paar freundschaftliche Knüffe nicht zu Schlimmerem ausarten, ist es Aufgabe des Königs, die Waffen unter Verschluss zu halten. Tatsächlich verwahren wir sie in der Waffenkammer des Königs. Mit Ausnahme der Waffen der königlichen Axtschläger natürlich. Nun ist die Axt des Königs, meine brave Axt Grünschlag, zugleich der Schlüssel zur Waffenkammer.“ Balruk zuckte die breiten Schultern. „Ich muss sie in den Thron stecken, damit die Kammer sich öffnet.“

Larwyn nickte. „Ich verstehe. Als die Orks euch Zwerge überraschten, hattet Ihr keine Gelegenheit mehr dazu, und so kamen Eure Kämpfer nicht an ihre Waffen heran.“

„Ah, so ist es, Hohe Dame, genau so war es.“ Der Zwergenmann seufzte. „Ah, diese Bestien, der feurige Abgrund möge sie verschlingen. Sie überrannten uns einfach. Mit nur einer Handvoll Axtschläger vermochte ich ihnen zu entkommen. Ich gelangte nicht mehr an den Thron heran, also wollte ich die Axt verbergen, um später wiederzukehren und mein Volk in den Befreiungskampf zu führen. Ah, wir haben gutes Werkzeug, ihr Menschenwesen, das beste Werkzeug, das ihr euch vorstellen könnt, doch es taugt wenig gegen die Bogen der Spitzohren.

Eine kleine Kohorte der Orks folgte mir und meinen Axtschlägern und tötete alle meine Begleiter. Und wären Eure Reiter nicht gewesen, Hohe Dame, so hätten sie auch mich erschlagen. Aber sie nahmen mir Grünschlag, ah, sie nahmen mir Grünschlag.“

„Und ohne diese Axt Grünschlag könnt ihr Euer Volk nicht in den Kampf führen?“

„Ja, so ist es. Nur Grünschlag öffnet die Waffenkammer, nur Grünschlag vermag es.“

Tasmund strich sich nachdenklich über das Kinn und verzog das Gesicht, als dabei seine Schulter wieder schmerzte. „Die orkischen Bestien erschlugen Euer Volk also nicht?“

„Nein, natürlich nicht.“ Balruk sah die Menschen verwirrt an. „Warum sollten sie mein Volk erschlagen? Wir sind ein genügsames und arbeitsames Volk, erwähnte ich das nicht?“

„Ihr erwähntet es, ja.“ Larwyn sah den Zwerg mit ernstem Blick an. „Ich möchte Euch nicht beunruhigen, guter Herr Balruk, aber es ist ungewöhnlich, dass die Orks ihre Gegner am Leben lassen. Sie töten, weil es ihrem Wesen entspricht und der Schwarze Lord es ihnen befiehlt. Die Orks sind kannibalische Kreaturen, uns in ihrer Art völlig fremd. Es muss ein besonderer Sinn dahinterstecken, dass sie gerade Euer Volk verschonten.“

Balruk schnaubte leise. „So mag es sein, Hohe Dame. Als sie uns bestürmten, hörte ich einige der Bestien darüber sprechen, dass man genug von uns am Leben lassen solle und nicht den gleichen Fehler machen werde, wie in der Stadt meines Vetters Halmruk, der Abgrund möge ihm Gnade erweisen.“

„Halmruk?“

„Ah, mein guter Vetter und König der roten Kristallstadt. Sie liegt im Osten, weit von unserer schönen Stadt Nal’t’rund entfernt. Ah, ihr solltet unsere Stadt einmal zu Gesicht bekommen."

„Nun, das werden wir wohl noch, guter Herr Balruk", versicherte Larwyn dem kleinen Mann. „Wir Pferdelords werden Euch beistehen, Balruk. Euch und Eurem Volk. Seid Euch gewiss, dass wir Euch nicht im Stich lassen werden."

„Dafür habt Dank, Hohe Dame. Ah, wir würden schon selber für unsere Freiheit sorgen, wenn ich nur Grünschlag wieder in meinen Händen hielte."

„Das werdet Ihr, guter Herr Balruk." Larwyn sah Tasmund an. „Es muss einen tieferen Sinn geben, guter Herr Tasmund. Offenbar überrannten die Orks die andere Zwergenstadt und erschlugen ihre Bewohner. Und offenbar wollten sie dies in Naltrund vermeiden."

„Nal't'rund", seufzte Balruk. „Ah, so eine wunderschöne Stadt."

„Sie wollen etwas ganz Bestimmtes von den Zwergen", sinnierte Tasmund. „Irgendeine Teufelei steckt dahinter."

„Hoffen wir, dass Kormunds Beritt die Gründe in Erfahrung bringt", sagte Larwyn leise. „Und dass Dorkemunt sich gut zwischen den kleinen Herren Zwergen bewegen kann."

Die Herrin der Hochmark sah Meowyn an und wusste, dass sie Nedeam gar nicht erwähnen musste. Meowyns besorgtes Gesicht zeigte, dass ihre Gedanken in diesem Augenblick bei ihrem Sohn waren.

17

Helderim hatte schlecht geschlafen, wie so oft in den vergangenen Jahren. Gunwyn, seine gute Frau, hatte in den Jahren der Ehe an Volumen hinzugewonnen, und dies galt auch für die Laute, die sie nachts von sich gab. Gelegentlich waren die Geräusche so durchdringend, dass Helderim das eheliche Schlafgemach verließ und sich auf den Dachboden seines Hauses begab, wo er eine kleine Bettstatt aufgestellt hatte. Eine kleine und unbequeme Bettstatt, wie er sich seufzend eingestand, als er sich an diesem Morgen erhob. Er glaubte Gunwyns Stimme gehört zu haben und wusste, dass es gut war, ihrem Klang rasch zu folgen. Es war nicht etwa so, dass die gute Gunwyn ungehalten wurde, wenn er ihrem Ruf nicht augenblicklich gehorchte, aber sie geriet so rasch in Sorge, und Helderim wollte nicht, dass sein Weib sich sorgte. Sie war doch so ein sanftmütiges und verständiges Wesen und hatte stets ein offenes Ohr für seine eigenen Kümmernisse und Nöte.

„Helderim, mein Guter und Bester“, drang ihre Stimme von unten herauf, „wo bleibst du denn? Ich muss mich hier wirklich plagen, und du könntest mir ein wenig zur Hand gehen.“

Ah, sie war eine gute Seele, in der Tat. Ein wenig rundlich, doch sie hatte zarte Hände. Wie konnte er da zulassen, dass sich sein holdes Eheweib so plagte?

„Ich eile, Gunwyn, meine Teure“, rief Helderim hastig und setzte seine Füße auf die alte schmale Stiege, die vom Obergeschoss auf den Dachboden führte und vernehmlich knarrte, als Helderim sie hinunterstieg. Eigentlich hätte er die Treppe längst ausbessern müssen, sie geriet allmählich aus den Fugen, aber noch waren ihre Tritte fest genug, und Helderim war kein Freund von Verschwendung.

„Ich bin fast da, meine teure Gunwyn", rief er besänftigend und eilte zu der nächsten Treppe, die ins Erdgeschoss hinabführte.

Ach, die arme Gunwyn, sie hatte in den letzten Jahren wahrlich zu leiden gehabt. Zu jener Zeit, als die Orks die Stadt berannten, war sie an den roten Flecken erkrankt, dann aber wieder genesen. Sie hatte bedenklich an Leibesfülle verloren, und Helderim hatte sich ernstlich um sie gesorgt, da ihre Widerstandskraft doch so geschwächt worden war. Mittlerweile hatte ihr Körper jedoch an Fülle und Kraft zurückgewonnen.

Die Orks hatten die Stadt erobert und schrecklich in ihr gewütet. Viele Häuser waren niedergebrannt worden, doch Helderims Haus war verschont geblieben. Nein, nicht einmal die alte Stiege hatte gelitten. Aber geplündert hatten die Orks auch bei ihnen. So viele gute Dinge hatten die Bestien an sich gerissen. Nur die mit Eisen beschlagene Truhe in der Kammer hatten sie nicht geöffnet, und das war Helderims Segen, denn in jener Truhe bewahrte Gunwyn ihr Heiligstes auf. Gunwyn war stolz auf das hölzerne Essgeschirr mit Schnitzereien aus der Stadt des Königs, stammte es doch noch von ihrer Mutter. Ja, als das Holz in der Hochmark noch selten gewesen war, da stellte dieses Geschirr eine Kostbarkeit dar, doch nun war sein Wert arg gesunken. Aber die brave Gunwyn hing nun einmal an den hölzernen Tellern und Bechern. So wie Helderims ganzer Stolz ein alter Bogen war, den sein Vater einst von den Barbaren des Dünenlandes im Süden erbeutet hatte. Der Bogen war sehr kurz und stark gekrümmt, allerdings war er beschädigt. Gunwyn erachtete ihn als nutzlos, doch Helderim war stolz auf das Andenken seines Vaters, der ein guter Pferdelord gewesen war.

„Wo bist du, Gunwyn, mein teures Weib?“, rief er besorgt.

„Ach, wo soll ich schon sein, Helderim, mein Guter und Bester?“

Sie saß in der Schlafkammer auf der Bettstatt, die aus bestem Eisenholz gefertigt war, und sah ihn vorwurfsvoll an. „Helderim, mein Guter und Bester, manchmal scheint mir wirklich, du liebst mich nicht mehr.“ Sie deutete auf den Schrank, der in dem Raum stand. „Da bin ich die Frau des besten Händlers von ganz Eternas und habe praktisch gar nichts mehr, um mich zu bedecken.“

Helderim sah sie betroffen an und blickte verwirrt zwischen die offen stehenden Türen des Möbels. Was sollte er da sagen? Sie hatte ein Gewand für den Tag und eines zum Wechseln, noch dazu ein weiteres für besondere Gelegenheiten. Eine Ausstattung, die der Gattin eines Pferdefürsten würdig war. Aber Helderim spürte, dass dies nicht der rechte Zeitpunkt war, darauf hinzuweisen.

Gunwyn sah ihn an. Mit diesem auffordernden Blick, der es stets empfahl, auf ihre verletzten Gefühle Rücksicht zu nehmen. „Helderim?!“

Oh, welche Liebe und Fürsorge lagen doch in ihrem Blick, und welcher Zweifel an der Aufrichtigkeit seiner Gefühle schwang in ihrem Tonfall mit. Ah, nicht viele Frauen verstanden es, einen solch erhabenen Zweifel im Klang eines einzigen Wortes zu verbergen. „Nun, äh …“

„Ah, du siehst es wohl selbst, Helderim, mein Guter und Bester. Gerade an unserem heutigen Ehrentag finde ich kein geeignetes Gewand, um mich zu bedecken.“

„Ehrentag?“ Helderims Gedanken überschlugen sich. Er ärgerte sich darüber, dass seine Stimme nicht den gewohnt festen Klang hatte, den seine Kunden so sehr an ihm schätzten.

„Ehrentag." Gunwyn erhob sich ächzend von der Bettstatt, die dabei dankbar knarrte, und ging zum Schrank hinüber. Sie schob die Gewänder von rechts nach links und wieder zurück. „Hast du etwa vergessen, dass Malvin heute den Händler Lomorwin zu uns senden wird?"

„Oh, Lomorwin, ja." Helderim seufzte erleichtert. Es war nicht der Tag ihrer Verbindung, den er vergessen hatte. Jenen Tag, an dem sie Zügel und Wasserflasche für den Bund des Lebens geteilt hatten. Manchmal fragte Helderim sich, wer von ihnen beiden den Zügel und wer die Wasserflasche ergriffen hatte. Er räusperte sich. „Ich denke, das Festtagsgewand würde dir stehen."

„Ah, was soll ich machen, Helderim, mein Guter und Bester?", seufzte sie entsagungsvoll. „Ein anderes Gewand ist dem Anlass kaum angemessen. Schließlich ist es ein bedeutender Tag." Sie sah ihn lächelnd an. „Dein Name als Händler wird nun weit über die Hochmark hinaus bekannt werden." Sie zog das Gewand hervor und runzelte die Stirn. „Ah, wirklich, Helderim, mein Guter und Bester, ich brauche bald ein angemesseneres Gewand. Der Bedeutung deines Namen angemessen."

Helderim fand, dass man einen Braten erst genießen konnte, wenn das Wild erlegt war, aber seine Gunwyn, die gute Seele, dachte immer gerne voraus.

„Nun, Lomorwin mag eher daran interessiert sein, etwas über uns in der Hochmark zu verkaufen", wandte er vorsichtig ein.

Gunwyn schlüpfte in das Gewand und begann die vordere Verschnürung zu schließen. „Ach was, du bist ein guter Händler, Helderim, der beste Händler in ganz Eternas. Du wirst ihm schon schmackhaft machen, was wir an Waren zu bieten haben."

Helderim nickte. Er war tatsächlich ein guter Händler. Er zahlte gerechte Preise für die Waren, die er kaufte, und bot sie zu gerechten Preisen wieder an. Niemand konnte sagen, dass er seine Kunden über den Verkaufstresen zerrte. „Ich werde den Verkaufsraum ein wenig herrichten, Gunwyn, meine Teure."

„Ja, und schaffe diesen vergammelten Bogen fort."

Helderim sah sie betroffen an. „Den Bogen meines Vaters? Aber Gunwyn, meine Teure, Lomorwin mag ruhig sehen, dass wir gute Pferdelords sind."

„Du bist kein Pferdelord, Helderim, mein Guter und Bester." Gunwyn sah ihn kopfschüttelnd an. „Und du warst auch nie einer. Du warst nie der Schnellste, und deine Kräfte lassen rasch nach. Deine Schläfen sind grau, und deine Augen werden trübe, das weißt du alles selbst." Sie trat zu ihm und strich ihm tröstend über den Arm. „Nicht jeder ist dazu berufen, den Eid zu leisten, mein Guter und Bester, doch das braucht dich nicht zu grämen. Denn auch nicht jeder ist dazu berufen, ein solch guter Händler zu sein, wie du einer bist."

„Das ist wahr", seufzte Helderim widerstrebend.

Gunwyn ging in die Stube, um das Frühstück zu bereiten, und Helderim betrat den großen Hauptraum seines Hauses, in dem die Regale und Schränke mit seinen Waren standen. Er vergewisserte sich, dass die Waren ordentlich präsentiert waren. Gute Wollstoffe und feines Leder, beste Knöpfe aus Eisen, Holz und Horn, feine Nadeln aus Metall und dazu etlicher Zierrat. Dinge, die das tägliche Leben erleichterten, und solche, die es verschönten. Sorgfältig richtete Helderim den alten Barbarenbogen an der Wand aus und brummte zufrieden.

Die kleinen Säckchen mit Brennstein musste er noch nachfüllen. Der nützliche schwarzbraune Stein wurde in einem Seitental nahe Eternas geschürft, wo er dicht an der Oberfläche lagerte. War er in Brand gesetzt, so verbreitete er ein sanftes Glühen oder ein helles Licht, je nach der Menge, die entzündet war. Eine Lampe oder ein Becken mit Brennstein brannte viele Zehnmonde, wenn man sorgsam damit umging. Brauchte man das Licht des Brennsteins nicht mehr, wurden Lampe oder Becken mit einer eisernen Klappe abgedeckt und so das Feuer erstickt. Ah, er musste dem Händler Lomorwin noch die von Guntram gefertigten Lampen präsentieren, die fein gearbeitet waren und deren Deckel wundervolle Ziselierungen zeigten. Solch eine Lampe stand auch einem Hohen Haus gut an. Wahrlich, nirgends fertigte man so feine Metallarbeiten wie in der Hochmark.

Er wollte sich gerade zum Frühstück begeben, als er das Pochen von Hufen vor seinem Haus vernahm. Helderim verschob sein Frühstück und trat vor seinen Laden. Eine kleine Handelskarawane kam die Straße herauf. Die Wagen waren mit gutem Holz aus den anderen Marken des Königs beladen, und Helderim bedauerte, dass der Pferdefürst Garodem sich diese Handelsware selbst vorbehielt. Zwei Lastpferde waren mit Packen beladen, und der Händler, der sie führte, nickte Helderim freundlich zu.

„Beste Holzwaren aus der Reitermark, guter Herr Helderim. Ich werde sie gleich zu Euch bringen."

Helderim nickte erfreut. „Ich halte eine Auswahl feinster Metallarbeiten für Euch bereit." Er trat zurück, als ein Paar Anstalten machte, sein Geschäft zu betreten. „Willkommen, guter Herr, willkommen, gute Frau, willkommen in meinem bescheidenen Laden. Bei Helderim werdet ihr finden, was das Leben benötigt oder es verschönt."

Die beiden betraten nach kurzem Gruß den Verkaufsraum, und während der Mann eine der neuen Brennsteinlampen in

Augenschein nahm, ging die Frau direkt zum Verkaufstresen hinüber. Der Händler folgte ihr und sah sie lächelnd an. „Ihr habt schon ein bestimmtes Begehr, gute Frau?"

„Aber ja, guter Herr Helderim, das habe ich. Unsere Tochter Malana wird bald Zügel und Wasserflasche teilen."

„Ah, das ist sicher ein Freudentag für Euch, gute Frau", seufzte Helderim und nickte. „So wird sie bald den Namen Malanya tragen. Wahrlich, ein freudiges Ereignis. Wen wird sie beglücken, wenn ich fragen darf?"

„Hornub, des Hornims Sohn", erwiderte die stolze Mutter. „Ein guter und fleißiger Mann. Einer der besten Holzverarbeiter der Stadt."

Der Mann, der noch immer die Brennsteinlampe betrachtete, hob den Blick und runzelte die Stirn. „Er ist alt und runzelig und nicht einmal ein Pferdelord."

Die Frau errötete und sah Helderim entschuldigend an. „Es mag sein, dass er schon reich an Erfahrung ist und eine etwas gebeugte Gestalt hat. Aber er ist ein guter Mann, jawohl."

„Das ist er bestimmt", versicherte Helderim. „Der Name hat einen guten Klang. Meine Stiegen wurden von ihm errichtet. Gute und solide Stiegen."

„Sicher auch sehr alte Stiegen", knurrte der Mann.

Helderim vermutete, dass dieser wohl nicht sonderlich glücklich über die anstehende Verbindung seiner Tochter war. „Aber gute Stiegen sind es dennoch."

„Da hörst du es", sagte die Frau. „Es sind gute Stiegen, und er ist ein guter Mann."

„Er wird sicher gut für Eure Tochter sorgen, gute Frau." Helderim räusperte sich. „Euer Begehr gilt sicher der Zeremonie dieser Verbindung?"

„Wie? Ah, sicher." Die Frau deutete in das Regal hinter

Helderim. „Ich benötige guten Stoff für Malanas Gewand. Sie soll sich nicht genieren müssen, wenn sie vor den Ältesten tritt."

„Sie sollte gebückt gehen", knurrte ihr Mann missmutig, „damit sie ihren Bräutigam nicht allzu weit überragt."

„Ach, Marktwin", fuhr seine Frau auf. „Du bist unausstehlich. Malana liebt ihren Hornub von Herzen, so gönne ihr doch das Glück und nörgele nicht ständig herum." Sie sah Helderim mit einem verlegenen Lächeln an. „Zudem ist Hornub eine treue Seele. Er knarrzt nicht mit anderen Weibern herum, Ihr versteht, guter Herr Helderim?"

„Er wird nicht einmal mit unserer Tochter knarrzen können", brummte ihr Ehemann.

„Marktwin!"

Oh, wie Helderim diesen Tonfall kannte. Er sah den Mann verständnisvoll an, erblickte in ihm sogar eine verwandte Seele. Erneut räusperte er sich und zog mehrere Ballen Stoff aus dem Regal. „Seht her, gute Frau, das erlesenste Tuch, das Ihr in Eternas finden könnt." Er rollte etwas von dem Stoff ab und ließ ihn durch die Finger gleiten. „Seht die feine Beschaffenheit und die Glätte, die eines königlichen Gewandes würdig ist."

„Das gilt sicher auch für den Preis, guter Herr Helderim."

„Aber nein, gute Frau, aber nein. Es ist ein sehr günstiger Stoff, nahezu geschenkt und doch sehr fein."

Die Frau betastete den braunen Wollstoff und schüttelte den Kopf. „Ich möchte etwas Farbigeres. Der helle dort, mit dem schönen Muster."

Sie wies hinter Helderim, und er wandte sich um. „Äh, jenen dort, im oberen Fach?"

Das schöne Muster war entstanden, als der Stoff zu lange im Kellerraum gelegen hatte. Helderim hatte den muffigen Geruch entfernen können, aber die Flecken waren geblieben, und so verwandte er den Stoff eigentlich nur noch, um davon Lappen abzureißen, mit denen er den Laden sauber hielt.

„Ich fürchte, gute Frau, er wird nicht geeignet sein", brummte er.

„Zeigt ihn her, er gefällt mir", sagte die Frau und stemmte die Hände in die Hüften. „Oder meint Ihr, wir könnten ihn uns nicht leisten?"

Helderim war immer zu einem guten Geschäft aufgelegt, aber zugleich hatte er auch einen Ruf zu bewahren. Er zog den Ballen aus dem Regal und breitete den Stoff aus. „Er hat zu lange gelegen, gute Frau. Es ist selbstverständlich ein sehr guter und haltbarer Stoff, doch Ihr werdet die Flecken nicht entfernen können."

„Ihr meint das Muster", erwiderte sie und ließ die Finger über das Tuch gleiten.

„Er meint die Flecken", bekräftigte ihr Mann und trat näher. Er sah Helderim lächelnd an. „Ihr seid ein ehrlicher Händler, guter Herr Helderim. Frau, der Stoff hat schon gelitten, lass dir etwas anderes zeigen."

„Mir gefällt er." Die Frau sah Helderim und ihren Mann störrisch an. „Er gefällt mir gut. Das Muster sieht hübsch aus. Was soll der Stoff kosten?"

„Ah, normalerweise ein Eisenplättchen die Länge", murmelte Helderim. „Doch in diesem Fall bescheide ich mich mit einem Viertel davon."

„Messt mir drei Längen ab, guter Herr Helderim", sagte die Frau entschlossen. „Wir nehmen das Tuch."

Helderim sah den verdutzten Mann achselzuckend an und entrollte den Ballen. Sorgsam begann er die Längen mit seinen Händen abzumessen.

„Nein, nein“, wandte die Frau ein. „Ihr habt schmale Hände. Zierlich wie die eines Kindes. Lasst es meinen guten Marktwin machen.“

Helderim zuckte die Achseln. „Wie Ihr beliebt, gute Frau.“

Es kam ihm bei dem schadhaften Stoff nicht darauf an, ob die Kundin etwas mehr davon zum gleichen Preis erhielt. Und andererseits war das Gewebe noch immer hochwertig genug, um es verkaufen zu können. Im Grunde sah man die wenigen Flecken ohnehin nur bei sehr hellem Licht.

Die Frau nahm den abgetrennten Stoff an sich, und ihr Mann zahlte Helderim den vereinbarten Preis. Helderim beugte sich ein wenig vor. „Ich gebe Euch noch ein Säckchen Brennstein dazu, guter Herr. Nehmt es Euch aus dem Regal.“

Der Mann nickte, und das Paar verließ Helderims Laden. Ah, durch das Säckchen Brennstein war es nun ein Verlustgeschäft für ihn. Doch es würde auch Helderims Ruf mehren. Er trat erneut vor sein Haus und schaute dem Paar hinterher.

Der Händler seufzte leise, als er Malvin erblickte, der in Begleitung eines hochgewachsenen Mannes mit grauem Haar auf seinen Laden zuschritt. Es schien nicht so, als würde er sein Frühstück an diesem Tag noch zu sich nehmen können, aber das Geschäft ging vor. Er nickte den beiden Männern freundlich zu, als sie ihn erreichten.

„Ihr müsst der gute Herr Lomorwin sein, von dem ich schon so viel gehört habe“, begrüßte Helderim den Begleiter des Wirts. „Tretet ein in mein bescheidenes Geschäft, guter Herr, und seid mir von Herzen willkommen.“

Malvin schob sich mit in den Verkaufsraum. „Ist ein komisches Ding, das der gute Herr von dir will“, flüsterte Malvin verschwörerisch. „Er hat es mir gezeigt, und ich glaube, er ist recht versessen darauf. Du könntest einen guten Preis dafür erzielen.“

„Schon in Ordnung, guter Malvin“, brummte Helderim. „Lass uns unsere Geschäfte machen und kümmere du dich nun um das deine.“ Malvin empfand den deutlichen Wink als recht unhöflich, schließlich hatte er Lomorwin hergeführt, und es hätte ihn durchaus interessiert, was die beiden Händler zu bereden hatten. Helderim erriet die Gedanken des Wirtes und nickte ihm beschwichtigend zu. „Ich werde nachher auf einen Blutwein vorbeikommen, guter Malvin, das verspreche ich.“

Der Wirt machte keine Anstalten zu gehen und betrachtete mit gespieltem Interesse die Brennsteinlampen in der Auslage, doch Helderim packte ihn am Arm und schob ihn aus dem Laden hinaus. „Seht es mir nach, guter Herr Lomorwin“, sagte Helderim entschuldigend, als er die Tür hinter Malvin geschlossen hatte. „Doch was Herren der Handelsgilde untereinander zu besprechen haben, ist wohl kaum für fremde Ohren bestimmt, nicht wahr? Ihr seid ein weit gereister Mann, wie man mir sagte, guter Herr Lomorwin“, wechselte Helderim zum Geschäftlichen über. „Sicher kennt Ihr viele Waren, die zu handeln sich lohnt.“

„Das ist wohl wahr, guter Herr Helderim“, bekannte der Händler und betrachtete die ausgestellten Waren. Zu Helderims Bedauern nicht lange genug, um Lomorwins Interesse zu bekunden. Aber vermutlich war der Händler viel zu erfahren, um sich eine solche Blöße zu geben und zu riskieren, so den Preis nach oben zu treiben.

„Ihr habt vielleicht die besonders feinen Metallarbeiten bemerkt“, fühlte Helderim vorsichtig vor. „Sie werden hier gefertigt und dürften in den anderen Marken sicherlich Begehrlichkeiten erwecken und gute Preise erzielen.“

„Deswegen bin ich zu Euch gekommen, guter Herr Helderim.“ Der Händler griff in die kleine Tasche seines Gürtels und holte den merkwürdigen viereckigen Rahmen mit dem schwarzen geschliffenen Stein hervor. „Solche Dinge ließen sich gut handeln."

Helderim betastete den Rahmen mit den beiden kleinen Löchern, und Lomorwin erklärte ihm, was es damit auf sich hatte. Helderim seufzte entsagungsvoll. „Solche feinen Rahmen ließen sich wohl produzieren, doch bei dem schwarzen Stein muss ich passen, guter Herr Lomorwin."

„Das ist kein Problem." Lomorwin ließ das Schmuckstück auf dem Verkaufstresen liegen und schloss seine Gürteltasche. „Dafür habe ich bereits eine Quelle. Mit geht es um die Rahmen. Ich habe bereits mit einem der hiesigen Schmiede gesprochen, Guntram heißt er wohl. Er vermag die Rahmen zu fertigen, doch ich brauche mehr davon, als er liefern kann."

„Wie viele benötigt Ihr, guter Herr Lomorwin?"

Dieser nannte eine Zahl, und Helderim riss die Augen auf. „Derart viele? Ihr beliebt zu scherzen, guter Herr."

Der Händler lachte. „Das Königreich Alnoa ist reich an schönen Frauen. Zumal an solchen, die noch ein wenig schöner wirken wollen und Geschmeide und anderen Schmuck zu schätzen wissen. Glaubt mir, guter Herr Helderim, diese Schmuckstücke werden reißenden Absatz finden."

„Hm." Helderim kratzte sich am Kopf. „Ich müsste alle Schmiede Eternas' darauf ansetzen, wenn Ihr diese Rähmchen bald benötigt. Es wird allerdings den Preis nach oben treiben."

„Daran soll es nicht scheitern. Qualität und Schnelligkeit sind entscheidend."

„Und ich wäre dann Euer Zwischenhändler", sagte Helderim nachdenklich.

„Es wird Euer Schaden nicht sein, guter Herr Helderim. Ich werde auf meinen Reisen eher selten hier vorbeikommen. Der

Weg lohnt sich nur dann, wenn ein entsprechender Gewinn zu erwarten ist."

Das konnte Helderim gut nachvollziehen, und so wurden sie sich rasch handelseinig. Helderim war erfreut über die Gewinnspanne, die für ihn in Aussicht stand, doch nachdem Lomorwin sich verabschiedet hatte, blickte ihm Helderim noch eine Weile nachdenklich hinterher und ließ dabei das Schmuckstück durch seine Hände gleiten.

„Ein seltsamer Händler", murmelte er.

„Wie meinst du, Helderim, mein Guter und Bester?" Gunwyn trat zu ihm in den Laden und stellte enttäuscht fest, dass der bedeutende Händler aus der Mark des Königs schon wieder gegangen war.

„Ein ungewöhnlicher Händler, der gute Herr Lomorwin", bekräftigte Helderim. „Er hat nicht einmal versucht zu handeln. Hat meinen Preis ohne Weiteres akzeptiert."

„Dann sei doch zufrieden."

Helderim nickte. „Ja, ich brauche nur mit unseren Schmieden zu sprechen und die Dinger einzusammeln. Wenig Arbeit für einen guten Gewinn, das ist wahr. Aber er hätte schon ein wenig feilschen können, der gute Herr Lomorwin."

„Schau nur, Helderim. Es verdunkelt die Sonne."

„Was?" Helderim sah seine Frau an, die den Rahmen mit dem geschliffenen schwarzen Stein vor ihr Auge hielt und in die Sonne schaute. „Aber Gunwyn, meine Teure, es ist ein Schmückstück, man hängt es sich um den Hals."

„Trotzdem, Helderim, wenn man es vor das Auge hält, sieht man alles dunkler, und dennoch kann man alles klar und deutlich erkennen."

„Schon gut, Gunwyn, meine Teure", sagte Helderim und nahm das Schmuckstück aus ihrer Hand. „Beschädige es nicht, es wird schon bald den Hals einer schönen Frau zieren."

Gunwyn sah ihn betroffen an und stemmte die Arme in die gepolsterten Hüften. „Was willst du damit sagen, Helderim, mein Guter und Bester?"

Oh, wie bereitwillig er seinem geliebten Weibe die Schönheit ihrer Augen und die Sanftmut ihres Gemüts bestätigte, und während er versuchte, seine Arme um ihren Körper zu legen, musste er daran denken, welcher Gewinn sich mit diesen Schmuckstücken machen ließ und ob es sich nicht vielleicht lohnen würde, selber Handel damit zu treiben.

18

Es juckt höllisch", nörgelte Nedeam. „Halte still, junger Pferdelord", wies Dorkemunt ihn lachend zurecht. „Sonst kleben die Barthaare noch an deiner Stirn fest." Der Fünfzehnjährige knurrte missmutig, was Dorkemunt durchaus verstehen konnte. Er hatte das Paket geöffnet, das die Hohe Dame Larwyn ihm mitgegeben hatte, und nun sahen die anderen Pferdelords des Beritts vergnügt dabei zu, wie Nedeam und Dorkemunt sich mehr und mehr in Zwerge verwandelten.

Dorkemunt war klein genug, um noch als Zwerg durchzugehen, während Nedeam dafür einfach schon zu groß war. Aber über die kompakte Statur eines Zwergenmannes verfügte keiner von ihnen. Larwyn hatte sich Gedanken gemacht, wie dem abzuhelfen wäre, und ihre Einfälle riefen immer wieder Heiterkeitsausbrüche bei den sie beobachtenden Pferdelords hervor.

Nedeam und Dorkemunt waren bis auf ihr Unterzeug entkleidet und schnallten sich nun Wämse um, die dick mit Schafswolle gefüllt waren. Sie beide waren froh, dass sich der Tag dem Ende zuneigte, denn die extrem gepolsterte Kleidung hätte sie bei der Tageshitze wohl rasch kollabieren lassen.

„Man kann die Arme nicht recht bewegen", knurrte Dorkemunt, als er probeweise ein paar Schläge mit seiner Streitaxt ausführte. „Es kneift unter den Armen."

„Es wird schon gehen", sagte Kormund beschwichtigend und versuchte seine Belustigung hinter einem mitfühlenden Gesicht zu verbergen. „Du sollst ja auch nicht deine Axt schwingen, Dorkemunt, mein Freund, sondern deine Augen bewegen, und das wirst du wohl noch können."

„Und wenn ich die Axt doch schwingen muss?“

„Dann wird es wohl kneifen.“ Kormund grinste. „Aber den Ork dürfte es noch mehr kneifen, wenn du ihn damit triffst, nicht wahr, guter Freund?“

Dorkemunt schnaubte leise. Wenigstens brauchte er sich nicht so viele Haare ins Gesicht zu kleben wie der arme Nedeam. Dorkemunt trug einen gepflegten Vollbart, was diesen aber nicht davor bewahrt hatte, in einen Zwergenbart verwandelt zu werden. Mit Hilfe von Baumharz und Pferdehaar war er noch ein Stück verlängert worden, bevor man die vorbereiteten geflochtenen Zöpfe angeklebt hatte.

Nedeam kratzte sich erneut. Er hatte erst sehr spärlichen Bartflaum, und Baumharz und Rosshaar peinigten ihn jetzt sichtlich.

„Nur Mut, mein guter Freund“, murmelte Kormund. „Du weißt, es gibt keinen anderen Weg, wenn ihr euch als Zwerge unter Zwergen bewegen wollt. Ihr dürft nicht sofort auffallen.“

„Vergesst die Orks nicht“, seufzte Nedeam.

„Also gut, und als Zwerge unter Orks“, fügte Kormund hinzu. „Ein Grund mehr, nicht aufzufallen.“

„Die Orks mögen auch die Zwerge nicht besonders“, wandte Nedeam ein. „Warum sollen wir uns als Zwergenwesen verkleiden, wenn die Orks ohnehin versuchen, uns zu erschlagen?“

„Damit die Bestien nicht sofort erfahren, dass Pferdelords in ihrer Nähe sind.“ Kormund blickte unwillkürlich auf den sanft auswehenden Wimpel des Beritts. „Außerdem scheinen sie wohl etliche der kleinen Wesen am Leben gelassen zu haben. In ihrer Mitte werdet ihr euch unauffälliger bewegen können.“

Die gepolsterten Wämse waren schmucklos und schlicht. Larwyn hatte in weiser Voraussicht darauf bestanden, dass bei der Nachbildung der edlen Kleidung des Zwerges Balruk auf jeglichen Zierrat verzichtet wurde, damit die beiden Kundschafter wie einfache Arbeiter aussahen.

Über ihre dicken Wämse legten Nedeam und Dorkemunt nun einfache Gürtel mit einem kurzen Dolch. Darüber kamen die schlichten braunen Umhänge, und schließlich setzten sie die ungewohnten Helme auf, die in ihrer Form so sehr von denen der Pferdelords abwichen.

„Wenigstens die ist mir vertraut", brummte Dorkemunt und legte seine geliebte Streitaxt an die Schulter.

Nedeam sah ihn neidisch an. „Kann ich nicht auch meinen Bogen mitnehmen? Ihr wisst, wie gut ich ihn beherrsche."

„Das hast du uns bewiesen", bestätigte Kormund und schüttelte dann bedauernd den Kopf. „Aber Zwerge kämpfen nicht mit Pfeil und Bogen. Hier, junger Pferdelord", er ergriff eine bereitliegende Streitaxt, „die wirst du nun führen."

Nedeam nahm die Streitaxt in die Hand und schwang sie zur Probe einige Male hin und her, indessen sich die dicht herangetretenen Pferdelords hastig in Sicherheit brachten. Denn im Umgang mit der Axt fehlte es dem jungen Nedeam noch offenkundiger an Übung und Augenmaß als bei der Handhabung eines Schwertes.

Kurz darauf räusperte Kormund sich und deutete auf die länger werdenden Schatten an den Hängen des kleinen Hochtals. „Es wird Zeit für euch aufzubrechen, meine Freunde. Ihr müsst den Pfad noch bei Licht passieren. Im Dunkeln wäre es zu gefährlich."

„Du hast Recht, Kormund, mein Freund." Dorkemunt schulterte seine Streitaxt und sah Nedeam auffordernd an. „So lass uns nun gehen, Nedeam, bevor diese wackeren Pferdelords vor Lachen zusammenbrechen."

Kormund und die anderen schlugen ihnen aufmunternd auf die Schultern, dann machten sich die beiden Kundschafter auf den Weg, und nachdem die am Beginn des Pfades postierten Wachen ihnen Glück gewünscht hatten, verließen sie endgültig den Schutz des Beritts.

Der gegenüberliegende Hang der Schlucht lag bereits tief im Schatten, als Nedeam und Dorkemunt den noch vom Sonnenlicht beschienenen Pfad vorsichtig hinunterstiegen. Die gepolsterten Wämse waren ungewohnt und schränkten Sicht und Bewegungsfreiheit ein. Bedächtig setzten die beiden Fuß vor Fuß, besonders an jener Stelle, an der einer der Pferdelords fast zu Tode gestürzt wäre. Kaum eine Stunde vor Sonnenuntergang erreichten sie die Talsohle und musterten aufmerksam ihre Umgebung.

„Wir müssen nun zu dem kleinen Tal mit dem Wassersprung", sagte Dorkemunt mit Unbehagen. „Es wird schon teilweise im Dunkel liegen, wenn wir es erreichen."

„Vielleicht sollten wir bis morgen warten. Dann haben wir Tageslicht."

„Die Orks auch." Dorkemunt seufzte. „Ich weiß, Nedeam, in der Dunkelheit sehen die Bestien besser als wir, aber ich schätze, in dem Tal können wir nachts mehr Deckung finden als bei helllichtem Tage."

Keine Bewegung war auszumachen, auch der einsame Raubvogel war längst verschwunden. Beständig um sich schauend gingen sie vorsichtig an der Steilwand entlang, bis sie den Einschnitt zu dem kleinen Tal erreichten. Vorsichtig spähten sie hinein. Der Sprung des Wassers lag bereits im Dunkel, aber das Glitzern seiner Kaskaden war nicht zu übersehen. Der unter dem Sprung entstehende Fluss plätscherte an ihnen vorbei aus dem Tal hinaus.

„Ich gehe voran, Nedeam, bleibe du dicht hinter mir." Dorkemunt musterte die spärliche Deckung, die das kleine Tal bot. „Wir werden uns rechts an der Felswand entlangschleichen und uns in ihrem Schatten halten. Wenn es am Sprung einen Pfad gibt, dann werden wir ihn finden." Er seufzte leise. „Sonst müssen wir es auf der anderen Seite versuchen."

„Lass mich vorangehen", wandte Nedeam ein. „Meine Augen sind jünger und schärfer."

„Das mag sein", gestand der kleinwüchsige Pferdelord brummend. „Aber es würde deiner Mutter Meowyn nicht gefallen, und ich stehe bei ihr im Wort."

„Du hast nicht geschworen, dass ich nicht vorne gehen darf", sagte Nedeam lächelnd. „Und außerdem braucht sie es ja nicht zu erfahren."

Dorkemunt zupfte an einem der angeklebten Zöpfe und ließ dann seine Hand erschrocken sinken. „Das würde noch fehlen, wenn ich nun auch noch den Bart verlöre." Er zupfte abermals an dem Zopf und nickte zufrieden. „Bestes Harz, es hält."

„Ja, aber es juckt höllisch", knurrte Nedeam.

„Also dann, junger Pferdelord." Dorkemunt machte eine einladende Geste. „Gehe du voran. Aber halte die Augen offen und setze deinen Fuß mit Bedacht. Ein rollender Stein ist in diesem Tal weit zu hören." Er bemerkte Nedeams Blick und zuckte die Achseln. „Schon gut, ich weiß, vermutlich sagte ich es bereits."

„Schließlich warst du es, der mir alles beigebracht hat."

„Das ist wohl wahr. Und nun lass uns vorwärtsschleichen. Ah, dieser Wams kneift so sehr, wie dein Bart juckt."

Sie bewegten sich im Schatten an der Felswand entlang, wobei sie die Deckung einiger größerer Felsblöcke nutzten, und näherten sich langsam, aber stetig der Stirnseite des Tals. Das vormalige Plätschern des Wassers wuchs nun zunehmend zu einem lautstarken Tosen an, das jedes Geräusch zu übertönen schien. Losgetretene Steine kümmerten sie jetzt nur noch wenig, und Nedeam fragte sich unwillkürlich, warum sie zuvor so leise geschlichen waren.

„Weil auch vorne Wachen hätten stehen können", knurrte Dorkemunt, und Nedeam merkte, dass er seinen Gedanken laut ausgesprochen hatte. „He, sieh nach vorne und gib Acht, wohin du deine Füße setzt." Der kleinwüchsige Pferdelord deutete zu der Seite des Wassersprungs hin. „Ich mag mich täuschen, aber mir scheint, als würde dort ein Pfad hinaufführen. Vom Eingang des Tals aus konnte man ihn nicht sehen, doch von hier aus erkenne ich einige Stufen. Ja, dort hinter den Felsen muss ein Weg entlangführen."

Tatsächlich fanden sie zwischen den Felsen Stufen, die sorgsam behauen waren und an der Wand hinaufführten. Die Treppe war so schmal, dass auf ihr höchstens zwei Zwerge nebeneinander gehen konnten. „Der Zugang dürfte unmittelbar am Sprung liegen und müsste gut zu verteidigen sein. Offensichtlich hatte der Zwergenmann Recht, Nedeam. Wollen wir hoffen, dass uns dort oben keine Wachen empfangen."

„Riechen kann ich nichts", flüsterte Nedeam und sog Luft durch die Nase ein.

„Wie auch?" Dorkemunt zog Nedeam von der untersten Stufe herunter. „Wir sind nah am Wasser, es spült den Geruch der Bestien aus der Luft. Kannst du den feinen Tropfenschleier nicht spüren? Er benetzt mein Gesicht."

„Was meinst du, warum ich mich nicht kratze? Es tut gut auf der Haut. Dieses verdammte Baumharz."

„Nimm es hin, mein Wams kneift auch", brummte Dorkemunt. „Doch nun lass mich vorausgehen, mein lieber Nedeam.

Wenn eine Wache uns erwartet, liegt es an mir, meine Axt an ihr zu wetzen."

Sie begannen die Stufen hinaufzusteigen, was sich als ungeahnt mühsam erwies. Wenn sie die Stufen einzeln nahmen, mussten sie fast trippeln, und nahmen sie zwei auf einmal, strengte es die Beine bald an.

„Die Zwerge haben kurze Beine und mögen keine hohen Stufen", murmelte Nedeam.

„Sei still, sonst hört man uns."

„Das Wasser ist zu laut."

Dorkemunt seufzte. „Auch wieder wahr."

Langsam kamen sie dem Sprung des Wassers näher. Das Rauschen war nun so laut, dass Nedeam und Dorkemunt sich nur noch schreiend hätten verständigen können, also beschränkten sie sich auf Blicke und Gesten, während sie der steinernen Treppe immer weiter hinauffolgten. Sie führte in sanftem Bogen an der Felswand entlang und war erstaunlich ebenmäßig beschaffen. Keine der Stufen wich in ihrem Maß von den anderen ab, und wenn man bedachte, dass die Wand selbst sehr zerklüftet war, bezeugte dies nur die herausragende Leistung der Erbauer. Die Treppe wies unterhalb des Sprungs keinerlei Absätze auf, die es den beiden erleichtert hätten, eine Pause einzulegen, und auf den Stufen auszuruhen, war in höchstem Maße unbequem. Der Aufgang war nun einmal für kleinere Füße und kürzere Beine erbaut worden. Nedeam tröstete sich mit der Vorstellung, dass es für die großen Füße der orkischen Rundohren noch weitaus unbequemer gewesen sein musste, hier heraufzusteigen.

Inzwischen hatten sie den Sprung passiert und das Ende der Treppe erreicht. Unter ihnen drang das Wasser in kräftigem Strom aus einer dunklen, mehrere Längen messenden Höhlung hervor und stürzte in einer tosenden Kaskade über den Fels. Der Sprung selbst war mit einer Art Balkon überbaut worden, den man vom Boden des Tals aus nicht hatte erkennen können.

Als sie ihn betraten, bemerkte Nedeam, dass er ganz ähnlich wie die Treppe bearbeitet worden war und zur Wasserseite hin von einer, nach Zwergenmaßen, hüfthohen Mauer eingefasst wurde. Der Boden war mit fünfeckigen Steinplatten ausgelegt, die sehr sorgfältig bearbeitet waren und versetzte Rillen aufwiesen, vermutlich, um einen leichteren Abfluss des Spritzwassers zu ermöglichen. Der Balkon erstreckte sich in die Höhlung hinein, die eine düstere Drohung auszustrahlen schien. Von unterhalb der Platten drang das Rauschen des Wassers zu ihnen hinauf.

Dorkemunt zog Nedeam in die Deckung der aufragenden Felswand, dann sprang er plötzlich vor und hielt seine Axt schlagbereit in die Höhe, um sich einem möglicherweise heranstürmenden Posten der Orks entgegenstellen zu können. Der kleinwüchsige Pferdelord erwartete förmlich den Einschlag eines Pfeils oder eines Schlagschwertes, doch alles blieb ruhig, vom Brausen des Wassers einmal abgesehen.

Misstrauisch trat Dorkemunt in die finstere Höhle hinein, doch in der Dunkelheit war nichts zu erkennen. Der Pferdelord seufzte und klemmte die Axt unter seinen Arm, dann öffnete er eine seiner Taschen und nahm zwei Funkensteine sowie eine kleine Brennsteinfackel hervor, welche er mit Hilfe der Steinchen entzündete. Licht flackerte auf und erhellte schemenhaft die Umrisse der Höhle.

Nedeam betrachtete mit einem mulmigen Gefühl den Schattenriss seines älteren Freundes und Mentors und spürte, dass er Angst um Dorkemunt hatte. Doch nichts geschah, und der

Pferdelord winkte Nedeam zu sich heran. Hastig eilte der Fünfzehnjährige an seine Seite.

Die Höhle war relativ klein und maß kaum fünf Längen in der Höhe und zehn in der Breite. Auch schien sie nicht besonders tief zu sein. In ihrer Mitte verlief ein Weg, der mit den gleichen Platten ausgelegt war wie der Balkon. Am Ende der Höhle war der behauene Stein einer Mauer zu erkennen, doch der Boden dazwischen war bedeckt mit den Körpern toter Orks und Zwerge.

Dorkemunt brummte nachdenklich, während er behutsam zwischen den verrottenden Leibern entlangging und den ein oder anderen von ihnen untersuchte. Nedeam spürte kein Verlangen danach, denn die Körper lagen wohl schon seit einiger Zeit hier, jedenfalls begannen sie bereits zu zerfallen und stanken fürchterlich. Nedeam versuchte durch den Mund zu atmen, aber der bestialische Geruch schien sich in jeder Faser der Bekleidung festzusetzen.

Dorkemunt machte eine Geste mit dem Arm und winkte Nedeam zu sich herüber. „Dies war wohl die Wache der Zwergenstadt, und offensichtlich wurde sie nicht kampflos überrumpelt. Fällt dir etwas an ihnen auf, junger Pferdelord?"

Nedeam runzelte die Stirn und besah unsicher die Toten. Schließlich nickte er zögernd. „Die meisten haben Pfeilwunden. Meinst du das?"

„Ja, das meine ich." Dorkemunts Stimme wurde grimmig. „Die Zwergenmänner haben sich gut und tapfer geschlagen. Ich glaube, sie haben die Orks mit ihrer heftigen Gegenwehr überrascht und sie sogar zurückdrängen können. Oder die Bestien zogen sich von selbst zurück, um Platz für die verfluchten Spitzohren zu machen. Gegen Pfeil und Bogen kamen die Zwergenkämpfer nicht an, und die Schlagschwerter der Rundohren gaben ihnen dann den Rest. Mir ist es ein Rätsel, warum die Zwerge keine Bogen benutzen. Nicht einmal vernünftige Lanzen oder Schwerter hatten sie. Schau her, keine Schwerter, nur die Äxte.“ Dorkemunt seufzte. „Nun ja, ich weiß eine gute Axt wohl zu schätzen.“ Er klopfte fast zärtlich an den Griff seiner Streitaxt. „Aber manchmal sind auch andere Mittel nützlich, wenn es gilt, die Orks in ihre Abgründe zurückzuschicken.“

„Sie haben die Toten nicht mitgeschleppt“, sagte Nedeam.

Dorkemunt nickte. „Ja, normalerweise hätten die Bestien die Kadaver zumindest als Nährstoff genommen. Sie müssen in Eile gewesen sein.“ Er nestelte unbewusst an einem der künstlichen Bartzöpfe. „Und sie müssen später genug lebende Zwerge gefunden haben, da sie nicht zurückgekehrt sind.“ Er sah Nedeam an. „Die Bestien schätzen eher einen saftigen festen Bissen als verfaulendes Fleisch“, sagte er pragmatisch. „Ebenso wie wir.“

Nedeam fühlte Übelkeit in sich aufsteigen.

Dorkemunt wies mit der Axt nach vorne. „In jedem Fall scheint mir dies der Zugang zur Stadt der Zwerge zu sein. Lass uns die Mauer einmal näher betrachten. Ich denke, sie ist das Tor zu ihrer Stadt. Wir brauchen nur dem Weg und dem Verlauf des Wassers zu folgen.“

Sie traten an die Mauer heran. Eigentlich war sie nicht mehr als eine künstliche Wand, welche die Rückseite der kleinen Höhle bildete. Wie die Platten des Weges waren auch die Steine der Mauer fünfeckig behauen. In der Mitte der Wand, dort, wo der Plattenweg zu enden schien, war ein fünfeckiger gemauerter Rahmen zu erkennen, der ein wenig aus der Mauer hervorragte und eine große fünfeckige Steinplatte einfasste.

„Ich glaube, die Zwerge lieben diese Form“, brummte Kormund und trat an die Platte heran. Sie war glatt geschliffen und schien aus einem Stück zu sein. Nichts unterbrach ihre Oberfläche, bis auf einen grünlich wirkenden Kristall, der in ihre Mitte eingelassen war.

„Natürlich auch wieder fünfeckig“, sagte Dorkemunt lächelnd und tippte mit dem Stiel seiner Axt dagegen. Mit einem unterdrückten Fluch sprang der kleinwüchsige Pferdelord zurück, denn plötzlich ertönte ein metallisches Klacken, und die große Platte klappte mit erstaunlichem Schwung um ihre mittlere Achse, so dass man sie rechts oder links gleichermaßen passieren konnte.

Ein Schwall kühler Luft strich ihnen aus der Öffnung entgegen und vertrieb den üblen Geruch der Verwesung aus ihren Nasen. Dorkemunt spähte durch den breiten Spalt und winkte Nedeam heran.

„Gute Luft, junger Freund, auch wenn es etwas zugig ist. Zudem ein wenig Licht und, wie mir scheint, ein weiter Weg, der vor uns liegt.“

Jenseits der Mauer war kein Feind zu erblicken, auch lagen hier keine Toten. Seltsam unberührt wirkend, zog sich ein schier endlos erscheinender Pfad in das Innere des Berges hinein. Auch er war mit den wohl unvermeidlichen fünfeckigen Rillenplatten ausgelegt. Wände und Decke waren nicht bearbeitet und schimmerten feucht, denn neben dem Pfad sprudelte der kraftvolle Bach ohne jegliche Abdeckung einher. Im Gegensatz zur Vorhöhle flackerten hier in regelmäßigen Abständen Brennsteinfackeln an den Wänden, deren Licht sich in der Ferne zu verlieren schien.

Dorkemunt schulterte seine Axt und sah Nedeam auffordernd an. „Nun denn, Nedeam, mein Freund, auf in die Stadt der Zwerge.“

Sie durchschritten das fünfeckige Tor, und als sie erst wenige Längen auf dem Weg gegangen waren, ertönte wieder das metallische Geräusch. Sie wandten sich kurz um und sahen, wie sich das seltsame Tor hinter ihnen schloss.

„Hoffentlich ist das kein schlechtes Zeichen", murmelte Nedeam beklommen.

Dorkemunt schlug ihm aufmunternd auf die Schulter. „Kopf hoch, mein Freund, es hat auch seine gute Seite. Wenigstens zieht es nun nicht mehr so sehr."

19

Es war tiefe Nacht, und Dunkelheit hatte sich über die Burg Eternas gesenkt. Der Himmel war bedeckt, und Larwyn vermisste das Licht der Sterne. Nur Brennsteinbecken und Lampen erhellten einige Bereiche der Burg. Die Posten auf den Mauern bewegten sich im Dunkel und lauschten in die Nacht. Draußen vor der Burg erschien alles in konturlosem Schwarz. Nur der Bereich vor dem Haupttor war von ein paar Fackeln erhellt.

In einem der kleinen Holzvorbauten in der Wehrmauer leuchtete ein schwaches Licht und verriet, dass einer der Bewohner sich gerade erleichterte. Die Geräusche in der Küche waren längst verstummt und die Schritte der Wachen kaum zu hören. Eine seltsame Stille lag über der Burg. Larwyn hatte diese Ruhe immer genossen, wenn sie an einem der Fenster oder auf dem Turm des Signalfeuers stand und die Sterne in ihrer Pracht überschaute. Aber in dieser dunklen Nacht hatte die Stille etwas ungewohnt Bedrohliches.

Der kleine Garwin schlief tief und fest in einem der Privatgemächer des Fürstenpaares, während Larwyn noch einsam über den Schreibtisch ihres Gemahls gebeugt saß, denn die Arbeit schien kein Ende zu nehmen. Sie stieß die angespitzte und sorgfältig eingeschnittene Feder in das kleine Gefäß mit schwarzer Flüssigkeit, welche aus einer Mischung aus zerriebenem Brennstein, Eisen und Wasser bestand, und schrieb auf das faserige Papier, was sich an diesem Tag ereignet hatte und es wert war, der Nachwelt erhalten zu bleiben.

Nicht viele im Land der Pferdelords beherrschten die Kunst

des Schreibens und Lesens, und insgeheim fragten sich die meisten, wozu es gut sein sollte, Zeichen auf Papier zu kritzeln, wenn man doch einen Mund zum Reden und ein Ohr zum Hören hatte. Aber Larwyn wusste sehr wohl, welchen Vorteil diese Zeichen brachten, denn sie konnten einem Boten mitgegeben werden und würden noch lesbar sein, wenn ihr Mund längst verstummt war.

Es gab nicht viele Bücher im Land der Pferdelords, denn wer brauchte Bücher, wenn niemand sie zu lesen verstand? Garodem hatte deren vier, und sie waren ihm ein kostbarer Schatz, denn sie beinhalteten die Historie der Pferdelords. Wie es hieß, verfügte der König der Pferdelords, Reyodem, sogar über ein ganzes Regal von zwölf Büchern. Zwölf Bücher. Doch das mochte eine der üblichen Prahlereien sein, denn die Leute übertrieben gerne bei ihren Geschichten über den Hof des Königs.

Nun, die elfischen Wesen hatten viele Bücher. Sie brachten alles zu Papier, was sie erlebten oder ersannen, und kein Lebewesen würde in der Lage sein, all ihre Bücher jemals zu lesen. Das hatte selbst Leoryn, die elfische Heilerin, freimütig zugegeben. Wo mochte die junge Frau mit ihrem Bruder Lotaras in diesem Moment wohl sein? Fünfhundert Jahre waren sie alt, eine schreckliche Last, wie Larwyn fand. Das Wissen all dieser Jahre musste wie ein Fluch auf ihren Schultern lasten, und die beiden Elfen waren noch so jung, gemessen an dem Leben, das noch vor ihnen liegen mochte. Unsterbliche Wesen, die sie waren, wenn der Tod sie nicht durch Krankheit oder Gewalt ereilte. Ob die beiden Elfen spürten, dass erneut Gefahr von den Orks drohte?

Larwyn seufzte leise und blickte zu der kleinen Fensteröffnung, unter deren Bogen nur noch das düstere Schwarz der Nacht zu sehen war.

Dem guten Herrn Balruk ging es nun besser. Eine sehr erfreuliche Wendung zum Guten, nach all der Sorge, die man sich um ihn hatte machen müssen. Der Herr Balruk ein König, auch das war eine Überraschung gewesen. Sie hatte es noch nicht für die Chronik niedergeschrieben und machte sich nun daran, die Zeichen aufs Papier zu setzen. Die Feder kratzte, verfing sich in einer Faser, und etwas Flüssigkeit spritzte über das sauber beschriebene Blatt. Larwyn seufzte, trocknete die Flüssigkeit rasch mit einem Tuch und nahm ihren schmalen Dolch aus dem Gürtel, um die überflüssige Tinte vom Papier zu schaben. Schade, dass sie kein elfisches Papier hatte. Sie hatte es damals bei Leoryn gesehen. Es war nicht so braungelb und grob wie das ihre, sondern wirkte seltsam bleich und war unsagbar fein. Man spürte keine einzige Faser, wenn Feder oder Finger darüberglitten.

Larwyn hob kurz den Kopf, als sie ein leises Poltern vor der Tür des Amtszimmers hörte. Sie hatte Verständnis für den Schwertmann, der dort die einsame Ehrenwache hielt und erst in einem Zehnteltag abgelöst würde. Er hatte sicherlich gegen den Schlaf zu kämpfen, und seine Stoßlanze mochte ihm aus der Hand gefallen sein. Sie lächelte. Jetzt würde der Schreck ihn wieder wach gemacht haben, doch bald würde er, wie sie, erneut gegen die schwerer werdenden Lider ankämpfen.

Die Arbeiten an der neuen Abwasserleitung gingen gut voran. Unten am Fluss brannten die Töpfereien Rohre aus Ton, und die Metallschmiede fertigten eiserne Hüllen. Tonrohre waren empfindlich, wenn sie in die Erde gelegt wurden. Einer der Baumeister hatte es ihr erklärt. Die Erde brauchte sich nur ein wenig zu verschieben, und schon brach das Rohr entzwei, daher wurde es von einem harten Eisenmantel umgeben. Nur gut, dass die Hochmark reich an beiden Rohstoffen war. Es brauchte nur Zeit, all dies zu bewerkstelligen.

Ah, sie würde mit Garodem sprechen müssen. Einst war es ein Zeichen des Wohlstands in der Hochmark gewesen, an seinem Haus viel Holz zu verbauen, doch dies hatte sich geändert. Seitdem die anderen Marken Bauholz lieferten, konnten sich auch einfache Leute den Rohstoff leisten, und einige gingen dazu über, ihre Dächer mit hölzernen Schindeln zu decken. Ein Unsinn, der rasch abgestellt werden musste. Die Bedeckung der Dächer mit Steinplatten, Grassoden oder metallenen Scheiben hatte schon oft gute Dienste geleistet, wenn ein Feuer ausgebrochen war. Es hatte nicht von einem Dach auf das andere überspringen können. Jetzt, mit den Holzbedeckungen, wandelte sich das. Ja, sie würde ein Verbot erlassen, um dieser Unsitte und Gefahr zu begegnen, und Garodem würde später sein Siegel daruntersetzen.

Larwyn gähnte und reckte sich. Sie war müde und freute sich, bald die Bettstatt aufsuchen zu können. Sie würde noch einmal kurz nach Garwin sehen und sich dann ebenfalls hinlegen.

Ah, wie stolz Garodem auf den Sohn war. Sie konnte es gut nachempfinden. Garodem war reicher an Jahren als sie selbst, und gelegentlich war ihm der Altersunterschied wohl unangenehm gewesen. Doch kam es bei der Liebe auf das Alter an? Sie waren einander von Herzen zugetan und hielten gleichermaßen Zügel und Wasserflasche, denn so wie Garodem die Hochmark und seine eigene Familie durch das Leben führte, so sorgte Larwyn dafür, dass beide stets genug Wasser für sich und die Pferde fanden, ganz so, wie es die Tradition der Pferdelords gebot. Garodem konnte es kaum erwarten, dass Garwin dereinst den Umhang eines Pferdelords tragen und in die Aufgaben eines Pferdefürsten hineinwachsen würde. Die Linie Garodems war nicht unterbrochen, und sein Name würde durch den Sohn Garwin erhalten bleiben und eines fernen Tages durch dessen Sohn weitergetragen werden. Wie die Stiegen einer Leiter. Spross um Spross, und jeder von ihnen würde die Traditionen der Pferdelords bewahren helfen.

Larwyn liebte diese Traditionen, so wie sie das Leben der Pferdelords liebte. Noch immer fühlte sie den Schauer der Erregung, wenn eine Schar oder ein Beritt ausrückte. Sie konnte sich ein Leben wie das der Elfen für sich selbst nicht vorstellen. Was hätte sie davon, ein unsterbliches Leben damit zu verbringen, Wissen zu sammeln und niederzuschreiben, während Tag um Tag, Jahr um Jahr verstrich, eines wie das andere? Sie wusste von dem großen Königreich der weißen Bäume. Dem letzten der alten Königreiche, dem Reich Alnoa mit seiner großen weißen Stadt Alneris. Dort lebten die meisten Menschen in großen Städten, innerhalb fester Mauern, die sie nur selten verließen. Auch Larwyn lebte im Schutze fester Mauern, und doch fühlte sie sich inmitten der Burg Eternas frei. Die Pferdelords der Hochmark kannten einander, und Larwyn konnte fast jeden ihrer Bewohner bei seinem Namen nennen. Es waren sicher einfache Menschen, gemessen an den Elfen oder den Bürgern des Königreiches Alnoa, aber es waren die Menschen, mit denen Larwyn aufgewachsen war und denen sie sich verbunden fühlte.

Larwyn schreckte aus ihren Gedanken, als erneut ein Poltern vor der Tür erklang.

Sie blickte zu der massiven und mit schweren Eisenblechen beschlagenen Tür hinüber und fragte sich für einen Moment besorgt, ob die Ehrenwache ernstlich gestürzt sein mochte. Aber sie beschloss, nicht nach dem Mann zu sehen. Es würde ihn beschämen, wenn die Herrin der Hochmark ihn sah, während er so verzweifelt gegen seine Müdigkeit ankämpfte. Dabei konnte sie ihn so gut verstehen.

Als die Orks vor Garwins Geburt die Hochmark angriffen und die Stadt sowie die Burg Eternas berannten, da waren Garodems Schwertmänner kaum fünfzig an der Zahl, die anderen Kämpfer waren dem Eid verpflichtete Pferdelords gewesen. Es hatte zuvor einfach nicht das Erfordernis für eine größere ständige Wache gegeben. Inzwischen waren die Schwertmänner auf hundert Mann verstärkt worden, und auch dies schien in dieser Zeit noch nicht genug. Dreißig von ihnen waren mit Kormunds Beritt ausgerückt, und die anderen siebzig hatten ungeheuer viele Aufgaben zu bewältigen. Den Schutz der Burg und die Wachpatrouillen in der Stadt, dann mussten kleine Scharen die Grenzen abreiten, die beiden Signalfeuer am Südpass hatten besetzt zu sein … es gab viel zu viel zu tun für eine solch geringe Zahl von Männern. Wer konnte es da einer einsamen Wache verübeln, wenn sie von Müdigkeit übermannt wurde?

Nein, Larwyn konnte den Wachtposten vor Garodems Amtszimmer nur allzu gut verstehen. Vielleicht wäre es doch richtig gewesen, ein paar zusätzliche Pferdelords einzuberufen, aber jeder Mann, welcher der Losung folgte, fehlte bei Ernte und Schafschur.

Sie versuchte weitere Zeichen auf das Papier zu bringen, aber die Tinte an der Feder war eingetrocknet, und sie tauchte sie erneut in die Flüssigkeit.

Es kam nun vermehrt Holz aus den anderen Marken, und Garodem hatte sich den Handel damit vorbehalten. Der Unterhalt der Festung und der ständigen Wache kostete Geld, und der Verkauf des Holzes brachte dem Pferdefürsten zusätzliche Einnahmen, die es ihm erlaubten, die Menschen der Hochmark von einem Teil ihrer Abgaben zu befreien. Ja, sie musste mit Garodem sprechen. Die Wälder der Hochmark hatten immer unter dem Schutz des Pferdefürsten gestanden, denn sie wuchsen spärlich. Sie würde mit ihrem Gemahl darüber reden, wie sie die Wälder aufforsten konnten. Vielleicht würden sie dereinst genug Holz aus eigenen Beständen erwirtschaften können und somit weniger abhängig von den Lieferungen aus den anderen Marken sein. Garodem hatte von riesigen Wäldern berichtet, die sich in der Nordmark und der Reitermark erstreckten. Larwyn hatte sie nie gesehen und konnte sich eine solche Menge von Bäumen nur schwer vorstellen.

Larwyn setzte die letzten Zeichen auf das Papier und legte die Feder zur Seite. Sie nahm das beschriebene Blatt auf und wedelte damit, so dass die Flüssigkeit rascher trocknete. Aus den Augenwinkeln sah sie, wie die Tür des Amtszimmers geöffnet wurde, und blickte überrascht hinüber.

„Was gibt es, guter Herr Moktwin?“, fragte sie den Schwertmann, der nun eintrat, ohne zuvor angeklopft zu haben.

Der Schwertmann schob die Tür zu und trat in den Raum. Er grüßte nicht und gab keine Antwort auf Larwyns Frage, und so empfand sie Ärger über sein ungebührliches Verhalten. „Ich habe Euch nicht gerufen, guter Herr Moktwin. Erklärt Euch.“

Sie sah den Schwertmann überrascht an, der plötzlich die Hand an seinen Schwertgriff legte, doch nicht, um den Gruß zu entbieten, sondern um die Klinge hervorzuziehen. Mit sanftem Klirren löste sie sich aus der Scheide. Larwyn ließ erblassend das beschriebene Blatt sinken. „Moktwin!“

Er war ein guter und erfahrener Pferdelord und diente der Hochmark von Anbeginn an. Bis zu diesem Augenblick hätte Larwyn ihm jederzeit ihr Leben oder das eines jeden anderen Bürgers anvertraut, doch als Moktwin nun näher kam, verzog sich sein Gesicht zu einem eigentümlichen Lächeln.

Larwyn reagierte instinktiv und warf sich in ihrem Stuhl

nach hinten, so dass die schwere Klinge des Schwertes sie verfehlte und krachend in die massive Platte des Schreibtisches schlug. Das kleine Behältnis mit Tinte stürzte um, schleuderte über das beschriebene Blatt und bespritzte dieses mit Flüssigkeit, bevor es selbst über die Tischplatte hinwegrollte und zu Boden fiel. Die Herrin der Hochmark wich mit dem Stuhl zurück und warf sich zur Seite. „Schwertmänner der Wache", schrie sie auf. „Eilt herbei!"

Moktwin befreite seine Klinge aus der Holzplatte. Er stieß ein verärgertes Knurren aus, umrundete den Tisch mit hastigen Schritten und stieß die Klinge nach Larwyn, die sich gerade noch zur Seite rollen konnte. Automatisch griff sie an ihren Gürtel, dorthin, wo normalerweise der schmale Dolch steckte, doch die Klinge lag auf dem Schreibtisch, viel zu weit entfernt, als dass sie die Waffe hätte ergreifen können. Erneut rollte sie sich zur Seite, und der Stahl des Schwertes fuhr in die dicken Bohlen des Bodenbelags.

„Schwertmänner der Wache", schrie sie erneut, „man will eure Herrin erschlagen!"

Ihr Blick fiel auf die Rüstung ihres Gemahls. Das Schwert fehlte, denn Garodem hatte es mit sich genommen, aber das breite Messer hing an dem ledernen Gurt. Moktwin bemerkte ihren Blick und schob sich zwischen seine Herrin und die Rüstung.

„Moktwin, guter Herr, was soll das?", fragte sie ächzend und schaffte es, den Schreibtisch zwischen sich und dem Schwertmann zu halten. „Warum erhebt Ihr Eure Klinge gegen mich?"

Er antwortete nicht, sondern beobachtete sie lauernd, während die beiden mit langsamen tastenden Schritten den Schreibtisch umrundeten. Larwyn verspürte panische Angst. Um sich selbst und um ihren kleinen Sohn, der wenige Längen nebenan in seiner Kammer schlief. Wo blieben die Schwertmänner der Wache? Und warum versuchte Moktwin, sie zu töten?

Es war keine Zeit, sich mit solchen Fragen zu beschäftigen, denn mit einem Mal sprang Moktwin mit ausgestreckter Klinge vor. Der Ausfall kam so plötzlich, dass Larwyn fast überrascht worden wäre. Sie hörte nur, wie ihr Gewand zerriss, spürte jedoch keinen Schmerz. Keuchend wich sie zurück und sah sich nach einer Waffe um. Eher unbewusst ergriff sie einen der gepolsterten Stühle und schleuderte ihn mit einer Kraft, die sie selbst erstaunte, dem grinsenden Schwertmann entgegen, der den Angriff mit einer eher nachlässigen Bewegung seines Schwertes parierte und das Wurfgeschoss mit der schweren Klinge zur Seite drückte. Das Schweigen des Mannes war für Larwyn fast beängstigender als sein eigentlicher Angriff auf sie. Dann setzte er Larwyn nach.

Sie wich von dem Schreibtisch zurück und stieß mit dem Rücken gegen das schwere Regal, in dem Garodem auch die wertvollen Bücher aufbewahrte. Sie griff hinter sich, zog einen der schweren Folianten hervor und warf ihn Moktwin entgegen. Ah, wenn sie nur an eine richtige Waffe heranlangen könnte, sie würde sich zu wehren wissen, so wie sich alle Frauen der Pferdelords zu wehren wussten.

„Schwertmänner zu mir!“, rief sie erneut.

Moktwin sprang auf sie zu, und Larwyn konnte gerade noch ein weiteres Buch ergreifen und es schützend über ihren Kopf heben. Sie schrie auf, als die stählerne Klinge in das Buch schlug. Es war dick und mit schwerem Leder eingebunden, und so fing es die Klinge auf, aber der Schlag brachte Larwyn ins Taumeln, und sie sank zu Boden. Moktwin sah sie höhnisch an, zog seine Klinge zurück, und das Buch wurde Larwyns Händen entrissen. Für einen Moment blieb es an der breiten Klinge stecken, bis Moktwin das Schwert zornig herumschwang und das Buch zu Boden fiel.

In diesem Moment sprang endlich die Tür zu den hinteren Gemächern auf. „Was, bei den finsteren Abgründen, geht hier vor sich?“

Tasmund, der Erste Schwertmann, stand in der geöffneten Tür und starrte überrascht auf das Bild, das sich ihm darbot. Aber er brauchte nur einen Augenblick, um zu reagieren. Er sprang vor und konnte seine Klinge gerade noch dazwischenstoßen, als Moktwins Schwert erneut auf die nun schutzlose Larwyn hinabsauste. Die Klingen prallten klirrend aneinander, und Moktwin stieß einen Fluch aus, während Tasmunds Gesicht sich vor Schmerz verzog. Er hielt seine Waffe in der ungeübten linken Hand, und die Wucht des Aufpralls hatte seinen Arm fast gelähmt. Der rasende Schmerz übertrug sich auf seine rechte Schulter, und Tasmund stöhnte laut auf.

Moktwin wandte sich grinsend dem Ersten Schwertmann zu und drosch nun auf ihn ein. Der benommene Tasmund hatte alle Mühe, sich der wuchtigen Schläge zu erwehren. Nur seine Erfahrung verhinderte, dass Moktwin einen tödlichen Hieb landen konnte.

Ein weiterer Schwertmann erschien in der offen stehenden Tür zu den Privatgemächern. Er war mit einer Stoßlanze bewaffnet und musste wohl der Posten des Signalturms über dem Haupthaus sein, der den Lärm gehört hatte und heruntergestürmt war. Der Mann nahm seine Lanze in Anschlag, und Moktwin sprang, ein grimmiges Knurren ausstoßend, zurück. Bevor ihn einer der anderen daran hindern konnte, hastete Moktwin durch die Tür des Amtszimmers und warf sie hinter sich ins Schloss.

Tasmund kniete sich ächzend neben die nach Atem ringende Larwyn. „Ihr seid verletzt, Hohe Dame. Ich werde sofort die

Heilerin rufen lassen.“ Er sah den anderen Schwertmann an. „Gib Alarm und lass Moktwin suchen. Er ist zu stellen und festzunehmen. Falls er sich wehrt, ist er zu töten.“

„Nein, Ihr dürft ihn nicht töten“, stieß Larwyn hervor. „Er muss mir erklären, was ihn dazu trieb.“

Während Tasmund Larwyn auf die Beine half, trat der Schwertmann an eines der Fenster und ließ seine Stimme über den nächtlichen Hof schallen. „Auf, ihr Schwertmänner der Wache! Moktwin hat versucht, die Hohe Dame Larwyn zu erschlagen! Sucht den Verräter und bringt ihn her!“

Larwyn spürte nun das Brennen an ihrer Hüfte und merkte, wie warme Flüssigkeit über ihre Haut sickerte. Benommen legte sie die Hand auf die Wunde und sah Tasmunds besorgten Blick. „Es ist nichts. Nicht mehr als ein Kratzer, guter Tasmund. Bei den Goldenen Wolken, Ihr kamt im letzten Moment.“

Er seufzte. „Ich wollte, ich wäre einige Momente früher erschienen, Hohe Dame.“

Tasmund war barfüßig und trug noch sein Nachtgewand. Als ihn Larwyns Rufe weckten, hatte er einzig sein Schwert ergriffen und war ihr zu Hilfe geeilt, gerade rechtzeitig, um ihr das Leben zu retten. Er reckte sich nun mit schmerzverzerrtem Gesicht und legte sein Schwert griffbereit auf die Platte des Schreibtischs. Aus dem Burghof drang lautes Rufen zu ihnen herauf. Die Festung war erwacht, und ein Gewirr von Stimmen schallte durch die Dunkelheit.

Tasmund trat an das Fenster. „Ihr habt es gehört, Moktwin hat versucht, die Herrin zu erschlagen! Sucht und findet ihn! Bringt mir diesen Bastard! Und schickt die Heilerin zu der Hohen Dame, sie wurde verletzt!“

Die Tür des Amtszimmers sprang auf, und Tasmund langte instinktiv nach seinem Schwert, aber es waren zwei Männer der Wache. Tasmund wies auf einen von ihnen. „Du bleibst bei der Hohen Dame und bürgst mit deinem Leben für sie. Die anderen folgen mir." Er sah den Neuankömmling an. „Hast du Moktwin gesehen? Kam er dir entgegen?"

Der Mann schüttelte verwirrt den Kopf, und Tasmund eilte mit ihm und dem Lanzenträger aus der Tür. Den Letzteren wies Tasmund an, vor der Tür Posten zu beziehen, während er mit dem anderen Schwertmann die Treppe hinunterschritt, um den verräterischen Moktwin zu suchen.

Larwyn ließ sich mit einem leisen Stöhnen auf einen der Stühle sinken. Die Wunde brannte, aber sie war nicht tief. Larwyn hatte nicht gespürt, dass die breite Klinge sie tatsächlich getroffen hatte, doch so etwas geschah, wenn die Anspannung des Kampfes die Sinne betäubte. Sie hielt etwas von dem Stoff ihres Gewandes auf die Wunde gepresst und fragte sich, warum ein braver Pferdelord versucht hatte, sie zu töten.

Tasmund und sein Begleiter erreichten das Erdgeschoss und schritten in die Versammlungshalle. Tasmunds linker Arm hatte sich erholt, und er packte den Griff seines Schwertes fester. Der Kamin war nicht geheizt, wenngleich es hier unten immer ein wenig kühl war. Tasmund in seinem Nachtgewand begann nun zu frieren, aber er ignorierte es. Lediglich zwei Brennsteinlampen flackerten in einem der großen Deckenleuchter und gaben ein trübes Licht. Die Säulen aus schwarzem Stein hoben sich kaum von den dunklen Wänden ab. Tasmund versuchte die Dunkelheit mit den Augen zu durchdringen, doch es war keine Bewegung auszumachen und nichts zu hören, außer den aufgeregten Rufen der Wachen und aus dem Schlaf geschreckten Burgbewohner auf dem Hof.

„Was ist geschehen, Erster Schwertmann?", flüsterte sein Begleiter.

„Moktwin hat versucht, die Herrin zu erschlagen“, knurrte Tasmund grimmig. „Er muss wahnsinnig geworden sein.“

„Ich verstehe das einfach nicht“, bekannte der andere. „Moktwin war immer ein guter Kamerad und Pferdelord und hat den Eid stets getreulich befolgt.“

„Nun hat er Verrat begangen.“ Tasmund spuckte verächtlich aus. „Und dafür wird er zahlen.“ Er straffte seine Schultern. „Wir müssen die Halle durchsuchen. Gehe du nach links, ich übernehme die rechte Seite. Wir arbeiten uns in den Säulengängen nach vorne. Sei darauf gefasst, dass der Bastard aus dem Dunkeln vorschnellen könnte.“

Tasmund hatte die Seiten mit Bedacht gewählt. Da er das Schwert in der linken Hand führte, hatte er für seinen Schwertarm mehr Bewegungsfreiheit, wenn der Feind von rechts kommend angriff.

Sie bewegten sich langsam vorwärts, und ihre Schritte hallten durch den leeren Saal. Das flackernde Licht der Brennsteine warf unruhige Schatten, die Bewegung vorgaukelten, wo keine war. Doch Tasmund und der Schwertmann trafen sich unbehelligt am anderen Ende der Halle unter dem riesigen Banner der Hochmark, das dort an der Stirnseite hing.

„Nichts, Erster Schwertmann“, brummte die Wache. „Moktwin muss das Haupthaus verlassen haben.“

Sie hörten Schritte und wandten sich um. Die Heilerin Meowyn hatte die Halle in Begleitung eines Schwertmannes betreten und eilte nun zu ihnen herüber. „Larwyn wurde verletzt?“, fragte sie besorgt.

Tasmund nickte. „Es ist nichts Ernstliches.“

Meowyn sah ihn kopfschüttelnd an. „Jede noch so kleine Wunde vermag sich zu entzünden, wenn sie nicht recht versorgt wird, guter Herr Tasmund.“

„ Ihr habt Recht, gute Frau Meowyn“, sagte Tasmund und wandte sich dann an die beiden Wachen. „Ihr bleibt hier in der Halle und bezieht Posten. Ich werde die gute Frau Meowyn zu der Hohen Dame begleiten.“

Sie gingen die Treppe hinauf und schritten vorbei an dem kampfbereiten Posten vor der schweren Tür in Garodems Arbeitszimmer. Meowyn eilte zu ihrer Freundin Larwyn hinüber und zog als Erstes den Stoff von ihrer Wunde. Erleichtert nickte sie Larwyn zu. „Es ist nur eine oberflächliche Wunde, Larwyn. Ich werde sie säubern und dann verbinden. Ich habe gutes, frisches Eisenmoos dabei, es wird eine Entzündung verhindern. Lasst uns in Euer Gemach gehen, gute Freundin. Es wäre nicht schicklich, sich hier zu entblößen.“ Meowyn warf Tasmund ein freundliches Lächeln zu. „Und Ihr solltet Euch nun auch bedecken, guter Herr Tasmund.“ Ihr Lächeln vertiefte sich. „Auch wenn Ihr von guter Gestalt seid.“

Tasmund räusperte sich errötend und nickte. Hastig trat er durch die Tür zu den hinteren Gemächern und schritt den schmalen Gang entlang, der die Räume des Fürstenpaares von denen des Ersten Schwertmannes und zweier Berittführer trennte. In seiner Kammer angelangt, bekleidete er sich rasch und legte den Schwertgurt um seine Taille. Dann schob er das Schwert in die Scheide und kehrte wieder in den Amtsraum des Pferdefürsten zurück.

Er trat gleichzeitig mit einer der Wachen aus der Halle ein. „Erster Schwertmann, wir haben etwas gefunden, das solltet Ihr Euch ansehen.“

Tasmund folgte dem Mann in die Halle hinunter. Mittlerweile waren auch die anderen Brennsteinlampen an dem großen Leuchter entzündet worden. Auch wenn das Licht noch etwas düster wirkte, konnte man sich nun gut im Raum orientieren.

Hinter einigen der Säulen sah man das Flackern einer Brennsteinfackel hervorleuchten.

Tasmund ging hinüber und trat zwischen die Säulen. Die andere Wache stand mit einer Fackel in der Hand vor einer der großen Truhen, die entlang der Wände aufgereiht waren. In diesen Truhen wurde für gewöhnlich allerlei Geschirr und Material aufbewahrt, mit dem sich die Halle festlich schmücken ließ. Tasmund ärgerte sich nun, dass er nicht selbst an die Möglichkeit gedacht hatte, der Flüchtige könne sich in einer der Truhen verbergen. Die Wache sah den Ersten Schwertmann unsicher an und hob dann den schweren Deckel der Truhe. Sie hatten Moktwin gefunden.

Tasmund stieß einen grimmigen Fluch aus. Es war offensichtlich, dass Moktwins Kehle mit einem kräftigen Schnitt durchtrennt worden war. Der Kopf war fast vom Rumpf gesäbelt, und die starren aufgerissenen Augen schienen Tasmund vorwurfsvoll anzublicken. Der Körper war bis auf das Unterzeug entkleidet.

„Bei den dunklen Abgründen“, fluchte Tasmund, „was ist das für ein schändliches Spiel?“

„Wir haben ihn nicht angerührt, Erster Schwertmann“, versicherte die Wache. „Wir fanden ihn genau so vor. Was hat das zu bedeuten, guter Herr Tasmund?“

„Ich weiß es nicht.“ Tasmund kniete sich neben die Truhe und untersuchte den Toten flüchtig. „Sein Leib wird bereits kalt. Er muss schon eine Weile hier liegen.“

„Aber wer brachte ihn um und legte ihn dann in die Truhe, Erster Schwertmann? Das ergibt für mich keinen Sinn.“

Tasmund schlug der Wache auf die Schulter. „Für mich ergibt es auch keinen Sinn. Unter anderen Umständen würde ich sagen, jemand tötete Moktwin, beraubte ihn seiner Montur und schlich dann als Moktwin verkleidet zu der Herrin, um sie zu töten."

„Also meint Ihr, dass es nicht Moktwin war, der die Hohe Dame zu ermorden versuchte?"

Tasmund seufzte. „Ich kenne Moktwin lange und gut genug. Er war es, der die Herrin bedrohte. Es ist mir ein Rätsel. Nun, immerhin haben wir ihn gefunden. Gebt Bescheid, dass man die Suche einstellen kann. Ich werde der Hohe Dame Bericht erstatten. Ah, und bringt Moktwin in die Räume der Heilerin. Sie soll ihn untersuchen. Vielleicht kann sie feststellen, welcher Wahnsinn ihn befiel."

Der Erste Schwertmann betrachtete die Leiche sorgenvoll. Es war Moktwin gewesen, der versucht hatte, Larwyn zu töten, dessen war sich Tasmund sicher. Aber wer tötete den Verräter anschließend und verbarg ihn dann in der Truhe? Nein, Moktwin konnte nicht dem Wahnsinn verfallen sein. Er musste gedungen worden sein. Man hatte ihn dafür bezahlt, die Hohe Dame zu töten. Aber warum hatte der ehrlose Schwertmann diesen Verrat begangen? Und, was noch wichtiger war, wer hatte ihn für diesen Verrat bezahlt und ihn dann ermordet, um ihn zum Schweigen zu bringen? Diesen Mann galt es zu finden, denn er würde es erneut versuchen.

Tasmund traf Larwyn im Amtsraum ihres Gemahls an. Meowyn war gerade dabei, das Verbandszeug wieder in ihre Tasche zu packen. Als Tasmund berichtete, was man unten in der Halle gefunden hatte, erbleichte Meowyn. Tasmund bemerkte das und sah sie fragend an. „Ihr wollt etwas dazu sagen, Meowyn, gute Frau?"

„Könnt ihr Euch denn nicht entsinnen?" Meowyn ließ ihre Blicke zwischen Larwyn und Tasmund pendeln. „Damals, als die Orks die Hochmark berannten?"

Larwyn sah ihre Freundin verständnislos an, doch Tasmund schien zu begreifen, und auf seinem Gesicht zeichnete sich Erschrecken ab. „Die Graue Frau."

„Es mag auch ein Grauer Mann gewesen sein", sagte Meowyn tonlos. „In jedem Fall war es ein Grauer Zauberer."

Tasmund bemerkte Larwyns fragenden Blick. „Als Eternas berannt wurde, Hohe Dame Larwyn, da lebte die Graue Frau Merawyn in der Mark. Sie war unsere Heilerin, entsinnt Ihr Euch?"

Larwyn nickte zögernd. „Ja, ich entsinne mich. Die Frau, die ein Mann war, nicht wahr?"

„Sie war uns allen immer ein wenig unheimlich, hatte aber einen guten Ruf als Heilerin. In Wirklichkeit jedoch war sie ein Grauer Zauberer und stand auf der Seite der Orks. Ihr Werk zerstörte unsere Wehrmauer und schlug die Bresche, durch welche die orkische Legion eindringen konnte und uns fast überwältigt hätte. Als sie tödlich getroffen wurde, verwandelte sich ihre Gestalt auf furchterregende Weise in die eines bärtigen alten Mannes."

Meowyn nickte bei seinen Worten. „Ich sprach später noch mit Leoryn, der elfischen Heilerin, darüber. Es gibt einige Graue Zauberer, welche über die Fähigkeit zur Gestaltwandlung verfügen. Sie können das Aussehen eines jeden beliebigen Menschen annehmen. Nur die Stimme vermögen sie nicht zu fälschen."

„Bei den Goldenen Wolken." Larwyn blickte nachdenklich auf die Karte der Hochmark. „Ihr meint also, wir haben nun einen Grauen Zauberer unter uns?"

„Einen, der Euch nach dem Leben trachtet", bekräftigte Tasmund. Er dachte an den armen Moktwin, der offenbar doch kein ehrloser Pferdelord gewesen war. Tasmund musste dafür sorgen, dass der Ruf des Toten wiederhergestellt und er in Ehren zu den Goldenen Wolken geleitet wurde.

„Aber aus welchem Grund?“ Larwyn schüttelte den Kopf. „Warum sollte ein Grauer Zauberer in die Mark kommen und mich töten wollen?“

„Ich weiß es nicht, Hohe Dame“, sagte Tasmund bedrückt. „Aber er muss Moktwin vor Eurer Tür überwältigt haben und später in dessen Gestalt hier eingedrungen sein, mit der Absicht, Euch umzubringen. Inzwischen wird er sicherlich wieder ein anderes Aussehen angenommen haben.“ Er schaute sie ernst an. „Er mag es erneut versuchen.“

„Was können wir tun?“, fragte Larwyn leise. „Was hilft gegen diesen Zauber?“

„Von nun an sollte in der Burg niemand mehr allein bleiben“, sagte Meowyn leise. „So erschweren wir es dem Wesen, heimlich die Gestalt von einem der Unseren anzunehmen. Wir müssen die Menschen in der Burg von der Gefahr unterrichten.“

Larwyn nickte. „Und wir müssen sie zur Verschwiegenheit verpflichten. Die Kreatur kann sich ebenso gut in der Stadt verbergen, doch wenn sie nach meinem Leben trachtet, sind die Menschen in Eternas nicht unmittelbar in Gefahr. Die Nachricht von dem Grauen Zauberer würde Angst hervorrufen und Misstrauen säen. Keiner würde dem anderen noch trauen. Nein, informiert alle in der Burg, doch das Wissen muss innerhalb der Mauern bleiben.“

„Wir müssen die Wache verstärken, Hohe Dame. Doch unsere Reihen sind zu dünn“, gab Tasmund zu Bedenken. „Lasst mich ein paar Pferdelords einberufen.“

Larwyn überlegte kurz und schüttelte dann den Kopf. „Noch ist die Mark nicht in Gefahr, sondern nur mein Leben, guter Herr Tasmund. Ich hoffe, es genügt vorerst, wenn wir dieses schützen."

„Das werden wir tun, Hohe Dame", versicherte Tasmund grimmig. „Dessen seid Euch gewiss."

Larwyn nickte den beiden zu und entließ sie. Die Müdigkeit, die sie zuvor gespürt hatte, war mit einem Schlag verschwunden. Ein Grauer Zauberer war in der Hochmark aufgetaucht und trachtete ihr nach dem Leben. Doch die Grauen Zauberer waren mit den Orks verbündet, und das ängstigte Larwyn weitaus mehr. Welche Gefahr kam jetzt auf die Menschen von Eternas zu?

20

Er eilte mit weit ausholenden Schritten durch die Nacht, wobei sein Umhang und die sternenlose Dunkelheit ihm Schutz boten. Er ärgerte sich, denn obwohl die Umstände günstig gewesen waren, hatte er versagt. Er schien noch ein wenig aus der Übung zu sein und gestand sich ein, dass die schwere Klinge eines Schwertes nicht gerade nach seinem Geschmack war.

Dabei hatte es viel versprechend begonnen. Er hatte sich der Wache vorsichtig genähert, hatte den Umhang eines Pferdelords getragen und sein Gesicht bedeckt gehalten, doch die Wache war eingenickt, und es war ihm ein Leichtes gewesen, die Kehle des Menschenwesens zu durchtrennen. Der Mann war nur noch wach geworden, um seinen bevorstehenden Tod zu begreifen, und das nasse Schlürfen, mit dem er sein Blut einatmete, hatte sein Sterben begleitet. Der Umhang hatte verhindern helfen, dass zu viel Blut auf den Boden floss, während er den Toten in die Halle brachte und dort entkleidete. Es war schade, dass sie es nicht vermochten, auch die Kleidung eines Menschen und seine Stimme zu kopieren. So war er also im Gewand des Wachmannes dem Menschenweib entgegengetreten.

Sie war flink gewesen und nicht so überrascht, wie er eigentlich erwartet hätte. Er hatte geglaubt, seine Klinge rasch in sie versenken zu können, doch es war ihm nicht gelungen. Der verfluchte Erste Schwertmann hatte den Tod des Weibes im letzten Augenblick vereitelt. Mochte er bald Nährfutter für die Bruthöhlen werden.

Ob die Menschenwesen ahnten, wozu er imstande war?

Wenn sie den toten Posten fanden, würden sie sich womöglich an die Fähigkeiten seiner Art erinnern. Doch vielleicht war gar nicht so schlecht, was sich ereignet hatte. Sie wähnten nun das Menschenweib in Gefahr und würden den Schutz dessen vernachlässigen, dem seine Klinge eigentlich galt. Denn das Menschenweib war nur Beiwerk. All die Menschenwesen waren nur Beiwerk. Die Legionen der Orks würden sie im Namen des Schwarzen Lords für immer tilgen. Bald schon, bald, denn der große Plan war meisterlich.

Er erlaubte sich ein schmales Lächeln und huschte durch die Nacht.

Mochten die Menschenwesen in der Burg nun aufgeregt herumlaufen, sie konnten gewiss sein, dass der Tod bald zurückkehren würde.

21

Der Gang erstreckte sich viele Hundertlängen in den Berg hinein. Nur gelegentlich warfen Brennsteinfackeln ein trübes Licht auf die gerillten fünfeckigen Platten, die den Boden bedeckten. Nedeam und Dorkemunt gingen nun schon eine ganze Weile den Weg entlang, ständig begleitet von dem munteren Schäumen des kräftigen Bachlaufs.

Das Rauschen des Wassers rief Durst in Nedeam hervor, und automatisch trat er an den Rand des kleinen Flusses heran, um Wasser aus ihm zu schöpfen.

„Bist du toll?“, rief Dorkemunt und hielt ihn zurück. „Das Wasser ist verdorben.“

Der junge Pferdelord richtete sich errötend auf. „Du hast Recht, Dorkemunt, ich hätte daran denken müssen.“

Nedeam nahm einen Schluck aus seiner Wasserflasche und blickte den Gang entlang. „Wenn wir dem Weg folgen, wird er uns wohl zur Quelle des Flusses führen.“

„Und zur Stadt der Zwergenwesen“, stimmte Dorkemunt zu. „Ich denke, die Stadt wird der Grund sein, warum das Wasser verdorben ist.“

Nedeam erbleichte ein wenig. „Meinst du, das Wasser ist verdorben, weil die Zwerge sich darin erleichtern?“

Der kleinwüchsige Pferdelord kratzte sich im Nacken. „Na ja, möglich wäre es. Immerhin leiten auch wir in Eternas die Rückstände der Verdauung in den Fluss. Sofern sie nicht als Dung für die Felder gebraucht werden.“ Nedeam verzog das Gesicht, und Dorkemunt lachte leise auf. „Keine Sorge, junger Pferdelord, auch die Zwergenwesen werden reinliches Wasser benötigen, um sich zu erfrischen. Die Quelle wird in Ordnung sein und uns frisches Wasser bieten. Doch lasse uns jetzt keine Zeit verlieren. Wir wollen die Stadt der Zwergenwesen finden."

Eine schwache Brise frischer Luft trieb ihnen stetig entgegen und zeigte an, dass eine Verbindung zur Außenwelt existieren musste, die für die konstante Luftzufuhr sorgte.

Anfangs waren sie gebückt geschlichen und hatten leise geflüstert, aus Furcht, ein Ork könne sich aus der Deckung der seitlichen Felsen heraus auf sie stürzen. Rechts und links des Pfades war ein breiter Saum rohen Felsbodens zu erkennen. Kleine und größere Gesteinsbrocken bedeckten die Ränder des Weges, und aus dem Boden empor und von der Decke herab ragten seltsam spitze Felsnadeln, die wie gewaltige Zähne wirkten. Inzwischen bemühten sie sich nicht mehr um Deckung, sondern schritten offen den Weg entlang.

„Wir sind schließlich Zwerge", hatte Dorkemunt lächelnd gesagt, „und als solche brauchen wir uns hier nicht zu verstecken."

Es gab Momente, in denen Dorkemunts Weisheit etwas von ihrem Glanz einbüßte, wie er sich später voller Scham eingestehen musste. Zwerge mochten im Zwergenreich ein gewohnter Anblick sein, doch bewaffnete Zwerge in einem von Orks besetzten Zwergenreich waren das sicherlich nicht. Zumindest nicht in den Augen einer Orkpatrouille.

„Halt", sagte der kleinwüchsige Pferdelord. „Riechst du es?"

Sie verharrten und sogen schnüffelnd Luft ein. Nedeam nickte. Der schwache Windhauch trug einen kaum merklichen Geruch zu ihnen hin. Einen Geruch, der sich immer mehr verdichtete, bis weit vorne im Gang dessen Ursache in Form einiger undeutlicher Gestalten sichtbar wurde.

„Orks“, zischte Dorkemunt, und seine Hand krampfte sich um den Griff seiner Streitaxt. „Rundohren. Ich glaube, ich kann ihre schweren Rüstungen erkennen.“

„Ich sehe es auch“, stimmte Nedeam zu. „Was nun, sollen wir uns verstecken?“

„Unsinn.“ Dorkemunt schüttelte den Kopf. „Bei diesem Licht sehen sie besser als wir. Die Bestien haben uns längst erspäht, und wenn wir uns jetzt zu verbergen suchen, werden sie erst recht wissen, dass wir nicht als Freunde kommen. Ducke dich ein wenig, Nedeam, junger Pferdelord, damit du etwas kleiner wirkst. Und nun lächle und folge mir und lass uns ein paar Freundlichkeiten mit den Bestien austauschen.“

Dorkemunt legte die Streitaxt an seine Schulter, und Nedeam tat es ihm, noch etwas unbeholfen, nach. So schritten sie den Orks entgegen. Es waren tatsächlich Rundohren, und wenn sie auch nicht unbedingt für ihren wachen Geist gerühmt wurden, so waren sie doch nicht ganz so dumm, wie man immer behauptete. Dass Zwerge mit geschulterten Streitäxten nicht zu ihren Freunden zählten, begriff die Gruppe der Orks jedenfalls sofort. Der Anführer brüllte einen Befehl, dann zogen die Bestien ihre Schlagschwerter und griffen unverzüglich an. Prompt kam es zum Austausch jener Freundlichkeiten, die Dorkemunt beim Umgang mit den Bestien besonders schätzte.

„Tritt zurück, Nedeam, mein Freund“, rief der kleinwüchsige Pferdelord begeistert und schwang die Axt in weitem Bogen von der Schulter.

Die doppelschneidige Klinge durchschlug den Brustpanzer eines Rundohrs, sauste im Bogen weiter und traf eine andere der Bestien, während Dorkemunt sich unter dem Hieb eines Schlagschwertes wegduckte. Die Klinge zischte über ihn hinweg, und das angreifende Rundohr brüllte enttäuscht. Dann zog es die

Waffe zum erneuten Schlag zurück, und Dorkemunt nutzte die Gelegenheit, der Bestie den Stiel seiner Axt zwischen die Beine zu rammen. Der Schlag hätte einen jeden Menschenmann gefällt, doch der Ork nahm ihn ungerührt hin, denn ihm fehlte an jener Stelle, was selbst einen Pferdelord nun geschmerzt hätte. Dorkemunt stand zu nah an dem Rundohr, um einen Schlag mit dem Schwert führen zu können, und so griff der Ork grunzend an Dorkemunts Umhang und zog daran.

Der kleine Pferdelord schrie überrascht auf, taumelte nach vorne und prallte gegen den Ork, der sich gerade um die eigene Achse drehte und dabei das Schlagschwert in weitem Bogen schwang. Dorkemunt nutzte den erhaltenen Schwung und warf sich vor die Beine eines anderen Rundohrs, das einen Satz nach vorne machte und nun die volle Wucht des noch immer kreisenden Schlagschwertes aufnahm. Der Brustpanzer des Orks wurde durchstoßen, und die Bestie kippte hintenüber, direkt auf Dorkemunt, der unter dem Gewicht des Orks ächzte und für einen Moment hilflos am Boden lag. Er versuchte den toten Ork herunterzuwälzen und sich umzudrehen, aber er wusste, dass es ihm nicht rechtzeitig gelingen würde. Dorkemunt schrie heiser auf, als ein weiterer schwerer Körper auf ihn stürzte und das nunmehr doppelte Gewicht ihm die Luft aus den Lungen trieb.

„Das war der Letzte", drang Nedeams zufriedene Stimme an Dorkemunts Ohren. „Ich hoffe, ich war freundlich genug."

„Das warst du, Nedeam", ächzte Dorkemunt, „das warst du. Wenn du jetzt auch noch die Freundlichkeit hättest, mich von diesen Leichen zu befreien? Sie drücken mich doch sehr, mein junger Freund."

Nedeam schob die toten Leiber von seinem Freund herunter, und Dorkemunt richtete sich ächzend auf.

„Es war nur ein kleiner Streiftrupp der Bestien", sagte er schnaufend. „Nur vier von ihnen. Tja, ich muss mich bei dir bedanken, mein Freund. Du hast ihm deine Axt ordentlich in den Schädel getrieben. Wohl gezielt und zur rechten Zeit."

Nedeam zuckte die Schultern. „Ich wollte seinen Nacken treffen, doch sie ist mir ausgerutscht. Ich kann mit diesen Äxten einfach nichts anfangen."

Dorkemunt musterte das Rundohr mit dem gespaltenen Schädel. „Er mag da anderer Meinung sein."

Der kleinwüchsige Pferdelord seufzte. „Wenn diese Verkleidung nicht so kneifen würde, hätte ich mich besser bewegen können. Sie engt mich doch ein wenig ein. Aber nun komm, lass uns die Leichen zwischen den Felsen verbergen." Er sah Nedeam mit ernstem Blick an. „Ich muss dich um Verzeihung bitten, mein Freund, ich habe einen Fehler begangen."

„Oh, du hast dich gut geschlagen."

„Das meine ich nicht." Dorkemunt seufzte. „Wir müssen unsere Waffen verborgen halten. Wir dürfen sie erst zeigen, wenn die Orks uns angreifen."

„Aber warum? Das gibt den Bestien doch einen Vorteil."

Der kleinwüchsige Pferdelord nickte. „Es könnte aber sein, dass die Bestien die Zwerge unterdrücken und sich als Vorrat halten. Wenn sie uns waffenlos glauben, betrachten sie uns vielleicht als harmlos."

Nedeam hatte noch nie von einem harmlosen Pferdelord gehört, aber die Ausführungen seines Mentors leuchteten ihm ein. Sie schoben die Orkleichen hinter eine Gruppe im Schatten verborgener Felsen, und bevor sie weitergingen, verbargen sie ihre Waffen unter den Umhängen. Sie hatten die Klingen zuvor im Wasser des Baches gesäubert, denn Orkblut hatte einen sehr eigenen und intensiven Geruch. Sie folgten dem Gang, der kein

Ende zu haben schien, doch schließlich zeichnete sich vor ihnen in der Ferne ein Schimmer ab.

„Dort vorne scheint der Gang zu enden, Nedeam, mein Freund", murmelte Dorkemunt. „Diesmal werden wir uns bedeckt halten und erst einmal vorsichtig auskundschaften, was sich dort tut. Wenn es die Zwergenstadt ist, wird es von Orks nur so wimmeln, und überall werden sie ihre Wachen haben."

„Am Eingang standen aber keine", erwiderte Nedeam.

„Ich glaube, die Bestien fühlen sich sicher." Dorkemunt kratzte sich am Bart, zog erschrocken die Hand zurück und betastete dann die beiden Bartzöpfe. Er nickte zufrieden, als er merkte, dass sie noch an ihrer Stelle saßen. „Vermutlich haben sie die Zwerge niedergemacht und bezwungen, aber wo eine orkische Legion steht, sind ihre Wachen nicht weit."

„Vielleicht haben die Zwerge sie ja auch besiegt, und wir brauchen uns gar nicht zu verstecken."

„Unsinn, junger Freund. Dann hätten die Zwerge das Tor längst wieder besetzt. Es ist der Zugang zu ihrem Reich, und sie würden ihn nicht ohne wehrhafte Verteidigung lassen, da sie jetzt ja von der Bedrohung durch die Orks wissen."

So gingen sie nun auf dem unbefestigten Rand des Weges weiter, um die Deckung der Schatten und Felsen zu nutzen. Je weiter sie vorankamen, desto heller schimmerte es vor ihnen, bis der Gang sich plötzlich weitete und sich eine riesige Höhle vor den beiden ausbreitete. Nedeam und Dorkemunt traten näher an die Öffnung, und der Anblick, der sich ihnen bot, raubte ihnen schier den Atem. Für einige Momente war jegliche Gefahr durch Orks vergessen.

Es war ein gewaltiger Felsendom, dessen Abmessungen auf den ersten Blick nicht abzuschätzen waren. Trotz seiner Größe und der Tatsache, dass er sich tief im Innern des Gebirges verbarg, war der Dom von einem angenehm wirkenden Licht erhellt. Es drang aus Klarkristalladern hervor, welche offenbar die Oberfläche des Berges mit der Höhlendecke verbanden und das Sonnenlicht bis zur Stadt der Zwerge leiteten. Die emsigen Baumeister schienen zugleich ein wirksames Belüftungssystem entwickelt zu haben, denn aus der Höhle strich den beiden Pferdelords jener sanfte Windhauch entgegen, den sie bereits auf ihrem gesamten Weg vom Wassersprung hierher gespürt hatten. In der Luft hing eine Vielzahl von Gerüchen, und einer davon verriet unverwechselbar die Anwesenheit der Orks.

An den Wänden des gewaltigen Felsendoms war die unermüdliche Arbeit der Zwerge ablesbar. Nur an wenigen Stellen erschien der Fels schroff und unbehauen, ansonsten überwogen geglättete Segmente, die von den Öffnungen zahlreicher Abbaustollen durchbrochen wurden. Überall waren mehr oder weniger große fünfeckige Säulen zu erkennen, welche die Zwerge als Stützen errichtet hatten. Die Wände der Höhle schimmerten in den verschiedensten Farben, die vermutlich von den unterschiedlichen dort abgebauten Erzen und Kristallen herrührten, und so war der Felsendom der Zwerge von weißem und farbigem Licht überflutet.

Im südlichen Teil der Höhle ragte eine gewaltige Felsnadel von der Decke herab. Wasser aus einer geheimnisvollen Quelle floss in glitzernden Strömen an dem Dorn herunter, sammelte sich an dessen Spitze und ergoss sich auf den Höhlenboden. Der stete Strom des herabfallenden Wassers schien im Laufe unzähliger Jahre eine Vertiefung in den Höhlenboden gewaschen zu haben, so dass sich an dieser Stelle ein kleiner See gebildet hatte. Dieser floss nach Süden hin ab und speiste den Bach, an dem entlang sie hierher gelangt waren. Über den See ragten merkwürdige Konstruktionen, die ihn bisweilen sogar ganz überspannten. An ihnen konnte man sich drehende Räder und Schaufeln erkennen sowie ein langes Rohr, das, von zahlreichen Stützen gehalten, zur Stadt führte und diese wohl mit Trinkwasser versorgte.

Dorkemunt starrte gebannt auf die Felsnadel. „Ich glaube, wir wissen nun, wohin das Wasser des oberen Sees abfließt. Das kleine Tal mit dem See und unseren Leuten muss unmittelbar über uns liegen. Bei den Goldenen Wolken, was für ein Anblick."

„Ja", hauchte Nedeam fast andächtig. „Und die Stadt der Zwerge liegt vor uns."

Nal't'rund, die grüne Kristallstadt der Zwerge. Warum die Zwergenwesen sie so nannten, wurde bei ihrem Anblick deutlich. Die Stadt schien hinter einem merkwürdigen grünlichen Schleier verborgen. Erst wenn man näher trat, erkannte man, dass sie fast vollständig von einer wabenartigen Struktur umhüllt wurde, die aus einem stählernen Gerüst und daran befestigten fünfeckigen Platten aus grünem Kristall bestand. Leicht verzerrt waren dahinter zahlreiche Gebäude zu erkennen, die in der Art einer Pyramide aufeinander getürmt schienen. Nur das höchste Gebäude der Stadt ragte über die eigenartige grünliche Struktur hinaus. Die Stadt hatte, wie wohl fast alles im Reich der Zwergenwesen, einen streng fünfeckigen Grundriss.

„Was für ein Anblick." Selbst Dorkemunt konnte sich an dem Bild, das sich ihm darbot, kaum satt sehen. Sie waren tief in den Berg vorgedrungen, und doch war dieser gewaltige Dom von Licht durchflutet. Es war angenehm hell, ohne zu blenden, und trotz der vielen funkelnden Farben der Abbaustellen und der gewaltigen grünen Kuppel der Stadt herrschte ein natürlich wirkendes Tageslicht vor. „Diese Zwerge sind wirklich hervorragende Baumeister, das muss man ihnen lassen.“

Der Felsendom war von Leben erfüllt. Endlich bekamen die beiden ungleichen Pferdelords die Zwerge zu Gesicht, doch waren diese ganz offensichtlich nicht mehr ihre eigenen Herren.

Gruppen der kleinen Männer bewegten sich am Boden des Doms oder auf den zahlreichen Vorsprüngen und Erkern der Abbaustellen, und zwischen ihnen waren kleine bewaffnete Trupps von Orks zu erkennen, welche die Zwerge beaufsichtigten und sie zur Arbeit antrieben.

Das Schlagen von Hämmern und anderem Schürfgerät war so laut, dass es sogar den Lärm des von der Felsnadel herabstürzenden Wassers übertönte. Manche Zwerge hämmerten auf das Gestein ein, um Kristalle und Erze zu fördern, während andere schwere Lasten auf seltsam anmutenden kleinen Schlitten zogen. Einige der Schlitten brachten die typischen fünfeckigen Stützstreben zu den Abbaustellen, andere fuhren funkelnde Kristalle zur Stadt hinüber.

„Sie haben die Zwerge am Leben gelassen und zwingen sie nun zur Arbeit“, sagte Dorkemunt leise. „Das ist wirklich ungewöhnlich. Siehst du, wie wenige Wachen es sind? Ich frage mich, warum die Zwerge sie nicht bekämpfen. Bei den Goldenen Wolken, die kleinen Kerle verstehen sich darauf, Schädel einzuschlagen, warum tun sie es nicht?“ Dorkemunt seufzte leise. „Hinter all dem scheint ein Geheimnis zu stecken, Nedeam, mein Freund, und das müssen wir ergründen.“

Nedeam nickte zu den Worten seines Mentors. „Du meinst, wir müssen mit den Zwergen reden?“

„Genau das meine ich, Nedeam, mein Freund.“ Dorkemunt holte seufzend seine Axt unter seinem Umhang hervor, sah sich kurz um und verbarg sie rasch hinter einem Felsen am Zugang der Höhle. „Genau das meine ich. Und dieses Mal müssen wir uns waffenlos nähern. Wir werden uns unter die kleinen Herren mischen, so dass die Bestien uns nicht entdecken."

Es war eine Sache, sich einem Ork zu nähern, und eine andere, dies unbewaffnet zu tun. Nedeam folgte dem kleinwüchsigen Pferdelord mit durchaus gemischten Gefühlen.

22

Beeil dich, du unnütze Made, und schlag fester zu", brüllte das Rundohr, und der Riemen seiner Peitsche zischte auf den Rücken des Zwerges nieder.

„Ich arbeite, so schnell und gut ich kann", presste der Zwerg hervor und sah das Rundohr finster an. „Der Fels ist hart, und ihr habt uns nur die leichten Hämmer gelassen. Gebt uns unsere schweren Hämmer, und wir können schwere Arbeit leisten."

Erneut zischte die Peitsche, aber der stämmige Zwerg ignorierte den Schmerz, der ihn durchzuckte. Das Rundohr beugte sich weit vor und näherte seine Fänge drohend dem Gesicht des Zwergenmannes. „Wenn ihr nicht besser arbeitet, dann werdet ihr als Madenfutter enden."

„Dann gebt uns besseres Werkzeug oder mehr Männer", brüllte der Zwerg furchtlos. „Oder schlagt eure Fänge in den Fels und macht die Arbeit selbst. Und nun lass mich weiterschaffen, du Ausgeburt der feurigen Abgründe."

Der Zwerg wandte sich ab, und für einen Moment sah es so aus, als wolle das Rundohr seine Fänge tatsächlich in den Leib des kleinen Mannes schlagen. Aber dann spie der Ork aus und stapfte grimmig zu einem anderen Rundohr, das ein wenig erhöht auf einem Felsbrocken stand.

„Sie sind faul und aufsässig", knurrte der Ork grimmig. „Man sollte sie sofort zu Madenfutter machen."

Das andere Rundohr ließ nachdenklich sein Schlagschwert am Handgelenk schaukeln. „Aber sie arbeiten", sagte der Aufseher schließlich. „Sie fördern, was wir brauchen."

„Trotzdem sind sie aufsässig." Das erste Rundohr blickte zu

dem Zwerg hinüber, den es erfolglos gezüchtigt hatte. „Sie wollen sich wehren.“

„Natürlich wollen sie das. Es sind Zwerge. Zwerge sind immer aufsässig und wollen sich wehren.“ Der Aufseher ließ ein brüllendes Lachen hören. „Aber sie trauen sich nicht. Wir haben ihre verfluchte Axt und ihre verfluchten Weiber. Und wir haben ihre Maden. Nein, diese Zwerge werden sich sicher nicht erheben.“

„Und wenn doch?“, fragte der andere zweifelnd. „Wir sind nur wenige hier.“

Der Aufseher spie aus. „Wenn sie sich wehren oder zu frech werden, dann schlachten wir sie.“

Die beiden Rundohren grinsten einander an, denn ein Schlachtfest wäre mehr nach ihrem Geschmack gewesen, als die kleinen Wesen zu beaufsichtigen. Der Aufseher schlug sich gegen den massiven Brustpanzer und wurde dann wieder ernst. „Aber wünsche dir das nicht. Du weißt, was in der roten Kristallstadt geschah.“

„Ja“, sagte der andere begeistert. „Wir haben sie alle geschlachtet.“

„Ja, wir haben sie geschlachtet“, stimmte der Aufseher zu. „Und dann haben wir uns satt gefressen und den Rest an die Maden verfüttert.“ Er bleckte grimmig die Fänge. „Und dann mussten wir ihre Arbeit verrichten, weil der Schwarze Lord es befahl.“

„Wir taugen nicht zum Graben und Schaufeln im Fels“, sagte der andere Ork missmutig.

„Nein“, stimmte der Aufseher zu. „Dazu taugen wir einfach nicht. Deswegen hat der Schwarze Lord uns auch in die grüne Kristallstadt geschickt. Damit die Zwerge hier diese Arbeit für uns verrichten.“

„Aber wenn sie damit fertig sind“, sagte der andere grunzend, „dann schlachten wir sie.“

„Ja, dann schlachten wir sie.“

So standen die beiden Rundohren an dem Felsen und sahen verdrossen den arbeitenden Zwergen zu. Ihre Hände zuckten nervös, so begierig waren die beiden Orks darauf, endlich das zu tun, wofür sie aus ihren Schleimbeuteln gekrochen waren. Endlich wollten sie die Schlagschwerter in zuckende Leiber senken. Aber noch hatten sie sich zu gedulden, noch mussten die Zwerge ihre Arbeit verrichten.

Hegmaruk sah fluchend zu den beiden Orks hinüber. Dann setzte er den Meißel an einer Spalte an, schlug den kurzstieligen Hammer auf den Meißelkopf und fluchte erneut, als Funken stoben, ohne dass sich die Spalte nennenswert verbreitert hätte.

Der neben ihm arbeitende Zwerg zuckte entsagungsvoll die Schultern. „Es sind nur die leichten Hämmer, Schürfmeister. Sie sollten uns die schweren Hämmer geben, dann kämen wir viel schneller voran.“

„Sei froh, Selmraruk, dass du nur einen leichten Hammer hast“, sagte der Schürfmeister und hieb den Hammer erneut fluchend auf den Meißel. „Sei nicht so ein verdammter Narr. Ist dir nicht klar, was die Bestien machen werden, wenn unsere Arbeit beendet ist?“

Selmraruk zuckte verlegen die Achseln. „Vielleicht lassen sie uns am Leben, wenn sie mit unserer Arbeit zufrieden sind.“

Der Schürfer fuhr erschrocken zusammen, als sein Meister den Hammer mit großer Wucht und bedenklich nahe neben seinem Körper auf den Felsen schlug. „Narr, verfluchter, sie lassen niemanden am Leben. Keinen von uns. Sie werden uns alle töten, wenn sie haben, was sie wollen. Männer, Weiber und Hüpflinge. Alle!“

Selmraruk war nur ein einfacher Schürfer, und sein ganzer Stolz war es immer gewesen, eine gute Leistung zu erbringen und den Schürfmeister zufriedenzustellen. Er sah nun seinen Meister empört an. „Aber wenn sie uns alle töten werden, warum sollen wir dann für sie arbeiten? Sollen sie es doch selber tun, diese stinkenden Bestien."

„Ah", Hegmaruk grinste breit, „jetzt dringt plötzlich der Axtschläger in dir durch, nicht wahr, mein Freund?" Er sah die Blicke der beiden Orks und trieb den Hammer Funken sprühend auf den Meißel. „Aber ich will es dir sagen, Selmraruk, ich will es dir sagen."

Ein erneuter Schlag vergrößerte nun endlich die kleine Spalte, und der Schürfmeister setzte den Meißel an eine andere Stelle.

„Nicht dort, Schürfmeister", sagte Selmraruk hastig. „Ihr müsst ihn dort oben ansetzen."

„Ah, du Narr, bin ich Schürfmeister oder du?", brüllte Hegmaruk wütend auf. „Ich weiß, wo ich meinen Meißel anzusetzen habe. Gib Acht, dass ich ihn nicht ganz woanders ansetze." Er schlug wütend auf den Metallkeil ein und senkte dann mühsam seine Stimme. „Ich weiß es wohl, du Narr. Aber wir dürfen nicht zu schnell arbeiten, Selmraruk. Wir müssen ein gutes Maß finden. Nicht zu schnell und nicht zu langsam. Ja, ein gutes Maß."

„Warum, Schürfmeister?"

Schürfmeister Hegmaruk stieß ein vernehmliches Stöhnen aus. „Weil wir Zeit brauchen, du Narr. Ah, du wirst nie ein Oberschürfer oder gar Schürfmeister. König Balruk konnte entkommen. Er wird Hilfe holen, und dann werden wir auf die Orks einschlagen anstatt auf die Felsen."

Selmraruk seufzte leise. „Sie haben die rote Stadt genommen, die Bestien. Du hast sie doch gehört.“

„Es gibt noch andere Städte. Balruk wird eine finden und uns Hilfe bringen“, brummte Hegmaruk. „Auf den König ist Verlass.“

„Ohne Grünschlag kann er die Kammer nicht öffnen.“ Selmraruks Stimme wurde weinerlich. „Wir sind verloren!“

„Balruk wird die Axt zurückerlangen“, sagte der Schürfmeister mit mehr Zuversicht in der Stimme, als er empfand. „Und er wird uns Hilfe bringen.“

Der Schürfmeister war in Ehren alt geworden, und die Enden seiner Bartzöpfe hatten sich schon vor Langem Grau gefärbt. Bald würde das Grau auch auf den Rest des Bartes übergehen, und dann würde Schürfmeister Hegmaruk langsam zu alt für seine Arbeit sein. Er taugte schon lange nicht mehr für die Schleifereien, in denen man junge Männer mit guten und scharfen Augen brauchte, um die feinen Kristalle zu schleifen. Aber er war noch immer stark genug, einen Rundohrschädel weich zu schlagen, und wenn man ihm nur eine gute Axt oder einen schweren Hammer gegeben hätte, so hätte er dies auch bereitwillig getan. Aber all ihre Frauen und Hüpflinge waren in der Stadt zusammengepfercht, bewacht von zwei vollen Kohorten der Orks. Die Bestien würden sich an ihnen schadlos halten, wenn die Männer sich erhoben. Was würde ein Sieg also nutzen, wenn die Hüpflinge getötet würden und die Stadt keine Zukunft mehr hatte? Hegmaruk stieß erneut einen grimmigen Fluch aus und trieb den Hammer auf den Meißel.

„Ihr Maden, was treibt ihr euch da herum?“, drang die Stimme eines Aufsehers an Hegmaruks Ohr, dessen Hände sich vor Zorn um den kurzen Stiel des Hammers krampften. „Kommt her und arbeitet, oder ihr seid Madenfutter!“

Man hörte das Zischen einer Peitsche und einen unterdrückten Schmerzensschrei. Hegmaruk wandte sich um und sah zwei Zwerge, die von einem der Aufseher zu Hegmaruks Gruppe getrieben wurden. Hegmaruks Augen verengten sich, und er zwirbelte nachdenklich eines seiner Zopfenden. Diese Zwerge hatten etwas Merkwürdiges an sich, doch er konnte noch nicht genau bestimmen, was es war. Der alte Schürfmeister tat, als arbeite er angestrengt, und beobachtete indessen den Aufseher mit den Neuankömmlingen aus den Augenwinkeln.

„Nehmt eure Werkzeug, ihr Maden, und bearbeitet den Fels“, brüllte der Ork. „Und gebt euch Mühe, ich will Funken sprühen sehen. Sonst sprüht es Funken in eurem Schädel.“

Der Ork lachte brüllend auf und wandte sich dann ab.

Unterdessen traten die Neuankömmlinge näher und sahen sich unentschlossen um. Hegmaruks Augen weiteten sich für einen Moment, dann hob er den Arm. „Kommt hierher. Hier ist eine gute Stelle zum Schürfen. Da, nehmt euch Meißel und Hammer und schlagt ordentlich drauf los.“

Einer von ihnen, ein merkwürdig großer Zwerg, dessen glattes Gesicht überhaupt nicht zu der würdevollen Zierde seiner Bartzöpfe passte, ergriff ungelenk einen der Meißel und einen kleinen Hammer, wodurch Hegmaruks letzte Zweifel beseitigt wurden. Dieses Wesen hatte nie zuvor am Fels gearbeitet. Als er sicher sein konnte, dass die Orkaufseher nicht herübersahen, packte Hegmaruk das Wesen am Hals und drückte es kraftvoll in eine Nische der Felswand. „Und nun, du falscher Zwerg, wirst du mir ganz schnell sagen, was du wirklich bist, oder ich drücke dir meinen Meißel in den Leib, dass es dich sehr schmerzen wird.“

Hegmaruk ächzte, als er unvermittelt einen schmerzhaften Druck an seinem eigenen Leib spürte. „Und nun, guter Herr Zwerg, werdet Ihr meinen jungen Freund ganz schnell wieder loslassen, oder ich drücke meinen Meißel an eine Stelle, wo es Euch sehr schmerzen wird."

Hegmaruk war nicht bereit, einfach aufzugeben, so unangenehm der Druck in seinem Schritt auch war. Ohne den Kopf zu wenden, sah er das Wesen an, das er festhielt. „Du wirst deinen Hals schmerzlicher vermissen als ich mein Gehänge, fremdes Wesen. Ich habe schon genug Hüpflinge gezeugt."

Das Wesen hinter Hegmaruk lachte plötzlich auf, und der Druck verschwand. „Gut gesprochen, Herr Zwerg. Ihr habt festen Mut."

Hegmaruk löste seinen Griff, und der merkwürdige Zwerg vor ihm keuchte heiser und rang um Atem. Der Schürfmeister wandte sich zu dem anderen Zwerg um. Auch an diesem war einiges merkwürdig. „Du bist kein Schürfer. Nicht einmal ein Zwerg."

„Nein, guter Herr Zwerg. Ich bin ein Pferdelord und heiße Dorkemunt, und der, dessen Gesicht langsam wieder an Röte verliert, ist mein Freund Nedeam. Wir sind nicht hier, um mit Euch zu streiten, guter Herr Zwerg."

Hegmaruk blickte über die Schulter des merkwürdigen Wesens hinweg und sah, wie die Aufseher herüberschauten. „Ihr sollt endlich arbeiten, ihr Faulpelze", brüllte er unvermittelt. „Oder ich sage den Aufsehern, sie sollen euch an die Maden verfüttern."

Hegmaruk schob die beiden seltsamen Wesen an die Felswand. „Ihr müsst die Meißel so ansetzen und dann mit den Hämmern in dieser Weise schlagen. Lasst ein paar Funken fliegen, das stellt die Bestien zufrieden. Was ist das, ein Pferdelord? Seid ihr Menschenwesen?"

„Und ob wir das sind", bestätigte Dorkemunt, und Nedeam nickte zustimmend. Er hatte das Gefühl, als habe seine Kehle in einer von Guntrams Schmiedezangen gesteckt, und erholte sich nur langsam von dem würgenden Griff. „Ein Herr Balruk schickt uns. Sagt Euch der Name etwas?"

„Der König schickt euch?"

„Der König?" Dorkemunt räusperte sich. „Bei den Goldenen Wolken, ihr kleinen Herren steckt wirklich voller Überraschungen."

„Sag schon", knurrte Hegmaruk hastig und schlug auf seinen Meißel. „Bringt ihr uns Hilfe?"

„Das, äh, tun wir gewiss", versicherte Dorkemunt. „Doch im Augenblick sind wir nicht viele." Er wies neben sich. „Eigentlich nur zwei." Er sah Hegmaruks Enttäuschung und grinste achselzuckend. „Ah, wir haben noch Männer draußen. Oder vielmehr haben wir sie oben."

„Oben?"

Dorkemunt wies zu der Felsnadel, von der das Wasser herabfloss. „In dem Höhental, in dem sich der See befindet."

Hegmaruk seufzte. „Dann können es nicht viele sein. Das Tal ist klein."

Dorkemunt nickte. „Aber es werden noch viele kommen, guter Herr Zwerg, das versichere ich Euch. Nedeam und ich sollen sozusagen nur den Weg erkunden, Ihr versteht?"

Hegmaruk nickte. „Das verstehe ich." Er seufzte. „Wäre der König hier und hätte er seine Axt Grünschlag, so würden wir uns wohl selbst zu wehren wissen. Aber sie haben die Hüpflinge in ihrer Gewalt. Und die Frauen."

„Hüpflinge?"

Hegmaruk kratzte sich im Nacken, dann wies er auf Nedeam. „Bartlose, wie der hier."

„Ah, Kinder."

„Ich bin kein Kind", brummte Nedeam eingeschnappt. „Ich

bin ein Pferdelord.“

„Ja, das bist du, Nedeam, mein Freund.“ Er musterte Hegmaruk und hieb dabei ungelenk auf den Meißel. Der kleine Pferdelord stieß einen grimmigen Fluch aus, als der Hammer seine Hand traf. Dann seufzte er. „Ah, eine Axt zu führen vermag ich wohl, doch dieses Ding hier …“

„Du bist ein Axtschläger?“ Hegmaruk sah Dorkemunt nachdenklich an. „Nun, es mag durchaus sein. Du siehst fast wie ein Zwerg aus. Da sollte dir eine Axt wohl stehen. Und der Bartlose?“

„Ein wirklich guter Bogenschütze.“ Dorkemunt sah, wie Nedeam erfreut grinste. „Ein exzellenter Bogenschütze, möchte ich sogar sagen.“

„Ihr benutzt genauso Pfeil und Bogen, wie die Spitzohren der Orks?“

„Auch Schwerter und Lanzen.“ Dorkemunt schmunzelte vergnügt. „Eigentlich alles, womit sich ein Ork schlachten lässt.“

Hegmaruk nickte und zeigte erstmals ein freundliches Lächeln. „Das gefällt mir. Wir haben gute Axtschläger in unserem Volk. Vielleicht solltet ihr einmal mit Nedoruk sprechen. Ja, ich denke, ich sollte euch nachher, wenn die Orks uns in die Stadt führen, mit Nedoruk bekannt machen.“

„Wer ist Nedoruk?“

Hegmaruk grinste breit. „Unser Schlagmeister und Erster Axtschläger. Er ist manchmal ein wenig grob in der Wahl seiner Worte, aber er kann hervorragend mit seinen beiden Kampfäxten umgehen. Doch im Augenblick sind auch ihm die Hände gebunden“, fügte der Schürfmeister bedauernd hinzu.

Dorkemunt prügelte ungelenk auf den Meißel ein. „Vielleicht können wir seine Hände ja befreien“, sagte er schmunzelnd. „Also gut, dann führt uns nachher zu diesem Nedoruk.“

„Ihr sollt arbeiten, ihr faulen Maden", rief der Orkaufseher zu ihnen herüber.

Hegmaruk zuckte die Achseln. „Versucht wenigstens ein paar kleine Felsbrocken zu lösen, bevor wir uns dem Problem zuwenden, ein paar Orkschädel zu lockern."

Funken stieben von den Meißeln hoch, und Dorkemunt begann sogar ein wenig Spaß an der ungewohnten Arbeit zu finden. Eigentlich musste man sich nur vorstellen, mit dem Hammer auf etwas ganz anderes einzuschlagen.

23

Wieder hatte sich die Nacht in undurchdringlicher Finsternis über die Landschaft gelegt, und es schien fast so, als weigerten sich die Sterne, ihr tröstendes Licht zu spenden. Auf den Mauern der Burg Eternas tauchten Brennsteinbecken die Wehrgänge in trübes Licht. Die Männer, die zu zweit auf den Gängen patrouillierten, blickten misstrauisch auf jeden Schatten, der sich im Dunkel vor der Burg oder innerhalb der Mauern bewegte. Die Männer waren müde von ihrem langen Dienst und von der Anspannung, die sie zermürbte. Man hatte versucht, die Hohe Dame zu töten und einen der Ihren erschlagen, und die zornigen Männer lechzten darauf, den Mörder zu fassen und ihre Klingen in seinen zuckenden Leib zu senken. Doch die letzten Nächte waren ereignislos verlaufen, und nun kämpften die Männer gegen den Schlaf.

Die Burg wirkte seltsam verwundbar, zumal nun alle Wachen doppelt besetzt werden mussten. Es hieß, dass ein Grauer Zauberer jede menschliche Gestalt annehmen konnte. Zwar war sein unheimliches Wirken nicht auf die Nacht beschränkt, aber die Dunkelheit erfüllte die Menschen mit besonderem Unbehagen. Jetzt, wo die meisten Burgbewohner in den Betten lagen und nur die Wachen ihre Runden drehten, wurde erst deutlich, wie wenige Männer die Anlage schützten.

Larwyn gehörte zu denjenigen, die noch keinen Schlaf fanden. Sie saß hinter dem Schreibtisch ihres Gemahls Garodem und fuhr geistesabwesend mit dem Finger die tiefe Kerbe entlang, die der Schwerthieb des Eindringlings in der Tischplatte hinterlassen hatte, und lauschte dabei den Worten des Ersten Schwertmannes.

Tasmund war voll gerüstet und hatte lediglich Umhang und Helm abgelegt. Auch die Männer der Wache, die nun ruhten, schliefen bekleidet, um rasch auf einen Alarmruf reagieren zu können. Der Erste Schwertmann fühlte sich hin- und hergerissen zwischen seinem aufkommenden Zorn und dem Respekt, den er Larwyn schuldete.

„Bei aller Hochachtung, Hohe Dame Larwyn“, knurrte er grimmig, „aber Ihr seid unvernünftig. Ich kann Eure Sorge um die Befindlichkeiten der Bewohner Eternas verstehen und ebenso die Sorge um das Einbringen der Ernte und die Schur der Schafe. Doch hier geht es nicht allein um die Ängste der Bürger oder die Ernte, hier geht es um Eure Sicherheit und um die der Mark. Ein Grauer Zauberer hat versucht, Euch zu töten, Hohe Dame. Wer weiß, welche finsteren Absichten er noch verfolgen mag und ob er allein ist.“

Larwyn war müde. Müde von ihrem Tagewerk und müde von der Diskussion, die schon so lange währte und doch zu keinem Resultat geführt hatte, da weder sie noch Tasmund bereit waren, von ihrem Standpunkt abzuweichen. „Ich weiß, guter Herr Tasmund, ich weiß. Doch wenn ich die Losung für die Pferdelords gebe, so werden alle Menschen von dem Zwerg und dem Grauen Zauberer erfahren, und sie werden erfahren, dass Orks an der Nordgrenze gesichtet wurden. Tasmund, könnt Ihr Euch die Ängste vorstellen, die das hervorrufen wird?“

Auch Tasmund war der Diskussion und der immer gleichen Argumente müde. „Ihr seid eine Herrin der Pferdelords“, brüllte er mit einem Mal wütend heraus und schlug mit der geballten Faust auf den Tisch. „Und ihr wisst, die Menschen der Hochmark sind …“

Er wandte sich um, als die beiden Wachen vor der Tür hereinstürmten, und machte eine beschwichtigende Geste. „Es ist alles in Ordnung, gute Herren. Ich war etwas erregt. Geht wieder auf eure Posten." Er wandte sich seufzend zu Larwyn und verneigte sich steif. „Verzeiht mir, Hohe Dame Larwyn, ich vergaß mich."

Larwyn seufzte ebenfalls und nickte dann. „Ich weiß, es geschah nur aus Sorge um mich, guter Herr Tasmund. Vergessen wir es."

Der erste Schwertmann nickte erleichtert und verbarg den rasenden Schmerz, der nun in seiner Schulter pochte. Er bemühte sich, seiner Stimme einen ruhigen und überzeugenden Klang zu geben. „Seht Euch unsere Schwertmänner an, Hohe Dame. Sie finden kaum noch Schlaf und können sich nur noch mühsam auf den Beinen halten. Sie vermögen die Sicherheit der Burg nicht mehr zu garantieren. Hohe Dame Larwyn, ihr müsst", er beugte sich vor und stützte sich auf dem Schreibtisch ab, um sie beschwörend anzusehen, „ihr *müsst* die Pferdelords einberufen."

Dann richtete er sich wieder auf. Ein wenig steif trat er zurück und legte die Hand an sein Schwert. Larwyns Augen zuckten für einen kurzen Moment nervös, als er die Klinge hervorzog, doch Tasmund war kein Gestaltwandler, er drehte die Klinge in den Händen und hielt Larwyn den Griff entgegen. „Nehmt mein Schwert, Hohe Dame, und ich meine dies ernst. Ich kann nicht mehr für Euer Leben garantieren, doch Ihr wisst, dass ich das meine gerne für das Eure geben würde."

Larwyn schloss für einen Moment die Augen und atmete tief durch. „Behaltet Eure Klinge, guter Herr Tasmund. Ich verstehe Eure Not, und glaubt mir, ich kann mir keinen besseren Ersten Schwertmann wünschen als Euch." Sie stieß einen lang gezogenen Seufzer aus. „Ihr seid schrecklich hartnäckig, guter Herr Tasmund. Ich werde die Pferdelords dennoch nicht einberufen."

Tasmund stieß ein grimmiges Brummen aus, zog die Klinge zurück und steckte sie in die Scheide am Schwertgurt. „Hohe Dame", begann er entsagungsvoll, doch Larwyn hob die Hand und unterbrach ihn.

„Ich werde keine Losung geben, aber ich habe eingesehen, dass wir mehr Männer brauchen. Ihr könnt morgen eine Schar durch die Hochmark senden und ein paar gute Pferdelords aufrufen, Euch in die Burg zu folgen." Sie vernahm Tasmunds erleichtertes Schnaufen und lächelte sanft. „Sagt den Männern, Ihr wollet mit ihnen eine neue Übung besprechen, die wir nach der Erntezeit für die Pferdelords vorgesehen haben. So werden keine Gerüchte entstehen. Doch da Ihr die Männer, die Euch folgen, in die Gefahr einweihen müsst, solltet Ihr gute und erfahrene, vor allem aber verschwiegene Pferdelords auswählen, guter Herr Tasmund. Werdet Ihr das tun?"

„Das werde ich, Hohe Dame", erwiderte der Erste Schwertmann erleichtert. „Habt Dank für Euren Entschluss."

Larwyn lachte leise auf. „Und Ihr, guter Herr Tasmund, habt Dank für Eure Beharrlichkeit."

Draußen im Hof war ein leiser Ruf zu hören. Tasmund stieß einen unhörbaren Fluch aus und legte die Hand an seinen Schwertgriff, während er an eines der Fenster herantrat. Noch bevor er den Grund für das Rufen erfragen konnte, ertönte der Todesschrei eines Mannes. Tasmund zog seine Klinge und trat neben Larwyn. „Mag die graue Bestie nur kommen, sie wird meinem Stahl begegnen."

Für die beiden Schwertmänner vor Meowyns Hospital war es eine ruhige Nacht gewesen. Eigentlich viel zu ruhig. Im Gegensatz zu den Männern auf den Wehrgängen hatten sie kaum Gelegenheit, sich zu bewegen. Sie konnten sich die Beine nicht vertreten, und die ereignislosen Stunden dehnten sich und zehrten an ihren Nerven und an ihrer Kraft.

Einer von ihnen hatte eine lange Stoßlanze und war damit der Glücklichere der beiden Posten. Denn er war ein erfahrener Schwertmann und Pferdelord, und so wie der Sattel seines Pferdes ihm genug Stütze bot, verschaffte ihm nun auch der lange Lanzenschaft ausreichenden Halt. Der Schwertmann neben ihm sah gelegentlich neidisch auf den Kameraden, der sich auf den Schaft stützte und dabei bisweilen ein leises Schnarchen hören ließ. Er war ebenso müde wie sein Gefährte, doch er konnte sich schlecht auf sein bedeutend kürzeres Schwert lehnen. Er hatte es zwar einmal versucht, doch als er irgendwann eingenickt war, war er vornübergekippt und hatte seine Nase an den Steinplatten des Burghofes aufgeschürft. Er konnte froh sein, dass nur sein Kamerad kurz aufgeschreckt und sofort wieder eingedöst war. Niemand sonst hatte bemerkt, dass er dem grünen Umhang der Pferdelords so wenig Ehre gemacht hatte. Aber die Müdigkeit sog alle Kraft aus seinen Beinen. Er hätte sich gerne hingesetzt, doch das Fenster des fürstlichen Amtsraumes war noch erleuchtet, und die Schatten, die sich vor dem Lichtschein bewegten, zeigten dem Posten, dass die Hohe Dame und der Erste Schwertmann noch nicht ruhten. Ah, er würde so gerne schlafen, aber seine Aufgabe war es, das Hospital zu bewachen. Das Hospital mit der Heilerin und diesem merkwürdigen Zwerg, der sich dort gesundschlief.

Aber vielleicht konnte er einmal kurz nach Meowyn sehen. Auch die Heilerin schien noch wach zu sein. Von Zeit zu Zeit hörte er leise Geräusche aus dem Behandlungsraum dringen, und es schadete ja nichts, wenn er dort einmal nach dem Rechten sah und ein paar Worte mit der hübschen Heilerin wechselte. Es würde ihn wieder ein wenig wach machen und ihm neue Kraft geben.

Der Schwertmann tippte seinen eingenickten Gefährten an. „Halte deine Augen endlich einmal offen. Ich gehe kurz zu Meowyn und sehe nach ihr. Bleib wenigstens wach, bis ich zurück bin. Es wird nicht lange dauern."

Der Lanzenträger nickte ihm blinzelnd zu. Wahrscheinlich war er schon längst wieder eingenickt, als der Schwertmann mit müden Schritten die Stufen zur Tür des Hospitals hinaufgeschlurft war und nun vorsichtig anklopfte. Er hörte eine leise Antwort und trat dann ein.

„Kommt nur herein, guter Pferdelord", sagte Meowyn freundlich. „Ich finde ohnehin keinen Schlaf."

Unter ihren Augen lagen tiefe Schatten. Der Grund war leicht auszumachen, und es bedurfte gar nicht der entsagungsvollen Geste, mit der die Heilerin nach oben wies.

„Er schläft recht vernehmlich, der gute Herr Zwerg", sagte die Wache grinsend.

Meowyn nickte. „Er kommt wieder zu Kräften, da kann ich gerne auf ein wenig Schlaf verzichten."

„Ich wollte nur kurz sehen, ob alles in Ordnung ist." Der Schwertmann reckte sich müde. Er hätte gerne ein paar mehr Worte mit der Heilerin gewechselt, doch er fand keinen Vorwand dafür, und Meowyn schien auch zu erschöpft für ein Gespräch zu sein. Bedauernd zuckte er die Achseln. „Wenn etwas sein sollte, gute Frau Meowyn, so gebt mir Bescheid."

Er öffnete die Tür, um wieder hinauszutreten, und zuckte zurück. Unmittelbar vor ihm ragte die Gestalt eines Mannes auf, aber es war nicht sein Kamerad. Die Hand des Schwertmannes fuhr an den Griff seines Schwertes, und er öffnete den

Mund zu einer scharfen Frage, doch da hob der fremde Mann die Hand und presste sie leicht gegen die Brust der Wache.

Der Schwertmann stieß einen heiseren Schrei aus und fühlte, wie eine seltsame Lähmung seinen Körper befiel. Er versuchte erfolglos das Schwert zu ziehen und merkte, wie die Hand auf seiner Brust eine sengende Hitze ausstrahlte. Eine Hitze, die sich immer weiter ausbreitete und immer größer wurde, bis ein neuerlicher Schrei aus der Kehle des Postens drang. Ein Schmerzensschrei voll panischer Todesangst, denn die Hitze begann nun seinen Leib von innen zu verbrennen. Als die Luft aus den verkohlenden Lungen entwich, verstarb der Schrei zu einem seltsamen Ächzen. Es begann bereits nach verbranntem Fleisch und versengten Kleidern zu stinken, als nun auch die Brust des Mannes schwarz wurde und aufbrach. Aber noch immer stand der tote Schwertmann aufrecht vor dem fremden Mann. Gewebeteile und Stofffetzen lösten sich, doch erst als der Fremde seine völlig unversehrt gebliebene Hand zurückzog, fiel der verkohlte Leichnam in sich zusammen.

All dies war in so unwahrscheinlich kurzer Zeit geschehen, dass Meowyn nur wenige Atemzüge blieben, um zu reagieren.

Sie war mit ihrem Mann Balwin und ihrem Sohn Nedeam auf einem abgelegenen Gehöft aufgewachsen und hatte die Schafherde des Öfteren gegen streifende Raubtiere wie Raubkrallen und Pelzbeißer, aber auch gegen Räuber mit zwei Beinen verteidigt. Sie war die Witwe eines Pferdelords und verstand sich darauf, wie ein solcher zu kämpfen. Das hatte Balwin ihr vor seinem Tod beigebracht, und Balwin war ein sehr guter Pferdelord gewesen.

Meowyn warf sich nach hinten, rollte sich über die Platte des Behandlungstisches ab und stand wieder auf den Füßen. Indessen war ihr der fremde Mann, dessen Gesichtszüge seltsam verschwommen wirkten, rasch gefolgt. Er hatte den Schwertmann mit bloßer Hand durch einen Zauber getötet, und Meowyn gedachte nicht, ihn so nahe herankommen zu lassen, dass er sie ebenfalls berühren konnte. Doch in der anderen Hand hielt der Mann ein blitzendes Schwert, das er nun vorreckte, während er sich Meowyn entgegenstürzte.

Ein, zwei, drei Töpfe und Tiegel flogen dem Grauen Zauberer entgegen, doch das Wesen schien sie gar nicht wahrzunehmen. Aber dann hatte Meowyn das Gestell erreicht, auf dem ihre Instrumente lagen, und sie nahm eines der langen Messer in die eine Hand und den langen Wundhaken in die andere. „Komm nur her, du verfluchte Bestie", rief sie dem Wesen entgegen. „Ich werde dir zeigen, wie eine Frau aus dem Land der Pferdelords zu kämpfen versteht."

Das Wesen verzog seine verschwommenen Gesichtszüge, und Meowyn glaubte darin ein spöttisches Grinsen zu erkennen, doch dann stieß der Graue Zauberer ein heiseres Fauchen aus. Meowyn hatte das Messer so schnell und treffsicher geschleudert, dass die Klinge in den Arm des Wesens fuhr, bevor es ihr ausweichen konnte. Erneut fauchte das Wesen, und Meowyn parierte einen hastigen Schlag des Schwertes mit dem Wundhaken.

Sie merkte augenblicklich, dass der Haken zu kurz und zu leicht war, um damit gegen das längere und schwerere Schwert bestehen zu können, aber ihr schneller Angriff hatte den Grauen überrascht, und er war einen Schritt zurückgewichen. Sie umrundete den Tisch und rannte zu der Stiege hinüber, die in das Obergeschoss hinaufführte, in dem der Zwerg Balruk noch immer friedlich schnarchte.

Meowyn war erfahren und beherrscht genug, um nicht um Hilfe zu schreien. Denn wer den Todesschrei des Schwertmanns nicht gehört hatte, musste taub sein, und sie durfte ihre Kräfte jetzt nicht vergeuden. Sie warf sich förmlich die Stiege hinauf, doch der Graue erkannte ihre Absicht und folgte ihr dicht auf den Fersen. Aber sie war schneller, erreichte das Obergeschoss und griff blind nach der hölzernen Luke, um den Zugang zu verschließen.

Das Wesen befand sich nun auf halber Treppenhöhe, und sein Gesicht begann festere menschliche Züge anzunehmen. Meowyns Hand fand den hölzernen Riegel, der die Luke sicherte, damit sie sich nicht unbeabsichtigt schließen konnte. Doch er schien sich verhakt zu haben. Meowyn stieß ein erschrockenes Keuchen aus und zerrte an dem Holzstück, das sich nun endlich löste und es der Heilerin erlaubte, die schwere Luke nach unten zu drücken. Der Gestaltwandler wollte dem zuvorzukommen und stieß sein Schwert nach Meowyn, doch die Klinge verfehlte sie und wurde von der schweren Holzklappe zur Seite gedrückt. Aber nun verhinderte das Schwert, dass Meowyn die Luke schließen konnte.

Sie stemmte sich auf das Holz, und der Graue drückte von unten dagegen. Verzweifelt spürte die junge Frau, dass sie gegen die Kraft des Wesens nicht ankam. Sie blickte panisch zu Balruk, der vernehmlich schnarchend auf der Bettstatt lag. „Guter Herr Balruk“, schrie sie flehend. „Wacht auf, der Feind ist im Haus!“

Der stämmige Zwergenmann ließ ein leises Schmatzen hören, grunzte etwas Unverständliches und rollte sich dann auf die andere Seite. Meowyn schrie erneut, als es dem Gestaltwandler gelang, die Klappe ein Stück nach oben zu drücken, und sie spürte, wie ihre Kräfte nachließen. Der Graue fauchte triumphierend, dann zog er seine Klinge zurück, und Meowyn wusste, dass er nun seine Kräfte zum entscheidenden Stoß sammelte.

Aber die Verzweiflung und Todesangst verlieh ihr Stärke. Meowyn gab dem Druck gegen die Luke so plötzlich nach, dass diese aufflog. Der Graue wurde davon völlig überrascht und geriet auf der Treppe ins Stolpern. Diesen Augenblick nutzte die Heilerin, um den Lukendeckel erneut mit voller Kraft nach unten zu schleudern, und dieses Mal fiel er in die Einfassung.

Der Graue stieß erneut einen Fluch aus, als die Luke ihn traf und er endgültig sein Gleichgewicht verlor. Er stürzte rücklings die Treppe hinunter und richtete sich hastig auf. Indessen stellte Meowyn sich auf die Luke, die nicht mit einem Riegel verschlossen werden konnte, damit Patienten die Heilerin nicht versehentlich aussperrten. Sie hoffte, der Graue werde das Holz nicht einfach mit seinem Schwert durchstoßen und sie so verletzen oder dazu zwingen, die Luke wieder freizugeben.

Dann waren endlich laute Rufe auf dem Hof zu hören, Lärm drang von unten aus dem Behandlungsraum herauf, und Meowyn zuckte zusammen, als erneut mit kräftigen Schlägen von unten gegen das Holz gepocht wurde.

„Meowyn, seid Ihr wohlauf?", drang eine aufgeregte Stimme an ihre Ohren. „So öffnet doch die Luke, gute Frau Heilerin!"

„Tretet von der Stiege zurück", rief sie hinunter. „Ich will euch sehen!"

Sie hob die Luke zögernd an und sah in die Gesichter dreier Schwertmänner. Erleichtert seufzte sie und stieg dann die Stiege hinunter. „Habt ihr ihn?"

Sie hatten ihn nicht.

Der Graue Zauberer hatte sich ihnen entgegengeworfen, als die Schwertmänner gerade die Stufen zum Behandlungsraum hinaufeilten. Sie waren in wildem Durcheinander gestürzt, und dem Zauberer gelang die Flucht. Neben dem Hospital lag der Wachmann mit der Stoßlanze. Seine Kehle war durchtrennt, und er hatte wohl noch nicht einmal gemerkt, dass sein Leben zu Ende ging. Ein weit gnadenvollerer Tod als derjenige, der seinen Kameraden ereilt hatte. Es war offensichtlich, dass der Graue Zauberer das Gesicht dieses Toten, wenn auch nur unvollkommen, nachgeformt hatte. Wahrscheinlich war ihm in der Eile nicht genügend Zeit für Perfektion geblieben.

Meowyn vermied den grausamen Anblick des verbrannten Schwertmannes und untersuchte stattdessen einige dunkle Flecken auf dem Boden des Behandlungsraumes. Sie hörte, wie jemand sich übergab, und ignorierte die Fragen, die nun auf sie einprasselten.

„Schafft den armen Schwertmann fort", rief sie den Fragenden über ihre Schulter zu. „Ich habe dergleichen schon vorher gesehen."

Das hatte sie in der Tat, damals, als die Graue Frau ihr Unwesen trieb. Auch sie hatte einen arglosen Burgbewohner mit dem seltsamen Zauber verbrannt. Ja, Meowyn kannte den Anblick und hatte kein Verlangen danach, ihre Erinnerung daran aufzufrischen. Diese Flecken auf dem Boden erschienen ihr weitaus interessanter. Meowyn schob einen Holzspan in die Flüssigkeit, hob ihn hoch und roch daran. Angewidert rümpfte sie die Nase.

„Was habt Ihr da?", fragte eine der Wachen.

„Es ist sein Blut", erwiderte sie und erhob sich. „Mein Messer traf ihn am Arm und muss ihn ernstlich verletzt haben, denn er hat viel Blut verloren." Sie sah den Schwertmann aufmunternd an. „Sagt es auch den anderen. Der Graue blutet. Vielleicht kann man sogar der Spur folgen."

Sie fanden tatsächlich weitere Blutflecken und folgten der Spur im Licht von Brennsteinfackeln bis zum Haupttor, doch dann verlor sie sich. Meowyn war mit den Männern gegangen, das Schwert des toten Lanzenträgers in der Hand, und seufzte nun enttäuscht, als die Spur endete. „Er muss seine Wunde bedeckt haben. Immerhin, ihr guten Männer, die Bestie blutet." Ihr Gesicht zeigte ein alles andere als sanftmütiges Lächeln. „Und was blutet, das kann man auch töten."

Meowyn wusste von der Verwundbarkeit der Zauberer schon seit dem Tod der Grauen Frau, aber es war gut, es auch den Männern einzuschärfen. Es nahm dem Grauen Wesen etwas von seinem Zauber.

Es blutete, also konnte man es töten.

Tasmund nickte befriedigt, als Meowyn wenig später in das Arbeitszimmer des Pferdefürsten trat und ihm berichtete. „Es ist gut, dass Ihr wohlauf seid, Meowyn", sagte er erleichtert, und für einen Moment nahm sein sonst so verschlossenes Gesicht beinahe weiche Züge an. Die blonde Heilerin bemerkte dies kaum, aber Larwyn runzelte nachdenklich die Stirn und ließ ihre Blicke zwischen der Heilerin und dem Ersten Schwertmann hin- und hergleiten. Es schien ihr wirklich so, dass Tasmund ernsthaftere Gefühle für die hübsche Meowyn hegte. Aber jetzt war nicht die Zeit für solche Gedanken. Tasmund räusperte sich und wandte sich zu Larwyn. „Wir können nicht mehr sicher sein, dass der Graue Zauberer nur Euch nach dem Leben trachtet, Hohe Dame. Der Anschlag galt Meowyn oder dem Zwerg."

„Dem Zwerg", sagte Meowyn bestimmt. „Eine Heilerin ist ohne Bedeutung. Doch Balruk ist der König der grünen Kristallstadt, vergesst das nicht."

„Ihr habt Recht." Larwyn trat an die Fensteröffnung. In dem eintönigen Dunkel der Nacht begann sich ein hellerer Schimmer abzuzeichnen. Bald würde der Morgen grauen und die Sonne aufgehen. „Tasmund, Ihr werdet heute nicht nur ein paar Pferdelords verpflichten. Wählt mir einen guten Mann aus, Tasmund, mein Freund. Ich werde einen Boten entsenden. Es ist an der Zeit, dass Garodem von all dem hier erfährt und dass er in die Mark zurückkehrt."

Tasmund nickte und legte grüßend die Hand an den Schwertgriff. „So wird es geschehen, Hohe Dame."

24

Für Nedeam war die Arbeit besonders anstrengend, denn unter Zwergenmännern konnte Dorkemunt zwar noch als etwas groß geratenes Exemplar durchgehen, aber Nedeam musste selbst auf Knien noch den Nacken einziehen, um nicht allzu sehr aufzufallen. Außerdem setzte in dieser Haltung sein gepolsterter Wams auf dem Boden auf, was dem jungen Pferdelord ein unförmiges Aussehen verlieh und jeden Orkaufseher bei genauerem Hinsehen stutzig gemacht hätte. Aber Hegmaruk, der Schürfmeister der Zwergenstadt, sorgte dafür, dass immer genug Zwerge seiner Gruppe zwischen den Orks und den merkwürdigen Menschenwesen arbeiteten, und so hatten sie bislang Glück gehabt.

Der gewaltige Felsendom war noch immer von dem Schlagen der Hämmer und dem Brechen von Stein und Kristall erfüllt.

„Wir schürfen alles", erklärte Hegmaruk und zupfte dabei die grauen Enden seiner Bartzöpfe. „Schwarzbraunen Brennstein, gutes Erz und natürlich Gold und Silber. Aber hauptsächlich schürfen wir Kristalle, ihr Menschenwesen. Kristalle in allen Farben. Prächtiges Rot und Schwarz und Grün. Wir haben hier viel Grünkristall. Den besten Grünkristall, den ihr euch vorstellen könnt. Daher wird Nal't'rund in unserem Volk auch die grüne Kristallstadt genannt."

„Wozu braucht ihr die ganzen Kristalle?" Dorkemunt wies hinter sich, in die Richtung der riesigen Kuppel aus fünfeckigen Segmenten. „Für das grüne Ding dort?"

Ein Zwerg neben Hegmaruk seufzte und begann unruhig

an seinen Bartzöpfen zu ziehen. „Ah, wir schürfen zu wenig Grünkristall, ihr Menschenwesen. Viel zu wenig. Die Bestien lassen uns nicht mehr davon abbauen. Sie wollen eben nur gutes Eisenerz und Schwarzkristall, der feurige Abgrund möge sie verschlingen."

Hegmaruk stieß Dorkemunt an. „Schlag ein wenig eifriger, Menschenwesen. Eine der Bestien schaut zu uns herüber. Und lass den Meißel nicht so durch die Hand rutschen, du wirst sie noch benötigen." Der Schürfmeister deutete über sich. „Wir brauchen viel Kristall und Erze. Der feine Klarkristall lenkt das Licht von der Oberwelt bis in unsere Höhlen. Ah, es ist eine sehr aufwändige Konstruktion, ihr Menschenwesen. Die Lichtleitungen führen in Winkeln durch den Fels, und wir müssen sie aus vielen verschiedenen Kristallsegmenten zusammensetzen. Vor allem die Enden, an denen die Teile aneinandergefügt werden, müssen absolut genau geschliffen sein, sonst bekommen wir kein gutes Licht, nein, kein gutes Licht. Aber wir Zwerge verstehen uns aufs Schleifen, ah, das tun wir."

Hegmaruks Rede wurde von einem Hornsignal unterbrochen, das das Hämmern und Schaufeln der Zwerge, die Rufe der Aufseher und das Knallen der Peitschen, ja sogar das Tosen des herabstürzenden Wassers übertönte.

„Ah", Hegmaruk und die anderen Zwerge ließen erleichtert die Hämmer sinken. „Die Bestien lassen uns jetzt in die Stadt. Natürlich nur in die unteren Ebenen, denn oben halten sie die Hüpflinge fest. Ah, diese Bestien, die verfluchten, der feurige Abgrund möge sie verschlingen." Hegmaruk zupfte an seinen Bartzöpfen. „Erwähnte ich schon, dass wir diese Bestien nicht besonders wertschätzen?"

„Ich glaube, ihr erwähntet es bereits", bestätigte Dorkemunt lächelnd.

„Sie verstecken sich hinter unseren Hüpflingen." Hegmaruk schnaufte verächtlich. „Wenn wir unsere Äxte hätten, würden wir die Bestien schon ordentlich schlagen, ah, das würden wir." Der Schürfmeister schnaufte erneut. „Legt die Hämmer und Meißel hier am Boden ab. Ein rechter Schürfer würde sein Werkzeug niemals liegen lassen, aber die Orks gestatten uns nicht, es mit in die Stadt zu nehmen. Haltet euch von nun an in der Mitte der Gruppe, und der Bartlose sollte auf den Knien bleiben. Er ist ein wenig sehr groß. Aber er wird schon hindurchpassen. Besser als die Bestien zumindest."

Der Schürfmeister begann wiehernd zu lachen, und einige der Zwerge stimmten mit ein. Dorkemunt fragte sich, was an der Situation so komisch war, und Nedeam sah gequält aus, als er versuchte, dem Rat der Zwerge zu folgen. Doch es war dem Jungen nicht lange möglich, auf den Knien zu rutschen. Nach nur einer halben Länge richtete er sich fluchend in eine gebückte Haltung auf.

Sein Freund Dorkemunt schlug ihm aufmunternd auf den Rücken. „Ah, ich kann dich gut verstehen, junger Freund. Sich auf den Knien zu bewegen, ist eines Pferdelords nicht würdig."

Nedeam fluchte leise. „Mir geht es mehr um die spitzen Steine und die Würde meiner Knie, guter Dorkemunt."

Die Gruppe verließ den Felsvorsprung, auf dem sie geschürft hatte, auf verschiedenen Wegen. Ein paar von ihnen nutzten die in den Felsen geschlagenen Stufen, doch die meisten der Zwerge sprangen wagemutig auf eine der zahllosen schlanken Säulen am Rand des Felsendoms zu und umklammerten diese mit den Armen, um dann unter den erstaunten Blicken der Pferdelords in rasender Fahrt hinunterzurutschen. Es schien Dorkemunt eher einem Sturz zu gleichen, und er erwartete jedes Mal einen zerschmetternden Aufprall, aber die Zwerge wussten offenbar, was sie taten. Kurz vor dem Aufprall schlangen sie auch die Beine um die Säulen, und die rasende Fahrt hinab wurde gebremst. Jeder der Zwerge landete sicher auf seinen Füßen und trat rasch zur Seite, um dem nur wenige Augenblicke später Folgenden Platz zu machen.

Hegmaruk wandte sich an die beiden Pferdelords und wies einladend auf eine der Säulen, die rund eine Länge vom Felsvorsprung entfernt standen, aber Dorkemunt lehnte dankend ab. „Ah, das ist nicht meine Sache, guter Herr Hegmaruk. Ich schätze ein gutes Pferd oder festen Boden, aber mir ist nicht wohl bei dem Gedanken, einen Stein zu umschlingen und daran hinabzustürzen."

„Ich will es gerne versuchen", rief daraufhin Nedeam, und bevor einer der anderen einen Einwand erheben konnte, sprang der junge Pferdelord mit einem Satz an die Säule. Er schaffte es auch, sie zu umfangen, aber sein Kopf schien nun plötzlich in den Wams hineinzusinken.

„Bei den feurigen Abgründen", fluchte der Schürfmeister der Zwerge, „es ist seine Kleidung. Sie ist nicht glatt genug und bremst ihn ab. Er muss loslassen."

„Loslassen? Seid Ihr toll?", schrie Dorkemunt den Zwerg an. „Er würde zu Tode stürzen."

Es lag offenbar an dem gepolsterten Wams.

Die dicke Fütterung verhinderte, dass Nedeam seine Arme voll um die Säule spannen konnte, und die lederne Reithose, die er unter dem Wams trug, ließ ihn nicht richtig rutschen. Nedeam spürte, dass seine Arme langsam von der Säule abglitten. Die Oberfläche des fünfeckigen Pfeilers war sehr glatt poliert, was dem Jungen eigentlich auch ganz sinnvoll erschien. Doch sein Oberkörper rutschte nun, während die Beine ihn hielten, und so schob sich das dicke Wams langsam an seinem Körper hoch und nahm dem Jungen zunehmend die Sicht.

Der Schürfmeister trat an den Rand des Felsvorsprungs. „Lass dich fallen. Dir wird schon nichts geschehen."

Sie befanden sich gute zehn Längen über dem Boden. Unten am Fuß der Säule standen Zwerge, die überrascht nach oben blickten, aber Nedeam konnte sie nicht sehen, da sein Wams ihm die Sicht nahm. Er wusste nur, dass er bedenklich tief hinabstürzen würde, wenn er seinen Griff löste.

„Lass dich fallen, Menschenwesen", rief der Schürfmeister in plötzlicher Erregung, denn eine Wache der Rundohren war inzwischen auf den seltsamen Zwerg aufmerksam geworden, der da an der Säule hing. „Die Schürfer werden dich auffangen. Habe Vertrauen in die Kraft unserer Arme."

Was blieb ihm übrig? Nedeam fühlte sich gewiss nicht wohl dabei, aber er ließ die Säule los. Da er die Beine noch immer um die Säule geschlungen hatte, kippte sein Oberkörper nach hinten, und Dorkemunt konnte für einen Moment die vor Entsetzen aufgerissenen Augen sehen, bevor der junge Pferdelord endgültig den Halt verlor. Nedeam stieß einen gepressten Schrei aus und stürzte hinab, doch die starken Arme der Schürfer fingen ihn auf. Er zitterte noch am ganzen Körper, als die grinsenden Zwerge ihn wieder auf die Füße stellten.

„Ich schätze, ich nehme die Treppe", sagte Dorkemunt hastig. Lieber trippelte er die unbequemen Stufen hinab, als sich in diesen Abgrund zu stürzen. Es stimmte, er war als kleiner Junge einige Male vom Pferd gestürzt, aber keiner dieser Stürze war nur annähernd so tief gewesen.

Schließlich eilte die Gruppe aus Schürfern und Pferdelords über den felsigen Grund des gewaltigen Doms auf die Stadt zu. Dorkemunt war noch immer fasziniert von der gewaltigen Felsnadel, die von der Decke herabhing und von Wasser umströmt wurde. Er wies auf die seltsamen Brücken und die sich drehenden Räder unterhalb der Nadel. „Wofür sind all diese Gerätschaften gut?"

„Sie treiben die Schleifereien an", sagte Hegmaruk mit sichtlichem Stolz. „Das Wasser stürzt auf die Räder und versetzt sie in Drehungen. Die drehenden Räder wiederum bewegen die langen Riemen, die von Rad zu Rad bis in die Schleifereien geführt werden, wo sie die Schleifsteine antreiben. In Nal't'rund haben wir die besten Schleifereien, ihr Menschenwesen, die allerbesten. Es kommt auf die Feinheit der Schleifsteine an, auf den festen Griff der Schleifer und auf ihre guten Augen. Dann kann man die herrlichsten Kristalle schleifen, und genau das tun wir. Aber darüber kann euch der Schleifmeister mehr sagen. Mein Handwerk ist das Schürfen. Doch lasst uns nun eilen, wir sind spät dran. Es ist besser, wenn wir uns zwischen den anderen Gruppen bewegen, da fallt ihr nicht so auf, ihr Menschenwesen."

Am Boden des Felsendoms verliefen breite Plattenwege, die sich vielfach kreuzten und eine rasche Verbindung zur Stadt oder den anderen Bereichen der gewaltigen Höhle ermöglichten. Die Platten waren, natürlich, fünfeckig, aber ihre Rillen waren nicht versetzt zueinander, sondern verliefen parallel zur Bewegungsrichtung. Das war den kleinen Schlitten geschuldet, mit denen die Zwerge die geschürften Erze und Kristalle zur Stadt transportierten. Auf felsigem Grund glitten die metallenen Kufen leichter als Räder, und sie passten exakt in die Rillen der Platten. Gelegentlich fielen Steine in die Führungsrinnen der Schlitten, daher hasteten Zwerge den Vehikeln voraus, um mit flinken Bewegungen die Hindernisse herauszuklauben.

Die beiden Pferdelords waren überrascht, wie wenig sich

die Orks um die Zwerge kümmerten. Sie beschränkten sich auf eifriges Brüllen und gelegentliches Schlagen mit den Peitschen, aber dies schien mehr aus Langeweile denn aus Eifer zu geschehen. Es waren ohnehin nur wenige Orks zu sehen. Zwischen den Zwergen streiften gelegentlich Zweiergruppen der Rundohren, und auf Felsvorsprüngen sah man hin und wieder Spitzohren stehen, die mit ihren Bogen wachten.

„Ich glaube, es sind nicht mehr als zwei Kohorten, die euch Zwerge bewachen“, flüsterte Dorkemunt und sah sich immer wieder um. „Zweihundert Spitzohren und zweihundert Rundohren, nicht mehr.“

„Es sind aber sicherlich noch viele von ihnen in der Stadt“, sagte Nedeam und wies voraus.

Hegmaruk schüttelte den Kopf. „Es sind nicht viele. Noch einmal dieselbe Zahl. Sie brauchen nicht viele der Bestien, um unsere Hüpflinge zu bewachen.“

„Also vier Kohorten“, sinnierte Dorkemunt. „Nicht einmal eine halbe Legion. Sie müssen sich sehr sicher fühlen.“

„Wir kommen nicht an unsere Äxte heran, und außerdem haben sie die Hüpflinge in ihrer Gewalt“, knurrte Hegmaruk grimmig. Er blickte auf die Stadt, die langsam näher rückte. Die Pferdelords bekamen nun einen Eindruck davon, wie groß diese Stadt wirklich war. Vor allem, wenn man bedachte, dass die Zwerge noch wesentlich kleiner waren als ein ausgewachsener Pferdelord.

Die seltsame grüne Kuppel war riesig und mochte eine Hundertlänge hoch sein und an der Basis einen Durchmesser von fünf Hundertlängen haben. Je näher man ihr kam, desto deutlicher trat die Struktur hervor. Die Grundform einer am Pol geöffneten Halbkugel wurde von massiven metallenen Streben gebildet, in die Kerben eingearbeitet waren. Sie hielten die großen grünen Kristallplatten, welche die Kuppel bedeckten. An den Metallstreben befanden sich eiserne Klammern, die über die Platten gelegt waren.

„Bestehen diese Kristallplatten aus einem einzigen Stück?“, erkundigte sich Nedeam fasziniert. „Ich kann mir kaum vorstellen, dass es solch gewaltige Kristalle gibt.“

„Oh, es gibt einige, aber sie sind sehr, sehr selten“, seufzte Hegmaruk. „Nein, die meisten Platten sind tatsächlich zusammengesetzt.“ Er räusperte sich. „Duckt euch ein wenig, wir kommen gleich zum Tor.“

Das Tor der Stadt war groß, für die Verhältnisse der Zwerge sogar riesig. Es bestand aus einem massiven Rahmen mit einer gewaltigen grünen Kristallplatte, die Nedeam und Dorkemunt an den Eingang zur Welt der Zwerge erinnerte. Derart dicht vor dem Tor türmte sich die Kuppel riesig hoch über ihnen auf, und die hinter dem grünen Kristall gelegenen Bauten traten nun deutlicher hervor. Die beiden Rundohren am Tor schenkten den Zwergen kaum Beachtung, und so wurden die beiden Pferdelords zusammen mit den Zwergen einfach hindurchgeschoben. Nun betraten sie also die grüne Kristallstadt Nal’t’rund.

Eine breite Straße führte ringförmig um die Stadt herum und bildete einen ausgedehnten Streifen zwischen den Gebäuden und der grünen Kuppel. Direkt gegenüber dem großen Tor begann eine ebenso breite Straße, die jedoch nicht wie die Gassen menschlicher Siedlungen durch diese hindurchführte, sondern sich spiralförmig um die Stadt herum in die Höhe wand. Denn Nal’t’rund war in der Form eines großen stumpfen Kegels errichtet worden.

Die Häuser der Zwerge grenzten unmittelbar an die Straße und schienen wie die Waben der Honigsammler aneinanderzukleben. Dennoch hatten sich sehr abwechslungsreiche Architekturen ergeben, so dass die Stadt überhaupt nicht eintönig wirkte. Der Straßenbelag bestand aus dem grauen Plattenstein, den die Pferdelords bereits zur Genüge kennen gelernt hatten. Da die Häuser der Zwerge versetzt übereinander errichtet waren, gab es nur kleine Dachflächen. Die Hauswände bestanden aus Kristallplatten in den verschiedensten Farben, so dass die Stadt ein farbenprächtiges Bild darbot. Die Wandplatten waren nicht geschliffen und somit undurchsichtig, damit man nicht erkennen konnte, was in den Gebäuden vor sich ging. Die Fenster und Türen der Zwergenhäuser waren fünfeckig geformt und drehten sich, wie offenbar alle Pforten der Zwerge, um eine mittlere Achse.

An die Straße schlossen sich zur Kuppelwand hin die Dachflächen der darunterliegenden Ebene an. Die Hausdächer waren sauber mit niedrigen Mauern eingefasst und mit einer Masse bedeckt, die in allen möglichen Grüntönen schimmerte. Inmitten dieser Beete ragten steinerne Kamine auf, über denen erhitzte Luft flimmerte, und überall sprossen seltsame kugelförmige Gebilde an kurzen Stielen aus der grünen Masse heraus.

„Was sind das für merkwürdige Gewächse?", fragte Dorkemunt erstaunt.

„Pilze", erklärte Hegmaruk. „Sehr schmackhaft und nahrhaft. Sie müssen nicht bewässert werden, denn sie ziehen das notwendige Wasser aus der Luft." Der Schürfmeister lächelte. „Sie mögen ein wenig trocken schmecken, aber wir spülen sie mit einem kräftigen Schuss Blor hinunter. Ah, ihr werdet Blor zu schätzen wissen."

Nedeam sah zweifelnd auf die Pilzbeete. „Und was ist dieses Blor?"

„Bestes Wasser, das mit dem Ferment der Pilze versetzt wurde", sagte Hegmaruk und zupfte seine Bartzöpfe. „Man darf nicht zu viel davon trinken, sonst hält man sich nicht lange auf den Füßen."

Es gab keine Bäume oder Blumen wie in der Hochmark, was die beiden Pferdelords ein wenig befremdete, doch was hatten solche Pflanzen auch unter der Erde verloren?

„Wir werden uns zunächst stärken", brummte der Schürfmeister. „Dann hole ich Nedoruk, unseren Ersten Axtschläger, damit ihr euch mit ihm besprechen könnt. Dort vorne ist mein Haus."

„Wo sind eure Hüpflinge und die Orks? Ich kann von beiden keine Spur entdecken."

Hegmaruk deutete über sich. „Noch zehn Windungen höher, an dem großen Platz. Dort bewachen die Bestien unsere Kleinen." Er grinste. „Sie passen nicht in unsere Häuser hinein, die verfluchten Rundohren. Allenfalls die Spitzohren könnten es schaffen, aber denen fehlt es dazu an Mut."

Die beiden Pferdelords begriffen sehr schnell, warum die Rundohren nicht in die Häuser eindrangen. Die Türen hatten für Zwergenverhältnisse normale Maße, doch Nedeam und Dorkemunt mussten sich schon ordentlich bücken, um durch die Öffnung zu passen.

Der große Raum, den sie nun betraten, hatte einen annähernd rechteckigen Querschnitt, und Nedeam war erleichtert, dass man hier, wenn auch aus pragmatischen Erwägungen heraus, von der geliebten fünfeckigen Form abgewichen war.

Ungefähr in der Mitte des Raumes befand sich die Kochstelle, eine runde, von Metallgittern abgedeckte Konstruktion, auf der einige Töpfe standen. Durch die Kochstelle hindurch zog sich von unten nach oben ein steinernes Rohr, das Löcher aufwies und offenbar den Dunst des Kochens aufnahm, um ihn nach oben hin abzuleiten. Es war zugleich der Kamin für etliche Kochstellen der darunterliegenden Ebenen, aber außer harmlosem Wasserdampf schien er keinerlei gefährliche Dünste abzugeben.

An einer Seite des Raumes standen eine massive Sitzbank und ein ebenso massiver Tisch. Beide waren aus schwerem Metall gearbeitet, und auch die Bettstatt auf der gegenüberliegenden Seite bestand aus gutem Eisen. Hinten im Raum standen mehrere Regale und Schränke, und ein dicker Vorhang trennte eine sehr viel kleinere Kammer ab. Nedeam vermutete, dass sie der körperlichen Entleerung vorbehalten war, wollte aber lieber nicht wissen, wohin der Dung wohl sickerte.

Die gesamte Einrichtung war auf Zwergenmaße zugeschnitten, und die Pferdelords erkannten mit einigem Unbehagen, dass die Möbel fest am Boden montiert waren.

Über der Sitzbank hing ein schwerer Hammer an der Wand, dessen Stiel jedoch angebrochen war und dessen schwere Schlagfläche die Spuren harter Arbeit trug.

„Mein erster eigener Hammer“, erklärte Hegmaruk mit sichtlichem Stolz.

„Ah, Gäste“, drang eine tiefe Stimme an die Ohren der Pferdelords. „Du hättest mir sagen sollen, dass du Gäste mitbringst, Hegmaruk. Ich weiß nicht, ob die Pilze und das Blor für all die hungrigen Münder reichen werden.“

Hinter der Kochstelle tauchte ein Wesen auf, das zwar wie alle Zwerge stämmig war, jedoch statt eines Bartes bodenlanges Haar hatte. Ebenso lang war das Gewand, das die Gestalt trug, und es war offensichtlich, dass die Frauen der Zwergenwesen Zierrat ebenso zu schätzen wussten wie die der Menschen. Verschiedene Stellen des Gewandes waren mit aufgenähten Kristallplättchen besetzt, die für die Pferdelords verwirrende Muster bildeten.

„Hegmarukona, mein gutes Weib“, stellte Hegmaruk sie mit sichtlichem Stolz vor. „Sieben Hüpflinge haben wir gezeugt, und sie ist noch immer schlank wie ein Bergkristall.“

Nun, für den Geschmack eines Zwergenmannes mochte das wohl stimmen. Die Zwergenfrau trat hinter der Kochstelle hervor und musterte Nedeam und Dorkemunt irritiert. „Es sind keine Schürfer, Mann Hegmaruk.“ Sie beäugte Nedeam und erblasste ein wenig. „Nicht einmal Zwerge.“

„Es sind Menschenwesen und gute Männer“, versicherte Hegmaruk und ließ sich zur Begrüßung liebevoll an den Bartzöpfen ziehen. „Auch wenn sie als Schürfer nichts taugen mögen. Sie kommen von Balruk, dem König, und werden uns beistehen.“

Mit knappen Worten berichtete der Schürfmeister seiner leicht verwirrten Frau, was er von den beiden Pferdelords erfahren hatte, und deutete währenddessen zu der Bank. „Setzt euch, gute Menschenwesen. Ihr werdet euch erst einmal stärken wollen.“ Er zwinkerte Hegmarukona zu. „Sie haben heute zum ersten Mal den Hammer geschwungen und den Meißel geklopft.“

„Das dachte ich mir“, bekannte seine Frau freimütig. „Ich sah die geschwollene Hand des einen.“

Dorkemunt errötete ein wenig und schob sich auf die Bank hinter dem Tisch. Es gelang ihm recht gut, doch Nedeam hatte mit seinen längeren Beinen sichtlich Schwierigkeiten. Er konnte sie nicht unter den Tisch beugen, strecken konnte er sie wegen des massigen Tischbeins aber auch nicht, und es wäre wohl ungebührlich gewesen, die Beine auf dem Tisch auszubreiten. Seufzend setzte sich der junge Pferdelord daher etwas seitlich auf die Bank, so dass er sich verdrehen musste, um seine Hände auf die Tischplatte legen zu können.

Hegmarukona trug indessen Näpfe mit einem dampfenden

Brei heran, stellte metallene Becher auf den Tisch und holte dann einen großen Krug und eiserne Löffel herbei. „Nun esst erst einmal, ihr Menschenwesen. Ihr seid schrecklich dürr, und wenn ihr gegen die Bestien kämpfen wollt, braucht ihr noch etwas mehr Fleisch auf den Rippen."

Nedeam rührte unsicher in dem Brei herum. „Ah, wo Ihr es erwähnt, gute Frau Zwergin. Habt Ihr auch Fleisch?"

Hegmarukona schüttelte bedauernd den Kopf. „Im Moment können wir keine Jagdtrupps an die Oberfläche schicken. Aber ohnehin haben wir Fleisch nur selten in unseren Schalen. Doch probiert die Pilze, sie werden euch schmecken."

Dorkemunt war hungrig genug, ihrer Einladung zu folgen, und erfahren genug, sein Erschrecken zu verbergen, nachdem er den ersten Löffel in den Mund geschoben hatte. Er war sich nicht sicher, ob er die Pilze bei sich behalten würde, wenn er versuchte, sie in seinen Magen zu befördern.

Hegmarukona sah ihn forschend an. „Nun?"

Dorkemunt war ein wenig voreilig gewesen und hatten seinen Mund zu gut gefüllt, um noch ein Wort sprechen zu können. So nickte er nur hastig und verzog das Gesicht zu einem, wie er hoffte, zufriedenen Lächeln.

Hegmarukona schlug ihm freundschaftlich auf den Rücken, und der Schlag ließ den kleinen Pferdelord unfreiwillig nach Luft schnappen, so dass er, ohne es zu wollen, den Pilzbrei hinunterschluckte. „Sie versteht sich auf den Brei, nicht wahr? Aber er wird ein wenig trocken sein. Hier, gutes Menschenwesen, spüle mit etwas Blor nach."

Hegmaruk füllte Dorkemunts Becher mit einer klaren geruchlosen Flüssigkeit und reichte ihn dem kleinen Pferdelord hinüber. Dorkemunts Magen hatte sich noch nicht entschieden, ob er den Pilzbrei nun hinauf- oder hinabbefördern sollte, und so griff der kleine Pferdelord dankbar nach dem Becher und stürzte dessen Inhalt hinunter. Schlimmer konnte es nicht kommen. Die Flüssigkeit rann wie Öl durch seine Kehle und erreichte den Magen, wo sie sich mit dem Pilzbrei vermischte und in Flammen und sengender Hitze zu explodieren schien. Dorkemunts Augen traten ein wenig hervor, während er hechelnd nach Atem rang.

„So ist es besser, nicht wahr?“, sagte Hegmaruk freundlich und schlug dem kleinen Pferdelord auf den Rücken. „Mit ein wenig Blor rutscht es viel besser, sage ich immer.“

Dorkemunts Wangen hatten sich gerötet, und er stieß ein ersticktes Ächzen aus, während Hegmarukona ihrem Ehemann mit einer auch den Menschen vertrauten Geste ihres Fingers drohte. „Das sagst du nur immer, damit ich dir mehr Blor gebe. Dabei weißt du genau, Mann Hegmaruk, dass du ihn nicht so gut verträgst. Deine Beine wollen dann nicht mehr so wie der Rest von dir.“

Hegmaruk zupfte an einer ihrer Locken, was unter Zwergen eine besänftigende Geste zu sein schien. Indessen fand Dorkemunt seinen Atem wieder und sah Nedeam an, der ihn mit großen Augen musterte. „Du musst auf jeden Fall davon probieren, Nedeam, mein Freund. Und, äh, nimm zunächst nur einen kleinen Schluck.“

Mit genügend Blor ließ sich der Pilzbrei für die beiden Pferdelords schließlich bewältigen, aber das Getränk war von weitaus intensiverer Wirkung als Malvins bester Blutwein, und so fiel ihnen die Entscheidung nicht schwer, fortan nur selten davon zu kosten.

Vor der Tür war plötzlich ein kräftiges Husten zu vernehmen, doch Hegmaruk wandte sich nur halb herum. „Komm herein, guter Freund. Wer durch meine Tür passt, ist in meinem Haus willkommen.“ Er lächelte die beiden Pferdelords an und senkte seine Stimme. „Alles andere kann nur ein Rundohr sein.“

An der aufgeklappten Tür schob sich ein Zwergenmann vorbei, der wohl selbst unter seinesgleichen als stämmig galt. Hegmaruk zupfte sich erfreut an den Bartzöpfen. „Ah, Nedoruk, mein guter Freund, tritt ein und fülle deinen Magen.“

„Ich bin nicht wegen Brei und Blor gekommen“, sagte der Zwerg mit dröhnender Stimme, „sondern wegen der beiden da.“ Er deutete auf die zwei Pferdelords. „Selmraruk berichtete mir von den seltsamen Wesen.“ Er musterte Dorkemunt und Nedeam. „Menschenwesen, wie mir scheint. Sie haben nicht die spitzen Ohren unserer elfischen Freunde.“

„Ihr kennt die Elfen?“, fragte Nedeam überrascht.

Nedoruk erwiderte seinen Blick. „Natürlich kennen wir die elfischen Wesen. Seit vielen Generationen treiben wir guten Handel mit ihnen.“

Hegmaruk seufzte. „In den letzten Jahren ist es leider weniger geworden. Ah, sie schätzen die Qualität unserer Kristalle, die Elfen. Ja, das tun sie. Aber seit einiger Zeit sieht man sie kaum noch. Es heißt, sie zögen Richtung Westen zum Meer. Viele von ihnen sind schon fortgegangen. Sie sind uns ein seltener Anblick geworden, die werten Herren Elfen.“

„Nun sind es andere Wesen, die unsere Kristalle schätzen“, knurrte Nedoruk, und man spürte seine mühsam unterdrückte Wut. „Sie lassen uns ohne Gegenleistung schuften, die verfluchten Orks. Sie haben uns überfallen und halten die Hüpflinge gefangen, um so unsere Arbeit zu erpressen.“ Er sah die beiden Pferdelords an. „Aber das wisst ihr sicher schon.“

Nedoruk trat an den Tisch heran, und da er aufrecht stand, konnte er Dorkemunt auf gleicher Höhe in die Augen sehen.

„Ihr wollt uns im Kampf gegen die Bestien beistehen?"

Dorkemunt nickte. „Ja, das wollen wir, und das werden wir, so wahr wir Pferdelords sind."

„Pferdelords?" Nedoruk schien amüsiert. „Ich kenne keine Pferdelords, doch dafür kenne ich Orks. Steht einmal auf, Pferdelord."

Dorkemunt erhob sich unsicher, und plötzlich traf ihn ein kräftiger Schlag auf die Brust. Der Hieb warf ihn nach hinten gegen die Wand und trieb ihm trotz der Polsterung des Wamses die Luft aus den Lungen. Keuchend sackte er zurück auf die Sitzbank, während Nedoruk verächtlich schnaubte.

„Ihr wollt uns also helfen, ihr Pferdelords? Bah, ihr könnt euch ja kaum auf den Beinen halten. Und glaubt mir, ich habe nicht einmal fest zugeschlagen."

Dorkemunt richtete sich errötend auf und sah den Zwergenmann wutschnaubend an. „Gebt mir eine ordentliche Axt, und ich zeige Euch gleich, wer sich dann noch auf den Beinen halten kann."

„Ah, ein Axtschläger also?" Nedoruk lachte. „Wenn ich eine ordentliche Axt hätte, bräuchte ich keine Hilfe, um die Bestien los zu werden."

„Ach, ihr Männer." Hegmarukona trat zwischen Dorkemunt und Nedoruk und stemmte ihre Arme in die Hüften. „Ihr führt euch auf, als hättet ihr schon zu viel Blor getrunken. Spart euch eure Kräfte für die Orks auf."

Nedoruk zupfte sich nachdenklich an den Bartzöpfen, während er und Dorkemunt einander über Hegmarukonas Schulter hinweg anstarrten. Keiner von beiden schien nachgeben zu wollen. Doch plötzlich brach Nedoruk in dröhnendes Gelächter aus. „Nun, Mut zumindest haben diese Menschenwesen, auch wenn es ihnen an Kraft fehlt." Er trat an Dorkemunt heran und zog an dessen angeklebten Bartzöpfen. „Ich mag ein wenig vorschnell gewesen sein“, sagte er versöhnlich, und seine Augen weiteten sich, als sich einer der Zöpfe löste. „Ah, du musst schon sehr alt sein, dir fallen die Zöpfe aus.“

„Ich mag reich an Erfahrung sein, Herr Nedoruk“, knurrte Dorkemunt, „aber ein Greis bin ich noch nicht. Die Haare sind nicht echt. Wir tragen keine solchen Zöpfe im Bart wie ihr.“

„Nicht?“ Der Zwerg war ein wenig verwundert. „Aber dein Bart ist echt. Warum trägst du keine Zöpfe, wie es die Ehre der Axtschläger verlangt?“

„Es ist nicht ihre Sitte“, wandte Hegmaruk beschwichtigend ein. „Sie haben es mir erklärt, guter Nedoruk. Ihre Kämpfer tragen als Zeichen der Ehre einen grünen Umhang.“

„So?“ Nedoruk kratzte sich im Nacken. „Ich sehe keinen grünen Umhang.“

„Wir sind als Kundschafter hier“, meldete sich Nedeam zu Wort. „Wir sollen erkunden, was in eurer Stadt geschieht.“

„Sie haben hundert Männer oben am See“, sagte Hegmaruk und wies über sich.

„So, hundert Männer?“ Der Zwergenmann lachte schallend auf. Dann beugte er sich vor und sah Dorkemunt höhnisch an. „Wir sind hier viele Tausend Zwerge, Herr Pferdelord. Was sollen da hundert eurer menschlichen Männer bewirken?“

„Pferdelords sind eben keine Zwerge“, erwiderte Dorkemunt grimmig.

„Nun ist es aber genug“, sagte Hegmarukona entschieden und stampfte mit dem Fuß auf. „Unsere Hüpflinge sind in Gefahr, und ihr beiden streitet euch, als wäret ihr in der Brunft.“ Sie wies mit wütendem Gesicht zum Tisch. „Setzt euch und nehmt einen Schluck Blor, und dann überlegt euch lieber, wie ihr unsere Hüpflinge befreien könnt.“

Nedoruk zupfte sich am Bart. „Du hast Recht, Frau Hegmarukona.“ Er hielt Dorkemunt den abgerissenen künstlichen Bartzopf hin. „Ich wollte dich nicht verstümmeln, Pferdelord. Ich bin einfach nur in Sorge und weiß nicht recht, wie ihr uns helfen könntet.“

Dorkemunt räusperte sich und nahm den falschen Bartzopf an sich. „Ich kann Eure Sorge verstehen, Herr Zwerg“, lenkte er ein. „Wir wollen euch nach Kräften unterstützen, also lasst uns beratschlagen, was wir tun können.“

Nedoruk nickte langsam und verharrte abwartend. Hegmarukona sah Dorkemunt auffordernd an. „Ihr müsst ihn am Bart zupfen.“

„Oh.“

Dorkemunt zog verlegen an Nedoruks Bartzöpfen, woraufhin dieser bedächtig nickte. Sie setzten sich an den Tisch, und nachdem Hegmarukona die Schalen abgeräumt hatte, füllte sie die Becher mit Blor und setzte sich neben ihren Mann. Nedoruk musterte die beiden Pferdelords und begann zögernd zu schildern, wie die Orks die Stadt der Zwerge eingenommen hatten und sie anschließend zur Arbeit zwangen.

„Natürlich hat unser braver Hegmaruk euch schon vieles erzählt. Aber er ist ein Schürfmeister und kein ausgebildeter Axtschläger, wie ich es bin.“ Der Zwerg gab Hegmaruk einen freundschaftlichen Klaps auf den Rücken. „Hegmaruk weiß gut mit einer Axt umzugehen, so wie fast alle Zwerge. Aber er betrachtet viele Dinge vom Standpunkt eines Schürfers aus, und der unterscheidet sich von dem eines Axtschlägers.“ Er sah Dorkemunt nachdenklich an. „Und du bist wirklich ein Axtschläger?“

„Gib mir eine Axt oder lass mich die meine holen, und dann zeige ich es dir.“

„Schon gut, Pferdelord, ich wollte dich nicht beleidigen. Die Orks haben uns mit einer ganzen Legion überfallen. Sie haben die Torwache überwältigt, ohne dass sie uns noch warnen konnte, und sind unverzüglich in die Stadt vorgedrungen. Die meisten von uns waren ja draußen beim Schürfen, und bis auf die königlichen Axtschläger war niemand nennenswert bewaffnet. Trotzdem hätten wir uns ihnen natürlich in den Weg gestellt, aber sie kamen am ersten Tag der Hammerweihe." Nedoruk seufzte leise. „Die ältesten der Hüpflinge bekommen an diesem Tag ihren ersten eigenen Hammer und werden zu Männern. Eine feierliche Zeremonie, an der jedoch nur die Hüpflinge teilnehmen dürfen. Sie alle hatten sich oben auf dem großen Platz versammelt. Er befindet sich auf der obersten Ebene der Stadt, dort wo die Straße endet und sich der Thron erhebt."

„Die Bestien sind einfach die Straße hinaufgestürmt", sagte Hegmarukona traurig, und Hegmaruk zupfte ihr tröstend an ein paar Haarlocken. „Sie hatten unsere Hüpflinge in ihrer Gewalt, noch bevor der König seine Axt in den Thron stecken konnte."

„Was hat es damit auf sich?" Nedeam beugte sich interessiert vor. „Es geht um diese Axt Grünschlag, nicht wahr? Warum ist sie so wichtig?"

Nedoruk grinste. „Ah, wir Zwerge raufen recht gerne einmal und tauschen so unsere, äh, Argumente aus." Dorkemunt nickte verständnisvoll und dachte dabei an Malvins ‚Donnerhuf'. „Damit die Argumente nicht zu durchschlagend werden, hält der König die Waffen unseres Volkes unter Verschluss. Nur wir königlichen Axtschläger sind davon aussgenommen, aber wir sind nicht sehr viele, versteht ihr? Die übrigen Waffen werden in der großen Waffenkammer auf der untersten Ebene aufbewahrt, direkt gegenüber dem Stadttor. Um das Tor der Kammer zu öffnen, muss der König seine Axt in die Armlehne des Throns stecken. Sie ist der Schlüssel zur Waffenkammer. Ohne die Axt Grünschlag kommen wir also nicht an unsere Waffen heran."

„Könnt ihr das Tor der Waffenkammer nicht gewaltsam öffnen?", fragte Dorkemunt.

„Das könnten wir, wenn uns die Zeit dazu bliebe." Nedoruk nahm einen kräftigen Schluck Blor und dann noch rasch einen zweiten. „Das Tor ist sehr massiv, und es würde viel Lärm machen, es zu öffnen. Die verfluchten Orks hätten Zeit genug, darauf zu reagieren."

„Es sind nicht mehr viele Orks in der Stadt", wandte Nedeam ein.

„Nein, nur ein paar Hundert von ihnen." Nedoruk grinste. „Ah, wir würden ihre Schädel mit Leichtigkeit spalten, wenn wir nur an die Waffen herankämen und die Hüpflinge in Sicherheit wären."

„Wer hat die Axt jetzt?", fragte Dorkemunt.

„Du meinst Grünschlag?" Nedoruk stärkte sich erneut mit einem Schluck Blor. „Nennt sich Blutfang, ein Rundohr. Er ist der Anführer der Legion und nach dem Abzug der restlichen Truppenteile in der Stadt geblieben. Er lässt Grünschlag nicht aus den Augen, Pferdelords."

Dorkemunt nickte nachdenklich. „Also müssten wir zwei Dinge zugleich erledigen. Diesem Blutfang die Axt abnehmen und die Kinder, äh, Hüpflinge befreien."

„So ist es", knurrte Nedoruk grimmig. „Aber das wird kaum möglich sein."

Der kleine Pferdelord wiegte nachdenklich den Kopf. „Vielleicht doch. Gibt es hier einen Baumeister, der mir ein paar Dinge erläutern kann?"

„Nun, vielleicht Hamruk, den Schildmeister. Wollt ihr ihn sprechen?“

„So bald wie möglich“, sagte Dorkemunt entschlossen. „Vielleicht gibt es ja einen Weg, an den ihr noch nicht gedacht habt.“

„Glaube mir, Pferdelord“, knurrte Nedoruk, „ich habe alles bedacht.“

„Man bedenkt nie alle Möglichkeiten“, seufzte Dorkemunt. „Glaube einem erfahrenen Krieger und Pferdelord.“ Er musterte den aufsteigenden Kamin. „Oder habt ihr etwa auch bedacht, dass Nedeam und ich weitaus schmaler gebaut sind als ihr Zwerge? Und dass wir Wege nehmen können, die euch verschlossen bleiben?“

25

Der Mann gehörte nicht den Schwertmännern an, und an seinem Helm fehlte der blaue Rosshaarschweif der Wache Garodems. Aber er war unbezweifelbar ein Pferdelord der Hochmark, denn er trug den annähernd bodenlangen grünen Umhang. Dazu den rotbraunen Harnisch und darunter ein Kettenhemd, was darauf schließen ließ, dass er ein durchaus wohlhabender Bürger war. Von anderen einberufenen Pferdelords unterschied ihn zudem das lange Schwert, das an seiner linken Hüfte hing. Die wenigsten Hirten, Bauern oder Handwerker übten sich im Umgang mit dem Schwert. Sie bevorzugten stattdessen Stoßlanze, Axt oder Pfeil und Bogen, die sie gut zu handhaben wussten.

Die Haltung des Mannes war tadellos und eines Schwertmannes würdig. Die linke Hand auf den Schwertknauf gelegt, den rotbraunen Helm mit dem Symbol der Hochmark aus blitzendem Messing unter den rechten Arm geklemmt.

„Ihr werdet meinen Gemahl aufsuchen, guter Herr Malenan“, sagte Larwyn freundlich. „Ihr werdet ihm berichten, was sich zugetragen hat und welche Gefahr vielleicht an der Nordgrenze droht. Ich habe alles in dem Papier niedergeschrieben, das Ihr mit Euch führt, aber mein Gemahl wird Euch Fragen stellen. Ihr werdet nur berichten und nichts hinzufügen, was Eurer eigenen Meinung entspricht. Garodem wird sich die seine bilden.“

„Ich werde dies getreulich befolgen, Hohe Dame Larwyn“, sagte der Pferdelord und neigte leicht den Kopf.

„So reitet nun, guter Herr Malenan, denn Eile ist Euer Gebot. Schneller Ritt …“

„… und scharfer Tod“, erwiderte der Pferdelord, verneigte sich kurz und verließ dann Garodems Amtsraum.

Larwyn erhob sich hinter dem Schreibtisch. Der erfahrene Pferdelord würde zu Garodem eilen und ihm Botschaft bringen. Sie schob den schmalen Stirnreif mit den Pferdeköpfen ein wenig zurück und strich sich eine Locke aus dem Gesicht, bevor sie an das Fenster trat. Fünfzig erfahrene Pferdelords hatte der brave Tasmund aufgerufen. Handverlesene, verschwiegene und überaus zuverlässige Männer. Ihre Anwesenheit entlastete die Schwertmänner der Wache, denen die Erschöpfung deutlich anzumerken war. Larwyn gestand sich ein, dass sie erst spät reagiert hatte. Sie hätte früher auf Tasmunds erfahrenes Urteil vertrauen sollen.

Sie blickte in den Hof hinunter, wo sich der Pferdelord Malenan gerade auf sein Pferd schwang. Er hatte ein zusätzliches Handpferd dabei, und dies würde ihm einen schnellen Ritt ermöglichen. Denn das reiterlose Tier würde sich immer ein wenig erholen können, während Malenan auf dem anderen saß. Alle zwei Zehnteltage würde er die Pferde wechseln, und wenn er schnell ritt, konnte er in vier Tageswenden die Grenzen der Nordmark und der Westmark erreichen. Da Garodem am Hof des Königs Reyodem weilte, würde der Reiter sich am Hammerturm vorbei zu den Furten des Flusses Eisen begeben und dann der Handelsstraße folgen, die zur Stadt des Königs der Pferdelords führte. Er würde schließlich Enderonas, die Hügelstadt des Königs, erreichen oder Garodem zuvor auf dessen Rückweg nach Eternas treffen.

Zwei bis drei Zehntage konnte es dauern, bis der Pferdefürst der Hochmark zurückkehrte. Wenn die Grenze im Norden ruhig blieb, würde Larwyn diese Zeit noch abwarten. Danach wäre die Schafschur vorüber und die Ernte eingebracht. Und dann würde Garodem entscheiden können, ob er die Losung für die Pferdelords geben und sie einberufen wollte.

Larwyn sah dem Reiter nach, der über den gepflasterten Weg zwischen der Burg und der Stadt Eternas ritt und nun zwischen den ersten Häusern verschwand. Dann trat sie an den Schreibtisch zurück und setzte sich.

Malenans Ritt blieb nicht unbemerkt.

Ein Pferdelord mit einem Reservepferd, der schnell ritt und von der Burg her kam, konnte nur ein Bote sein, den die Herrin Larwyn entsandte. Männer und Frauen sahen dem Reiter neugierig nach und fragten sich, was wohl der Grund für die Entsendung des Boten war.

„Er reitet schnell, und er wird weit reiten." Guntram ließ den schweren Hammer auf das glühende Stück Eisen klirren. Funken sprühten auf und trafen die lederne Schürze des Schmiedes. Er drehte das Eisen, schlug erneut zu und hämmerte es in eine zunehmend längliche Form.

„Meint Ihr?" Lomorwin, der Händler aus der Südmark des Königs, strich sich über das Kinn.

„Er ist kein Schwertmann der Wache", brummte der alte Schmied und stieß das Eisen in einen Bottich mit Wasser. Es zischte wild, und nach einer Weile zog er es, dessen Form begutachtend, heraus. Guntram legte den Schmiedehammer auf den Amboss und ließ seinen breiten schwieligen Daumen über das Metall gleiten, wobei er seinen Kopf nachdenklich wiegte. „Eigentlich müsste die Hohe Dame einen Schwertmann als Boten entsenden. Aber der da war ein Einberufener. Ich kenne ihn. Malenan aus dem Horngrundweiler. Ein guter Schafzüchter und Pferdelord." Guntram schob das Eisen erneut in die Esse, um es wieder zu erhitzen. „Ich habe vor ein paar Tagen sein Pferd beschlagen."

„Aha." Lomorwin sah zu, wie das Eisen abermals zu glühen begann. „Ein Bote also."

„Was sonst, guter Herr Lomorwin?" Guntram begann das Eisen erneut zu bearbeiten, schlug es wieder lang, faltete es und hämmerte die glühenden Flächen mit harten Schlägen ineinander. „Ein Bote, aber kein Schwertmann." Der Schmied sah den Händler kurz an. „Kennt Ihr Euch mit Klingen aus, guter Herr Lomorwin?"

„Äh, was? Nun, es geht so. Ich führe keine Klinge und handele nicht mit ihnen."

Guntram lachte auf. „Im Land der Pferdelords ist das selten. Ihr solltet Euch überlegen, ob Ihr nicht doch mit ihnen handelt. Ein Pferdelord weiß eine gute Klinge zu schätzen. Eine gute Klinge, eine schneidige Stoßlanze, harte Pfeilspitzen und einen scharfen Dolch. Es gibt viele Gefahren, denen ein Pferdelord ausgesetzt sein kann, und scharfer Stahl mag dem begegnen."

„Nun, die Zeit der Schlachten ist doch vorbei", erwiderte Lomorwin.

„Meint Ihr?" Guntram schüttelte den Kopf. „Bis vor einigen Jahren hätte ich Euch Recht gegeben. Aber nachdem die Orks uns berannt haben, bin ich anderer Meinung."

„Ihr habt sie geschlagen und vernichtet, wie ich hörte." Lomorwin lächelte freundlich. „So wie es auch in der großen Schlacht vor der Stadt der weißen Bäume geschah."

„Wir haben die Bestien geschlagen, ja", stimmte Guntram zu. Er wies mit dem Hammer flüchtig auf den Händler. „Aber denkt an meine Worte, guter Herr Lomorwin. Die Bestien werden eines Tages zurückkehren, vielleicht gestärkter als je zuvor. Das Böse verschwindet niemals ganz, es kehrt immer wieder zurück." Er begann erneut auf das Eisen einzuhämmern. „Ihr solltet Euch ernstlich überlegen, doch ein paar gute Klingen oder Stahlspitzen in Euer Angebot aufzunehmen. Wisst Ihr, dass ich den Stahl eines guten Schwertes zweihundertmal falte und glätte? Ah, ich fertige Euch ein Schwert nach jedem Maß. Genau auf die Länge und Stärke Eures Armes abgestimmt. Wartet, ich zeige es Euch."

„Ich will Euch nicht drängen, guter Herr Schmied", seufzte Lomorwin, „doch mich verlangt es nicht nach einem Schwert, sondern nach jenen kleinen Rahmen, die Ihr mir fertigen sollt."

„Ja, ja, ich weiß", seufzte Guntram und schob das bearbeitete Eisen erneut ins Wasser. Der alte Schmied war schweißgebadet und wischte sich die Nässe von der Stirn, als er den Hammer auf den Amboss legte und nach hinten in seine Schmiede ging. „Aber erst müsst Ihr Euch ein feines Schwert ansehen. Ein wirklich feines Schwert."

Er suchte in einem der Fässer, die dort standen, und kehrte dann mit einem langen Schwert zurück, dessen Klinge im Sonnenlicht blitzte. „Seht Ihr", sagte Guntram stolz, „das nenne ich eine Klinge. Ich habe sie nach Tasmunds Maßen gefertigt. Sie ist etwas kürzer und schmaler als die alte Klinge, aber sie ist ebenso fein gearbeitet. Wisst Ihr, Tasmund wurde vor Jahren an der rechten Schulter verletzt und kann sein Schwert nun nicht mehr mit der rechten Hand führen. Aber sein linker Arm ist ein wenig schwächer, und so habe ich dem guten Herrn Tasmund eine Klinge nach den Maßen und der Kraft seines linken Arms gefertigt."

„Wirklich schön", murmelte der Händler. „Wenn Ihr mir nun die Rahmen zeigen wollt?"

„Ah, das müsst Ihr Euch noch ansehen", sagte Guntram voller Enthusiasmus. „Es dauert nur einen Augenblick." Er trat ein Stück vor, steckte die Spitze des Schwertes in einen Schlitz am Amboss und bog die Klinge durch, bis sie fast parallel zur Schlagfläche des Werkzeugs stand. „Nun, was meint Ihr, guter Herr Lomorwin? Ist das nicht eine prachtvolle Klinge?"

Lomorwin war in der Tat beeindruckt. Er hatte sich nie sonderlich für Schwerter interessiert, aber er erkannte guten Stahl, wenn er ihn vor sich hatte.

Guntram ließ die Klinge zurückfedern. „Ist der Stahl zu hart, zerbricht die Klinge, ist er zu weich, bleibt sie verbogen. Das hier, guter Herr Lomorwin, ist eine Klinge, die ihren Herrn nicht im Stich lassen wird."

„Da habt Ihr sicherlich Recht, guter Herr Schmied." Lomorwin seufzte. „Wenn Ihr nun so gut sein wollt?"

„Ah, natürlich, Eure Rahmen." Guntram zog das Schwert aus dem Amboss. „Ihr seid sicher, dass Ihr keine Klinge wollt? Gut, gut, die Rahmen also."

Der alte Schmied konnte seine Enttäuschung nicht ganz verbergen und steckte das Schwert in das Fass zurück, bevor er an ein Regal trat und zu suchen begann. „Ihr müsst verzeihen, guter Herr Lomorwin", sagte er entschuldigend, „aber meine Augen werden langsam schwach. Oh, sie sind noch gut genug für die Arbeit", fügte er hastig hinzu, „doch für manche Dinge geraten mir nun die Arme ein wenig kurz. Ah, da sind sie ja."

Der Schmied zog eine hölzerne Kiste aus dem Regal hervor und trug sie nach vorne. Es klirrte vernehmlich, als er sie neben dem Amboss auf den Boden stellte, und als Guntram sich wieder aufrichtete, stieß er versehentlich gegen den Händler. Lomorwin ließ ein schmerzerfülltes Knurren hören und rieb sich den Arm.

„Ah, verzeiht, guter Herr Lomorwin", sagte Guntram entschuldigend. „Habe ich Euch verletzt?"

„Nein, schon gut." Der Händler biss sich kurz auf die Lippen. „Heute Morgen bin ich auf der Stiege in des guten Herrn

Malvins ‚Donnerhuf' gestolpert und auf meinen rechten Arm gestürzt. Es schmerzt ein wenig."

„Ah, ich kenne die Stiege", sagte Guntram mitfühlend. „Malvin hätte sie längst erneuern können, aber dazu ist er zu geizig. Ihr solltet einmal zu Meowyn, unserer Heilerin, gehen, wenn der Arm Euch weiterhin plagt. Er könnte gebrochen sein."

„Es ist schon gut, guter Herr Guntram. Zeigt mir lieber die Rahmen."

„Ah, wie Ihr wünscht." Guntram zog einige von ihnen hervor. „Eine recht schwierige Arbeit, guter Herr. Nicht, dass ich sie nicht bewältigen konnte, wie Ihr ja seht. Aber derart viele zu fertigen, in solch kurzer Zeit ..."

„Ich verstehe." Lomorwin betrachtete die Rahmen und legte dann einige von ihnen übereinander, um die Einhaltung der Maße zu überprüfen. Der ein oder andere wich ein wenig ab, aber es reichte für seine Zwecke.

„Wie bekommt man die Schmucksteine hinein?", fragte Guntram neugierig. „Da sind keine Klammern, und man kann die Rahmen auch nicht öffnen."

„Sie werden hineingeklebt", murmelte Lomorwin. „Doch das soll nicht Eure Sorge sein, guter Herr Schmied. Das verrichten andere Hände. Werdet Ihr alle Rahmen fertig bekommen?"

Guntram seufzte. „Ich muss manche andere Arbeit dafür liegen lassen ..."

„Ich werde Euch entsprechend entschädigen, guter Herr Schmied."

Guntram zuckte die Achseln. „Ah, ich werde schon zu Ende bringen, was ich begonnen habe, guter Herr Lomorwin."

Lomorwin nickte befriedigt. Sicher, einige der Rahmen waren nicht perfekt, aber sie würden ihren Zweck erfüllen.

26

Blutfang hatte sich nach oben gearbeitet. Man hatte ihm den Rang eines Legionsführers nicht geschenkt, er hatte ihn sich erkämpfen müssen. Gegen Menschenwesen, aber auch gegen ein paar Konkurrenten aus den eigenen Reihen. Dabei hatte es nicht gereicht, einige harte Schädel einzuschlagen, denn der Schwarze Lord verlangte von einem Legionsführer noch andere Fähigkeiten. Blutfang hatte in einer harten Schule gelernt, seine Kohorten taktisch einzusetzen und die Körperkraft der Rundohren klug mit der Schützenfähigkeit der Spitzohren zu kombinieren. Er wusste, dass es nicht nur auf grobe Kraftentfaltung ankam und diese nicht immer zum Ziel führte.

Blutfang war dabei gewesen, als die rote Kristallstadt der Zwerge erobert wurde, und er war froh, dass er nicht der Anführer der Legionen gewesen war. Denn dessen Schädel steckte nun auf einem Spieß am Eingang jener Höhlen. Nicht etwa, weil ein Zwerg den Kopf vom Rumpf getrennt hätte, sondern weil dem Schwarze Lord in seinem Zorn danach verlangte. Dabei hatte es am Anfang Spaß gemacht, die rote Stadt zu berennen und die Zwergenwesen zu erschlagen. Vor allem, weil die kleinen Kerle kämpfen konnten. Blutfang fand mehr Befriedigung daran, ein Wesen zu erschlagen, das sich wehrte, denn dies mehrte seinen Ruhm. Insgeheim verachtete er die kleineren Spitzohren, die lieber aus dem Hinterhalt und aus der Entfernung töteten. Aber sie waren nützlich, und er verstand es, ihre Fertigkeiten zu nutzen.

Sie hatten die rote Kristallstadt nach kurzem, aber hartem

Kampf bezwungen und alle Zwergenwesen erschlagen, die sie fanden. Und eben das war der Fehler gewesen. Der Schwarze Lord erzürnte sich, dass man all die fähigen Arbeiter getötet hatte, und der Legionsführer musste für seinen Übereifer bezahlen. Der Oberste Brutmeister persönlich hatte die Ruinen der Zwergenstadt besucht und den Legionen erklärt, dass man die Kräfte der Zwerge brauche, wenn auch nur vorübergehend. Blutfang war es zuzuschreiben, dass man in der grünen Kristallstadt zum Erfolg gekommen war. Er hatte gesehen, wie bereitwillig sich die Zwergenwesen der roten Kristallstadt für ihre Maden opferten, und sich dies dann in der grünen Stadt zunutze gemacht.

Blutfang persönlich hatte die Kohorte angeführt, die das Tor zum Zwergenreich nahm, und er persönlich hatte auch die Kohorte geführt, welche die Hüpflinge der grünen Stadt in ihre Gewalt brachte. Es war ein überraschend leichter und unblutiger Sieg geworden.

Der Schwarze Lord war sehr zufrieden gewesen, und bald schon würde er Blutfang das Kommando über mehrere Legionen übertragen. Eine Aussicht, die ihm sehr gefiel, wenngleich er fand, dass der Sieg nicht gerade rühmlich gewesen war. Es war kaum Blut vergossen worden, und er sah auch keine große Ehre darin, die wehrlosen Zwerge bei ihrem Abzug aus der Stadt zu erschlagen. Aber der Schwarze Lord hatte gesagt, es sei wichtig für den Großen Plan, und so hatte Blutfang sich bereitwillig gefügt. Er strebte es ohnehin nicht unbedingt an, dass sein Kopf auf eine Lanze gesteckt den Eingang des Zwergenreichs zierte.

Also kümmerte Blutfang sich darum, dass der Wille des Schwarzen Lords erfüllt wurde und die Zwergenwesen fleißig arbeiteten.

Er musste nur minimale Gewalt anwenden, denn die Zwergenwesen wussten, was mit ihren Hüpflingen geschehen würde, wenn sie die Arbeit verweigerten oder versuchten, sich zu erheben. Gelegentlich erwies es sich als erforderlich, den ein oder anderen Zwerg zu schlachten, um die übrigen ein wenig zu motivieren, und Blutfang machte gern seinem Namen Ehre, indem er dem säumigen Arbeiter vor den Augen der anderen die Fänge in die Kehle schlug. Er liebte den Geschmack ihres Blutes und besonders den ihres Fleisches, aber er wusste, dass er sich noch zurückhalten musste. Und daher riss er immer nur heimlich ein kleines Stück der Kehle des Bestraften, um den Geschmack nicht ganz zu verlieren. Zudem stand ihm diese kleine Geste als Legionsführer auch zu.

Blutfang stand mit seiner persönlichen Leibgarde auf einem kleinen Podest in der Nähe des Sees, der sich unterhalb der Felsnadel erstreckte. Der Sprühnebel des herabstürzenden Wassers hüllte ihn einen Moment lang ein, als er über einen der Stege schritt. Neben ihm drehte sich eines der großen Schaufelräder, doch Blutfang beachtete es kaum, denn solche Räder gab es in den verschiedensten Größen auch in den Bruthöhlen der Legionen. Auch Orks verstanden sich darauf, die Kraft des Wassers zu nutzen, aber ihnen fehlten die kunstvollen Fertigkeiten der kleinen Zwerge.

Blutfang verstand sich auf das Schleifen, denn er schärfte die Klinge seines Schlagschwertes selbst. Aber er hätte es nicht vermocht, die kleinen Schwarzkristallplättchen herzustellen, welche der schwarze Lord verlangte. Mit widerwilliger Bewunderung sah Blutfang auf eine lange Reihe von Zwergenmännern, die an einer ebenso langen Reihe von rasch rotierenden Schleifsteinen saßen und die kleinen Plättchen herstellten, die so wunderbar genau in die viereckigen Metallrahmen passten.

Als sie die Stadt genommen hatten, hatten einige der Orks von dem Wasser getrunken, und ihnen war übel geworden. Blutfang hatte ein paar Zwergenschädel eingeschlagen müssen, bis die kleinen Wesen ihm erklärten, dass man das Wasser nur aus dem See oder unmittelbar von der wasserumspülten Felsnadel schöpfen dürfe. An den rotierenden Schleifsteinen entstünden Schlämme, die mit dem Wasser fortgetragen und es ungenießbar machen würden. Seitdem holten die Orks ihr Wasser direkt aus dem kleinen See.

„Arbeitet schneller, ihr Maden", brüllte Blutfang die kleinen Männer an und bleckte für einen Moment seine spitzen Fänge. „Wenn ihr nicht schneller arbeitet, werden eure Hüpflinge zu Madenfutter."

Einer der Zwerge, Blutfang wusste, dass es sich um den Schleifmeister der Stadt handelte, löste sich aus der langen Reihe und kam mit ausgebreiteten Armen auf den Legionsführer zu. Blutfang bemerkte die verstohlenen Blicke, die das Wesen auf die Axt mit der grünen Schneide warf, die er in seiner Klaue hielt. „Hoher Herr, wir können nicht schneller arbeiten. Wir tun, was wir können, aber unseren Fertigkeiten sind Grenzen gesetzt. Der Schwarzkristall ist brüchig und muss sehr sorgfältig bearbeitet werden. Seht, Hoher Herr, wenn wir ihn zu fest gegen die Schleifsteine drücken, dann zerbricht der Kristall. Zudem verlangt Ihr ein ungewöhnliches Maß an Präzision, Hoher Herr. Wirklich, wir tun, was wir können."

Blutfang überlegte, ob er einem der Schleifer die Kehle durchbeißen sollte. Er glaubte dem Zwergenwesen zwar, aber ein wenig zusätzliche Motivation konnte nie schaden. Andererseits waren es schon jetzt nicht genug Schleifer, und wenn er einen weiteren von ihnen opferte, würden noch weniger der Plättchen gefertigt werden.

„Seht, Hoher Herr", sagte der Zwerg beflissen und winkte Blutfang zu einem der Schleifsteine hinüber, „hier könnt Ihr es gut sehen."

Der Schleifmeister schob den Arbeiter zur Seite, nahm das Bruchstück eines Kristalls auf und hielt es an den Schleifstein, der in der Senkrechten rotierte. „Der Kristall muss in einer ganz bestimmten Weise angesetzt werden. Hält man ihn nur ein klein wenig zu tief, reißt der Stein ihn auseinander, setzt man ihn zu hoch an, zieht der Stein ihn dem Schleifer aus den Fingern. Der Ansatzwinkel und der ausgeübte Druck müssen exakt stimmen, Hoher Herr. Außerdem muss der Stein nass genug sein, damit er nicht zu stark am Kristall reißt. Ihr seht, die richtige Bearbeitung ist eine wahre Kunst."

Spritzwasser sprühte von den Schleifsteinen auf, während die Finger der Zwerge emsig damit beschäftigt waren, Bruchstücke des Schwarzkristalls aufzunehmen und sie an den Schleifsteinen zu bearbeiten. In rascher Folge entstanden die viereckigen und hauchdünn wirkenden schwarzen Plättchen. Die fertigen Plättchen landeten in kleinen Kisten, und Blutfang registrierte erfreut, dass deren Zahl stetig anwuchs. Es war bei Weitem noch nicht genug, doch es ging voran.

Blutfang nahm eines der Plättchen aus einer Kiste und hielt es gegen das Licht. Er nickte zufrieden. Die hinter das Schwarzkristallplättchen gehaltene Klaue erschien zwar dunkel, war aber scharf zu erkennen. Er knurrte leise und sah den Schleifmeister an. „Sorge dafür, dass gut gearbeitet wird, Schleifmeister der Zwerge." Er zeigte demonstrativ seine Fänge. „Oder eure Hüpflinge werden es büßen."

„Ihr werdet zufrieden sein, Hoher Herr", sagte der Schleifmeister eilig. „Ihr werdet gewiss zufrieden sein."

Blutfang knurrte noch einmal ermunternd und bedeutete

dann den Rundohren seiner persönlichen Garde, ihm zu folgen. Erneut marschierte er durch Schwaden von Sprühnebel und bemerkte dabei, wie die feinen Wassertropfen unter seine schwere Rüstung sickerten. Er verspürte einen leichten Harndrang und beneidete für einen Moment die Spitzohren. Sie trugen nur leichte Lederharnische und konnten es einfach die Beine hinablaufen lassen. Ihm und den Rundohren war das verwehrt, denn sie trugen metallenen Harnische und gepanzerte Beinschienen, und der Harn eines Orks war sehr aggressiv. Würde man es einfach laufen lassen, konnte eine Rüstung durchaus zerfressen werden. Aber die Höhle der Zwerge bot viele Möglichkeiten, sich zu erleichtern.

Blutfang legte die Axt des Zwergenkönigs über seine Schulter. Er fragte sich, warum die Zwerge solchen Wert auf ein derart unnützes Spielzeug legten. Die Schneide aus grünem Kristall würde keinen einzigen Schlag aushalten. Sie war recht hübsch anzusehen, doch das war auch schon alles. Dennoch schienen der Besitz dieser Axt und natürlich die Internierung ihrer Maden die Zwerge vom Kampf abzuhalten. Blutfang bleckte seine Zähne zu dem orkischen Äquivalent eines Lächelns.

„Mein Führer“, sagte eines der ihn begleitenden Rundohren, „seht dort vorne in dem Gang. Sie weigern sich, zu arbeiten!“

Blutfang folgte der Blickrichtung des Gardisten und erkannte eine kleine Gruppe von Zwergen, die sichtlich erschöpft am Zugang eines kleinen Schürfstollens hockte. Er schnaubte verächtlich. „Die kleinen Wesen haben wohl keine Kraft mehr und gönnen sich eine Pause. Sie meinen wohl, verschnaufen zu können.“

„Sollen wir sie antreiben, mein Führer?“, fragte eines der Rundohren begierig. „Wenn wir ein oder zwei Schädel knacken oder Kehlen reißen, werden die anderen ihre Kraft wohl wiederfinden."

Schürfer waren nicht so wichtig wie Schleifer, denn es gab bedeutend mehr von ihnen. Zudem hatte ein ordentliches Rundohr im Reich der Zwerge nur wenig zu tun. Die kleinen Kerle bei der Arbeit zu beaufsichtigen, war langweilig. Ein wenig Abwechslung konnte da nicht schaden. Der Legionsführer leckte sich über die Lippen. „Warum nicht? Motivieren wir sie doch ein wenig."

Unter anderen Umständen hätte Blutfang die verschnaufende Gruppe einfach angebrüllt und sie wieder an die Arbeit getrieben. Doch diesmal, so gestand er sich ein, wollte er gar nicht, dass sie wieder an die Arbeit ging. Zumindest nicht vollzählig. Der Schwarze Lord brauchte ja nicht zu erfahren, dass er hier und da an einer Kehle naschte. Und das würde er auch nicht, solange Blutfang es in Grenzen hielt. Zudem hatten seine Truppen nichts dagegen einzuwenden, wenn es gelegentlich ein wenig frisches Fleisch gab.

Blutfang lief das Wasser zwischen den Fängen zusammen, als er für einen Moment an eine Menschenfrau denken musste, die er vor Jahren einmal geschlagen hatte. Sie hatte kurz vor dem Kalben gestanden. Ah, es war ein seltener Genuss gewesen. Ob kalbende Zwergenfrauen auch so gut schmeckten? Es wäre interessant, das einmal herauszufinden. Vielleicht zusammen mit ein paar verschwiegenen Angehörigen seiner Garde.

Die Gruppe der Zwerge wurde auf Blutfang und seine Begleiter aufmerksam, und der Legionsführer sah, wie die kleinen Männer erschrocken in den Stollen zurückwichen. Es war ein sehr kleiner Stollen, und sie hofften wohl, zwischen den zahlreichen Säulen, die dort standen, Sicherheit und Schutz vor den Orks zu finden.

„Bleibt stehen, ihr Maden", brüllte Blutfang und schüttelte die Axt des Zwergenkönigs. „Oder eure Hüpflinge werden es bereuen."

Aber die Angst der kleinen Wesen war zu groß, was Blutfang durchaus verstehen konnte. Er sah seine sechs Begleiter an. „Wir werden uns die beiden saftigsten herauspicken. Zwei jüngere, keinen von den alten. Die sind zu zäh."

Sie grinsten einander an und folgten den fliehenden Zwergen mit schnellen Schritten. Blutfang glaubte zu erkennen, dass einer der Zwergenmänner nur einen Bartzopf hatte, doch das war sicherlich eine Täuschung. Die Zwerge mit ihren kurzen Beinen kamen nicht so schnell voran wie die Orks, die sie verfolgten, so dass sich der Abstand rasch verringerte. Blutfang hatte den saftigen Geschmack einer Zwergenkehle förmlich schon auf der Zunge. Der Geifer floss zwischen seinen Fängen hervor und schlabberte auf seinen Brustpanzer.

Die Zwerge waren Blutfang und seiner Gruppe nur noch ein oder zwei Dutzendschritte voraus, als der Legionsführer die Leinen sah, die in Bodennähe an einigen der Säulen befestigt waren. Er brauchte einige Augenblicke, bis er begriff, dass dies doch sehr ungewöhnlich war. Er hob die Hand und verlangsamte seinen Schritt, aber es war bereits zu spät.

Blutfang sah, wie die Leinen sich plötzlich strafften, und erkannte, dass die fliehende Gruppe der Zwerge stehen geblieben war und mit aller Kraft an den Leinen zog. Er brüllte wütend auf und bleckte seine Fänge, dann hastete er auf die kleinen Wesen zu. Über ihm knackte es. Steine knirschten, als einige der Säulen sich zu verschieben begannen.

„Schlachtet sie", brüllte Blutfang und reckte instinktiv die Axt des Zwergenkönigs vor, obwohl ihre Schneide für einen Kampf nichts taugte. Aber sein dunkles Blut geriet in Wallung, als er endlich die Falle erkannte, welche die Zwerge ihm gestellt hatten.

Es knackte erneut, dann stürzte mit einem Mal die Decke des niedrigen Gangs auf Blutfang und seine Begleiter herab. Staubwolken wirbelten auf, während die Rundohren von Gesteinsbrocken getroffen wurden und zu Boden gingen.

Als sich der Staub nach einer Weile zögernd zu legen begann, sah man noch den Schädel eines Rundohrs mit eingebeultem Helm zwischen zwei Felstrümmern herausschauen. Zwei der Zwerge hasteten heran und begruben den Kopf endgültig unter einem schweren Stein.

In seltsam symbolischer Geste ragte Blutfangs Hand aus dem Geröllhaufen hervor, den Griff der Axt Grünschlag in den Fingern, die nun langsam erschlafften. Die Axt neigte sich und fiel schließlich vor einen der Zwerge auf den Boden, ohne dass die grüne Schneide brach. Dieser Zwerg hatte tatsächlich nur einen Bartzopf, und der war nicht einmal echt.

Dorkemunt hielt die Axt Grünschlag dem zufrieden brummenden Nedoruk hin. „Ihr Herren Zwerge versteht euch darauf, Bauwerke zu errichten, und ihr versteht euch ebenso darauf, sie wieder zum Einsturz zu bringen."

Der Erste Axtschläger nahm das Symbol der Königswürde behutsam aus Dorkemunts Hand und betrachtete es andächtig. „So haben wir jetzt den Schlüssel zur Stadt und zu ihrer Waffenkammer. Jetzt gilt es, die Hüpflinge zu befreien, damit die Äxte ihr Werk verrichten können."

„So soll es sein", bestätigte Hegmaruk zufrieden. Er hatte die Last der Tunneldecke und die Tragfähigkeit der Säulen berechnet und war nun im höchsten Maß mit dem Resultat zufrieden. „Aber wir sollten uns beeilen, bevor die Bestien ihren Anführer zu vermissen beginnen."

Nedoruk ergriff die Zopfenden seines Bartes und legte sie seltsam feierlich nach hinten in seinen Nacken, wo er sie verknotete. Er bemerkte Dorkemunts fragenden Blick und lächelte. „Dies tut ein guter Axtschläger, wenn er in den Kampf zieht, Pferdelord. Unsere Bärte sind lang und unsere Beine kurz."

Dorkemunt lachte leise auf und nickte. „Wohlan, guter Herr Axtschläger, so lass uns gemeinsam in den Krieg ziehen."

27

Malenan wusste, dass Eile geboten war, und so ritt er in schnellem Trab, wechselte regelmäßig in den Galopp und saß nur kurz ab, um die Pferde zu wechseln und sie zu versorgen. Er selber aß und trank im Sattel, was ihm als erfahrener Hirte und Pferdelord nicht schwerfiel. Malenan war mit seiner Wahl der Pferde zufrieden. Er hatte schon immer ein gutes Gespür für Pferde besessen, und so wenig beeindruckend die Stute, auf der er saß, auch aussah, so zäh und schnell war sie doch.

Sein Weg führte ihn aus dem weitläufigen Tal von Eternas hinaus und durch einige Seitentäler auf den Südpass zu.

Neben dem Nordpass stellte der Südpass den einzigen Zugang zur Hochmark der Pferdelords dar. Es gab keine schützende Festung, die diesen Durchlass sicherte, aber der Pass war lang und an einigen Stellen sehr schmal, die Felswände zudem hoch und nicht zu ersteigen, und es gab keine Möglichkeit, ihn zu umgehen. Der Pass war insgesamt fast fünfzehn Tausendlängen lang und maß an der breitesten Stelle drei Tausendlängen. Aber an einigen Punkten verengte er sich auf eine halbe bis eine Hundertlänge, so dass hier eine Truppe gut in Formation gehen und auch eine Übermacht aufhalten konnte.

An dem Eternas zugewandten vorderen Ende des Passes betrug die Breite ebenfalls nur eine Hundertlänge, und auch hier waren die Seitenwände steil und unpassierbar. Es führte lediglich ein schmaler Pfad zu einem Plateau hinauf, auf dem der Turm mit dem Signalfeuer stand. Der Turm aus dem grauen Stein der Hochmark war gute zwanzig Längen hoch, maß jedoch kaum vier Längen im Durchmesser und verjüngte sich nach oben hin. Seine bescheidene Einrichtung bestand aus der Wachstube im unteren Geschoss, in der sich neben den Schlafgelegenheiten auch Tisch und Bänke sowie die Vorräte der fünfköpfigen Wache befanden. Zudem führte eine steile Wendeltreppe zur überdachten Plattform hinauf. Dort oben befand sich auf einem steinernen Podest das gestapelte und mit Öl getränkte Holz, welches im Falle drohender Gefahr entzündet wurde und so als Signalfeuer diente. Von dem Plateau aus hatten Bogenschützen ein gutes Schussfeld in den Pass hinein. Noch vor wenigen Jahren hatte ein erbitterter Kampf um dessen Kontrolle getobt, bis Garodems Männer sich vor der Übermacht hatten zurückziehen müssen. Aber die Legion der Orks hatte für diesen Sieg schwere Verluste hinnehmen müssen.

Malenan hatte der Turmwache die Losung gegeben und war von ihren guten Wünschen begleitet zum hinteren Passende weitergeritten, wo der Durchlass auf die alte Handelsstraße mündete, die in die anderen Marken der Pferdelords hinabführte. An seinem südlichen Zugang war der Pass rund zwei Hundertlängen breit. Es gab hier keinen Turm, stattdessen hatte man das Signalfeuer an dieser Stelle auf einem kleinen Plateau oberhalb der Schlucht errichtet. Hier wachte eine zweite Gruppe von Schwertmännern. Auch ihre Wünsche begleiteten Malenan, als er nun endgültig die Hochmark Garodems verließ.

Der einsame Reiter konnte nun vor sich ein Stück der alten Handelsstraße einsehen, die von Süden kommend am Hammerturm des Weißen Zauberers vorbeiführte. Kurz vor dem Pass bog sie nach Nordwesten ab und wandte sich zum Dünenland hin, das einst den Pferdelords gehört hatte und nun von Barbaren beherrscht wurde.

Die Handelsstraße schlängelte sich am Boden der Täler zwischen den Gipfeln der Berge hindurch. Um den reitenden Pferdelord herum schien es kaum Leben zu geben. Das Gebirge war hier karg und unwirtlich, und nur hin und wieder hetzte ein kleines Tier vor dem Reiter her in die Deckung des Straßenrandes.

Manchmal rückten die Felswände so dicht zusammen, dass die Hufe der Pferde ein Echo erzeugten, dann wieder wichen sie weit auseinander. Nur wenig Grün war hier zu sehen. Gelegentlich fristeten ein paar Sträucher ein karges Dasein am Wegesrand. Einmal erblickte Malenan ein kleines Rudel Nager, das hastig in den Schatten flüchtete, und ein gutes Stück weiter döste eine Schlange auf der heißen Straßendecke, bis sie vom Hufschlag aufgeschreckt wurde und zwischen den Steinen verschwand.

Der erfahrene Hirte hielt Augen und Ohren offen und suchte die Hänge und Felsen nach einer Bewegung ab. Ein Pferdelord musste immer auf der Hut sein, denn regelmäßig drangen große Raubtiere bis in das Gebirge vor, und gelegentlich versuchten Barbaren aus dem Westen ihr Glück. Das war auch schon zu jenen Zeiten so gewesen, als dieses Land noch nicht von den Pferdelords in Besitz genommen worden war. Damals hatte das Gebiet noch zu einem der alten, inzwischen vergangenen Königreiche gehört. Gelegentlich waren die Barbaren über die Handelsstraße kommend in das Königreich eingedrungen und hatten so lange gemordet und geplündert, bis sich ihnen Truppen entgegenstellten. Schließlich hatten die alten Könige die Straße durch eine Garnison gesichert. Zeugnis dafür war die alte, verfallene Grenzfestung, die auf Malenans Weg lag.

Er konnte sie schon von Weitem erkennen. Auf den ersten Blick wirkte sie noch immer recht beeindruckend, wenngleich die Anlage nie sonderlich groß gewesen war. Sie war alt, sehr alt sogar, was man an der aufgerauten Oberfläche der einst glatten und fast fugenlos gefügten Steine erkennen konnte. Risse und Spalten zeigten sich im Mauerwerk. Längst hatten sich Moose und Kletterpflanzen ausgebreitet, und an einigen Stellen war das graue Gestein vom satten Grün der Natur vollends überwuchert worden. Die umfassende Wehrmauer war an mehreren Stellen eingestürzt, so dass Malenan schon von der Straße aus einen Teil der inneren Anlagen erkennen konnte. Die Festung war wohl nie mehr als ein befestigter Grenzposten zum Schutz der Handelsstraße gewesen, und die Garnisonsstärke hatte wohl kaum mehr als ein oder zwei Kohorten betragen.

In die alte Mauer waren Statuen eingearbeitet worden, die an jene Figuren erinnerten, welche auch in den vergangenen Königreichen zu finden waren. Sie zeigten Krieger oder Könige in vollen Rüstungen und mit unverkennbar menschlichen Zügen, die trotz des verwitterten Steins noch auszumachen waren. Die Zinnen des Turms und der Wehrmauer hatten eine konische Form, und die Schießscharten dazwischen bildeten flache Dreiecke. Es war eine schon längst vergangene Bauweise. Die Wehrmauer war auf einem großen Stück eingebrochen, und die Spalte war breit genug, um die beiden Pferde hindurchlenken zu können.

Malenan wäre normalerweise an der alten Grenzfestung vorbeigeritten, sie hatte ihm weder Schutz zu bieten noch gab es dort Wasser, denn der Brunnen war inzwischen ausgetrocknet. Zudem wollte er auch keine Zeit verschwenden. Aber irgendetwas an der alten Anlage war ungewöhnlich und erweckte seine Aufmerksamkeit.

Malenan lenkte das Tier mit den Schenkeln auf die Spalte zu und hielt dabei seinen Bogen mit aufgelegtem Pfeil locker über dem Sattelknauf. Der grüne Rundschild mit dem blauen

Rand der Hochmark und dem weißen Horn des Horngrundweilers schlug rhythmisch an seinen rechten Schenkel. Er war ein guter Pferdelord und wollte für jede Gefahr bereit sein. Ein Raubtier konnte sich hinter den Mauern verbergen, auch wenn es unwahrscheinlich war, dass es sich auf einen bewaffneten Reiter stürzen würde.

Malenan erblickte nun die beiden Nackthalsvögel, die über der alten Festung kreisten. Wo diese auftauchten, konnte einigermaßen frisches Aas nicht weit sein. Wahrscheinlich handelte es sich nur um verendetes Wild, aber das Misstrauen des Pferdelords war geweckt.

Er glaubte zwar nicht an eine unmittelbare Gefahr, denn dann wären die vorsichtigen und sehr scheuen Vögel längst verschwunden. Aber er hielt Pfeil und Bogen dennoch schussbereit, als er sein Reittier mit den Schenkeln in die alte Anlage hineinlenkte.

Über den Hof verstreut lagen Skelette, von denen manche noch die verwitterten Reste von Rüstungen trugen. Auch die Gebeine einiger Pferde waren zu sehen. Die Rüstungen bestanden nicht nur aus Harnisch und Helm, sondern hatten auch Armschutz und Beinschienen. Offenbar waren dies Soldaten aus den alten Königreichen gewesen. Die meisten der Skelette waren jedoch ungerüstet. Wahrscheinlich handelte es sich um die Überreste einer Handelskarawane, die hier einst vergeblich Schutz vor einem Überfall suchte. Doch verwitterte Knochen waren wohl kaum der Grund für die Anwesenheit der Aasvögel. Als Malenan sich umschaute, sah er etwas abseits die Überbleibsel eines Gemetzels, das noch nicht so lange zurückliegen konnte.

Malenans Anwesenheit schreckte die beiden Vögel nun endgültig ab. Sie krächzten noch protestierend und begaben sich dann mit langen Flügelschlägen auf die Suche nach anderer Nahrung. Doch Malenan beachtete die beiden Nackthälse nicht mehr, sondern musterte die kürzlich erschlagenen Gestalten.

Er konnte die Reste eines Lagerfeuers und die verwesenden Körper von sieben Männern ausmachen. Drei von ihnen hatte der Tod wohl während des Schlafs, in ihre Decken gehüllt, ereilt, und auch die anderen schienen kaum Gelegenheit zur Gegenwehr gehabt zu haben. Eine der Leichen war auf schreckliche Weise verbrannt. Vielleicht war der Tote in das noch brennende Feuer gestürzt, bevor es dann irgendwann erloschen war.

Malenan blieb im Sattel sitzen, denn hier kam jegliche Hilfe zu spät.

Die Männer mussten in der Dunkelheit überrascht worden sein, und es schienen nur wenige Angreifer gewesen zu sein. Drei der Toten trugen die Kleidung einfacher Männer, vielleicht Hirten wie er selbst oder Bauern. Drei andere waren anscheinend bewaffnete Wachen gewesen, doch ihre Waffen und die ledernen Harnische hatten ihnen nichts genutzt. Einer von ihnen trug den grünen Umhang eines Pferdelords, doch statt eines Helms hatte er eine Kapuze übergezogen. Der siebte Mann hingegen gab Malenan ein Rätsel auf, denn im Gegensatz zu den anderen Toten war seine Leiche vollkommen unbekleidet. Der Körper war sichtlich am Verwesen und stank furchtbar, aber Malenan beugte sich ein wenig im Sattel vor. Das Gesicht war nicht mehr deutlich zu erkennen, und doch hätte der Pferdelord schwören können, dass es ihm irgendwie bekannt vorkam.

Malenan seufzte leise. Er hatte jetzt nicht die Zeit, die Toten ehrenvoll zu bestatten. Vielleicht würde er es nachholen können, wenn er Garodem gefunden hatte. Immerhin waren es Männer aus dem Land der Pferdelords gewesen, das verriet ihre Kleidung. Die Tradition gebot, dass er den toten Kämpfern ihre Waffe in die Hand gab, damit sie den Weg in die Goldenen Wolken fanden. Also saß Malenan ab und nahm, den Gestank ignorierend, die Waffen auf, um sie den Toten in die Hände zu legen. Es war ihm beileibe nicht angenehm, aber als Angehöriger des Pferdevolkes war es seine Pflicht.

Er war zu sehr in Eile, um Steine über die toten Körper zu häufen, und so sprach er nur die traditionelle Ehrenformel, bevor er wieder aufsaß, seine Pferde herumzog und die Totenstätte verließ. Seine Sorge galt nicht den Toten, sondern den Lebenden, und seine Aufgabe war es, den Pferdefürsten Garodem zu finden.

28

Larwyn hatte die Gruppe der auserwählten Pferdelords zu sich gerufen, um sich mit ihnen zu beratschlagen. Sie konnte die fünfzig Männer nicht im Amtszimmer ihres Gemahls unterbringen und hatte daher die Weisung gegeben, die Versammlungshalle des Haupthauses herzurichten. Es würde kein fröhliches Gelage und keine Ehrenfeier geben, sondern eine ernsthafte Beratung, die für die Zukunft der Hochmark von Bedeutung war. Und für diesen Anlass bot die Halle den entsprechenden Rahmen.

Obwohl es heller Tag war, mussten die Brennsteinlichter der Halle entzündet werden. Zum ersten Mal seit langer Zeit brannten alle Brennsteine der großen Deckenleuchter und erfüllten die Halle bis in die entlegenen Winkel hinein mit einem angenehmen Licht. In den Nischen, zwischen den aufragenden schwarzen Säulen, waren die schweren eisenbeschlagenen Truhen zu sehen und die Lanzen mit den Wimpeln der Beritte der Hochmark. Die dreieckigen Wimpeltücher zeigten die grüne Farbe der Pferdelords und waren mit dem Blau der Hochmark gesäumt. Nur die weißen Zeichen auf ihren Feldern unterschieden sich, denn sie symbolisierten die Städte oder Weiler, aus denen der jeweilige Beritt aufgerufen wurde.

Ein wenig abgesetzt standen mehrere fremdartig wirkende Banner. Zwei von ihnen waren einfache Stangen, an denen Felle und Schädel befestigt waren. Sie stellten die Zeichen von Barbaren des Dünenlandes dar und waren einst von den Pferdelords beim Kampf erbeutet worden. Andere zeigten die schwarze Farbe der Orkbanner und waren bedeckt mit martialisch anmutenden Darstellungen von Klauen, Hörnern und mancherlei mystischen Symbolen.

Das Banner Garodems fehlte. Es war das typische rechteckige Feldzeichen der Pferdefürsten und zeigte die Symbole der Pferdelords sowie die aufgehende Sonne. Doch jetzt führte Garodems Bannerträger das Zeichen, damit es den abwesenden Pferdefürsten der Hochmark begleitete, wie es die Tradition der Pferdelords verlangte.

Die langen Tische der Versammlungshalle waren nach hinten gerückt worden, und die Bänke standen in zwei langen Reihen entlang der Säulen, so dass in der Mitte eine große freie Fläche entstanden war. Als Larwyn das Amtszimmer ihres Gemahls verließ und die Treppe zur Halle hinunterging, waren die Pferdelords bereits versammelt, und sie erhoben sich, als sie Larwyns Schritte auf der Treppe hörten.

Die Hohe Dame ging langsam zwischen den Reihen der Pferdelords hindurch auf das große Banner der Hochmark zu, das an der Stirnseite des Raumes hing. Sie wandte dabei den Anwesenden wechselweise den Rücken zu und ging bewusst langsam, um sich so den Klingen der Anwesenden darzubieten. Dies war eine uralte Tradition der Pferdelords, ein Vertrauensbeweis, der seit den Tagen des ersten Königs der Pferdelords erbracht wurde.

Damals hatte der erste König die wilden und untereinander zerstrittenen Marken des Volkes unter seinem Banner geeint. Seit jenen Tagen schritten der Fürst einer Mark oder der König auf diese Weise durch die Reihen der Getreuen, um ihnen zu bedeuten, dass sie ihnen ihr Leben anvertrauten.

Die anwesenden Pferdelords waren in voller Rüstung. Sie hatten die Rundschilde vor ihren Knien auf den Boden gestellt, und während Larwyn langsam nach vorne schritt, begannen die

Pferdelords, einer nach dem anderen, die Griffe ihrer Schwerter oder Äxte gegen ihr Schild zu schlagen. Anschwellendes Dröhnen erfüllte die Versammlungshalle, bis Larwyn unter dem Banner der Mark angelangt war und sich den Anwesenden zuwandte. Mit einem Schlag wurde es still, und die Pferdelords wandten sich Larwyn und dem Banner zu und neigten ihre Köpfe zum Gruß.

„Ihr ehrenwerten Pferdelords der Hochmark", sagte Larwyn mit erhobener Stimme, „ich habe euch Auserwählte hier versammelt, da ich Dinge von großem Belang für unsere Gemeinschaft zu besprechen habe. Ich bitte euch, ihr ehrenwerten Pferdelords, nun wieder Platz zu nehmen und mir mit eurem Rat zur Seite zu stehen."

Die Pferdelords setzten sich, und Larwyn ließ sich auf den geschwungenen Schemel sinken, der unter dem Banner stand. In der Halle des Königs stand an seiner Stelle ein Thron, doch Garodem hatte sich immer als einer der ihren gefühlt, und so begnügte er sich mit diesem Schemel, der als einzige Zierde zwei sorgfältig geschnitzte Pferdeköpfe trug.

„Ihr wisst, ehrenwerte Pferdelords, dass Gefahr an unserer Nordgrenze droht. Orks sind dort eingefallen, doch wir können nicht sagen, in welcher Zahl. Der Zwergenkönig Balruk, der den Schutz unseres Hauses und die Wärme unserer Gunst genießt, hat um Beistand für sein Volk gebeten. Noch wissen wir nicht, welche Gefahr droht und wie wir ihr begegnen müssen. Aber das Erscheinen eines Grauen Zauberers in unserer Mark hat deutlich gemacht, dass wir die Bedrohung nicht mehr unterschätzen dürfen. Der Erste Schwertmann Tasmund hat vorgeschlagen, die Losung der Pferdelords zu geben, doch das habe ich bisher nicht getan. Ich will nun mit euch, ihr ehrenwerten Pferdelords, beraten, was zu tun ist und wie wir uns vorbereiten können." Larwyn räusperte sich. „Ich möchte die Losung nicht geben, solange wir das Ausmaß der Bedrohung nicht kennen, denn ich will die Menschen der Hochmark nicht beunruhigen."

Einer der Pferdelords schlug mit dem Stiel seiner Axt gegen seinen Schild, und Larwyn blickte ihn aufmunternd an. „Sprecht frei, guter Herr Maredas aus dem Horngrundweiler."

Der junge Pferdelord erhob sich. „Die Menschen der Hochmark sind schon jetzt beunruhigt, Hohe Dame Larwyn. Sie wissen von nächtlicher Störung in der Burg, sie wissen, dass Kormunds Schar im Norden einen Kampf focht, und sie wissen, dass Ihr meinen Vater entsandt habt." Maredas war Malenans Sohn und wie sein Vater ein guter Pferdelord. „Die Menschen wissen, dass der Bote in Eile ist, denn mein Vater hatte ein Handpferd dabei. Ja, Hohe Dame, die Menschen sind beunruhigt. Doch nicht aus Furcht, sondern weil Ihr zögert, die Losung zu geben."

Larwyn errötete ein wenig. Da schwangen wohl auch Tasmunds Worte mit. Sie nickte zögernd, und der junge Pferdelord setzte sich, während beifällig an einige Schilde geschlagen wurde. Ein untersetzter Mann erhob sich nun, und Larwyn sah auch ihn auffordernd an.

„Gerdim von Hosmurs Gehöft", stellte er sich vor. „Ich stimme dem guten Herrn Maredas zu, Hohe Dame. Alle Menschen spüren, dass Gefahr droht, doch wir haben keine Furcht, ihr zu begegnen. Die Menschen der Mark können sich noch gut an den Sturm der Orks vor vier Jahreswenden erinnern. Damals traf es uns fast unvorbereitet, Hohe Dame, doch dieses Mal ist es anders." Beifälliges Gemurmel erhob sich unter den Anwesenden, und wieder war das Dröhnen der Waffen zu hören, bis Larwyn schließlich ihre Hand hob und Stille einkehrte. Der untersetzte Pferdelord räusperte sich kurz. „Die Gehöfte und Weiler sind bereit, der Losung zu folgen, und die Menschen Eternas' sind es auch."

Ein anderer erhob sich neben dem stehenden Gerdim und nannte rasch seinen Namen. „In wenigen Tageswenden wird die Ernte eingebracht sein. Schon jetzt sind die Speicher annähernd voll, denn der Ertrag war gut, Hohe Dame. Entsendet Boten und gebt die Losung."

Ein Dritter erhob sich in der gegenüberliegenden Reihe. „Innerhalb einer Tageswende können die Boten bei scharfem Ritt auch das fernste Gehöft erreichen. Und innerhalb vierer Tageswenden können alle Bewohner der Mark samt ihrer Habe Eternas erreicht haben."

Larwyn hob nun beide Hände, und die drei Männer setzten sich. Die junge Herrin der Hochmark sah die Anwesenden der Reihe nach an. „Ich sehe, dass ihr bereit seid, ihr ehrenwerten Pferdelords, und dafür danke ich euch. Aber wir wissen nicht, wie groß die Gefahr ist, denn wir haben noch keine Nachricht von Kormunds Beritt." Als sie sah, wie sich Widerspruch in einigen Gesichtern regte, hob sie erneut beschwichtigend die Hände. „Niemand vermag zu sagen, ob die Gefahr wirklich von Norden her droht, ihr guten Herren. Ihr kennt die Niedertracht der Orks. Sie mögen eine kleine Truppe in den Norden entsandt haben, um uns dorthin zu locken, während sie selbst vom Süden her angreifen."

Sie ließ ihre Worte auf die Pferdelords einwirken. „Dennoch will ich, dass wir bereit sind, und sollten wir innerhalb eines Zehntags keine Nachricht haben, so werde ich die Losung geben."

„Schneller Ritt …", rief einer der Männer und erhob sich begeistert.

„… und scharfer Tod", stimmten die anderen erregt ein.

Larwyn hob erneut ihre Hände. „In einem Zehntag wollen wir bereit sein. So lasst uns nun überlegen, was bis dahin noch zu bewältigen ist."

„Überall im Land ist die Ernte fast eingebracht und die Schafschur beendet", bekräftigte der untersetzte Gerdim. „Auf meinem Weg von Hosmurs Gehöft nach Eternas ritt ich durch die Mark und konnte mich davon überzeugen. Die Menschen aus den Gehöften und Weilern können jetzt nach Eternas gerufen werden."

„Die Waffenkammern sind gefüllt, Hohe Dame." Ein Schwertmann der Wache erhob sich. „Auf meinen Gängen durch die Stadt sah ich, dass Schreiner und Schmiede dabei sind, starke Schäfte für Pfeile und Lanzen zu fertigen. Viele Kratzläufer sind ihrer Federn beraubt, um gute Befiederungen herzustellen. Die Spitzen für Pfeile und Lanzen stapeln sich, und die Vorratstonnen sind gefüllt."

„Gut, ihr ehrenwerten Pferdelords, wie steht es mit der Stärke der Beritte? Was kann die Hochmark aufbieten?"

Zahlen schwirrten durch den Raum, während die Männer miteinander diskutierten, bis ein Scharführer aus dem Quellweiler das Wort ergriff. „Wenn wir Kormunds Beritt abziehen, so sind drei volle Beritte rasch bereit. Die Hälfte der Männer ist kampferfahren, denn sie hat vor vier Jahrmonden schon gegen die Orks gekämpft. Die anderen sind gut ausgebildet, dafür kann sich euer Schwertmann, der Scharführer Baromil, verbürgen."

Der Schwertmann der Wache, der als Scharführer für die Ausbildung der Pferdelords zuständig war, erhob sich und nickte bestätigend. „Das ist wahr, Hohe Dame. Die Männer verstehen sich auf den Umgang mit ihren Waffen und können zudem die Stoßlanze handhaben. Wir haben die Formationen zu Pferde geübt, und die Männer sind so bereit, wie sie nur sein können."

„Zudem, Hohe Dame“, wandte ein anderer Pferdelord ein, „sind auch die Bürger wehrhaft. Viele Menschen aus Eodan haben sich bei uns angesiedelt und sind nach dem Fall ihrer Stadt in der Hochmark geblieben. Unter ihnen ist auch der Bogenschütze Naik, Ihr könnt Euch gewiss an ihn erinnern. Er hat die Männer Eternas' das Schießen gelehrt, und auch derjenige, der den grünen Umhang eines Pferdelords nicht trägt und nicht zu reiten vermag, versteht es nun, einen Pfeil in einen Ork zu versenken.“

Zustimmendes Gemurmel und das Dröhnen der Schilde erfüllte erneut die Halle.

Larwyn erhob sich von dem Schemel und gebot Ruhe. „Ihr ehrenwerten Pferdelords, ich danke euch für eure offenen Worte. In einem Zehntag werde ich die Losung geben, doch nicht früher. Bis dahin müssen die Vorbereitungen zum Kampf verborgen bleiben. Bedenkt, dass sich ein Grauer Zauberer unter uns befindet. Er ist ein Verbündeter der dunklen Macht, ein Verbündeter des Schwarzen Lords und seiner orkischen Legionen. Er würde unsere Vorkehrungen und den Weg unserer Beritte melden. Wir müssen die verbleibende Zeit daher nutzen, den Grauen Gestaltwandler zu stellen und zu töten. Nur so bleibt der Feind ungewarnt.“

„Und wenn man ihn nicht findet?“, wandte einer der Männer zögernd ein. „Er kann vielerlei Gestalt annehmen und sich in der Stadt bestens verbergen.“

Larwyn nickte. „Das ist wahr.“ Sie seufzte leise. „Mein Entschluss steht jedoch fest, ihr ehrenwerten Pferdelords. In einem Zehntag gilt die Losung.“

Abermals erfüllte das zustimmende Dröhnen der Schilde die Halle der Festung Eternas.

29

Dorkemunt und Nedeam verbargen sich inmitten einer Gruppe von Zwergen, als sie die Stadt Nal't'rund betraten, und Nedoruk hielt die Axt Grünschlag unter seinem Umhang versteckt. Es schien, als hätten die Orks bislang keinen Alarm gegeben. Offenbar vermisste man den Anführer der Legion und dessen Leibgarde noch nicht. Niemand hielt sie auf, als sie sich an der gelangweilten Wache der Rundohren vorbeischoben und zu Hegmaruks Haus hinaufgingen.

„Ach, ihr Männer", seufzte Frau Hegmarukona entsagungsvoll und wies bedauernd auf ihre Kochstelle. „Wie soll ich euch nur beköstigen, wenn ich keinen Brei kochen kann? Ihr wisst doch, dass man die Pilze nicht roh essen soll. Die Darmwinde sind grässlich."

„Meine gute Frau", sagte Schürfmeister Hegmaruk und zog besänftigend an einer ihrer Locken. „Im Augenblick wird in keinem der Häuser gekocht. Die Schlote müssen kalt bleiben."

Hegmarukonas Augen weiteten sich, als Nedoruk die Axt des Königs unter seinem Umhang hervorholte. „Grünschlag, die Axt des Königs Balruk! Wo ist der gute König? Ist er hier?"

„Er wird bald kommen, gute Frau Zwerg", sagte Dorkemunt hastig und half Nedeam dabei, das gepolsterte Wams abzulegen.

Hegmaruk zog seine irritierte Frau zur Seite und drückte sie auf die Sitzbank. „Sei unbesorgt, Hegmarukona, alles wird wohl."

Die Zwergenfrau zuckte zusammen, als Nedoruk nach dem

alten verschlissenen Hammer Hegmaruks griff und ihn aus der Wandhalterung nahm. Hegmaruk hielt den Ersten Axtschläger zurück. „Es ist mein Erster Hammer, also lass mich auch den ersten Schlag damit tun."

Nedoruk nickte verständnisvoll. „Du hast Recht, Hegmaruk. Aber warte noch, es müsste gleich beginnen."

Erwartungsvolles Schweigen senkte sich über den Raum, während die gute Hegmarukona die Männer verwirrt ansah. Dann ertönten von irgendwoher Schreie, die beständig lauter wurden, und bald kam das rhythmische Schlagen von Hämmern hinzu.

„Es wird einige von uns den Kopf kosten", seufzte Hegmaruk leise. „Die Bestien werden sich für den Tumult rächen und einige der Schürfer erschlagen."

Nedoruk legte ihm tröstend die Hände an die Zöpfe und zupfte leicht daran. „Es geschieht zum Wohle Nal't'runds. Wir werden gewiss weitaus mehr von ihren Schädeln abschlagen."

Was sie beabsichtigten, würde Lärm erzeugen, und die Orks waren nicht taub. Sie würden nach der Ursache des Lärms forschen und dann vielleicht zu früh entdecken, was die Allianz aus Zwergen und Menschen beabsichtigte. Also hatten sie mit den Schürfern abgesprochen, dass diese genau in diesem Moment die Arbeit einstellen und im Takt mit ihren Hämmern zu schlagen beginnen sollten. Mittlerweile war der gesamte Felsendom von einem Dröhnen erfüllt, dass bis in die Stadt hineinschallte.

Hegmaruk und die anderen wiegten unwillkürlich die Köpfe im Takt der Schläge. Nedoruk nickte Hegmaruk zu. „Schlag und halte den Takt, mein Freund."

Hegmarukona sah ihren Mann schockiert an, als er seinen alten Hammer hob und ihn dann mit kräftigen Schlägen im Takt des Dröhnens gegen den Schlot hieb, welcher durch die Kochstelle nach oben führte. Sie stieß nun einen entsetzten Schrei aus und begann hastig, ihre Töpfe von der Kochstelle zu nehmen. „Hast du zu viel Blor getrunken, Hegmaruk? Wie kannst du das tun? Wie soll ich noch kochen, wenn du den Schlot zerschlägst?“ Sie riss schockiert die Augen auf. „Wie soll überhaupt noch jemand kochen, wenn du ihn zerschlägst?“

„Heute wird kein Brei gekocht“, stieß ihr Mann grimmig hervor und hieb den Hammer erneut gegen den Schlot. „Heute werden Orkschädel weichgeschlagen.“

Hegmarukona ließ einen der Töpfe fallen und kümmerte sich nicht um den kalten Pilzbrei, der bei dem Aufprall um ihre Beine spritzte. Ächzend sank sie auf die Bank. „Ihr seid verrückt. All unsere Hüpflinge werden sterben.“

„Keines eurer Kinder wird sterben“, versicherte Dorkemunt rasch. Er wies auf Nedeam. „Er wird dafür sorgen.“

Nedeam war nun bis auf das Unterzeug entkleidet, und Hegmarukona starrte den Jungen entsetzt an. „Er soll das hinbekommen? Seht doch, wie schrecklich lang und dünn er ist. Nicht einmal einen Bart hat er.“

Nedeam rupfte sich gerade die angeklebten Barthaare aus dem Gesicht, und obwohl es schmerzte, war er froh, das schrecklich juckende falsche Haar endlich los zu sein. Seine Haut brannte höllisch und war stark gerötet. Einzelne Haarbüschel klebten noch in seinem Gesicht und verliehen ihm ein seltsames Aussehen.

„Natürlich ist er dünn, dünn wie ein Schlot“, brummte Hegmaruk und schlug erneut gegen den Abzug. „Deshalb kochen wir heute ja auch nicht.“

Es knackte, und endlich zeigte sich ein Riss in dem dicken aufsteigenden Rohr mit seinen Abluftöffnungen. Keine Hitze flimmerte, als Hegmaruk nun Stück um Stück aus dem Kamin herausbrach und eine immer größere Öffnung freilegte. „Ich kann das Mauerwerk nicht ganz aufreißen“, sagte Hegmaruk achselzuckend, „sonst verliert es seinen Halt.“

Nedeam trat an die zerstörte Kochstelle heran und blickte in das offene Rohr. „Es wird schon gehen.“

„Gerade zur rechten Zeit“, brummte Nedoruk. „Die Aufseher haben die Schürfer wohl wieder zur Arbeit getrieben.“ Jetzt nahmen auch die anderen wahr, dass der Lärm aus dem Felsendom verstummt war.

Dorkemunt musterte seinen jungen Freund. „Du weißt, worauf es ankommt?“

„Sicher, wir haben es ja besprochen“, entgegnete Nedeam. Er fühlte sich unbehaglich, nur im Unterzeug vor den Zwergen und einer ihrer Frauen zu stehen, und schaute betreten auf seine Füße.

Der kleinwüchsige Pferdelord folgte Nedeams Blick. „Oh, wir werden sie mit heißem Wasser waschen müssen. Das Fett muss fort.“

Wie bei den Pferdelords üblich, waren auch Nedeams Füße mit Lappen umwickelt und gut gefettet. Aber dieses Fett würde verhindern, dass seine Füße in dem Rohr Halt fanden. Denn es war Nedeams Aufgabe, in dem Schlot bis zur obersten Ebene hinaufzusteigen und dann die Axt in den Thron des Zwergenkönigs zu stecken, so dass die Kammer geöffnet wurde und die Zwerge sich bewaffnen konnten.

„Ah, bei den feurigen Abgründen!“, fluchte Hegmaruk. „Wir haben kein heißes Wasser.“

Dorkemunt stimmte in den Fluch ein. Mit kaltem Wasser ließ sich das Fett nicht lösen.

Frau Hegmarukona erhob sich und eilte an eines der Regale.

„Hier, damit mag es gehen. Bestes Blor."

„Ah, du bist die Größte", sagte Hegmaruk erfreut und zupfte liebevoll an ihren Haaren. Er nahm den Krug aus ihren Händen und genehmigte sich einen kräftigen Schluck. Nachdem er vernehmlich aufgestoßen hatte, nickte er wohlgefällig. „Ah, das allerbeste Blor."

„Ihr sollt es nicht trinken, guter Herr Hegmaruk", sagte Dorkemunt mahnend und zog den Krug aus den Händen des Schürfmeisters. „Lasst mich sehen, ob es dazu taugt, das Fett zu lösen."

Er nahm mit prüfender Miene einen Schluck, und auch Nedoruk wollte nicht zurückstehen. Die Mission Nedeams war einfach zu bedeutend, um ein Risiko einzugehen. Nedeam selbst verzichtete auf den zweifelhaften Genuss, und so begann sein Freund Dorkemunt endlich, die Füße mit Blor abzureiben. Das Fett löste sich tatsächlich, doch Nedeam spürte ein unangenehmes Brennen, das zum Glück bald wieder nachließ.

Schließlich erhob sich Dorkemunt zufrieden und nickte. „So wird es gehen, Nedeam, mein Freund."

Der kleine Pferdelord wollte den Krug erneut ansetzen, doch Hegmarukona war schneller und riss ihn aus seiner Hand. „Ihr habt meine Kochstelle zertrümmert", fauchte sie. „Also gebührt mir wohl auch etwas."

Hegmaruk sah andachtsvoll zu, wie sie den Krug vollständig leerte. Indessen schlang Nedoruk einen kräftigen Lederriemen um Nedeams Nacken und befestigte die Axt daran. „Du bist recht lang und dünn gewachsen, Pferdelord. Du wirst guten Halt finden. Und wenn du dich ordentlich streckst, kannst du dich von Abluftöffnung zu Abluftöffnung hangeln und dich so nach oben ziehen. Achte darauf, dass du Grünschlag nicht verlierst. Ohne die Axt ist alles verloren."

„Ich werde auf sie Acht geben, ihr Herren."

Sie wünschten ihm Glück, und Nedeam schob sich vorsichtig an den scharfen Bruchkanten vorbei in das Rohr. Dann stieß er sich vom Gitter der Kochstelle ab und glitt vollständig in den Schlot hinein. Die Innenwand war unangenehm glitschig und etwas feucht von den Rückständen der Kochdünste. Aber das Rohr war nicht heiß, sondern von einer angenehmen Wärme erfüllt und durch die zahlreichen Abluftöffnungen mit ausreichend Frischluft versorgt.

„Geht es?", drang Dorkemunts Stimme gedämpft an Nedeams Ohr.

„Es wird gehen." Nedeam musste mit den Zehen an den unteren Abluftöffnungen Halt finden und sich stark recken, doch dann konnte er die über ihm befindlichen Öffnungen mit den Fingern ertasten und fand genug Halt, sich nach oben zu ziehen. Er stemmte seine Beine gegen den Schlot, um ein wenig zusätzlichen Halt zu finden, zog sich höher und stellte überrascht fest, wie anstrengend die Kletterei war. Er blickte über sich. In regelmäßigen Abständen umgaben die Abluftöffnungen der Kochstellen den Schlot, Stockwerk um Stockwerk. Zumindest sah es im Innern des Schlotes so aus, obwohl die Stadt in der Form einer kegelförmigen Spirale angelegt war. Der Form des Kegels folgend, stiegen diese Rohre in einer leichten Schräge an und gelegentlich tauchten Öffnungen auf, die wohl von Querverbindungen stammten. Nedeam schätzte die Zahl der Ebenen auf zehn und ächzte unwillkürlich.

. Es würde eine langwierige und anstrengende Kletterei werden, und er hoffte, dass ihn die Kräfte auf dem Weg nicht verließen.

Er machte sich an den mühevollen Aufstieg, erklomm Ebene um Ebene und schürfte sich dabei die Haut an Armen und Beinen auf. Der Schlot war selbst für ihn etwas eng, doch für einen Zwerg war er bestimmt unpassierbar. Vielleicht hatten die Orks deshalb keine besonderen Vorkehrungen zur Sicherung der Kamine getroffen.

Wenn Nedeam die Öffnungen der Kochstellen erreichte, konnte er dahinter oft eine Bewegung ausmachen und erkannte dann dicht vor sich die Gesichter von Zwergenwesen. Allerdings waren es ausschließlich Frauen, denn in den oberen Ebenen duldeten die Orks die Anwesenheit der Zwergenmänner nicht. Die Frauen schienen auf geheimnisvollem Wege erfahren zu haben, was in dem Rohr vor sich ging, denn sie versuchten anscheinend, Nedeam zu helfen.

Er hörte immer wieder ein merkwürdiges Schaben, sobald er seine Füße von den Öffnungen hob, um weiter hinaufzusteigen, konnte aber nicht sehen, worauf das Geräusch beruhte. Doch als er einmal abrutschte, merkte er, wie die Frauen ihm beistanden. Er sackte tiefer und konnte sich kaum mehr mit den verkrampften Fingern an den über ihm gelegenen Öffnungen festhalten, als er plötzlich an den Zehen einen unerwarteten Widerstand spürte.

Sobald Nedeams Füße sich von den Abluftöffnungen einer Ebene gelöst hatten, schoben die Zwergenfrauen offenbar Metallstangen durch die gegenüberliegenden Löcher, so dass unter Nedeam eine Art Gitter aus sich überkreuzenden Stangen entstanden war. Als er nun nach unten sackte, fanden seine Füße Halt. Keinen bequemen Halt zwar, denn die Stangen schnitten schmerzhaft in seine Fußsohlen, doch immerhin erlaubten sie es Nedeam, sich von dem Schreck zu erholen und seine verkrampften Finger einen Moment zu entspannen. Dann machte er sich erneut an den Aufstieg.

Einmal verfing sich die Schneide der Axt Grünschlag unglücklich in einer der Öffnungen, so dass Nedeam weder vor noch zurück konnte, bis die hilfreichen Hände einer Zwergenfrau die Kristallklinge befreiten. So gelangte er Ebene um Ebene weiter hinauf. Allmählich zeichnete sich über ihm ein kreisrundes helles Licht ab, und Nedeam erkannte, dass es sich um das offene Ende des Schlotes handelte. Der Anblick spornte ihn an und verlieh ihm die Kraft, auch die letzten Ebenen zu überwinden.

Dicht unterhalb der Öffnung kauerte er sich zusammen und versuchte, Halt im Schlot zu finden, um seine Kräfte zu sammeln. Der Schlot endete, wie er wusste, auf der obersten Ebene. Nicht weit von ihm entfernt mussten sich die Hüpflinge der Zwerge und die Orkwachen befinden.

Bis hierher hatte der Plan funktioniert, doch war dies erst der leichtere Teil gewesen. Nun musste Nedeam an Hüpflingen und Orks vorbei zum Thron gelangen und den Axtstiel in dessen Armstütze stecken, damit sich die Waffenkammer der Zwerge öffnete. Der Junge Pferdelord glaubte nicht daran, dass die Orks den Thron unbewacht lassen würden, und seine einzige Waffe bestand aus der Axt Grünschlag, die zwar sehr dekorativ war, jedoch kaum zum Kampf taugte.

Zögernd streckte er seine Arme aus, setzte die Hände auf den oberen Rand des Schlotes und hob langsam seinen Kopf aus der Öffnung.

Anhand der Lage der gewaltigen Felsnadel erkannte Nedeam nach kurzem Rundblick, dass er sich auf der dem Stadttor abgewandten Seite des Kegels befand. Offenbar war das Glück eines Pferdelords mit ihm, denn die Straße, die sich spiralförmig um die Stadt herumwand, endete hoch über dem Stadttor auf der gegenüberliegenden Seite der obersten Ebene. Und da die Orks offenbar davon ausgingen, dass sich ein Feind nur über die breite Straße nähern konnte, hatten sie ihre Wachen ausschließlich an deren Ende postiert. Nedeam schätzte die

Stärke der Mannschaft auf zwei Kohorten, welche sich aus der üblichen Mischung von Spitzohren und gepanzerten Rundohren zusammensetzten. Zwischen ihm und den Orks befanden sich die Kinder der Zwerge und der Thron des Königs.

Die Hüpflinge waren unterschiedlichen Alters, was er an ihrer Körpergröße und ihrem Verhalten erkannte. Einige spielten offensichtlich recht unbekümmert, aber die meisten saßen oder standen seltsam schweigend und anscheinend völlig unbehelligt von den Wachen in Gruppen herum. Die Orks schienen nicht davon auszugehen, dass ihnen von den Zwergenkindern eine Gefahr drohen könnte, und vermutlich hatten sie damit auch Recht. Zum ersten Mal sah Nedeam nun nahezu haarlose Zwergenwesen, die, abgesehen von ihrer breiten und untersetzten Statur, wie etwas zu kurz geratene Pferdelords wirkten. Nur bei wenigen von ihnen waren erste Spuren eines Bartflaums zu erkennen. Keines dieser Zwergenwesen hatte einen Umhang, hingegen trugen sie alle Hosen mit einem kurzen Kilt darüber. Nedeam vermochte es daher nicht, das Geschlecht der jüngeren Hüpflinge zu bestimmen.

Der Grundriss der obersten Ebene hatte, wie konnte es bei den Zwergen anders sein, die Form eines riesigen Fünfecks, das aus den bekannten geriffelten und fünfeckigen Steinplatten gebildet wurde. Nur im Zentrum war ein gut zwanzig Längen messendes Fünfeck mit grünem Kristall ausgelegt, und dort, in der Mitte dieses Fünfecks, erhob sich der Thron.

Er bestand aus einer fünfeckigen Säule von gut zehn Längen Höhe, so dass sich bestimmt vierzehn Pferdelords hätten übereinanderstellen müssen, um die obere Kante der Säule zu erreichen. Oben auf der Säule erkannte Nedeam eine massige Konstruktion, vermutlich der Thron des Zwergenkönigs. Er musste grinsen, als er die Treppe erblickte, die an der Säule hinaufführte.

Sie lag auf der ihm zugewandten Seite! Nedeam würde zum Thron hinaufsteigen können, ohne dass die Orks am Ende der Straße ihn überhaupt sahen. Erst dann, wenn er zur Vorderseite des Throns musste, würde er in ihr Blickfeld geraten.

Ah, es schien viel leichter zu gehen, als sie alle befürchtet hatten.

Er schob sich vorsichtig über den Rand des Schlotes, schwang die Beine auf den Boden und kauerte sich für einen Moment hinter den Kamin. Rund um den Rand der obersten Ebene sah er weitere Schlote aufragen, doch keiner von ihnen erhob sich höher als eine halbe Länge über den Boden. Es war ein seltsames Gefühl, zu erkennen, dass man sich nicht in einer Stadt, sondern sozusagen auf ihrem Dach befand. Nedeam blickte zu den Hüpflingen hinüber, die ihn ebenfalls noch nicht entdeckt zu haben schienen. Wenn die Zwergenkinder ihn sahen, würden sie möglicherweise in verräterisches Geschrei ausbrechen, und dann hätten sie den Aufstand des Zwergenvolkes auch gleich bei den Wachen anmelden können.

Nedeam bewegte sich aus der Deckung des Schlotes heraus und rannte zu der Treppe hinüber, die nur wenige Dutzendlängen von ihm entfernt war. Die Axt schlug rhythmisch gegen seinen Rücken, und die Schneide traf mehrmals schmerzhaft sein Gesäß, doch dann hatte er die Treppe erreicht und kauerte sich an ihr nieder. Er war unentdeckt geblieben, und bis hierher hatte ihm das Glück die Treue gehalten. Nun galt es, zum Thron hinaufzusteigen.

Nedeam atmete mehrmals tief durch, zog die Axt Grünschlag von seinem Rücken und schlang sich den Halteriemen um das rechte Handgelenk. Dann begann er den Aufstieg, wobei er wieder einmal feststellen musste, wie beschwerlich es war, eine Zwergentreppe zu erklimmen. Schon bald wurde ihm bewusst, dass er immer weiter ins Blickfeld der Orks geriet, je höher er stieg. Seine Nervosität steigerte sich noch, als er bemerkte, dass einige der Hüpflinge ihre Köpfe hoben und ihn beobachteten.

Was würden diese kleinen Wesen wohl denken? Da kletterte ein Fremder zum Thron ihres Königs hinauf, der vielleicht kein Ork sein mochte, aber dennoch seltsam genug aussah. Nur in Hemd und Beinkleid und mit merkwürdig gerupft anmutender Gesichtsbehaarung, die königliche Axt in der Hand haltend. Instinktiv legte Nedeam seine freie Hand zur Geste der Verschwiegenheit an den Mund und hoffte inständig, dass die Hüpflinge deren Sinn verstanden oder von sich aus Ruhe hielten.

Stufe um Stufe stieg er empor, und die Anspannung ließ ihn die Mühsal vergessen. Mit jedem Schritt sah er nun mehr von der Stadt, deren Kegelkante von seinem Standpunkt aus wie eine glatte Schräge wirkte. Er hatte die Spitze fast erreicht, als er das Grunzen hörte.

Er kannte diese Art von Grunzen. Es war der typische Laut eines orkischen Rundohrs, das rundum zufrieden war. Nedeam vernahm ein knirschendes Geräusch, begleitet von einem unüberhörbaren Schmatzen. Aus den Augenwinkeln sah er einen Gegenstand über die Rückenlehne des Throns geflogen kommen, und er erblasste, als er darin einen Knochen erkannte, an dem noch die Reste von Gewebe und Blut klebten. Nedeam unterdrückte einen Brechreiz. Hier gab es nirgendwo Wild, und der Knochen war frisch gewesen. Der junge Pferdelord hoffte nur, dass keiner der Hüpflinge dazu gedient hatte, den Hunger der Bestie zu stillen.

Das Rundohr rülpste vernehmlich, und als Nedeam sich vorsichtig aufrichtete, sah er die breiten Schultern und den behelmten Schädel der Kreatur über der Rückenlehne aufragen.

Die Schultern waren mit der typischen schweren Rüstung der Rundohren gepanzert, und auch der massive Helm ließ sich einfach zuordnen. Der aufragende Kamm daran wies auf den Rang eines Unterführers hin.

Nedeam biss sich auf die Lippe und überlegte, was er tun konnte.

Er musste die Axt in die Armlehne des Throns stecken, aber das Rundohr würde damit schwerlich einverstanden sein. Also musste Nedeam es erschlagen, und zwar ohne dass die Wachkohorten der Orks es bemerkten. Es gab nur eine Möglichkeit, das gepanzerte Rundohr schnell und möglichst lautlos zu töten. Der Nacken der Bestie. Immer, wenn der Ork seinen Blick senkte, bot sich sein Nacken ungeschützt dar. Ein ideales Ziel für die einzige Waffe, die Nedeam bei sich trug.

Er vergaß alles andere um sich herum und konzentrierte sich voll auf die Bestie, wobei er sich an das erinnerte, was ihm Dorkemunt einmal beigebracht hatte. Sieh einen Feind, den du belauerst, niemals direkt an, denn sonst kann er deinen Blick spüren und entdeckt dich. Sieh immer ein wenig an ihm vorbei und beobachte ihn aus den Augenwinkeln.

Der Ork bewegte sich, aber leider in die falsche Richtung. Das Rundohr schien doch etwas gespürt zu haben, oder es hatte irgendein Geräusch gehört. Jedenfalls wandte es sich zur Seite, drehte seinen Kopf und starrte den Jungen an. Nedeam sah, wie sich die rötlichen Pupillen des Rundohrs weiteten, wie es seine Kiefer aufriss und die Fänge entblößte, um sich dann ungläubig vorzubeugen.

Nedeam schlug instinktiv zu.

Es war kein wirklich gezielter Hieb, aber die Schneide aus grünem Kristall klatschte zwischen die gebleckten Fänge des Rundohrs und trieb, begleitet von Splittern grünen Kristalls und Zahntrümmern, tief in den Schlund der Bestie hinein. Ein nasses Gurgeln war zu hören, und der Ork schien sich für einen Moment aufrichten zu wollen, bevor der Blick seiner Augen starr wurde. Geifer und Blut flossen über die grüne Schneide, die tief zwischen den Kiefern des Rundohrs steckte, und rannen auf den Griff. Nedeam riss hastig die Schneide frei und hörte ein leises Klirren, als das grüne Kristall zerbrach. Der Ork sackte unterdessen langsam vom Thron. Verzweifelt sprang Nedeam vor, ließ die beschädigte Axt Grünschlag einfach am Riemen des Handgelenks baumeln und konnte den leblosen Körper der Bestie gerade noch vor dem Sturz in die Tiefe bewahren. Für einen Moment klammerte sich der Junge verzweifelt an den Thron, als der schwere Leichnam ihn nach vorne zu ziehen drohte, doch dann rutschte der Körper wieder in die alte Position zurück.

Keuchend sank Nedeam neben Thron und Ork auf die Knie und rang nach Atem. Das war knapp gewesen, sehr knapp. Er richtete sich ein wenig auf und spähte über die Armlehne des königlichen Möbels nach unten. Keiner der anderen Orks schien den Vorfall bemerkt zu haben. Noch immer ragte ein Stück grünen Kristalls zwischen den Kiefern des Rundohrs hervor, und das dunkle Blut lief über die zerstörte Schneide, sickerte auf die schwere Rüstung und begann sich zwischen den Füßen des Orks am Boden der Säulenplattform zu sammeln.

Nedeams Blick glitt über die Armlehne des Throns, der nach den Maßen eines Zwergenmannes erbaut und fast breiter als hoch war. Nedeam sah die reichen Verzierungen, die in die Armlehnen eingearbeitet waren. Nedoruk hatte gesagt, der Stiel der Axt müsse in die Armlehne gesteckt werden, also musste es eine Öffnung geben. Nedeam sah die Muster, doch keine Öffnung. Vielleicht war es die falsche Armlehne. Er beugte sich um die Rücklehne des Throns herum, schob den schlaffen Arm des Rundohrs von der Armstütze und versuchte fieberhaft, die Öffnung zu finden. Schließlich fand er eine kleine Vertiefung, die ungefähr dem Durchmesser des Axtstiels entsprach.

Hastig nahm er die Axt Grünschlag, stellte sie mit dem Griff voran senkrecht auf die Vertiefung und drückte. Nichts geschah, bis er sie ein wenig drehte. Ein klickendes Geräusch ertönte, und der Axtstiel sank unvermittelt in die Armstütze hinein, bis der Lederriemen sie aufhielt. Nedeam stieß ein Knurren aus, zog die Axt zurück und nestelte die Lederschlaufe von dem Griff. Dann setzte er den Stiel wieder ein. Dieses Mal sank er tiefer, und Nedeam hörte ein leises Schnappen.

Viele Ebenen unter Nedeam konnte sich ein stöhnender Zwerg kaum auf den Beinen halten, so dass ihn zwei andere mühsam stützen mussten. Die beiden Rundohren vor dem Zugang der großen Waffenkammer sahen das Trio misstrauisch an.

„Verschwindet, ihr Maden", brüllte einer der Wächter. „Ihr habt hier nichts verloren. Geht wieder an eure Arbeit."

„Er kann nicht, Hoher Herr", rief einer der Zwerge jammernd. „Nedoruk geht es furchtbar schlecht."

Das Rundohr knurrte vernehmlich und trat einen Schritt vor. „Wenn er nicht arbeiten kann, dann ist er unnütz. Dann taugt er nur noch als Madenfutter. Lasst ihn los, ihr Maden, und geht an eure Arbeit. Den da lasst hier. Ich werde ihn zu Futter verarbeiten."

Das Rundohr bleckte erneut seine Fänge, und der Anblick der spitzen Eckzähne ließ die Zwerge furchtsam zurückweichen. Der Ork sah sie drohend an. „Verschwindet und arbeitet, ihr Maden."

Die beiden Zwerge ließen ihren Gefährten los, der schlaff

in sich zusammensackte. Mit beschwichtigenden Bewegungen und ungewohnt devoten Verbeugungen gingen sie hastig rückwärts, denn das Rundohr trat näher und schwang bedrohlich sein Schlagschwert, während der Geifer von seinen Fängen tropfte.

Das Rundohr erreichte den stöhnenden Zwerg und beugte sich vor. „Du taugst zwar nicht zur Arbeit, aber du wirst eine passable Mahlzeit abgeben.“

Der Meißel traf das Rundohr genau zwischen dem schweren Brustpanzer und dem unteren Leibschutz. Er durchschlug das Gelenk, das beide Teile miteinander verband, und drang in den Leib des Orks ein. Der unvermittelte Schlag presste dem Rundohr die Luft aus den Lungen, und er konnte nur ein heiseres Keuchen hervorstoßen, dieweil der Zwerg sich drehte und den Meißel mit voller Wucht noch tiefer in den Körper stieß.

„Ich zeige dir, wer nicht zum Arbeiten taugt“, knurrte Nedoruk grimmig, und das dunkle Blut der Bestie lief über den Meißel und die Hand des Zwerges. „Dein stinkender Leib taugt nicht einmal als Mahlzeit.“

Das Rundohr sackte nach hinten, und der Meißel löste sich aus seinem Leib. Der Ork öffnete nun sein Maul zu einem Schrei, doch Nedoruk stieß den langen Metallkeil nun mit ganzer Kraft in den aufgerissenen Rachen, so dass sich der Helm des Orks vom Schädel löste, als der Meißel am Schädeldach wieder austrat.

Das andere Rundohr hatte inzwischen seinen Alarmschrei herausgebrüllt und stürzte nun auf Nedoruk zu. Der Erste Axtschläger der grünen Kristallstadt rollte sich über den Boden ab, und über ihn hinweg wirbelten zwei weitere Meißel dem angreifenden Rundohr entgegen. Einer prallte wirkungslos von der schweren Rüstung ab, der andere drang mit der Spitze in den

Brustpanzer ein, wenn auch nicht tief genug, um die Bestie zu töten. Doch sie geriet ins Taumeln, und Nedoruk hechtete auf das Rundohr zu, ergriff schnell den Meißel und drückte ihn mit einem gnadenlosen Ruck in den schnell erschlaffenden Leib der Bestie.

Als sei der Tod der zweiten Wache das verabredete Signal gewesen, erklang ein metallisches Schnappen, und als Nedoruk den Blick hob, sah er, wie sich die große fünfeckige Metallplatte vor der Kammer zu bewegen begann.

„Der bartlose Pferdelord hat es geschafft", sagte Nedoruk und neigte für einen Moment dankbar sein Haupt. „Er hat es wirklich geschafft."

Einer der beiden anderen Zwerge nickte zufrieden. „Natürlich hat er es geschafft, guter Herr Nedoruk. Nedeam ist schließlich ein Pferdelord."

Nedoruk gab dem anderen Zwerg ein Zeichen, und dieser drehte sich um und wiederholte es. Nur Augenblicke später erschienen weitere Zwerge am Ort des Geschehens und rannten, so rasch ihre kurzen Beine sie zu tragen vermochten, auf das Tor der Kammer zu. Noch im Laufen legten manche von ihnen ihre langen Bartzöpfe in den Nacken und verknoteten sie. Dorkemunt hingegen griff nun erleichtert an den einsamen Zopf, der von seinem Bart herabhing, und zog ihn aus seinen eigenen Haaren heraus. „Ah, das Gebaumel hat mich beinahe wahnsinnig gemacht, guter Herr Zwerg. Nun gebt mir noch eine gute Axt, und Ihr werdet sehen, was ein Pferdelord damit bewerkstelligen kann."

Sie folgten der ersten Zwergengruppe in die Waffenkammer der grünen Kristallstadt Nal't'rund. Dorkemunt war überrascht von ihrer Größe, die durchaus einer Versammlungshalle würdig war. Die Wände waren bedeckt mit hoch aufragenden

Gestellen, von denen sich einige auch mitten durch den Raum zogen. Sie alle waren mit Streitäxten und ungewöhnlich kurzen Lanzen angefüllt.

Die Zwerge hatte inzwischen ihre Bartzöpfe im Nacken verknotet und steckten nun Streitäxte in ihre Gürtel, nahmen Lanzen an sich und schoben ihre freien Arme durch die Halteschlaufen fünfeckiger Schilde. Nedoruk strahlte förmlich und verzichtete auf einen Schutzschild. Er hatte seine Fäuste um die Griffe zweier zweischneidiger Kampfäxte gelegt und schwang sie nun zur Probe.

Eine weitere Gruppe der Zwerge hastete nun herein. Einer von ihnen rief Nedoruk zu, dass die anderen Wachen der Orks noch nichts bemerkt zu haben schienen. Alles war ruhig, und auch die kleinen Männer machten keinen Lärm, sondern rüsteten sich schweigend aus, was Dorkemunt als Beweis für die Entschlossenheit und den Zorn der Zwergenwesen ansah.

Dorkemunt hatte endlich eine passable Axt entdeckt. Ihr Griff war ein wenig kurz für seinen Geschmack, denn er liebte das weite Ausschwingen der Schneide, aber die Klinge war schwer und gut dafür geeignet, durch die Rüstung eines Rundohrs zu schneiden. Er schob den ungeliebten Nachbau des Zwergenhelms von Balruk in den Nacken und grinste den ersten Axtschläger an. „Nun denn, guter Herr Nedoruk, lasst uns ein paar Orkschädel spalten."

„Aber bitte leise, Pferdelord. Sie dürfen uns nicht zu früh bemerken."

Die Gruppe war inzwischen auf rund dreihundert bewaffnete Zwergenmänner angewachsen. Mehr hatte Nedoruk nicht aufbieten wollen, um die Wachen der Orks nicht zu früh auf die drohende Gefahr aufmerksam zu machen. Draußen im Felsendom wurde ganz normal gearbeitet, und hier in der Stadt gab es nur vereinzelte Wachen. Der Kampf zwischen Zwergen und Orks würde erst auf der obersten Ebene wirklich beginnen, sich aber schnell ausweiten, sobald die Hüpflinge der kleinen Wesen in Sicherheit waren.

„Hoffen wir, dass die Bestien im Felsendom nicht mitbekommen, was in der Stadt vor sich geht", brummte Dorkemunt und lief neben Nedoruk und den anderen aus der Waffenkammer hinaus. Eine kleine Gruppe blieb zurück, um die Kammer zu schützen und zu verhindern, dass die Orks den Zugriff auf die Waffen blockierten.

Nedoruk stieß ein leises Knurren aus. Er freute sich auf den Kampf. „Der Kristallschild wird den Bestien im Felsendom die klare Sicht auf die Vorgänge in der Stadt versperren. Aber die Wachen auf der Straße müssen rasch erledigt werden, bevor sie die Kohorten auf der obersten Ebene warnen können."

Sie rannten schweigend die Straße hinauf. Nur ein einziges Mal begegnete dem Pferdelord und den knapp dreihundert Zwergen ein umherstreifender Posten der Orks. Zwei oder drei Lanzen zischten an Dorkemunt vorbei, durchschlugen mit seltsamem Klirren die schwere Rüstung und warfen das Rundohr tot auf den Rücken. Dorkemunt nickte anerkennend, als sie an der Leiche vorbeiliefen und die Wurflanzen wie beiläufig aus dem Toten herausgezerrt wurden. Die Lanzen der Zwerge waren dicker und schwerer als Pfeile. Man konnte sie nicht so weit werfen, wie ein Pfeil flog, aber auf kurze Distanz durchschlugen sie auch den Panzer eines Rundohrs mit Leichtigkeit.

Ihre Schritte und das gelegentliche Klappern der Waffen und Rüstungen waren kaum zu hören. Die Zwerge liefen nun sehr schnell, denn sie waren in Sorge um die Hüpflinge. Dorkemunt spürte die steigende Anspannung seiner Begleiter und las daran ab, dass sie sich dem oberen Ende der Straße und den dort postierten Gegnern näherten. Auch er war in Sorge, allerdings galten seine Gedanken weniger den Hüpflingen als seinem Freund Nedeam.

Das Ende der Straße tauchte unerwartet plötzlich vor Dorkemunt auf. Der kleine Pferdelord erkannte die Gestalten von Rundohren und Spitzohren, die dort umherstanden und offenbar völlig vom Erscheinen der Zwerge überrascht wurden.

Dorkemunt packte nun der Kampfesrausch. Er streckte die Axt vor und wirbelte mit seinen vergleichsweise langen Beinen vorwärts. „Schneller Ritt …“, gab er die Kampflosung der Pferdelords, doch erhielt er den zweiten Teil der Losung nicht zurück, denn mit ihm rannten Zwerge und keine Pferdelords. Aber kämpfen konnten sie ebenso gut.

Die Orks reagierten schnell und begannen sich in ihren beiden Kohorten zu formieren. Die Rundohren mit den Schlagschwertern besetzten die vorderen Reihen, die Spitzohren mit den Bogen postierten sich etwas zögerlicher dahinter. Doch ihre Schnelligkeit nützte den Bestien nichts, an Dorkemunt vorbei und über ihn hinweg zischten bereits die Wurflanzen der Zwerge, und Orks brüllten auf und starben. Nur wenige Pfeile wurden abgeschossen, denn die mutlosen Spitzohren waren zu entsetzt über die plötzliche Attacke.

Dorkemunt schlug seine Axt in den Brustpanzer eines Orks und sah aus den Augenwinkeln, wie ein Unterführer der Bestien versuchte, die Spitzohren zu formieren. Der Pferdelord befreite die Axt aus dem Panzer und wandte sich dem Unterführer zu. Neben ihm schlug Nedoruk seine beiden Äxte in den Hals eines Rundohrs, die eine links, die andere rechts, und der Schädel der Bestie löste sich und traf noch vor dem entseelten Leib auf dem Boden auf.

„Stoßt durch“, schrie der Erste Axtschläger der Stadt. „Stoßt durch ihre Reihen hindurch!“

Sie mussten es schaffen, zwischen die Bestien und die Hüpflinge zu gelangen, damit die Orks keine Rache an den Zwergenkindern nehmen konnten. Die Kohorten der Orks hatten ihre saubere Linienformation nicht mehr einnehmen können, und die Zwerge hatten ohnehin jegliche Ordnung aufgegeben. Ein wildes Durcheinander brandete nun um Dorkemunt herum auf.

Die Zwerge hatten keine Probleme, die Spitzohren zu überwältigen. Diese Orks waren nicht wesentlich größer als ein mittelgroßer Menschenmann und trugen nur einen leichten, ledernen Schutz. Mit den Rundohren taten sich die kleinen Männer jedoch schwerer. Die Rundohren waren für den Kampf mit schwerer Rüstung und Schlagschwert gezüchtet worden, und jedes von ihnen überragte selbst die größten der Pferdelords um mehr als eine Kopflänge. Die Zwerge gaben sich nun alle Mühe, die Orks um ebendiese Kopflänge zu stutzen, wobei sie verschiedene Taktiken anwandten. Manche sprangen hoch, um mit ihrer Axt den Hals des Gegners zu erreichen, andere kürzten die Beine des Feindes, um so leichter an den Hals zu gelangen. Die kleinen Männer schienen förmlich fixiert darauf, die Hälse zu treffen, während Dorkemunt durchaus zufrieden war, wenn er seine Axt in die Brust einer Bestie schlagen konnte.

Die Männer des Zwergenvolkes hielten sich sehr gut und fügten den Orks schwere Verluste zu, aber die Bestien wussten sich durchaus zu wehren. Die Rundohren verfügten über die größere Reichweite, und die langen Schlagschwerter taten ihr Übriges. Zudem hatte es eine Gruppe von zwanzig Spitzohren geschafft, sich aus dem Getümmel zurückzuziehen. Unter anderen Umständen wären sie vielleicht geflohen und hätten die anderen im Stich gelassen, doch hier, auf der obersten Ebene der

Zwergenstadt, gab es keine Möglichkeit zur Flucht. Es gab jetzt nur noch Sieg oder Niederlage, und so bemühten sich beide Seiten, die Oberhand zu gewinnen. Die Spitzohren begannen ihre Pfeile zu verschießen, doch die umeinanderwirbelnden Kämpfer erschwerten ihnen das genaue Zielen.

Neben Dorkemunt stürzte ein Rundohr brüllend zu Boden, als ein Axthieb ihm das Bein abtrennte, und noch im Sturz schlug die Bestie um sich und traf mit dem Schlagschwert einen Zwerg. Ein anderes Rundohr war im Kampfrausch und hatte sein Schlagschwert von sich geworfen. Es stürzte sich mit bloßen Klauen auf einen Zwergenmann, riss ihn vom Boden hoch und schlug ihm die Fänge in die Kehle. Während das leblose Zwergenwesen zu Boden fiel, wandte sich das Rundohr um, doch ein Zwerg sprang ihn an und versetzte ihn ins Taumeln. Und als die Bestie zu Boden stürzte, warfen sich noch zwei andere Zwerge auf sie und töteten sie. Einmal wirbelte der abgetrennte Arm eines Zwerges mit dem daran befestigten Fünfeckschild durch die Luft und fiel irgendwo zu Boden, dann rollte der Helm eines Spitzohrs samt Schädel scheppernd über die Steinplatten, und das Blut bespritzte die Beine der Kämpfenden.

Schreie der Wut und des Schmerzes mischten sich mit dem Klatschen der Äxte und Schlagwerter zu einer Kakophonie des Todes. Ein Rundohr stürzte mit dem Pfeil eines Spitzohrs im Auge zu Boden, dann folgte ein von Pfeilen durchbohrter Zwerg und noch ein zweiter. Dorkemunt registrierte, dass die kleine Gruppe der Bogenschützen zu einer Bedrohung wurde, denn die verbliebenen Rundohren drängten sich allmählich enger zusammen, und so gaben die Zwerge leichtere Ziele ab.

Einige Wurflanzen sausten in die Gruppe der Spitzohren, während eine Handvoll Zwerge auf die Bogenschützen zurannte. Zwei oder drei Zwergenmänner stürzten von Pfeilen getroffen zu Boden, dann gingen Spitzohren und Axtschläger zum intimeren Nahkampf über. Hier waren nun die Zwerge den Bogenschützen überlegen, und nach kurzem Ringen war die Bedrohung endgültig beseitigt.

Die letzten Orks gingen unter Axtschlägen zu Boden, dann war die oberste Ebene der Stadt endgültig wieder in den Händen der Zwergenmänner. Manche von ihnen rannten zu den Hüpflingen, zupften ihnen liebevoll die Haare und trösteten sie, während andere zwischen den am Boden liegenden Leibern entlangschritten, um die verletzten Zwerge zu versorgen und die noch lebenden Bestien zu töten.

Dorkemunt winkte mit der von Orkblut triefenden Axt einen Gruß zu Nedeam hinauf, der oben auf der Thronsäule der Zwergenstadt stand und seiner Freude mit lautem Rufen Ausdruck verlieh. Dorkemunt erkannte die Leiche eines Rundohrs auf dem Thron. Dunkles Orkblut war über den oberen Rand der Thronsäule hinabgeflossen und hatte seine Spuren auf dem Stein hinterlassen. Nedeam zerrte an dem leblosen Körper, und der tote Ork neigte sich nach vorne, stürzte herab und schlug schwer auf dem Boden der obersten Ebene auf.

„Ihr werdet hier ein wenig sauber machen müssen“, rief der Junge vom Thron herab.

Dorkemunt grinste und war erleichtert darüber, seinen jungen Freund wohlauf zu sehen. „Komm endlich herunter, junger Pferdelord. Noch bist du kein König, und der Thron steht dir nicht zu.“

Nedoruk trat an Dorkemunts Seite und grinste breit. „Ihr beiden habt zwar keine ordentlichen Bärte, Pferdelord, aber ihr könnt euch ordentlich schlagen.“ Der Erste Axtschläger blickte zum Thron hinauf und sah die Axt in der Armlehne stecken.

Er entdeckte die zerbrochene Schneide und zuckte nur die Achseln. „Man kann sie erneuern", sagte er pragmatisch. „Sie hat ihren Zweck erfüllt."

Das Geschnatter der befreiten Hüpflinge erfüllte nun die oberste Ebene, so dass Nedoruk gebieterisch seine Axt heben musste. „Hört auf mit dem Gelärme. Noch ist es nicht ausgestanden. Wir haben den Thron zurückerobert und euch Hüpflinge befreit, aber nach wie vor sind Orks im Reich der Zwerge." Dann wandte er sich an die Axtschläger. „Hundert Äxte bleiben hier und schützen die Hüpflinge, doch ihr anderen folgt mir nun. Es liegt noch Arbeit vor uns."

Nedoruk trat an den Rand der obersten Ebene und blickte in den Felsendom hinunter. Was sich außerhalb der Kuppel abspielte, war nur schwer auszumachen, denn durch die Kristallplatten der Kuppelwand wurde alles leicht verzerrt. Doch schien vor der Stadt noch niemand bemerkt zu haben, dass der Aufstand der Zwerge begonnen hatte.

Nedeam war noch immer im Unterzeug, doch hatte er gerade andere Sorgen. Er bückte sich, zerrte einen orkischen Bogen unter einem Spitzohr hervor und betrachtete ihn stirnrunzelnd, während er an der Sehne zupfte. „Kein guter Bogen", seufzte er missmutig. „Er liegt sehr ungewohnt in der Hand." Er beugte sich nochmals und zog einen Pfeil aus einem der Köcher heraus. „Und der Pfeil ist schrecklich."

Dorkemunt lachte gut gelaunt. „Meinst du, du kannst damit Orks töten?"

Nedeam sah ihn an. „Orks kann ich mit allem töten." Dann blickte er zu Nedoruk und lächelte unsicher. „Außer, vielleicht, mit einer Axt."

„Bringen wir es hinter uns", meinte der Erste Axtschläger.

Es waren nur wenige Zwerge, die nun die Straße wieder hinunterliefen. Die kleinen Männer hatten einen hohen Blutzoll entrichten müssen, um die vierhundert Orks auf der obersten Ebene zu besiegen.

„Ihr habt euch wacker gehalten, ihr Herren Zwerge“, sagte Dorkemunt keuchend, während er neben Nedoruk und Nedeam die Straße hinunterlief. „Vor allem, wenn man bedenkt, wie klein ihr seid und dass die Orks in der Übermacht waren.“

„Du verstehst es auch recht gut, mit einer Axt zu schlagen, Pferdelord.“ Nedoruk sah zu Nedeam und grinste breit. „Ich bin schon gespannt, ob du mit Pfeil und Bogen tatsächlich so gewandt bist, Bartloser. Die verfluchten Spitzohren aus den Felsen herauszutreiben, wird nicht leicht werden, auch wenn es nur wenige sind.“

Besorgte Zwergenfrauen traten vor ihre Häuser, als die Gruppe an ihnen vorbeihastete, und man merkte den kleinen Frauen ihre Erleichterung an, als man ihnen zurief, die Kinder seien in Sicherheit. Auf der untersten Ebene hatte sich inzwischen eine größere Gruppe Zwerge versammelt, die vollständig bewaffnet war. Die kleinen Kämpfer sahen Nedoruk und den anderen mit erwartungsvollen Mienen entgegen.

„Die Wachen draußen ahnen noch nichts“, erklärte ein Schürfer hastig. „Wir wollten sie in Sicherheit wiegen, bis wir Nachricht hatten, dass die Hüpflinge wohlauf sind.“

„Das sind sie“, versicherte Nedoruk grinsend und schlug Nedeam anerkennend auf den Rücken. „Und der Bartlose war dabei durchaus hilfreich.“

Die Wachen am Stadttor rechneten eher damit, dass der Ärger von draußen kam, und wurden überrascht, als er nun in ihrem Rücken auftauchte. Nach getaner Arbeit rannte Nedoruk vor das Tor und hob die Fäuste mit den Äxten. „Ihr Männer des Volkes! Die Hüpflinge sind frei! Erhebt eure Äxte!“

Das Hämmern und Schlagen, das Tosen des Wassers und das Zischen der Orkpeitschen ließ seine Stimme nicht weit hinausdringen, aber die umstehenden Zwerge und auch die Wachen hörten sie. Die kleinen Männer stellten unverzüglich das Schürfen und Schleifen ein, um sich der Rache zu widmen. Endlich waren ihre Kinder in Sicherheit, und nun brauchten sie sich nicht mehr vor den Orks zu ducken. Die erzürnten Zwerge warteten nicht auf Nedoruk und die Bewaffneten, sondern stürzten sich mit dem, was sie gerade in den Händen hielten, auf die Wachen.

Kleine Hämmer, Schaufeln, Meißel oder Steine wurden ebenso wie die bloßen Fäuste zu Waffen und standen gegen die Schlagschwerter und Pfeile der Orks. Rasend schnell breitete sich der Aufstand über den gesamten Felsendom aus. Der Boden der riesigen Höhle war schnell zurückgewonnen. Die wenigen dort postierten Wachen wurden von der Übermacht der angreifenden Zwerge überrannt. Lediglich auf den Felssimsen, an denen die Schürfstollen vorangetrieben wurden, überlebten einige der Spitzohren lange genug, um ihre Pfeile auf die Zwerge zu schießen. Aber es war nur eine Frage der Zeit, bis auch sie überwältigt wurden. Nur eine Handvoll Orks konnte sich in den langen Gang flüchten, der zum Tor des Zwergenreiches führte.

Der Kampflärm wich und machte dem Jubel der siegreichen Zwerge Raum. Nedeam war ein wenig enttäuscht, da er mit seinem eroberten Bogen überhaupt nicht zum Schuss gekommen war. Nedoruk und Dorkemunt blickten sich im Felsendom um. Auf dem Boden verstreut lagen die Körper von Zwergen und Orks.

„Keine Sorge, Bartloser", sagte Nedoruk leise und sah Nedeam nachdenklich an. „Du wirst dich noch im Kampf beweisen können. Wir haben einen Sieg errungen, aber einige der Orks sind entkommen. Ich denke, sie werden zurückkehren, und das bestimmt nicht allein. Dann wirst du mehr als genug Gelegenheit finden, diese kleinen Pfeile zu verschießen."

Dorkemunt trat seufzend an den Wasserlauf, der von dem See unter der Felsnadel zum Sprung des Flusses führte, und spülte das dunkle Orkblut von den Schneiden seiner geliehenen Axt. „Ich denke auch, dass sie zurückkommen werden." Er blickte in den Gang, der zum Tor des Zwergenreiches führte. „Und dafür sollten wir uns wappnen."

30

Die Sonne begann hinter den Bergen zu versinken. Der westliche Rand des Tals von Eternas war bereits in Dunkelheit getaucht, und die untergehende Sonne übergoss die Osthänge mit rötlichem Licht. Es war ein besonders malerischer Sonnenuntergang, denn es standen vereinzelte Wolken am Himmel. Am Nachmittag hatte es kurz und heftig geregnet, wie es so typisch für die Hochmark war. Im Winter würden sich diese starken Regengüsse in einen Hagel aus Eis verwandeln, der die Menschen in den Schutz ihrer Häuser trieb und ihre Tiere nicht selten verletzte. Doch den Regenguss des Nachmittags hatten sie alle genossen. Die letzten Tage waren sehr heiß gewesen, und so waren viele Menschen vor ihre Häuser getreten und hatten die schweren Wassertropfen auf ihre Haut prasseln lassen. Der erfrischende Schauer endete ebenso rasch, wie er begonnen hatte, und nur die wenigen zerfasernden Wolken und ein paar letzte Pfützen am Boden zeugten noch von ihm. Der rötliche Himmel im Westen und die von unten angestrahlten Wolken waren tatsächlich hübsch anzusehen, und die Farben spiegelten sich in den vereinzelten Wasserpfützen.

Der Mann hatte das Spiegelbild des farbenprächtigen Sonnenuntergangs in einer Pfütze betrachtet, und als er nun den Fuß in das Wasser setzte, zerflossen die Farben zu verzerrten Linien. Es erschien ihm wie ein Symbol für die Vergänglichkeit der Menschenwesen, und er lächelte dünn, während er seinen Weg entlang der Äcker am Rande der Stadt Eternas fortsetzte. Er bewegte sich frei zwischen den abgeernteten Flächen und einem der wenigen Äcker, deren Ernte noch bevorstand, denn er hatte keine Gefahr zu fürchten. Jeder wusste, dass er da war, und doch kannte niemand sein Wesen oder seine wahre Mission.

Wie emsig diese Menschen immer waren. Stets bemüht, ihr Eigentum zu mehren, und doch nutzte ihnen all ihr Besitz letztlich nichts. Ihre Existenz zerfaserte ebenso wie die Wolken dort oben am Himmel, und ihr Ende lag nun so nahe.

Er fühlte das Gewicht des Steins in der Tasche seines Gewandes und seufzte leise. Der Schwarze Lord würde nicht besonders erfreut über das sein, was er ihm mitzuteilen hatte. Eigentlich liebte auch er selber es nicht, wenn ein Plan gestört wurde, aber zugleich waren es diese Störungen, die eine gewisse Spannung brachten. Das Leben konnte sehr eintönig werden, wenn es so lange währte. So viele Menschengenerationen hatte er kommen und gehen sehen …

Er lächelte. Es würden nicht mehr viele Generationen kommen. Dies könnte sogar die letzte sein, und vielleicht sollte er ihre Gegenwart genießen. Es würde etwas fehlen, wenn das Menschengeschlecht verschwunden war. Und waren erst die kurzlebigen Menschen verschwunden, so würden ihnen die unsterblichen Elfenwesen bald folgen. Unsterblichkeit. Sie war so relativ. Ein Unfall oder eine Wunde konnten sie ebenso rasch beenden wie eine schwere Krankheit. Eher unbewusst griff er an seinen rechten Arm. Die verfluchte Heilerin. Sie war so schnell gewesen, überraschend schnell. Die Wunde schloss sich bereits, denn die Wesen seiner Art hatten gute Heilungskräfte, doch noch war sie nicht gänzlich verheilt, ein starker Stoß konnte sie wieder aufbrechen lassen.

Er schritt in eines der nicht abgeernteten Felder und fühlte, wie sich die schweren Getreidehalme um seinen Körper schmiegten und dann unter seinen Schritten auseinanderwichen wie Wasser vor dem Bug eines Schiffes. Ah, bald, schon so bald würde all dies vergangen sein.

Er hielt an und sah sich forschend um. Der Wind strich sanft über das Feld und bewegte die Ähren. Sonst war keine Bewegung auszumachen. Von der Stadt her drang verschwommen die Stimme einer Menschenfrau zu ihm hinüber, die ihr Kind ins Haus rief. So vergänglich, so schrecklich vergänglich.

Er zog den Stein hervor und betrachtete ihn. Dieser Stein war noch älter als er selbst. Vielleicht sogar noch älter als der Schwarze Lord und dessen Macht. Ein schwarzer Stein von ovaler Form, flach und ungefähr so groß, dass er in die Fläche einer menschlichen Hand passte. In dem schwarzen Stein war Bewegung. Orangefarbene Schlieren schienen durch das harte Material zu wandern und ihm ein unwirkliches Leben zu verleihen. Aber in gewisser Weise lebte der Stein ja auch. Zumindest dann, wenn sein Besitzer es wünschte.

Er legte die andere Hand auf die Oberfläche des schwarzen Ovals, machte die magischen Zeichen und fühlte die Wärme, die plötzlich von dem Stein ausstrahlte. Als er die Hand zurückzog, wurde das orangefarbene Wallen stärker, breitete sich aus und schien bald alle Farben des Spektrums zu durchlaufen, bis die Schlieren langsam feste und deutliche Formen annahmen. Ein Bild begann sich abzuzeichnen. Das Bild einer Halle aus schwarzem Glas, und in dieser Halle stand eine schwarze Gestalt. Sie war deutlich zu erkennen, obgleich doch alles Schwarz in Schwarz gehalten war. Die Gestalt wurde größer, bis nur noch das ebenmäßige schwarze Gesicht den Stein ausfüllte.

Der Gestaltwandler wusste, dass dieses Bild in Wellen zerfließen würde, wenn er einen Finger darauflegte, und dass sein Finger in den Stein eindringen würde wie in eine Pfütze voller Wasser. Er hatte es ein einziges Mal getan, und der Schwarze

Lord hatte ihm daraufhin auf schmerzhafte Weise zu verstehen gegeben, dass er dies nie wieder tun solle. Und er hatte es nie wieder getan.

„Berichte."

Das Wort schien seltsam zu vibrieren, schwang mehr in seinem Kopf als in seinen Ohren.

Es gab nichts zu beschönigen, denn der Schwarze Lord erfuhr alles. Wenn nicht jetzt von ihm, dann später aus anderer Quelle. Eine läppische zeitliche Verzögerung, doch für ihn, den Gestaltwandler, bedeutete sie den Unterschied zwischen relativer Unsterblichkeit und dem sicheren Tod. Doch dies würde kein schneller und gnädiger Tod sein.

„Ich habe versagt, mein Allerhöchster Lord", gestand er leise ein. „Mir gelang es nicht, das Zwergenwesen Balruk zu töten."

Der Schwarze Lord schwieg für einen Moment. Drohung und Verheißung gleichermaßen, bis das Vibrieren erneut erklang. „Du hast mir immer gut gedient. Balruk ist nicht länger von Bedeutung." Irgendetwas hatte sich geändert, aber er würde nicht fragen, was es war. Wenn er es wissen musste, würde der Schwarze Lord es ihm sagen. „Dennoch behagt mir nicht, dass du versagt hast. Bringe zu Ende, was du begonnen hast."

„Ich werde es tun, mein Allerhöchster Lord", versicherte er unterwürfig.

Natürlich würde er es tun, denn es war der Wille des Schwarzen Lords. Der Gestaltwandler bemerkte, dass es dunkel wurde, die Sonne war versunken und allein der Sprechstein warf nun ein wallendes Licht über das Gesicht seines Besitzers.

„Ist das andere geschehen?"

Er nickte. „Ich kann mich in zwei Tagen auf den Weg machen, mein Allerhöchster Lord."

„Gut."

Das Wallen schien zu verschwimmen.

„Mein Allerhöchster Lord."

Das Wallen stabilisierte sich wieder. „Was gibt es noch?"

„Die Menschenwesen rüsten sich zum Kampf. Sie fertigen Waffen und wappnen sich."

„Haben sie sich gesammelt?"

„Noch nicht, mein Allerhöchster Lord. Doch ich glaube, es steht bald bevor."

„Es wird zu spät sein. Eines folgt auf das andere, wie es der Plan verlangt. Bringe zu Ende, was du begonnen hast, und dann kehre zurück."

Das Vibrieren verstummte, und das Wallen begann zu erlöschen.

„Wie du befiehlst, mein Allerhöchster Lord", sagte er automatisch, obwohl es sein Herr schon längst nicht mehr hörte.

Nachdenklich betrachtete er den Sprechstein, dessen Wallen in sanften Schlieren ausebbte.

„Was tut Ihr da?"

Der Gestaltwandler fuhr herum.

Ein Menschenwesen stand ein Stück weit hinter ihm zwischen den Getreidehalmen, und der Gestaltwandler ärgerte sich über seine Unachtsamkeit. Er ignorierte das Menschenwesen und blickte sich um. Außer diesem einen war niemand sonst zu sehen.

„Was habt Ihr da getan? Dies ist mein Acker, und Ihr zertrampelt mir das Getreide", sagte der Bauer ärgerlich. „Morgen will ich es einbringen. Ihr habt mir Schaden zugefügt und werdet mir dafür geradestehen."

Nein, niemand sonst war in der Nähe. Der Gestaltwandler schob den Sprechstein in sein Gewand zurück und trat an den Bauern heran, dessen Gesichtsausdruck plötzlich unsicher wurde. „Ich werde Euch wohl noch anderen Schaden zufügen", sagte er leise und hob seine Hand.

Das Menschenwesen hatte keine Chance. Ah, es tat gut, wieder die Kraft zu spüren, sie durch die Hand in einen lebenden Körper zu leiten. Zu spüren, wie der Leib sich erhitzte und zerfiel.

Der Gestaltwandler stieg über den verkohlten Leib hinweg und schritt auf den Rand des Feldes zu, wo er sich umwandte. Eine verkohlte Leiche in einem unversehrten Kornfeld würde auffallen. Sicher, die Menschenwesen wussten, dass er unter ihnen weilte. Aber noch wussten sie nicht, wessen Gestalt er nutzte. Das konnte sich ändern, wenn man die Leiche fand und sich erinnerte, wer hier am Abend spazieren gegangen war.

Er streckte die Hand aus, und ein kurzes blaues Flackern ging von den Fingerspitzen aus. Plötzlich entstand im Dunkel des Feldes ein weiteres blaues Flackern. Die Luft begann zu knistern, und dann erhob sich mit einem Mal eine Flammensäule, die sich rasch zu einem heftigen Brand ausweitete.

Der Gestaltwandler wandte sich ab und nahm einen anderen Weg zur Stadt zurück als den, den er gekommen war, denn nun würden Menschenwesen zum Brandort strömen, um das Feuer zu löschen.

Helderim hatte gerade seinen Laden geschlossen.

Jetzt, da es dunkel war, lohnte es nicht mehr, den Verkaufsraum noch offen zu halten. Er hätte kostbaren Brennstein verbrauchen müssen, damit mögliche Käufer die Waren noch erkennen konnten, viel Brennstein, denn er hatte viele Waren. Er fand es sinnvoller, wenn die Kunden das Tageslicht nutzten, zumal es die strahlenden Farben seiner Stoffauswahl erst richtig zur Geltung brachte.

Jetzt schritt er langsam an den Regalen entlang, um anhand seiner sorgsam geführten Liste festzustellen, was er am Tag verkauft hatte und was ersetzt werden musste. Viel war es nicht gewesen, aber das war es nie, und was der Verkauf einbrachte, reichte ihm zum Leben. Überhaupt konnten er und seine geliebte Gunwyn sich nicht beklagen, denn sie führten ein gutes Leben. Vielleicht sogar ein zu gutes Leben. Gunwyns Fülle engte seinen Platz in der gemeinsamen Bettstatt zunehmend ein. Aber da sie ohnehin recht laut schlief, würde er auch an diesem Tag wieder auf dem Dachboden übernachten.

Helderim hob den Blick nicht von seiner Liste, als es an seiner Ladentür pochte. „Kommt morgen wieder, guter Herr oder gute Frau. Für heute ist das Tagwerk verrichtet."

Es klopfte energischer, und eine ebenso energische Stimme ertönte. „Öffnet Eure Tür, guter Herr Helderim. Hier steht Denerim von der Wache des Pferdefürsten. Es brennt, und man braucht Eure Dienste."

„Es brennt?" Helderim ließ vor Schreck beinahe die Liste fallen und eilte zur Tür. „Wo brennt es, guter Herr Denerim?", fragte er hastig, als der Schwertmann der Stadtwache eintrat. „Ist mein Haus in Gefahr?"

„Ah, seid unbesorgt, guter Herr Helderim", brummte der Schwertmann und rief weitere Männer in den Laden, sowohl Bürger von Eternas als auch einige Pferdelords. „Euer Haus ist nicht in Gefahr. Aber wir müssen das Feuer schnell löschen, sonst weitet es sich aus, und dann könnte Euer Haus doch noch dem Brand zum Opfer fallen. Wir brauchen ein paar Dinge von Euch."

„Bei den dunklen Abgründen." Helderim erblasste. „Nehmt, was immer Ihr braucht."

Der Schwertmann musterte die Waren in den Regalen.

„Nehmt Schaufeln und Steinhacken. Und auch Decken und ein paar Ballen von dem Stoff dort."

„Stoff?", ächzte Helderim. „Ah, was wollt Ihr mit dem guten Stoff?"

„Helderim, mein Guter und Bester", erklang Gunwyns Stimme. „Was ist hier los? Was wollen all die Leute jetzt noch in unserem Laden?"

„Es brennt", erwiderte Helderim automatisch. „Oh, es muss furchtbar schrecklich brennen. Sie brauchen alle unsere guten Schaufeln und Steinhacken."

„Aber doch nicht die Ballen", sagte Gunwyn und zwängte sich zwischen den Schwertmann und das Regal, aus dem der Mann gerade Ballen dicken Wollstoffs zog. „Der ist aus feinster Wolle und erzielt auch feine Preise." Sie sah Helderim auffordernd an. „Nun sage du doch auch einmal etwas und steh nicht so herum."

„Gute Frau", knurrte der Wachmann und zerrte weiter an dem Stoff, „Natürlich ist er aus guter Wolle, sonst könnten wir ihn nicht gebrauchen. Er muss dick und fest sein, wenn wir das Feuer damit ersticken wollen."

„Das Feuer ersticken?" Gunwyn stieß ein erschrockenes Krächzen aus. „Seid Ihr des Wahnsinns? Die Wolle wird leiden, wie sollen wir sie je wieder verkaufen können?"

„Habt Ihr auch ein paar Fässer, die Ihr rasch leeren könnt, guter Herr Helderim?", wandte sich Denerim an den Händler. Gunwyn riss an dem Ballen, und der Schwertmann fuhr wütend herum. „Lasst endlich los, gute Frau, oder wollt Ihr, dass der Brand auch Euer Haus erreicht?"

„Unser Haus?" Gunwyns Stimme klang erstaunlich unsicher.

„Einer der großen Äcker brennt", rief ein anderer Mann,

der gerade Schaufeln aus einem Regal zerrte. „Ihr wisst doch selbst, wie weit die Funken fliegen können.“

„Bei den Urahnen, unser armes Haus“, ächzte Gunwyn und ließ schockiert den Ballen los. Sie sah den Schwertmann mit aufgerissenen Augen an. „Ihr werdet sicher noch zusätzliche Decken brauchen, um das Feuer zu ersticken.“

„Je mehr, desto besser“, bestätigte Denerim. Er reichte den Ballen einem der Helfer, während Gunwyn nach hinten rannte und kurz darauf mit den Schlafdecken zurückkehrte.

Auf der Straße herrschte hektisches Treiben. Die Nachricht von dem Feuer hatte sich noch schneller als dessen hungrige Flammen ausgebreitet, denn für jeden Weiler und jede Stadt stellte ein Brand eine äußerst bedrohliche Gefahr dar.

Von der breiten Hauptstraße abgesehen, waren Eternas' Gassen schmal. Die meisten waren mit steinernen Platten gepflastert, und auch die Häuser der Stadt bestanden größtenteils aus Stein . Aber am Stadtrand erhoben sich viele hölzerne Gebäude, die man vor Jahren eilig errichtet hatte, als die Menschen aus der Stadt Eodan nach Eternas geflüchtet waren. Alles hatte sehr schnell gehen müssen, und so hatte man das Holz zumeist nicht mit der üblichen Sorgfalt bearbeitet. Denn normalerweise wurde beim Bau eines Hauses jedes Holzteil mit frischem Rinder- oder Schafblut eingestrichen, denn man wusste, dass das getrocknete Blut das Holz widerstandsfähiger gegen Feuer machte. Bei den hastig errichteten Unterkünften hatte man darauf verzichtet und später schlicht vergessen, es nachzuholen. Dies konnte sich nun rächen.

Menschen hasteten durch die Straßen, um den Brand zu bekämpfen, und wer über einen Wagen verfügte, bespannte ihn nun und lud Fässer darauf. Aus Tränken und den beiden Brunnen der Stadt wurde Wasser geschöpft, um die Fässer zu füllen, aber die meisten Fuhrwerke rasten zum Fluss hinunter.

Lodernde Flammen und Funkenflug wiesen den Menschen den Weg. Viele von ihnen waren bereits am Brandort eingetroffen oder standen in einer der langen Ketten, die von der Stadt bis zum Feuer reichten. Die vorderen versuchten, die Flammen mit nassen Decken und dicken Tüchern zu ersticken, andere beeilten sich, noch nicht geerntetes Getreide zu mähen und aus dem Weg zu schaffen. Weitere Gruppen schaufelten hektisch den Boden um, damit das Erdreich nach oben kam, das dem Feuer keine Nahrung gab.

Auf den Dächern der dem Brandherd zugewandten Häuser waren im Widerschein der Flammen die Gestalten von Männern und Frauen zu erkennen, die versuchen würden, jeden Funken zu ersticken, der eines der Dächer erreichen könnte.

Der Gestaltwandler hörte die aufgeregten Rufe und sah das Licht von Brennsteinlampen und Fackeln am Rand der Stadt. Noch schützte ihn die Dunkelheit, doch bald schon würde der Sternenhimmel klar über Eternas stehen. Dann würde man ihn erkennen können. Daher beschleunigte er seinen Schritt und eilte auf die Stadt zu. Ein Stück entfernt hasteten immer mehr Menschen zu dem brennenden Feld, und er erkannte vor dem Flammenschein die Eimer und Decken, die sie mit sich führten. Vielleicht würden die Menschenwesen das Feuer sogar aufhalten können. Aber er würde sich nun erneut um seinen Auftrag kümmern, und dieses Mal würde er sich nicht überraschen lassen. Er würde zu Ende bringen, was er begonnen hatte.

31

Blutfang geiferte vor Wut. Sein Helm war ebenso eingebeult wie sein Stolz. Zuerst hatte er sich von den Zwergen übertölpeln und in eine Falle locken lassen, und dann hatten die kleinen Bastarde seine Kohorten überwunden und die Stadt zurückerobert. Dabei hatte er bei dem Anschlag noch Glück gehabt, denn alle Rundohren seiner Garde waren tot, erschlagen von herabstürzenden Steinen oder rachsüchtigen Zwergen. Er selbst war nur bewusstlos gewesen und erst in dem Moment zu sich gekommen, als der große Kampf schon entbrannt war.

Blutfang hatte sofort erkannt, dass es in der Stadt und dem Felsendom nichts mehr zu retten gab. Aber noch war nicht alles verloren. Er überblickte das Schlachtfeld und spurtete dann am Rand des Felsendoms entlang zu einer Schürfstelle, an der zwei seiner Wachen von einer Gruppe Schürfer angegriffen wurden. Die beiden Rundohren waren hoffnungslos unterlegen, und eines von ihnen ging bereits zu Boden, als Blutfang die Kämpfer erreichte. Die Zwerge rechneten nicht mit seinem Auftauchen, und so tötete er sie mit raschen Schlägen, grub die Fänge zornig in ihre Kehlen und brüllte auf im Blutrausch. Doch wenngleich sie die Zwerge überwältigten, trugen Blutfang und das andere Rundohr Blessuren davon. Blutfang nahm das Schlagschwert der toten Wache auf und packte den anderen am Arm. „Folge mir. Die Höhle und die Stadt sind verloren. Wir müssen sammeln, was noch übrig ist."

Der Aufstand der Zwerge hatte sich rasend schnell ausgebreitet, und so gelang es Blutfang nur mühsam, eine Gruppe von zwanzig Orks um sich zu sammeln und mit ihnen den Tunnel zum Tor des Zwergenreiches zu erreichen, bevor das Freudengeschrei der kleinen Wesen ihren Triumph über die Orks bezeugte.

Eher zufällig fand Blutfang hier die Axt.

Es war eine gute und solide Axt, deren kräftiger Stiel mit Schnitzereien verziert war. Blutfang kannte solche Arbeiten. Es war die Waffe eines der verfluchten Pferdelords, und der Legionsführer fragte sich, wie sie in das Reich der Zwerge gelangt sein mochte. Aber er hatte andere Sorgen, als sich mit der Klärung dieser Frage zu befassen. Die Axt würde ihm gute Dienste erweisen, und allein das war jetzt von Bedeutung.

Blutfang rannte mit seiner Gruppe durch den langen Gang, aber es war nicht die Furcht, die ihn zu großer Eile trieb. Wenn die Stunde seines Todes kam, dann würde er den letzten Schlag wie ein wahrer Krieger hinnehmen. Die Brust den Feinden zugewandt, würde er so viele von ihnen wie möglich mit in den Tod nehmen. Aber noch war diese Stunde nicht gekommen.

„Beeilt euch, ihr Maden“, brüllte er seine Begleiter an, „wir müssen das Tor erreichen.“

Bald waren sie am Eingang des Zwergenreiches angelangt, und die große fünfeckige Platte schwenkte um ihre Mittelachse auf. Blutfang ließ seine Leute eine kurze Erholungspause einlegen. Verdrossen musterte er die kleine Gruppe seiner Kämpfer. Neun Rundohren waren darunter, von denen einige leichtere Wunden davongetragen hatten, aber er kannte seine Rundohren und wusste, dass sie bis in den Tod kämpfen würden. Die anderen zwölf waren Spitzohren, und Blutfang erkannte den Unterführer, der sich bislang durchaus bewährt hatte.

„Du, Einohr, du bist mir dafür verantwortlich, dass deine Bogenschützen bereit sind, wenn die Zwerge versuchen, das

Tor zu erobern." Er sah sich um und wies auf die Felsen am Rand des Pfades und die verwesenden Leichen der Orks und Zwerge, die noch vom ersten Kampf in der Vorhöhle lagen. „Sammelt ihre Waffen ein, vor allem die Pfeile. Wir werden sie brauchen. Nehmt Felsbrocken und errichtet eine Mauer quer über den Pfad. Blockiert das Tor, so dass es nicht geschlossen werden kann. Die Zwerge müssen sich zusammendrängen, wenn sie hindurchwollen, und dann bieten sie ein gutes Ziel. Dann werden wir sie schlachten. Vorwärts, ihr Maden, an die Arbeit."

Sie schwärmten aus und trugen Felsblöcke zusammen. Überraschend schnell wuchs quer über den Pfad eine niedrige Mauer an. Die kräftigen Rundohren verrichteten die schwere Arbeit, während die Spitzohren sowohl zwischen als auch in den Kadavern nach brauchbaren Waffen suchten.

Schließlich war die Befestigung fertig. Sie war grob und nicht besonders stabil, aber Blutfang war zufrieden. Er hob lauschend die Hand. „Still, ihr Maden. Ich glaube, ich höre etwas."

Durch das offene Tor drangen Geräusche zu ihnen. Blutfang nickte. Er sah seine kleine Streitmacht an. „Bogenschützen an die Mauer. Schlagschwerter davor. Lasst keinen Zwerg durchkommen."

Blutfang trat hinter die Mauer, und die Bogenschützen gingen an ihr entlang in Deckung. Er kannte die Spitzohren und setzte kein großes Vertrauen in ihren Mut. Sie würden kämpfen, solange die Rundohren schützend zwischen ihnen und den Zwergen standen, doch wenn es zum Nahkampf kam, würden die kleinen Maden versuchen, ihr unnützes Leben in Sicherheit zu bringen. Aber er würde nicht zulassen, dass sie flohen.

Im schwachen Licht des Ganges wurden die Konturen der Zwerge sichtbar. Die kleinen Männer zögerten nicht einen Moment, sondern strömten entschlossen durch das offene Tor den Orks entgegen.

„Schlachtet sie!“, brüllte Blutfang, und die Pfeile der Spitzohren begannen zu zischen.

Ein guter Schütze konnte zehn Pfeile in der Minute abschießen, und das Dutzend Spitzohren vor Blutfang hatte nur ein eng umgrenztes Ziel abzudecken. Die Pfeile stoppten die Zwergenmänner schon in der Öffnung des Tores, und so stapelten sich die Toten bald in dem schmalen Durchlass und blockierten ihn für die Nachfolgenden. Dennoch versuchten die kleinen Männer es weiter und stiegen über ihre Toten und Verwundeten hinweg, bis auch sie von den Pfeilen endgültig gestoppt wurden.

Die Zwerge konnten zwar ein paar von ihren eigentümlich kurzen Lanzen auf ihre Feinde schleudern, doch nur eine von ihnen traf eines der Rundohren in den Oberschenkel. Der Ork riss die Waffe aus der Wunde und schüttelte sie brüllend, während der Kampfeifer den Geifer aus seinen Fängen fließen ließ. Blutfang erkannte, wie begierig seine Rundohren darauf waren, ihre Schlagschwerter in die Leiber der Gegner zu versenken, und so musste er ihnen brüllend befehlen, stehen zu bleiben und die Stellung zu halten. Dann kamen keine Zwerge mehr nach, und Blutfang wusste, dass der erste Ansturm vorüber war.

„Gut gemacht, ihr Maden“, rief er zufrieden und betrachtete das durch die Leichen blockierte Tor. „Die Hälfte von euch ruht sich aus, die anderen bleiben in Stellung. Einohr, komm her zu mir.“

Das Spitzohr mit der Verstümmelung hastete heran und beugte den Kopf in den Nacken, um seinem Legionsführer unterwürfig die Kehle darzubieten. „Mein Führer?“

„Lass ein paar von den Zwergenkadavern holen. Sie sind frisch, und wir brauchen Vorräte."

Einohr sah seinen Legionsführer unsicher an. „Bleiben wir etwa hier?"

„Natürlich bleiben wir hier, du Made", grunzte Blutfang. „Wir halten diese Stellung."

„Aber wozu, mein Führer?" Einohr legte seinen Kopf fragend auf die Seite. „Die Stadt der Zwerge ist verloren."

Blutfang fauchte, und das Spitzohr zuckte nervös zusammen. „Nur für den Augenblick, du Narr. Sie haben uns überrumpelt, die verfluchten Zwerge, so wie wir sie zuvor überraschten, als wir ihre Stadt eroberten. Aber wir werden sie uns wieder zurückholen. Und darum werden wir diese Stellung halten, bis unsere Legionen eintreffen." Er sah eines der Rundohren an. „Du da, komm her."

Das Rundohr stapfte heran, und Blutfang musterte es. „Du bist bei Kräften?"

„Ja, mein Führer", versicherte der Ork.

„Dann mach dich auf den Weg. Du wirst die Legionen heranführen und sie zur Eile antreiben."

Das Rundohr hieb ehrerbietig die Breitseite seines Schlagschwertes gegen seinen Brustpanzer. Es wollte sich gerade abwenden, um an die Erfüllung seines Auftrags zu schreiten, als Einohr sich einschaltete. Unterwürfig verbeugte sich der Bogenschütze. „Sollte nicht besser ich es sein, der die Legionen ruft, mein Führer?"

„Warum ausgerechnet du, du Made?"

„Du weißt, ich bin schnell, und ich bin zuverlässig, mein Führer."

Blutfang leckte sich über die Lippen. Nun, nach der Anstrengung des Kampfes, verspürte er zunehmend Hunger. Die

Spitzohren hatten kürzere Beine als ein Rundohr, aber sie waren flink und ausdauernd, und dieser Einohr hatte sich schon einmal bewährt. Er nickte zögernd. „Gut, dann geh du, Einohr. Beeil dich und enttäusche mich nicht."

Einohr nickte hastig, dann wandte er sich ab und verließ im raschen Trab die Höhle.

Einohr war zufrieden. Er entfernte sich nun aus der unmittelbaren Gefahrenzone, und jeder Schritt würde ihn der Sicherheit der Legionen entgegentragen. Der Schwarze Lord würde nicht glücklich sein über die Botschaft, die Einohr überbrachte. Aber er würde seinen Zorn wohl kaum auf Einohr richten. Schließlich war Einohr ein bewährtes Spitzohr und ein guter Kämpfer. War das verstümmelte Ohr nicht der Beweis dafür? Zudem würde er, Einohr, es sein, der die rettenden Legionen im Eilmarsch heranführte und dem Schwarzen Lord endgültig zum Sieg verhalf, nicht wahr? Vielleicht wurde er sogar zum Führer einer Kohorte ernannt? Oh, das würde ihm gefallen. Ein Kohortenführer hatte gewisse Privilegien gegenüber den einfachen Maden. Er durfte seine Fänge zuerst in ein saftiges Stück Fleisch schlagen. Einohr seufzte entsagungsvoll, als der Hunger Speichel zwischen seinen Fängen hervorsickern ließ. Er hätte sich ein gutes Stück mit auf den Weg nehmen sollen.

Blutfang bellte unterdessen seine Anweisungen, dann schnitt er sich ein gutes Stück aus einem frisch geschlachteten Zwerg und begann seinen Hunger zu stillen.

Die Zwerge mochten nun die Höhle und ihre Stadt wieder in Besitz genommen haben, aber er und seine Maden hielten das Zugangstor. Bald würden die Legionen eintreffen, und sie würden sich die Stadt zurückerobern. Dieses Mal würde es zweifellos blutiger zugehen. Die Zwerge würden vorbereitet und bewaffnet sein, und die vordringenden Legionen würden schwere Verluste erleiden. Aber letztlich würden sie in die Stadt eindringen und sie erneut einnehmen. Oh ja, die kleinen Wesen würden wieder für den Schwarzen Lord arbeiten, aber dieses Mal würde Blutfang dafür sorgen, dass sie sich nie wieder erheben würden. Notfalls würde er sie schlachten lassen, so wie die Zwerge der roten Stadt geschlachtet worden waren. Blutfang erinnerte sich für einen Moment an die Lanze mit dem Schädel des Legionsführers, der in der anderen Stadt die Zwerge hatte erschlagen lassen. Nun, vielleicht würde er genug von ihnen übrig lassen, damit sie die schwarzen Plättchen herstellen konnten. Genug, um die Bedürfnisse des Schwarzen Lords und die Anforderungen des großen Plans zu erfüllen.

Blutfang biss zufrieden in einen blutigen Schenkel und schmatzte genüsslich. Ah, er würde diese Stellung halten, und bald würden die Legionen eintreffen und blutige Rache nehmen.

„Bald werden ihre Legionen eintreffen und blutige Rache nehmen wollen“, sagte in diesem Augenblick auch Dorkemunt, der neben Nedoruk am anderen Ende des langen Ganges stand und mit finsterem Gesicht in die Richtung des Tores blickte.

„Sie kämen nicht durch das Tor, wenn wir es nehmen und halten könnten“, brummte Nedoruk. Der Erste Axtschläger der Zwergenstadt ließ seine Streitäxte unruhig schwingen. „Aber wir kommen nicht an sie heran. Der Durchgang ist zu schmal, und ihre Pfeile sind zu schnell.“

Dorkemunt musterte enttäuscht die Axt, die er in seinen Händen hielt. Es war noch immer die Streitaxt, die er aus der Waffenkammer der Zwerge genommen hatte. Sicherlich, es war eine recht gute Axt, auch wenn ihr Stiel ein wenig kurz geraten war. Aber er hätte viel lieber seine eigene Waffe geschwungen. Doch er konnte sie nicht finden.

„Was ist, Pferdelord?“, brummte Nedoruk. „Du siehst bedrückt aus.“

Sie traten ein wenig zur Seite, da ein Trupp Zwergenmänner mit einem Vorrat an Wurflanzen in den Zugang des Tunnels marschierte und Vorbereitungen traf, hier in Stellung zu gehen. Eine erste Verteidigungslinie, falls die Orks versuchen würden, erneut gegen die Stadt vorzudringen.

„Sie ist weg“, seufzte Dorkemunt.

„Wer ist weg?“

„Meine Axt, guter Herr Nedoruk, meine Axt.“ Dorkemunt wies zu der Stelle, wo er und Nedeam ihre Waffen verborgen hatten. „Dort hatte ich sie hingelegt, bevor wir eure Stadt betraten, guter Herr Zwerg. Aber nun ist sie fort.“

Nedoruk grunzte. „Du hast eine Axt von uns. Sie ist gut. Immerhin hast du schon ein paar Schädel damit gespalten, Pferdelord.“

„Ja, sie ist gut“, erwiderte Dorkemunt. „Aber es ist nicht meine Axt.“

Nedoruk nickte. „Das verstehe ich. Eine Axt muss dem Mann entsprechen, der sie führt.“ Er schlug dem kleinen Pferdelord aufmunternd auf den Rücken, und Dorkemunt rang nach Atem. „Vielleicht findest du sie ja wieder, Pferdelord. Bis dahin begnüge dich mit dieser.“ Er blickte in den Gang. „Wir müssen es schaffen, das Tor zu nehmen. Dann könnten wir verhindern, dass die Bestien wieder zur Stadt gelangen. Es lässt sich gut verteidigen.“

„Ja, es lässt sich gut verteidigen“, sagte Dorkemunt nachdenklich. „Das haben wir ja gerade schmerzlich festgestellt, guter Herr Nedoruk.“

„Wenn wir von zwei Seiten angreifen würden, könnten wir sie rasch bezwingen.“ Nedoruk schob seine Äxte hinter seinen

Gurt und öffnete den Knoten, der seine Bartzöpfe im Nacken zusammenhielt. „Aber wir haben keine Streitmacht, die von draußen her angreifen könnte."

Dorkemunt zuckte zusammen. „Die haben wir wohl, guter Herr Zwerg." Er bemerkte den fragenden Blick des kleinen Mannes und lächelte. „Einhundert gute Pferdelords, die nur darauf warten, ihre Klingen an den Leibern der Orks zu wetzen."

Nedoruk nickte. „Ja, ich erinnere mich, Pferdelord. Doch die sind oben am Quellsee. Dort, wo unser Fluss Holg'raser geboren wird." Der Zwergenmann wies auf die große Felsnadel an der Decke, deren tosende Wasserströme von dem darüberliegenden Bergsee gespeist wurden. Dem kleinen See, an dem der Beritt der Pferdelords lagerte. „Wir können sie nicht erreichen, Pferdelord."

Dorkemunt blickte zu der Felsnadel. In der Höhle war es dunkler geworden, denn die Sonne war untergegangen. Nun wurden Stadt und Felsendom vom Licht zahlloser Brennsteinbecken erhellt. „Gibt es einen Weg zum See hinauf?"

„Nein", seufzte Nedoruk. „Nur die Luftschächte, aber da passt niemand hindurch."

Sie sahen einander an und hatten den gleichen Gedanken.

„Nedeam."

32

Im Südosten des Tals war der Nachthimmel noch immer vom Flammenschein erhellt. Larwyn stand mit einigen anderen Burgbewohnern auf der südlichen Wehrmauer und sah dorthin, wo die Bürger Eternas' gegen das Feuer ankämpften. Um die Burg sorgte sich die Herrin der Hochmark nicht. Sie war gegen Brandpfeile und somit auch gegen Funkenflug gut geschützt, aber das galt nicht für die umliegenden Felder oder die Häuser der Stadt. Wenn der Wind drehte, konnte das Feuer vielleicht sogar die kleinen Wälder erreichen, die sich jenseits des östlichen Flussufers erstreckten. Der Fluss Eten war nicht besonders breit, und Funken konnten über ihn hinweggetragen werden, ohne rechtzeitig zu erlöschen. Falls das geschah, konnte man nur hoffen, dass die Bäume von dem Regenguss des Nachmittags noch feucht genug waren.

„Ich glaube, sie bekommen den Brand in den Griff, Hohe Dame“, sagte der neben ihr stehende Mann langsam. Er trug den einfachen Umhang eines Bürgers und gehörte nicht zu den Pferdelords. Dennoch verstand der Mann sich aufs Kämpfen. Er hatte das vor einigen Jahren in der Schlacht um die Burg Eternas bewiesen. Sein leicht gedehnter Akzent wies darauf hin, dass er aus der Nordmark stammte. Naik war Jäger in der Stadt Eodan gewesen, bis diese von den Orks überrannt worden war. Garodem hatte die meisten Bewohner der Stadt in die Hochmark retten können, und Naik gehörte zu denjenigen, die in Eternas geblieben waren, während die meisten anderen Bürger Eodans ihre alte Stadt wieder in Besitz genommen hatten.

Eigentlich wusste der Bogenschütze selbst nicht genau,

warum er geblieben war. Vielleicht war es seine Dankbarkeit Garodem gegenüber. Es mochte sein, dass er sich dem Pferdefürsten verpflichtet fühlte. Aber zugleich hatte er entdeckt, dass ihm die Hochmark gefiel. Zwar war das Leben hier etwas rauer als in den unteren Marken, und es gab nicht so viel Wild, das er erlegen konnte, aber Naik fühlte sich mehr und mehr heimisch. Inzwischen war er zum Scharführer der am Bogen ausgebildeten Bürger Eternas' ernannt worden. Ah, er war natürlich nicht so geschickt wie die Elfen, deren Kunstfertigkeit mit dem Bogen legendär war. Aber unter den menschlichen Schützen galt Naik zu Recht als einer der Besten. Er konnte seine Pfeile rasch und zielsicher lösen und traf auch ein kleines Ziel auf große Entfernung.

Der Himmel über dem brennenden Feld hatte nun eine purpurne Farbe angenommen, die zunehmend von schwarzem, ölig wirkendem Qualm durchsetzt wurde. Vor dem Schein des Feuers waren Menschen zu erkennen, die gegen die Flammen ankämpften. Vom Fluss her hatte man zwei lange Ketten gebildet. Die eine förderte gefüllte Wassereimer von Hand zu Hand an die Brandstelle, und über die andere gelangten die geleerten Eimer zum Nachfüllen wieder zurück an den Fluss. Manche der Bürger hatten zwischen dem brennenden Feld und der Stadt einen breiten Streifen Ackerlandes gerodet, um ein Übergreifen des Feuers zu verhindern.

Larwyn beobachtete mit Sorge, wie die zahlreichen Funken, die vom Brandherd aufstiegen, von der Brise erfasst wurden. „Der Wind steht schlecht. Er treibt die Funken auf die Stadt zu."

An der anderen Seite Larwyns stand Tasmund, die Hand auf das neue Schwert gestützt, das er nun an der rechten Seite trug. „Die Leute kennen die Gefahr, Hohe Dame. Seht Ihr? Sie folgen den Funken und ersticken sie mit Umhängen und Decken. Ich denke nicht, dass der Brand sich bis zur Stadt ausweiten wird."

„Wenigstens sind die Gebäude aus Stein errichtet und mit soliden Platten oder Grassoden abgedeckt", seufzte Larwyn. „Ein Feuer wird nur schwer von einem Haus zum anderen überspringen können."

„Beim Bau der neuen Häuser am Stadtrand wurde viel Holz verwendet, und die Gassen dort sind eng", sinnierte Tasmund. Er bemerkte Larwyns ernsten Blick und schüttelte bedächtig den Kopf. „Keine Sorge, Hohe Dame, das Feuer wird die Stadt nicht erreichen."

Von der Stadt her rollten nun mehrere Fahrzeuge auf das brennende Feld zu. Es waren die typischen, von kräftigen Pferden gezogenen Lastenwagen der Hochmark, mit ihren zierlich wirkenden Speichenrädern. Auf den Ladeflächen der drei Wagen waren große Wasserfässer zu erkennen, und die Pferde mussten kraftvoll ziehen, denn an einigen Stellen war der Boden von dem nachmittäglichen Regenguss noch aufgeweicht. Die Fahrzeuge erreichten das vorgelagerte Feld, auf dem die Menschen gegen den Funkenflug ankämpften, und man begann, mit dem Wasser aus den Fässern die Umhänge und Decken zu tränken.

„Das Feuer wird bereits schwächer", sagte Naik zuversichtlich. „Und es hat sich auch nicht zu den anderen Seiten hin ausgebreitet."

Larwyn nickte. Es sah tatsächlich so aus, als hätten die Menschen den Brand unter Kontrolle gebracht. Die Flammen fanden auf dem brennenden Feld kaum mehr genug Nahrung und erstarben nun zu einem düsteren Glosen. Zwar wirbelten noch immer Funken auf, doch die Gefahr schien gebannt.

Larwyn seufzte erleichtert und wandte sich von der Mauer

ab. „Ich werde Meowyn Bescheid geben. Sie soll sich vergewissern, ob jemand ihre Hilfe benötigt. Das Feuer war sehr heftig, jemand könnte Verbrennungen davongetragen haben." Tasmund straffte sich, und sie lächelte den Ersten Schwertmann an. „Wollt Ihr die Heilerin begleiten, guter Herr Tasmund? Für den Fall, dass eine Gefahr droht?"

Er räusperte sich verlegen, und Larwyn legte ihre Hand auf seinen Schwertarm. „Verzeiht mir, guter Freund, wenn ich so direkt bin, aber ich habe das Gefühl, Ihr empfindet etwas für Meowyn."

Tasmund schwieg, und Larwyn senkte ihre Stimme, damit die Umstehenden sie nicht hören konnten. „Ihr seid ein guter Pferdelord, Tasmund, es spräche nichts gegen eine Verbindung von Meowyn und Euch. Aber wenn Ihr ernsthaft für sie empfindet, so müsst Ihr Euch ihr erklären."

„Ah, sie denkt noch immer an Balwin", brummte Tasmund und räumte damit zum ersten Mal ein, dass er tatsächlich Gefühle für die blonde Heilerin hegte.

Larwyn schritt über die breite Krone der Südmauer auf den südlichen Wehrturm und die dort befindliche Treppe zu, und Tasmund folgte ihr. „Guter Herr Tasmund, sie mag noch um ihren verstorbenen Mann trauern, aber Ihr wisst selbst, dass es nun schon mehr als drei Jahrmonde währt."

„Ja, ich weiß." Er seufzte leise. „Aber sie hat keine Augen für einen anderen Mann." Er lächelte zögernd. „Es sei denn, er liegt auf ihrem Tisch."

Larwyn lachte leise auf. Sie erreichten den gemauerten Aufgang, der den vorderen Burghof und die Südmauer verband. „Ich hoffe, guter Freund, Ihr werdet Euch nicht auf ihren Tisch begeben wollen, nur um Euch zu erklären."

„Ah, Hohe Dame, Ihr wisst, ich scheue mich nicht, einem

Feind entgegenzutreten und mit ihm die Klinge zu kreuzen." Tasmund blickte über den nächtlichen Hof. „Aber Meowyns Blick zu begegnen, das ist etwas ganz anderes."

Larwyn nickte. „Ja, das verstehe ich wohl. Doch wenn Ihr zu ihrem Herzen vordringen wollt, so müsst Ihr Meowyn in die Augen schauen. Es gibt keinen anderen Weg, sich zu erklären."

„Nun", sagte er zögernd, „vielleicht ergibt es sich, wenn die Gefahr für die Mark vorüber ist."

Larwyn legte ihm die Hand auf die Schulter. „Guter Herr Tasmund, Ihr weicht aus. Es wird immer irgendeine Gefahr für die Mark geben. Ihr dürft Eure Gefühle nicht dahinter verbergen, sonst werdet Ihr sie nie zum Ausdruck bringen können. Habt Mut, guter Herr Tasmund, und erklärt Euch Meowyn."

„Sie wird mir ausweichen", brummte er.

Die Herrin der Hochmark seufzte leise. „Was tut Ihr, wenn ein Feind vor Euch zurückweicht?"

„Ich setze ihm nach", erwiderte er ohne Zögern. Selbst in der Dunkelheit der sternenklaren Nacht war zu erkennen, dass sein Gesicht sich rötete. „Aber Meowyn ist nicht der Feind."

„Nein, das ist sie gewiss nicht", bestätigte Larwyn lächelnd. „Euer Zögern ist Euer Feind, guter Freund Tasmund. Ihr scheut Euch, zum Angriff zu reiten."

Er zuckte die Achseln und lächelte. „Ich kann schlecht eine Stoßlanze in ihren Leib senken."

„Nein, Ihr sollt Eure Gefühle in ihre Seele senken." Larwyn begann die Treppe hinabzusteigen und zog Tasmund mit sich. „Natürlich dürft Ihr nicht zu grob anreiten. Tut es behutsam, aber bestimmt. Sie muss wissen, wie es um Eure Gefühle steht, guter Freund."

Der Innenhof war vom Schein der Sterne und von den Brennsteinbecken und Lampen in ein angenehmes Licht getaucht. Es war hell genug, um auf den Wehrgängen und Türmen, vor den Türen der Gebäude und den Toren des mittleren Wehrgangs jede Bewegung klar erkennen zu können, und dunkel genug, um den ruhenden Bewohnern nicht den Schlaf zu rauben.

Sie schritten auf eines der drei geöffneten Tore im mittleren Wehrgang zu, um von hier aus zum Hospital zu gelangen, als unvermittelt eine Gestalt aus dem Schatten in einen der Lichtkreise trat. Sie erkannten Meowyn, die nun zögernd stehen blieb.

„Seht Ihr, guter Herr Tasmund“, sagte Larwyn aufmunternd, „da kommt sie schon. Begleitet sie zur Brandstelle und nutzt die Gelegenheit, Euch ihr zu erklären. Nur Mut, guter Herr, sie wird Euch nicht beißen.“

Sie bemerkten es in dem Moment, als Meowyn in den Schatten zurückwich.

„Das ist nicht Meowyn“, knurrte Tasmund. Augenblicklich schob er Larwyn hinter sich und zog sein Schwert blank. „Gebt Acht, ihr Pferdelords“, schrie er auf. „Der Gestaltwandler ist in der Burg! Er ist im hinteren Hof!“

Es schien Meowyn gewesen zu sein, bis zur letzten Locke ihres blonden Haares, doch ihr Gewand war ungewohnt gewesen, und als die Frau in den Schatten zurücktrat, wussten Larwyn und Tasmund sofort, dass es nicht die Heilerin war.

„Bleibt hier, Hohe Dame“, sagte Tasmund rasch. „Begebt Euch in den Schutz der Schwertmänner. Ich will sehen, ob ich die Bestie stellen kann.“

„Seid vorsichtig, Tasmund“, rief Larwyn besorgt. Sie wandte sich den Männern auf der Mauer zu. „Die Bestie hat Meowyns Gestalt. Ergreift sie und seid vorsichtig. Ihr kennt ihren gefährlichen Zauber.“

Die Rufe alarmierten die Wachen, und Larwyn blickte Tasmund nach, der durch ein Tor des mittleren Wehrgangs verschwand. Männer mit Schwertern und Lanzen eilten an Larwyn vorbei, und zwei der Pferdelords stellten sich beschützend an ihre Seite.

Tasmund verließ den Lichtkreis der Lampen und knurrte missmutig, denn im hinteren Hof brannten keine Lichter. Nur oben auf der halbkreisförmigen Nordmauer standen ein paar Brennsteinbecken, und die Wachen blickten zu Tasmund in den Hof hinunter. Er rief ihnen rasche Erklärungen zu und versuchte seine Augen an die Dunkelheit zu gewöhnen. Neben sich hörte er das Schnappen einer Tür und hastige Schritte. Er wandte sich zur Seite und sah Meowyns Gestalt auf den Stufen des Hospitals.

„Bleib stehen, du Bestie!", fluchte er grimmig und sprang mit vorgereckter Klinge auf sie zu.

Sie wich ihm aus und geriet in den Lichtkreis eines der Tore. Tasmund erkannte nun das Gewand und ließ seine Klinge sinken. „Verzeiht, Meowyn, ich dachte, es sei die Bestie."

Auf der Wehrmauer erschallte ein Ruf, Tasmund fuhr herum und erkannte eine Wache, die mit einer anderen Gestalt zu ringen schien. Die Wache sank zu Boden, und Tasmund sah nun blondes Haar, wie Meowyn es hatte. „Die Bestie versucht, über die Nordmauer zu entkommen!"

Er schob die Heilerin die Stufen zum Hospital hinauf. „Bleibt im Haus, Meowyn, und schließt die Tür."

Der Erste Schwertmann rannte über den Hof, fluchte, als er auf einer Treppenstufe stolperte, und erreichte endlich den Wehrgang der Nordmauer. Er eilte zu der Stelle, wo der zusammengebrochene Posten lag, und sah gerade noch den blonden Haarschopf über der Einfassung der Wehrmauer verschwinden.

Kein normaler Mensch konnte sich über die Mauer schwingen und darauf hoffen, den Boden unverletzt zu erreichen, aber dies war ja kein normaler Mensch. Tasmund schrie wütend auf, sprang über die tote Wache hinweg und erreichte die Zinne, hinter der das blonde Haar verschwunden war. Er blickte hinab und sah die Gestalt am Fuß der Wehrmauer stehen.

„Verfluchte Bestie!“, schrie er hilflos hinunter. Neben ihm erreichte ein Pferdelord die Brüstung, sah die einsame Gestalt und schleuderte seine Stoßlanze hinab. Sie fuhr dicht neben dem Wesen in den Boden, und für einen Augenblick hob die Gestalt ihr Gesicht. Tasmund konnte Meowyns liebreizendes Antlitz erkennen, und er fluchte erneut. Der Gestaltwandler stieß ein seltsames Bellen aus und begann an der Mauer entlangzulaufen.

„Die Bestie läuft an der Westseite entlang auf die Stadt zu“, rief Tasmund und wies auf die kleiner werdende Gestalt.

Er wandte sich um und hetzte bald darauf die Treppe hinab. Männer eilten in den hinteren Burghof, der zunehmend von Fackeln erhellt wurde, und einige der Pferdelords hasteten zum Stall hinüber, um ihre Pferde zu holen. Tasmund befahl ihnen, auch sein Pferd zu satteln, und rannte dann in den vorderen Hof. Er ignorierte Larwyns fragenden Blick und eilte weiter die Treppe hinauf auf die Südmauer.

Naik trat neben ihn. „Ich habe die Bestie gesehen, Tasmund, und ich schwöre, ich habe sie getroffen.“

Tasmund klopfte dem Bogenschützen anerkennend auf die Schulter. „Das wird es uns erleichtern, Freund Naik. Ich weiß zwar nicht, wie rasch der Graue sich zu wandeln vermag, aber eine Wunde wird er nicht verbergen können.“

Im Hof war Hufgetrappel zu hören, und eine Schar Berittener sammelte sich.

Tasmund wandte sich sofort um und lief zu seinem Pferd hinunter.

„Wartet", rief Naik, der ihm hinterherhastete, „ich komme mit."

„Du hast kein Pferd, mein Freund", erwiderte der Erste Schwertmann, während er sich in den Sattel schwang.

„Aber schnelle Beine" sagte Naik entschlossen. „Und ich bin eine schnelle und lange Jagd gewöhnt."

Tasmund beugte sich im Sattel vor und hielt dem Bogenschützen die Hand entgegen. „Sitz auf, guter Herr Naik."

Der Jäger schüttelte den Kopf. „Wir müssen die Augen jetzt auch auf den Boden richten. Ich habe den Grauen getroffen und ihn verwundet. Also wird er Blut verlieren, und wir werden seiner Spur folgen können." Er wandte sich den Umstehenden zu. „Gebt mir eine Fackel."

Einen Moment später rannte Naik durch das Burgtor hinaus, die Fackel in der einen Hand, den Bogen in der anderen, und Tasmund zusammen mit den Pferdelords folgten ihm in langsamem Trab. Naik rannte nicht direkt auf die Stadt zu, sondern quer über das Feld in die Richtung, in die der Gestaltwandler verschwunden war. Er schien eine genaue Orientierung zu haben, welchen Weg der Fliehende genommen hatte. Mit einem Mal verlangsamte er seinen Schritt, beugte sich vor und beleuchtete mit der Fackel den Boden.

„Hier", rief er aufgeregt und winkte Tasmund und die anderen Berittenen zu sich. „Hierher. Ich habe seine Blutspur entdeckt."

Der Jäger ging langsam weiter und fand offensichtlich einen weiteren Blutfleck. Als Tasmund sein Pferd neben ihm zügelte, sah Naik ihn zufrieden an und wies auf einige dunkle Stellen am Boden. „Das schwarze Blut der Bestie. Ich muss sie gut getroffen haben.“ Er wies mit der Fackel auf die Stadt. „Er ist dort hinüber.“

Sie hatten die Spur gefunden und konnten die Richtung ausmachen, in die der Gestaltwandler geflohen war. Naik saß hinter Tasmund auf, und die Schar galoppierte auf die Stadt zu. Am Stadtrand hielten sie an. Naik saß ab und schritt den Reitern voraus, wobei er die Fackel dicht über den Boden hielt. So folgten die Pferdelords der Spur der Bestie. Sie führte zwischen die Häuser, wo die Flecken seltener wurden. Aber da selbst kleine Blutstropfen den Augen Naiks nicht entgingen, eilten sie zielstrebig die Straßen hinunter.

„Ihr seht erschöpft aus, guter Herr Lomorwin“, sagte Malvin in diesem Moment und fuhr fort, mit einem großen Tuch den Tresen zu polieren. „Ihr solltet Euch einen guten Schluck Blutwein gönnen, wirklich, das solltet Ihr.“ Er beugte sich ein wenig vor. „Wart Ihr bei dem Feuer? Ein furchtbarer Brand, nicht wahr? Ah, wie leicht hätte er auf die Stadt überspringen können.“ Malvin stellte einen Becher vor den Händler hin und füllte ihn, bevor Lomorwin widersprechen konnte. Der Wirt beugte sich erneut ein wenig vor. „Es soll sogar einen Toten gegeben haben.“ Er blickte zur Seite. „Nicht wahr, Barus, mein Freund?“

Der stämmige Nagerjäger hatte schon den vierten Gerstensaft intus, und seine Augen wirkten ein wenig trübe. Er nickte bestätigend und stützte sich dabei auf seine schwere Keule. „Ja, den gab es. Schrecklich verbrannt soll er gewesen sein.“

Plötzlich flog die Tür des ‚Donnerhufs‘ krachend auf, und Malvin blickte überrascht zu Tasmund und seinen Begleitern, die mit gezückten Klingen in den Schankraum stürmten. „Ihr guten Herren“, krächzte er überrascht, „was wollt …“

Der Wirt stieß einen erschrockenen Schrei aus. Lomorwin

hatte ihn einfach am Kragen seines Gewandes gepackt und zerrte den Wirt mit unerwarteter Kraft über den Tresen hinweg. Noch bevor Malvin zur Besinnung kam, hatte der Händler ihn an sich gepresst und drückte ihm nun eine scharfe Klinge an den Hals. „Zurück oder ich schlitze ihm die Gurgel auf."

„Also doch", knurrte Tasmund grimmig und breitete seine Arme aus, um die anderen Männer zurückzuhalten. „Der gute Herr Lomorwin. Ich habe mir gleich gedacht, dass es ein Fremder sein muss. Gebt auf, Grauer Zauberer."

„Grauer ... Zauberer?" Malvin erblasste vollends, und die Innenseiten seiner Beinkleider wurden unvermittelt feucht. „Ihr Herren, treibt keinen Unfug mit mir", stammelte er mit weinerlicher Stimme. „Ich bin nur ein einfacher Wirt und will niemandem Böses."

„Gib ihn frei, du Bestie", sagte Tasmund kalt und wiegte das Schwert in der Hand. „Was auch immer du hier treiben wolltest, dein Spiel ist nun zu Ende. Du kannst nicht mehr entkommen."

Die Pferdelords hinter Tasmund begannen sich entlang der Wände im Schankraum zu verteilen, und die Augen Lomorwins blickten nervös hin und her. Die seltsam gezüngelte Klinge seines Dolches schien aufzuglühen, und Malvin ächzte, als Rauch aufstieg und er den Geruch verbrannter Haut wahrnahm. Unvermittelt gaben die Beine des Wirts unter ihm nach, und er rutschte aus Lomorwins Griff.

Noch bevor der angebliche Händler reagieren konnte, trat Barus, der bis dahin träge am Tresen gelehnt hatte, in Aktion. Mit einer blitzschnellen Bewegung schwang er seine schwere Keule vom Boden hoch und schleuderte sie über die Platte des Tresens hinweg auf Lomorwins Schädel zu, wo sie mit tödlicher Wucht einschlug. Es gab ein knackendes Geräusch, dunkles Blut und Hirnmasse spritzten umher, und der Gestaltwandler stürzte schlaff vornüber. Die flammende Klinge bohrte sich beim Sturz in seinen Leib, und die Männer wichen instinktiv zurück, als der leblose Körper plötzlich aufzuglühen schien. Innerhalb weniger Augenblicke verwandelte sich der Tote in glosende Asche, deren Glut vor den Augen der fassungslosen Männer erlosch.

„Bei den Goldenen Wolken", stammelte Naik schließlich und setzte seinen Bogen ab.

„Wie ich schon gelegentlich erwähnte", sagte Barus schleppend und grinste schief, „es geht doch nichts über eine solide Keule, ihr guten Herren."

Tasmund trat vor und schob zögernd die Spitze seines Schwertes in den Aschehaufen. Es schien fast, als befürchte er, die Asche könne sich jeden Augenblick wieder in die unheilvolle Kreatur zurückverwandeln. Aber das tat sie nicht, das Graue Wesen war tot.

„Ich hätte es wissen müssen", brummte Tasmund missmutig. „Ich hätte wissen müssen, dass es Lomorwin war." Er zog sein Schwert zurück, trat vor den Tresen und hob Malvins zu Boden gefallenes Tuch auf, um damit seine Klinge zu säubern. Während er seine Waffe in die Scheide zurückschob, sah er einen der anderen Pferdelords an. „Reite zur Burg und berichte der Hohen Dame, dass wir die Bestie getötet haben und keine Gefahr mehr von ihr droht. Und berichte ihr, dass es dieser Händler Lomorwin war. Es könnte von Bedeutung sein."

Malvin begann sich stöhnend zu regen, und Barus und Tasmund halfen dem noch immer benommenen Wirt auf die Beine. „Oh, ihr Herren", ächzte er, „oh, ihr Herren, ich lebe."

„Das tust du wirklich", bestätigte Barus. „Man kann es sogar riechen."

Malvin errötete, und die Scham verlieh ihm die Kraft, rasch hinter seinen Tresen zu eilen.

Tasmund machte eine beschwichtigende Geste. „Grämt Euch nicht, guter Herr Malvin. Auch andere Männer hätten bei solcher Gelegenheit ihre Beinkleider befeuchtet."

„Ah, es war schrecklich, ihr Herren", stammelte Malvin und gönnte sich mehrere herzhafte Schlucke aus dem Krug seines besten Blutweins. „Wie ist das Wesen, äh, gestorben?"

Tasmund wies auf den Nagerjäger. „Barus hat die Bestie erschlagen."

„Mit seiner Keule?" Malvin füllte weitere Becher und schob sie mit großzügiger Geste über den Tresen. Die Männer traten heran, wobei sie instinktiv dem Aschehäufchen auswichen, das von Lomorwin geblieben war. Oder besser von der Kreatur, die vorgegeben hatte, Lomorwin zu sein. „Ihr seid ein braver Mann, Barus, mein Freund. Ein braver Mann."

Zwei Becher Blutwein später war Malvin schon wieder zu klaren Überlegungen fähig. Er presste einen nassen Lappen an seinen versengten Hals und musterte dabei den Aschehaufen, der zunehmend verfiel.

Was für ein Tag dies doch gewesen war und was für ein schrecklicher Abend. Erst das Feuer mit dem Toten und dann die Bestie, die ihn fast getötet hätte. Der brave Barus, der ihm mit der Keule das Leben rettete. Was für ein schrecklicher Abend und was für schreckliche Geschichten. Noch in vielen Jahren würde man darüber sprechen. Hier im ‚Donnerhuf' war es geschehen. Hier hatte man die Bestie gestellt und sie erschlagen. Ah, was für Geschichten würde man erzählen können, und wie viele durstige Kehlen würde es zu versorgen geben.

Malvin schenkte Barus nach und grinste den Nagerjäger dankbar an.

Man würde die Geschichte natürlich auf ein sinnvolles Maß zurechtstutzen müssen, damit sie nicht unnötig langatmig wurde. Wen interessierte es schon, dass Malvins Beinkleider nass geworden waren? Und war es nicht ohnehin das Resultat einen umgestürzten Bechers Gerstensaft gewesen? Hatte er, Malvin, nicht entscheidend dazu beigetragen, die Bestie zu besiegen, indem er sich geistesgegenwärtig zu Boden gleiten ließ, um den Weg für Barus' Keule frei zu machen?

Der Schankwirt des ‚Donnerhufs' musterte die Pferdelords und den Nagerjäger. Vielleicht war es gut, ihnen seinen wohl überlegten Sturz zu erklären? Sonst würde man später noch falschen Gerüchten Glauben schenken. Malvin zupfte verlegen an seinem nassen Beinkleid und wollte Tasmund gerade ansprechen, als er das Geräusch hörte. Sie alle hörten es. Aber eigentlich war es gar kein Geräusch, sondern ein kraftvoll schwingender und weit tragender Ton. Der Klang des eisernen Horns der Hochmark.

Der Ton wurde deutlicher und mischte sich nun mit dem leisen Pochen von Hufschlag, das immer mehr anschwoll. Malvin vergaß sein nasses Beinkleid und hastete zur Tür seiner Schänke. Im Widerschein der Brennsteinbecken und Lampen, die an einigen der Häuser brannten, tauchte hin und wieder das Blitzen von Metall aus der Dunkelheit hervor, dann schälten sich Reiter aus dem nächtlichen Schwarz.

Garodem, der Pferdefürst, kehrte in die Hochmark zurück.

33

„Nein, nein, du Made, du musst den Spieß weit vorgereckt halten“, brüllte der Schlagmeister. Er trat an das Rundohr heran, riss ihm den langen Spieß mit der Furcht erregenden Klinge an der Spitze aus den Händen und nahm die Grundposition ein. „Greifen euch die Fußsoldaten der Menschenwesen an, dann haltet den Spieß zunächst eng am Körper. Ihr rammt ihn erst vor, wenn die Menschenwesen euch fast erreicht haben. Das treibt die Klinge durch ihre Rüstungen in die Leiber. Trägt das Menschenwesen nur einen ledernen Harnisch, dann tretet ihm gegen den Leib und zieht eure Klinge mit Schwung zurück. So, seht ihr? Trägt der Mensch eine volle metallene Rüstung, wie die Soldaten Alnoas sie tragen, dann wird sich der Spieß in der Rüstung verhaken.“ Er sah die Rundohren an. „Was tut ihr dann, ihr Maden?“

„Wir treten ihm gegen den Leib und ziehen den Spieß mit einem Ruck zurück“, knurrte einer der Orks.

„Du nutzlose Made!“, brüllte der Schlagmeister. „Ich sagte doch, die Klinge steckt in seiner eisernen Rüstung fest. Ah, du taugst nicht einmal als Madenfutter.“

Der kritisierte Ork brüllte wütend auf, zerrte sein Schlagschwert aus dem Gurt und stürzte sich auf den Schlagmeister. Der ließ ihn kommen, ergriff dann im letzten Augenblick den erhobenen Arm des Rundohrs und zog. Der Angreifer stürzte aufbrüllend zu Boden, und der Schlagmeister hieb ihm die eigene Klinge in den ungeschützten Nacken. Über dem toten Körper stehend, sah er die anderen Rundohren drohend an. „Still, ihr Maden!“, schrie er fängebleckend. „Was also tut ihr, wenn sich euer Spieß in der eisernen Rüstung verhakt hat? Nun?“

Der Schlagmeister spie aus. „Ihr tut, was dieses Madenfutter getan hat. Aber ihr macht es besser, verstanden?“ Er spie erneut aus. „Ihr lasst den Spieß los, denn ihr bekommt ihn nicht schnell genug frei. Dann nehmt ihr euer Schlagschwert und tötet damit.“ Er schob sein Schlagschwert in den Gurt zurück und nahm den Spieß wieder in beide Hände. „Aber wenn ihr einem verfluchten Pferdelord begegnet, dann haltet den Spieß lang vorgestreckt. Ein Reiter auf seinem Pferd hat eine längere Reichweite und schlägt oder stößt von oben. Lasst ihn nicht herankommen. Bildet eine dicht geschlossene Reihe und einen Wall aus Spießen. Die Spitzohren hinter euch werden die verfluchten Reiter dann mit ihren Pfeilen vom Pferd holen.“ Er sah sie drohend an. „Habt ihr das jetzt verstanden, ihr nutzlosen Maden?“

„Ja, Schlagmeister“, brüllten die angetretenen Rundohren.

„Geht in Grundstellung, ihr Maden, und fällt den Spieß“, kommandierte der Ausbilder. „Spieß eng an den Leib, dann Ausfallschritt und die Klinge vor. An den Leib … Ausfallschritt und vor … An den Leib … Ausfallschritt und vor …“

Der Schlagmeister grunzte zufrieden. Hatte man erst die vorlauten Mäuler gestopft, erwiesen sich die Rundohren als brauchbares Material. Ah, die Schläger waren nicht dumm, nur ein wenig faul, aber er würde sie schon in Form bringen.

Um die Gruppe herum übten weitere Orks ihre Fertigkeiten im Umgang mit Spießen und Schlagschwertern. Andere trainierten, mit Sturmleitern eine Mauer zu erklimmen oder mit Rammböcken das Tor einer Menschenfestung zu zertrümmern. Es war Nacht, und das große Tal war voller Orks, deren dunkle Rüstungen und Waffen leicht im Sternenlicht schimmerten und deren Augen rötlich glühten. In einem Nebental übten Spitzohren den Umgang mit Pfeil und Bogen. Die Besten von ihnen wurden an den kleinen Querbogen geschult, deren schwere, stählerne Bolzen jede Rüstung durchschlugen.

Aus einem anderen Tal ertönte das heisere Bellen der Reitbestien. Die wilden und schwer zähmbaren Kreaturen erinnerten an deformierte Pelzbeißer, doch ihre Krallen und Fänge waren ungleich größer und gefährlicher. Ihre Reiter mussten sich in Acht nehmen, nicht selbst Opfer dieser Ungetüme zu werden. Es gab nur wenige Reitbestien, und so war die berittene Truppe der Orks trotz ihrer Gefährlichkeit den Beritten der Menschenwesen meist unterlegen.

Einer der Legionsführer stand auf einem Hang, hoch über seinen übenden Truppen. Ein Stück weit unter ihm drang ein matter Lichtschein aus einem Tunnel, der zu den hiesigen Bruthöhlen führte. Der Legionsführer sah eine Gestalt in einer langen Kutte aus der Öffnung hervortreten, und obwohl er deren rote Farbe nicht erkennen konnte, wusste er, dass es sich um den Brutmeister handelte.

Es war eine sternklare Nacht, und der Mond stand hell über den Tälern. Der Legionsführer liebte dieses Licht. Seine Maden konnten dann hervorragend sehen, während die Augen der Menschenwesen von Zwielicht und Schatten getäuscht wurden. Aber die Menschen wussten um diese Schwäche, und in der Nacht zogen sie sich hinter ihre Mauern oder befestigten Stellungen zurück. So wurden die Schlachten meist zu einem Zeitpunkt geschlagen, an denen das Licht den Menschenwesen angenehmer war. Orks kamen zwar mit Sonnenlicht zurecht, auch wenn ihnen ein bedeckter Himmel angenehmer war, aber die Menschenwesen versuchten das grelle Sonnenlicht taktisch einzusetzen.

Sie manövrierten ihre Truppen in einer solchen Weise, dass

das Licht den Angreifern direkt in die Augen schien und sie blendete. Natürlich kannten die Orks diesen Trick und wandten ihn selber an, aber der Legionsführer gestand sich widerstrebend ein, dass die Menschen ihn besser beherrschten. Zudem blendeten die verfluchten Menschenwesen die angreifenden Legionen nachts mit vorbereiteten Feuern. Aber bald würde sich das ändern, und der Brutmeister, der nun den Hang heraufgestapft kam, hatte daran seinen Anteil.

Der Legionsführer schlug seine gepanzerte Faust grüßend gegen den Harnisch, als der Brutmeister neben ihn trat. „Zehn Legionen zu je zehn Kohorten, Brutmeister“, sagte er nicht ohne Stolz. „20 000 Schädel, und sie alle sind gut ausgebildet und begierig darauf, zuzuschlagen.“

„Drei weitere Legionen befinden sich im Wurf“, sagte der Brutmeister und blickte über das Tal. „Sie werden bald verfügbar sein, müssen aber noch ausgerüstet und ausgebildet werden. Aber der Waffenmeister sagt, die Rüstungen und Waffen werden rechtzeitig fertig. Sogar die neuen Helme. Hier, Führer, ich habe dir einen mitgebracht. Probier ihn einmal aus.“

Der Legionsführer nahm den massiven Helm eines Rundohrs entgegen, den der Brutmeister ihm hinhielt. Er betastete das Material und prüfte die Wandstärke, bis er zufrieden nickte. Die Panzerung war stärker als bei den alten Helmen, die Schädelform gut nachgebildet und die Halteriemen mit Metallplatten verstärkt. An der Augenpartie befand sich die auffälligste Änderung. Der Legionsführer nahm seinen eigenen Helm ab und drückte den neuen auf seinen Schädel. Vor seinem rechten Auge befand sich nun ein kleiner viereckiger Metallrahmen mit einem darin eingefassten schwarzen Plättchen. Es ließ etwas Licht hindurch, aber nicht viel.

„Es verdunkelt“, stellte der Legionsführer fest und kniff abwechselnd die Augen zusammen.

„So will es der Plan.“ Der Brutmeister verzog seine dunklen Lippen zu einem Lächeln. „Das Schwarzkristall wird verhindern, dass die Menschenwesen oder die Sonne uns blenden können.“

Der Legionsführer grunzte skeptisch. „Das mag sein, Brutmeister. Aber es wird uns auch behindern. Der Blick aus beiden Augen erlaubt es uns, die Entfernung richtig einzuschätzen. Mit nur einem Auge vermögen wir zwar scharf zu sehen, aber wir können uns in der Distanz zum Feind verschätzen.“

„Das lässt sich üben“, brummte der Brutmeister.

„Alles lässt sich üben“, stimmte der Legionsführer zu. „Am besten ist jedoch die praktische Erfahrung.“

Der Brutmeister nickte. „Dazu wirst du bald Gelegenheit haben, Führer. Ich erhielt Nachricht vom Schwarzen Lord. Die Zwergenwesen der grünen Stadt haben sich erhoben. Du wirst mit zwei Legionen ausgesandt, um die Stadt wieder in Besitz zu nehmen.“ Der Brutmeister sah den Legionsführer eindringlich an. „Du wirst die Zwergenwesen nach Möglichkeit schonen.“ Er spürte den Unwillen des Rundohrs. „Es ist der Wille des Schwarzen Lords.“

Der Ork neigte den Schädel. „Dann soll es so sein.“

„Du brauchst nicht alle zu schonen“, sagte der Brutmeister beiläufig. „Es müssen genug von ihnen sein, damit wir die schwarzen Kristallplättchen erhalten. Den Rest kannst du ruhig schlachten.“

„Wie viele Plättchen brauchen wir noch?“

„Wir können zunächst nur deine beiden Legionen damit ausrüsten“, bekannte der Brutmeister. „Es ist schwieriger, als wir dachten. Manche der Plättchen platzen, wenn wir die Rahmen an die Helme nieten.“ Er zuckte die Achseln. „Die Spitzohren geben sich Mühe, aber sie sind für so feine Arbeiten nur begrenzt geeignet."

„Schlachtet ein paar von ihnen, Brutmeister", sagte der Legionsführer ohne Zögern. „Das wird die übrigen anspornen."

„Ich habe schon ein paar geschlachtet." Der Brutmeister seufzte leise. „Es hat nicht viel gebracht." Er sah den Legionsführer an. „Somit liegt es an dir. Nimm die grüne Kristallstadt wieder ein und beschaff dem Schwarzen Lord die Plättchen aus Schwarzkristall."

Der Legionsführer schlug sich erneut an die Rüstung. „So wird es geschehen, Brutmeister."

34

Frau Hegmarukona zupfte sich nervös an den Haaren und sah zu, wie ihr Gemahl Hegmaruk den zerstörten Schlotteil der Kochstelle bearbeitete. „Sei vorsichtig, Mann Hegmaruk. Du weißt, wie zugig der Kanal sein kann und wie empfindlich du gegen Zug bist."

„Der Kanal ist nicht in Betrieb", versicherte Hegmaruk, wie er es schon zuvor mehrfach getan hatte. „Du brauchst keine Bedenken zu haben."

Der Schürfmeister schlug die größten der Zacken mit einem kleinen Hammer heraus und achtete darauf, dass keine Reste in den Schacht hineinfielen. Er schnaufte zufrieden. „Reich mir einmal die grobe Feile, Frau."

„Müht Euch nicht, gute Frau Hegmarukona", sagte Dorkemunt und gab dem Schürfmeister das geforderte Werkzeug. Er verzog schmerzlich das Gesicht, als der Zwergenmann die grobe Feile über die Bruchkanten führte und sie, begleitet von schrillem Kratzen, glättete.

Hegmaruk nieste kräftig, und seine Frau zupfte besorgt an ihren Haaren. „Ich sagte dir doch, Mann Hegmaruk, dass es ziehen wird. Du musst dich wärmer bedecken. Du bist schließlich kein Hüpfling mehr."

„Es zieht nicht", drang Hegmaruks Stimme hohl aus dem Schlot hervor. „Ich bekam nur Feilstaub in die Riechknolle."

„Das sagst du nur, um mich zu beruhigen." Frau Hegmarukona sah Dorkemunt entsagungsvoll an. „Er ist immer so leichtsinnig, der gute Hegmaruk. Wie oft schon kam er vom Schürfen und hatte eine Erkältung. Aber er geht auch mit Vorliebe unter dem Wasserstein hindurch. Immer wird er nass und arbeitet dann im Zug. Ist es da ein Wunder, wenn er sich erkältet?"

„Ich bin nicht erkältet", meldete sich Hegmaruk wieder zu Wort. „Es ist nur der Feilstaub."

Er hustete unterdrückt, und Frau Hegmarukona stampfte mit dem Fuß auf. „Ja, ja, das sagst du immer. Immer ist es der Feilstaub oder der Schürfstaub. Und dann bekommst du wieder das Schütteln und musst heißen Blor trinken, um es loszuwerden."

Dorkemunt ächzte. Normales Blor war schon eine Herausforderung. Erhitzt musste es ein echtes Wagnis sein. Frau Hegmarukona sah den kleinen Pferdelord besorgt an. „Du bist sicher auch schon erkältet. Kein Wunder, so wie es aus dem Schlot zieht. Willst du heißes Blor, Menschenmann?" Sie zupfte sich verwirrt an den Haaren. „Oh, ich kann ihn gar nicht bereiten. Beeile dich, Mann Hegmaruk. Ich brauche die Kochstelle, sonst werdet ihr beiden überhaupt nicht mehr gesund."

„Es ist der Feilstaub", knurrte Hegmaruk, und seine Stimme klang ein wenig verärgert. Der Zwergenmann schob sich aus dem Schlot heraus. Er sah Dorkemunt an. „Gib mir das Ersatzstück, Pferdelord. Es müsste jetzt passen."

Dorkemunt und Nedeam hätten eigentlich lieber bei den Vorbereitungen zur Verteidigung der Stadt geholfen, aber Nedoruk hatte das entschieden abgelehnt. „Es ist eine Sache von uns Zwergen, Pferdelords", hatte er gebrummt. „Und der Bartlose muss sich ohnehin schonen, bis alles vorbereitet ist."

Zunächst waren die beiden Pferdelords noch zwischen den umhereilenden Zwergen einhergeschritten, um zu sehen, was diese wohl vorbereiteten, aber schließlich hatte man ihnen höflich und bestimmt zu verstehen gegeben, dass sie den kleinen Männern nicht länger im Weg stehen sollten. Ein wenig gekränkt hatten sie sich in Hegmaruks Obhut begeben, der sie mit zu sich nach Hause nahm.

„Ah, es passt genau", sagte Hegmaruk zufrieden und schob das Ersatzstück in die Kochstelle. Es knirschte und quietschte erneut, als er das Rohr in den Schlot einpasste. „Jetzt können wir uns erst einmal mit einem feinen Pilzbrei stärken und ihn mit Blor hinunterspülen."

Hegmarukona trat lächelnd an die Kochstelle. „Ich werde euch beides sofort aufsetzen. Setzt euch an den Tisch, es ist gleich fertig."

„Für mich nur sehr wenig Brei", krächzte Nedeam hastig. „Ich habe kaum Hunger."

„Und gebt ihm nur sehr wenig Blor", fügte Dorkemunt hinzu. „Er braucht die Kraft seiner Arme und Beine noch."

Während die beiden Pferdelords eher notgedrungen von dem Pilzbrei aßen, schaufelte Hegmaruk ihn mit augenscheinlichem Genuss in sich hinein. Frau Hegmarukona war sichtlich besorgt um das Wohlergehen der beiden Menschenwesen, vor allem um das des schrecklich großen Bartlosen, der offenkundig nichts auf seinen Rippen hatte. Inzwischen war Nedeam wieder bekleidet, und beide Pferdelords hatten erleichtert die dicken Polsterungen aus den Wämsen entfernt. Frau Hegmarukona hatte die Kleidung mit emsigen Stichen umgeändert, so dass sie nun wieder richtig saß. Umso mehr vermissten die beiden Menschen nun ihre gewohnten Helme und ihre geliebten grünen Umhänge.

Vor der Tür von Hegmaruks Haus ertönte ein höfliches Husten, dann trat Nedoruk in die geöffnete Tür. „Seid ihr so weit, Menschenwesen? Wir haben die erforderlichen Vorbereitungen getroffen, so gut wir es vermochten."

„Dann lasst uns beginnen, guter Herr Nedoruk", sagte Nedeam hastig und schob den Napf mit dem erkaltenden Pilzbrei erleichtert von sich.

Dorkemunt nickte, nahm rasch noch einen Schluck Blor und folgte Nedeam und den beiden Zwergenmännern mit geröteten Wangen. Als sie auf die breite Straße traten, nahmen die Pferdelords mit Erstaunen mehrere Gruppen von Zwergen wahr, die an langen Stricken vom oberen Rand der grünen Kuppel hingen und verschiedene der grünen Segmente polierten oder austauschten.

Hegmaruk bemerkte ihre Blicke und seufzte leise. „Wir haben zu wenig grünen Kristall, Pferdelords. Viel zu wenig. Die Orks wollten nur den schwarzen Kristall, und so konnten wir die ganze Zeit über keinen grünen abbauen. Natürlich tun unsere Schürfer, was sie können.“ Er zuckte die Achseln. „Aber wir müssen ihn erst fördern, müssen ihn schleifen, dann zur Kuppel bringen und einfügen … ah, so schrecklich viel zu tun haben wir und dabei so wenig Zeit und kaum noch grünen Kristall.“

„Kommt endlich“, brummte Nedoruk. „Nutzen wir das Tageslicht, denn der Bartlose hat einen langen Weg vor sich.“

Sie eilten die Straße hinunter, durchschritten das Stadttor, das jetzt von einem Trupp schwer bewaffneter Zwerge bewacht wurde, und eilten auf die Felsnadel mit ihrem tosenden Wasserstrom zu. Im gesamten Felsendom herrschte hektische Betriebsamkeit.

Ein Stück vom Tunnelausgang entfernt waren mehrere Hundert Zwerge damit beschäftigt, eine halbrunde Mauer zu errichten. Sie schlugen mit ihren Hämmern und Meißeln auf die Steinblöcke ein, und die Pferdelords begriffen nun, warum die Zwerge die anderen Hämmer als leicht bezeichnet hatten. Diese hier waren groß wie ein Zwerg und ihre Schlageisen so dick wie Nedeams Oberschenkel. Die kleinen Männer konnten mit ihnen auch größere Felsen spalteten, die sie dann mit den kleineren Werkzeugen in die richtige Form brachten. Die Schürfer der Zwerge arbeiteten in überwältigender Geschwindigkeit. Stein um Stein passten sie in die mehrere Längen hohe Mauer ein. Dahinter errichteten die Zwerge ein Podest, das bis fast an die Mauerkrone reichte. Es würde, wie der Gang einer richtigen Wehrmauer, Raum für die Verteidiger bieten.

„Wir errichten hinter der ersten Mauer noch weitere kleine." Nedoruk zupfte seine Bartzöpfe vergnügt. „Die Bestien werden Mühe haben, die erste zu überwinden, und wenn sie es doch schaffen, werden wir ihnen einen Hagel von Wurflanzen entgegenschleudern und dann die Äxte ihr Werk tun lassen." Er schob die beiden Pferdelords vor sich her. „Doch nun lasst uns eilen, es wird sonst spät."

Sie erreichten den Sprühnebel des von der Nadel fließenden Wasserstroms. Um sie herum waren Zwerge damit beschäftigt, grüne Kristallblöcke auf Schlitten heranzuziehen, andere schlugen grobe Platten davon ab und trugen sie zu den Zwergen an den Schleifsteinen, die unermütlich aus den Platten Fünfecke herausschliffen und diese auf das exakte Maß brachten. Andere Zwerge begannen die Fünfecke mit Tüchern und Schleifsand zu bearbeiten und polierten sie so, bis die Oberflächen glänzten.

Der Sprühnebel durchnässte die Gruppe, als sie über eine der hölzernen Brücken auf die andere Seite hinüberhasteten. Nedeam sah das dicke metallene Rohr, das einen Teil des Wassers zur Stadt hinüberleitete und sie mit Trinkwasser versorgte. Irgendwo musste noch eine andere Leitung verborgen sein, die das benutzte Wasser wieder abfließen ließ. Vielleicht verlief sie unter einem der Plattenwege.

Sie erreichten die Rückseite des Felsendoms, und nun sahen

die beiden Pferdelords die dunkle Öffnung eines weiteren Tunnels. Überrascht bleiben sie stehen.

„Unser Fluchttunnel“, erklärte Nedoruk hastig. „Wir konnten ihn nicht benutzen, weil die Orks uns überraschten und die Hüpflinge in ihre Gewalt brachten.“

„Sollten die Orks unsere Verteidigungsanlagen überwinden, könnten wir uns durch den Tunnel in ein Tal hineinflüchten“, erklärte Hegmaruk. „Aber so weit wird es nicht kommen. Wir werden die grüne Stadt Nal't'rund nicht erneut in ihre Klauen fallen lassen. Dieses Mal sind wir vorbereitet, und die Bestien werden unsere Äxte zu spüren bekommen.“

Dorkemunt sah den Schürfmeister nachdenklich an. „Ihr dürft nicht vergessen, dass auch die Bestien vorbereitet sind. Sie werden mit großer Streitmacht erscheinen.“

„Und wir werden ihnen mit großer Streitmacht begegnen“, erwiderte Nedoruk. „Ein kurzes Stück noch, Pferdelords, dann sind wir da. Hier, in diesen Gang hinein.“

Der Gang war niedrig, und die schimmernden Stellen um die Gruppe herum zeugten davon, dass die Zwerge hier Gold abbauten. Dorkemunt und Nedeam mochten Gold. Es war ein weiches Metall, das sich gut bearbeiten ließ und aus dem man sehr hübschen Zierrat fertigen konnte, der auch bei wechselhafter Witterung seinen Glanz behielt. Aber im Grunde war es wertloser Tand. Viel interessanter für die Zwerge und Pferdelords war im Augenblick die Tatsache, dass in diesem Tunnel ein Lichtschacht vorangetrieben wurde, der den Gang mit der Oberfläche verband.

„Der Schacht selbst ist fertig“, sagte Hegmaruk rasch, als die beiden Pferdelords misstrauisch in die dunkle Öffnung an der Decke starrten. „Er führt in Winkeln bis zur Oberfläche hinauf. Wir müssen ihn wegen des Weißkristalls in dieser Weise bauen, versteht ihr? Würden wir den Schacht gerade anlegen, müssten wir eine enorme Kristallsäule errichten und ihr Gewicht sehr umständlich abstützen. So führt der Schacht im Zickzack durch den Fels, und ein Segment stützt das andere ab. Ah, ihr Pferdelords, es ist schwer, die Kristalle in einen solchen Schacht einzupassen, wirklich schwer." Er reckte sich stolz. „Aber wir Zwerge verstehen uns auf schwere Arbeit, ja, das tun wir."

Nedoruk deutete nach oben. „Der Bartlose wird bequem hindurchpassen. Allerdings ist es vermutlich schon dunkel, wenn er oben ankommt. Wir wollten erst einen Luftschacht nutzen, aber da würde der Bartlose nicht hindurchgelangen."

„Ich heiße Nedeam", knurrte dieser ein wenig verärgert. Was konnte er dafür, dass er nicht so ein haariges Ungetüm war wie die Herren Zwerge?

„Nun", Nedoruk zupfte an seinen Bartzöpfen, „jedenfalls würde der bartlose Nedeam nicht durch einen Luftschacht nach oben gelangen, da sich in ihnen rotierende Metallschneiden befinden, welche die Luft aufnehmen und weiterleiten. Er könnte sie nur schwer demontieren, und wir haben im Augenblick keinen leeren Luftschacht. Meinst du, du kannst den Lichtschacht bezwingen, bartloser Nedeam?"

„Habe ich nicht auch den Schlot bezwungen?"

„Ah", Nedoruk nickte und schlug Nedeam anerkennend auf die Schulter. „Verzeih, ich vergaß, dass ihr Pferdelords ein wenig empfindlich seid. Ja, den Schlot hast du bezwungen, bartloser Nedeam. Das werden wir dir nicht vergessen, so wahr ich der Erste Axtschläger der grünen Stadt Nal't'rund bin. Aber dieser Schacht hier, der ist sehr viel länger." Nedoruk nahm eine Brennsteinfackel und hielt sie unter die Öffnung des Schachts. „Seht ihr, Pferdelords? Das Licht scheint unruhig. Es kommt also Luft durch den Schacht. Der Bartlose wird atmen können."

„Nedeam", korrigierte dieser.

„Es gibt viele Bartlose bei den Pferdelords", sagte Dorkemunt versöhnlich, denn er spürte Nedeams wachsenden Unmut über seinen Spitznamen. „Und alle diese bartlosen Männer sind gute Pferdelords und Kämpfer." Er räusperte sich und wies in den Schacht hinauf. „Führt er direkt an den See?"

„Nein, Pferdelord. Er endet ein Stück oberhalb des kleinen Tals mit dem Quellsee. Aber das Tal ist dann leicht zu finden. Nur den Berg hinab nach Süden, und der bartlose Nedeam ist bei den anderen Pferdelords."

„Nun gut." Nedeam sah zum Schacht hinauf. „Ich sollte vielleicht eine Waffe mitnehmen."

„Eine Axt wird dich in dem Schacht nur behindern", sagte Nedoruk mit Bedauern in der Stimme. „Aber dies hier wird dir nützen." Er ließ sich von einem der anderen Zwerge ein paar dicke Polster geben. „Binde sie vor deine Knie und Ellbogen. Du wirst sie vielleicht ein wenig unbequem finden, aber glaube mir, sie werden hilfreich sein."

Nedeam seufzte. Die Polster bestanden aus grobem und sehr widerstandsfähigem Gewebe. Als er sie umband, fühlte er sich tatsächlich eingeengt, aber er vertraute auf das Wissen der Zwerge, die sich ja ihr Leben lang innerhalb der Berge bewegten. „Was soll's? Ich werde es schon schaffen."

„Ah, guter Herr Nedoruk, sollte er nicht ein Licht mitnehmen, damit er seinen Weg findet?", wandte Dorkemunt ein. „Es sieht recht finster dort drinnen aus."

Der Schürfmeister Hegmaruk zupfte an seinen Bartzöpfen. „Ah, ihr Menschenwesen, in dem Schacht ist zwar Luft zum Atmen, aber es reicht nicht für eine Fackel, und zudem wird der, äh, Pferdelord Nedeam seine Hände zum Steigen benötigen."

„Er muss auch gar nicht sehen können", bestätigte einer der

anderen Zwerge. „Er muss nur dem Schacht folgen. Der wird ihn sicher nach oben führen.“

„Viel Glück, Bartloser“, wünschte Nedoruk dem jungen Pferdelord. Er hob automatisch seine Hände, um Nedeam aufmunternd an den Bartzöpfen zu zupfen, wie er es bei jedem Zwerg getan hätte, und ließ die Arme dann verlegen sinken. „Wir werden das Tor angreifen, sobald wir Kampfeslärm hören.“

Dorkemunt legte seinem jungen Freund die Hand auf die Schulter. „Auch ich wünsche dir Glück, Nedeam, mein Freund, und vielleicht“, er beugte sich flüsternd an Nedeams Ohr, „solltest du dir lieber einen Bart wachsen lassen.“

Sie grinsten einander an, dann hob einer der Zwerge Nedeam mühelos auf seine breiten Schultern und schob ihn hoch, so dass der Junge an die Öffnung des unvollendeten Lichtschachtes greifen und sich hineinziehen konnte. Er spürte die Schräge, die in einem halben Rechtwinkel anstieg und deren Oberfläche seltsam gerillt war. Aber die Rillen gaben seinen Händen und Füßen einen passablen Halt. Ärgerlich war eher, dass er praktisch nichts sah und auf Ellbogen und Knien kriechen musste. Er kam sich keineswegs wie ein Pferdelord vor, sondern eher wie einer dieser Würmer, die sich durch Eternas' Äcker wühlten.

Die ersten Längen überwand Nedeam mit Leichtigkeit, auch wenn seine Haltung recht unbequem war. Er fragte sich, wie die Zwergenwesen diesen Schacht wohl durch den Berg getrieben haben. Ihre geringe Körpergröße brachte ihnen hier keinen Vorteil, da sie andererseits sehr stämmig und somit fülliger als der schlanke Nedeam waren. Sein Respekt vor den Fähigkeiten der kleinen Männer wuchs beständig. Sie mussten im Dunkel gearbeitet haben, und der sanfte Lufthauch, den Nedeam spürte, konnte erst entstanden sein, nachdem der Gang mit der Oberfläche verbunden war. Wie hatten die Zwerge hier also atmen können? Und wie wollten sie die bearbeiteten Kristallsegmente in diesem Schacht bewegen und an die richtige Stelle bringen? Noch dazu fugenlos verbunden, wie sie behauptet hatten.

Nach einigen Längen spürte Nedeam plötzlich, wie allein er war. Dieser Schacht war weitaus schwieriger zu besteigen als der Schlot, den er in der Zwergenstadt bezwungen hatte. In dem Schlot hatte es die Abluftöffnungen gegeben, durch die etwas Licht in den Kamin gefallen war, und er hatten die Zwergenfrauen erkennen können, die ihm halfen. Hier sah er jedoch nichts, spürte nur die Enge des Lichtschachtes, hörte allein die Geräusche, die sein Atem und seine Bewegungen hervorriefen, und gelegentlich ein leises Knirschen, das von dem Gestein ausging. In Nedeam begann sich eine Furcht auszubreiten.

Eine Furcht, wie er sie nie zuvor empfunden hatte. Es war eine existenzielle Angst, die an alle seine Überlebensinstinkte appellierte. Er fühlte sich eingeengt, hatte die Empfindung, keine Luft zu bekommen, und hinzu kam das Knirschen des Gesteins, das ihm suggerierte, es würde gleich über ihm zusammenbrechen. Die Angst sprang Nedeam an, als wäre sie ein Ork mit gebleckten Fängen. Sein Atem wurde schneller, er rang nach Luft, doch die Angst schien ihn zu lähmen. Er hatte nicht einmal die Kraft zu schreien. Nedeam drückte seinen Rücken gegen die Schachtdecke und stemmte Arme und Beine gegen Boden und Wände, um den Halt nicht zu verlieren. Er hatte Furcht vor dem Sturz in eine endlos erscheinende Tiefe. Sein Mund war trocken, und er schmeckte Staub auf der Zunge. Gelegentlich hustete er unterdrückt, und die Rillen des Schachtes dämpften das Geräusch.

Er hatte panische Angst davor, den Schacht weiter hinaufzukriechen, und fürchtete sich ebenso, wieder hinabzusteigen. Er wollte nicht vor und nicht zurück. Er konnte es nicht. Aber er begriff, dass er hier nicht bleiben konnte. Wer sollte ihm folgen, um ihn herauszuholen? Ah, warum war denn keiner der Zwerge hier hinaufgestiegen? Wenn sie den Schacht hatten graben können, dann konnten sie ihn auch besteigen, nicht wahr? Es war schließlich ihre Stadt, warum taten sie es nicht selbst und holten stattdessen die Pferdelords?

Weil es seine Aufgabe war. Weil sie ihm, dem bartlosen jungen Pferdelord, vertrauten.

Nedeam hätte nicht zu sagen vermocht, wie es eigentlich geschah. Die Furcht stieg in ihm auf, drohte ihn zu überwältigen und lähmte ihn, doch dann, als er sich ihr einfach ergeben wollte, verschwand sie plötzlich. Nein, sie verschwand nicht völlig, aber Nedeam merkte nun, dass er die Furcht beherrschen konnte. Er musste sie beherrschen, damit sie nicht ihn beherrschte.

Er versuchte, langsamer zu atmen, zwang sich zur Ruhe und bewegte Zehen und Finger, dachte an die kleinen Wesen, die darauf bauten, dass er die Pferdelords zu ihrer Befreiung heranführte. Er durfte sie nicht enttäuschen. Er durfte Dorkemunt nicht enttäuschen. Doch vor allem durfte er sich selbst nicht enttäuschen.

Nedeam zwang sich dazu, sich wieder zu bewegen. Er zwang sich, Arme und Beine nacheinander höherzuschieben, sich Halt zu verschaffen und seinen schmalen Körper weiter den Lichtkamin hinaufzubewegen. Noch immer spürte er die nagende Furcht, doch nun nutzte er sie, um Kraft daraus zu schöpfen. Er wollte diesen elenden Schacht bezwingen, um endlich wieder das Licht des Tages zu sehen.

Er schob sich eine Länge voran, dann eine zweite. Der Schacht machte einen Knick. Nedeam schob sich herum, ergriff die überhängende Kante, ertastete die Rillen und zog sich hinauf. Wie lang mochte dieser Schacht sein? Er führte vom Boden des Felsendoms hinauf an die Oberfläche, war also höher als die Stadt selbst. Wie viel Gestein war zwischen der Decke der gewaltigen Höhle und der Oberfläche? Es war besser, nicht daran zu denken.

Seine Finger berührten unerwartet etwas Weiches und Nachgiebiges, und zugleich nahm er einen widerlichen Gestank war. Nedeam japste erschrocken auf und rümpfte die Nase. Diesen Gestank kannte er, und er wusste, dass er etwas Totes berührt hatte. Er wollte gar nicht genau wissen, was es war. Wahrscheinlich ein Nager, der hier sein Ende gefunden hatte. Vielleicht war das kleine Pelztier zu Tode gestürzt, aber Nedeam wusste von Barus, dem Nagerjäger, wie behände die kleinen Biester an den unmöglichsten Stellen herumklettern konnten. Vermutlich war das Tier eher verhungert.

Nedeam wischte angewidert seine Hand an seinem Wams ab und versuchte den verwesenden Körper in der Dunkelheit nicht erneut zu berühren. Er war erleichtert, als er den Kadaver und den Gestank endlich hinter sich gelassen hatte.

Länge um Länge, Segment um Segment kroch er den Schacht hinauf. Sein ganzer Körper tat ihm weh, und gelegentlich ließ Nedeam sich flach auf den Bauch sinken, um seine schmerzenden Muskeln zu entspannen. Einmal verlor er dabei den Halt und rutschte, einen erschrockenen Schrei ausstoßend, tiefer, bis seine Füße schmerzhaft an den unter ihm liegenden Knick prallten. Er glitt über den Knick hinweg in das darunterliegende Segment, seine Hände schrammten haltlos über die Bodenrillen des oberen Abschnitts, und sein Kinn schlug unsanft auf einer Kante auf. Aber dann rutschte er nicht tiefer, und er begriff, dass er auf dem Boden des unteren Segmentes saß. Mit einem Mal musste er lachen. Er kam nicht dagegen an, er spürte die Kante des Schachtknickes an seinem Leib und lachte.

Schließlich drückte er sich wieder hoch und schob sich weiter hinauf. Schachtsegment um Schachtsegment. Die Zwerge hatten eine unglaubliche Leistung vollbracht. Jedes der Schachtsegmente stieg im gleichen Winkel an, folgte demselben Maß, in scheinbar zahlloser Folge. Nedeams Glieder schmerzten, und er verlor jegliches Zeitgefühl, doch niemals verließ ihn die nagende Furcht, die ihn vorantrieb, weiter auf den Ausgang des Schachtes zu.

Er merkte es erst nach einigen Augenblicken. Das Segment, durch das er sich gerade bewegte, erschien anders. Nedeam war nicht mehr von schwarzer Finsternis umgeben, die Dunkelheit wandelte sich vielmehr zunehmend in ein düsteres Grau, indem er die Konturen des Schachtes und der Rillen erkennen konnte. Er konnte sehen. Sehen! Der junge Pferdelord begriff, dass er sich nahe der Oberfläche befinden musste, und stieß einen Freudenschrei aus.

Mit neuer Kraft schob er sich vorwärts, und die Furcht wich dem euphorischen Gefühl, dass er es praktisch geschafft hatte. Als er um den nächsten Knick gelangte, wurde es deutlich heller, und er konnte den feinen Staub erkennen, der in der Luft des Schachtes zu hängen schien. Er kroch höher, dem nächsten Segment entgegen, aber eine unangenehme Überraschung erwartete ihn, als er endlich Tageslicht über sich erkannte.

Das letzte Segment des Schachtes führte nicht schräg hinauf, sondern stieg senkrecht an. Vier Längen empor. Hier gab es keine Abluftöffnungen, an denen er sich hinaufziehen konnte, keine Zwergenfrauen, die ihm halfen. Aber es gab die Rillen, die seinen Fingern guten Halt bieten konnten. Allerdings nur den vorderen Fingergliedern, und die Füße würden keinen Halt finden. Nedeam fluchte grimmig. Sollte er jetzt, so kurz vor dem Ziel, noch scheitern? Niemals.

Er blieb eine Weile auf der Schräge unter dem senkrechten Abschnitt stehen, um seine Kräfte für diese letzte Anstrengung zu sammeln. Seine Glieder schmerzten, aber das Stück blauen Himmels über seinem Gesicht spornte ihn an.

Er krallte die Fingerspitzen in die Rillen, stemmte die Füße in den Schacht und versuchte sich nach oben zu ziehen, aber seine Arme versagten. Dann probierte er eine andere Methode, indem er den Rücken gegen die Schachtwand presste und seine Glieder einzeln bewegte. Es ging. Es war unglaublich mühsam, aber er konnte sich nach oben stemmen. Zehntellänge um Zehntellänge, und jedes kleine Stück erschien ihm anstrengender als das vorige. Aber die Öffnung des quadratischen Lichtkamins kam näher und näher. Kurz unterhalb des Randes sammelte Nedeam sich zur letzten Anstrengung, konnte die Kante ergreifen und warf die Arme darüber. Für einen Augenblick schrammten seine Füße haltlos über die Rillen des Schachtes, dann zog er sich auf die Einfassung, spürte noch, wie die Kante in seinen Leib schnitt, und ließ sich endlich mit einem erleichterten Keuchen auf den Boden des umgebenden Felsens sinken.

Er hatte es geschafft. Er hatte den furchtbaren Lichtschacht erstiegen. Nedeam lehnte mit dem Rücken an der niedrigen Einfassung, sammelte seine Kräfte und schaute über die sanft abfallenden Felsen vor sich. Nun noch ein Stück bergab, und er würde das Tal mit den wartenden Pferdelords von Kormunds Beritt erreichen. Seine Anspannung entlud sich in einem triumphierenden Aufschrei.

Dann ertönte hinter ihm, wie eine Antwort auf seinen Triumph, ein heiseres Fauchen.

35

Garodems kleiner Trupp war auf direktem Wege zur Burg getrabt, und als der Pferdefürst samt seinem Banner im Lichtschein der Brennsteinbecken am Haupttor aufgetaucht war, hatten ihn die Wachen lautstark willkommen geheißen. Larwyn hatte den Jubel vernommen, als sie mit Meowyn im Amtszimmer ihres Gemahls auf die Nachricht wartete, ob man den Gestaltwandler hatte stellen können. Sie hörte das Pochen der Hufe und den Jubel und sah ihren Gemahl, als er in den vorderen Burghof geritten kam. Neben ihm verhielt Malenan, den sie als Boten entsandt hatte, sein Pferd.

„Sie müssen schnell geritten sein“ sagte Meowyn leise und blickte ihre Freundin Larwyn an. „Ich werde Euch jetzt allein lassen. Ruft mich, wenn Ihr mich braucht.“

Die blonde Heilerin wusste, was es bedeutete, den geliebten Mann zu vermissen, und konnte sich denken, dass Garodem und Larwyn einen Moment für sich sein wollten. Sie lächelte Larwyn nochmals zu und verließ dann den Raum.

Garodem betrat unterdessen das Haupthaus und eilte die Treppe hinauf. Er nickte der ihm entgegenkommenden Heilerin und der Ehrenwache zu und betrat den Raum, in dem Larwyn ihn erwartete.

„Es tut mir wohl, dich zu sehen, mein geliebter Mann“, sagte sie leise und blickte ihn an.

Garodem lächelte und trat zu ihr. Er legte ihr für einen Moment die Hände auf die Schultern, dann umfing er sie mit seinen Armen. „Es tut mir wohl, dich wieder zu spüren, Larwyn, geliebtes Weib.“

Ihre Lippen berührten sich, und für ein paar Augenblicke vergaßen sie alle Sorgen und Nöte und gaben sich dem Gefühl ihrer Liebe hin.

Garodem war von stattlicher Gestalt, und wenngleich er nicht besonders groß oder muskulös war, strahlte er Kraft aus. Sein Gesicht erschien dabei gleichermaßen würdevoll und freundlich. Der Pferdefürst der Hochmark hatte früher blondes Haar gehabt, doch inzwischen hatte er die Mitte seines Lebens überschritten, und sein Haar war ergraut. Das Alter und das Leben in der rauhen Hochmark hatten ihre Spuren in seinem Gesicht hinterlassen, und die kleinen Fältchen in seinen Augenwinkeln zeugten davon, dass Garodem gerne lachte.

Der Pferdefürst der Hochmark trug die einfachen Stiefel und Beinkleider der Pferdelords und ein schlichtes braunes Wams. Nur der Schwertgurt war aufwändiger gearbeitet, und der Griff seines langen Schwertes zeigte am Handschutz Schmiedehammer und Pferdekopf, das Symbol seiner Mark. Sein langer grüner Umhang mit dem dunkelblauen Saum war mit einer Schnalle verschlossen, die ebenfalls dieses Symbol zeigte. Zudem waren Schmiedehammer und Pferdekopf mit goldenem Faden in den Rücken des Umhangs gestickt. Garodem hätte silberne Fäden bevorzugt, doch liefen sie rasch an und wurden unansehnlich schwarz, und so hatte Larwyn die feinen Goldfäden benutzt. Den Umhang hatte sie ihm am Tag ihrer Verbindung zum Geschenk gemacht, und Garodem trug das Symbol seiner Würde voller Stolz. Weniger als Zeichen seines Status, sondern vielmehr zur Erinnerung an Larwyn, wenn er außerhalb Eternas' weilte.

Sie war deutlich jünger als ihr Gemahl, doch das hatte sie nie gestört. Ebenso wenig, wie es sie gestört hätte, wenn Garodem ein einfacher Bauer oder Hirte gewesen wäre. Er war ein

Mann, mit dem sich das Leben in allem teilen ließ und der ihre Liebe von Herzen erwiderte. Nun war sein Glück noch größer geworden, denn Larwyn hatte ihm vor rund drei Jahren einen Sohn geschenkt. Garwin, den Stammhalter seines Geschlechts und künftigen Pferdefürsten der Hochmark.

Das Amt des Pferdefürsten war erblich, und der Anspruch galt gleichermaßen für Tochter oder Sohn. Doch nur ein Mann durfte die Geschicke einer Mark leiten und sich Pferdefürst nennen. Verstarb ein Pferdefürst und hatte er nur eine Tochter, so musste sie sich mit einem Mann verbinden, dem dann der Anspruch auf die Mark übertragen wurde. War ein Pferdefürst kinderlos, so wurde der Ältestenrat einer Mark einberufen, der aus den Reihen der Pferdelords einen Nachfolger vorschlug. Allerdings musste dieser Nachfolger vom Rat der anderen Pferdefürsten anerkannt werden. In der Nordmark, deren Pferdefürst beim Sturm der Orks vor einigen Jahren gefallen war, hatte nun sein minderjähriger Sohn den Titel inne. Bis das Kind zum Pferdelord und damit offiziell zum Pferdefürsten wurde, handelte der Erste Schwertmann der Nordmark in dessen Namen.

Garodem strich sanft über Larwyns lange blonde Haare und löste sich von ihr. „Wie geht es unserem Sohn, mein geliebtes Weib?"

Larwyn lachte auf. „Er hat nichts als Unsinn im Kopf, mein geliebter Mann. Wenn er schon einen Pferderücken erreichen könnte, würde er bestimmt zu reiten versuchen."

Garodem stimmte in ihr Lachen ein und nahm ihre Hand. „Der Rat am Hofe König Reyodems ging schneller zu Ende, als ich gehofft hatte. Wir waren schon auf dem Rückweg, als dein Bote Malenan uns Kunde brachte. Wir haben uns beeilt, als wir hörten, dass Orks an der Nordgrenze aufgetaucht sind und ein Gestaltwandler sein Unwesen treibt. Immerhin ist dies Problem wohl bereinigt. Wir ritten durch Eternas, und ich traf eine von Tasmund geführte Schar. Man hat den Grauen Zauberer gestellt und getötet. Er soll die Gestalt eines Händlers namens Lomorwin angenommen haben."

Larwyn atmete auf. „Den Ahnen sein Dank. Diese Kreatur hat mich geängstigt."

„Ich hätte nicht gedacht, dass der Schwarze Lord schon nach so kurzer Zeit wieder seine Grauen Zauberer und die Legionen der Orks ausschickt." Garodem blickte zu der Karte an der Wand. „Aber ich habe gute Nachricht aus Enderonas. Der Sohn meines Bruders will einen engeren Bund mit dem Königreich der weißen Bäume schließen. Reyodem hat einen Gesandten in die weiße Stadt Alneris geschickt."

„Ist dieser Bund nicht längst geschmiedet, Garodem, mein geliebter Mann? In der großen Schlacht auf den Feldern vor der Stadt Alneris?"

Garodem nickte. „In gewisser Weise ist er das. Aber künftig soll es um mehr gehen. Reyodem will einen festen Bund." Er deutete auf die Karte und ließ den Finger über die südliche Grenze des Landes der Pferdelords gleiten. „Siehst du, Larwyn, mein geliebtes Weib? Die südlichen Grenzen der Südmark und der Königsmark folgen der Nordgrenze des Reiches Alnoa. Der Bund wird uns der Notwendigkeit entheben, diese Grenze mit Truppen zu besetzen. Dort sollen dann nur noch die Signalfeuer unterhalten werden. So können Alnoa und wir Pferdelords uns darauf konzentrieren, die äußeren Grenzen zu sichern."

Larwyn trat neben ihn. „Das setzt Männer und Pferde frei."

„So ist es." Garodem legte den Arm um ihre Schultern. „Männer und Pferde, die wir bereithalten können, um rasch auf eine Bedrohung zu reagieren."

Er lächelte. „Ah, verzeih, ich bin kaum zu Hause und weile mit den Gedanken schon wieder bei Reyodem."

Larwyn erwiderte sein Lächeln. „Bereust du es, auf deinen Anspruch verzichtet zu haben?"

Als der König der Pferdelords vor der weißen Stadt Alneris gefallen war, ging der Anspruch auf die Krone auf seinen Bruder Garodem über. Doch Garodem hatte zu Gunsten Reyodems, des Sohnes seines toten Bruders, verzichtet. Nun schüttelte Garodem langsam den Kopf. „Nein, Reyodem ist ein guter Pferdelord, und er wird uns ein guter König sein. Mir genügt es, die Hochmark und dein Herz zu halten, Larwyn."

Er löste sich von ihr und setzte sich auf einen der Stühle vor seinem Schreibtisch, wobei er Larwyn mit sich zog, die sich neben ihn setzte. „Doch nun erzähle mir erst einmal, was sich in Eternas zugetragen hat."

Larwyn berichtete ihrem Mann von den Ereignissen an der Nordgrenze und in der Hochmark, und Garodem erhob sich und begann langsam in seinem Amtszimmer auf und ab zu gehen. Es war eine seiner Angewohnheiten, und Larwyn ließ sich dadurch nicht irritieren. Als sie endete, blieb Garodem erneut vor der Landkarte stehen und ließ seinen Finger an der Nordgrenze entlanggleiten.

„Ein Beritt unter Kormund rückte aus und hat sich noch nicht gemeldet? Kein Bote?"

„Nein, mein geliebter Mann. Keine Nachricht."

„Gefällt mir nicht. Gefällt mir überhaupt nicht."

Er begann erneut auf und ab zu schreiten. Er tat es unbewusst und würde selbst bei geschlossenen Augen alle zehn Schritte eine Wendung machen. Schließlich sah er seine Frau nachdenklich an. „Es ist ungewöhnlich, dass Kormund sich nicht gemeldet hat. Nein, das gefällt mir nicht. Ich an deiner Stelle hätte die Losung gegeben, Larwyn."

Sie spürte die Kritik in seiner Stimme und erwiderte offen seinen Blick. „Das mag sein, Garodem, mein geliebter Mann. Vielleicht habe ich zu zögernd gehandelt."

Er schenkte ihr ein aufmunterndes Lächeln. „Immerhin hast du alles vorbereitet. Ich werde die Losung nun unverzüglich geben."

„Also wirst du mit den Beritten nach Norden reiten."

Garodem blickte zu der Rüstung in der Ecke seines Zimmers hinüber. „Natürlich. Eternas' Wohl wird somit weiterhin in deinen Händen liegen, meine Liebe." Er setzte sich hinter seinen Schreibtisch und nahm ein Stück Papier, Tinte und Feder auf. „Ich werde Boten in die anderen Marken senden, um sie von dem Erscheinen eines Gestaltwandlers zu unterrichten. Sie müssen davon erfahren, denn wenn die Grauen Zauberer auftauchen, steckt immer ein Plan dahinter. Und ich muss diesen König der Zwerge, Balruk, sprechen." Er ließ die Feder sinken und lächelte sie an. „Aber ich denke, zuvor sollte ich doch einen Blick auf Garwin werfen. In der Zwischenzeit kann man Meowyn und Tasmund rufen."

„Und den guten Zwergenherrn Balruk."

Garodem erhob sich und nahm ihre Hand. „Und den guten Herrn Balruk, ja. Doch zuvor lass mich sehen, wofür ich mein Schwert im Kampf erhebe."

36

Wo ein Schaf gewesen ist, da wächst kein Gras mehr. Es war eine alte Weisheit der Rinderzüchter, die Holger durch den Kopf ging, während er die kleine Herde in das Tal hinaustrieb. Der Leitbulle brüllte herausfordernd, als wolle er den Weidegrund akzeptieren und zugleich auf sein Vorrecht hinweisen. Holger hatte selber schon Schafe gehütet und hielt die Vorbehalte der Rinderzüchter für übertrieben. Sicher, die Schafe zupften das Gras so kurz, dass kein nachfolgendes Rind mehr Nahrung fand, aber das Gras war robust und wuchs wieder nach. In der Hochmark wurden sowohl Schafe als auch Rinder gehalten. Früher waren es weit weniger Rinder gewesen, denn es gab nicht sehr viele fruchtbare Täler, die den großen Tieren ausreichend Nahrung bieten konnten. Aber die Rinder der Hochmark waren zäh und genügsam und hatten ein sehr wohlschmeckendes Fleisch. Vor einigen Jahren hatte man die größeren Rinder aus den unteren Marken des Königs in der Hochmark eingeführt und beide Arten miteinander gekreuzt. Holger fand, dass es eine erfolgreiche Kreuzung war, obwohl es Leute gab, die behaupteten, das Fleisch schmecke nicht mehr so würzig wie zuvor.

Der Leitbulle brüllte erneut, und Holger sah grinsend auf ein Rudel Wildläufer, die aufgeregt zur Seite hoppelten, als die Herde in das Tal hineinströmte. Auch hier waren vor einiger Zeit Schafe gewesen, aber das Gras war nachgewachsen und saftig wie eh und je. Die Rinder begannen zu grasen, und Holger vergewisserte sich, dass keine Gefahr drohte, während er mit seinem Pferd zwischen den massigen Tieren hindurchtrabte.

Nicht mehr lange, und er würde endlich abgelöst werden. Jeden Tag ritt ein anderer Reiter zu den Herden, und es waren nicht immer Pferdelords, wie er selber einer war. Es gab eine Handvoll kampffähiger Männer im richtigen Alter, die im Weiler lebten, den Eid jedoch nie geleistet hatten. Manche verstanden das nicht, aber Holger akzeptierte die Entscheidung der Männer mit den braunen Umhängen der einfachen Reiter. Sie leisteten ihren Teil der Arbeit, wenngleich sie nicht an den Wehrübungen teilnahmen und daher die Stoßlanze nicht beherrschten. Dennoch konnten auch diese Männer mit Pfeil und Bogen umgehen. Jeder Herdenwächter musste Pfeil und Bogen beherrschen. Damals, als Eternas von den Orks angegriffen wurde, hatten auch die Männer in den braunen Umhängen gekämpft. Sogar die Frauen hatten gekämpft. Jeder tat das, wenn es um sein Leben ging. Nein, Holger hatte keine Vorbehalte gegen Männer, die den grünen Umhang der Pferdelords nicht trugen. Wenn es darauf ankam, würde sich jeder auf seine Weise bewähren.

Er blickte zur Sonne hinauf. Bald würde er abgelöst werden. Holger lenkte sein Pferd zwischen einer Gruppe von Rindern hindurch, wobei er den Leitbullen misstrauisch beobachtete. Der Bursche war in den letzten Tagen zunehmend aggressiv und unberechenbar geworden. Wahrscheinlich lag es daran, dass einige der Kühe zur Paarung bereit waren, und es gab zwei Jungbullen, die es wohl bald darauf anlegen würden, ihrem alten Herren die Position streitig zu machen.

Holger glaubte durch das Muhen der Rinder hindurch leisen Hufschlag zu hören und wandte sich zur Seite. Im Zugang des Tals tauchte seine Ablösung auf, und er seufzte erleichtert, bevor er dem Mann entgegentrabte.

„Es ist alles wohl“, sagte er lächelnd. „Aber den alten Bullen wirst du im Blick haben müssen. Der hat stets ein Auge auf die Kühe und eins auf die Jungbullen."

Der andere lachte breit. „Ich werde mich da raushalten. Sollen die Hörner das unter sich austragen. Hast du irgendwelches Raubzeug gesehen?"

„Keine Spuren und auch kein Aas." Holger wies zum Talrand. „Aber ein Rudel Wildläufer. Zahlreich genug, dass du dir ein Abendessen schießen kannst."

Der andere nickte erfreut. Die kleinen Wildläufer waren nicht unbedingt selten, aber ein Pferdelord tötete nicht blindlings, was ihm vor Pfeil oder Klinge kam. Auch diese kleinen Wesen hat ihr Recht zu leben, und man tötete sie nur, wenn sie zu einer Gefahr für die Ernten wurden oder sie zahlreich genug waren, dass ihre Familienverbände nicht gefährdet wurden.

„Ist die Feier schon im Gange?"

„Ja, sie hat gerade angefangen, als ich mich auf den Weg machte. Du wirst dich beeilen müssen, wenn du noch etwas davon haben willst."

Holger nickte seiner Ablösung zu und ritt dann in schnellem Trab aus dem Tal hinaus.

Es gab im Land der Pferdelords nur wenige große Städte wie Eternas, Eodan oder Enderonas, die Hunderten von Menschen ein Heim boten. Meist waren sie die Hauptstadt einer Mark und Sitz des Pferdefürsten. Einige waren befestigt und von Mauern und Türmen umgeben, so wie die Stadt des Königs Reyodem, die sich auf einem Hügel erhob. Mauern und Türme boten Schutz, aber sie waren gleichermaßen Fluch und Segen. Jeder der Stadtbewohner wollte den Schutz der Befestigungen genießen und scheute sich, außerhalb der Mauern zu siedeln. So waren die befestigten Städte dicht bebaut, und die Häuser wuchsen eher in die Höhe als in die Breite. Diese Städte waren meist von weitläufigen Feldern umgeben, und in den unteren Marken wurden große Herden von Schafen und Rindern gehalten, um das Auskommen und die Ernährung der Stadtbewohner zu sichern. Aber die meisten Menschen im Land der Pferdelords lebten auf kleinen Gehöften oder in den Weilern.

Weiler bestanden aus mehreren Gehöften, deren Bewohner sich zusammengeschlossen hatten. Manchmal waren es kleine Siedlungen von kaum fünfzig Bewohnern, mitunter auch große Gemeinden, die mehrere Hundert Menschen aufnahmen. Die Weiler boten den Bewohnern eine Reihe von Vorteilen, denn man konnte die Dinge des täglichen Lebens teilen. Was der Weiler erwirtschaftete, war Gemeinschaftseigentum und wurde gerecht geteilt. Das galt auch für den Gewinn, den man mit den Überschüssen auf den Märkten in der Stadt erzielte. Natürlich konnte es darüber hin und wieder zu Unstimmigkeiten kommen, die jedoch vom Ältesten des Weilers geschlichtet wurden. Der Älteste war es auch, der die Hände von Mann und Frau für den Bund ineinanderlegte.

Der Aufbau eines Weilers folgte keiner fest gefügten Form, denn er war der Landschaft angepasst, in der er sich befand. Dennoch war allen Weilern etwas gemein. Sie alle hatten einen zentralen Versammlungsplatz, auf dem gefeiert, Zeremonien abgehalten und Recht gesprochen wurde. Um diesen Platz herum erhoben sich die kleinen Häuser der Handwerker. Sie verarbeiteten Wolle und Leder zu den Produkten, die auf den Märkten angeboten wurden. Handelsware waren gute und haltbare Stoffe, Lederwaren, Bekleidung und natürlich Lebensmittel. Die Schafe der Hochmark gaben eine gute Wolle, denn der stete Wind und die große Winterkälte sorgten für einen dichten Fellwuchs der Tiere. Dicht und stark war die Wolle, welche die Frauen der Weiler zu Fäden sponnen. Die gesponnenen Wollfäden brachten in Eternas einen höheren Gewinn als die ungesponnene Wolle, welche die Einzelgehöfte lieferten. Auch das war ein Vorteil eines Weilers. Es gab hier Hände, die sich der Tätigkeit des Spinnens widmen konnten. Rinder, Schafe und Getreide wurden zu den Märkten gebracht, und auf dem Rückweg führten die Menschen Produkte wie Metallwaren, Holz und Brennstein mit sich, die in ihren Weilern nicht hergestellt wurden.

Der Horngrundweiler der Hochmark verdankte seinen Namen der Tatsache, dass Garodems Männer bei der Besiedlung des Tals ein Horn im Boden fanden, wie noch nie zuvor eines gesehen worden war. Es war konisch geformt und so gerade, wie man sich eine Lanze nur wünschen konnte, dabei aber gewunden wie das Gehäuse einer Schnecke. Es maß eine halbe Länge und war aus demselben Material wie auch die Hörner der Schafböcke. Doch keiner aus dem Volk der Pferdelords hätte zu sagen vermocht, welches Tier wohl ein solches Horn tragen mochte. Das Horn war sehr alt und rissig, und die Männer und Frauen, die den Weiler in diesem Tal gründeten, hielten es in Ehren und benannten ihre Siedlung nach ihm.

Der Horngrundweiler lag in einem der westlichen Seitentäler der Hochmark und bot inzwischen fast zweihundert Menschen eine Heimat. Zweihundert Menschen und der wohl dreifachen Anzahl an Pferden und Schafen. Kratzläufer rannten in ihren abgesperrten Gehegen herum, scharrten im Boden und pickten nach Samen oder Getreidekörnern, mit denen sie gefüttert wurden. Zum Ausgleich erhielten die Bewohner des Weilers Eier, mit denen sie einen gewinnbringenden Tauschhandel betrieben. Zumindest mit jenen, die nicht dem eigenen Appetit zum Opfer fielen, denn besonders der gelbe Dotter war wohlschmeckend. Auch schworen einige der Frauen auf den Dotter, da er ihrem Haar einen besonderen Glanz verschaffte.

An diesem Tag teilten zwei Menschen des Horngrundweilers Zügel und Wasserflasche miteinander, und der Älteste hatte die traditionelle Formel gesprochen. Das Haus des frisch vermählten Paares war von den Verwandten liebevoll vorbereitet worden. Doch bevor das Brautpaar auf seiner Bettstatt knarrzen konnte, musste es die endlosen Segenswünsche der anderen Weilerbewohner entgegennehmen, und je länger die Feier dauerte, desto länger wurden die Segenswünsche, denn einige der Bewohner hatten von dem reichlichen Gerstensaft schon eine schwere Zunge.

Holger war noch nicht zu Segenswunsch und Gerstensaft gekommen, denn er ritt gerade erst zum Versammlungsplatz hinüber. Im Weiler bereitete man den Gerstensaft selber zu, und man war sich einig, dass er weit gehaltvoller sei als jener, der in Malvins Schänke in Eternas ausgeschenkt wurde. Jeder, der am darauffolgenden Morgen das Hämmern in seinem Schädel spürte, konnte dies wohl bestätigen.

Holger sah seinen Sohn und seine Frau zwischen den anderen Bewohnern stehen, schwang sich aus dem Sattel und legte die Zügel seines Pferdes lose in den Eisenring einer Hauswand. Er sah, wie das Gesicht seines Sohnes sich ein wenig rötete, und konnte die Ursache dafür in der Hand des Vierzehnjährigen erkennen.

„Ich glaube, der Gerstensaft schmeckt dir besser als die Arbeit“, sagte er zu dem Jungen und setzte eine mahnende Miene auf, die jedoch sofort zu einem fröhlichen Lachen wurde. Er stieß seinem Sohn leicht gegen die Schulter. „Nicht mehr als einen Becher, Holgerim. Deine Mutter würde es nicht schätzen, wenn du heute Nacht deine Bettstatt verunreinigst.“

Holger grinste dem Sohn zu und küsste dann seine Frau.

„Ich habe Hunger und Durst, mein liebes Weib. Ich glaube, ich bin gerade rechtzeitig gekommen, bevor alles in all den hungrigen Mägen und durstigen Kehlen verschwunden ist."

Auf dem Podest des Versammlungsplatzes fand sich eine Gruppe von Männern und Frauen ein, welche die typischen Musikinstrumente des Pferdevolkes mit sich führten: die kurzen, sehr hell klingenden Flöten aus feinem Metall, Hörner und zwei dumpfe Trommeln. Zwei der Frauen trugen sogar die seltenen hölzernen Zupfinstrumente. Alle Männer und Frauen im Volk der Pferdelords liebten die schwermütigen Balladen oder die fröhlichen Lieder, welche ihre Zusammenkünfte begleiteten, und an diesem Freudentag des jungen Paares würden schnelle Klänge ertönen und die Füße der Leute noch rascher wirbeln lassen.

„Lass uns tanzen", sagte Holgers Frau denn auch prompt. „Wir haben selten genug Gelegenheit dazu."

„Ich habe Hunger und Durst", brummte Holger. „Lass uns später mit den Füßen stampfen."

„Du kannst deinen Magen später noch füllen, mein Lieber." Sie küsste ihn auf die Wange. „Sobald du erst gegessen und getrunken hast, sind dein Magen und deine Zunge schwer." Sie lächelte verschmitzt. „Und deine Füße werden es dann auch."

Holger knurrte verlegen. Da hatte sie wohl Recht. Er lachte auf und nickte. „Gut, lass uns stampfen gehen." Er sah seinen grinsenden Sohn mahnend an. „Einen Becher, junger Mann. Ich halte dich im Auge."

Der Versammlungsplatz war von den Frauen des Weilers liebevoll geschmückt worden. Pfähle waren um ihn herum aufgerichtet und mit zahllosen bunten Tuchstreifen versehen worden. Für den Abend standen Brennsteinbecken bereit, denn da die Feste bei den Pferdelords selten waren, feierten sie umso ausgelassener und länger. Dann waren sie beisammen, solange die Musik spielte, Gerstensaft vorhanden war und die Füße sie trugen, manchmal auch darüber hinaus.

Die Männer und Frauen, die tanzen wollten, stellten sich nun in einem weiten Rund auf, und die Musiker begannen „Der Ritt zu den Goldenen Wolken" zu spielen. Das Stück erinnerte an die Ehrenzeremonie, mit denen die Pferdelords ihre Toten bestatteten, und verwies auf ihre Wurzeln als Reitervolk. Es war ein Stück, das langsam begann und mit rasend schnellem Takt enden würde. Die ersten Füße begannen den Takt zu stampfen, und der Kreis der Tänzerinnen und Tänzer bewegte sich aufeinander zu, glitt wieder auseinander und verengte sich erneut. Je schneller die Musik wurde, desto schneller wurden die Bewegungen der Füße und des Kreises. Staub wirbelte unter den Füßen der Tänzer auf, und sie fassten sich bei den Händen und stießen die Arme in die Luft, wenn der Kreis sich verengte, und streckten sie zu den Seiten, wenn er sich öffnete.

Die Füße stampften den Takt der trabenden Pferde, bis ein rasender Galopp daraus wurde, der dann, mit einem letzten Stoß der Füße und Klang der Instrumente, schlagartig verstummte. Fröhliches Gelächter ertönte, als zwei der Tänzer zu spät reagierten.

Die Musiker stimmten das nächste Lied an, als Holger auf das leise Pochen von Hufschlag aufmerksam wurde, das sich dem Versammlungsplatz näherte. Die nächste Ablösung der Herdenwächter würde erst am späten Abend erfolgen, es konnte keine der Wachen sein, es sei denn, etwas Unvorhergesehenes war geschehen. Auch andere wurden auf das Geräusch aufmerksam, und die Musiker, welche auf dem Podest über die Menge hinwegschauen konnten, ließen ihre Instrumente sinken.

Ein staubbedeckter Reiter, mit dem Rosshaarschweif der

Schwertmänner am Helm, lenkte sein Pferd auf den Platz und trieb es durch die sich teilende Menge vor das Podest.

„Den Eid gilt es zu erfüllen", rief der Schwertmann mit erhobener Stimme. „So eilt nun, ihr Pferdelords, denn der Pferdefürst ruft euch zu den Waffen!"

Die Losung.

Die Losung, welche die Pferdelords an den Treueid erinnerte und sie zu den Waffen rief. Holger hatte geahnt, dass dies geschehen würde. Vor einigen Tagen waren Malenan und sein Sohn Maredas in die Burg gerufen worden, und sie hatten ihre Waffen mit sich geführt. Sie alle hatten gespürt, dass etwas geschehen war und es nur eine Frage der Zeit sein konnte, bis die Losung gegeben würde.

Für einen Augenblick herrschte Schweigen auf dem Versammlungsplatz, dann hob der Älteste den Arm. „Ihr habt es vernommen, ihr Pferdelords des Horngrundweilers. So eilt nun, wie ihr es geschworen habt, denn Eile ist nun das Gebot."

Nicht alle Männer würden der Losung folgen. Einige waren zu alt, andere zu jung, doch wer im richtigen Alter war, der würde nun dem Eid folgen. Holger drückte flüchtig die Hand seiner Frau und küsste sie zärtlich, dann wandte er sich ab und rannte über den Platz auf sein Pferd zu. Er saß auf, trieb es an und ritt zu seinem Haus, so wie andere Männer nun ebenfalls zu ihren Häusern eilten.

Sein Pferd war gut geschult, und so ließ er ihm am Haus die Zügel frei und band es nicht an, als er hineineilte. Er öffnete die schwere Holztruhe, zog das Kettenhemd und den leichten Brustharnisch hervor und legte die Rüstung an. Dann schwang er den grünen Umhang um die Schultern und schloss ihn. Holger nahm den runden Helm mit dem langen Nasenschutz und setzte ihn auf. Der Helm war aus bestem Stahl, mit braunem

Leder bezogen und mit golden blitzendem Messing verziert. Er schloss den Kinnriemen und warf Frau und Sohn, die nun ebenfalls das Haus betraten, einen kurzen Blick zu.

„Packe meine Tasche für drei Tageswenden“, sagte er zu seiner Frau und warf Holgerim die Wasserflasche zu. Während Holger die schwere Streitaxt aus den eisernen Haken über der Tür hob, rannte sein Sohn nach draußen, um die Wasserflasche aufzufüllen. Seine Frau machte sich wortlos daran, die Proviant-tasche mit Brot, Trockenfleisch und etwas Käse zu füllen.

Holger spürte ihre Sorge, aber sie war eine gute Frau des Pferdevolkes und sprach nicht darüber. Er prüfte Streitaxt und Dolch. Die Schneiden waren scharf, denn die Waffen wurden in der Hochmark stets bereitgehalten. So war es Tradition bei den Pferdelords. „Sorge dich nicht, geliebtes Weib“, sagte er tröstend. „Es ist nicht das erste Mal, dass ich in den Kampf reite.“

Sie schob ihm die fertig gepackte Tasche hin. „Es ist jedes Mal das erste Mal für mich“, erwiderte sie leise. „Aber ich weiß, dass du dem Eid folgen musst, denn du bist ein Pferdelord.“

Er griff die Tasche und zog seine Frau kurz an sich, dann nahm er den großen Rundschild neben der Tür auf und verließ das Haus. Draußen hängte er Tasche und Rundschild an den Sattel. Es war der Schild des Weilers, der das Grün der Pferdelords zeigte und, in weißer Farbe darauf gemalt, das Horn des Horngrundweilers. Holger saß auf, und sein Sohn reichte ihm die Wasserflasche.

„Ich will mit, Vater.“

Holger beugte sich im Sattel vor und strich ihm sanft über das Haar. „Ich weiß, mein Sohn. Zwei Jahre noch, dann kannst du ein Pferdelord werden. Bis dahin musst du dich aber noch gedulden.“

Auch vor anderen Häusern saßen Männer in den grünen

Umhängen der Pferdelords auf. Ihre Waffen und Rüstungen mochten unterschiedlich sein, doch sie alle waren bereit, der Losung zu folgen. Der Schwertmann, der die Losung überbracht hatte, war bereits weitergeeilt. Er würde noch die Weiler und Gehöfte aufsuchen, die auf seiner Strecke lagen, und dann mit den letzten Aufgerufenen nach Eternas zurückkehren. Dorthin würden nun auch die Männer aus dem Horngrundweiler reiten, um den Wimpel ihres Beritts und die langen Stoßlanzen aus Garodems Waffenkammer zu empfangen. Eine ganze Reihe von Boten würde nun unterwegs sein, denn es gab einige Weiler und noch weitaus mehr kleinere Gehöfte. Sie alle würden den Aufruf erhalten und ihm folgen.

Nordewin, der älteste Pferdelord des Horngrundweilers, setzte sich an die Spitze und hob den Arm. „Eile ist nun das Gebot. Schneller Ritt …"

„… und scharfer Tod!"

Die Schar aus dem Horngrundweiler war über vierzig Mann stark und ritt zügig und schnell, wie der Eid es verlangte. Aus einem der Seitentäler schloss sich eine weitaus größere Gruppe an. Auch diese Männer trugen den grünen Umhang und den grünen Rundschild, der jedoch in weißer Farbe drei wellenförmige Linien zeigte, das Symbol des Quellweilers.

Der Quellweiler lag in einem größeren Seitental, unmittelbar vor dem großen Tal von Eternas. Hier befanden sich die Quellen dreier kleiner Bachläufe, die in den Fluss Eten mündeten. Der Quellweiler verfügte über saftiges Weideland und war reich an Schafen und Rindern. Der Weiler war groß und brachte 150 Männer in den Sattel. Die Losung war nun gegeben, und so sammelten sich die Pferdelords der Hochmark unter Garodems Banner.

37

Das Fauchen klang gefährlich nahe, und die niedrige Einfassung des Lichtschachts ragte nur wenig über den felsigen Boden auf. Nedeam hatte ein solches Fauchen schon gehört. Die schafgroßen Raubkrallen gehörten zu den gefährlichsten Räubern, welche die Herden der Pferdelords bedrohten. Es waren schlanke und schöne Tiere, deren Bewegungen gleitend und anmutig wirkten. Ihr Fell war goldgelb und unglaublich weich, und da sich daraus wundervolle Winterpelze für die Frauen fertigen ließen, war es begehrt und brachte guten Gewinn. Aber die Raubkrallen gaben ihr Fell nicht freiwillig her. Sie hatten tödliche Krallen und ein mörderisches Gebiss mit langen Reißzähnen. In kleinen Rudeln von drei oder vier Tieren streiften sie auf der Suche nach Nahrung durch das Gebirge. Meist rissen sie Schafe, aber sie waren auch kräftig genug, ein Rind zu töten. Normalerweise mieden sie die Nähe der Menschen, deren Waffen ihnen gefährlich werden konnten. Raubtiere waren intelligent genug zu wissen, dass sie einen gesunden und leistungsfähigen Körper brauchten, um eine Beute schlagen zu können. Sie riskierten ihre Gesundheit nicht leichtfertig, es sei denn, sie waren sehr hungrig, oder die Beute war schwach und hilflos.

Das erneute Fauchen verriet Nedeam, dass diese Raubkralle außerordentlich hungrig war. Raubkrallen rissen zumeist frische Beute, aber sie begnügten sich notfalls auch mit Aas. Nedeam dachte an den verwesenden Nager im Schacht, dessen Geruch nun sicherlich an seiner Kleidung haftete. Hielt das Raubtier ihn nun für tote oder lebendige Beute, fragte er sich für einen

Moment belustigt. In jedem Fall klang es hungrig genug, um beides zu akzeptieren.

Sein Vater Balwin hatte ihm einst erklärt, dass die Raubtiere sehr rasch reagierten, wenn sich auch ihre Beute rasch bewegte. Keinesfalls durfte man dem Räuber direkt in die Augen sehen, weil er dann unverzüglich angriff. Nedeam verlagerte sein Körpergewicht langsam zur Seite, bewegte sich wie in Zeitlupe und vermied es, hinter sich zu blicken. Er konnte zwar die Richtung abschätzen, in der sich die Raubkralle befand, nicht jedoch ihre Entfernung. Immerhin schien es nur ein einzelnes Tier zu sein und kein Rudel. Vielleicht einer der seltenen Einzelgänger oder ein altes oder verwundetes Tier, das von seinem Rudel verstoßen worden war und sich nun allein durchschlagen musste. In jedem Fall war das Tier gefährlich.

Er musterte die Umgebung. Ein paar größere Felsblöcke, dazwischen Steine und Geröll. Er befand sich fast auf der Kuppe des Berges, unter dem sich die Stadt der Zwerge verbarg. Der Berg war nicht einmal besonders groß, doch konnte Nedeam das umliegende Land gut überblicken. Die Kuppen anderer Gipfel mit ihren schroffen Felswänden wirkten zerklüftet und zerrissen. Dazwischen lagen die großen und kleinen Schluchten und Täler, von denen die meisten leblos wirkten und nur wenige einen Hauch von Grün zeigten. Der junge Pferdelord blickte nach Süden. Kaum eine Tausendlänge voraus konnte er den Einschnitt des Talkessels erkennen, in dem sich der Beritt Kormunds befand. Er sah sogar den Einschnitt des Pfades, der von dort hinunter in das Tal führte. Weiter im Süden lag das Land der Pferdelords. Im Westen begann das Dünenland der Barbaren, und ein Stück weiter nördlich davon erstreckten sich die großen Wälder mit den Häusern der Elfen. Im Osten verdeckte der Gebirgszug den Blick auf den riesigen versteinerten

Wald. Nedeam hatte ihn, wie die meisten der Pferdelords, niemals gesehen, und ihn verlangte auch nicht danach, denn man erzählte, dass sich dort seltsame und furchtbare Dinge ereignen.

In nördlicher Richtung befand sich die Raubkralle.

Nedeam erkannte den Schatten des Tieres und sah, wie er sich bewegte. Also warf er sich zur Seite und keuchte, als Steine gegen seinen Leib drückten. Die Raubkralle registrierte seine Bewegung, doch befand sie sich mitten im Sprung. Instinktiv schlug sie mit einer Klaue nach ihrer Beute, bevor sie auf dem Boden aufkam, dort, wo Nedeam sich soeben noch befunden hatte. Die Hinterläufe berührten gerade erst den Boden, als sich die Raubkralle schon wieder zu Nedeam herumwarf, aber das Gestein gab unter ihren Füßen nach, und sie rutschte aus.

Nedeam hörte ihr wütend klingendes Fauchen, und für einen Augenblick sah er ihr gebleckte Gebiss mit den drohenden Reißzähnen. Einer dieser Zähne fehlte, und eine alte Narbe zog sich über eines der Augen hinweg am Schädel des Tieres entlang. Offenbar die Spur eines Kampfes, in dessen Verlauf das eine Auge mit einem Krallenhieb blind geschlagen worden war. Ein ausgestoßener Einzelgänger. So einsam, wie sich auch Nedeam in diesem Moment fühlte.

Der Junge klaubte ein paar größere Steine vom Boden und rannte los, den Hang hinunter auf das Tal zu, in dem die Pferdelords lagerten. Weiter unten standen ein paar größere Felsbrocken, und er hoffte dort Deckung zu finden, denn die Steine waren eine kümmerliche Waffe gegen die Krallen und Reißzähne der alternden Raubkralle. Er spürte, dass sie ihm folgte, aber drehte sich nicht um. Jeder Blick zurück hätte ihn Zeit gekostet, und er wusste auch so, dass die Raubkralle ihm mit langen Sätzen nachstellte.

Erneut warf er sich instinktiv zur Seite, und dieses Mal rutschte er selber aus. Nedeam schrie erschrocken auf, doch der Sturz rettete sein Leben. Er ächzte, als etwas heiß und brennend über seinen Rücken fuhr, und wusste, dass es eine der mörderischen Krallen gewesen war. Der Schmerz spornte ihn an. Nedeam schleuderte einen der Steine nach der Bestie, die sich ein Stück tiefer am Hang auf den Boden kauerte und zum nächsten Sprung ansetzte. Eher durch Glück traf der Stein die Schnauze des Raubtiers, das nun wütend fauchte und Nedeam entgegensprang. Der nächste Stein verfehlte die Raubkralle, und Nedeam streckte instinktiv seine Arme schützend vor, als der Räuber gegen ihn prallte und ihn zu Boden warf.

Er roch den fauligen Atem, als die Reißzähne nach seinem Kopf schnappten. Eine Kralle kratzte über seine Brust, zerfetzte das Wams und ließ ihn angstvoll aufschreien. Er schlug und trat gegen den geschmeidigen Körper, und irgendwie kam er frei, kam auf seine Füße und rannte wieder bergab, so rasch ihn seine Beine trugen. Er spürte, wie Blut aus seinen Wunden sickerte, und wusste, dass dessen Geruch die Instinkte des Räubers noch anspornte.

Steine lösten sich und polterten den Hang hinab. Die Felsen kamen nur quälend langsam näher. Nedeam rannte und sprang, schlug einen Haken, aber er wusste, dass er dem Räuber nicht mehr entkommen konnte. Die Raubkralle mochte alt und ihr Gebiss nicht mehr vollständig sein, sie mochte auf einem Auge blind und von Hunger geschwächt sein, aber dennoch war sie schneller als Nedeam und würde ihn unweigerlich töten. Nedeam stolperte erneut, stürzte und schrie panisch auf, denn er ahnte, dass der Moment seines Todes gekommen war.

Nedeam spürte, wie der Leib des Räubers auf ihn traf und ihn zu Boden drückte. Er schlug und trat instinktiv um sich, und er schrie der Bestie seine gesamte Angst und seinen Zorn entgegen. Erst nach einigen Augenblicken begriff er, dass die Raubkralle sich nicht bewegte. Ein langer Schatten fiel über sein Gesicht.

„Wir haben lange auf Nachricht gewartet, junger Freund", sagte eine schleppend wirkende Stimme. Nedeam sah aus den Augenwinkeln den wallenden Umhang eines Pferdelords und wusste, dass er gerettet war. „Ich hätte nicht gedacht, dass du gleich einen so hübschen Bettstattwärmer mitbringst." Der Mann beugte sich vor und half Nedeam, den toten Räuber von seinem Körper herunterzuzerren. Nedeam erkannte Mortwin, der ihn freundlich angrinste. „Du bist recht zerschrammt, Nedeam, mein Freund. Lass dir aufhelfen und mich deine Wunden anschauen."

„Du kamst zur rechten Zeit, Mortwin", stammelte Nedeam.

Der Pferdelord grinste noch breiter. „Das ist die Tradition der Pferdelords. Du kannst von Glück sagen, dass Kormund mich hier heraufschickte. Der Ausblick ist ja recht hübsch."

Mortwin hängte sich den Bogen über die Schulter und untersuchte Nedeam rasch. „Wir werden deine Verletzungen am See auswaschen und verbinden. Du bist jung und hast eine gute Heilhaut. In ein paar Tagen kannst du die Striemen zeigen und damit vor den Mädchen prahlen." Mortwin schlug Nedeam aufmunternd auf die Schultern. „Mädchen lieben tapfere Pferdelords mit Narben."

Mortwin hob den schweren Körper der toten Raubkralle über seine Schultern. „Die Männer werden sich über das Fleisch freuen, und über das Fell freut sich mein Weib. Ah, die jungen Raubkrallen sind ungenießbar, aber das Fleisch der Alten ist ausgesprochen schmackhaft. Ich bin schon gespannt, was du uns zu berichten hast. Weißt du, dass einigen von uns ziemlich übel war? Sie hatten unten am Fluss von dem Wasser getrunken. Denen ging es wirklich nicht gut, Nedeam, mein Freund. Die haben sich die Seele aus dem Leib gespuckt. Sowohl oben als auch unten, wenn du verstehst. Aber jetzt sind die Beinkleider gewaschen, und alles ist wieder in Ordnung."

„Gut", ächzte Nedeam. Die Anstrengungen der letzten Tage machten sich zunehmend bemerkbar. So viel wie er in der letzten Zeit geklettert und gestiegen war, würde er inzwischen sicherlich jedem erfahrenen Bergschaf Konkurrenz machen. „Wir werden jeden Mann brauchen."

38

Dorkemunt strich sich nachdenklich über das Kinn und betrachtete den Zwergenmann, der selbst für deren Verhältnisse klein erschien. Seine Haltung war gebeugt, und seine Bartzöpfe waren schon längst ergraut. Die Hände des Zwerges waren voller Schwielen und ständig in Bewegung. Mal zupfte er an seinen Bartzöpfen, dann wieder an seinem Wams. Der Mann hieß Hamruk und war der Schildmeister der grünen Kristallstadt Nal't'rund.

„Es wird zu spät sein", stöhnte der Zwergenmann und zupfte wieder besorgt an seinem Bart. „Wir hätten längst fertig sein müssen. Die Kuppel konnte während der Besatzungszeit durch die Orks nicht gepflegt werden. Seht selbst, wie matt einige der Schildplatten sind. Manche sind sogar gesprungen."

Der Schildmeister wies zu der grünen Kuppel der Stadt hinüber. Fortwährend waren dort Zwerge damit beschäftigt, einzelne der grünen fünfeckigen Kristallplatten aus den Streben zu lösen und durch neue zu ersetzen. Unentwegt brachte man Grünkristall zu den Schleifern, die ohne Pause arbeiteten.

„Ich verstehe eure Sorge nicht", bekannte Dorkemunt freimütig. „Ihr seid hier in einer geschützten Höhle, es regnet euch doch nicht in die Stadt hinein, oder?" Er grinste. „Zumal die Kuppel oben ohnehin offen ist. Glaubt ihr, die Orks würden sie erklimmen, um die Stadt zu stürmen? Ah, das möchte ich gerne sehen."

„Unsinn, Pferdelord." Schürfmeister Hegmaruk schüttelte den Kopf. „Wir kennen durchaus andere Gefahren als die Orks des Schwarzen Lords."

„Schlimmere Gefahren“, bekräftigte Nedoruk.

Dorkemunt blickte zum Tunnel hinüber, der zum Tor des Zwergenreichs führte. Die dortige Wehrmauer und die anderen Schutzmauern waren fertiggestellt und von Zwergen bemannt. Überall wurde gearbeitet, vor allem an jenen Stellen, an denen die Zwerge das grüne Kristall fanden. „Welche Gefahren sind das?“

„Feuerbestien“, seufzte der Schildmeister. Hamruk zupfte an seinem Wams, zog es glatt und blickte betrübt zur Stadtkuppel hinüber. „Wir wissen nie, wann eine von ihnen hervorkommt.“

„Was, bei den dunklen Abgründen, ist eine Feuerbestie?“

„Ah, Pferdelord“, brummte Nedoruk, „dergleichen kennt ihr wohl nicht. Die Bestie steigt aus den feurigen Abgründen hervor und frisst sich sogar durch Felsgestein. Nur der grüne Kristall kann sie aufhalten.“

Dorkemunt strich erneut über sein Kinn. „Das hört sich interessant an.“

„Wünsch dir lieber nicht, ihr zu begegnen.“ Nedoruk legte unwillkürlich seine Hände an die Griffe seiner beiden Kampfäxte. „Mit gutem Stahl kann man ihr nicht begegnen. Ihr feuriger Atem verschlingt alles.“

„Ja, alles“, bestätigte der Schildmeister. „Bis auf den Grünkristall.“ Er ächzte und zupfte wieder an seinen Bartzöpfen. „Aber uns fehlen Grünkristall und fertige Schildplatten.“

„Wir arbeiten schon, so schnell wir können“, wandte Hegmaruk ein.

„Ich weiß“, stöhnte Hamruk entsagungsvoll. „Ich weiß, mein Freund, ihr tut, was ihr könnt. Das tun wir alle.“

Hinter Dorkemunt ertönte ein warnender Ruf, und er sprang zur Seite, um einer Gruppe von Zwergen Platz zu machen, die einen Schlitten über die Rillenplatten zerrte. Auf dem Gefährt lag eine stumpfe Säule grünen Kristalls, der noch unbearbeitet war und daher wenig beeindruckend aussah. Sie zogen den Schlitten dicht an die Schleifstätte heran, und einige Zwerge mit Hammer und Meißel eilten herbei, um den Kristall zu bearbeiten.

„Man kann die Kristalle spalten", erklärte Hegmaruk und wies zu den Arbeitern hinüber. „Aber man muss dabei behutsam vorgehen. Die Kristalle wachsen nicht in der gleichen Weise wie eure Bäume. Ihre innere Struktur verläuft nicht senkrecht, verstehst du, Pferdelord? Nicht wie die Saftgefäße eines Holzes. Kristalle wachsen Schicht um Schicht in die Höhe, und deshalb kann man sie zwischen den Schichten trennen. Man muss nur behutsam sein, sehr behutsam."

Hamruk, der Schildmeister, umkreiste besorgt die Gruppe der Arbeiter und zupfte sich abwechselnd an Wams oder Bartzöpfen, während seine Blicke unentwegt zwischen der Säule aus Kristall, die da bearbeitet wurde, und dem Schild der Stadt hin- und herpendelten. „Eine gute Säule", murmelte er und fuhr mit einer Hand über die Oberfläche des grünen Minerals. „Gerade gewachsen und dick. Ah, schön dick. Wir werden nicht kleben oder fügen müssen, sondern können die Schildplatten in einem Stück aus ihr herausbrechen. Ganze Platten." Er klopfte mit strahlender Miene auf die Säule. „Ein wunderschöner Kristall."

Die Zwerge schlugen eine armdicke Platte aus dem Rohkristall heraus und trugen sie zu den Schleifern hinüber, während andere bereits die nächste Platte von der Säule trennten. Einige der Zwerge fluchten vernehmlich, als eine der halb abgetrennten Platten klirrend zerbrach, und der arme Hamruk schien einer Ohnmacht nahe. Neben den Schleifern begannen sich die

Rohlinge zu stapeln, da die Zwergenmänner an den rotierenden Schleifsteinen nicht rasch genug nachkamen.

Aus der Stadt strömten nun kleine Gruppen von Zwergen hervor, die überall im Felsendom metallene Becken aufstellten und diese mit Brennstein füllten. „Wir werden auch in der Dunkelzeit durcharbeiten müssen“, seufzte Schildmeister Hamruk. „Ach, es sind noch so viele Platten, und so viel ist noch zu tun.“

Nachts sah die Zwergenstadt Nal't'rund noch ungewöhnlicher aus und machte ihrem Namen als grüne Kristallstadt alle Ehre. Die Brennsteinbecken erhellten lediglich die Arbeitsstätten im Felsendom, wurden jedoch nicht in der Stadt benutzt. Dort ging stattdessen von den Pilzbeeten auf den Dächern der Häuser ein sanftes Leuchten aus, das die Stadt in ein unwirkliches Licht tauchte und in den grünen Kristallplatten des Schildes ein seltsames Schimmern hervorrief, das die Kuppel mit einem grünen Wallen zu überziehen schien. Dorkemunt hatte kein angenehmes Gefühl gehabt, als er das Leuchten der Beete zum ersten Mal gesehen hatte, denn er fragte sich unwillkürlich, ob sein Bauch nach dem Genuss des Pilzbreis wohl ebenfalls im Dunkeln glühte. Er hatte sich, wenn auch verstohlen, vergewissert und war beruhigt, als er sah, dass dies nicht der Fall war. Vielleicht wurden die Glühmittel ja beim Zubereiten des Breis zerstört.

Von irgendwoher ertönte ein Horn. Es war ein lang gezogener, klagender Ton. Dorkemunt hatte bei den Zwergenwesen noch niemals den Klang eines Horns vernommen, und dieses tiefe Dröhnen musste von einem ungewöhnlich großen Horn stammen. Es übertönte sogar das Lärmen der Werkzeuge und das Tosen des über die Felsnadel laufenden Wassers.

Mit einem Schlag verstummten die Laute der Werkzeuge

und der Zwerge. Eine seltsame Starre schien die kleinen Wesen zu erfassen. Dorkemunt sah den Ersten Axtschläger der Stadt fragend an, doch Nedoruk schüttelte hastig den Kopf. „Nein, es sind nicht die Orks, Pferdelord. Bei den feurigen Abgründen, ich wollte, sie wären es."

„Die Feuerbestie", brüllte einer der Zwerge, und andere nahmen den Ruf auf.

Erneut war Bewegung in dem riesigen Felsendom, doch nun war sie auf ein einziges Ziel gerichtet, das Tor der Stadt Nal't'rund. Die kleinen Männer ließen fallen, was sie in den Händen hielten, und rannten, so rasch sie konnten, auf ihre Stadt zu. Dorkemunt sah, dass selbst die Kampftruppe am Zugangstunnel ihren Posten verließ. Nur einige Schleifer drehten noch hastig ihre Kristallplatten, vermutlich, um ihnen den letzten Schliff zu geben, bevor dann andere Zwerge anpackten und die tropfnassen Segmente eilig zur Stadt hinübertrugen.

„Beeil dich, Pferdelord", knurrte Nedoruk und ergriff Dorkemunt am Arm. „Der Feuerbestie kannst du nichts entgegensetzen."

Der kleinwüchsige Pferdelord konnte das Objekt der Beunruhigung nirgends erblicken und folgte dem Zug des Ersten Axtschlägers eher unwillig. „Wo ist diese Feuerbestie, vor der ihr flieht? Warum kämpft ihr nicht gegen sie?"

Nedoruk lachte bitter. „Man kann gegen die Feuerbestie nicht kämpfen. Keine Axt kann zu ihr vordringen und ihren Leib verletzen, keine Wurflanze ihr Herz durchbohren. Der Schild der Stadt schützt uns, und wir lassen die Bestie sich austoben, bis ihr Atem erkaltet. Dann verschwindet sie irgendwann, und wir bauen wieder auf, was sie zerstört hat."

„Egal, wie sie beschaffen sein mag", knurrte Dorkemunt. „Was einen Leib hat, kann auch getötet werden."

„Nicht die Feuerbestie, Pferdelord. Nicht die Feuerbestie." Nedoruk zerrte an Dorkemunts Arm. „Und nun komm, bevor das Tor der Stadt geschlossen ist. Sobald die Bestie da ist, wird man es schließen, egal, wer sich dann noch außerhalb der Kuppel befindet."

Dorkemunt wusste, dass die kleinen Kerle weder feige noch zimperlich waren. Offensichtlich hatten sie enormen Respekt vor dieser sonderbaren Feuerbestie, und er fragte sich, wie sie wohl beschaffen sein mochte, wenn die kleinen Männer ihr Heil ausschließlich in der Flucht suchten. Seine Frage sollte rasch beantwortet werden.

„Dort, im Rotkristallgang", schrie einer der Zwerge und blickte mit angstverzerrtem Gesicht über die Schulter zurück.

Dorkemunt blieb stehen und sah in die Richtung, in die der Zwerg wies, der sofort wieder auf die Stadt zurannte. Die Wand des Felsendoms war übersät mit den Vorsprüngen und den in den Fels getriebenen Schürfgängen. Nicht alle diese Gänge wurden von Lichtschächten erhellt, und so war in einigen das leichte Flackern von Brennstein zu erkennen, der offenbar zur Beleuchtung eingesetzt wurde. Bei einem der Gänge konnte Dorkemunt jedoch ein deutlich helleres Leuchten ausmachen, das manchmal von einem düsteren Rot war und dann plötzlich gleißend hell und blendend wurde.

Der Gang dort schien nicht besonders groß zu sein, so dass ein Zwerg gerade gut darin stehen konnte. Dorkemunt sagte sich, dass die Feuerbestie wohl keine beeindruckende Größe haben konnte, wenn sie durch diesen Gang hindurchpasste.

„Beim feurigen Abgrund, Pferdelord, willst du verbrennen?" Nedoruk und Hegmaruk ergriffen Dorkemunts Arme und zerrten ihn einfach mit sich.

Um den Zugang des kleinen Tunnels herum schien der Fels

nun eine hellere Farbe anzunehmen. Er wurde zunächst tief-, dann leuchtend rot, glühte auf und begann schließlich zu schmelzen. Dorkemunt stieß unwillkürlich einen leisen Pfiff aus. Etwas äußerst Seltsames erschien in der sich vergrößernden Öffnung. Etwas, das von waberndem Licht umgeben war und sich langsam vorwärtsschob.

„Rasch, Pferdelord“, brüllte Nedoruk, und zum ersten Mal spürte Dorkemunt bei dem Ersten Axtschläger einen Anflug von Panik. „Ist die Feuerbestie erst einmal heraus, bewegt sie sich sehr schnell. Lauf um dein Leben, Pferdelord, wenn du noch von ihr berichten willst.“

Sie waren nicht mehr weit vom Stadttor entfernt, und Dorkemunt erkannte mehrere Trupps Zwerge hinter dem Tor, die ein Gestell mit grünen Kristallschilden auf die Öffnung zuschoben. Oben an der Kuppel hingen noch immer Zwerge an ihren Leinen und arbeiteten hektisch, um weitere Stellen der grünen Kristallkuppel mit neuen Segmenten auszubessern.

Hinter Dorkemunt ertönte ein Furcht erregendes Fauchen, und seine Nackenhaare stellten sich auf. Nedoruk und Hegmaruk brauchten den kleinwüchsigen Pferdelord nicht weiter anzutreiben. Das Geräusch überzeugte ihn davon, dass es angeraten war, besonders schnell zu laufen.

Hinter Dorkemunt waren qualvolle Schreie zu hören, und er wusste sofort, dass einige Zwerge es nicht geschafft hatten, rechtzeitig zu fliehen. Er rannte mit den beiden Zwergenmännern durch das Stadttor und sah, dass eine Gruppe Zwerge gerade dabei war, das Gestell voller Kristallsegmente an der Außenwand des Tores zu befestigen. Dorkemunt wandte sich um und konnte durch das Tor hindurch die Feuerbestie sehen. Und er brauchte alle Beherrschung, um nicht erschrocken aufzuschreien.

Die Feuerbestie hatte einen Körper, einen Kopf und Arme

und Beine. Aber damit erschöpfte sich ihre Ähnlichkeit mit jeglichem lebenden Wesen, das Dorkemunt jemals gesehen hatte. Der Leib wirkte gedrungen, die Glieder dagegen übernatürlich lang, ebenso wie der äußerst bewegliche Hals des Geschöpfes. Der Kopf schien dreieckig zu sein und nur aus einem aufgerissenen Rachen zu bestehen. Dorkemunt glaubte nicht, dass sich dort Zähne oder eine Zunge befanden. Er glaubte nicht einmal, dass sich in diesem Körper irgendwelche Organe befanden, denn der ganze Leib glühte in waberndem Licht. Die Feuerbestie schien tatsächlich zu brennen, was es erschwerte, ihre Größe einzuschätzen. In jedem Fall war sie groß.

Dorkemunt sah, wie die Gestalt der Bestie hinter einem weißen Glühen verschwand, und meinte die Hitze auf seiner Haut zu spüren. Feuer raste durch den Felsendom, ließ Gestein aufglühen und Rillenplatten knallend zerbersten. Die Zwerge am Tor hatten alle Kristallsegmente montiert und schoben das Tor nun zu und verriegelten es. Die Bestie näherte sich der Stadt.

„Wie kann dieses … dieses Ding überhaupt existieren“, ächzte Dorkemunt verwirrt.

„Wir wissen es nicht, Pferdelord“, seufzte Nedoruk und umklammerte nervös die Stiele seiner Kampfäxte. Neben ihm zupfte Hegmaruk hektisch an seinen Bartzöpfen. „Wir wissen nicht, wie sie lebt oder wovon sie lebt, nur dass sie existiert. Wir können nur hoffen, dass die Kuppel uns vor ihrem feurigen Atem schützt.“

Die Bestie war nun näher herangekommen und spie erneut ihr Feuer aus. Dieses Mal sah Dorkemunt, wie der feurige Atem die Kuppel der Stadt erreichte. Unwillkürlich wich er zurück, sah, wie die Flammen über die Kristalle leckten, sich auszubreiten schienen und dann erloschen. Die Stahlstreben, welche die Kristallsegmente hielten, glühten für einen Augenblick auf.

„Äh, schmelzen die Stützen denn nicht durch?“, fragte er unsicher.

„Nicht, wenn die Kristalle intakt und gut gepflegt sind.“ Schildmeister Hamruk eilte herbei und beäugte Schildsegmente und Streben. „Wenn das der Fall ist, dann neutralisieren sie die Hitze. Nur Grünkristall vermag dies zu tun.“

Über ihnen ertönten Schreie, und sie blickten nach oben. Ein paar wagemutige Zwerge hatten noch immer an der Kuppel gearbeitet, und nun waren einige von ihnen verschwunden. Eine Reihe der vom Kuppeldach herabhängenden Leinen endeten leer, und Feuer lief an ihnen hinauf, bis es zögerlich verglühte. Von den Zwergen jedoch war nichts mehr zu sehen.

Die Feuerbestie hatte die Kuppel fast erreicht, und obwohl im Inneren der Stadt nichts von der Hitze zu spüren war, wichen alle von der Außenwand zurück und begannen instinktiv die spiralförmig gewundene Straße hinaufzulaufen. Die Feuerbestie richtete sich auf, ließ sich dann leicht nach vorne fallen und prallte mit dem Leib gegen die Kuppel. Dorkemunt war überrascht, als er ein hallendes Dröhnen vernahm. Obwohl die Bestie nur aus Feuer zu bestehen schien, hatte ihr Körper offenkundig Substanz. Er schien sogar ausgesprochen schwer zu sein. Welcher grauenvolle Zauber mochte solch eine Kreatur erschaffen haben, zumal es angeblich sogar mehrere von ihnen gab?

An der Kuppel ertönte ein klirrendes Geräusch. Eines der nicht ausgetauschten Kristallsegmente zerbarst und die Zwerge stöhnten auf, als die grünen Splitter ins Innere der Stadt stürzten.

„Zu viele Segmente, die noch nicht ausgetauscht oder repariert wurden“, rief Schildmeister Hamruk verzweifelt und raufte seine Bartzöpfe. „Zu wenig Grünkristall und zu wenige Schildplatten. Oh, die Bestie wird uns verschlingen.“

„Schade, dass man das Biest nicht abrichten und auf die Orks hetzen kann“, brummte Dorkemunt. „Ah, ich würde gerne ihre Augen sehen, wenn sie solch einer Feuerbestie gegenüberstünden.“

Erneut barst ein Kristallsegment und schleuderte Splitter nach innen. Einige Zwerge wurden von den schweren Bruchstücken getroffen. Dort, wo die Schildsegmente fehlten, bleckte Feuer zwischen den Metallstreben herein und schien nach den Häusern der Stadt zu tasten.

Dorkemunt sah, dass einige der Segmente matt zu werden begannen.

„Der Schliff war nicht fein genug“, schrie Schildmeister Hamruk gegen den Lärm. „Befindet sich auch nur ein Kratzer in der Oberfläche, beginnt der Kristall sich durch den Feueratem aufzuheizen und zerplatzt schließlich.“

Bislang waren nur Kristallschilde im oberen Kuppelbereich geborsten, dort, wo die Zwerge ihre Ausbesserungen nur unvollständig vorgenommen hatten. Die kleinen Männer hatten mit den Reparaturen zuerst in Bodennähe begonnen und sich dann an der Wand hinauf nach oben gearbeitet. Dorkemunt spürte, dass dies einen besonderen Grund haben musste. „Was geschieht, wenn die unteren Platten nachgeben?“

Hamruk wurde leichenblass und riss sich an seinen grauen Zöpfe. Nedoruk sah es fatalistisch. „Dann stirbt die Stadt, und wir sterben mit ihr.“ Er sah Dorkemunt achselzuckend an. „Dort oben erreicht der Feueratem der Bestie die Häuser der Stadt nicht, und die Hitze kann durch die offene Kuppel nach oben entweichen. Aber wenn die unteren Schildplatten bersten, kann die Feuerbestie ihren Atem in die Stadt hineinblasen und die Häuser entzünden.“

„Nicht die Häuser“, seufzte Schürfmeister Hegmaruk. „Nicht

einmal die Möbel. Sie sind aus bestem Eisen gebaut, wie du weißt, Pferdelord. Aber die Pilze."

„Die Pilze?"

„Die Pilzbeete", knurrte Nedoruk. „Sie werden dann verbrennen, Beet für Beet. Und das Feuer wird von Dach zu Dach springen, von Heim zu Heim."

„Dann löscht es doch", sagte Dorkemunt. „Gießt Wasser darüber."

„Es würde nichts nutzen, Pferdelord." Sie wichen zurück, als eine weitere Kristallplatte zerbrach. „Wasser würde das Feuer der Pilze sogar noch stärker entfachen. Die Pilze sind überaus giftig, wenn sie verbrennen. Was das Feuer selbst nicht verschlingt, wird dann am giftigen Qualm zugrunde gehen."

Dorkemunt wiegte seinen Kopf. „Ah, ich stelle mich gerne mit meiner Axt dem Feind, wenn ich ihn schlagen kann, aber diese Feuerbestie ..."

Nedoruk nickte betrübt. „Glaube mir, Pferdelord, könnte man sie mit der Axt erschlagen, wäre ich der Erste, der es versuchen würde."

Mit einem Doppelschlag zerbarsten zwei weitere Kristallplatten, die ihre Splitter in die Stadt schickten. Dieses Mal war eine Platte in Bodennähe dabei.

Dorkemunt umklammerte den Griff der Zwergenaxt und starrte die Feuerbestie finster an. „Wie ist es mit der Feuerbestie? Habt ihr es bei ihr einmal mit Wasser versucht?"

„Wie sollte jemand einen Eimer mit Wasser zu ihr tragen, Pferdelord?" Nedoruk schüttelte resigniert den Kopf. „Er würde geröstet, bevor er auch nur in ihre Nähe käme."

Dorkemunt blickte zu der großen Felsnadel hinüber, die undeutlich durch die kristallene Kuppel zu sehen war. „Vielleicht, guter Herr Nedoruk, geht es auch ohne Eimer."

39

Die Nacht war erhellt von den zahlreichen Brennsteinfeuern, die vor und neben der Burg Eternas brannten. Auch jetzt trafen noch Männer aus den fernen Gehöften ein. Sie hatten ihre Wohnstätten in die Obhut der Frauen gegeben, die nun an ihrer statt die Herden und die Kinder schützen würden, denn die Frauen der Pferdelords waren wehrhaft. Aber viele Gehöfte würde man sich selbst überlassen, und ihre Bewohner würden die kleinen Herden zu den großen Weilern oder bis nach Eternas treiben. Bot auch die Stadt keinen Schutz mehr, so würden sich die Tore der Burg Eternas öffnen und den Menschen Unterschlupf in den großen Kavernen unter der Festung bieten. Zudem würden kleine Scharen der Pferdelords durch die Mark streifen und nach Gefahren Ausschau halten. Doch die Mehrheit der wehrfähigen Männer würde ausrücken, denn Garodem hatte die Losung gegeben, und die Pferdelords sammelten sich.

Die Männer hingen in der Nacht ihren Gedanken nach. Manche dachten an ihre geliebten Frauen und Kinder, die sie zurückgelassen hatten, andere fragten sich, welchen Gefahren sie begegnen mochten, und wieder andere waren einfach nur begierig, sich im Kampf zu bewähren. Einige mochten sich fürchten, doch ihr Stolz als Pferdelord verbot es ihnen, dies zu zeigen. So lachten sie miteinander, manchmal lauter als angebracht, und die wenigsten fanden in dieser Nacht Ruhe.

Als der Morgen graute, legte Garodem seine Kampfrüstung an. Er tat dies langsam und bedächtig, mit der Sorgfalt, die jedem Krieger zu eigen war. Jeder lederne Riemen und jede

Schnalle war geprüft und, wo nötig, ersetzt worden. Der Waffenmeister hatte die Klinge des Schwertes sorgfältig nachgeschliffen, ebenso wie die des Dolches. Garodem war in die rotbraune Reithose geschlüpft und hatte ein dunkelgrünes Wams angelegt. Tasmund, der Erste Schwertmann, half seinem Herrn, Brust- und Rückenplatte des rotbraun lackierten Harnischs anzulegen und die Schnallen sorgsam zu schließen. Das Wappen der Hochmark blitzte hell auf dem Brustteil des Panzers. Der Leibschutz wurde eingehängt und die Schnallen zugezogen. Dann wurden Arm- und Schulterschutz befestigt. Auf einen Beinschutz verzichtete Garodem. Er hatte immer die Empfindung, dass stählerne Beinschienen seine Bewegungsfreiheit auf dem Pferd einschränkten. Er hätte auch gerne auf die schwere Rüstung verzichtet, aber er akzeptierte sie, denn als Pferdefürst würde er seinem Banner in vorderster Linie voranreiten und sich allem stellen, was der Feind gegen ihn aufbieten mochte.

Larwyn legte ihm den grünen Umhang mit dem Wappen um die Schultern und schloss die goldene Spange. Sie war gleichermaßen von Sorge und von Stolz erfüllt, als Garodem den schweren Helm unter seinen Arm klemmte. „Du siehst gut aus, mein geliebter Mann. Ein wahrer Pferdelord, mein Fürst der Hochmark."

Garodem zog sie an sich, und durch ihr dünnes Gewand spürte sie die stählernen Konturen der Rüstung, die ihn schützen würde und ihn zugleich von ihr entfernte. Sie vermisste es, den Schlag seines Herzens zu spüren, wenn er sie umarmte.

„Der Geist des Ersten Königs wird dich begleiten", sagte sie leise. „So wirst du den Weg wohl finden."

„Sobald ich kann, sende ich Nachricht", erwiderte er in der Hoffnung, sie zu trösten. „Dir verbleiben zwei Beritte, welche die Nordmark uns schickte, die eigenen nehme ich mit mir. Was ich mit ihnen nicht auszurichten vermag, kann ich auch mit fünfen nicht bewirken, und ich will, dass Eternas geschützt bleibt. Die Boten zu den anderen Pferdefürsten und zum König sind entsandt. Sie werden weitere Männer schicken, obwohl ich sie nicht aufgerufen habe. Aber du kennst sie ja."

„Ja, ich kenne die Pferdelords", sagte sie und versuchte, ihrer Stimme einen fröhlichen Klang zu geben. „Ich bin mit einem verbunden."

„Getreulich bis in den Tod", sagte er sanft und strich ihr über die blonden Locken.

„Getreulich bis in den Tod."

Sie hielten sich für einen Moment schweigend umklammert. Das Grau vor den Fenstern begann zunehmender Helligkeit zu weichen. Sanftes Morgenrot kündigte den Tag an. Unten im Hof der Burg erscholl ein Horn der Hochmark und blies zum Sammeln, und weitere Hörner im Lager der Reiter nahmen das Signal auf.

„Es ist an der Zeit, meine geliebte Frau." Garodem löste sich von Larwyn und nickte ihr zu. „Sei meiner Liebe gewiss."

„Das bin ich." Sie zwang sich zu einem Lächeln. „Gib die Zügel frei und halte das Schwert fest, mein geliebter Gemahl."

„Das werde ich."

Garodem öffnete die Tür seines Amtszimmers, grüßte den Schwertmann der Ehrenwache und stieg die Treppe in die Versammlungshalle hinunter, wo bereits eine Gruppe von Pferdelords stand und auf ihn wartete. Es waren die Männer, welche die Beritte führen würden. Garodem nickte ihnen zu, und sie wandten sich um, nahmen die Lanzen mit den Wimpeln der Beritte aus den Halterungen an der Wand und blickten Garodem an, der vor jeden der Wimpel trat und ihn vorsichtig mit der Schwerthand berührte.

Drei Beritte würde er hinausführen, und so waren es drei Wimpel, die er durch seine Hand gleiten ließ. Die Symbole der Männer, die den dreieckigen Feldzeichen folgen würden. Der Wimpel des Horngrundweilers mit dem gewundenen Horn, der Wimpel des Quellweilers mit den drei wellenförmigen Linien und der Wimpel Eternas' mit Schmiedehammer und Pferdekopf. Die dreieckigen Wimpel würden an der Spitze der jeweiligen Beritte geführt werden, doch Garodems Banner würde allen voranwehen.

Die Wimpelträger schlugen salutierend die Fäuste an die Rüstung, dann folgten sie Garodem aus der Halle hinaus. Die Morgensonne blendete den Pferdefürsten mit ihren ersten Strahlen, und er legte instinktiv die Hand schützend vor die Augen, blinzelte zu den Fenstern des Obergeschosses hinauf und lächelte Larwyn zu, die dort mit Garwin auf dem Arm stand.

Die kleine Gruppe trat in den vorderen Innenhof der Burg hinaus. Hier standen die gesattelten Pferde bereit, und neben den Tieren standen Meowyn und der Zwergenkönig Balruk. Balruk trug seine Kleidung und Rüstung, die man sorgsam gereinigt und genäht hatte, und blickte Garodem trotzig entgegen. „Auf ein Wort, guter Herr Pferdefürst."

Garodem sah den kleinen Mann freundlich an. „Ich sehe Euch gerüstet, guter Herr Zwergenkönig."

„Ja, denn ich werde Euch begleiten."

Der Pferdefürst lächelte. „Ich kann Euch wohl verstehen, guter Herr Balruk. Doch Ihr seid noch nicht genesen und ..."

Balruk legte die Hände an seine Bartzöpfe und unterbrach Garodem ebenso unhöflich wie bestimmt. „Würde Euch das an meiner Stelle zurückhalten?"

Garodem lachte leise auf. „Sicher nicht." Er seufzte und sah

Meowyn an. „Was denkt Ihr, gute Frau Meowyn? Kann er die Reise überstehen?“

Die blonde Heilerin zuckte die Schultern. „Sein Heilungsprozess macht erstaunliche Fortschritte, Hoher Lord. Zudem kann wohl keiner der Männer für die eigene Gesundheit garantieren, wenn es in den Kampf geht.“

„Ihr seid bereit, die Axt für mein Volk zu erheben, Pferdefürst der Menschenwesen“, sagte Balruk mit fester Stimme. „Wie kann ich da zurückstehen? Nein, guter Pferdefürst Garodem, ich werde Euch und Eure Männer begleiten.“

„So sei es“, stimmte Garodem zu. „Ihr werdet allerdings reiten müssen, guter Herr Zwerg. Wir werden uns schnell bewegen, und Eure Beine werden nicht so rasch folgen können wie Euer Wille.“

„Ich vermag ein Pferd nicht zu ersteigen oder mich auf ihm zu halten, wenn es sich bewegt“, knurrte der Zwergenkönig grimmig. „Aber wenn man mir hinaufhilft und meine Beine daran festbindet, so wird es schon gehen. Aber ich wäre Euch dankbar, guter Herr Garodem, wenn Ihr mir eine gute Axt besorgen könntet.“

„Die werdet Ihr erhalten, guter Herr Zwergenkönig.“

Man holte ein weiteres Pferd, und zwei der Schwertmänner hoben den kleinen Mann in den Sattel. Ein wenig umständlich wurden die Riemen der Steigbügel verkürzt. Balruk versuchte, ein würdevolles Gesicht zu bewahren, während die Männer seine Stiefel rechts und links mit Lederriemen an den Steigbügeln des Sattels fixierten. Er zupfte nervös an seinen Bartzöpfen, als das Pferd zu tänzeln begann und er es mit den Zügeln nicht halten konnte. Garodem würde einen Begleiter für den kleinen Mann abstellen müssen, damit er Balruk beruhigen konnte. Um das Pferd machte sich Garodem keine Sorgen.

„Ihr habt ein sehr gutes Pferd, guter Herr Balruk. Es kennt die Signale und wird ihnen folgen."

„Gebt mir eine gute Axt, und ich werde zufrieden sein."

Der Zwergenkönig erhielt eine Axt, und er betrachtete die doppelschneidige Klinge mit sichtlichem Wohlgefallen. Prüfend ließ er die Waffe am Arm schwingen, zog den Daumen über die Schneiden und nickte dann lächelnd. „Wohlan, guter Herr Pferdefürst. Ich bin bereit."

Die kleine Gruppe trabte aus dem Tor der Burg Eternas, begleitet von den guten Wünschen der Bewohner, und ritt hinüber zum Nachtlager der einberufenen Pferdelords, die sich bereits formiert hatten. Drei Hundertschaften waren in langen Doppelreihen angetreten, und jeder der Pferdelords stand neben seinem Pferd. Als Garodems Gruppe näher kam, saßen die Männer auf.

Garodem trabte vor die angetretenen Beritte, seinen Bannerträger neben sich, und wandte sich den Männern zu, während die Berittführer ihre Wimpel vor die Beritte führten.

„Die Losung wurde euch Pferdelords gegeben", sagte er mit lauter Stimme. „Das Volk des guten Herrn Balruk ist in Not, und wir werden ihm nun beistehen. Manche werden sich sagen, dass es nicht unsere Sache sei, den Kampf der kleinen Herren auszufechten, aber ich sage euch, dass es sehr wohl unsere Sache ist. Denn Orks stehen an der Nordgrenze der Hochmark, und ein Grauer Zauberer drang nach Eternas vor. So lasst uns also den Eid an der Seite der Zwergenwesen erfüllen."

Garodem zog seine Klinge blank und streckte sie dem Himmel entgegen, um den Eid der Pferdelords zu sprechen. „In des Lebens Wonne und des Todes Not, soll Eile sein stets das Gebot, in Treue fest dem Pferdevolk, der Hufschlag meines Rosses grollt, soll Lanze bersten, Schild zersplittern, so wird mein Mut doch nie erzittern, ich stehe fest in jeder Not, mit schnellem Ritt und scharfem Tod."

Waffengriffe schlugen gegen Rundschilde und kündeten von der Zustimmung der Männer. Garodem schob sein Schwert zurück in die Scheide. „So eilt nun, ihr Pferdelords der Hochmark, denn Eile ist nun das Gebot. Schneller Ritt …"

„… und scharfer Tod."

Das eiserne Horn der Hochmark erklang, und Garodem wendete sein Pferd, gefolgt von seinem Bannerträger. Hinter ihm formierten sich die drei Beritte in Viererkolonnen. Das Pochen der Hufe wuchs zu einem Dröhnen an, als über dreihundert Reiter ihre Pferde antraben ließen. In der Mitte der Kolonne wurden Packpferde vorangetrieben, die mit zusätzlicher Verpflegung und Pfeilen beladen waren. Staub begann unter den Hufen aufzuwirbeln und die hinteren Reihen zunehmend einzuhüllen, während die Pferdelords der Hochmark unter ihren flatternden Wimpeln an der Burg Eternas vorbei der Nordgrenze entgegenritten.

Larwyn und Meowyn standen hoch oben auf der Plattform des Signalturms, der sich über dem Hauptgebäude der Burg erhob. Sie brauchten keine Worte zu wechseln, um ihrer Sorge Ausdruck zu verleihen, als die Reiter nun ihren Blicken entschwanden.

40

Erneut zerplatzte ein Kristallsegment und schleuderte grüne Splitter in das Innere der Stadt. Der Flammenatem der Feuerbestie leckte durch die entstandene Öffnung und erfasste einige Zwerge, die nicht rasch genug zurückweichen konnten. Zwei von ihnen verglühten zu Asche, die anderen erlitten grausame Verbrennungen. Ihre schmerzerfüllten Schreie drangen an Dorkemunts Ohren, während er zusammen mit einer Gruppe Zwergenmänner und dem Schürfmeister Hegmaruk die spiralförmige Straße hinaufrannte. Die Schreie waren schrecklich und zerrten an den Nerven, so dass der kleine Pferdelord wünschte, sie mögen endlich verstummen.

Zwerge mit transportablen grünen Schilden stürmten ihnen entgegen.

„Beeilt euch", schrie Hegmaruk ihnen zu. „Der Atem der Bestie wird bald die Häuser erreichen und die Beete entflammen. Ihr müsst sie mit den Schilden schützen."

Wieder einmal war ein Donnern zu hören, als die Bestie ihren Körper gegen die Kuppel warf, doch die Konstruktion der stählernen Streben hielt der Belastung stand. Noch. Denn wenn erst mehr der grünen Kristallschilde zerstört waren, würden die Streben vom Feuer der Bestie so stark erhitzt werden, dass sie schmelzen und dem Ungetüm schließlich den Zugang in die Stadt öffnen würden.

„Warum versucht das Biest überhaupt, in die Stadt hineinzukommen?", fragte Dorkemunt keuchend. Der rasche Lauf die schräge Straße empor nahm ihm den Atem. „Was hat sie überhaupt davon?"

„Fressen", antwortete Nedoruk kurzatmig. „Sobald ihr feuriger Atem erlischt, gewinnt ihr Körper an Substanz, dann kann sie fressen."

Die Aussicht, als Grillfleisch im Leib der Feuerbestie zu enden, behagte Dorkemunt überhaupt nicht. Wieder war das verhängnisvolle Bersten mehrerer Kristallsegmente zu vernehmen. Dorkemunt wandte sich für einen Moment um und sah mit Schrecken, wie der Feueratem der Bestie zwischen den zerstörten Schilden hindurchschoss. Einige der Streben begannen bereits Rot zu glühen. Auf einigen Dächern am Straßenrand standen Zwergenmänner, die grüne Kristallschilde zwischen den Atem der Bestie und die Pilzbeete hielten, welche jetzt eine tödliche Gefahr darstellten. An einigen Beeten, die vom Feuer getroffen worden waren, sah man glimmende Stellen, die von Zwergen eilig mit den gerillten Steinplatten bedeckt wurden, um entstehende Pilzbrände umgehend zu ersticken.

„Warum deckt ihr die Dächer nicht einfach ab?", knurrte Dorkemunt. „Dann wäre die Gefahr doch gebannt."

„Das geht nicht, Pferdelord." Nedoruk zuckte die Achseln. „Die Pilze sind sehr empfindlich. Wenn wir sie abdecken, gehen sie ein. Wir würden verhungern, wenn wir die Dächer auch nur für kurze Zeit abdeckten."

Sie erreichten das Ende der Straße auf der obersten Ebene. In einigen Rillen der grauen Steinplatten waren noch die Blutflecken des vergangenen Kampfes zu erkennen, während die hoch aufragende Säule des Throns wieder makellos glänzte.

Vom Rand der obersten Ebene aus war das Werk der Feuerbestie recht gut zu überblicken. Der flammende Körper warf sich immer wieder gegen die schützende Kuppel, doch es schienen eher halbherzige Versuche zu sein, die Konstruktion zu durchdringen. Dorkemunt vermutete, dass der schwere Körper genug Masse hatte, die Kuppel mit einem kräftigen Rammstoß zu durchdringen. Vielleicht befürchtete das Monstrum, sich dabei zu verletzen. Es begnügte sich damit, seinen feurigen Atem über die Schilde zu lenken und ihn durch die entstandenen Lücken zu stoßen.

Wie konnte solch eine Bestie existieren? Wie konnte sie dieses grauenvolle Feuer entfachen? Dorkemunt seufzte. Viel wichtiger war noch, wie man ihr begegnen konnte. Aber vielleicht hatte er die richtige Idee.

Nedoruk und Hegmaruk ergriffen Dorkemunts Arme und zogen ihn mit sich über die große grüne Kristallplatte und dann an Balruks Thron vorbei, hinüber zum westlichen Rand des künstlichen Plateaus. Hier erblickte Dorkemunt einige stählerne Streben, die vom Dach der Stadt zum offenen Rand der Schildkuppel hinaufführten. Diesen Weg hatten jene Zwerge genommen, die an ihren langen Seilen außen an der Kuppel gearbeitet hatten. Nedoruk und Hegmaruk traten ohne Zögern auf eine der Streben, die im schrägen Winkel hinaufführte, und Dorkemunt folgte bereitwillig, bis er ein paar Schritte getan hatte und zweierlei feststellte. Die Strebe war sehr schmal, und an beiden Seiten ging es steil nach unten.

„Oh, ihr Urahnen“, ächzte der kleine Pferdelord. „Gebt mir ein gutes Pferd, eine gute Axt und einen Feind, den ich erschlagen kann.“

„Was ist los?“, fragte Nedoruk, der schon ein Stück vorausgeeilt war. Der Zwergenmann schien den schmalen Steg problemlos hinaufsteigen zu können.

Dorkemunt sah den Ersten Axtschläger der Stadt unsicher an. „Es, äh, ist ein wenig hoch.“

Nedoruk machte eine wegwerfende Geste. „Es wird sogar noch höher, Pferdelord.“ Er wies grinsend vor sich zu dem

Punkt, an dem die Strebe auf den Kuppelrand führte. „Ab dort geht es dann wieder hinab."

„Recht steil hinab, wie mir scheint." Dorkemunt versuchte, einen Fuß vor den anderen zu setzen, aber er blickte hinunter und fühlte sich wie gelähmt. Dabei war er kaum erst eine Länge über die Dachfront der obersten Ebene hinausgelangt. Doch schon wenige Längen weiter würde er über einem schier bodenlosen Abgrund balancieren.

„Sieh nicht hinunter, Pferdelord", sagte Hegmaruk und ergriff Dorkemunts Hand. „Folge mir. Es ist ganz einfach. Setz nur Fuß vor Fuß, Pferdelord."

Der kleine Pferdelord konzentrierte sich auf die Bartzöpfe Hegmaruks, der keine Schwierigkeiten zu haben schien, auf der schmalen Strebe rückwärts zu gehen, und nun mit sanftem Nachdruck an Dorkemunts Hand zog. Dieser folgte zögernd und wagte es kaum, die Füße anzuheben. Irgendwo unter ihm klirrte erneut eine Kristallplatte, und er blickte unwillkürlich hinunter. Die Feuerbestie schien ihn direkt anzusehen, während sie ihren Atem ausspie. Sie war so weit entfernt, dass Dorkemunt nicht in Gefahr war, aber dennoch wich er unwillkürlich zurück. Er schrie heiser auf, als er den Halt verlor und seine Füße von der Strebe rutschten. Hegmaruk gab ein gepresstes Ächzen von sich, hielt aber den in der Luft baumelnden Dorkemunt noch immer fest an der Hand.

„Bleib ruhig, Pferdelord", sagte der Schürfmeister. „Ich kann dich nicht einfach hochziehen. Ich werde dich schwingen, aber keine Sorge, wir werden dich auffangen."

„Auffangen?" Dorkemunts Stimme klang auf einmal seltsam piepsend.

„Auffangen", bestätigte nun Nedoruk, der angehalten war und ein Stück zurückkam.

Hegmaruk begann seinen Arm zu bewegen, und die Bewegung übertrug sich auf Dorkemunt. Er hing nun seitlich neben der Strebe an Hegmaruks Arm, und seine Füße suchten verzweifelt nach Halt. „Zappele nicht so, Pferdelord!“

„Das bin ich nicht“, schrie Dorkemunt kläglich. „Es sind meine Füße.“

Hegmaruks Bewegungen wurden nun stärker, so dass Dorkemunts Körper zu schwingen begann. Erst ganz leicht, dann in immer weiteren Bögen, was den kleinen Pferdelord zunehmend beunruhigte. In immer schnellerer Folge glitten nun Hausdächer, Boden, Feuerbestie und die Strebe mit den Zwergen durch sein Blickfeld, bis es plötzlich einen scharfen Ruck gab. Dorkemunt schrie auf, und wenn er nicht zuvor seine Blase geleert hätte, wäre dies wohl nun geschehen. Der Pferdelord stierte fassungslos in Nedoruks Gesicht, der ihn mit zufriedenem Grunzen auf die Strebe hinaufzog.

„Du solltest mehr Pilzbrei essen, Pferdelord“, stellte der Erste Axtschläger fest. „Dir fehlt Fleisch an den Rippen.“

Der Zwergenmann zog Dorkemunt einfach mit sich, der im Augenblick zu benommen war, um registrieren zu können, wie er auf dem schmalen Steg immer höher stieg. Erst als sie den Rand der Kuppel erreichten, krallte er seine Arme um eine der metallenen Stützstreben und rang keuchend nach Atem. Hegmaruk erreichte den Rand kurz nach ihm und schlug ihm freundschaftlich auf den Rücken, was Dorkemunt beinahe auf Boden des Felsendoms befördert hätte.

„Jetzt wird es für dich leichter werden“, sagte Nedoruk gutmütig, während er frei auf der Einfassung stand und an den Zöpfen seines Bartes zupfte. „Nun geht es hinunter, und du musst dich nur an der Leine hier festhalten.“

Dorkemunt sah auf die grüne Kuppel, die sich unter ihm

wölbte. Er konnte nicht sehen, wo die Konstruktion auf dem Boden aufsetzte, da die Wölbung seinen Blick verstellte.

Hegmaruk sah ihn mitfühlend an. „Die Kletterei ist wohl nicht nach deinem Geschmack, wie?"

„Gib mir ein ordentliches Pferd, auf das ich klettern kann, und es ist sehr wohl nach meinem Geschmack", erwiderte Dorkemunt schnaufend.

„Ah, du wirst bald wieder ein Pferd besteigen", grinste Nedoruk. „Kommt, wir müssen noch ein Stück am Rand hier entlang."

Hinter ihnen folgten andere Zwerge, die geduldig warteten, bis Dorkemunt und Hegmaruk Platz gemacht hatten und sie die Strebe verlassen konnten. Diese Zwerge trugen allerlei Werkzeuge und Gerätschaften in ihren Händen und an den Gürteln, zudem hatten sie lange Leinen über ihre Schultern gelegt. Der Rand der Kuppel war mit einer guten Länge relativ breit, so dass Dorkemunt sich einigermaßen sicher fühlte, solange er den Blick nicht senkte. Er ignorierte die Tiefe unter sich und hörte das deutlicher werdende Tosen des Wassers, das über die Felsnadel von der Höhlendecke hinabstürzte. Es war viel Wasser, und Dorkemunt konnte sich nichts Besseres vorstellen, um das Feuer der Bestie zu ersticken. Aber diese würde sich kaum freiwillig unter das herabrauschende Wasser begeben. Dennoch sah Dorkemunt eine Möglichkeit, sie mit dem kalten Nass zu konfrontieren.

Sie gingen auf dem Kuppelrand entlang, hoch über dem Höhlenboden mit der Feuerbestie, und näherten sich der Stelle, an der ein dickes metallenes Rohr von der Felsnadel her in die Kuppel der Stadt hineinführte. Die Wasserleitung Nal't'runds, welche die Zwerge mit dem lebensnotwendigen Nass versorgte.

Die Wasserleitung maß wohl eine halbe Länge im Durchmesser und ruhte auf hohen Stützen, die in einer langen Reihe von der Felsnadel zur Stadt hinüberführten. Die Leitung war in einem leichten Gefälle angelegt und verlief gute zwei Dutzendlängen über dem Boden des Felsendoms. Die Stützpfeiler hielten die Leitung paarweise aufrecht und standen weit auseinander. Sie sahen stabil aus, doch Dorkemunt hoffte, dass sie nicht zu stabil sein würden.

Oberhalb des Eintrittspunktes der Wasserleitung in die Stadt hielt die Gruppe auf dem Kuppelrand an. Flinke Zwergenhände befestigten die langen Leinen an den oberen Streben, und Dorkemunt sah, wie die ersten Zwergenmänner sich ohne zu zögern an den Leinen hinunterließen. Ein wenig hilflos hielt er die seine in den Händen, bis Nedoruk an ihn herantrat.

„Führe sie hier um deinen Leib herum, Pferdelord, und hier herauf. Mit dieser Hand halte dort fest und mit der anderen hier. Du musst dir vorstellen, dass du die Leine von einer Hand in die andere gibst, aber du darfst sie dabei niemals loslassen."

Dorkemunt nickte zögernd und versuchte, dem Beispiel der anderen zu folgen. Warum ließ er sich nur auf dieses bodenlose Abenteuer ein? Hätte es nicht gereicht, den Zwergenherren seine Idee zu unterbreiten? Hätte er die Ausführung nicht den kundigen und kletterwütigen Kerlen überlassen können? Aber nein, er war ein Pferdelord, und nun hatte sein Stolz ihn in diese Höhe getrieben. Er grinste Nedoruk an, lehnte sich in die Leine zurück und versuchte, sie um seinen Körper herum von einer Hand in die andere zu geben. Es blieb bei diesem Versuch. Dorkemunt keuchte vor Schreck und sah noch, wie Nedoruk sich hastig vorbeugte, um ihn festzuhalten, aber es war zu spät.

Dorkemunt verlor den Halt, begann über die in Polnähe noch recht flach gewölbte Kuppel zu rutschen und wurde beständig schneller. Instinktiv schrie er auf, als er jene Zwerge in rasender Fahrt auf sich zukommen sah, die sich bereits ein Stück nach unten abgeseilt hatten.

Einer der Kletterer sah ihn heransausen und begann an seiner Leine zu schwingen. Dorkemunt begriff, dass der Zwergenmann den Versuch unternehmen wollte, ihn aufzufangen. Der kleine Pferdelord schoss förmlich auf den möglichen Retter zu, dann erfolgte ein unvermittelt harter Ruck, der Mensch und Zwerg zu zerreißen schien. Doch der Zwerg hielt Dorkemunt an dessen Gürtel fest.

„Du hast ein wenig zu viel auf den Rippen", ächzte der Zwerg mit gerötetem Gesicht. „Ich glaube, dir behagt unser Pilzbrei sehr."

Dorkemunt ergriff den Arm des Mannes und zog sich höher. „Oh, wenn ihr Zwergenwesen euch nur einmal einig sein könntet", rief er erleichtert. Dann sah er Nedoruk und Hegmaruk, die sich an ihren Leinen rasch zu ihnen herunterließen. „Dem einen bin ich zu dick, dem anderen zu dünn."

Wortlos knotete Nedoruk eine Leine um Dorkemunts Brust und sah den kleinen Pferdelord abschätzend an. „Es wird besser sein, wir sorgen selbst dafür, dass du zu Boden kommst. Du scheinst mir ein wenig stürmisch."

Das war sehr höflich umschrieben. Dorkemunt konnte sich vorstellen, was die Zwerge von seiner Kletterfähigkeit hielten. Aber sie nahmen sich zurück, wahrscheinlich weil sie wussten, dass er deswegen nicht gleich ein schlechter Kämpfer war. Der kleine Pferdelord biss die Zähne aufeinander und nickte, und so begannen Hegmaruk und Nedoruk ihn an der Leine hinabzulassen. Wieder einmal näherte er sich dem Boden, doch diesmal nicht ganz so überstürzt.

Vor der Wölbung der Kuppel begann sich nun die Stelle abzuzeichnen, an der die Wasserleitung zwischen den grünen Kristallschilden verschwand. Einige Zwerge befanden sich bereits auf der Leitung, und Dorkemunt fragte sich, wie sie auf dem runden Rohr wohl Halt fanden. Zwei bis drei Dutzendlängen von der Stadtkuppel entfernt ragte einer jener Hebel aus der Leitung heraus, die in regelmäßigen Abständen auf dem dicken Rohr angebracht waren.

„Wir brauchen sie, wenn wir an der Leitung arbeiten müssen“, hatte der Baumeister der Stadt erklärt, als Dorkemunt sich den Aufbau der Wasserleitung erläutern ließ. „Manchmal wird sie beschädigt, und wir müssen ein Rohrstück reparieren oder austauschen. Dann sperren wir den Wasserfluss mit diesen Hebeln. In der Leitung sind Segmente angebracht, die sich quer zur Strömung stellen lassen und sie blockieren.“

Dorkemunt war froh, dass die Feuerbestie ein gutes Stück entfernt und vollauf beschäftigt war. Am Tor mussten mittlerweile viele der Kristallplatten geborsten und einige der Streben geschmolzen sein, denn die Feuerbestie hatte es geschafft, sich ein wenig zwischen diesen hindurchzuzwängen. Nun ließ die Hitze ihres Leibes weitere Streben weich werden, und je mehr von ihnen nachgaben, desto weiter konnte sich die Bestie vorwärtsschieben. Ihr feuriger Atem erreichte inzwischen die vorderste Reihe der Häuser, und man sah dichten, öligen Qualm über einigen Dächern aufsteigen. Die Zwerge hatten sich zu den Seiten und in die höheren Kreisebenen zurückziehen müssen, wo sie noch immer mit den transportablen Schilden und Rillenplatten gegen die Ausbreitung des Feuers ankämpften.

Es war nur eine Frage der Zeit, bis die Feuerbestie ganz in die Stadt eindringen würde, und so pendelten Dorkemunts Blicke zwischen den Ereignissen am Stadttor und den fieberhaften Arbeiten an der Wasserleitung hin und her. Die kleinen Männer schufteten unter Hochdruck und schlugen ihre Meißel in das dickwandige Rohr, wobei sie zunächst einen Kranz von Löchern schufen, den sie dann ausweiteten, um so das Rohr auftrennen zu können. Neben Dorkemunt wurde ein gekrümmtes Rohrstück an Leinen über die Kuppelwand heruntergelassen. Während einige Zwerge weiterhin mit Hammer und Meißel die Leitung bearbeiteten, begannen andere bereits, lange Metallbohrer durch das angelieferte Rohrstück zu drehen.

Es gab Stellen, an denen die einzelnen Segmente der Wasserleitung mit dicken metallenen Nieten verbunden waren. Man hätte sie hier sicherlich leichter trennen können, aber der Baumeister hatten ihnen begreiflich gemacht, dass für ihren Zweck nur eine einzige Stelle in Frage kam. „Der Druck des Wassers soll hoch genug sein, um die Bestie zu erreichen, nicht wahr, ihr Herren?“ Er hatte einen Moment überlegt und nachdenklich das Gesicht verzogen. „Fünfunddreißig Arme von der Kuppel entfernt. Keinen Arm mehr und keinen Arm weniger.“

Ein metallenes Kreischen ertönte, und endlich hatten die Zwerge das Rohr durchtrennt. Nun setzten sie schwere Stangen an und drückten das eine Stück zur Seite, damit das gekrümmte Ende an die Leitung angesetzt werden konnte.

„Beeilt euch, Männer“, brüllte Nedoruk und zupfte erregt an seinen Bartzöpfen. „Die Bestie dringt weiter vor. Sobald sie in der Stadt ist, können wir sie nicht mehr erreichen, und alles ist verloren. Um der Hüpflinge und Frauen willen, eilt euch!“

Der Qualm der brennenden Pilzdächer begann den vorderen Bereich der Stadt einzunebeln. Gelegentlich teilte sich der dichte Rauch, und der Feuerstoß der Bestie war für einen flüchtigen Moment zu sehen. Die Zwerge an der Wasserleitung ließen ein lautes Triumphgeschrei ertönen, und als Dorkemunt hinüberblickte, sah er, wie die kleinen Männer den Hebel der

Leitung herumzogen. Erst war es nur ein dünnes Plätschern, doch dann brach ein kräftiger Strahl aus dem Rohr hervor, und als die kleinen Männer den Verschluss schließlich ganz geöffnet hatten, schoss das Wasser in brausendem Bogen hoch und ergoss sich über den Boden des Felsendoms.

„Richtet es auf", schrie Nedoruk erregt, während er seine Zöpfe in den Nacken legte und sie zum Kampf verknotete. „Richtet es auf, es muss die Bestie treffen."

Zwerge stemmten sich von unten gegen das Rundstück, das sich nun knarrend und quietschend höher schob. Der Wasserstrahl begann zu wandern, immer höher und höher, und dann traf er sie.

Die Feuerbestie stieß noch einen enormen Feuerstrahl in die Stadt und wurde in einen Nebel verdampfenden Wassers gehüllt, als ihre Leibeshitze das Wasser verkochte. Sie richtete sich auf oder versuchte es zumindest, aber sie steckte zur Hälfte in den zerstörten Segmenten der Kuppelwand, und so konnte sie dem Wasserstrahl zunächst nicht entrinnen, der nun erste Wirkung zu zeigen begann. Das Flirren der Hitze schien nachzulassen, und gelegentlich tauchten eigenartig dunkle Stellen am Körper der Bestie auf, die sich nun aus den Trümmern befreite und sich der neuen Bedrohung zuwandte.

Dorkemunt hatte den Helm abgenommen und schwenkte ihn jubelnd, als er sah, wie sich der Kopf der Bestie herumdrehte. Dann spuckte sie Feuer. Dorkemunt duckte sich instinktiv und spürte eine Hitzewelle, die sengend auf ihn zu und über ihn hinwegraste. Die Hitze und der Druck schleuderten die Zwerge von dem gekrümmten Rohstück hinunter, und der nunmehr ungerichtete Wasserstrahl traf harmlos auf den Boden, wo er Steine und Schmutz umherwirbelte. Die Feuerbestie fauchte und reckte ihren Kopf vor.

Dorkemunt ließ die Leine los, an der er noch immer hing, und rannte auf die schwere Strebe zu, mit der die Zwerge das gekrümmte Rohrstück angehoben hatten. Aber die kleinen Männer waren bereits wieder auf den Beinen, ergriffen die Strebe und keuchten vor Anstrengung, als sie das schwere Metallteil anhoben. Das Rohr richtete sich in dem Moment wieder auf und traf, als die Bestie erneut ihren feurigen Atem speien wollte.

Der Leib der Bestie verschattete sich, Stellen dunklen Rots erschienen zwischen dem flammenden Gelb und Weiß und breiteten sich aus. Die Bestie fauchte und trat einen Schritt zurück, doch das Wasser folgte ihr. Wieder trat sie zurück, und wieder folgte ihr das Wasser.

„Weiter reicht der Strahl nicht", stöhnte Hegmaruk verzweifelt, und sie alle starrten die Feuerbestie an, als könnten sie diese beschwören.

Aber vielleicht gelang es ihnen sogar, denn mit einem Mal wandte sie sich um, wobei sich ihr Körper weiter verdunkelte, und sprang dann plötzlich, in unerwartet raschen Bewegungen, auf den Tunnel zu, aus dem sie hervorgekrochen war.

Tosender Jubel brandete auf, als sie begriffen, dass sie die Kreatur bezwungen hatten. Die Zwerge schlugen einander begeistert auf die Rücken, zupften gegenseitig an ihren Bartzöpfen, und auch Dorkemunt musste wohl oder übel eine Reihe gut gemeinter Schläge hinnehmen.

„Ah, Pferdelord", schrie Nedoruk jauchzend. „Du kannst vielleicht nicht klettern, aber du verstehst es ja, eine Feuerbestie zu bekämpfen. Ah, ich wollte, wir könnten unsere Äxte in ihren Leib versenken."

Der tosende Wasserstrahl aus dem gekrümmten Rohr begann zu versiegen, als die Zwerge die Leitung schlossen. Dorkemunt war ebenso aufgeregt wie die anderen, doch nun, nachdem die unmittelbare Gefahr vorüber war, spürte er einen zunehmenden Schmerz. Erstaunt betrachtete er seine Hände, die sich gerötet hatten, und bemerkte, dass die Haut seines Gesichts und die Ohren brannten. Auch etliche der Zwerge hatten Verbrennungen erlitten, und instinktiv rannte Dorkemunt gemeinsam mit ihnen zu der Felsnadel hinüber, wo alle das kalte Wasser über ihre Körper strömen ließen.

Nedoruk gesellte sich zu dem kleinen Pferdelord, der nun schon wieder spöttisch lächeln konnte. „Dein stolzer Bart hat ein wenig gelitten, guter Freund Nedoruk."

Der Erste Axtschläger der Stadt grinste zurück. Er knuffte Dorkemunt freundschaftlich. „Ah, schweige lieber darüber, Haarloser."

„Haarloser?"

Eher unbewusst strich Dorkemunt mit der flachen Hand über seinen Schädel und erblasste.

Nedoruk nickte. „Vielleicht hättest du deinen Helm besser aufbehalten, haarloser Pferdelord."

„Es wird nachwachsen", seufzte der kleine Pferdelord.

Das kühle Wasser linderte die Schmerzen, doch als Dorkemunt den Sprühnebel verließ, spürte er bald, wie das Brennen zurückkehrte. Aber es war erträglich geworden. Außerdem gab es zu viel zu tun, um an solche Lapalien zu denken, denn die Stadt der Zwerge hatte schwer gelitten.

Hegmaruk rannte herbei und zupfte seine baumelnden Bartzöpfe. „Ah, es ist ein Unglück, ein wirkliches Unglück."

„Gab es schwere Verluste?", fragte Dorkemunt mitfühlend.

Hegmaruk schüttelte den Kopf. „Nein, dem Grünkristall sei Dank. Aber es hätte nicht viel gefehlt, und es wäre zu einem furchtbaren Gemetzel gekommen. Wir haben ein paar gute

Männer verloren, Schürfer, Schleifer und Baumänner, aber die Hüpflinge und Frauen sind wohlauf. Die Stadt jedoch, ihr Männer, die Stadt wird nun nicht mehr zu halten sein."

Noch immer stand dicker Qualm über der Zwergensiedlung, der zu den Öffnungen der Kuppel herausquoll und nach oben stieg. Zum Teil wurde der Rauch vom Zugwind der Luftkamine zerfasert. Aber bald würde dieser Rauch oben auf dem Berg über der Stadt sichtbar werden und weithin verkünden, dass sich hier eine Katastrophe ereignet hatte.

„Wir brauchen Zeit, um das Tor und die Kuppel zu reparieren", fluchte Nedoruk und entknotete seine Zöpfe. „Ah, die Feuerbestie hat viel zerstört."

„Uns fehlten die Schildplatten aus Grünkristall", sagte Hegmaruk. „Wir hatten einfach zu wenig Zeit, die Kuppel instandzusetzen."

„Und bis die Orks zurückkehren, werden wir erst recht keine Zeit dazu haben", setzte Nedoruk hinzu.

Viele Kristallsegmente und Streben der Kuppel waren zerstört oder schwer beschädigt worden, und das massive Tor hing zertrümmert in seiner Mittelachse. Die Kuppel, die auch gegen den Sturm der Orks einen gewissen Schutz geboten hätte, war zu sehr beschädigt, um noch Bollwerk zu sein. Es gab übermäßig viele Löcher, die man hätte stopfen müssen.

„Wenn wir mehr Zeit hätten", sagte Hegmaruk und verdrehte seine Zöpfe, „dann könnten wir es schaffen."

„Wir wissen nicht, wann die Orks kommen." Nedoruk legte seine Hände an die Griffe seiner beiden Kampfäxte und musterte die Stadt. „Wir werden beginnen, die Kuppel zu reparieren. Aber da wir nicht wissen, ob wir rechtzeitig fertig werden, bleibt uns nichts anderes übrig, als die Frauen und Hüpflinge in Sicherheit zu bringen."

Dorkemunt versuchte, seinen Helm aufzusetzen, und fluchte, da es ihm Schmerzen bereitete. Er trat an den Wasserlauf, ließ den fremdartigen Zwergenhelm voll Wasser laufen und stülpte ihn sich mit einem erleichterten Seufzer auf das geschundene Haupt. „Wohin wollt ihr sie bringen?“

„Durch den Fluchttunnel, haarloser Pferdelord.“ Nedoruk wies in die Tiefen des Felsendoms. „Der Tunnel führt in ein abgelegenes Tal. Dort gibt es eine Höhle, in der Frauen und Hüpflinge Zuflucht finden können, bis die Stadt ihnen wieder Schutz gewähren kann.“

„Und wenn die Orks vorher zurückkommen?“

Nedoruk umklammerte die Stiele seiner Äxte. „Dann werden wir bis zum Ende kämpfen.“

Dorkemunt nickte langsam. Wo blieben Nedeam und die Pferdelords aus Kormunds Beritt?

41

Sie kamen nicht. Keiner kam. Die verfluchten Zwerge blieben einfach in ihrer Höhle und machten keine Anstalten, das Tor ihres Reiches zurückzuerobern. Blutfang fragte sich, warum die kleinen Burschen nichts unternahmen. Feige waren sie ja nicht, und er wusste auch, dass die Zwerge die wenigen Rundohren und Spitzohren überwältigen konnten, wenn sie nur massiv genug angriffen und Verluste in Kauf nahmen. Er jedenfalls hätte es getan, denn die Kontrolle des Tores war der Schlüssel zum Zwergenreich. Aber die kleinen Bastarde kamen nicht.

Auch die Legion kam nicht. Niemand kam.

Blutfang wanderte unruhig durch die Torhöhle. Immer wieder pendelte er zwischen dem aufgekeilten Tor und dem Wassersprung hin und her und ignorierte dabei die nervösen Blicke, die ihm die anderen Orks zuwarfen. Natürlich übertrug sich seine Anspannung auf die anderen, aber er musste sich einfach Bewegung verschaffen, er hielt dieses nutzlose Warten nicht mehr aus. Blutfang gierte danach, seine Muskeln wieder richtig bewegen zu können. Sein Schlagschwert begann ja bereits zu rosten. Selbst zu fressen gab es nichts Ordentliches. Halb verfaultes Fleisch war nicht nach seinem Geschmack, vor allem, wenn es in der Höhle so viel frisches davon gab.

Blutfang schritt zwischen den verwesenden Kadavern von Orks und Zwergen hindurch zum Ausgang der Höhle und trat auf den Felsbalkon mit den gerillten Platten hinaus. Unter seinen Füßen brach das Wasser hervor und stürzte in die Tiefe. Das große Rundohr ließ seinen Blick über das kleine Tal und über die Treppen schweifen, die rechts und links des Balkons die Verbindung zum Talboden herstellten.

Wo blieb die Legion? War Einohr abgefangen worden? War die Botschaft nie bis zur Bruthöhle gelangt? Wenn nicht bald Verstärkung eintraf, würden die Zwerge doch noch einen Ausfall versuchen und womöglich erfolgreich sein. Vielleicht würde selbst eine ganze Legion ihr Tor dann nicht mehr einnehmen können.

Blutfang bleckte die Zähne und grollte leise. Am Abend würde er einen weiteren Boten entsenden. Es gab keinen anderen Weg. Die Legion hätte längst eintreffen müssen. Ihr Weg mochte weit sein, aber die Krieger hatten kräftige Beine.

Er blickte in die Höhle zurück. „Ich werde ins Tal hinuntergehen, ihr Maden. Haltet die Stellung besetzt und gebt mir Nachricht, falls die Zwergenwesen etwas versuchen."

„Was willst du im Tal?", knurrte ein Spitzohr missmutig. „Dort gibt es nichts."

Blutfang stieß ein leises Knurren aus, und der Bogenschütze fletschte kurz die Fänge, bevor er sich hastig in den Hintergrund zurückzog. Blutfang wandte sich ab und stieg eine der unbequemen Treppen hinunter. Die Stufen waren so unangenehm flach, dass er seinen Entschluss bald bereute, ins Tal hinabzugehen. Wozu auch? Das Spitzohr hatte durchaus Recht. Hier unten gab es nichts. Nur Steine und Dreck und Wasser, das man nicht einmal zum Saufen verwenden konnte. Seine Gruppe hatte kaum noch Trinkwasser. Zwei oder drei Tagwechsel, dann würde er die Stellung aufgeben müssen, denn ohne Wasser konnten sie nicht bleiben. Ah, wenn die verfluchte Legion nur endlich käme. Dann hätten sie ordentliche Arbeit und vernünftiges Fressen.

Der Legionsführer erreichte den Boden des kleinen Tals

und schritt an dessen Rand entlang zu dem engen Einschnitt, der es mit dem großen Haupttal verband. Steine knirschten unter seinen schweren Schritten, als Blutfang den Engpass erreichte. Es war warm, und seine massive Rüstung begann sich aufzuheizen. Er war Hitze gewöhnt und empfand sie sogar als angenehmer, verglichen mit der Kälte des Winters. Er hasste den Schnee, der eine kalte Decke über das Land legte, der die Rüstungen bedeckte und sie rosten ließ. Der Winter war nur in den warmen Höhlen und den Festungen erträglich. Blutfang fauchte amüsiert. Auch die Menschenwesen schienen die warme Jahreszeit zu bevorzugen. Auch sie unternahmen im Winter keine Kriegszüge. Eine interessante Besonderheit, die man da miteinander teilte. Ob auch die Menschen im Winter froren? Wurde ihr Blut bei Kälte ebenso zäh wie das eines Rundohrs? Es würde interessant sein, das herauszufinden. Vielleicht lohnte es sich ja doch einmal, im Winter auszuziehen und im Feldversuch zu erforschen, wie wohl das Winterblut der Menschenwesen beschaffen war.

Blutfang hing weiter diesen anregenden Gedanken nach und schlenderte aus dem kleinen Tal hinaus in das größere. Es tat gut, sich wieder in der Sonnenwärme zu bewegen, und so knurrte er wohlig, während er das Tal entlangblickte. Dort drüben führte der Weg in das Land der Menschenwesen, das nur einige Tagesmärsche entfernt war. So leicht war es zu erreichen. Ah, bald würden die Legionen des Schwarzen Lords über diesen Weg marschieren, bald würden die orkischen Schlagschwerter das Blut der Menschenwesen vergießen. Ja, bald würde es vorbei sein mit den Menschenwesen und ihren vergänglichen Reichen.

Das große Rundohr fragte sich, wie es wohl sein mochte, wenn es keine Menschen mehr gab. Wie sollte ein Ork sich dann noch beweisen können? Wen oder was galt es dann zu erschlagen, um sich zu bewähren? Vielleicht würde der Schwarze Lord ja ein paar Menschenwesen übrig lassen, nur damit man ein bisschen in der Übung blieb. Außerdem war ihr Fleisch recht schmackhaft.

Er kickte einen Stein mit dem Fuß fort. Ah, das Leben würde ein wenig langweilig werden, wenn es die Menschenwesen nicht mehr gab. Aber der Schwarze Lord würde schon eine Beschäftigung für die Schwertschläger und Bogenträger der Legionen finden. Er trat erneut an einen Stein und hörte ihn über den Boden springen. Doch als der Kiesel zur Ruhe kam, klang das Geräusch von rollendem Gestein fort und wurde nun von einem lauter werdenden Pochen begleitet.

Er kannte dieses Pochen, dieses verfluchte Geräusch hatte er schon gehört.

Blutfang sah sich um und konnte am Rand des Tals eine undeutliche Bewegung ausmachen. Dann sah er Umhänge, die sich im leichten Wind bewegten, und erkannte das lustlose Flappen eines dreieckigen Wimpels. Pferdelords der Menschenwesen, aber sie kamen aus der falschen Richtung. Nicht aus dem Land der verfluchten Reiter, sondern aus dem Norden, wo es keine Pferdelords gab.

Blutfang knurrte missmutig. Er war zu weit gelaufen. Nun befanden sich die Menschenwesen näher am Taleinschnitt als er selber und würden ihn lange vor ihm erreichen. Er war jetzt von seiner Gruppe abgeschnitten und bleckte wütend seine Fänge. Noch hatten die Pferdelords ihn nicht entdeckt, und so zog er sich vorsichtig an den Rand des Tals zurück, während sich die Reiter auf der gegenüberliegenden Seite zu sammeln begannen.

Es waren nicht viele. Vermutlich einer ihrer Beritte, eine halbe Kohorte stark. Nur hundert Männer also, aber Blutfang erkannte mit Schrecken, dass sie ausreichen würden, um seine Wache am Tor des Zwergenreiches zu überwältigen. Er konnte seine Leute nicht warnen, es zu versuchen, bedeutete den sicheren Tod. Nein, er musste es nun hinnehmen, würde abwarten und beobachten. Die Legion musste kommen. Sie musste endlich kommen. Dann erst würde er sein Schlagschwert in das Blut der Menschenwesen tauchen.

Scharführer Kormund, Nedeam und die anderen Pferdelords des Beritts ahnten nichts von dem großen Rundohr, das sie beobachtete. Sie sammelten sich am Zugang zu dem kleinen Tal, das zum Tor des Zwergenreiches führte, und waren begierig auf den Kampf. Selbst die Pferde tänzelten unruhig und bewegten nervös ihre Ohren. Doch als gut ausgebildete Kampfrosse schnaubten und wieherten sie nicht, als die Pferdelords die Schilde von den Sattelknäufen nahmen und ihre Äxte und Schwerter zogen.

„Wir müssen eilen, Männer", rief der Scharführer. „Uns bleibt nicht viel Zeit, um die Stadt zu nehmen und zu sichern."

Sie alle wussten, dass Eile geboten war, denn als sie den Pfad vom oberen Quelltal herabgestiegen waren, hatten sie gesehen, wie sich in einem der weiter entfernt liegenden Täler eine dunkle Masse über den Boden schob. Eine volle Legion der Orks näherte sich der Stadt der Zwerge und würde schon bald ihr Ziel erreichen.

Kormund zog zwei der Pferdelords zur Seite. „Ihr nehmt zwei Handpferde mit und reitet in die Hochmark. Garodem muss erfahren, was vor sich geht und dass die Orks mit großer Streitmacht anrücken. Er muss die Losung geben. Wir werden die Stadt der Zwerge halten, bis er eintrifft und sein Horn ertönt. Und nun eilt."

Die beiden Boten nahmen die schnellsten Pferde, und während sich ihre Kameraden bereit machten, das Tor des Zwergenreiches zu erobern, trieben die beiden Männer ihre Tiere in den Galopp. Der Rest des Beritts war zum Kampf bereit. Eine Truppe Bogenschützen bildete die Vorhut, als die Pferdelords zu Fuß in das kleine Tal vordrangen.

Zwanzig Männer blieben zurück, um die Reittiere zu bewachen. Aufmerksam beobachteten sie die Umgebung, so dass das Rundohr auf der anderen Seite des Tals sich tief ducken musste, um nicht entdeckt zu werden.

Nedeam war glücklich, endlich wieder die gewohnte Kleidung und den grünen Umhang zu tragen. Sein Schwert steckte in der Scheide am Gurt, und er hielt Pfeil und Bogen in den Händen. Diesmal war es sein eigener Bogen, mit dem er kaum ein Ziel verfehlte. Kormund kannte seine Fertigkeit im Umgang mit der Waffe, und so gestattete er Nedeam, in der ersten Gruppe voranzugehen.

Nedeam fühlte sich noch immer ein wenig zerschlagen von den Strapazen, die er auf sich genommen hatte, doch zugleich war er erfüllt von dem Eifer, nun endlich mit den Pferdelords zur Stadt der Zwerge zurückzukehren und sie von den letzten der Orks zu befreien.

Die Männer teilten sich in zwei Gruppen, die rechts und links an den Rändern des kleinen Tals entlang auf die Treppen zuhasteten. Ein paar Bogenschützen sicherten sie von unten gegen den Balkon ab, auf dem möglicherweise ein Posten der Orks stand, doch keine der Bestien ließ sich blicken. Kormund schritt direkt vor Nedeam die Stufen hinauf, denn er fühlte sich für den Jüngsten seiner Pferdelords verantwortlich. Außerdem hatte der Junge schon mehr als genug geleistet. Die Geräusche, die ihr Aufstieg verursachte, wurden vom tosenden Rauschen des Wassersprungs übertönt. Immer höher gelangten sie die Stufen hinauf und konnten schon den Boden des Balkons sehen, als ein Rundohr aus der Torhöhle heraus auf die Plattform trat. Im ersten Augenblick schien es die Menschen gar nicht zu sehen, aber dann, als es sich gerade abwenden wollte, um wieder in die Höhle zurückzugehen, stutzte es.

Nedeam sah, wie der Ork erstarrte, wie sich seine rötlichen Augen weiteten und er die Fänge zeigte. „Runter", zischte er, woraufhin Kormund sich einfach nach vorne sinken ließ.

Nedeams Pfeil löste sich von der Bogensehne, strich zischend über Kormunds Rücken hinweg und klatschte direkt in den aufgerissenen Rachen des Rundohrs. Auf derart kurze Distanz war die Wucht des Geschosses so groß, dass es den Nackenschutz des schweren Helms durchschlug und hinten wieder austrat. Das Rundohr stieß ein heiseres Keuchen aus, taumelte zurück und stürzte schwer zu Boden.

Nur Augenblicke später erschien ein Spitzohr und blickte verwirrt um sich. Dieses Mal kam der Pfeil vom Boden des Tals heraufgeschossen, und das getroffene Spitzohr torkelte nach vorne, schlug gegen die kleine Brüstung der Plattform und stürzte über sie hinweg in den Abgrund.

Noch bevor der Körper den Boden erreicht hatte, stemmte Kormund sich hoch. „Vorwärts, ihr Pferdelords, schlachtet die Bestien."

Die Anspannung der Männer entlud sich in lautem Gebrüll, als sie die letzten Stufen hinaufsprangen und mit gezogenen Waffen in die Höhle stürmten. Ihre Augen mussten sich für einen kurzen Moment auf das Halbdunkel einstellen, während die Orks aufsprangen und ihrerseits die Waffen zückten. Schon flogen ein paar Orkpfeile auf die Pferdelords zu, und einer von ihnen brach getroffen zusammen. Dann prallten die beiden Gruppen aufeinander. Der Kampf war schonungslos und kurz. Zwei

Pferdelords gingen unter den Schlagschwertern der Rundohren zu Boden, dann war es auch schon vorbei. Klingen senkten sich in die niedergestreckten Leiber der Orks, um sicherzustellen, dass keiner von ihnen sich jemals wieder erhob.

Kormund trat mit der von Orkblut befleckten Klinge hinaus auf den Balkon und reckte das Schwert empor. Vom Talgrund ertönten die begeisterten Rufe der anderen Männer. „Bringt die Pferde herauf, Männer, wir werden sie nicht den Bestien überlassen."

Die Treppe war zwar unbequem, aber nicht zu schmal oder zu steil. Die Pferde würden sie erklimmen können und in der Stadt der Zwerge Schutz finden. Es wäre den Pferdelords unvorstellbar gewesen, die Tiere zurückzulassen, und so führten die zurückgebliebenen Männer die Pferde hinauf, während die anderen die getöteten Orks in das Tal hinabwarfen und ihre Toten und Verwundeten aufnahmen.

„Alle Bogenschützen zum Eingang der Torhöhle", befahl Kormund. „Sobald die Bestien auftauchen, werden wir ihnen einen stacheligen Empfang bereiten." Dann wies der Scharführer auf das offene Tor des Zwergenreiches. „Bereitet alles so weit vor, dass wir es notfalls schließen und blockieren können. Errichtet zwei Mauern in dem Gang, so wie es die Orks hier vorne taten. Wir werden die Bestien aufzuhalten wissen."

Kormund hielt seine Klinge in den Strom des Wassersprungs und reinigte sie von dem dunklen, stinkenden Orkblut. Er blickte Nedeam an. „Du wirst mit einer Schar Männer und den Pferden zur Stadt der Zwerge eilen und ihnen berichten, dass wir das Tor zurückerobert haben. Sag ihnen, dass eine Legion der Orks naht und dass ein paar zusätzliche Waffen hier vorne nicht schaden könnten."

„Das werde ich", versicherte Nedeam ernst.

Kormund grinste. „Und nimm das Bündel mit Dorkemunts Kleidung mit. Er wird froh sein, wieder etwas Ordentliches anziehen zu können und seine Zwergenverkleidung endlich loszuwerden."

Nedeam machte sich, gefolgt von Männern und Pferden, auf den Weg. Kormund trat indessen auf den Balkon hinaus. Die Bestien würden die Kadaver unten am Boden finden, und das würde ihre Kampfeslust wecken. Sie würden vorstürmen und begierig darauf sein, ihre Toten zu rächen. Doch die Pferdelords würden sich verbergen, denn die Momente der Überraschung waren kostbar.

Kormund dachte an Dorkemunt. Bald würde der kleine Kämpfer wieder den grünen Umhang tragen. Der Scharführer blickte über das Tal. Falls sie wirklich hier sterben sollten, fernab der Hochmark, so würden sie alle es wenigstens als Pferdelords tun.

42

Kormund hatte damit gerechnet, dass es nicht leicht sein würde, die Orks am Wassersprung aufzuhalten, wenngleich die Voraussetzungen einigermaßen günstig waren. Er konnte fünfzig Bogenschützen aufbieten, die auf dem Vorsprung in Stellung gingen und durch die Stoßlanzen und Schwerter weiterer Männer gedeckt wurden. Die Orks konnten nur über die beiden schmalen Pfade rechts und links des Wassersprungs nach oben vordringen. Die Pfeile der Bogenschützen würden die Orks auf den Treppen aufhalten, und die übereinanderstürzenden Körper der Bestien würden den weiteren Vormarsch behindern. Soweit Kormunds hoffnungsvoller Plan. Es gab drei Faktoren, die ihn zunichte machten.

Zunächst einmal standen sie nicht einer orkischen Legion gegenüber, sondern deren zwei. Dann nahmen beide Legionen ihre Verluste schulterzuckend hin, und schließlich griffen die Bestien erst mit dem Einbruch der Dunkelheit an.

Das Tageslicht war geschwunden, und Mond und Sterne standen noch nicht klar am Himmel, als die Kohorten der Legionen das kleine Tal zu füllen begannen. Die Spitzohren schossen alsbald Massen von Pfeilen zu der Öffnung der Torhöhle hinauf. Kormunds Pferdelords war es ein Leichtes gewesen, in das kleine Tal hinunterzuschießen, und jeder Schuss fand auch sein Ziel, aber der erfahrene Scharführer erkannte, dass die Bogenschützen auf dem Balkon einfach zu exponiert standen. Im Gegensatz zu den Orks konnte der Beritt der Pferdelords seine Verluste nicht ausgleichen. Jeder gefallene Pferdelord würde die Übermacht des Feindes erhöhen.

Unten, am Boden des Tals, mussten etliche Orks gefällt worden sein, und auch auf den Treppen ertönte das Brüllen getroffener Bestien, aber die Männer des Beritts hatten ebenfalls Verluste zu verzeichnen. Pfeile sausten in kaum vorhersagbaren Bahnen aus dem Dämmerlicht heran, Schwertmänner und Bogenschützen schrien auf, und einige sackten tödlich getroffen zu Boden. Ein, zwei Bogenschützen stürzten über die niedrige Brüstung des Balkons hinab, und ein verwundeter Pferdelord rollte schreiend die Treppe hinunter, den aufsteigenden Rundohren entgegen.

Bei diesem Licht waren die Bestien mit ihren Augen im Vorteil, und für jeden Pfeil, den die Pferdelords abschossen, kamen wohl fünfzig zurück. Die Stellung war einfach nicht zu halten, denn die Orks würden die Menschen allein durch ihre Masse überwältigen.

„Gebt die erste Linie auf und zieht euch hinter das Tor zurück, Männer", brüllte Kormund über das Tosen des Wassers und das Zischen der Pfeile hinweg. „Nehmt die Verwundeten auf und verschanzt euch hinter dem Tor!"

Kormund fluchte grimmig. Hätten die Orks ihre Rundohren vorausgeschickt, so hätte er sie aufhalten können. Zumindest für eine Weile. Aber der Anführer der Legion dort unten verstand sein Handwerk erschreckend gut und ließ seine Kämpfer nicht blindlings voranstürmen.

„Wir werden sie auch am Tor nicht aufhalten können", rief einer der Pferdelords. Der Mann fluchte ebenso wie Kormund, als sein Schild unter dem Einschlag eines Pfeils erzitterte. Er duckte sich und versuchte, mit dem Schild einen Bogenschützen zu decken, während er seine Axt schlagbereit hielt. „Sie werden uns überschwemmen, Scharführer."

„Im Gang werden ihnen die Bogen nicht so viel nutzen",

erwiderte Kormund. „Er ist schmal, und daher können uns die Schilde dort besser decken. Wenn sie die Rundohren schicken, um die Schilde zu durchdringen, dann werden sie unseren Pfeilen und Klingen begegnen."

Ein Pfeil schlug seitlich gegen den Helm des deckenden Pferdelords und glitt ab. Der Mann knurrte ärgerlich. Der neben ihm kniende Bogenschütze richtete sich auf und gesellte sich zu den Männern, die rechts und links auf das offen stehende Eingangstor des Zwergenreiches zueilten. Auf den Treppen ein Stück unterhalb von ihnen warfen die Rundohren die getöteten Kämpfer einfach in das Tal hinunter, um den Weg frei zu legen und dann brüllend die Stufen weiter hinaufzustürmen. Sie spürten, dass die Menschenwesen sie nicht länger aufhalten konnten. So rückten sie vor, schufen hinter sich Raum, der sofort von nachdrängenden Truppen der Legion aufgefüllt wurde.

Für einen Moment verstummte das unentwegte Zischen der Pfeile, denn die Rundohren hatten den Balkon erreicht und verstellten nun den Spitzohren das Schussfeld.

Blutfang, der das Kommando über zwei Kohorten erhalten hatte, sah die Bogenschützen geifernd an. „Schießt weiter, ihr Maden. Schießt über die Stoßtruppe hinweg. Schießt, ihr Maden, und schlachtet die Menschenwesen."

Blutfang wusste, dass viele der eigenen Pfeile die vordringenden Rundohren treffen würden, und tatsächlich stürzten einige seiner Kämpfer von hinten getroffen zu Boden. Aber der Legionskommandeur zählte auf die Masse, die er gegen den Feind werfen konnte, und er wollte den Menschenwesen keine Atempause gönnen, damit sie sich nicht in eine andere Stellung zurückzogen.

Orks strömten über die Gefallenen hinweg in die Torhöhle hinein, und während die Pferdelords sich durch das offene Tor in die vorläufige Sicherheit des Ganges brachten, hielt eine kleine Gruppe von Kämpfern den ersten Ansturm der Bestien auf.

Bogenschützen der Pferdelords lösten ihre Pfeile, die auf diese Distanz die schweren Rüstungen der Rundohren spielend durchschlugen und die Bestien nach hinten warfen. Kormund führte Schwert und Axt und ließ die Schneiden beider Waffen in weiten Schwüngen kreisen. Neben ihm stand Engram aus dem Horngrundweiler und parierte den Hieb eines Schlagschwertes mit dem Schild, während seine schwere Streitaxt klingend in den Brustpanzer eines Rundohrs schlug. Schreie und Gebrüll erfüllten die Höhle, und Blut bespritzte die Kämpfenden.

Kormund fing den Hieb eines Rundohrs ab und spürte einen rasenden Schmerz in seiner Brust, der ihm den Atem nahm. Ausgerechnet in diesem Moment meldete sich die alte Wunde zurück! Er krümmte sich schmerzerfüllt und konnte sich selber nicht mehr decken. Eines der Rundohren brüllte triumphierend auf und ließ sein schweres Schlagschwert hinuntersausen, doch dann rammte Engrams Körper gegen den keuchenden Scharführer und stieß ihn zur Seite, so dass das Schlagschwert mit verheerender Wucht auf Engrams abwehrend erhobenen Schild schlug. Das Rundschild zerbrach unter dem brutalen Hieb, das Holz splitterte, und nur der metallene Rahmen hielt die Teile noch zusammen.

Der Aufprall lähmte Engrams Arm, und er schien dem Tode geweiht, doch inzwischen hatte Kormund seine Kräfte gesammelt und rammte sein Schwert von unten in den Leib des Orks. Die Bestie brach zusammen, und jetzt eilten drei andere Männer heran, deckten Engram und Kormund, die sich keuchend aufrichteten und sich zusammen mit den letzten Kämpfern Schritt um Schritt zum Tor zurückzogen. Hilfreiche Hände ergriffen sie, während Pfeile an ihnen vorbei zu den Orks hinüberzischten, dann waren sie durch das Tor hindurchgeschlüpft. Andere Männer folgten, doch einer von ihnen brach genau zwischen der quer stehenden Torplatte und dem fünfeckigen Rahmen zusammen. Der Hieb eines Schlagschwertes hatte ihn im Rücken getroffen. Eine Lanze stieß das nachdrängende Rundohr zurück, Hände zerrten den Getroffenen in den Gang, dann warfen sich Männer gegen die Torplatte und drehten sie in die Fassung. Das Schnappen der Verriegelung war zu hören und das enttäuschte Gebrüll der Orks. Die Männer des Beritts waren nun in Sicherheit. In einer vorläufigen Sicherheit, wie sie wussten.

Engram lehnte ächzend an einem Felsen des Gangs und sah zu Kormund hinüber, der sich die schmerzende Brust rieb. „Seid Ihr getroffen, guter Herr Kormund?"

„Ah, nein, es ist die alte Wunde", erwiderte der Scharführer. „Habt Dank für Schild und Arm, beides kam zur rechten Zeit."

Engram zuckte die Schultern und verzog plötzlich ebenfalls das Gesicht. „Ich fürchte, mein Arm ist ebenso gebrochen wie mein Schild."

Sie hatten zehn Männer verloren, und die doppelte Anzahl hatte mehr oder weniger schwere Verletzungen davongetragen. Nur die Hälfte der Verwundeten würde noch kämpfen können, und das auch nur eingeschränkt. Einige der Männer begannen hastig die bereitgelegten Felsen an das Tor zu schichten, das bereits unter den ersten Schlägen der Orks dröhnte. Kormund begutachtete Engrams Wunde. „Der Oberarm ist wohl gebrochen. Lege den Arm in eine Schlinge, mehr können wir jetzt nicht tun."

Der Scharführer rieb sich mit zusammengebissenen Zähnen

die Brust und blickte sich um. Insgesamt hatten die Männer den kurzen und heftigen Kampf gut überstanden, und ihr Kampfeswille war ungebrochen. Sie säuberten ihre Wunden und Waffen am Wasserlauf und waren nun bereit, sich dem Feind erneut zu stellen.

Der Mann, der den Schlagschwerthieb in den Rücken erhalten hatte, war tot. Sie trugen ihn zur Seite, streckten seine Glieder und gaben ihm den Griff seiner Waffe in die Hand, wie es die Tradition verlangte. Einer der anderen Männer, ein Schwertmann aus Eternas, war tödlich verwundet, und man rief Kormund zu ihm.

„Tut Eure Pflicht, mein Herr. Doch gebt mir meine Waffe", stöhnte der Verletzte.

Kormund nickte schweigend. Die Waffe des tödlich Verwundeten lag an dessen Seite. Kormund beugte sich und legte die Hand des Mannes an den Griff der Waffe. „Du hast gekämpft wie ein guter Pferdelord, mein Freund. Möge dein Ritt zwischen den Goldenen Wolken lang und erfolgreich sein."

„Schneller Ritt …", stöhnte der Mann leise.

„… und scharfer Tod", erwiderte Kormund mit versagender Stimme. Dann senkte er sein Schwert durch die Kehle des Mannes. Der tödlich Verwundete bäumte sich kurz auf, dann erschlaffte sein Körper.

Kormund sprach den Eid der Pferdelords, während die anderen Männer schweigend zuhörten. Das anschließende Schlagen ihrer Waffen an die Schilde sollte auch die übrigen Toten des ersten Kampfes zu den Goldenen Wolken geleiten. Nachdem der letzte Schlag verhallt war, räusperte sich Kormund und begann dann seine Klinge zu säubern.

In dem langen Gang war nun das Getrappel vieler Füße zu hören und das Klirren von Waffen und Rüstungen. Sie blickten den von Brennsteinlichtern schwach erhellten Tunnel hinunter und erkannten eine große Schar von Zwergen, die auf sie zueilte.

„Ihr kommt spät, ihr kleinen Herren Zwerge“, sagte einer der Pferdelords lakonisch.

Der Anführer der Zwerge begegnete dem Blick des Mannes. „Wir kamen, so schnell wir es vermochten. Unsere Beine sind ein wenig kürzer geraten als die euren, Pferdelord.“

Die Zwerge waren gut bewaffnet und trugen Bündel kurzer Lanzen bei sich. Sie alle hatten ihre Bartzöpfe im Nacken verknotet und waren offensichtlich zum Kampf bereit. „Ich bin Nedoruk, der Erste Axtschläger der grünen Kristallstadt Nal't'rund“, stellte der kleine Mann sich vor. „Ich danke euch für eure Hilfe, ihr Pferdelords. Doch dies ist nun unser Kampf, und ich bitte euch, jetzt in unsere Stadt zu gehen.“

Kormund überblickte die Truppe der Zwerge. Er schätze ihre Anzahl auf rund vierhundert. In der offenen Schlacht würden die Zwergenherren kaum gegen zwei Legionen der Orks bestehen. Aber dieser lange Tunnel war schmal, und die Orks würden ihre Kampfkraft nicht voll entfalten können, selbst wenn sie das Tor durchbrachen.

„Dort draußen warten zwei volle Legionen der Orks darauf, eure Stadt zu berennen, guter Herr Zwerg“, sagte Kormund eindringlich. „Wenn sie durch das Tor brechen, so werdet ihr ihnen nicht lange standhalten können.“

„Wir verstehen es, unsere Äxte zu schwingen“, sagte Nedoruk entschlossen. „Ihr Pferdelords habt schon viel für uns getan. Vor allem der Bartlose und der Haarlose. Nun lasst uns unseren Teil tun.“

Kormund wusste nicht, wen der Zwergenmann mit dem Bartlosen und dem Haarlosen meinte, doch es schien ohnehin viele Geheimnisse geben, die das Zwergenvolk umgaben. Aber er konnte den Wunsch der kleinen Männer verstehen, nun selbst die Verteidigung des Tores zu übernehmen. Er nickte zögernd. „Wie Ihr meint, guter Herr Nedoruk. Mögen eure Äxte viele Schädel spalten. Aber seid gewiss, dass unsere Klingen bereit sind, euch Zwergenherren beizustehen."

Die Pferdelords nahmen ihre Verwundeten auf und schritten zwischen den Zwergen hindurch. Die kleinen Männer besetzten die vorbereiteten Stellungen und begannen sofort, sie zu verstärken. Engram schritt neben Kormund einher und brummte missmutig. „Bei allem Respekt, guter Herr Kormund, mir scheint, wir sind hier nicht besonders willkommen."

Kormund zuckte die Schultern. „Die kleinen Herren haben ihren Stolz, guter Herr Engram. Stell dir vor, der Horngrund würde angegriffen, und die Zwerge wollten ihn verteidigen und dich fortschicken. Würde dir das behagen?"

„Nein, das würde es sicher nicht", räumte Engram widerwillig ein.

Kormund grinste. „Ah, die kleinen Herren mögen sehr kurze Beine und sehr schreckliche Bärte haben, aber ich denke, es gibt Dinge, in denen sie uns sehr ähnlich sind. Lasst ihnen ihre Ehre, ihr Männer, so wie wir die unsere bewahren." Er lachte leise auf. „Und jetzt lasst uns einmal schauen, wie die Herren Zwerge wohl wohnen."

Die Männer des Beritts folgten dem Gang und erreichten schließlich den gewaltigen Felsendom mit der Stadt Nal't'rund. Obwohl diese durch den Angriff der Feuerbestie stark mitgenommen war, raubte der Anblick den Pferdelords noch immer den Atem, und so standen sie staunend da, bis sie von den begeisterten Rufen abgelenkt wurden, mit denen Dorkemunt sie empfing. Als der kleine Pferdelord mit breitem Grinsen vor den

Scharführer trat, wurde diesem klar, wen der Zwergenmann mit dem Haarlosen gemeint hatte, und in die Freude des Wiedersehens mischte sich gutmütiger Spott.

Ein anderer Zwergenmann gesellte sich zu ihnen, und Dorkemunt stellte ihn als den Schürfmeister Hegmaruk vor. Der kleine Mann zupfte sichtlich erfreut an seinen Bartzöpfen und strahlte die Pferdelords an. „Alles wird gut, ihr Menschenwesen", sagte er lächelnd. „Wie ihr sehen könnt, arbeiten wir an der Stadt. Bald wird sie wieder wehrhaft sein, und unsere Truppen stehen bereits am Tor und verteidigen es. Es wird den Bestien nicht gelingen, hindurchzubrechen. Ich denke, ihr könnt euch nun ein wenig vom Kampf erholen."

Aber es gelang den Bestien, das Tor zu durchbrechen.

Es wurde offensichtlich, als ein Zwerg keuchend aus der Öffnung des Tunnels rannte und lauthals schreiend auf sich aufmerksam machte. Die Pferdelords befanden sich gerade in der Nähe der Felsnadel auf dem Areal einer der Schleifereien der Zwergenstadt und versorgten ihre Pferde. Wasser gab es reichlich, aber das Futter mussten sie den eigenen Vorräten entnehmen. Die Männer selbst hatten kein Interesse daran gezeigt, den Pilzbrei zu kosten, der ihnen von freundlichen Zwergenfrauen aus dampfenden Töpfen angeboten worden war. Als Dorkemunt von der Wirkung des Blors berichtet hatte, waren einige der Pferdelords begierig darauf gewesen, das Getränk ebenfalls zu probieren, aber Kormund erfuhr rechtzeitig davon und konnte es verhindern. Als der Zwerg dann ungewöhnlich schnell aus dem Tunnel rannte, vergaßen die Männer Blor und Brei schlagartig.

„Sie sind durchgebrochen", rief der Zwergenmann. „Das Tor ist geborsten, und sie sind durchgebrochen! Wir halten sie auf, so gut wir es vermögen, aber es sind zu viele von ihnen."

In dem Felsendom setzten sich Zwerge in Bewegung und rannten auf den Tunnelausgang zu. Kormund wandte sich an seine Männer. „Wir beziehen ein Stück weit vor dem Ausgang des Tunnels Stellung. Schwerter, Lanzen und Äxte nach vorne, Bogen dahinter."

„Halt, gute Herren Pferdelords", rief der Zwerg Hegmaruk und hastete zu ihnen hinüber. „Wir verstehen es sicherlich besser als ihr, in einem Berg zu kämpfen. Wenn ihr uns helfen wollt, so nehmt euch unserer Frauen und Hüpflinge an. Begleitet sie durch den Fluchttunnel in die letzte Zuflucht." Hegmaruk zupfte an seinen Bartzöpfen. „Ich weiß nicht, ob unsere Axtschläger die Bestien aufhalten können. Wenn es uns nicht gelingt, werden die Orks in die Stadt einfallen und jeden erschlagen, den sie finden. Schützt unsere Alten, die Frauen und die Hüpflinge, ihr Menschenwesen. Sind sie in Sicherheit und drängen die Orks uns zurück, so werden wir folgen, und die Bestien mögen sich mit der leeren Stadt begnügen." Er seufzte entsagungsvoll. „Eine Stadt lässt sich leicht wieder aufbauen, selbst unsere schöne Stadt Nal't'rund, denn es ist nur Arbeit."

Dorkemunt stieß den Scharführer auffordernd an. „Der gute Herr Hegmaruk hat Recht, Kormund. Lass uns die Frauen und Kinder des Zwergenvolkes in Sicherheit bringen, danach können wir uns immer noch den Bestien zuwenden."

„Es behagt mir nicht, den Orks den Rücken zu kehren", knurrte Kormund.

Inzwischen begannen die Menschen des Zwergenvolkes aus der Stadt zu strömen. Unter ihnen waren kaum noch wehrfähige Männer, denn diese eilten bereits dem Tunnel entgegen, in dem gerade ein heftiger Kampf toben musste. Selbst über das Rauschen des Wassers hinweg war Kampflärm zu hören.

„Es bleibt uns nicht viel Zeit", wandte Mortwin ein.

Kormund nickte zögernd. „Vielleicht habt ihr Recht." Er sah Hegmaruk an. „Nun gut, wir werden eure Frauen und Kinder zu eurer Zuflucht bringen. Schlagt euch wohl, guter Herr Zwerg."

Der Scharführer musterte die Zwergenwesen, die zu Hunderten durch das offene Stadttor strömten und oftmals Lasten mit sich trugen. Einige hatten sich zu Gruppen zusammengeschlossen, die schwer beladene Schlitten hinter sich herzogen. „Wir werden die Pferde führen, Männer. Zu Fuß sind wir noch immer rascher als die kurzen Wesen. Setzt die Alten und Schwachen auf die Pferde, dann werden wir schneller vorankommen. Vorwärts, ihr Männer, zögert nicht."

Sie eilten den Zwergen entgegen, und Kormund sprach einen der älteren Männer an. „Guter Herr Zwerg, welche Last führt Ihr mit Euch? Tragt nur, was Ihr zum Überleben braucht."

„Das wissen wir, Menschenwesen", sagte der Alte. Seine Bartzöpfe und sein Haupthaar waren ergraut, doch der restliche Bart schimmerte rot. Offenbar verloren nicht alle Haare der kleinen Wesen im Alter ihre Farbe. „Es sind Vorräte und Dinge, die wir in der Fluchthöhle benötigen werden. Wir können sie nicht zurücklassen."

Die Schlitten waren schwer und würden das Vorankommen behindern. Kormund winkte seinen Männern zu. „Packt mit an, Pferdelords."

Die Zwerge zeigten den Männern des Pferdevolkes den Weg, und so setzte sich nun ein chaotisch wirkendes Durcheinander von Zwergen, Menschen, Pferden und Schlitten in Bewegung und steuerte auf einen Tunnel in der Rückwand des Felsendoms zu. Der Gang, der sich hier öffnete, erinnerte stark an jenen, der vom Tor des Zwergenreiches zur Stadt führte, nur war er wesentlich länger. Außerdem fehlten rechts und links der Rillenplatten die Seitenränder aus unbearbeitetem Felsgestein, so dass der Gang insgesamt schmaler war. Aber auch dieser Gang wurde von Brennsteinen beleuchtet, da hier keine Lichtschächte angelegt waren.

Sosehr die Fliehenden sich auch beeilten, allein ihre große Anzahl und die Menge mitgeführter Lasten hielten sie immer wieder auf. Zwerge stürzten, offenbar vor Entkräftung, und wurden von anderen Zwergen oder den Männern des Beritts gestützt. Kormund und seine Leute waren ungeduldig, denn sie wussten, dass die zurüchgebliebenen Zwergenmänner um ihrer aller Leben kämpften, und es gefiel ihnen überhaupt nicht, diesem Kampf fern zu sein. Aber endlich zeigte sich Licht am Ende des Gangs. Die Wände wichen nun etwas zur Seite zurück, und die Felsendecke wurde von den typischen fünfeckigen Säulen des Zwergenvolkes abgestützt.

„Warum gibt es hier kein Tor?", fragte Nedeam verwundert, als sie sich dem Freien näherten.

„Hier gibt es nichts, was zur Gefahr werden könnte", erwiderte eine ältere Zwergenfrau. „Das Tal ist unbewohnt, und abgesehen von uns kennt es niemand. Von außen kann man es nicht erreichen, Menschenmann. Man kommt nur von der Stadt aus hinein."

Als Nedeam die Öffnung des Tunnels erreichte und ins Freie hinaustrat, erkannte er, dass die Frau wohl Recht haben musste.

Eigentlich war es kein Tal, das sich vor ihnen öffnete, sondern eine lange Schlucht mit steil aufragenden Felswänden, die selbst für einen Zwerg kaum zu erklimmen sein würden. Die Schlucht war erstaunlich gerade, obwohl sie rund drei Tausendlängen lang und eine halbe Tausendlänge breit war. In dieser Schlucht schien es nichts Lebendiges zu geben, wenn man von den Fliehenden einmal absah. Stein, Fels und Staub in den verschiedensten Grau- und Brauntönen. Nicht eine einzige Pflanze war zu sehen, weder das zähe Gras der Hochebenen noch auch nur ein Fleckchen Moos.

„Hier gibt es nichts als Felsen, Stein und Staub", knurrte Dorkemunt missmutig, als er neben Nedeam ins Tal trat. „Nichts, von dem sich leben ließe."

„Das scheint nur so, Pferdelords." Hegmaruk war einer der wenigen erwachsenen Zwerge, welche den Flüchtlingstreck begleiteten. „Im hinteren Teil des Tals liegt die Höhle der letzten Zuflucht. Dort wachsen Pilze, und es gibt eine kleine Quelle. Zu dieser Höhle werden wir nun gehen, denn sie lässt sich gut verteidigen. Wir werden den Orks standhalten, falls sie überhaupt bis hierher gelangen. Das heißt, wir müssen ihnen standhalten, da kein anderer Weg mehr aus dem Tal hinausführt."

Dorkemunt und Kormund sahen einander vielsagend an. „In der Tat eine letzte Zuflucht. Man steht mit dem Rücken zur Wand."

Die ersten Schlitten wurden an ihnen vorbeigezogen, und Nedeam erkannte auf einem von ihnen einen schüsselförmigen Gegenstand aus poliertem Weißkristall. Neugierig näherte er sich dem Schlitten und wollte gerade einen der Zwerge nach dessen Funktion fragen, als Kormunds Ruf ihn erreichte.

„An die Pferde, ihr Männer der Hochmark. Die kleinen Wesen werden ihren Weg wohl allein finden. Sitzt auf, ihr Pferdelords, denn wir haben noch etwas zu erledigen."

Sie alle wussten, was es zu tun gab, und nur Augenblicke später trugen die Pferde ihre Reiter in den Fluchttunnel zurück. Ein Pferdelord ließ keinen Mann jemals im Stich, ganz gleich wie klein er war.

43

Die beiden Reiter waren gut vorangekommen. Sie hatten die Pferde regelmäßig gewechselt und sie auf diese Weise frisch genug für einen raschen Spurt gehalten. Sie waren die vergangene Nacht ohne Pause durchgeritten, aber in der kommenden würden sie wenigstens einen kurzen Halt einlegen. Lange genug, um sich und die Pferde zu erfrischen und ein wenig Schlaf zu finden. Sie beide waren müde, denn unentwegt hatten sie die Umgebung nach Gefahren abgesucht. Aber jetzt ließ ihre Konzentration nach, und die beiden Pferdelords wussten, dass Unaufmerksamkeit ihnen rasch das Leben kosten konnte.

Arnim war der ältere Pferdelord und hatte daher die Führung übernommen. Als er vor ihnen das Tal liegen sah, in dem Kormunds Beritt vor einigen Tagen schon einmal gelagert hatte, blickte er den neben ihm reitenden Derotim auffordernd an. „Wir werden dort lagern, Derotim. Das Wasser ist gut, und die Pferde finden Gras."

„Aber nur kurz", erwiderte Derotim zögernd. „Kormund sagte, es sei eilig."

Arnim lachte leise auf und trieb sein Pferd an. „Kormund sagt immer, es sei eilig. Glaub mir, Derotim, ein guter Pferdelord muss wissen, was wirklich wichtig ist. Bist du müde?"

„Natürlich bin ich müde."

„Siehst du?" Arnim lachte auf. „Ein müder Pferdelord ist ein schlechter Pferdelord. Wer die Augen nicht mehr offen halten kann, entdeckt die Gefahr nicht, die ihm droht. Also werden wir lagern und uns ein wenig erholen."

„Nun, wenn du meinst."

„Ja, das meine ich." Sie ritten in das Tal hinein, in dem der Bachlauf lockte.

Arnim trieb sein Pferd ans Wasser und ließ es saufen, während er seinen Blick rasch über die Umgebung schweifen ließ. Derotim folgte ihm, hängte den grünen Rundschild mit den drei weißen Wellen des Quellweilers an den Sattel und hockte sich hin, um neben seinem Pferd Wasser zu schöpfen. „Meinst du, Kormund wird mit ihnen fertig?"

„Mit den Orks?" Arnim machte eine abfällige Bewegung. „Kormund zieht sich zwar gerne einen zu großen Umhang an, aber er ist nicht dumm. Natürlich wird er die Orks aufhalten. Er hat eine gute Stellung am Wassersprung. Er braucht doch nur von oben herabzuschießen. Notfalls kann er sogar mit Steinen werfen."

„Ob sie schon mit der Schafschur fertig sind?" Derotim richtete sich auf, nahm seine Wasserflasche und füllte sie. „Vater ist nicht mehr so flink auf den Beinen. Ich werde ihm bei der Schur fehlen."

Der ältere Pferdelord zuckte die Achseln. „Du wolltest doch mit dem Beritt hinaus, nicht wahr? Also klage nicht. Außerdem sind wir bald wieder zurück in der Hochmark."

„Warum bist du eigentlich mit hinausgeritten?", fragte Derotim. „Schließlich gab man uns nicht die Losung. Wir hätten auch in der Mark bleiben können."

„Ah, Kormund suchte doch nach erfahrenen Männern", erwiderte Arnim lächelnd. „Wie hätte ich mich da verweigern können?"

Derotim grinste. „Nun, du bist doch sonst nicht so eifrig mit der Arbeit."

Der ältere Pferdelord runzelte die Stirn und nahm die Provianttasche vom Sattel. „Das ist etwas anderes. Ständig auf den Hintern eines Schafs zu starren, das missfällt mir."

„Aber es muss sein. Du weißt, wie rasch eine Raubkralle in eine Herde einfallen kann."

„Bah." Arnim spie aus. „Wann hatten wir die letzte Raubkralle in der Mark?" Arnim biss in das Stück Brot hinein und brummte. „Ist deines weicher? Mein Brot ist schon so hart wie der Fels hier."

„Meines ist ebenso alt." Derotim zog es aus seinem Beutel.

Arnim seufzte. „Ah, in meinem Alter wollen Zähne und Knochen nicht mehr so recht."

Sie stammten beide aus dem Quellweiler, und der jüngere Derotim schätzte den älteren Arnim nicht besonders. Seitdem Arnims Weib vor einigen Jahren gestorben war, hatte der ältere Pferdelord sich gehen lassen. Vielleicht hatte der Schmerz um ihren Verlust dazu geführt, obwohl selbst Derotim sich erinnern konnte, dass es zwischen Arnim und seinem Weib oft zu lauten Auseinandersetzungen gekommen war. Jedenfalls hatte Arnim sich zunehmend zurückgezogen und besorgte seinen Teil der Arbeit eher zögerlich. Vielleicht lag es wirklich am zunehmenden Alter, und vielleicht wollten Arnims Knochen tatsächlich nicht mehr richtig. Aber Derotim glaubte eher, dass der ältere Pferdelord bequem geworden war. Er nahm selbst an den Waffenübungen kaum noch teil, brüstete sich aber mit seinen früheren Abenteuern. Ja, Arnim mochte einst ein guter Pferdelord gewesen sein, aber Derotim bezweifelte, dass er es noch immer war.

„Wir sollten weiterreiten", murmelte Derotim und blickte zur Sonne hinauf. „Wir könnten heute noch ein gutes Stück schaffen."

Arnim nickte seufzend. „Ja, sicherlich könnten wir das. Aber dann müssten wir an einer unwirtlichen Stelle Rast einlegen. Hier ist es gut. Hier gibt es Wasser und Gras für die Pferde. Wir können abwechselnd wachen, während der andere ein wenig ruht."

Derotims Pferd schlug mit dem Huf aufs Wasser und schnaubte warnend. Der Pferdelord kniff die Augen zusammen und sah sich um, aber er konnte nichts entdecken, was auf eine Gefahr hingewiesen hätte.

„Halte dein Pferd ruhig", brummte Arnim missmutig. „Es ist ebenso nervös und hektisch wie du selbst."

„Es hat irgendetwas gewittert", sagte Derotim leise. „Ich kenne mein Pferd."

„Unfug." Der ältere Pferdelord reckte sich und schob das harte Brot in die Provianttasche zurück. „Hier ist nichts."

Erneut schnaubte das Pferd leise, und Derotim leckte sich nervös über die Lippen. „Es muss etwas da sein, Arnim. Lass uns reiten."

„Du bist ein Quälgeist, junger Pferdelord." Arnim lachte leise auf und wies über das leere Tal. „Siehst du hier etwas, Derotim? Ich sehe jedenfalls nichts."

Auch Derotim konnte keine Gefahr erkennen, aber er vertraute auf die Instinkte seines Pferdes. „Ich sage dir, Arnim, hier stimmt etwas nicht." Er sah den Älteren entschlossen an. „Wenn du nicht reiten willst, ich werde es in jedem Fall tun."

Arnim spuckte erneut aus. „Du bist ein junger Narr, Derotim. Aber gut, wie du willst. Niemand soll behaupten, ich hätte einen jungen und unerfahrenen Pferdelord allein durch gefährliches Gebiet reiten lassen." Arnim legte einen Arm auf den Sattel, stellte den Fuß in den Steigbügel und zog sich halb auf sein Pferd. Dann erstarrte er plötzlich.

Derotim sah, wie sich Arnims Augen erschrocken weiteten. „Was ist los?"

Arnim stieß ein heiseres Krächzen aus und schwang sich nun vollends in den Sattel. „Los, Derotim, reite und beeile dich."

Der ältere Pferdelord gab seinem Ross die Zügel frei, und der Jüngere schwang sich ebenfalls in den Sattel. „Was ist los?", rief Derotim verwirrt. „Was hast du gesehen?"

Arnim war schon einige Längen vor ihm und versuchte, sich in den Sattel zu ducken. Derotim keuchte entsetzt, als Arnim einen heiseren Schrei ausstieß und die Arme ausbreitete, als wolle er das Tal umfangen. Der ältere Pferdelord sank nach hinten weg und stürzte haltlos von seinem Pferd. Derotim zügelte sein Reittier neben dem gestürzten Kameraden, riss den Schild vom Sattelknauf und sprang aus dem Sattel. Seine Streitaxt halb erhoben, blickte er verwirrt um sich, während er zu Arnim trat.

Ein merkwürdig kurzer Pfeil ragte aus Arnims Stirn. Der Schaft war dünner und sehr viel kürzer als bei jedem der Pfeile, die Derotim zuvor gesehen hatte, und seine Befiederung war ungewöhnlich buschig. Der Pfeil war von vorne gekommen, hatte den metallenen Nasenschutz von Arnims Helm durchschlagen und war in Höhe der Nasenwurzel in den Schädel des Mannes eingedrungen. Der Pfeil musste ihn aus kürzester Entfernung und mit enormer Wucht getroffen haben.

Keuchend fuhrt Derotim herum und blickte in die Richtung, aus welcher der seltsame Pfeil gekommen sein musste. Vor dem entsetzten Pferdelord geriet mit einem Mal der Boden in Bewegung und verschob sich, dann hob sich plötzlich eine graue Gestalt aus dem Sand. Es war ein hochgewachsener und sehr schlanker Mann, und unter dem Staub, der seinen Leib bedeckte, war eine fremdartige Bekleidung zu erkennen. Seltsam weiß leuchteten die Augäpfel aus dem grau gepuderten Gesicht hervor, und die Augen waren von einem strahlenden Blau.

„Wer bist du?", ächzte Derotim heiser. „Und was bist du?"

Neben der fremden Gestalt erhoben sich nun andere Männer, und als der junge Pferdelord sich umsah, erkannte er, dass er umzingelt war. Die Unbekannten hatten flache Mulden ausgehoben, sich hineingelegt und mit Erdreich und Steinen bedeckt. Sie schienen an Armen und Beinen nackt zu sein, und unter dem Schmutz erkannte Derotim bunte Farben und ungewöhnliche Brustpanzer, die vielleicht aus Knochen oder Holz gefertigt waren.

Derotim wollte etwas sagen, aber dann sah er wie gelähmt dabei zu, wie einer der Männer ein seltsames Rohr vor den Mund hob. Derotim konnte nicht erkennen, wie der Pfeil gelöst wurde, und spürte einen leichten Schlag an seiner Kehle. Erneut wollte er was sagen, als er den brennenden Schmerz spürte, wollte einen Schrei ausstoßen, aber er blieb stumm. Er spürte, wie sein eigenes Blut ihm den Atem nahm, und wollte noch die Axt heben, um sie einem der fremden Männer in den Leib zu schlagen. Doch dann gaben seine Beine unter ihm nach, und er fiel flach auf sein Gesicht.

„Ein Pferdelord", sagte einer der Männer.

Der Mann, der geschossen hatte, lachte wild auf. „Zwei Pferdelords", korrigierte er. „Zwei tote Pferdelords." Er beugte sich hinunter, zog sein Messer und hob Derotims Kopf an. Mit wenigen Schnitten trennte er den Schädel vom Hals. „Fangt die Pferde ein, sie haben gutes Fleisch."

„Zwei von ihnen sind fort." Einer der Männer ging zu Arnim hinüber und kniete sich nieder. „Dieser Schädel hier ist meiner. Mein Stachel traf ihn."

„Dann nimm ihn dir." Der Mann spuckte aus. „Aber der Schädel bringt dir keine Ehre. Sein Träger nässte sich die Hosen, und er floh. Er ließ den Jüngeren im Stich. Nein, dieser Schädel dort bringt keine Ehre."

„Du hast sicherlich Recht, aber es ist mein erster Schädel."

Sie alle waren Krieger vom Clan der Wüstennager. Es mochte Clans mit klangvolleren Namen geben, aber die Wüstennager waren flink und schwer zu fassen. Ihr Clanhaus stand weit im Westen, im Dünenland, und nur selten trieb es die Krieger in die Länder der Zwergenwesen und Menschenvölker. Vor vielen Generationen hatten die Clans die Pferdelords bezwungen, und eigentlich zog sie nichts in die neuen Länder des Reitervolkes. Die Clans liebten die Hitze des Tages und die Kälte der Nacht, die endlosen Weiten der Sandebenen und deren wandernde Dünen, die so oft Lebendes begruben und Totes wieder freigaben. Ihre Clanhäuser wanderten wie die Dünen selbst. Nein, sie hatten wahrlich kein Verlangen nach den Ländern der Pferdelords, die selbst am Tag vor Kälte erstarrten. Nur selten streiften kleine Trupps bis zu den Reichen der Menschenkönige. Um ein wenig Beute zu machen und sich einen Schädel zu holen. Jeder Clansmann wurde erst dann zum Krieger, wenn er einen Schädel erbeutet hatte, und je mehr Schädel ein Clan sammelte, desto größer war sein Ruhm. Der Clan der Wüstennager hatte ein großes Schädelhaus und großen Ruhm, aber für den jungen Mann an der Seite des Anführers war es der erste erbeutete Schädel.

Daher nickte der Anführer verständnisvoll. „Ich hätte dir einen besseren gewünscht."

Auch Arnims Kopf wurde abgetrennt. Der Mann, der ihn hielt, störte sich nicht an dem Blut, das aus dem Halsstumpf zu Boden tropfte, während er den Schädel an einem der Ohren hielt. Allein dies verriet schon die Kraft seiner Finger. „Die Pferde werden die anderen Pferdelords warnen."

„Das macht nichts." Der Anführer zuckte die Achseln. „Bis die hier sind, sind wir schon längst wieder verschwunden."

„Dann lasst uns gehen." Der Mann mit Arnims Kopf blickte über das Tal. „Das Gebirge ist mir zu kalt. Ich sehne mich nach unserer Wüste und dem Dünenland zurück."

Sie verließen das Tal in einer langen Reihe, als seien sie Perlen auf einer Schnur, und jeder setzte seinen Fuß in den Stapfen des anderen. So hatte die Wüste es sie gelehrt, und so lehrte das Volk der Wüste es seine Kinder.

Zurück blieben die kopflosen Leichen zweier Pferdelords und die Leiber zweier geschlachteter Pferde.

44

Nedoruks fünfeckiger Schild war mit Pfeilen gespickt, und der Erste Axtschläger Nal't'runds schimpfte grimmig, denn die Pfeile der Orks kamen in dem engen Gang so dicht an ihnen vorbeigeschossen, dass keiner der Zwerge hinter dem Schutz seines Schildes hervortreten konnte. Wenigstens waren die Schilde dick genug, um die Pfeile selbst auf dieser kurzen Distanz aufhalten zu können.

„Haltet sie dicht!", rief er den anderen Zwergen zu. „Haltet sie dicht zusammen und schließt jede Lücke."

Sie kamen nicht dazu, gegen die Orks vorzugehen, denn sobald sie eine Stelle des Körpers ungedeckt ließen, bestand die Gefahr, dass ein Pfeil sie traf. Etliche hatten Verletzungen an Armen oder Beinen erlitten, und zwei gute Axtschläger hatte Nedoruk verloren, weil Geschosse der Spitzohren sie in die Augen trafen. Unglückliche Treffer vermutlich, denn Nedoruk glaubte nicht, dass die kleinen Bastarde derart exakt zielen konnten. Aber die beiden Axtschläger waren tot, und sie waren nicht die einzigen Toten, die Nedoruks Streitmacht zu verzeichnen hatte.

Immer wieder gingen die großen Rundohren im Schutz des Pfeilhagels gegen die Zwerge vor, und da der Strom der Geschosse erst dann aussetzte, wenn die Rundohren ihren Gegner fast erreicht hatten, blieb Nedoruk und seinen Zwergenmännern nur wenig Zeit, sich dem Feind entgegenzustemmen. Wenig Zeit nur, die kurzen Wurflanzen zu schleudern und die Äxte gegen die Rüstungen der Orks zu schlagen. Aber es war genug Zeit, um Kämpfer sterben zu lassen. Auf Seiten der Orks wie auf Seiten der Zwerge. Doch die Orks konnten diese Verluste verkraften, und so trieben sie die schrumpfende Gruppe der Zwerge immer weiter in den Gang zurück. Nur wenige Längen noch, und sie würden den Tunnelausgang erreichen. Nur wenige Längen noch, und die Orks würden die Zwerge aus dem Gang herausschieben, wie gärender Wein einen Stopfen aus einer irdenen Flasche stoßen konnte, und dann würde sich die Masse der Orks voll entfalten können und sich über den Felsendom ergießen, um zu töten.

„Haltet sie dicht zusammen!", rief Nedoruk erneut. Neben ihm keuchte ein getroffener Axtschläger, der die Deckung durch seinen Schild einen Moment vernachlässigt hatte, und stürzte zu Boden. Zwei oder drei Pfeile zischten sofort durch die Lücke und trafen einen weiteren Zwerg, der gerade vorstürzen wollte, um die Lücke zu schließen. „Deckt die Lücke, schnell", brüllte Nedoruk grimmig. „Haltet stand und haltet dicht!"

Sie konnten nicht standhalten, denn der Druck der Orks war zu groß. Sie stießen ihre gesamte Masse in den Tunnel hinein, stiegen über ihre Toten und Verwundeten hinweg, und gelegentlich warf sich ein kampflüsternes Rundohr im Blutrausch einfach nach vorne, schob die Schilde mit seinem Körper zur Seite, um dann unter den Axthieben der Zwerge zu sterben. Doch solche Vorstöße der Rundohren öffneten stets für einen Moment eine Lücke für die Pfeile, und so wurde der Tod dieser Rundohren teuer von den Zwergen bezahlt.

Mit vierhundert Axtschlägern hatte Nedoruk den Tunnel betreten, um die Menschenwesen am Tor des Zwergenreichs abzulösen, er würde nun den Tunnel mit kaum mehr dreihundert Kämpfern wieder verlassen, und sobald sie den Freiraum des Felsendoms erreichten, würde der Tod auf beiden Seiten noch schnellere Ernte halten. Zwar standen Reserven am Tunnelausgang bereit und hielten die dortigen Stellungen besetzt, doch sie würden die Orks nicht schnell genug töten können, und so würden die Legionen die Zwerge einfach überrennen.

Nedoruk sah durch den winzigen Spalt zwischen zwei Schilden zum Feind hinüber. Die Schilde waren in Bewegung, schoben sich vor und zurück und zu den Seiten, denn die Träger, die sie hielten, mussten zurückweichen, mussten dem Druck der Orks nachgeben. In der Mitte des Gangs gelang es noch recht gut, die Schilde dicht aneinanderzuhalten und eine gleichmäßige Bewegung zu erzielen. Hier bewegten sich die Zwerge auf den gerillten, aber ebenen Platten. Doch an den Rändern, auf dem felsigen Grund, mussten sie Hindernissen ausweichen, die sie manchmal nicht rechtzeitig erkennen konnten oder bei deren Umrundung die Wand der Schilde sich öffnete. Hier erlitten Nedoruks Kämpfer die meisten Verluste.

Der Erste Axtschläger erkannte ein heranstürmendes Rundohr und bereitete sich auf den Aufprall vor. „Bei mir verstärken“, brüllte er. Mehrere Zwergenmänner traten hinter ihn, stärkten ihm den Rücken, aber die Wucht warf ihn dennoch nach hinten. „Haltet“, schrie Nedoruk und stemmte sich dem Druck entgegen. „Haltet!“

Das Rundohr rammte erneut gegen Nedoruks Schild und drückte es nun zur Seite. Für einen Moment sah der Zwergenmann den geifernden Rachen der Bestie. Er spürte einen Schlag an seinem Bein, sah das erhobene Schlagschwert des Orks und wie zwei Wurflanzen das Rundohr zurückstießen. Hände zerrten Nedoruk nach hinten, während Pfeile in die entstandene Lücke sausten, bis ein anderer Axtschläger an Nedoruks Stelle trat.

„Lasst mich los“, knurrte er erbost. „Mir geht es gut.“

„Erst wird der Pfeil entfernt“, entschied ein Axtschläger

und schob Nedoruk weiter nach hinten, „dann kannst du dich wieder prügeln."

Er hatte den Schlag bemerkt, aber erst jetzt spürte Nedoruk den Schmerz, den der Pfeil in seinem Schenkel hervorrief. Er legte Axt und Schild zur Seite und biss die Zähne aufeinander, als einer seiner Männer den Pfeil und die Wunde betrachtete und das Geschoss dann mit einem Ruck durch das Bein hindurchstieß. Der Mann zerbrach den Pfeil, zog den Schaft aus Nedoruks Bein heraus und warf ihn von sich. Nedoruk band fluchend eine Binde um sein Bein und ergriff dann wieder Axt und Schild. Wütend schlug er die im Schild steckenden Pfeile mit der Axt herunter und blickte den Tunnel entlang.

„Bei den feurigen Abgründen", murmelte er betroffen. Kaum zwei Längen noch, und sie waren aus dem Tunnel heraus. Er hatte nicht gewusst, wie weit die Bestien sie bereits zurückgedrängt hatten. Die meisten seiner Männer waren schon im Felsendom und bereiteten sich darauf vor, den Orks zu begegnen, wenn diese aus dem Zugang vordrangen.

Die Orks erkannten offensichtlich, wie nahe sie ihrem Ziel bereits waren, und verstärkten ihre Anstrengungen. Der Druck auf die Zwerge wuchs, Schritt für Schritt mussten sie zurückweichen, und sie konnten nicht einmal mehr ihre Verwundeten aufnehmen, so machtvoll drängten die Rundohren nach, und so dicht flogen die Pfeile der Spitzohren gegen die Schilde. Dann wurden die Verteidiger endgültig aus dem Tunnel hinaus in den Felsendom geschoben.

„Nach rechts und links auseinanderschwärmen", brüllte Nedoruk. „Teilt euch! Teilt euch!"

Nicht alle Zwerge konnten dem Befehl Folge leisten, denn die Orks brüllten nun triumphierend auf und stürzten sich auf die Gruppe in der Mitte, während andere Zwergenmänner hastig zu den Seiten hin auswichen. Doch nun, als die Orks sich dem Sieg so nahe glaubten, waren sie es, die ein massiertes Ziel boten.

Von der improvisierten Mauer und den Reservestellungen her sausten jetzt die Wurflanzen der Zwerge heran, die dort in Stellung gegangen waren, und der Hagel ihrer Geschosse schien nicht weniger dicht als zuvor der Pfeilregen der Spitzohren. Aber jetzt waren es die Rundohren, die einstecken mussten. Zu Dutzenden brachen sie zusammen, andere stampften über die Gefallenen hinweg und wurden ebenfalls von Lanzen niedergestreckt. Ein Wall toter Bestien begann sich aufzuhäufen. Aber auch wenn sich ihr Vormarsch dadurch verlangsamte, wurde er nicht aufgehalten. Es waren einfach zu viele.

Die Orks krochen nun über die Toten hinweg. Zunächst waren es wenige, und man konnte sie mit den Wurflanzen noch aufhalten, aber dann wurden es immer mehr, bis schließlich auch die Spitzohren aus dem Tunnel hervordrangen und auf die Verteidiger zu schießen begannen. Immer mehr Zwergenmänner stürzten von den Mauern herab.

Nedoruk stellt mit Widerwillen fest, dass er die Bestien dafür bewunderte, wie unbekümmert sie solche Verluste hinnahmen. Die Rundohren waren bereit zu sterben, denn sie wussten, dass ihr Tod die Orks zum Sieg führte. Die Verteidigung der Zwerge begann endgültig zusammenzubrechen.

Nedoruk gestand sich ein, dass die Stadt nicht mehr zu halten war. Nal't'rund war dem Untergang geweiht. „Räumt die Stellung und geht zurück“, schrie er seinen Männern zu. „Verlasst die Stellungen und zieht euch sofort in den Fluchttunnel zurück!“

Der Erste Axtschläger brüllte zornig seine Befehle und spürte kaum noch den Schmerz in seinem Bein. Es würde ein

Wettrennen zum Tunnel geben, der allerdings auch keine dauerhafte Sicherheit bot. Dort würde das Gemetzel fortgesetzt werden, das im Haupttunnel des Zugangs begonnen hatte. Bis man den Fluchttunnel erreichte, würde man mit den Orks um die Wette laufen müssen. Zwerge hatten sehr kurze Beine, die Rundohren der Orks hingegen sehr lange. Nedoruk war sich darüber im Klaren, dass nicht viele seiner Axtschläger die andere Seite des Felsendoms erreichen würden, doch es gab keine Alternative.

Die Zwerge wandten sich nun zur Flucht. Erst Einzelne, dann kleine Gruppen, und schließlich rannten fast alle, so schnell sie konnten, auf den Fluchttunnel zu. Nur wenige versuchten noch, die Orks aufzuhalten, doch sie wurden einfach überrannt. Die Bestien strömten aus dem Gang hervor und brüllten in ihrem Blutrausch. Viele von ihnen wollten nur noch töten und warfen sich mit bloßen Klauen und gebleckten Fängen auf die kleinen Männer.

Am Ausgang des Haupttunnels begannen sich die Bestien zu Kohorten zu formieren, die dann in Gefechtsaufstellung auf die Stadt zumarschierten. Offenbar erwarteten sie weiteren Widerstand von dort, denn sie konnten ja nicht wissen, dass Nal't'rund bereits geräumt war und sie außer den Pilzbeeten nichts Lebendiges vorfinden würden.

Der Kampflärm war größtenteils verstummt, nur gelegentlich zischte noch ein Pfeil. Stattdessen erfüllten nun Schreie und Gebrüll die Höhle, in der die Orks Jagd auf die kleinen Männer machten. Nedoruk rannte, so schnell seine Beine ihn trugen. Er war von einer nagenden Furcht um sein Leben und um sein Volk erfüllt. Auch die letzte Zuflucht würde den Frauen und Hüpflingen keinen Schutz mehr bieten können, wenn ihre Verteidiger erst geschlachtet waren. Die Wunde begann durch die

Anstrengung stärker zu schmerzen und sandte heiße Wellen durch das Bein. Nedoruk versuchte instinktiv, es zu entlasten, aber als er merkte, wie er dadurch langsamer wurde, ignorierte er den Schmerz. Denn das sich nähernde Gebrüll der Orks war ein klarer Ansporn, keine Zeit zu verlieren.

Auf den mit Rillenplatten belegten Straßen kam man gut voran, aber der kürzere Weg führte über unebenen Grund quer durch den Felsendom. Nedoruk sprang und hüpfte und rannte, so schnell er konnte, doch er wusste, dass er viel zu langsam war. In seinem Rücken hörte er das Brüllen von mindestens zwei Rundohren, die ihm immer näher kamen. Nicht mehr lange, und sie würden ihn eingeholt haben. Nedoruk würde sich nicht kampflos von ihnen erschlagen lassen. Bevor die Rundohren ihn erreichten, würde er sich ihnen mit seiner Axt stellen.

Er glaubte förmlich, den stinkenden Atem einer Bestie im Nacken zu spüren, als er abrupt anhielt, sich umwandte und dabei die Axt mit weitem Schwung herumgleiten ließ. Tatsächlich hatte ihn einer der Orks schon fast eingeholt, und Nedoruk überraschte ihn mit seiner Bewegung. Die Schneide der Axt durchtrennte den Panzer in Höhe des Magens, und das Rundohr schrie auf, als sein Leib sich öffnete. Der Ork versuchte instinktiv seine hervorquellenden Gedärme festzuhalten, und Nedoruk schrie der sterbenden Kreatur seinen Hass entgegen, bevor er sich dem anderen Rundohr zuwandte, das ihn nun fast erreicht hatte.

Ein Pfeil zischte plötzlich an Nedoruk vorbei und durchschlug die Rüstung des Orks, dann folgte ein weiterer, der eine andere Bestie niederwarf. Instinktiv hieb der Zwerg seine Axt in den Schädel des verletzten Rundohrs, wandte sich wieder um und rannte weiter auf den Fluchttunnel zu. Überrascht erblickte er die Männer der Menschenwesen, die dort am Eingang standen und ihre Pfeile abschossen. Es waren die Pferdelords Kormunds, und Nedoruk hätte nicht gedacht, dass der Anblick von Menschen ihn derart begeistern könnte. Der Erste Axtschläger schrie erneut auf, doch dieses Mal aus Freude. Mit neuer Kraft rannte er auf den Tunneleingang zu.

Das abermalige Auftauchen der Menschen schien die Orks für einen Augenblick irritiert zu haben. Sie zögerten kurz und gaben damit vielen Zwergen die Gelegenheit, sich zum Eingang des Fluchttunnels zu retten. Auch Nedoruk hastete in den Zugang und sank schwer atmend gegen die Wand. „Ich hätte nicht gedacht, euch Pferdelords so schnell wiederzusehen", bekannte er freimütig. „Aber ich gestehe, dass es mich freut."

Dorkemunt schlug dem Ersten Axtschläger freundlich auf den Rücken. „Wir konnten doch nicht zulassen, dass ihr Herren Zwerge den ganzen Spaß für euch allein habt, nicht wahr?"

Neben ihm stand Nedeam, und Nedoruk staunte, wie schnell und sicher der bartlose Pferdelord mit Pfeil und Bogen umging. Fast jedes der Geschosse traf, und der Junge schien sich nicht daran zu stören, dass nun auch die Spitzohren wieder zu schießen begannen. Einer der Pferdelords stürzte tödlich getroffen zu Boden, und zwei Pfeile zupften an Nedeams grünem Umhang.

„An die Pferde, ihr Pferdelords", befahl Kormund und wies hinter sich. Dort standen weitere Männer und hielten die Tiere der Bogenschützen bereit. „Nehmt die kleinen Herren mit. Es macht die Pferde langsamer, aber wir werden immer noch schneller sein als die verfluchten Bestien."

Der Pfeilhagel wurde wieder dichter, erneut stürzte ein Pferdelord, dann ein zweiter, und auch drei Zwerge gingen zu Boden. Die Pferdelords saßen auf und zogen einige der Zwerge zu sich in die Sättel, während sich andere der kleinen Männer an den Steigbügeln oder den Schweifen der Tiere festhalten mussten. Ein oder zwei der Axtschläger wurden von Hufen getroffen, aber die Gruppe kam schnell voran und ritt durch den langen Fluchttunnel hindurch dem Ausgang entgegen.

„Haltet an, Pferdelords“, rief Nedoruk, als sie das Ende erreichten. „Hier haben wir Zwerge etwas vorzubereiten.“

Die kleinen Männer stürzten sich auf die fünfeckigen Säulen, die den Gang abstützten, und begannen wie besessen darauf einzuschlagen. Stein zerbrach, Säulen knickten ein und fielen um, und die Decke begann bedenklich zu knirschen. Kormund und die Männer des Beritts entfernten sich hastig, als ein Teil der Decke einstürzte. Staub wirbelte auf und quoll in dichten Wolken aus dem Tunnelausgang hervor, dann tauchten auch die Zwergenmänner aus dem Schmutz auf. Einige von ihnen hatten sich frische Wunden durch Gesteinssplitter zugezogen, aber sie alle wirkten zufrieden.

Nedoruk ließ sich grinsend von Dorkemunt in den Sattel helfen. „Die Decke des Gangs ist nun eingestürzt. Das wird die Bestien aufhalten.“

Dorkemunt schüttelte den Kopf. „Nein, guter Herr Nedoruk. Es mag die Orks für eine Weile aufhalten, aber es wird sie nicht stoppen. Das vermag nur kalter Stahl.“

45

Flugstecher umschwärmten die toten Leiber und stiegen in einer dichten Wolke auf, als die ersten Reiter sich näherten. Eher widerwillig lösten die Insekten sich, um sich dann zu zerstreuen. Mit Sicherheit würden sie zurückkehren, wenn die Störung vorüber war, denn solche Nahrung war selten genug. Die vier Leiber verbreiteten den üblen Gestank der Verwesung, der die Flugstecher auch noch aus vielen Tausendlängen Entfernung anzulocken vermochte und nun auch die Männer herangeführt hatte.

Garodem versuchte durch den Mund zu atmen. Er hätte die Stätte des Todes gerne gemieden, aber er musste sich vergewissern. Die Männer der Vorhut hatten die Toten bereits flüchtig untersucht, jetzt trat ihr Scharführer wieder an den Pferdefürsten heran.

„Sie werden schon zwei oder drei Tageswenden hier liegen, mein Hoher Lord." Der Scharführer zuckte die Achseln. „Es lässt sich nicht mehr sagen, wer sie waren, denn ihre Köpfe fehlen. Aber es waren Pferdelords, Hoher Lord, und sie stammten aus dem Quellweiler." Der Mann wies auf die Schilde der Toten, die neben den Körpern auf dem Boden lagen.

Garodem nickte langsam. „Bestattet sie und geleitet sie in Ehren zu den Goldenen Wolken."

Er zog sein Pferd herum und war erleichtert, sich von der Quelle des Gestanks entfernen zu können, und zugleich fühlte er ein Unbehagen dabei, denn Männer der Hochmark waren hier gestorben, und er war ihnen Ehrerbietung schuldig. Garodem trabte zu seinem Banner hinüber, an dem sich die Berittführer und der auf seinem Pferd sitzende Zwergenkönig Balruk versammelt hatten. Balruk hatte sich mittlerweile an den schaukelnden Pferderücken gewöhnt, und so hatte man die Leinen lösen können, die seine Beine an den Steigbügeln fixierten. Balruk würde niemals ein Reiter werden, aber wenigstens fiel er im Trab nicht mehr herunter.

„Zwei Männer aus Kormunds Beritt“, sagte Garodem heiser. „Den Spuren nach gab es keinen Kampf. Sie wurden überrascht und überwältigt. Nichts fehlt, außer ihren Köpfen.“

Einer der Berittführer beugte sich überrascht im Sattel vor. „Ihren Köpfen?“

„Ihren Köpfen.“ Garodem nickte grimmig. „Ich kann mir vorstellen, was Ihr jetzt denkt, guter Herr.“ Der Pferdefürst spuckte angewidert aus. „Ich denke dasselbe. Im Boden haben wir Mulden gefunden, groß genug, dass ein Mann sich darin verbergen kann.“

Der Berittführer blickte instinktiv nach Westen. „Barbaren aus den Dünenländern, nicht wahr, Hoher Lord?“

Vor vielen Generationen hatte das Volk der Pferdelords weit im Westen gelebt. In einem fruchtbaren Land der Hügel und weiten Ebenen, die mit saftigem Weidegras bedeckt gewesen waren. Damals war das Volk noch nicht vereint gewesen. Die Herrscherhäuser der Pferdelords waren sich mit Misstrauen gegenübergestanden. Sie hatten einander wechselweise überfallen und dabei Frauen und Pferde geraubt, bis schließlich ein blutiger Krieg die Häuser zu verschlingen drohte. Dann war Er gekommen, der Erste König. Er hatte die Häuser geeint, in einer klugen Mischung aus Überredungskunst und Gewaltanwendung, und so waren sie letztendlich zu einem geeinten Volk zusammengewachsen. Gerade noch rechtzeitig war dies geschehen, denn an den Grenzen war eine Bedrohung herangewachsen. Eigentlich waren es sogar zwei Gefahren gewesen. Die Wüsten hatten begonnen, sich auszubreiten, und die Sanddünen waren in ihre Gebiete hineingewandert. Und mit dem Sand kamen die Männer des Sandvolkes, wie sie sich selber nannten. Die Pferdelords hatten zum ersten Mal gemeinsam gegen einen Feind gekämpft, und sie hatten den Barbaren des Sandvolkes einen erbitterten Kampf geliefert. Aber sie mussten diesen Kampf schließlich verloren geben, und so hatte der Erste König sein Volk aus dem angestammten Land hinaus in die neuen Marken geführt, wo das Volk erneut aufblühte.

Die Männer des Sandvolks waren ihnen nie bis hierher gefolgt, wenn man von kleinen Trupps einmal absah, die gelegentlich in die Marken der Pferdelords eindrangen. Von ihnen wusste man nicht genau zu sagen, ob sie nur auf Beute aus waren oder ihre eigenen Stämme sie verstoßen hatten. Es musste eine solche kleine Gruppe gewesen sein, welche die beiden Pferdelords aus dem Quellweiler überrascht und getötet hatte.

Garodem blickte zu den Männern der Vorhut hinüber, welche die beiden Toten bestatteten. „Ein Streiftrupp der Barbaren, ja. Wir sind ihnen nicht begegnet, ich denke also, dass sie nicht in die Hochmark hinuntergezogen sind. Sie haben die Köpfe als Trophäe mitgenommen und sich wieder zurückgezogen."

Balruk reckte sich im Sattel, so gut er es vermochte. Sein Gesäß und die Beine schmerzten ihn, aber er versuchte, es sich nicht anmerken zu lassen. „Die Toten waren Männer des Herrn Kormund? Boten, die von ihm entsandt wurden?"

Garodem nickte. „Es kann nicht anders sein. Unglücklicherweise werden wir nicht mehr erfahren, was sie mitzuteilen hatten. Allerdings", Garodem seufzte, „gibt es einen Hinweis."

„Also doch eine Botschaft?"

Garodem schüttelte den Kopf. „Nicht direkt. Aber Boten

sind üblicherweise allein unterwegs. Man entsendet nur dann zwei von ihnen, wenn man sich in gefährlichem Gebiet bewegt. So erhöht sich die Chance, dass die Botschaft den Empfänger erreicht."

Balruk zupfte an seinen Bartzöpfen. „Ich verstehe, Pferdefürst. Kormund wähnte sich also in Gefahr."

Garodem lächelte. „Unsere Pferde sind frisch genug, guter Herr Balruk. Ich hoffe, Ihr werdet im Sattel bleiben, denn wir müssen uns nun ein wenig eilen."

Balruk lachte auf. „Sorgt Euch nicht, guter Herr Pferdefürst. Lasst uns nur eilen, denn jeder Schritt eurer Pferde trägt mich der Heimat näher."

Bald dröhnte das Trommeln der Hufe durch das Tal, und es klang, als solle es die beiden toten Pferdelords zu den Goldenen Wolken geleiten. Hinter den vorausgestürmten Beritten saßen nun auch die Männer der Vorhut auf, die ihr trauriges Werk beendet hatten. Sie bildeten jetzt die Nachhut und eilten der aufwirbelnden Staubwolke des Hauptzuges hinterher. Wie Balruk es gesagt hatte, würde jeder Hufschlag sie dem Ziel entgegentragen. Dem Ziel und dem Feind.

46

Die Fluchthöhle der Zwerge lag am Ende der Schlucht, und ihre Befestigung erinnerte die Pferdelords auf frappierende Weise an den vorderen Zugang zum Zwergenreich. Zwar fehlte ein Wassersprung, doch führten auch hier von rechts und links Treppen zu einem Felsbalkon hinauf. Dieser hier war allerdings wesentlich größer und mit einer starken Mauer eingefasst. Außerdem versperrten massive Eisentüren den Zugang zur eigentlichen Fluchthöhle.

Als die Pferdelords sie betraten, wurde offensichtlich, dass sie den kleinen Wesen nur vorübergehend Zuflucht bieten konnte.

Sie war geräumig, und es gab eine kleine Quelle in einer Zisterne, deren Rinnsal nach wenigen Längen im Felsboden der Höhle versickerte. Einige der hier und da vom Höhlenboden aufsteigenden Felsnadeln waren mit den Pilzen bewachsen, die das Hauptnahrungsmittel der Zwerge bildeten, aber sie reichten nicht aus, um eine größere Anzahl Zwerge zu ernähren. Die mitgeführten Vorräte würden jedoch nur wenige Tageswenden, höchstens zwei Zehntage reichen.

Kormund, Dorkemunt und Nedeam standen mit Nedoruk und Hegmaruk auf dem Felsbalkon und blickten in die Schlucht hinab, durch welche der Feind vordringen musste.

„Spätestens in zwei Zehntagen muss es entschieden sein", brummte Kormund. „Dann sind die Vorräte aufgebraucht. Weitere drei oder vier Tageswechsel später werden unsere Arme bereits zu schwach sein, um eine Waffe zu führen. Bis dahin müssen wir den Feind also bezwungen haben." Zu der anderen Möglichkeit mochte sich niemand äußern, denn die Konsequenz war klar. Es gab keinen anderen Weg aus der Schlucht heraus. Hier, an der Fluchthöhle des Zwergenvolkes, würde es sich entscheiden. „Wir müssen uns wohl etwas einfallen lassen, um die Bestien aufzuhalten."

„Es sind sehr viele", seufzte Schürfmeister Hegmaruk. „Letztlich werden sie vermutlich jedes Hindernis überwinden."

„Das mag sein." Kormund klopfte nachdenklich auf die massive Wehrmauer des Felsbalkons, der eigentlich eher ein kleines Festungswerk war, das einem Angriff eine Weile standhalten würde. „Aber das kostet sie Zeit, und sie werden Verluste hinnehmen müssen."

„Glaubst du, Pferdelord, dass die anderen Männer eures Volkes uns zu Hilfe kommen?"

Kormund nickte entschlossen. „Es sind Pferdelords. Sie werden kommen. Aber ich weiß nicht, wie rasch es geschieht." Er deutete in die Schlucht hinab. „Könnt ihr Gräben quer über die Schlucht ziehen?"

„Gräben?" Hegmaruk zupfte an seinen Zöpfen. „Welchen Zweck sollte das haben?"

„Sie aufzuhalten, du Narr." Nedoruk beugte sich ein wenig vor. „Aber es müssten breite und tiefe Gräben sein." Er musterte die Pferdelords. „Wie weit können denn eure Pferde springen?"

„Auf diesem felsigen Grund?" Kormund strich sich nachdenklich über sein Kinn. „Fünf bis sechs Längen bei vollem Galopp."

„Dann machen wir die Gräben vier Längen breit", entschied Nedoruk und sah den Schürfmeister Hegmaruk auffordernd an. „Und wenigstens vier Längen tief."

Hegmaruk zupfte abwägend an seinen Zöpfen. „Ah, das ist sehr breit und sehr tief. Viel Arbeit, sehr viel Arbeit." Er seufzte. „Und der Boden ist hart."

Nedoruk nickte. „Es geht um die Frauen und die Hüpflinge, Schürfmeister. Der Graben muss tief sein, damit die Bestien sich den Hals brechen. Und er muss so breit sein, dass zwar die Pferdelords hinübersetzen können, die Orks jedoch nicht." Er wies in die Schlucht. „Am besten wären zwei Gräben."

„Zwei?" Hegmaruk wirkte schockiert. „So viele Arbeiter haben wir nicht."

„Und sie sollten abgedeckt sein", fügte Dorkemunt hinzu. „Dann tappen die Bestien unvorbereitet in die Falle."

„Ah, ihr Herren, das ist furchtbar viel Arbeit, und uns bleibt schrecklich wenig Zeit." Hegmaruk raufte sich die Bartzöpfe. „Ich will es wohl versuchen, aber ich glaube nicht, dass wir es schaffen. Die Bestien werden sich schneller durch den verschütteten Gang gegraben haben, als wir die Gräben ausheben können."

„Spann alle ein, die arbeiten können, Schürfmeister", sagte Nedoruk mit Nachdruck. „Auch die Weiber und die größeren Hüpflinge. Jeder soll helfen. Außer den Axtschlägern und Pferdelords. Sie müssen frisch und ausgeruht sein, wenn die Bestien kommen."

Hegmaruk seufzte erneut und nickte dann. An seinen Zöpfen zerrend, rannte er in die Höhle hinein und begann seine Anweisungen zu geben. Seine Stimme klang bisweilen fordernd, dann nahm sie wieder einen bittenden Tonfall an. Doch schließlich rannten die kleinen Männer und Frauen in Scharen aus der Höhle und eilten die Treppen hinunter zum Boden der Schlucht. In ihren Händen trugen sie Schaufeln und Hacken, und irgendwo zwischen ihnen bewegte sich Hegmaruk, der die Arbeiter lautstark dirigierte.

Kormund beobachtete, wie die Zwergenwesen rasch in die

Schlucht strömten. „Nedoruk, lasst alle verfügbaren Umhänge und überflüssige Kleidung einsammeln."

„Wozu, Kormund, Pferdelord?"

Der Scharführer wies in die Schlucht hinunter. „Wenn die Gräben fertig sind, werden wir sie mit aneinandergenähten Kleidungsstücken bedecken und dann zur Tarnung Dreck und Staub darüberwerfen."

Nedoruk nickte. „Dann werden wir Stützen errichten müssen. Der Stoff allein wird das Gewicht nicht tragen können." Der Erste Axtschläger wollte sich schon zur Höhle umwenden, als er zögerte. „Sagt, Pferdelord, etwa auch die Umhänge eurer Reiter?"

Kormund schüttelte zögernd den Kopf. „Nein, sie sind das Symbol unserer Ehre als Pferdelords. Die Männer kämpfen in ihnen, und sie werden notfalls darin sterben." Er lächelte. „Ihr könnt unsere Wämse nehmen, aber nicht die Umhänge."

Doch schließlich kam genügend Stoff zusammen, so dass die Männer nicht im Unterzeug würden kämpfen müssen.

„Zur Seite, ihr Herren, zur Seite!" Der alte Schildmeister der Stadt Nal't'rund wedelte hektisch mit den Armen und scheuchte die Männer aus dem Weg, während eine Gruppe von Zwergen lange Stangen und jene merkwürdigen Kristallschüsseln aus der Höhle trug, die schon zuvor Nedeams Neugier geweckt hatten.

„Was ist das?", konnte der junge Pferdelord nun endlich fragen.

Er war enttäuscht, als er Nedoruks ausweichende Antwort zu hören bekam. „Möglicherweise eine unangenehme Überraschung für die Bestien, bartloser Pferdelord Nedeam. Aber ich will noch nicht darüber sprechen, denn ich weiß nicht, ob es funktionieren wird."

Obwohl auch Dorkemunt noch einmal nachfragte, war dem Ersten Axtschläger keine erhellende Antwort zu entlocken, und so sahen die Pferdelords nachdenklich zu, wie die Zwerge die Stangen und Schüsseln zu den Treppen trugen.

„Vielleicht werfen sie den Bestien die Dinger auf die Köpfe", sagte Dorkemunt leise. „Schwer genug scheinen sie zu sein, um Schaden anzurichten."

Unten am Boden, unterhalb der kleinen Wehranlage, lagerten die Pferdelords und erholten sich von den vorangegangenen Kämpfen. Einige der Männer waren zum Anfang der Schlucht geritten, um rechtzeitig melden zu können, wenn die Orks den verschütteten Gang freigelegt hatten. Es würde nur eine Frage der Zeit sein, bis dies geschah.

47

Blutfang blickte zur Stadt der Zwerge hinüber. Die Schäden an der Kuppel und die Spuren der Brände waren nicht zu übersehen. Kleine Gruppen von Orks durchsuchten noch immer die Stadt, aber es war offensichtlich, dass man keinen der Zwerge mehr vorfinden würde.

Neben dem kräftigen Rundohr versuchte Einohr Schritt zu halten. Das Spitzohr blickte immer wieder mit selbstherrlichem Ausdruck um sich. In gewisser Weise konnte Blutfang das verstehen, auch wenn es ihm nicht gefiel, mit welcher Anmaßung Einohr sich produzierte. Den Helm des Spitzohrs zierte nun ein metallener Kamm, der Einohrs neue Würde als Kohortenführer der Bogenschützen bezeugte.

„Du hast Glück gehabt, Blutfang“, sagte Einohr in ungewöhnlich vertrautem Tonfall. „Der Brutmeister hat offensichtlich akzeptiert, dass diese Zerstörungen nicht von deinen übereifrigen Rundohren angerichtet wurden.“

„Übereifrig?“ Blutfang fuhr herum und bleckte seine Fänge. Seine Führungshand krampfte sich um den Griff seines Schlagschwertes, während die andere an den Schaft der erbeuteten Axt fasste, die hinter seinem Waffengurt steckte. Einohr fuhr kurz zusammen, doch dann reckte er sich. Der neue Rang schien sein Selbstbewusstsein sichtlich gestärkt zu haben. Gefährlich gestärkt zu haben, wie Blutfang meinte. „Wenn deine Bogen- und Bolzenschützen schneller reagiert hätten, wären die verfluchten Bastarde nicht in den Tunnel entkommen.“

„Wenn deine Rundohren beherzter nachgefolgt wären, hätten sie ihn gar nicht erreicht“, erwiderte Einohr bestimmt. „Sie haben zu lange damit gewartet, die Verfolgung aufzunehmen."

„Und deine Spitzohren waren zu zögerlich."

„Wir haben den Tunnel für euch freigeschossen", beharrte Einohr.

Blutfang sah seine Ehre als Rundohr verletzt. „Nur weil unsere Leiber die Lücken schufen."

Er war wütend. Auf die verfluchten Zwerge, die verfluchten Pferdelords und auf die verfluchten Spitzohren. Viele seiner Schwertschläger waren gefallen, weil die Spitzohren ihre Pfeile blindlings nach vorne geschossen hatten. Aber von diesen hinterhältigen kleinen Maden durfte man auch wenig mehr erwarten.

„Trotzdem hast du Glück gehabt", beharrte Einohr. „Der Brutmeister wollte, dass die Stadt möglichst intakt bleibt und genug Zwerge zum Arbeiten vorhanden sind."

„Der Brutmeister will vieles", knurrte Blutfang. „Es war nun einmal nicht möglich."

Einohr zuckte die Schultern. „Mir musst du das nicht erklären." Er lächelte wölfisch und zeigte einen Moment die eigenen Fänge. „Der Schwarze Lord wird wissen wollen, was genau geschah."

Ein Rundohr trabte von der Stadt heran, warf einen geringschätzigen Blick auf Einohr und salutierte mit dem Schlagschwert vor seinem Legionsführer. „Die Spuren deuten darauf hin, dass eine Feuerbestie die Stadt angriff. Diese wurde so stark beschädigt, dass sie nicht mehr zu verteidigen ist."

„Ich sagte doch, du hast Glück, Blutfang", säuselte Einohr. „Niemand kann dir den Angriff einer Feuerbestie vorwerfen, nicht wahr?"

„Fast drei Kohorten haben wir verloren", knurrte Blutfang wütend. „Die meisten waren Rundohren. Ah, fünfhundert

Schwertschläger, die nun fehlen. Und deine Bogenschützen? Nicht mal einhundert sind gefallen, Spitzohr!"

„Ganz richtig. Und dennoch haben meine Leute die meisten Zwerge getötet."

Blutfangs Klauen öffneten und schlossen sich zuckend. Liebend gerne hätte er sie um den Hals des Spitzohrs gelegt und seine Fänge in den dürren Hals geschlagen. „Es sind noch genug von ihnen übrig", brüllte er, und Geifer sprühte über Einohr. „Wir werden sehen, wer die meisten von ihnen tötet, wenn wir erst den verschütteten Tunnel durchbrochen haben. Wir werden es schon sehen."

„Der Schwarze Lord wird nicht glücklich darüber sein, dass all die Arbeiter fort sind." Einohr wies zu den verwaisten Schleifstellen am Wasserstein hinüber.

„Das ist nicht die Schuld der Rundohren. Außerdem haben wir noch einige Kisten mit den Schwarzkristallplättchen gefunden."

Einohr leckte sich über die Lippen. „Sie werden für die Ausführung des Großen Plans nicht reichen. Der Schwarze Lord will viele Legionen mit den neuen Helmen ausrüsten."

„Die neuen Helme sind Dung", brüllte Blutfang und machte eine ausholende Geste. „Und der ganze Plan ist auch Dung!" Das große Rundohr bemerkte Einohrs Blick und wandte sich um. Sein Gesicht ergraute vor Verlegenheit, als er einen Gehilfen des Brutmeisters erkannte, der ihrem Gespräch interessiert zuhörte. Aber Blutfang war jetzt nicht in der Stimmung zurückzustecken. „Dung", brüllte der wütend den Gehilfen an. „Dung, sage ich!"

Der Gehilfe war ebenfalls ein Spitzohr, und normalerweise hätte er sich als solches vor dem Zorn eines Rundohrs geduckt. Aber an diesem Ort vertrat er die Autorität des Brutmeisters und war zudem in Begleitung einiger Gardisten, ausgewählter Schläger, deren Treue und Kraft allgemein bekannt war.

„Willst du deine Meinung nicht vielleicht dem Brutmeister persönlich unterbreiten?“, fragte der Gehilfe und verzog spöttisch seine Lippen. „Er wird sich sicher brennend dafür interessieren.“

Blutfang warf Einohr einen grimmigen Blick zu. „Die neuen Helme taugen nichts. Und Einohrs Bogenschützen taugen auch nichts. Sie haben mehr Schwertschläger als Zwerge getötet.“

„Wir brauchen die Zwerge als Arbeiter“, sagte der Brutgehilfe herablassend. „Wir haben noch genug Schwertschläger. Rundohren sind rasch zu ersetzen.“

Blutfang knurrte. „Spitzohren auch.“

Der Brutgehilfe vergewisserte sich, dass die kräftigen Rundohren der Gardetruppe dicht bei ihm waren, und trat einen Schritt auf den erbosten Blutfang zu. „Hör zu, Blutfang, wenn du deinen Rang und deinen Schädel behalten willst, dann solltest du dafür sorgen, dass hier bald wieder Zwerge arbeiten.“

Einohr unterdrückte ein zufriedenes Grinsen. Blutfang brachte sich in ernste Schwierigkeiten. Sein Schädel saß immer lockerer auf den Schultern. Wenn er, Einohr, es geschickt anstellte, würde er vielleicht schon bald Legionsführer werden. Noch nie hatte ein Spitzohr diese Position eingenommen, aber immerhin war er selber es gewesen, der die Rückeroberung der Stadt ermöglicht hatte, nicht wahr?

Dort, wo der Fluchttunnel der Zwerge begann, waren Hunderte von Rundohren damit beschäftigt, den eingestürzten Ausgang freizulegen. Sie schleppten die Steine aus dem Tunnel heraus und warfen sie auf einen größer werdenden Haufen. Kein Stein sollte im Tunnel bleiben, damit der Vormarsch der Legionen nicht behindert wurde. Noch immer waren vierzehn Kohorten kampfbereit. Eine Streitmacht, welche die Zwerge hinwegfegen würde. Die Kohorten lagerten nun im Felsendom, bereit, den letzten Angriff zu beginnen. Zwischen ihnen ragten die beiden schwarzen Banner der Legionen auf, die mit den Symbolen der Macht des Schwarzen Lords versehen waren.

Aus dem Tunnel drang Lärm hervor, und der Brutgehilfe blickte hinüber. „Der Gang ist offenbar freigelegt“, sagte er lakonisch und sah Blutfang auffordernd an. „Ich will deine Worte vergessen, wenn du dich nun wieder bewährst, Legionsführer. Führe deine Schwertschläger für den Schwarzen Lord zum Sieg, dann wirst du deinen Schädel behalten.“

Der Brutgehilfe und die Gardisten blieben hinter Blutfang zurück, der hastig zu den wartenden Kohorten hinübertrabte. Einohr folgte ihm. „Wende mir nicht den Rücken zu“, knurrte Blutfang grimmig. „Auch dein Schädel sitzt sehr locker, Einohr.“

Einohr unterdrückte ein höhnisches Lachen. Blutfang musste an der Spitze der Truppe den Angriff führen, wenn er sich bewähren wollte. Eine sehr exponierte Position, und sehr gefährlich. Er wäre nicht das erste Rundohr, das von einem Pfeil aus den eigenen Reihen getroffen wurde. Versehentlich, selbstverständlich. Einohr begann sich ernsthaft zu fragen, wie ihm der Doppelkamm eines Legionsführers auf dem Helm wohl stehen würde.

48

Mortwin gehörte zu den Pferdelords der Vorpostenlinie und vernahm schon seit Längerem das Kratzen und Scharren, das aus dem verschütteten Fluchttunnel drang. Immer wieder blickte er misstrauisch auf das Geröll, das den Zugang bedeckte.

„Es wird lauter“, brummte einer der anderen Reiter. Der Mann biss in einen Kanten Brot und sah zum Tunnel hinüber, während er kaute und die Bissen hinunterschluckte. „Sie werden bald durchbrechen. Dauert nicht mehr lange.“

Mortwin nickte mechanisch. Eher unbewusst klemmte er die Stoßlanze an seine Schulter und prüfte zum wiederholten Male die Schneide seiner Streitaxt. „Ja, nicht mehr lange.“

„Meinst du, Mortwin, die Zwerge werden mit dem Graben rechtzeitig fertig sein?“

Mortwin zuckte die Schultern. „Nun, sie arbeiten noch recht eifrig.“

„Ja.“

Sie warteten nun schon eine ganze Weile, und was es zu sagen gab, war gesagt. Am Anfang hatten sie noch miteinander gescherzt und die üblichen Witze gemacht, wie sie es immer vor einer Schlacht taten. Es war schwer, sich die Zeit zu vertreiben, wenn man nicht wusste, wann es zum Kampf kam und wie er ausgehen würde. Sie hatten ihre Waffen und Rüstungen wieder und wieder geprüft, hatten die Sattelgurte nachgezogen, sie gelockert und erneut nachgezogen, um sich zu vergewissern, dass alles richtig saß und an seinem Platz war. Sie waren so bereit, wie es ein Pferdelord nur sein konnte. Aber das Warten zehrte an ihren Nerven.

„Wenn es nur endlich losginge“, seufzte Engram. „So stark, wie die Rundohren sind, müssten sie den Gang doch längst freigelegt haben.“

„Sie sind eifrig mit ihren Schlagschwertern und Fängen“, brummte Mortwin. „Doch mit den Klauen arbeiten sie nicht so gerne.“ Er beugte sich im Sattel zur Seite und spuckte aus. „Die Orks haben noch nie etwas Ordentliches zustande gebracht. Sie eignen sich nur zum Töten.“

Engram gähnte ausgiebig. Vielleicht aus Furcht, vielleicht aus Langeweile. „Im Töten sind sie nicht schlecht.“

„Aber wir sind besser.“ Mortwin hob die Hand. „Seid mal still. Ich glaube, sie brechen bald durch.“

„Das sagst du schon seit Langem.“

Mortwin trieb sein Pferd im Schritt auf den Tunnelausgang zu und lauschte den Geräuschen, während er die aufgeschütteten Steine musterte. Dann zog er sein Pferd herum und trabte wieder in die Vorpostenlinie zurück. „Dieses Mal sind sie wirklich dicht dran. Engram, reite zu Kormund und hol die anderen. Es wird gleich so weit sein.“

Engram nickte und trieb sein Pferd in die Schlucht hinein auf die Festung der letzte Zuflucht zu. Mortwin sah die anderen Männer der kleinen Schar eindringlich an. „Wenn die Bestien durchbrechen, bevor die Truppe da ist, dann ziehen wir uns tiefer in die Schlucht zurück. Aber denkt daran, was Kormund gesagt hat. Wir dürfen erst dann zurückweichen, wenn sie uns dichtauf folgen.“

Das Scharren wurde zunehmend von leisem Poltern übertönt, und nun geriet gelegentlich einer der Steine in Bewegung, sackte ab und rollte über den Schutt nach unten. Die Bogenschützen der kleinen Schar holten Pfeile aus den Köchern, legten sie an die Sehnen ihrer Waffen und lauerten darauf, dass ein Rundohr seinen Schädel blicken ließ.

Hinter Mortwins Gruppe erklang nun Hufschlag. Pferdelords preschten heran und füllten die Lücken zwischen den Vorposten.

„Lanzenträger zum Bodengefecht nach vorne", erklang Kormunds Stimme. „Bogenschützen dahinter formieren. Jeder vierte Mann als Pferdehalter. Und lasst Lücken für die kleinen Herren."

Die Pferdelords saßen ab und bildeten eine Doppellinie über die gesamte Breite der Schlucht. Ein Viertel der Männer führte die Pferde ein paar Längen zurück, gerade weit genug, um den Bodenkämpfern Bewegungsspielraum zu geben und die Tiere doch griffbereit zu haben, wenn ein schneller Rückzug nötig wurde. Kormund trabte mit Dorkemunt zur Mitte der Verteidigungslinie, rammte den Bodendorn seines Berittwimpels in den staubigen Grund und zog sein Schwert, während sein Freund Dorkemunt die ausgeliehene Axt an die Schulter legte.

Die Schlucht war schmal und lang gestreckt, und trotz der steil aufragenden Felswände wehte ein leichter Wind. Er bewegte die grünen Umhänge der Pferdelords und ließ Kormunds dreieckigen Wimpel gemächlich flappen. Einem Schwertmann der Wache wehte der blaue Rosshaarschweif seines Helms ins Gesicht, und er strich ihn mit einer ungehaltenen Bewegung zur Seite. Die Männer standen aufrecht und hatten den Blick zum Feind gerichtet, doch die grünen Rundschilde waren noch auf den Boden gesetzt. Die ersten Kampfhandlungen würden auch diesmal nicht auf dem Rücken der Pferde erfolgen, sondern auf dem Boden der Schlucht. Die Männer bedauerten das, denn der Angriff zu Pferde verlieh ihren Attacken eine besondere Wucht. Doch die war hier nicht gefragt. Stattdessen benötigte man zunächst Pfeile und die Wurflanzen der Zwerge, denn die Orks würden aus dem Tunnel quellen und ein massiertes Ziel bieten.

Aber die Pferdelords der Hochmark waren erfahren genug, um zu wissen, dass sich das im Verlaufe des Gefechts bald ändern würde. Sie würden die Orks natürlich behindern und ihnen Verluste zufügen, aber die Bestien würden weiter vordringen, und dann erst würde sich die Notwendigkeit ergeben, ihnen auf dem Pferderücken zu begegnen. Auf dem Rücken von Pferden der Hochmark, die für den Kampf trainiert waren, die mit ihren Gebissen nach den Orks schnappen und mit den Hufen nach ihnen treten würden. Doch zunächst waren Bogen und Lanzen an der Reihe, und anschließend würden Axt und Schwert zum Einsatz kommen.

Kormund bemerkte den missmutigen Blick seines Freundes. „Du wirkst nicht sehr zufrieden, mein guter Dorkemunt."

„Ich kann mich nicht an diese Axt gewöhnen." Der kleine Pferdelord schüttelte die Zwergenaxt. „Sie liegt nicht richtig in der Hand. Sicher, die doppelte Klinge ist gut gearbeitet. Die Herren Zwerge verstehen sich auf das Schmiedehandwerk. Aber der Stiel ist zu kurz. Sie ist nicht richtig tariert. Ah, Kormund, mein Freund, ich wollte, ich hätte jetzt meine eigene Axt zurück."

„Du wirst sie schon wiederfinden, Dorkemunt, mein Freund", sagte der Scharführer tröstend. „Du kennst doch die Orks. Eine gute Waffe lassen die nicht liegen. Eine der Bestien wird sie an sich genommen haben, und dann holst du sie dir eben zurück."

Inzwischen war das Getrappel von zahlreichen Füßen zu hören, und endlich erreichte auch die Kampftruppe der Zwerge die Stellung der Pferdelords. Kormunds Beritt hatte Verluste erlitten, und obwohl viele der Verwundeten in den Kampf zogen, konnten die Pferdelords nur achtzig Sättel füllen. Dementsprechend klein war auch die Kampfgruppe der Zwerge. Einhundertsechzig der kleinen Männer gliederten sich nun mit ihren Äxten und Wurflanzen in die Linie ein. Nedoruk, der Erste Axtschläger, hätte auch eine größere Streitmacht heranführen können, aber der gemeinsame Plan ließ das nicht zu, und so warteten über zweihundert weitere Zwergenkämpfer weiter hinten in der Schlucht. Nur wenige Wehrfähige waren bei den Alten, den Frauen und den Hüpflingen zurückgeblieben.

„Sind die Gräben bereit?", fragte Kormund leise und blickte zum Tunnelausgang hinüber, wo sich plötzlich eine ganze Reihe der oberen Steine löste und herabkullerte. Die Bestien würden in wenigen Augenblicken durchstoßen.

„Beide Gräben sind bereit, Pferdelord, und wir Axtschläger sind es ebenso." Nedoruk legte die Hände auf seine beiden Streitäxte. Hier würde er sich nicht hinter einem Schild verstecken, hier würde er dem Feind offen und mit beiden Äxten in den Fäusten entgegentreten. „Und beide Gräben sind mit Stoff und Schmutz abgedeckt."

„Halten die Gräben das Maß?"

„Ja, Pferdelord, sie halten das Maß. Achtet auf die Stäbe, die ihre Breite anzeigen."

„Haltet euch bereit, ihr Pferdelords und Axtschläger", rief Kormund. „Die Bestien werden gleich vorstoßen."

Als ob die Männer das nicht selbst verfolgt hätten. Die Lanzenkämpfer der Menschen knieten nieder, damit die hinter ihnen stehenden Bogenschützen und die Zwerge mit den Wurflanzen ihr Ziel ins Visier nehmen konnten.

„Haltet die Pfeile zurück, bis ich das Kommando gebe", befahl Kormund, zog seine Wimpellanze aus dem Boden und schritt hinter der Linie der Verteidiger entlang. Er nickte Nedeam ermutigend zu, der ihn breit angrinste, dann wandte er sich wieder an die Kämpfer. „Wartet, bis sie hervorbrechen und ein gutes Ziel bieten."

Zwischen den Steinen tauchte der grobschlächtige Schädel eines Rundohrs mit dem typischen massiven Helm auf. Die Bestie erblickte die Stellung der Verteidiger und brüllte kampfeslüstern auf. Seine Hände zerrten fieberhaft weitere Steine zur Seite, und einige Rundohren wurden sichtbar, die ihm bei seiner Arbeit halfen.

„Haltet die Pfeile zurück", ermahnte Kormund.

Das erste Rundohr schob sich aus der Öffnung hervor, dann folgte das zweite. Sie brüllten und bleckten ihre Fänge, woraufhin einer der Bogenschützen instinktiv den Pfeil löste. Eines der Rundohren brach zusammen und rutschte in den Gang zurück.

„Haltet die Pfeile!"

Drei, vier Rundohren schoben sich nun hervor, dann rollten noch mehr Steine herab, und eine Reiher weiterer Orks drängte sich ins Freie.

„Haltet die Pfeile! Wartet auf den Befehl!"

Kormund wusste, welche nervliche Anspanung es für die Männer bedeutete, sich zurückzuhalten. Es wäre ein Leichtes gewesen, die wenigen Rundohren mit Pfeilen und Lanzen einzudecken. Die Toten würden sich am Tunnelausgang stapeln und verhindern, dass die Nachfolgenden weiter vordrangen. Aber genau das musste Kormund verhindern. Sie mussten aus dem Tunnel heraus, denn wenn die Rundohren nicht hervorbrechen konnten, würden die Spitzohren hinter den Steinen in Deckung gehen und von dort aus ihre Pfeile abschießen. Sie würden dann weitaus geschützter sein als die Linie der Verteidiger, die frei und deckungslos vor ihnen kniete oder stand und somit ein wesentlich besseres Ziel abgab. Nein, die Rundohren mussten aus dem Tunnel heraus, und während man ihre vorderen Reihen niedermachte, würden die nachdrängenden Reihen den Spitzohren das Ziel verdecken. Aber es war nicht leicht, abzuwarten, bis sich genug Rundohren im Freien befanden, zumal diese begierig auf den Kampf waren.

Die meisten begannen sich zwar vor den Trümmern zu sammeln und ihre Kampfformation einzunehmen, während andere nun auch die letzten störenden Steine zur Seite schoben, aber einige Rundohren wollten einfach nicht abwarten und stürmten mit gebleckten Fängen und erhobenem Schlagschwert auf die Stellung ihrer Feinde zu.

„Haltet die Pfeile", brüllte Kormund. „Nur Nedeam schießt, sonst niemand!" Er trat hinter Nedeam und nickte ihm aufmunternd zu. „Jetzt zeig, was du kannst, junger Pferdelord."

„Das ist leichter, als Wildläufer zu schießen", erwiderte Nedeam und löste den ersten Pfeil. „Die Orks sind größer und hüpfen nicht so."

Nedeam beherrschte Pfeil und Bogen in einer Weise, die an den Elfen Lotaras erinnerte. Das erste Rundohr wurde von einem Pfeil auf den Rücken geworfen, und schon war der zweite Pfeil unterwegs und durchschlug den Brustpanzer eines weiteren Angreifers, bevor der dritte Pfeil die Kehle des nächsten traf. Pfeil auf Pfeil löste sich von Nedeams Bogen, und der junge Pferdelord wählte seine Ziele schnell und mit Bedacht.

„Nur die übereifrigen, Nedeam, mein Freund", mahnte Kormund. „Nur diejenigen, die es besonders eilig haben, geschlachtet zu werden."

Die ersten Kohorten der Rundohren hatten sich nun formiert, und Kormund erkannte eine Gruppe von Spitzohren, die aus dem freigelegten Zugang rannte. Nun würden auch die Pfeile der Orks zu fliegen beginnen. Es war an der Zeit, den Kampf ernsthaft zu beginnen.

„Bogenschützen, habt Acht“, kommandierte Kormund. „Löst eure Pfeile!“

Ein Schwirren erhob sich von der Linie der Verteidiger, und im Sonnenlicht sah man die Pfeile emporsteigen. Die Spitzen blitzten auf und senkten sich den Orks entgegen, und noch bevor sie in die Leiber der Bestien schlugen, war schon der zweite Schwarm auf dem Weg. Orks schrien getroffen auf und stürzten zu Boden, und die Ordnung der Bestien zerfiel augenblicklich.

Die Rundohren wussten, dass sie den Pfeilen nicht ausweichen und keine Deckung finden konnten. Es gab nur einen Weg, der Gefahr zu begegnen. Sie mussten die Bogenschützen so schnell wie möglich angreifen und ausschalten, daher stürmten die Rundohren in aufgelöster Formation vor. Sie rannten, so schnell sie konnten, aber die Pfeile waren schneller und vernichteten sie. Kein Rundohr der beiden ersten Kohorten erreichte die Linie der Verteidiger, aber ihr Tod verschaffte den Legionen der Orks die notwendige Zeit, einen richtigen Angriff vorzubereiten.

Aus dem freigelegten Tunnel waren in unentwegter Folge Orks hervorgeströmt, die sich rasch zu der klassischen Angriffsformation ihrer Kohorten zusammenfanden. Drei Reihen Rundohren in schweren Rüstungen und dahinter eine Reihe Spitzohren in leichter Lederrüstung und mit Bogen. Einige der Spitzohren führten offensichtlich die neuen Querbogen mit sich. Sie sahen aus wie kleine, quer auf einem Holzschaft befestigte Bogen aus Metall, und statt der Pfeile verschossen sie schwere metallene Bolzen, die nahezu jede Rüstung zu durchschlagen vermochten.

Pferdelords und Zwerge versuchten ihre eigenen Bogenschützen mit den Schilden zu decken, aber die Pfeile der Spitzohren fanden die Lücken immer sicherer, und so schrien nun auch Menschen und Zwerge getroffen auf oder starben in grimmigem Schweigen. Dann wurde der erste Schild von einem Bolzen glatt durchschlagen, und der dahinter stehende Pferdelord schrie heiser auf, als das schwere Projektil seine lederne Rüstung durchdrang und in seine Brust schlug.

„Haltet stand!", brüllte Kormund.

Nedoruk, der Erste Axtschläger der Stadt Nal't'rund, rannte hektisch hinter den Linien der Verteidiger entlang. „Haltet sie auf. Wir müssen sie aufhalten, bis die Sonne den Zenit überschritten hat. Haltet sie auf!"

Die ersten Kohorten hatten sich auf Wurfweite genähert, und nun traten die Kämpfer der Zwerge vor und schleuderten ihre kurzen und schweren Wurflanzen in die Leiber der Bestien. Die Zwergenwesen hatten ganze Bündel dieser Waffen mitgebracht und sie neben sich in den Boden gesteckt. Nun zogen sie die Lanzen, so rasch sie konnten, hervor und katapultierten sie den anstürmenden Rundohren entgegen. Unter dem vereinten Pfeil- und Lanzenhagel brach der Ansturm der Kohorten zusammen, und für einen Moment schien es, als würden die Bestien sich zur Flucht wenden. Aber neue Kohorten drängten nach, und immer mehr Spitzohren verschossen ihre Pfeile nun und rissen klaffende Lücken in die Reihen der Verteidiger.

Nedeam schien unbewegt zu stehen und konzentrierte sich ganz auf seine Waffe und die Ziele, die es zu treffen galt. Vor ihm lag ein toter Pferdelord am Boden, der gleich von zwei Orkpfeilen getroffen war, ein anderer kniete neben Nedeam, und der Schaft eines Bolzens ragte aus seinem Bauch. Der Pferdelord hatte die Hand auf die Wunde gepresst und versuchte, den Strom des Blutes aufzuhalten, doch dann wurden seine Augen blicklos, und er sackte tot vornüber. Ein Lanzenkämpfer der Zwerge wurde kurz vor dem Wurf von einem Pfeil getroffen, und seine Waffe wirbelte ziellos zu Boden. Dorkemunt rannte fluchend zu Nedeam und deckte seinen Schützling mit dem Schild.

Kormund suchte Nedoruk und fand ihn in einer Gruppe von Wurflanzenkämpfern. Er hastete hinüber, und der Berittwimpel flatterte über seinem Kopf. Ein Pfeil der Orks traf den grünen Stoff und schlitzte ihn ein Stück weit auf. „Wir müssen zurückweichen, guter Herr Nedoruk“, rief der Scharführer eindringlich. „Wenn wir bleiben, dann überrollen sie uns.“

Nedoruk blickte zur Sonne empor. „Wir müssen die Stellung noch halten. Es ist zu früh für einen Rückzug.“

Ein Pfeil zischte heran, und Kormund schlug ihn mit einer glücklichen Bewegung aus der Bahn. „Wenn wir bleiben, dann können wir irgendwann nicht mehr zurück. Schon jetzt fehlen uns Reiter!“

Kormund wies zu den Pferdehaltern mit den Reittieren. Auch zwei von diesen Männern lagen getroffen am Boden. Eines der Tiere stieg schrill wiehernd auf die Hinterhand, als der Bolzen eines Querbogens seine Flanke traf.

Einer von Nedoruks Axtschlägern stürzte unterdessen getroffen gegen Kormund. Nedoruk stieß einen zornigen Schrei aus. Wütend schwang er die Äxte gegen die vorrückenden Feinde. „Gut, so sei es. Gib das vereinbarte Signal.“

Kormund erblickte den Signalbläser, der stets in seiner Nähe blieb, und nickte dem Mann zu. Dieser hob das eiserne Horn der Hochmark an die Lippen, und der helle Ton des Horns erhob sich achtungsgebietend über dem Kampfplatz.

„Bogen und Äxte an die Pferde", befahl Kormund, und andere Stimmen leiteten den Befehl weiter. „Lanzen und Schwerter in der Linie bleiben."

Was von der zweiten Linie der Pferdelords noch übrig war, hastete zu den Pferden und saß auf, während die Kämpfer mit den Schwertern und Stoßlanzen versuchten, sich dem Sturm der Orks entgegenzustemmen. Die Bestien bemerkten das Zurückweichen der zweiten Linie und spürten, dass der Sieg nahe war. Mit verstärkter Macht drängten sie gegen die erste Linie vor, und die blanken Waffen prallten aufeinander, drangen in Rüstungen und töteten. Menschen, Zwerge und Rundohren starben im blutigen Nahkampf.

Die berittenen Axtkämpfer trieben ihre Rosse in das Kampfgetümmel hinein, und die aufgesessenen Bogenschützen töteten vom Pferdrücken aus.

Kormund hatte den Rundschild über den Arm geschoben und stieß mit der Wimpellanze zu. Sie drang fast bis zum Tuch in die Rüstung eines Rundohrs. Kormund drehte die Lanze routiniert, trat gegen den Leib des zusammenbrechenden Orks und befreite das Feldzeichen wieder. „Zu den Pferden", brüllte er. „Zu den Pferden!"

Nedeam tötete unterdessen ein Rundohr, das sich von hinten auf Dorkemunt stürzen wollte, während dieser seine Axt brüllend in den Brustpanzer eines anderen schlug. Dann war sein Pfeilköcher leer. Nun schob er den Bogen über die Schulter und zog das Schwert. Er spaltete den Helm eines Rundohrs und schrie Dorkemunt zu, er solle sich endlich zurückziehen. Das Horn der Hochmark ertönte zum zweiten Mal, um die restlichen Reiter und Zwerge an die Pferde zu rufen, dann erklang der dritte Hornstoß, der mit einem Misston abbrach, als das Schlagschwert eines Rundohrs den Bläser tötete.

Aber Zwerge und Pferdelords hatten den Ruf gehört. Einzeln oder in kleinen Gruppen lösten sie sich aus dem Kampfgetümmel und saßen auf oder klammerten sich an den Pferden fest, während Orks ihnen brüllend nachsetzten. Auch Kormund hatte sein Pferd erreicht, war aufgesessen und hatte noch die Wimpellanze in den Rachen eines Rundohrs gestoßen, bevor Nedoruk sich hinter ihm hinaufschwang. Mit lauten Schreien machte Kormund seiner Erregung Luft und trieb das Pferd zwischen zwei Orks hindurch. Ein Axtschläger der Zwerge klammerte sich an einen der Steigbügel, doch wurde er von einem Schlagschwert getroffen. Sein Körper wurde noch kurze Zeit mitgeschleift, dann blieb der Zwerg zurück.

Kormund ächzte, als sie endlich freikamen und ungehindert von den Orks durch das Tal galoppierten. Um ihn herum liefen weitere Pferde mit Reitern und mit Zwergen, die sich an sie klammerten, aber etliche Sättel waren leer geblieben. Sie hatten einen hohen Blutzoll bezahlt, und die Gefahr war noch längst nicht vorüber, denn hinter ihnen waren die Schreie der Orks zu hören, die nun zu Fuß die Verfolgung aufnahmen. Beide Truppen hatten jegliche Ordnung aufgegeben.

Die Pferdelords mit den Zwergen preschten ein gutes Stück vor den Orks her durch die Schlucht. Die vorderste Linie der nachfolgenden Kohorten wirkte zerrissen. Während einige kraftvoll vorausstürmten, hingen andere weit zurück.

Nedoruk schlug Kormund an die Schulter. „Ihr müsst langsamer werden, Pferdelord. Langsamer! Die Bestien können euch nicht folgen.“

Im Augenblick war sicherlich keiner der Reiter besonders motiviert, langsamer zu werden, denn sie alle waren dem Tod nur knapp entronnen. Kormund hob die Lanze mit dem Berittwimpel weit über seinen Kopf und spürte dabei, wie Orkblut vom Schaft her über seine Hand rann. „Langsamer, ihr Pferdelords! Schwarmlinie formieren!“

Etliche der Reiter konnten seinen Befehl nicht hören, denn die Schlucht hallte wider vom Lärm des Hufschlags und der nachsetzenden Orks, aber knapp dreißig Männer zügelten ihre Pferde und begannen eine Schwarmlinie zu bilden. Im Gegensatz zur dicht geschlossenen Angriffslinie ließ die Schwarmlinie größere Lücken zwischen den Reitern, so dass sie kein massiertes Ziel für Bogenschützen boten.

Dorkemunt trieb sein Pferd neben den Scharführer. Blut tropfte von der Doppelklinge seiner Streitaxt. „Wir können nicht verweilen, Kormund, mein Freund. Wir sind zu wenige, um sie aufzuhalten.“

„Ja, ich weiß“, erwiderte Kormund und blickte zu den heranhastenden Orks. Die beiden vorderen Kohorten, wenn man die zerfransten Gruppen so nennen mochte, waren rund zwei Hundertlängen entfernt. Fast Pfeilschussweite also, und tatsächlich begannen auch sofort einige Orkpfeile aufzusteigen. Doch keiner von ihnen traf. „Wir verweilen nur für einen Moment, damit sie dichter zusammenrücken. Wenn wir zu schnell sind, ziehen wir sie auseinander, und dann stürzen nur ein paar von ihnen in den Graben, während die anderen gewarnt sind.“

Rund vierhundert Orks rannten auf die dreißig Pferdelords und die Handvoll Zwerge in der Schwarmlinie zu, und der Abstand verkürzte sich rasch. Dorkemunt grinste schief. „Vierhundert gegen dreißig. Guter Stoff für eine Geschichte in Malvins Schänke.“

„Vergiss die Zwergenmänner nicht“, warf Nedoruk über Kormunds Schulter ein. Mehrere Pfeile flogen über sie hinweg, und das Gebrüll der Orks kam immer näher. Bedrohlich nahe sogar. Ein Pferdelord stürzte tödlich getroffen aus dem Sattel und riss einen Zwerg mit sich vom Pferd. „Ich denke, wir sollten jetzt weiterreiten, sonst kann keiner mehr die Geschichte bei diesem Malvin erzählen."

Nedoruk klammerte sich verzweifelt an Kormund fest, als dessen Pferd erneut antrabte. Erst als das Tier in den gestreckten Galopp überging, wurden die Bewegungen ruhiger, und der Zwerg fand besseren Halt. Dennoch stürzten zwei Zwerge von den Pferden herunter, bevor sie sich dem ersten Graben näherten.

Man hatte die beiden Gräben nur wenige Hundertlängen entfernt von der letzten Zuflucht der Zwerge angelegt. Sie waren parallel zueinander quer über die Schlucht gegraben worden, wobei der Abstand zwischen ihnen war gerade groß genug war, dass ein Pferd nach dem Sprung über den ersten Graben genug Kraft und Anlauf fand, um auch den zweiten zu überwinden. Die Zwerge hatten es tatsächlich geschafft, beide Gräben sowohl vier Längen in der Tiefe als auch in der Breite auszuschachten. Es war den Pferdelords ein Rätsel, wie sie das in der Kürze der Zeit bewerkstelligt hatten, zumal sie die beiden langen Gräben noch mit breiten Stoffbahnen aus Kleidungsstücken bedeckt und anschließend Staub und Dreck darübergeworfen hatten. Man konnte die Abdeckungen leicht erkennen, wenn man nur aufmerksam genug auf seine Umgebung achtete, und um genau das bei den Orks zu verhindern, hatten die Pferdelords ihren seltsamen Zwischenstopp eingelegt. Die Orks mussten den Reitern dicht genug und möglichst geschlossen folgen, damit ihre Aufmerksamkeit voll auf die Reiter und nicht auf den Boden gerichtet war. Notfalls musste der Anblick der kleinen Zwergenfestung die Bestien motivieren, blind voranzustürmen.

Die Pferdelords sahen die metallenen Stäbe, die im Boden steckten, zogen die Pferde zum Sprung hoch, und jeder von ihnen setzte sicher auf der anderen Seite auf. Nedoruk drohte einen Moment den Halt zu verlieren. Er klammerte sich verbissen an der Wimpellanze fest, und seine Bartzöpfe schaukelten im Reitwind. Kormund konnte ihm nicht helfen, aber der kleine Mann fand wieder Halt und zog sich ächzend hinter den Scharführer.

Die Orks waren wieder zurückgefallen, und Dorkemunt erkannte, dass der Plan fehlschlagen musste. Die Bestien begannen einzusehen, dass sie die Reiter nicht einholen würden. Es gab nur einen Weg, sie zur weiteren Verfolgung anzuspornen. Der kleine Pferdelord zwinkerte Nedeam zu, breitete theatralisch die Arme aus und ließ sich mit einem lauten Schrei vom Pferd fallen. Eher unbewusst zügelte Nedeam sein Pferd nach ein paar Schritten und kam eilig zu der Stelle zurück, an der Dorkemunt mit schmerzverzerrtem Gesicht am Boden saß.

Nedeam beugte sich im Sattel vor und streckte Dorkemunt die Hand entgegen. „Rasch, nimm meine Hand, die Bestien sind nahe.“

Dorkemunt blickte über die Schulter zurück. „Nicht nahe genug“, brummte er. „Sie müssen schon noch ein wenig laufen, Nedeam, mein Freund. Keine Sorge, sie werden uns schon nicht erreichen.“

Neben Dorkemunt schlug etwas in den Boden. „Ihre Pfeile schon. Komm endlich, Dorkemunt.“

Der kleinwüchsige Pferdelord spürte einen leichten Schlag, als ein weiterer Pfeil den grünen Umhang durchbohrte und dann kraftlos im Ärmel seines Wamses stecken blieb. Er erhob sich, blickte den Orks entgegen und schüttelte die Axt in ihre Richtung. „Kommt nur, ihr Bestien. Versucht nur, meinen Schädel zu knacken, es wird euch nicht gelingen."

Die vorderen Rundohren brüllten auf. Hinter Nedeam und Dorkemunt hatten einige Reiter ihre Pferde gewendet und eilten zurück. Alles wirkte nun chaotisch und planlos. Kormund und Nedoruk hatten sich vorgestellt, mittels präziser Befehle eine klare Ordnung aufrecht halten zu können, aber die Realität hatte jeden Vorsatz zur Seite gefegt und instinktiven Reaktionen Raum gemacht. Hinter dem zweiten Graben begannen die vorgepreschten Pferdelords und Zwerge nun in Stellung zu gehen. Das sollte eigentlich erst später geschehen, wenn der erste Graben eingestürzt war, aber es schien ohnehin nichts mehr so zu laufen, wie vorgesehen.

Die ersten Rundohren erreichten den vorderen Graben, und Dorkemunt stieß ein rauhes Krächzen aus, als die Orks auf der Abdeckung einfach weiterrannten. Zwar federte der Boden unter den Bestien, die zunächst überrascht, ja sogar verängstigt wirkten, aber da nichts weiter geschah und sie das Ziel dicht vor Augen hatten, stürmten sie wieder vor.

„Bei den Urahnen", ächzte Dorkemunt und nahm die Axt schlagbereit in die Hände. „Es funktioniert nicht."

Der vorderste Ork hatte den Graben fast überquert, als es dann doch funktionierte.

Das Rundohr riss seine Augen auf und begann eigenartig mit seinen Armen zu rudern, als der Boden unter ihm nachgab. Die beiden Pferdelords hatten noch nie einen solchen Ausdruck im Gesicht einer Bestie gesehen und sahen fasziniert zu, wie der Ork unvermittelt in einer Wolke aufsteigenden Staubes verschwand. Poltern, Schreie und das Reißen zerfetzenden Tuches waren zu hören. Überraschend schnell fiel die Abdeckung jetzt in sich zusammen und riss eine ganze Reihe der Bestien mit sich hinunter. Der Sturz mochte nicht besonders tief sein, aber für die schwer gepanzerten Rundohren war der Aufprall ausgesprochen hart.

Ein paar Rundohren konnten rechtzeitig am vorderen Rand des Grabens anhalten und brüllten ihre Wut zu Dorkemunt und Nedeam hinüber. Einer von ihnen wurde unabsichtlich von einem nachfolgenden Kämpfer gerammt und stürzte ebenfalls vornüber in den Graben.

Die Orks hatten Verluste erlitten, aber sie waren gering. Keine Hundert der Bestien waren zu Tode gestürzt, und die anderen standen nun brüllend am Rand des Grabens und schwangen drohend die Schlagschwerter. Sie wirkten hilflos, im Gegensatz zu den Spitzohren, die ihre Pfeile zu lösen begannen. Der Hagel der Geschosse wurde immer dichter, und so blieb den Pferdelords und Zwergen nichts anderes übrig, als hinter den zweiten Graben zurückzuweichen.

„Nun gut“, sagte Nedoruk seufzend, „es verlief nicht ganz nach Plan. Aber immerhin hält der Graben sie auf.“

Dorkemunt wies zu den Rändern der Schlucht. Orks begannen dort bereits Steine aufzuheben und zum Graben hinüberzutragen. Die Bestien reagierten unangenehm schnell auf das unerwartete Hindernis. In der Mitte der Schlucht kamen nun weitere schwer beladene Gruppen heran. Es war offensichtlich, dass die Legionen der Orks gedachten, den Graben einfach aufzufüllen. Die Bogenschützen der Pferdelords versuchten die Bestien daran zu hindern, aber es war hoffnungslos. Auf jeden ihrer Pfeile kam ein halbes Dutzend gegnerischer Geschosse, und so wichen die Menschen zurück.

„Der Graben wird sie nicht aufhalten“, sagte Hegmaruk betrübt und zupfte seine Bartzöpfe. „Sie werden ihn füllen.“

Dorkemunt ließ seinen Blick über die Schlucht gleiten. „Wenigstens gibt es hier kein Holz“, sagte er leise. „Sonst würden die Biester Sturmleitern und Stege bauen."

„Oh, es gibt Holz", sagte Hegmaruk. „In dem großen Haupttal vor dem Wassersprung. Habt ihr die Bäume nicht gesehen? Schöne gerade Stämme haben sie."

Dorkemunt spie aus. „Wundervoll, so genau wollte ich es gar nicht wissen, guter Herr Hegmaruk."

49

Es wurde Abend, und die Schatten begannen länger zu werden. Die letzten Nächte waren sternenklar gewesen, aber nun sah es ganz danach aus, als würde ein Regensturm heraufziehen. Ein Sturm von der Sorte, die den Boden in wenigen Augenblicken in Morast verwandelte und den kleinen Fluss Eten rasch zu einem reißenden Strom werden ließ. Die Menschen der Hochmark kannten diese Stürme, die so typisch für das Land der Pferdelords waren. Häufig wurden sie von Blitz und Donner begleitet, und wenn der schwere Regen nicht Grund genug gewesen wäre, den Schutz eines Hauses aufzusuchen, so hätten Blitz und Donner dies in jedem Fall bewirkt.

Es hieß, Blitz und Donner seien der Ausdruck des Zorns von Pferdelords, die ihre Ehre verloren hatten und nie zu den Goldenen Wolken gelangt seien. So ritten sie nun in den dunklen Wolken und schleuderten ihre Verzweiflung auf die Lebenden hinunter. Nicht jeder glaubte diese Legende, die vielleicht nur erfunden worden war, um die Kinder zu mehr Strebsamkeit zu ermuntern. Aber war nicht an jeder Legende ein Körnchen Wahrheit?

In jedem Fall war ein Regensturm heftig genug, um den Schutz eines Daches nicht zu verlassen. Wer könnte es dem armen Bauern Toslot also verübeln, wenn er bei diesem Unwetter nicht nach Hause eilte? Zumal, wenn es in Malvins Schänke so interessante Geschichten zu hören gab? Geschichten, die immer gehaltvoller wurden, je länger das Geschehen zurücklag. Doch galt das nicht für jede Geschichte, die dazu ausersehen war, zu einer neuen Legende zu werden?

„Wirklich, ihr guten Herren, ich habe sofort gespürt, dass mit diesem seltsamen Lomorwin etwas nicht stimmte“, sagte Malvin und beugte sich zu den Gästen am Tresen vor. „Ich will mich nicht herausstellen, ihr guten Herren, gewiss nicht, denn das wäre unrecht. Aber“, er polierte eifrig den Tresen, „wäre es nicht ebenso unrecht, wenn ich meinen Anteil an der Geschichte verschweigen würde? Ah, ihr guten Herren, ihr habt sicher noch etwas Durst, nicht wahr?“

Einer der Becher war tatsächlich leer, und Malvin füllte sie gleich alle nach. Da keiner protestierte, lächelte er erfreut und machte den Krug wieder voll. „Wie ich bereits erwähnte, ihr guten Herren, dieser Lomorwin, der war mir von Anfang an nicht geheuer. Ein finsterer Kerl, sage ich euch. Erzählte ich schon, wie ich ihn entlarvte?“

Neben dem Tresen stieß Toslot vernehmlich auf und blickte mit glasigen Augen zu Malvin. Der Schankraum verdunkelte sich plötzlich, als der Regensturm mit typischer Unmittelbarkeit und Härte einsetzte. Von einem Augenblick zum anderen wurde die Abendsonne verdeckt, und schwarze Wolken schoben sich über das Tal von Eternas. Als öffne der Himmel alle Pforten, prasselten schwere Tropfen auf den Boden, und die Menschen in der Schänke fuhren unwillkürlich zusammen, als ein heftiger Donnerschlag ertönte. Toslot schob seinen geleerten Becher zu Malvin hinüber und sah den Wirt auffordernd an, aber der war darin vertieft, seine Geschichte zu erzählen, und es war eine gute Geschichte.

„Ah, ich sage euch, ihr guten Herren, es war genau solch ein heftiger Regensturm im Gange, als ich Lomorwin entlarvte. Was sage ich, der Sturm war noch weitaus heftiger. Der Donner ließ die Erde erzittern, und die hellen Blitze des Zorns spalteten den Himmel.“

„Es war knochentrocken“, murmelte Toslot protestierend. „Und es hat auch nicht geblitzt.“

„Ah, guter Freund Toslot, du verspürst sicherlich noch ein wenig Durst, nicht wahr?“ Malvin trat hastig zu Toslot hinüber und füllte dessen Becher mit Gerstensaft. Er blickte die anderen Gäste an. „Ihr müsst verstehen, ihr guten Herren, mein guter Freund Toslot verträgt nicht viel. Der Gerstensaft trübt rasch seine Sinne, nicht wahr? Ah, mein guter Freund hier hat damals nicht mehr viel mitbekommen. Keinen Regen und keinen Donner, nicht wahr?“

Toslot stieß heftig auf und nahm ein paar durstige Schlucke. „Da war kein Donner und auch kein Blitz“, brummte er. „Es war doch die Nacht des Feuers. Ah, es war wirklich ein gutes Feld, das da brannte. Wir hätten einen Regensturm wohl brauchen können.“

Es war der vierte Becher Gerstensaft. Toslot hatte noch nie zuvor den vierten Becher geschafft, und ausgerechnet an diesem Abend, der viele Gäste in den ‚Donnerhuf‘ geführt hatte, hoffte Malvin inständig, der Bauer werde nicht bis zum fünften gelangen. Malvin stieß Barus an, der ebenfalls nicht mehr ganz sicher auf den Beinen war. „Eine finstere Nacht war es, nicht wahr, Barus, mein guter Freund?“

Barus, der Nagerjäger, dessen Keule im Verlauf von Malvins Geschichte noch eine hervorgehobene Rolle spielen würde, hielt dem Wirt den Becher auffordernd entgegen, und als dieser bereitwillig einschenkte, wandte Barus sich den anderen zu. „Eine wahrhaft finstere Nacht, ihr Herren.“

„Da hört ihr es, ihr guten Herren“, sagte Malvin erfreut und schenkte dem Nagerjäger noch ein wenig nach. Nicht zu viel, natürlich, denn alles musste sein rechtes Maß haben, und der Abend und die Geschichte waren noch lang. „Jedenfalls war es dunkel, und ich konnte das rote Glühen seiner Augen sehen ..." Barus blinzelte, und Malvin schenkte rasch nach, bevor er wieder ansetzte. „Nun, ich spürte es förmlich, das rote Glühen seiner Augen. Ihr wisst ja, ihr guten Herren, dass alle Bestien rote Augen haben, nicht wahr?"

„Wenn du noch lange so schwafelst, Malvin", erklang Esynes Stimme vom anderen Ende des Tresens, „werden meine Augen auch noch rot. Blutunterlaufen, um genau zu sein, es sei denn, du stillst nun auch meinen Durst." Die blonde Schuhmacherin blickte einen Pferdelord an, der neben ihr stand und seinen Arm recht wagemutig um ihre Schulter gelegt hatte. „Und reiche dem sabbernden Mann hier auch einen frischen Becher, damit seine Hände mit etwas anderem beschäftigt sind. Erzähle uns, wie Lomorwin starb."

„Ja, guter Herr Malvin, erzählt uns, wie Lomorwin starb", stimmten einige andere zu.

Malvin schenkte rasch nach und bedachte dabei seine Worte. Ah, er hatte die Geschichte schon oft erzählt, denn es war eine gute Geschichte für durstige Kehlen, und sie wurde jedes Mal ein wenig besser. Malvin wählte seine Worte sorgsam, denn so gehörte es sich für eine zukünftige Legende.

„Ah, ihr guten Herren, in jener schrecklichen und doch so ruhmreichen Nacht waren nur wenige Gäste in meinem Haus. Ihr hättet kommen und es selbst erleben sollen, ihr guten Herren, denn nun bleibt euch nur meine Schilderung, aber ein jedes meiner Worte ist wahr." Er reckte sich ein wenig. „Nun, ich war gerade dabei, meinen Tresen zu polieren. Bester polierter Stein, und seht hier, die sorgsamen Einlegearbeiten aus feinstem Holz ..."

„Sie wollen nicht deinen Tresen kaufen", meldete sich Esyne, „sondern deine Worte."

Neben Malvin war ein dumpfer Aufprall zu hören, und er blickte automatisch zu der Stelle, an der Toslot zuvor gestanden hatte. Endlich würden die überflüssigen Einwände des Bauern ein Ende haben. Immerhin, an diesem Abend hatte er fast vier Becher geschafft. „Ja, nun, ihr guten Herren, ich kümmerte mich also gerade um meine Gäste …"

„Deine wenigen Gäste", spottete Esyne, und der Pferdelord neben ihr stieß einen heiseren Fluch aus, als sie ihm in die vorwitzigen Finger biss.

„Meine ausgesuchten Gäste", korrigierte Malvin und räusperte sich. „Jedenfalls öffnete sich in dieser stürmischen Nacht mit einem Mal …"

„Es hat nicht gestürmt", brummte Barus nun.

„Ah, ich sehe, guter Freund Barus, dein Becher ist leer und bedarf der Füllung." Malvin schenkte großzügig nach. „Jedenfalls war es eine furchtbar dunkle Nacht, als Lomorwin hereinstürmte. Ich erkannte sofort seine finstere Absicht, denn seine roten Augen glühten."

Barus stieß heftig auf. „Er hatte keine roten Augen."

„Ah, bei den dunklen Mächten", stieß Malvin wütend hervor. „Erzähle ich die Geschichte oder du? Halte nun die Zunge im Gehege deiner Zähne, meine Gäste wollen erfahren, was sich ereignet hat."

Malvin war aus dem Konzept gebracht und knurrte verärgert, während Esyne ihn herausfordernd anlächelte. „Erzähle, wie der Graue Zauberer dich über den Tresen zog und dir die Flammenklinge an den Hals setzte."

„Ah, die Flammenklinge, ja." Malvin beugte sich weit vor und zeigte die vernarbte Stelle an seinem Hals. „Könnt ihr es sehen, ihr guten Herren? Ah, sie war furchtbar, diese Flammenklinge. Entsetzlich groß und schrecklich heiß. Nun, Lomorwin, also der Graue Zauberer, stürmte in den ‚Donnerhuf' hinein. Ich spürte auf Anhieb, welche Gefahr von ihm ausging. Mutig warf ich mich ihm entgegen …"

„Er griff dich am Kragen und zog dich über den Tresen."

„Es war der schnellste Weg, ihn zu erreichen", beteuerte Malvin. „Ich schnellte also über meinen guten Tresen und stürzte auf ihn zu. Natürlich wollte ich ihn sofort ergreifen, denn ich sah ja die Pferdelords des guten Herrn Tasmund hereinkommen, die der Bestie gefolgt waren. Aber ich bin kein Pferdelord, Ihr guten Herren, auch wenn es mir nicht an Tapferkeit mangelt. Aber nicht jeder kann ein Pferdelord sein, nicht wahr?" Er polierte seinen Tresen und schenkte nach. „Einer muss sich ja um die Gäste kümmern."

Der Pferdelord neben Esyne krümmte sich auf einmal ächzend zusammen und wurde leichenblass. Die blonde Schuhmacherin hatte ihm grob zwischen die Beine gegriffen. „Du magst also Fingerspiele, Pferdelord? Soll ich dir noch ein paar mehr von meinen beibringen?"

Der Mann taumelte zurück und wankte keuchend zu einem der Tische hinüber. Esyne stieß ein spöttisches Lachen aus. „Ich muss sagen, Pferdelord, es lohnte noch nicht einmal, dorthin zu greifen."

„Äh, nun, der Graue Zauberer packte mich also." Malvin leckte sich über die Lippen. „Ich stellte mich schützend zwischen ihn und meine wehrlosen Gäste und war bereit, mein Leben für sie zu opfern …"

Es war nicht Malvins Abend. Das Schicksal schien es zu wollen, dass er ständig unterbrochen wurde. Die hübsche Schuhmacherin hatte ihm mit heftigem Schwung ihren leeren Becher hinübergeschoben, der über den polierten Tresen gerutscht war und dabei zwei andere heruntergestoßen hatte. Ein paar Gäste murmelten Protest, und Esyne blickte den Wirt auffordernd an. „Dein Leben zu opfern, Malvin, wäre dir sicher leichter gefallen, als deinen Blutwein zu spendieren."

Malvin schenkte nach und straffte seinen Körper. An diesem Abend fand seine Geschichte einfach keinen würdigen Rahmen. Wie sollte er eine gute Geschichte erzählen, wenn er ständig unterbrochen wurde? „Nun, der Graue Zauberer in Lomorwins Gestalt bedrohte uns also, und während ich, berechtigterweise, ihr guten Herren, berechtigterweise, um mein Leben bangte …"

„… und du unter dich machtest", warf Esyne grinsend ein.

„Ich hatte kurz zuvor den Tresen gewischt", sagte Malvin errötend, „und mein guter Wischlappen hier war sehr feucht. Die Nässe tropfte auf meine Beinkleider, ihr guten Herren, genau so war es."

„Und dann schlug Barus dem Biest den Schädel ein", sagte Esyne prosaisch und warf dem Nagerjäger dabei einen anerkennenden Blick zu.

Ah, dieses furchtbare Weib. Stahl ihm den besten Teil der Geschichte. Malvin blickte die Schuhmacherin grimmig an und sah nun auch keine Veranlassung mehr, ihren Becher zu seinen Lasten nachzufüllen. „Ja, ja, ihr guten Herren", sagte er in resigniertem Tonfall, „Barus nahm also seine Keule mit weitem Schwung, nicht wahr, Barus, mein Freund?"

Barus grinste trunken. „Mit Schwung, ja."

„Er hatte keine roten Augen." Der Einwand kam von dem Tisch, an den sich der düpierte Pferdelord gesetzt hatte, und er warf den Wirt nun endgültig aus dem Fluss der Erzählung heraus.

Er sah den Pferdelord grimmig an und warf dann seinen Wischlappen wütend auf den Tresen. Musste der Pferdelord allen anderen die Freude an der Geschichte vermiesen, nur weil durch Esynes Griff die Freude in seiner Hose erloschen war? „Er hatte rote Augen“, brüllte er zu dem Mann im grünen Umhang hinüber. „Ich habe sie gesehen!“

„Aber niemand sonst.“

„Niemand stand so nahe bei ihm wie ich“, sagte Malvin erregt zu ihm. „Wer sonst hätte sie auch sehen können? Wer? Ich sah sie!“

„Ich konnte sie auch nicht sehen“, brummte Barus nun.

Malvin rang nach Atem. Er dachte an all den guten Gerstensaft, den er Barus spendiert hatte, und nun fiel ihm dieser angebliche Freund mit solcher Niedertracht in den Rücken. „Er ... er verstand es, sie zu verbergen.“

Malvin griff unter den Tresen und suchte den kleinen Gegenstand, den er dort aufbewahrte. Ah, da war er. Der Wirt zog ihn hervor. „Seht ihr es, ihr guten Herren? Dahinter lassen sich die roten Augen verbergen.“

Er hielt den quadratischen Rahmen mit dem Plättchen aus Schwarzkristall vor eines seiner Augen. „Seht ihr es, ihr guten Herren? Ihr könnt zwar durch das Schmuckstück hindurchsehen, aber die Farbe der Augen ist nicht mehr zu erkennen.“ Er zuckte die Achseln. „Man selber sieht natürlich auch alles ein wenig dunkler, aber ...“

Esyne lachte spöttisch auf. „Der Graue Zauberer hatte zwei Augen. Selbst wenn er eines seiner roten Bestienaugen hinter diesem komischen Schmuckstück verbarg, hätte man das andere sehen müssen.“

Der Pferdelord an dem Tisch richtete sich abrupt auf und kam zum Tresen herüber, wobei er einen erkennbaren Bogen um Esyne machte.

„Er kniff eines der Augen zusammen und hielt es geschlossen“, sagte Malvin errötend.

Der Pferdelord beugte sich nun zwischen den anderen Gästen vor und ergriff den Rahmen. „Zeigt es mir einmal näher, guter Herr Malvin.“

„Ah, ein wunderliches Ding“, sagte Malvin und reichte den Gegenstand hinüber. „Das Schmuckstück einer Bestie. Unsere Schmieden haben viele dieser kleinen Rahmen hergestellt, aber es fehlt uns an schwarzem Kristall, um den Schmuck zu vollenden.“

Der Pferdelord prüfte den Rahmen, hielt ihn vor eines seiner Augen und sah sich damit im Schankraum um, dann stieß er einen leisen Fluch hervor.

„Was ist, guter Herr Pferdelord?“, fragte Malvin. „Gefällt es Euch nicht?“

Der Mann im grünen Umhang dachte nicht mehr an die attraktive Schuhmacherin, sondern ließ inzwischen seinen Verstand wieder arbeiten. Er schüttelte langsam den Kopf. „Überlasst es mir für eine Weile, guter Herr Malvin. Ich will es der Hohen Dame Larwyn zeigen.“

„Ah, es wird ihren schönen Hals wohl schmücken“, sagte Malvin eifrig. „Aber vergesst nicht zu erwähnen, dass der Schmuck von mir ist, guter Herr Pferdelord. Über den Preis werden wir uns schon einig.“

Der Pferdelord sah die Anwesenden nachdenklich an. „Ich glaube nicht, dass es ein Schmuckstück ist, ihr guten Herren. Ich fürchte, es ist etwas ganz anderes. Aber was die Augen der Bestien angeht, könntet Ihr durchaus Recht haben, guter Herr Wirt.“

Der Pferdelord wandte sich eilends ab und verließ den Schankraum, obwohl draußen noch immer der Regensturm tobte. Malvin sah ihm kopfschüttelnd nach, doch dann zuckte er die Schultern. „Habt ihr es gehört, ihr guten Herren? Der Herr Pferdelord sagt ebenfalls, dass ich die Wahrheit spreche. Erzählte ich übrigens schon, wie ich in den Besitz des Schmuckstückes gelangte?" Er schenkte rasch eine neue Runde aus. „Dieses, wie ich beiläufig erwähnen möchte, sehr geheimnisvollen Schmuckstückes."

Vielleicht ließe sich daraus ja eine zweite Legende schmieden? Malvin hoffte nur, dass Barus und Esyne sich nun beherrschen würden. Er blickte misstrauisch zu der Schuhmacherin hinüber. Eigenartig, wie sie Barus ansah. Sie hatte so einen merkwürdig bewundernden Ausdruck in ihren Augen. Vielleicht der Stoff für eine weitere kleine Geschichte? Die Geschichte von Barus und Esyne? Ah, das würde jeden interessieren, denn niemand glaubte, dass Esyne jemals gezähmt werden könnte. Aber er musste es behutsam angehen. Esyne hatte scharfe Zähne, eine spitze Zunge und, wie der Pferdelord schmerzhaft hatte feststellen müssen, auch einen festen Griff.

50

Es war später Nachmittag geworden, und die Spitzohren schossen immer wieder Pfeile zu den Verteidigern hinüber, die ein Stück hinter dem zweiten Graben in Stellung gegangen waren. Dort hatten die Zwerge den Aushub der Gräben zu einem provisorischen Wall aufgeschichtet, der einen notdürftigen Schutz bot. Die Verteidiger hielten sich hinter diesem Erdwall verborgen, und ein paar von ihnen lagen oben auf dessen Kamm, um den Feind zu beobachten. Die Bogenschützen der Pferdelords hielten sich bedeckt und erwiderten den Beschuss der Spitzohren nicht, um ihre Pfeile für den Moment aufzusparen, in dem die Orks den zweiten Graben stürmen würden.

Schürfmeister Hegmaruk und der alte Schildmeister der Stadt standen zöpferupfend hinter der Verteidigungslinie und starrten finster zu den Kohorten der Legionen hinüber, die unentwegt daran arbeiteten, den ersten Graben aufzufüllen. Kormund und Dorkemunt lehnten zusammen mit dem Ersten Axtschläger Nedoruk oben an der Wehrmauer des kleinen Festungswerkes und blickten über die Schlucht.

„Wir haben sie ein wenig gerupft“, sagte Kormund nachdenklich. „Aber das wird nicht reichen. Sie müssen insgesamt zwei Legionen gegen uns aufgeboten haben. Die Stadt der Zwerge scheint ihnen sehr wichtig zu sein.“

„Der erste Graben hat sie aufgehalten“, sagte Nedoruk und nickte bedächtig. „Und auch der zweite wird das tun.“

Kormund lachte leise auf. „Die Orks sind nicht dumm, mein guter Herr Nedoruk. Sie haben gesehen, wie unsere Pferde über den zweiten Graben hinwegsprangen. Sie wissen, dass er da ist, und werden sich dementsprechend verhalten. Sie werden langsam vorwärtsgehen und den Boden gründlich absuchen. Und sie werden Leitern und Stege bauen, um auch den zweiten Graben zu überwinden."

„Das mag sein", räumte der Erste Axtschläger ein. „Aber dadurch werden sie langsamer."

Die meisten Kohorten der Legionen lagerten ein gutes Stück jenseits des ersten Grabens. Aber viele Hundert Orks arbeiteten wie besessen daran, den ersten Graben zu verfüllen und bereits das Material für die Überwindung des zweiten zusammenzutragen. Sie schleppten Holz heran, das sie offenbar im Haupttal vor dem Wassersprung geschlagen hatten. Bald würden die Bestien damit beginnen, Sturmleitern und Stege zu bauen, mit denen sie den zweiten Graben überwinden konnten. Felsbrocken wurden herangeschleppt oder auf den Schlitten der Zwerge herbeigezerrt, welche die Orks aus dem Felsendom geholt hatten. Gruppen von kräftigen Rundohren zerrten die Schlitten über den felsigen Boden, und ihre Körper schwangen gleichförmig zu den Seiten, während aus ihren Kehlen ein dumpfer Sprechgesang ertönte. Es war beängstigend, wie schnell der erste Graben aufgefüllt wurde. Gesteinsbrocken wurden hineingekippt und die Schlitten wieder zu den Felswänden gezogen, wo andere Rundohren eifrig große Blöcke losschlugen und auf die Schlitten verluden, welche dann wieder zum Graben zurückkehrten.

„Sie werden mit dem ersten Graben bald fertig sein", stellte Kormund fest. „Wenn sie sich dem zweiten zuwenden, geraten sie in die Reichweite unserer Bogen. Dann werden wir ihnen Verluste zufügen können."

Dorkemunt nickte. „Aber nicht genug. Wir können vielleicht einen ersten Angriff mit den Bogen führen, aber dann sind unsere Vorräte an Pfeilen erschöpft."

„Dann werden wir den Bestien mit blanker Axt begegnen", knurrte Nedoruk entschlossen.

„Sicher, guter Herr Zwerg, das werden wir", stimmte Kormund zu. Er wies nach unten. „Ich glaube nicht, dass sie den zweiten Graben ebenfalls auffüllen werden. Es kostet zu viel Zeit und würde uns nur Gelegenheit geben, sie mit Pfeilen einzudecken. Sie werden den Graben mit Stegen und Sturmleitern überwinden."

„Was meint ihr, wann sie angreifen werden, Pferdelords?", fragte Nedoruk bedrückt.

Kormund strich sich über das Kinn. Seine alte Brustwunde schmerzte ihn, aber er versuchte, es vor den anderen zu verbergen. Er beobachtete die Fortschritte am Graben. Eines der Rundohren kippte gerade schlaff von dessen Rand herunter, und der Scharführer sah unten am Erdwall den jungen Nedeam, der einen weiteren Pfeil auflegte. Nedeam war vermutlich der einzige der Pferdelords, der auf diese Entfernung einen Treffer anzubringen vermochte. „Am frühen Abend sind sie fertig. Dann können sie den ersten Graben überwinden. Ich glaube aber nicht, dass sie in der Nacht angreifen. Ich denke, sie werden das erste Tageslicht nutzen."

„Das erste Tageslicht also?" Nedoruk seufzte. „Das ist zu früh. Viel zu früh. Wenn sie erst am späten Vormittag vorgingen, wäre das besser."

„Was macht es für einen Unterschied?" Kormund sah den Ersten Axtschläger lächelnd an. „So oder so müssen wir ihnen begegnen."

„Wenn die Sonne hoch genug steht, können wir deren Kraft gegen sie einsetzen", erwiderte Nedoruk und seufzte erneut.

„Aber die Sonne stünde falsch", warf Dorkemunt ein. „Sie würde sie nicht ausreichend blenden." Der kleine Pferdelord hob einen Helm vom Boden auf, den er von einem Rundohr erbeutet hatte. Er hatte ihn mitgenommen, weil ihm an der Konstruktion etwas aufgefallen war. Nun hielt er den Helm hoch und deutete auf den kleinen viereckigen Rahmen, der auf einer Seite in Augenhöhe angebracht war. „Habt ihr euch die Helme der Rundohren angeschaut? Seht ihr diesen kleinen Rahmen mit dem schwarzen Plättchen? Es bedeckt eines der Augen und schützt es vor grellem Licht." Dorkemunt spie wütend aus. „Sie können nun auch gegen die Sonne angreifen und dennoch genug erkennen. Verfluchte Brut."

„Sie wollten sehr viele dieser Plättchen haben", sagte Nedoruk und zuckte die Schultern. „Wir mussten alle andere Arbeit vernachlässigen und Unmengen der kleinen Schwarzkristallplättchen für sie schleifen. Ah, hätten wir auch Grünkristall bearbeiten können, die Feuerbestie hätte nicht so viel Schaden angerichtet, und wir hätten Nal't'rund noch verteidigen können."

„Nicht gegen diese Horde von Orks, guter Herr Nedoruk", sagte Kormund leise.

Nein, gegen den Ansturm von zwei orkischen Legionen wäre die Stadt wohl auch in unversehrtem Zustand nicht zu halten gewesen. Sie hätten Tor und Kuppel mit Rammböcken zerstört und wären eingedrungen. Selbst wenn die Zwerge alle ihre Axtschläger und Wurflanzen dagegen aufgeboten hätten, wären sie wahrscheinlich von den Orks überwältigt worden. So tapfer die Axtschläger auch kämpften, die gepanzerten Rundohren mit ihrer großen Reichweite und die flinken Spitzohren mit ihren Bogen waren ihnen allein schon der Zahl nach überlegen.

„Wir müssen den Ansturm so lange hinauszögern, bis die Sonne über den Rand der Schlucht aufgestiegen ist", sagte der Erste Axtschläger. „Je höher sie steht, desto besser, ihr Pferdelords."

„Was soll das bewirken?", fragte Dorkemunt.

Nedoruk wies zu einer der Treppen hinüber, die beidseits des Balkons nach unten in die Schlucht führten. Auf den oberen Stufen ragten die langen Streben auf, welche die Zwerge zusammen mit den Kristallschüsseln aus der Stadt mitgebracht hatten. Jede der Streben war armdick und etwas über eine Länge hoch. Neben den Streben standen, mit Tüchern abgedeckt, die Kristallschüsseln.

„Damit können wir sie brennen, wenn die Sonne richtig steht."

„Brennen?"

Nedoruk lächelte. „Sie bündeln die Kraft der Sonne, Pferdelords."

„Und das blendet die Orks?"

„Nein", sagte Nedoruk kalt. „Es verbrennt sie." Er zuckte die Schultern. „Aber dazu brauchen wir eben das Sonnenlicht."

Kormund strich sich erneut über das Kinn. „Dann werden wir also den Angriff der Orks hinauszögern, bis die Sonne über dem Rand der Schlucht steht."

„Besser wäre, sie stünde noch höher."

„Ja, das sagtet Ihr bereits, guter Herr Nedoruk."

Dorkemunt lauschte den Geräuschen, die aus dem Tal zu ihnen heraufdrangen. Dem Stampfen der Füße, dem eintönigen Sprechgesang und den gebrüllten Befehlen mischte sich nun das Schlagen von Hämmern und der Klang anderer Werkzeuge bei. „Ich kann sie am Holz arbeiten hören, Ihr Herren. Da Ihr gerade von Brennen spracht, guter Herr Nedoruk ..."

Kormund nickte. „Ja, Holz brennt gut."

„Allerdings nicht, wenn es zu frisch ist", entgegnete Dorkemunt.

Kormund wies hinter sich zum Eingang der Fluchthöhle. „Dort gibt es Brennstein."

Nedoruk lauschte den Worten der Pferdelords und zupfte an seinen Bartzöpfen. „Was habt ihr vor, Pferdelords?"

Der Scharführer blickte wieder in das Tal. „Es wird eine Arbeit für Äxte und Schwerter, nicht für Lanzen und Bogen."

„Und es wird eine gefährliche Arbeit." Dorkemunt wies die Schlucht entlang. „Wir müssten ein Stück zwischen ihren Legionen hindurch."

Kormund schüttelte den Kopf. „Nein, sie werden die fertigen Stege und Sturmleitern nach vorne bringen. Damit sie diese gleich verfügbar haben, wenn sie den Sturm beginnen wollen."

„Und wenn sie das nicht tun?"

Der Scharführer grinste. „Dann, mein guter Dorkemunt, müssten wir uns doch noch durch ihre Reihen schleichen."

Nedoruk zupfte an seinen Bartzöpfen. „Ihr wollt die Bestien angreifen?"

„Heute Nacht", bestätigte Kormund. „Um ihre fertige Arbeit zu vernichten und das Holz zu verbrennen."

Nedoruk nickte erfreut. „Ah, deshalb Äxte und Schwerter, ich verstehe. Ja, ihr Pferdelords, der Gedanke gefällt mir."

„Ihr kennt sicher ein paar gute Axtschläger, die sich gerne prügeln möchten", sagte Kormund grinsend.

Nedoruk legte die Hände unbewusst an die Griffe seiner Streitäxte. „Ah, ihr Menschenwesen, daran wird es sicherlich nicht fehlen."

„Gut." Kormund nickte langsam. „Dann beginnen wir es also heute Nacht."

Nedoruk grinste erfreut, zupfte an seinen Bartzöpfen und wandte sich ab, um in die Fluchthöhle zu gehen. Es gab noch ein paar feine Äxte zu schleifen.

51

Blutfang und der andere Legionsführer schritten langsam an dem zugeschütteten Graben entlang. Es war mittlerweile Nacht geworden, aber die Arbeit war nun beendet. Die Rundohren hatten den größten Teil davon bewältigt, während die Spitzohren sich mit gelegentlichen Bogenschüssen auf die Verteidiger begnügt hatten, um sich zu schonen.

Das Auffüllen des ersten Grabens hatte selbst die kräftigen Rundohren erschöpft, und nun sollten sie sich in der Nacht für den Angriff erholen. Nur wenige Bautrupps waren noch damit beschäftigt, die letzten Sturmleitern und Stege vorzubereiten und sie nach vorne an den Graben zu bringen. Natürlich hatten die Verteidiger die Vorbereitungen mitbekommen, aber das machte nichts. Sie hatten die Arbeiten kaum stören können und sollten ruhig wissen, dass der kommende Tag ihr letzter sein würde.

Die beiden Legionsführer waren zufrieden mit dem Fortschritt der Arbeiten.

Blutfang bleckte seine Fänge und kratzte ein paar Fleischfasern zwischen seinen Zähnen hervor, bevor er befriedigt aufstieß. „Ich habe den Legionen eine ordentliche Fleischration spendiert", sagte er zu dem anderen Kommandeur. „Die Rundohren haben gut gearbeitet und werden für morgen neue Kräfte brauchen."

„Wir haben noch nicht allzu viele Pferdelords und Zwergenwesen erwischt", murrte der andere.

„Es war genug, um den Hunger zu stillen und den Truppen Appetit auf mehr zu machen", sagte Blutfang. „Und morgen nach dem großen Schlachten wird es ein Festmahl geben.“

„Bist du sicher, dass dieser zweite Graben existiert?“

Blutfang grunzte und wies in Richtung der kleinen Zwergenfestung, die am Ende der Schlucht an der Felswand zu kleben schien. „Hätte ich sonst Leitern und Stege bauen lassen? Natürlich gibt es den zweiten Graben. Ich habe genau gesehen, wie ihre Pferde zweimal sprangen. Nein, der Graben ist da.“

„Dann müssen wir also langsam vorrücken, damit wir nicht hineinstürzen.“

„Genau das wollen die Gegner doch erreichen. Sie versuchen, unseren Vormarsch zu bremsen und uns so verwundbarer für ihre Pfeile und Wurflanzen machen. Aber diesen Gefallen werden wir ihnen nicht tun. Die vorderen Kohorten werden schwere Steine mit sich führen und sie vor sich auf den Boden werfen. Das wird die Abdeckung des Grabens zum Einsturz bringen.“

Der andere Legionsführer lachte bellend. „Du hast dir deinen Rang redlich verdient, Blutfang.“

Blutfang stimmte in das Lachen ein. „Ich will die Schädel der anderen einschlagen und meinen dabei behalten.“

„Sie werden versuchen, uns an der Überquerung des Grabens zu hindern.“ Der zweite Legionskommandeur musterte den Bereich vor dem aufgeschütteten Erdwall, wo sich der zweite Graben befinden musste. „Sie werden den Wall verteidigen und mit ihren Pfeilen und Wurflanzen unsere Kohorten angreifen. Aber wir werden den Graben überwinden, und dann werden wir sie schlachten. Sie haben nicht genug Pfeile und Lanzen, um uns daran zu hindern.“

„Morgen werden die verfluchten Spitzohren ihren Teil dazu beitragen“, sagte Blutfang grimmig. „Dieses Mal werde ich nicht zulassen, dass sie ihre Pfeile blindlings lösen und gute Schwertschläger töten, nur weil sie Angst haben, in die vorderste Linie zu rücken."

„Sie sind gute Schützen", sagte der zweite Anführer versöhnlich. „Mit Schlagschwert oder Spieß können sie nicht umgehen, aber Bogen und Querbogen beherrschen sie gut."

Die beiden großen Rundohren warfen einen letzten Blick über die bereitliegenden Stege und Sturmleitern, zwischen denen einzelne Rundohren Wache standen. Gelegentlich trabte noch ein Bautrupp zwischen den lagernden Kohorten hervor und legte ein weiteres Sturmgerät hinzu. Blutfang gähnte ausgiebig. Er war ebenso müde wie seine Kämpfer, denn auch er hatte sich nicht geschont. Es mochte sein, dass sein Rang einige Privilegien mit sich brachte, aber Blutfang fand, dass er seinen Schwertschlägern ein Vorbild sein musste. Er hatte wie sie geschuftet und Felsen geschleppt, und beim Abendfressen hatte er nicht einmal auf einen saftigen Oberschenkel bestanden. Nein, seine Kämpfer wussten, dass er nichts von ihnen verlangte, was er nicht selbst zu leisten bereit war.

Es war eine sternklare Nacht und zudem Vollmond, so dass die Schlucht ausreichend erhellt war, um sich gut orientieren zu können.

Der zweite Legionsführer spähte zum Nachthimmel hinauf. „Gute Sichtverhältnisse. Schade, dass die Kämpfer so erschöpft sind. Bei einem Nachtangriff wären wir den Menschenwesen gegenüber im Vorteil. Ich glaube nicht, dass sie genug Holz haben, um uns mit Feuern zu blenden. Wäre das der Fall, hätten sie den Wall mit Holz verstärkt."

„Sei dir da nicht so sicher", brummte Blutfang, der mittlerweile mit dem anderen Kommandeur zwischen den Lagern der Kohorten hindurchschlenderte. „Ebenso gut könnten sie das Material für Blendfeuer aufsparen."

Die meisten Rundohren schliefen, und etliche von ihnen ließen das typische pfeifende Schnarchen hören. Zwischen ihnen lagerten die Spitzohren, von denen viele noch miteinander tuschelten. Gelegentlich beschwerte sich ein Rundohr über die Ruhestörung, was die Bogenschützen jedoch wenig zu kümmern schien, bis eines der Rundohren zwei der Störenfriede kurzerhand mit dem Schlagschwert aufschlitzte. Als ein drittes Spitzohr protestierte, wurde es ebenfalls zum Schweigen gebracht, danach kehrte relative Ruhe ein. Bei anderen Gelegenheiten hätte man sich nun um das frische Fleisch gestritten, doch an diesem Abend hatte es bessere Nahrung gegeben, und morgen würden man regelrecht schlemmen können.

Auch Einohr war noch wach.

Das Spitzohr hatte sich während des Tages nicht verausgabt und immer wieder Blutfang beobachtet, der zusammen mit den anderen gearbeitet hatte. Für Einohr war ein solches Verhalten unverständlich. Er war nun Führer einer Kohorte von Bogenschützen, und somit standen ihm bestimmte Vorrechte zu. Er hatte sich eine saftige Keule gesichert und Blutfang spöttisch gemustert, der sich mit einem Armknochen zufrieden gegeben hatte. Einohr wusste, dass er sich vor Blutfang in Acht nehmen musste. Das große Rundohr trug es ihm nach, dass Einohrs Bogenschützen viele Schwertschläger gefällt hatten und dass Einohr es bei dem Gehilfen des Brutmeisters angeschwärzt hatte. Blutfang würde danach trachten, diese Scharte auszuwetzen. Oh ja, Einohr konnte sich durchaus vorstellen, wie gerne der Legionsführer seine Fänge in seine Kehle geschlagen hätte, aber Einohr war zu schlau, dem Rundohr eine Gelegenheit dazu zu geben. Jetzt, so unmittelbar vor dem entscheidenden Ansturm auf die Verteidiger der letzten Zwergenzuflucht, würde das Rundohr sich ohnehin nur mit dem Angriff beschäftigen, und in seinen Gedanken würde nichts anderes Platz finden. Aber so waren die Rundohren nun einmal. Immer geradeheraus und schön eines nach dem anderen. Ihnen fehlte einfach die Fähigkeit des vorausschauenden Planens. Sicher, sie waren in der Lage, eine Plan für die Schlacht zu erstellen, aber selbst dabei setzten sie mehr auf brutale Kraftentfaltung denn auf die Schläue, wie sie einem Spitzohr zu eigen war.

Einohr jedenfalls würde nichts riskieren und arbeitete zielstrebig an seinem Plan, als erstes Spitzohr zum Kommandeur einer Legion aufzusteigen. Er war dem Schwarzen Lord schon angenehm aufgefallen, und es bedurfte eigentlich nur noch einer Kleinigkeit, den Allerhöchsten Lord von Einohrs Eignung zu überzeugen.

Den Schlüssel zu ebendieser Kleinigkeit hatte Einohr sich besorgt, als am frühen Abend viele von ihnen über den Kampfplatz ausschwärmten, um sich ein paar gute Fleischstücke zu besorgen. Auch Einohr war mitgegangen, aber er hatte nicht nur ein Stück Fleisch mit ins Lager zurückgebracht. Er hatte aus dem Körper eines toten Rundohrs den Pfeil eines Pferdelords herausgeschnitten. Einen guten Pfeil, in der typischen Machart der Menschenwesen. Dieser Pfeil hatte bereits ein Rundohr getötet, warum sollte er nicht auch noch ein zweites niederstrecken können?

Eigentlich hatte Einohr warten wollen, bis der Kampf des morgigen Tages voll entbrannt war und niemand mehr darauf achtete, ob ein Pfeil nun von vorne oder von hinten traf. Jedenfalls würde ein Menschenpfeil Blutfang fällen, und Einohr würde sofort die Initiative ergreifen, das Kommando über die Legion übernehmen und sie endgültig zum Sieg führen. Er musste nur abwarten, bis der Widerstand der Menschen- und Zwergenwesen annähernd gebrochen war, denn als künftiger

Legionskommandeur durfte er sich keinem unnötigen Risiko aussetzen. Mochte Blutfang ruhig auf heroische Weise sterben, Hauptsache, er starb. Vielleicht streckte ihn ja wirklich der Pfeil eines menschlichen Schützen oder irgendeine gegnerische Klinge nieder. Dann würde es nicht einmal unangenehme Fragen geben, nicht wahr? Im Grunde hatte Einohr den Menschenpfeil nur als Sicherheit in seinen Pfeilköcher geschoben. Nur für den Fall, dass Blutfang mehr Glück hatte, als Einohr ihm zugestand. Ah, die zwei Kämme eines Legionskommandeurs auf dem Helm würden ihm wirklich gut stehen.

Einohr fand allerdings auch, dass Flexibilität zu den Voraussetzungen eines guten Kommandeurs gehörte. Wenn sich eine günstige Gelegenheit bot, so musste man sie nutzen. Eine Gelegenheit wie diese Nacht zum Beispiel, in der Mond und Sterne gute Sicht auf ein unverwechselbares Ziel boten.

Einohr lagerte am Rand der Schlucht, ein Stück neben den anderen Spitzohren seiner Kohorte. Er wusste, dass seine neue Position einigen Neid hervorgerufen hatte, und wollte keinem potenziellen Nachfolger die Gelegenheit zu einem schnellen Streich geben. Lediglich ein älteres Spitzohr duldete er in seiner Nähe. Ein älteres und ausgesprochen dummes Exemplar, wie Einohr fand. Der einfältige Narr hatte Einohr verwundert angesehen, als dieser ihm den Helm eines Kohortenführers zum Schlaf aufs Haupt gedrückt hatte.

„Ah, probiere ihn einmal aus“, hatte Einohr lächelnd gesagt. „Es mag sein, dass ich bald noch weiter aufsteige, und dann werde ich einen zuverlässigen Kohortenführer als Nachfolger benötigen. Probiere, wie er dir steht.“

Dieser Einfaltspinsel war allenfalls in der Lage, sich selbst zu kommandieren, aber Einohr war auch dankbar für die Dummheit des Spitzohrs, mit dem er nun sein Nachtlager teilte. Es war so dumm, dass es nicht einmal Ambitionen auf die Verbesserung seines Rangs hatte. Nein, der Narr würde nicht versuchen, Einohrs Stelle einzunehmen. Aber vielleicht ja eines der anderen Spitzohren. In der Nacht, wenn sie alle am Boden ruhten, würde sich ein möglicher Attentäter an einem besonderen Merkmal orientieren müssen, wie dem Kamm eines Kohortenführers auf dem Helm. Der Einfältige würde keinen besonderen Verlust für die Legion darstellen, aber sein Leib könnte das Leben Einohrs erhalten.

Aber Einohr wollte günstige Gelegenheiten ja nicht nur vereiteln, er wollte sie auch nutzen, zum Beispiel indem er sich am Helm eines Rundohrs orientierte. Zufällig sah er, wie Blutfang zwischen den anderen Rundohren umherspazierte. Er erkannte ihn an den beiden Kämmen auf dem Helm und an der Streitaxt, die der Ork mit sich führte. Es war eine unerwartete Gelegenheit, Blutfang loszuwerden, und so entschloss Einohr sich, den ursprünglichen Plan ein wenig abzuwandeln.

Es war hell genug für die Augen eines Orks, um auch Details erkennen zu können, und so musste Einohr den Menschenpfeil im Liegen aus dem Köcher nehmen und auf seinen Bogen legen. Er zielte sorgfältig, denn er hatte nur diesen einen Menschenpfeil, aber er war ein guter Schütze. Einohr nahm sich Zeit, und als Blutfang schon ein Stück entfernt war, ließ er die Sehne schnellen.

Ah, welch ein Schuß. Eines Legionskommandeurs würdig.

Blutfang kam nicht einmal dazu, zu grunzen. Der Pfeil traf ihn im Nacken, durchtrennte die Wirbelsäule und tötete ihn auf der Stelle. Blutfang kippte schlaff vornüber, zwischen eine Gruppe von Schlafenden, doch keiner schien es zu bemerken. Das leise Zischen des Pfeils war im Schnarchen der Ruhenden untergegangen.

„Was hast du da gemacht?" Die Frage des Einfältigen ließ Einohr herumfahren. Das Spitzohr richtete sich schlaftrunken auf und sah Einohr fragend an, der noch immer den Bogen in den Händen hielt. „Was hast du mit dem Bogen gemacht? Worauf hast du geschossen?"

Ah, der Einfältige war wirklich kein Verlust für die Legion. Er begriff ja nicht einmal, warum Einohr ihm die Kehle durchschnitt. Dunkles Orkblut spritzte über Einohrs Hand und Klinge, der unliebsame Zeuge zuckte einige Male mit den Beinen, dann lag er still. Einohr stieß ein missmutiges Knurren aus. Wenn man auf den toten Blutfang aufmerksam wurde und dann den Einfältigen fand, würde es Fragen geben. Fragen, die zu ihm, Einohr, führten. Er musste sich etwas einfallen lassen. Eine plausible Erklärung für die beiden Todesfälle.

„Was hältst du eigentlich von den neuen Helmen?", wandte sich in diesem Moment der zweite Legionskommandeur an Blutfang, mit dem er am gegenüberliegenden Rand der Schlucht entlangschlenderte. „Der Schwarze Lord scheint sich viel von den neuen Helmen zu versprechen."

„Ah, sie sind Dung", knurrte Blutfang spöttisch. „Ich habe ihn den ganzen Tag über getragen und konnte mich nie recht entschließen, mit welchem Auge ich nun schauen soll. Ich habe ihn wieder gegen meinen alten Helm getauscht."

„Und den neuen?"

Blutfang zuckte die Schultern. „Den habe ich einem meiner Schwertschläger gegeben. Soll er sich damit schmücken."

Der andere grinste und bleckte dabei seine Fänge. „Nicht, dass man ihn morgen für den Kommandeur hält."

Blutfang schüttelte seinen Schädel. „Das wird schon nicht geschehen. Meine Schwertschläger kennen mich. Wenn ich meine Stimme erhebe, werden sie mir folgen. Ich ..."

Blutfang verstummte, als ein lauter Schrei durch die Nacht schallte. Er kam vom gegenüberliegenden Rand der Schlucht, wo etliche der Kämpfer lagerten. „Was geht da vor sich?"

Der andere Legionskommandeur zog instinktiv sein Schlagschwert blank. „Da ruft jemand, dass Menschenwesen in das Lager eingedrungen sind!"

„Unmöglich", knurrte Blutfang und zog die erbeutete Streitaxt. „Die Wachen am Graben hätten es gemeldet, wenn jemand ihn überwunden hätte, und hinter uns sind keine Menschenwesen. Die Zwergenstadt ist leer."

„Die Wachen sind müde", erwiderte der andere Kommandeur fluchend. „Hör nur, jetzt werden sie auch wach. Lass uns hinüberlaufen. Vielleicht wagen die Menschen ja doch einen Ausfall."

„In der Nacht?" Blutfang lachte brüllend. „Unsinn."

Dennoch rannte auch er zur anderen Seite der Schlucht hinüber, wo immer mehr aus dem Schlaf gerissene Orks zusammenkamen und aufgeregte Fragen stellten, während Einohr von umherschleichenden Menschen erzählte. Als Einohr schließlich Blutfang erkannte, musste er einen grimmigen Fluch unterdrücken. Er hatte das Rundohr unterschätzt. Offenbar war auch er auf die Idee gekommen, die Helme zu tauschen. Ah, eine gute Gelegenheit war verpasst. Nun musste er darauf achten, mit heiler Haut aus der Sache herauszukommen. Sein Plan hatte nicht wirklich funktioniert, doch in dieser Nacht kam ihm von einer Seite Hilfe zuteil, von der Einohr es nie vermutet hätte.

Es war eine kleine und ausgewählte Gruppe von Pferdelords und Zwergen, die es in dieser Nacht unternahmen, die Sturmgeräte der Orks zu zerstören. Nur so konnte man den Angriff der Legionen verzögern und gewährleisten, dass er erst später am Tag erfolgen würde. Neben zehn Pferdelords, darunter auch Nedeam und Dorkemunt, machten sich zwanzig ausgewählte Axtschläger unter Nedoruks Führung auf den gefahrvollen Weg über die beiden Gräben hinweg zu den Geräten hin.

Den abgedeckten zweiten Graben zu überwinden, war nicht einfach, denn sie mussten jeden Lärm vermeiden, der die Orks auf sie aufmerksam machen konnte. Außerdem war die Nacht eigentlich viel zu hell, um ein solches Unternehmen durchzuführen. Aber sie hatten keine andere Wahl. Sie hatten nicht einmal die Mittel, Brandpfeile herzustellen, um die Geräte aus der Entfernung in Brand zu setzen. Aber das Holz der Sturmgeräte war ohnehin zu frisch, als dass es sich auf diese Weise hätte entzünden lassen. Nein, sie mussten Brennstein mit sich führen, um die Sturmleitern und Stege vernichten zu können, und so trugen einige der Zwerge auf ihren Rücken große Beutel mit Brennsteinbrocken.

Da sie keine Leitern zur Verfügung hatten, die sie über den zweiten Graben hätten legen können, führte Nedoruk sie an den Rand der Schlucht zu einem der Grabenenden. Hier gab es einen schmalen Sims entlang des Randes, der allerdings selbst für die Zwerge kaum begehbar war.

Nedeam kam ganz gut zurecht, aber Dorkemunt hatte nach seinen Erfahrungen in der Zwergenstadt ein wenig Angst, auszurutschen und in den Graben zu stürzen. Es half auch nichts, dass die Stoffbahnen den Blick in die Tiefe verdeckten. Allein das Wissen darum, dass sie seinen Sturz nicht abfangen würden, reichte schon aus, um Dorkemunts Urängste zu wecken. Er schob sich Fuß vor Fuß auf dem Sims entlang, spürte, wie der Schweiß über seine Stirn rann und die hilfreichen Hände zweier Zwerge ihm Halt zu geben versuchten. Mehr als einmal rutschte einer seiner Füße ab, aber schließlich schaffte Dorkemunt es doch, den sicheren Boden zwischen den Gräben zu erreichen, wo er sich für einen Moment erleichtert auf den staubigen Boden sinken ließ.

Die Zwerge brauchten keine Erholungspause, aber die Pferdelords mussten sich erst einmal sammeln. Auf dem Rücken der Pferde waren sie bereit, jeder Gefahr entgegenzutreten, aber sich über einem Abgrund von vier Längen Höhe zu bewegen, war nicht unbedingt nach ihrem Geschmack.

Die sternklare Nacht und das helle Mondlicht erschwerten es den Kriegern, sich unauffällig zu bewegen. Sie alle hatten auf Helme und Brustpanzer verzichtet, damit das Funkeln von Metall sie nicht verraten konnte. Nun lagen sie flach auf dem Bauch und hofften, dass ihnen die langen Umhänge, die sie alle trugen, vor den umgebenden Steinen und Felsen genügend Deckung gaben. Sie konnten sich nur durch Handzeichen verständigen und gaben sie untereinander weiter. Auf diese Weise robbten sie auf ihren Bäuchen langsam auf den vorderen Graben zu, den die Orks bereits aufgefüllt hatten. Sie konnten die Wachtposten sehen, die zwischen den fertigen Sturmgeräten standen oder saßen. Keiner der Posten wirkte besonders aufmerksam, und die anschleichenden Kämpfer waren mehr als froh über diesen Umstand.

Nedeam war der einzige Bogenschütze unter ihnen. Er war es nicht gewohnt, im Liegen mit der Waffe zu schießen, und würde sich daher aufrichten müssen, wenn seine Fertigkeiten benötigt wurden. Immerhin brauchte er den vorderen Graben nicht zu überqueren, sondern würde am Rand bleiben und den anderen von dort aus Deckung geben.

Es war eine sternklare Nacht, die in Eternas die Liebenden dazu einlud, unter dem Sternenzelt zu verweilen, doch in dieser Schlucht wurde das Licht zur tödlichen Gefahr. Eines der Rundohren, die auf Wache standen, lehnte auf einem langen Spieß und döste. Man erkannte es daran, wie der Körper sich unmerklich vor und zurück neigte. Der Ork stand ein Stück vor den anderen, dicht am Grabenrand. Von ihm ging die größte Gefahr aus, denn er würde sie am ehesten entdecken. Die Anschleichenden beobachteten ihn und registrierten die geringste Bewegung. Manchmal, wenn der Ork sich zu weit nach vorne neigte und dann erschrocken aus dem Halbschlaf aufschreckte, erstarrten sie mitten in der Bewegung und hielten den Atem an. Sobald sich der massige Schädel des Rundohrs abermals neigte, nahmen auch die Schatten auf dem Boden ihre Bewegung wieder auf und kamen auf diese Weise immer näher an den aufgeschütteten Graben heran. Endlich erreichten sie dessen Rand.

Die Orks hatten den Graben mit Steinen und Felsen verschiedenster Größe bis an den Rand aufgeschüttet. Der Grund war zerklüftet von den scharfen Bruchkanten der herausgeschlagenen Felsblöcke und daher äußerst unbequem zu begehen. Die Anschleichenden gingen jedoch nicht über den Untergrund, sondern waren gezwungen, darüber hinwegzukriechen. Immer wieder schnitten die Kanten schmerzhaft in ihre Gliedmaßen, verschoben sich Steine unter ihrem Gewicht und gerieten ins Rutschen. Doch der dösende Ork ignorierte diese Geräusche, denn den ganzen Tag und die ganze Nacht schon gab der Grund beständig nach und senkte sich. Gelegentliches Poltern war also völlig normal, und die Wachen schenkten dem mittlerweile keine besondere Aufmerksamkeit mehr. Vermutlich war es diese scheinbare Gleichgültigkeit, die einen aus der Gruppe zu einem fatalen Fehler verleitete. Nachdem sich erneut ein Stein gelöst hatte und vernehmlich zur Seite gerutscht war, verharrte der Pferdelord nicht, sondern kroch einfach weiter. Er richtete sich sogar ein wenig auf, da ihm die Knie zunehmend schmerzten, und er tat es ausgerechnet in dem Moment, in dem sich das dösende Rundohr wieder ein wenig aufrichtete. Dieses Mal jedoch erstarrte der Ork, und der anschleichende Pferdelord spürte sofort, dass die Bestie ihn unmittelbar ansah.

Für einen Augenblick erschienen alle wie versteinert. Die Mitglieder der anschleichenden Gruppe ebenso wie das Rundohr, doch dann ertönte ein leises Zischen und das typische metallische Klingen, mit dem sich ein Pfeil durch die Brustpanzerung eines Rundohrs bohrte. Wieder neigte sich die Wache vor, doch diesmal schreckte sie nicht mehr hoch, sondern stürzte mit Nedeams Pfeil in der Brust über den Rand des Grabens. Mit vernehmlichem Gepolter schlug der schwere Körper auf.

Vielleicht wäre doch noch alles gut gegangen, und die anderen Wachen hätten unbekümmert weitergedöst, doch in diesem Moment wurden im Lager der Orks Rufe laut. Niemand hier am Graben konnte verstehen, worum es ging, aber das Rufen begann das Lager zu wecken.

Dorkemunt sah den neben ihm kriechenden Nedoruk fluchend an. „Das Lager wacht auf“, zischte er. „In wenigen Augenblicken sind alle Bestien auf den Beinen. Wir müssen zurück.“

Vor ihnen begannen sich nun auch die anderen Wachen zu bewegen, aber sie blickten nicht zu der kleinen Gruppe hinüber, sondern in Richtung des Lagers, von wo aus die Rufe ertönten.

„Zuerst müssen wir die Sturmgeräte verbrennen“, beharrte Nedoruk leise. „Wenigstens einen Teil von ihnen.“

„Dann lass uns eilen, guter Herr Nedoruk. Uns bleibt nicht viel Zeit.“ Dorkemunt richtete sich auf und war erleichtert, sich endlich wieder normal auf den Beinen bewegen zu können. Er begann seine Streitaxt zu schwingen und stieß eher unbewusst die Schlachtlosung der Pferdelords aus. „Schneller Ritt …“

„… und scharfer Tod“, nahmen die anderen Männer der Hochmark ihn auf.

Die Zwerge begnügten sich damit voranzustürmen, und so hetzten sie auf die wenigen Orkwachen zu, die, von der Losung der Menschen erschrocken, herumfuhren und sie nun überrascht anstarrten. Dorkemunt sprang einem der Rundohren entgegen und hieb ihm die Axt in die Panzerung, während neben ihm Nedoruk seine Äxte rechts und links in den Hals einer anderen Wache schlug. Ein Pferdelord schrie tödlich getroffen auf, als das Schlagschwert eines Rundohrs seinen Leib eröffnete, bevor eine Schwertklinge das Schicksal der Bestie besiegelte. Ein Axtschläger der Zwerge starb qualvoll, als der Spieß einer Wache seine Brust durchbohrte, doch dann lagen die Orks am Boden. Der Kampf war kurz und intensiv, denn der Stoßtrupp der Verbündeten war in der Übermacht gewesen. Keiner der Orks hatte das Lager verständigen können, aber es würde ohnehin nicht lange dauern, bis die aufgeschreckten Kämpfer der beiden Orklegionen am Graben nach dem Rechten sehen würden.

„Beeilt euch, ihr Pferdelords und Axtschläger“, rief Dorkemunt mit gedämpfter Stimme. „Uns bleibt nicht viel Zeit. Tragt die Sturmgeräte hierher und entzündet das Feuer. Und dann lasst uns schleunigst verschwinden.“

In dem Nachtlager der Orks, das nur wenige Hundertlängen entfernt war, erhoben sich nun befehlende Stimmen über das Durcheinander der aufgeregten Rufe. Sehr bald würde dort die Ordnung wiederhergestellt sein, und Gruppen der Orks würden beginnen, die Schlucht abzusuchen. Und natürlich würden sie sich sofort der einzig möglichen Gefahrenquelle zuwenden, der letzten Zuflucht der Zwerge.

Dorkemunt wählte drei der größten Pferdelords aus. „Legt eure Umhänge zurück und nehmt die Spieße der Orkwachen auf. Stellt euch an deren Stelle, es mag die Bestien für eine Weile täuschen. Ihr anderen, beeilt euch."

Sie trugen zusammen, was sie in der kurzen Zeit an Sturmleitern und Stegen ergreifen und aufeinanderschichten konnten. Das ging nicht ohne Lärm ab, zumal die Orks die Enden der hölzernen Stege mit Gewichten versehen hatten, die vernehmlich auf dem Boden schleiften.

Der zweite Graben war immerhin vier Längen breit. Es war etwas anderes, eine Leiter an einem Wall aufzurichten oder mit ihrer Hilfe einen Graben zu überwinden. Wollte man einen Wall erstürmen, so rannte man mit dem unteren Ende der Leiter voran auf den Fuß der Mauer zu, stemmte es dort fest in den Boden und richtete die Leiter auf, indem einige der Träger unter die Holme griffen und sie nach oben wuchteten, während andere mit langen Stangen unter die hochschwingenden Sprossen drückten. Sobald die Leiter senkrecht stand, wurde das Fußteil ein kleines Stück zurückgezogen, so dass sie nicht von allein umfallen konnte. Dann erst begannen die Kämpfer, sie zu erklimmen. Der zu erstürmende Wall war das Widerlager, an dem die Leiter Halt fand. Am zweiten Graben gab es jedoch kein solches Widerlager, und man konnte die Leiter auch nicht einfach über den Spalt schieben. Irgendwann würde sich das vordere Ende unweigerlich in den Graben neigen. Also hatten die Orks nur zwei Möglichkeiten, das tief und breit ausgeschachtete Hindernis mit Leitern zu überwinden. Entweder setzten sie diese in den Graben, stiegen hinab und benutzten dann weitere Leitern, um auf der anderen Seite wieder heraufzuklimmen, oder sie wählten eine schnellere Methode. Die Bestien hatten sich für Letzteres entschieden und daher schwere Steingewichte an die Fußenden der Leitern gebunden, die den Schwerpunkt weit nach hinten verlagerten und es ermöglichten, die Sturmgeräte flach über den Graben zu legen. Ebendiese Gewichte machten die Leitern aber schwer und scharrten nun polternd über den Boden.

„Eilt euch", rief Dorkemunt.

Aus Richtung des Lagers bewegten sich mehrere Gruppen von Orks auf den Graben zu, an dem Menschen und Zwerge nun fieberhaft arbeiteten. Die Brennsteinrucksäcke wurden gezündet, glommen auf und entflammten dann in hellem Feuerschein. Die Hitze griff augenblicklich auf das gestapelte Sturmgerät über. Holz begann zögerlich zu brennen, dann knisterte es, und Holzsplitter wirbelten explosionsartig aus den Flammen hervor, als das Wasser im frischen Holz verdampfte. Nedoruk stieß einen triumphierenden Schrei aus, aber ein an ihm vorbeizischender Orkpfeil ernüchterte ihn sofort wieder.

„Zurück, ihr Pferdelords und Axtschläger", brüllte Dorkemunt. „Zurück!"

Sie durften keine Zeit mehr verlieren, denn der Abstand zwischen ihnen und den Orks war jetzt schon bedenklich gering, und er würde sich noch deutlich verringern, wenn sie wieder zurück über den schmalen Sims mussten. Die Gruppe hastete über den aufgeschütteten ersten Graben hinweg, erreichte ungeschoren den schmalen Zwischenraum, der sie vom zweiten trennte, und rannte dann im klaren Sternenlicht zum Rand der Schlucht hinüber, wo sich der schmale Sims befand.

Pfeile begannen zu zischen, und als Dorkemunt den Sims erreichte und kurz zurückblickte, sah er, wie größere Trupps der Orks dabei waren, den ersten Graben zu überwinden, während eine Reihe von Spitzohren am Rand des Grabens stand und mit wütendem Gebrüll ihre Pfeile verschoss. Ein Pferdelord stürzte tödlich getroffen, ein anderer ging fluchend zu Boden.

Zwei Männer versuchten, den Verwundeten mit sich zu ziehen, obwohl sie wussten, dass sie ihn nicht über den schmalen Sims würden bringen können.

„Lasst mich, Kameraden“, knurrte der dem Tod geweihte Mann. „Ich versuche die Bestien noch ein wenig aufzuhalten. Bringt euch in Sicherheit. Schneller Ritt …“

„… und scharfer Tod“, erwiderte Dorkemunt leise.

Ein Zwerg starb nun unter den Pfeilen, und ein anderer Axtschläger wurde getroffen, als er sich mitten auf dem Sims befand, so dass er rücklings herunterfiel. Auf unerklärliche Weise hielt die Abdeckung des Grabens dem Gewicht des Toten stand. Quälend langsam kamen sie Fuß vor Fuß der anderen Seite näher, während die Pfeile der Bestien gegen die Felsen klatschten oder mit dumpfem Schlag ihr Ziel trafen. Kaum die Hälfte der ausgerückten Männer und Zwerge erreichte den festen Boden vor dem Erdwall am zweiten Graben. Unter ihnen war Nedeam, der Pfeil auf Pfeil verschossen hatte, bis sein Köcher leer war.

Der verwundete Pferdelord hatte reglos am Boden gelegen und reagierte erst, als sich zwei Rundohren über ihn beugten. Die Axt des Mannes durchschlug den Hals der einen Bestie, traf die andere in den Oberschenkel und trennte das Bein ab. Dann senkten sich gleich mehrere Schlagschwerter in den Leib des Todgeweihten.

„Möge er seinen Weg zu den Goldenen Wolken finden“, murmelte Dorkemunt.

Nedoruk berührte ihn tröstend am Arm. „Das wird er, haarloser Pferdelord Dorkemunt, das wird er.“

Die Orks folgten ihnen nicht weiter. Die großen Rundohren fanden keinen richtigen Halt auf dem Sims, zudem konnten sie nun mühelos von den Bogenschützen der Verteidiger heruntergeschossen werden. Und die Spitzohren drängte es schon gar nicht, sich ohne den Schutz der Rundohren an den Rand des Grabens zu begeben, um die Männer und Zwerge hinter dem Wall mit Pfeilen einzudecken.

Scharführer Kormund kam hinter dem Erdwall hervor und verteilte Wasserflaschen an die erschöpften Männer des Trupps. „Was meinst du, Dorkemunt, mein Freund? Hat es uns eine Frist verschafft?“

„Einige der Geräte dürften verbrannt sein“, knurrte Dorkemunt und spülte mit einem kräftigen Schluck seine trockene Kehle. „Aber manche werden sie auch vor dem Feuer haben retten können. Außerdem liegen noch viele in Reserve. Vielleicht haben wir eine Frist gewonnen, aber es wird nur eine kurze sein.“

Nedoruk blickte über den Graben hinweg. „Wollen wir hoffen, dass sie reicht.“

52

Natürlich versuchten die Scharführer und Berittkommandeure, die Männer zu beschäftigen. Tagsüber wurden unablässig Waffenübungen abgehalten und die Reitformationen einstudiert. Aber langsam begann sich Unmut bei den Männern zu regen.

„Ah, wir üben und üben und üben“, murrte einer der Reiter. „Gebt uns endlich eine Bestie, in deren Leib wir unsere Stoßlanzen senken können.“

„Ihr werdet sie bald genug zu sehen bekommen, guter Pferdelord“, erwiderte der Scharführer. „Vielleicht sogar mehr von ihnen, als Euch behagt. Aber wenn Ihr Eure Lanze so nachlässig haltet, werdet Ihr sie kaum in den Leib eines Orks rammen können. Nehmt sie fester zwischen Arm und Leib, richtet Euch zum Stoß ein wenig auf und beugt Euch dann ruckartig vor. Nur so durchstoßt Ihr die dicken Rüstungen der Rundohren.“

„Wenn die Lanze nichts bewirkt, nehme ich meine gute Axt“, knurrte einer der anderen Männer.

„Ah, guter Freund“, seufzte der Ausbilder. „Auch ich schätze eine gute Axt. Aber wenn wir gegen die Kohorten der Orks anreiten, dann werden sie in dichter Formation stehen. Rundohren mit langen Spießen in der ersten Reihe, dahinter die Spitzohren mit den Bogen und in der dritten Reihe Rundohren mit Schlagschwertern. Die Spieße sind lang und mit üblen Klingen bewehrt, um uns Pferdelords daran zu hindern, in die Kohorte einzubrechen.“

„Dann brechen wir sie mit unseren Pfeilen auf“, sagte ein grinsender Pferdelord und strich liebevoll über seinen Bogen.

„Das wird die Spieße fällen, so dass wir durch die Lücke preschen können."

„Unsere Stärke, ihr guten Herren, liegt nicht in Bogen, Axt oder Schwert." Der Scharführer tätschelte den Hals seines Pferdes. „Unsere Stärke liegt in der Stoßkraft unserer Lanzen und Pferde. Daher reiten wir Schenkel an Schenkel im freien Galopp gegen den Feind, so dass uns die Wucht des Aufpralls in die Mitte der feindlichen Formation treibt." Er grinste. „Als Pferdelords müsst ihr die Pfeile der Bestien hinnehmen und ihren Spießen begegnen. Die Rundohren führen ihre Spieße stets in der rechten Hand. Daher stoßen sie die Klingen nach vorne oder nach links. Es fällt ihnen schwer, sie nach rechts zu stoßen. Wir wissen nicht, warum, aber wir nutzen es aus. Zieht euer Pferd nach rechts an dem Spieß vorbei und schlachtet die Bestie mit eurer Lanze, dann nehmt euch der zweiten und dritten Reihe an. Je schneller wir die Formation durchstoßen, desto rascher zerfällt sie."

Jeder der Scharführer und gestandenen Pferdelords hatte seine eigenen Erfahrungen, die mehr oder weniger hilfreich sein mochten, einen Feind zu bezwingen. Manchmal widersprachen die Scharführer einander und gerieten darüber in Streit. Eine willkommene Abwechslung für die Pferdelords, denn dann mussten die Streithähne in der Praxis beweisen, wer von ihnen wohl Recht hatte. Dabei war die Taktik der Pferdelords ebenso vorhersehbar wie die der orkischen Legionen. Man würde in dichter Schlachtlinie auf den Feind zustürmen, Linie hinter Linie, und würde die Verluste durch die Pfeile der Orks in Kauf nehmen, so, wie man es immer tat. Man schützte sich beim Ritt nicht mit dem grünen Rundschild, das griffbereit am Sattel hing, denn man brauchte die eine Hand für das Pferd und die andere für die lange Stoßlanze. Erst wenn man schließlich am Boden kämpfte, würde man den Schild zur Deckung hinzunehmen.

Es waren die Schwertmänner, die dem Feind in vorderster Linie begegneten. Als Wache der Pferdefürsten trugen sie eine metallene Rüstung mit schwerem Brustpanzer, der dem Pfeil eines Spitzohrs besser widerstand als der lederne Harnisch eines einfachen Pferdelords. Zudem waren die Schwertmänner darin geübt, auch in schnellem Ritt Schenkel an Schenkel zu reiten und die Linie dicht geschlossen zu halten. Sie nahmen stoisch hin, was der Feind ihnen entgegensetzte, um dann selber auszuteilen. Nahmen die Pferdefürsten einer Mark am Kampf teil, ritten sie stets in diesen vorderen Reihen ihrer Wache.

Das Abendrot legte sich über das Tal von Eternas. Im Lager der Pferdelords, das auf dem Exerzierfeld neben der Festung aufgeschlagen war, erklang nun ein Hornsignal, das alsbald von einem anderen Horn über dem Haupttor der Burg aufgenommen wurde.

Es rief die Pferdelords zum „Leibes Wohl“. Für die Männer des Reitervolkes bedeutete dies, dass man sich als Erstes um das Wohl des Pferdes kümmerte. Die Tiere wurden zunächst zum Fluss Eten geführt, wo sie in Ruhe saufen konnten, und dann zu den langen Leinen gebracht, die man hinter den Zeltreihen gespannt hatte. Dort wurden sie abgesattelt, sorgsam gestriegelt und anschließend gefüttert. Viele der Pferde waren gut ausgebildet, und man hätte sie frei stehen lassen können. Aber einige Stuten waren rossig und erregten die Aufmerksamkeit der Hengste. Daher leinte man die Tiere an und stellte Männer ab, die sich um das Wohl der Tiere sorgten.

Die anderen Reiter konnten sich nun um ihre persönlichen Belange und das Wohl des eigenen Leibes kümmern. Meist gingen sie zu ihren Zelten, die sie mit einem der Kameraden teilten, und legten Rüstung, Helm und Waffen ab. Nur die Umhänge warfen sie erneut um ihre Schultern, denn kein Pferdelord würde freiwillig auf das Symbol seiner Ehre verzichten. Einige der Männer hatten ihre Bettstatt aus strohgefüllten Säcken errichtet, anderen reichte eine Decke auf dem blanken Boden. Später, wenn der Beritt ausrückte, würden sich alle mit Decke und Umhang begnügen müssen.

Von der Burg Eternas her waren zwei kleine Wagen gekommen, die mit frischem Brot beladen waren und mit dampfenden Kesseln, in denen die große Küche die Speise für die Einberufenen bereitet hatte. Meist war es Getreidebrei, Suppe oder ein starker Eintopf, der mit verdünntem Gerstensaft hinuntergespült wurde. Nach dem Essen würden die Männer sich ausruhen, schwatzend an den Brennsteinbecken sitzen oder nach Eternas hinübergehen. Letzteres nicht immer zum Vergnügen der Stadtbewohner. Pferdelords, die sich auf einen Kampf in ungewisser Zukunft vorbereiteten, begannen sich zu langweilen, und gelangweilte Pferdelords vertrieben sich die Zeit nicht immer auf die anspruchsvollste Weise. Es war bereits zu Auseinandersetzungen und handfesten Schlägereien gekommen, und die Wachmänner hatten nicht selten Mühe, die Kontrahenten zu trennen.

Drei der gelangweilten Pferdelords waren schon eine Weile durch die Straßen geschlendert und betraten nun aus einer Laune heraus den Laden Helderims. Der Händler trauerte noch immer ein wenig dem Geschäft nach, das ihm durch Lomorwins Tod entgangen war. Ah, es war gut, dass die Bestie erschlagen worden war, aber was ließ sich jetzt mit den unzähligen kleinen Rahmen anfangen, die Eternas' Schmiede gefertigt hatten und die sich nun kistenweise bei Helderim stapelten?

Der arme Helderim wusste nichts mit den Rahmen anzufangen, und so standen die Kisten in seinem kleinen Lagerraum und erinnerten ihn immer wieder schmerzlich an den entgangenen Gewinn. Gunwyn, die gute Seele, hatte einige der Rahmen auf lange Lederriemen gezogen, um sie als Halsschmuck anzubieten, oder an Schnüren in der Tür aufgehängt. Sie klirrten recht hübsch, wenn die Tür geöffnet wurde oder der Wind sie aneinandertrieb, aber dies hatte bislang keinen Käufer angelockt. Er blickte hoffnungsvoll auf, als die drei Pferdelords seinen Laden betraten.

„Ah, ihr guten Herren Pferdelords“, grüßte er freundlich, „was ist euer Begehr?“

Sie hatten kein Begehr, außer dem, sich ein wenig die Zeit zu vertreiben. Helderim seufzte enttäuscht, als die Männer lustlos seine Waren begutachteten. Einer von ihnen stieß dabei gegen die Kiste mit den kleinen Rahmen. „Was ist das hier für ein seltsames Zeug?“

„Das?“ Helderim leckte sich über die Lippen. „Ah, das sind Rahmen, die für den Grauen Zauberer gefertigt wurden.“ Er zuckte die Achseln. „Er behauptete, sie seien als Schmuck für die Damen des Königreiches Alnoa gedacht. Aber ich bezweifle das inzwischen.“

Einer der Pferdelords nahm ein paar Rahmen aus der Kiste, und die Männer betrachteten sie unsicher. „Merkwürdige Dinger.“ Er hielt zwei Rahmen aneinander. „Es lässt sich nicht einmal ein ordentlicher Kettenpanzer daraus fertigen. Jeder Pfeil ginge hindurch.“

Einer der anderen nickte. „Nun ja, eine Stoßlanze würde ein solches Kettenhemd auffangen können. Oder ein Schwert oder eine Axt.“

„Aber keinen Pfeil“, erwiderte der erste.

„Ah, was ist schon ein Pfeil.“ Der zweite Pferdelord grinste. „Ein echter Pferdelord kämpft natürlich mit blanker Klinge und Stoßlanze.“

„Was willst du damit sagen?“, brummte der erste. „Ich bin ein guter Bogenschütze und ein guter Pferdelord. Ich treffe jedes Ziel.“

„Ja, wenn es sehr groß und sehr nahe ist“, flachste der zweite Pferdelord.

„Meine Arme sind stark und meine Augen scharf“, knurrte der Bogenschütze errötend.

Helderim spürte instinktiv, dass sich da ein Streit anbahnte, und wies auf den alten Bogen, der hinter dem Tresen an der Wand hing. „Ah, ihr guten Herren Pferdelords, Bogen und Lanze sind wohl gleichermaßen nützlich.“

Die drei Pferdelords sahen auf den alten Bogen, und der Schütze trat interessiert vor. „Ein Barbarenbogen. Woher habt Ihr ihn?“

Helderim reckte sich stolz. „Mein Vater erbeutete ihn einst von einem Barbaren des Dünenlandes des Südens.“

„Er war sicherlich ein guter Pferdelord“, sagte der Bogenschütze lächelnd.

Der andere Pferdelord musterte Helderim. „Sagt einmal, guter Herr Händler, mit welcher Waffe bezwang Euer Vater den Barbaren?“

„Nun, äh, mit der Stoßlanze“, sagte der Händler unsicher.

„Ha, da siehst du es“, sagte der Pferdelord triumphierend zu dem Bogenschützen. „Die Klinge bezwingt immer den Pfeil.“

„Nur wenn der Pfeil die Klinge nahe genug herankommen lässt“, entgegnete der Bogenschütze und schlug instinktiv den grünen Umhang der Pferdelords zurück. „Mein Pfeil zumindest wird jede Klinge daran hindern.“

„In der Schlachtlinie wirst du mit der Lanze reiten“, lachte der andere auf. „Da kannst du gar nicht mit dem Bogen schießen. Aber ich gebe zu, auch wenn du dein Ziel nur sehr selten triffst, so kannst du den Feind mit deinem Pfeil immerhin erschrecken."

Die Augen des beleidigten Bogenschützen weiteten sich für einen Moment, dann schlug er unvermittelt zu. Der Hieb warf seinen überraschten Kameraden gegen den Tresen, und Helderim hob erschrocken die Hände. „Ihr guten Herren, spart euch eure Kräfte für den Kampf und wendet euch nicht gegeneinander."

„Der Händler hat Recht, Freunde", wandte der dritte Pferdelord ein und schob sich zwischen die beiden Streithähne. „Spart eure Kraft und reicht euch die Hände. Bald werden wir gemeinsam gegen den Feind reiten."

Es war wohl eine unglückliche Fügung, dass ausgerechnet in diesem Moment der Nagerjäger Barus eintrat. Er hatte seine mittlerweile berühmte Keule lässig über die Schulter gelegt, und als er durch die offen stehende Tür in den Laden trat, stieß die Keule gegen die aufgehängten Rahmen und ließ sie leise klirren.

„Barus, mein guter Freund", sagte Helderim rasch, „sagt den guten Herren hier, welche Waffe Ihr benutzen würdet."

Barus sah die Anwesenden verdutzt an und zuckte die Achseln. „Nun, äh, eine gute und solide Keule, denke ich."

Die drei Pferdelords lachten auf, und Barus sah sie eingeschnappt an. „Was gibt es da zu lachen, ihr Pferdelords? Ich sage euch, es geht nichts über eine gute und solide Keule."

„Er hat sogar den Grauen Zauberer damit erschlagen", sagte Helderim eifrig.

Einer der Pferdelords lehnte sich gegen den Tresen und hakte die Daumen hinter seinen Waffengurt. „Sagt, Barus, mein Freund, wenn Ihr doch so prachtvoll mit der Keule zu schlagen wisst, warum tragt Ihr dann nicht auch den grünen Umhang eines Pferdelords?"

„Es ist ein Unterschied, ob man Nager oder Rundohren jagt“, knurrte Barus.

„Ah“, sagte der Pferdelord spöttisch. „Es fehlt Euch also nicht nur am Umhang, sondern auch an Mut?“

Barus sprang unvermittelt vor und packte den Pferdelord am Wams. „Wiederholt das noch einmal, seid doch so gut.“

„Er hat es nicht so gemeint“, beschwichtigte einer der anderen rasch. „Es fehlt Euch sicherlich nicht an Mut, guter Herr Barus, ich kann mich entsinnen, dass Ihr nicht nur den Grauen Zauberer mit Eurer Keule erschlugt.“

„Nein, auch viele quiekende kleine Nager“, grinste der Pferdelord, den Barus gepackt hielt. „Quiek, quiek, quiek.“

Die Männer waren gelangweilt und froh über jede Abwechslung, sonst wäre es wohl gar nicht so weit gekommen. Aber das Warten auf die Losung zerrte an den Nerven. Barus packte das Wams des Mannes fester, woraufhin einer der Kameraden die Hand des Keulenschwingers schnappte und versuchte, deren Griff zu lösen. „Gib ihn frei, Nagerjäger.“

Barus wischte die Hand zur Seite und schlug dem Pferdelord dabei ungewollt ans Kinn. Im selben Moment warfen sich die Pferdelords auf Barus, der versuchte, sich ihrer zu erwehren. Doch obwohl sie zornig aufeinander losgingen, benutzte keiner der ehrenvollen Männer seine Waffe. Ihre Schläge waren allerdings auch so kraftvoll genug, und jeder musste ordentlich einstecken. Auch der brave Helderim, der sich über den Verkaufstisch beugte, um zu beschwichtigen, und dabei von einem Hieb nach hinten gegen das Regal geworfen wurde, welches krachend zu Bruch ging.

Die Männer ließen nun die Fäuste fliegen, und Helderim fürchtete um seinen Laden, als ein weiteres Regal zusammenbrach und die Waren über den Boden kullerten. Er wich einem

Schlag aus, der einem Pferdelord gegolten hatte, schob sich an den Kämpfern vorbei und erreichte die geöffnete Tür seines Ladens. Verzweifelt trat er auf die Straße hinaus und blickte sich um. Er hatte Glück, ein Stück die Straße hinunter patrouillierten zwei Männer der Wache, und Helderim winkte ihnen hektisch zu.

„Ihr guten Herren, eilt herbei. Es gibt Zwist in meinem Laden, ich fürchte, sie nehmen ihn auseinander."

Die beiden Männer kamen heran. „Pferdelords, nicht wahr? Ah, wer sonst? Es wird Zeit, dass die Männer ihre Kräfte sinnvoll einsetzen."

„Aber seid behutsam, ihr Herren", sagte Helderim. „Mein Laden hat schon schwer gelitten."

Vernehmliches Gepolter drang aus dem Verkaufsraum zu ihnen heraus. Die beiden Ordnungshüter griffen an ihre Waffengurte und zogen die kleinen massiven Holzkeulen, mit denen man die Wachen inzwischen ausgerüstet hatte. Gelegentlich mussten Unruhestifter recht nachdrücklich zur Ordnung gerufen werden.

„Wollen mal hoffen, dass die Burschen keine Helme tragen", brummte einer der Keulenträger. „Ich möchte nicht, dass ihre Rüstung leidet."

„Oh, einer von ihnen ist Barus."

Die beiden Wachmänner sahen einander kurz an. „Der braucht ohnehin keinen Helm", sagte der eine. „Sein Schädel ist hart genug."

Sie betraten den Laden, während Helderim händeringend auf der Straße zurückblieb. Kurz darauf ertönte Geschrei und erneutes Gepolter, dann traten unter den schockierten Blicken des Händlers die drei Pferdelords zusammen mit Barus auf die Straße. Sie sahen zwar alle etwas ramponiert aus, schienen aber dennoch überaus vergnügt zu sein.

„Wie ich bereits erwähnte, ihr guten Freunde“, sagte Barus undeutlich, da seine Lippe beträchtlich geschwollen war. „Manchmal geht eben nichts über eine gute und solide Keule.“

„Ah, lasst uns zu Malvin gehen“, murmelte der Bogenschütze und hielt eine Hand vor sein blau werdendes Auge. „Ein guter Schluck Gerstensaft käme mir jetzt ganz recht.“

„Oder ein guter Schluck Blutwein.“

Die vier Männer stützten sich gegenseitig, während sie die Straße entlang in Richtung ‚Donnerhuf‘ gingen. Helderim starrte ihnen mit geöffnetem Mund hinterher, dann trat er in seinen Laden. Die beiden Ordnungshüter lehnten am Verkaufstresen und versorgten notdürftig ihre Wunden.

„Wird Zeit, dass die Losung gegeben wird“, seufzte einer von ihnen. „Es ist doch immer wieder das Gleiche mit den Pferdelords. Wenn sie keine Orks zum Prügeln finden, dann schlagen sie sich mit der Wache.“

Helderim sah sich seufzend in seinem ramponierten Laden um. „Ah, welch ein Elend. All die Arbeit, bis all dies wieder gerichtet ist.“ Er sah die Pferdelords der Wache an. „Ihr solltet Barus und die anderen im Auge behalten, ihr guten Herren. Sie sind zu Malvins ‚Donnerhuf‘ gegangen.“

„Triff sich gut“, ächzte einer der Männer. „Das ist nicht unser Wachbereich.“

Die beiden angeschlagenen Wachen verließen den Laden und versicherten Helderim im Vorbeigehen, dass der Pferdefürst für den Schaden aufkommen werde. „Garodem, unser guter Pferdefürst, kennt seine Männer und weiß, dass ein Pferdelord gelegentlich etwas Beschäftigung braucht.“

Die Wache überblickte noch einmal den Verkaufsraum.

„Schreibt auf, was zerstört wurde, es wird Euch ersetzt, guter Herr Helderim."

Helderim notierte die Schäden und richtete alles notdürftig wieder her. Guter Stoff war zerrissen worden, und zwei der schönen Brennsteinlampen waren zu Bruch gegangen. Er musterte die Kiste mit den metallenen Rahmen. Ausgerechnet diesen nutzlosen Rahmen war nichts geschehen. Ah, warum hatten die Streithähne nicht auch sie beschädigen können? Dann würde Garodem den Verlust ersetzen, und die Schlägerei hätte noch ihr Gutes gehabt. Helderim stellte den Besen in eine Ecke und nahm einige der kleinen Rahmen, dann setzte er sich vor seinen Laden auf einen Schemel und seufzte. Solche nutzlosen kleinen Dinge. Wenn sich doch nur irgendeine Verwendung dafür finden ließe.

Allmählich senkte sich die Nacht über die Stadt, und schließlich ertönte im Lager der Pferdelords ein Hornsignal, das abermals vom Horn der Burg aufgenommen wurde. Es rief die Pferdelords zur Nachtruhe ins Lager zurück, und nun würde endlich Ruhe in der Stadt einkehren.

Tasmund, der Erste Schwertmann der Hochmark, hatte zuvor noch mit der Hohen Dame Larwyn die Angelegenheiten des nächsten Tages besprochen. Nun ging er in die hinteren Gemächer im Obergeschoss des Haupthauses, durchquerte den kleinen Gang und erreichte die schmale hölzerne Treppe, die auf den hoch über der Burg aufragenden Signalturm führte. Die hölzernen Stufen knarrten unter seinen Schritten, und als der Wachmann auf der Plattform die Geräusche hörte, öffnete er die metallverstärkte Luke.

„Alles wohl, Erster Schwertmann", meldete die Wache. „Die Stadt liegt ruhig, und kein Feind ist zu sehen."

Tasmund trat auf die kleine Plattform hinaus. Neben der

Luke erhob sich das metallene Gestell, auf dem Brennstein und Holz für das Signalfeuer vorbereitet waren. Zum Schutz gegen schlechtes Wetter war das Brennmaterial mit einem gewachsten Tuch bedeckt. Diese Signalfeuer zogen sich in einer langen Kette über die gesamten Gebiete der Pferdelords bis hin in die Hauptstadt des Königreiches von Alnoa. Befand sich eine der Marken in Gefahr, so wurde das Feuer entzündet. Seine Flamme war auch am Tage weithin sichtbar, und notfalls fügte man Öl und Fett hinzu, um einen dunklen Rauch zu erzeugen. In jedem Fall würde das Signal vom nächsten Posten erkannt werden, welcher dann sein eigenes Feuer entzünden und so die Botschaft weitergeben würde. Feuer um Feuer würden dann die Flammen die Pferdelords zu den Waffen rufen. Das nächstliegende Signalfeuer befand sich auf dem Turm am Eingang des Südpasses, das folgende an dessen südlichem Zugang. Das Feuer von Eternas bildete den nördlichsten Signalpunkt in dieser langen Kette und somit den äußersten Vorposten der Menschen.

Tasmund trat an die Brüstung des Turms und blickte im klaren Sternenlicht nach Norden, in die Richtung, in die Kormund, Garodem und die Beritte gezogen waren. Noch immer war keine Nachricht eingetroffen, und Tasmund begann sich um den Pferdefürsten und seine Männer zu sorgen.

Der Posten neben ihm blickte zum Sternenhimmel hinauf. „Morgen wird es oben im Norden einen Regensturm geben." Der Schwertmann wies in den Himmel. „Seht Ihr, Erster Schwertmann, dort ziehen Wolken auf. Sie wandern nach Norden hoch. Es wird wohl ein schwerer Sturm werden."

Unter ihnen ächzten erneut die Stufen der alten Holztreppe, und der Posten beugte sich und öffnete abermals die Luke. „Gute Frau Meowyn", sagte der Mann überrascht, „was treibt

Euch auf den Turm herauf?“

Tasmund sah Meowyn erstaunt an und nickte ihr zu. „Ihr findet vermutlich auch keinen Schlaf, gute Frau?“

Die blonde Heilerin seufzte leise. „Ich bin unruhig, guter Herr Tasmund, das gestehe ich ein. Schon so lange keine Nachricht von Garodem und noch länger keine Nachricht von den anderen.“

Tasmund wusste, was sie bewegte. „Euer Sohn Nedeam ist in guten Händen. Kormund und Dorkemunt sind erfahrene Pferdelords.“

Meowyn trat neben ihn und blickte besorgt nach Norden. Wenige Hundertlängen nördlich der Burg begann der Pass, der ins Reich der Zwergenwesen und noch darüber hinaus führte. „Was nutzt ihnen ihre Erfahrung, wenn die Übermacht sie bedrängt?“

„Vertraut den Männern“, sagte Tasmund leise und legte unbewusst seine Hand auf die ihre. „Sie werden sich nicht in eine Falle locken lassen und sich den Rücken frei halten. Zudem ist Garodem ausgerückt, um ihnen beizustehen. Kein Pferdelord lässt den anderen im Stich.“

„Ich verlor schon Balwin, meinen guten Mann“, seufzte Meowyn. „Es wäre mir unerträglich, auch Nedeam zu verlieren.“

„Begrabt Euch nicht in Eurem Kummer, gute Frau Meowyn. Das Leid der Vergangenheit darf Euer Leben nicht beherrschen.“ Er sah sie nachdenklich an. „Ihr müsst Euren Schmerz überwinden.“

Der Posten des Signalfeuers räusperte sich. „Wenn Ihr verzeiht, guter Herr Tasmund und gute Frau Meowyn, ich vergaß Zündstein für das Signalfeuer vorzubereiten. Wenn Ihr gestattet, werde ich ihn rasch holen.“

Tasmund nickte dem Mann zu und bedauerte es, dass Meowyn ihre Hand unter der seinen zurückzog. Die Heilerin lächelte. „Ich denke, ich werde mich nun zur Ruhe begeben und Euch wieder Euren Gedanken überlassen, guter Herr Tasmund."

„Nein, bitte bleibt", sagte der Erste Schwertmann hastig. Er sah den Posten an, der unmerklich nickte und dann die Plattform verließ. Natürlich gab es genug Zündstein am Signalfeuer, aber die Wache war ein verständiger Mann und spürte, dass die beiden etwas zu besprechen hatten. So zog er sich über die Treppe zurück, stieg ins Obergeschoss hinab und lehnte sich dort an die Wand. Was würden der Erste Schwertmann und die blonde Heilerin sich wohl zu sagen haben?

Es gab Gerüchte unter den Schwertmännern, denn immer, wenn Meowyn in der Nähe war, wurden die Gesichtszüge des gestrengen Herrn Tasmund ein wenig weich. Die Männer schätzten ihren Kommandeur. Tasmund war zwar ein harter, aber auch gerechter Mann, und er stand ihnen bei, wenn einer von ihnen in Not war oder Probleme hatte. Aber es würde nicht leicht sein, das Herz der Heilerin zu erreichen, denn der gute Herr Tasmund war wohl reich an Fähigkeiten, doch Wortgewandheit zählte nicht dazu.

„Gute Frau Meowyn", sagte Tasmund langsam, „ich bin in Sorge um Euch."

„Um mich, guter Herr Tasmund?" Meowyns Augen lagen im Schatten, aber Tasmund glaubte, das strahlende Blau ihrer Augen zu erkennen, während sie ihn forschend ansah. „Warum sorgt Ihr Euch?"

Tasmund konnte sich noch gut an Larwyns Worte erinnern, aber er wusste nicht recht, welche Worte er wählen musste, um seine Gefühle zu offenbaren. Dabei hätte er Meowyn so vieles zu sagen gehabt. Da war die Wärme, mit der ihre Nähe ihn erfüllte, und die ungestillte Sehnsucht, sie in seine Arme zu schließen. Da war sein Wunsch, für sie zu sorgen. Und diese Schwäche, die ihn jetzt erfüllte, als er ihre Hand berührte. Es gab so vieles, was ihn bewegte, und so wenige Worte, um es auszudrücken.

„Hm“, er räusperte sich verlegen, „nun, ich, äh, beobachte Euch.“

„So, Ihr beobachtet mich?“

Er räusperte sich erneut und verfluchte seine Unsicherheit. „Ihr arbeitet hart, gute Frau Meowyn.“

Sie lachte leise auf. „Das tun wir alle, guter Herr Tasmund, und Ihr gehört zu jenen, die am härtesten arbeiten.“

„Ah, gute Meowyn, ich muss gestehen, dass ich nicht die rechten Worte finde.“ Tasmund trat an Meowyn heran und sah sie ernst an. „Ihr habt Euren guten Mann Balwin vor Jahren verloren, und ich weiß, er war ein guter Mann und Pferdelord. Aber Ihr tragt wohl noch immer die Trauer um ihn in Eurem Herzen.“

„Natürlich tue ich das.“ Er spürte, wie sie sich ein wenig versteifte. „Wie sollte ich meinen Mann und Nedeams Vater jemals vergessen, guter Herr Tasmund?“

„Nicht vergessen“, korrigierte er mit sanfter Stimme. „Es wäre unrecht, ihn zu vergessen. Ihr sollt und müsst ihn in Eurem Herzen und in Eurer Erinnerung bewahren. Aber Ihr dürft Euch nicht zum Sklaven der Vergangenheit machen, gute Frau Meowyn.“

„Ich verstehe Euch nicht.“ Meowyns Stimme klang leise und zeigte zum ersten Mal einen Hauch von Unsicherheit. „Was wollt Ihr mir damit sagen?“

„Dass Ihr Euer Herz dem Leben öffnen müsst“, sagte er eindringlich. „Ich glaube, Balwin würde nicht wollen, dass Ihr

Euer Leben in Trauer beendet.“

Meowyn wandte ihren Kopf ein wenig zur Seite, und das Sternenlicht legte sich weich über die Züge ihres Gesichts. „Mit der Zeit mag es sich ändern.“

„Meowyn, gute Frau“, der Erste Schwertmann schwieg einen kurzen Moment und sammelte sich. „Ihr wisst, dass ich ein guter Schwertmann und Pferdelord bin.“

„Ja, guter Herr Tasmund. Wohl einer der besten“, sagte sie leise. „Aber das wolltet Ihr mir vermutlich nicht sagen. Ich habe Euch nie zuvor so … unsicher gesehen.“ Sie ergriff seine Hand mit einer leichten Bewegung. „Vertraut mir an, was Euch bewegt.“

„Ihr seid es, gute Meowyn“, gestand er ein. „Ihr seid es, die mein Herz am Schlagen hält und es bewegt.“ Er ergriff nun auch ihre andere Hand. „Ich bin Euch zugetan, Meowyn, von ganzem Herzen.“

Er konnte spüren, wie sie sich abermals versteifte, dann trat sie einen Schritt zurück und entzog ihm ihre Hände. Tasmund spürte Enttäuschung und Furcht, dass sie ihn ablehnen könnte. „Ich will Euch nicht bedrängen, gute Frau Meowyn. Nichts läge mir ferner.“

„Nein, das … das tut Ihr nicht, guter Herr Tasmund.“ Die Heilerin wandte sich ab und blickte über die nächtliche Ebene. Sie seufzte leise. „Irgendwie habe ich es gespürt. Die Art, wie Ihr mich anseht.“

Der Erste Schwertmann hätte sie gerne in die Arme genommen, aber spürte, dass Meowyn dies nicht gewollt hätte. Jedes Wort konnte nun gleichermaßen zu viel oder zu wenig sein. Nie zuvor hatte Tasmund sich so hilflos gefühlt. „Ich will Euch wirklich nicht bedrängen, gute Frau Meowyn“, sagte er leise. „Es tut mir leid, wenn ich Euch verletzt habe.“

„Nein, das habt Ihr nicht."

Sie sah ihn nicht an, und Tasmund erschien dies als ein deutliches Signal, dass sie das ungeschickte Eingeständnis seiner Gefühle nicht erwidern konnte. Er nickte langsam, obwohl sie es nicht sehen konnte. Er ging geschickt mit jeder Waffe um, doch nicht mit seinen Worten, und es war das erste Mal, dass er diesen Umstand bedauerte.

Er räusperte sich verlegen. „Ich will Euch nur sagen ..."

Meowyn wandte sich um, und Tasmund erschrak, als er Tränen auf ihren Wagen glitzern sah. Er wollte auf sie zutreten und sie tröstend in die Arme nehmen, doch Meowyn hob abwehrend ihre Hand. „Nein, guter Herr, ich danke Euch für Eure Worte. Sie tun mir wohl, auch wenn ich sie nicht erwidern kann. Noch nicht erwidern kann, guter Herr Tasmund." Sie wandte ihr Gesicht zur Seite, und ihre Stimme war kaum mehr als ein Hauch. „Es mag sich ändern, guter Herr, doch es wird seine Zeit brauchen."

Was sollte er darauf erwidern? Sie wies ihn ab, und gleichzeitig gab sie ihm Hoffnung. Wie sollte er reagieren, jetzt, da ihre Schultern unmerklich bebten und er ihr leises Schluchzen vernahm?

Tasmund wurde aus seinen quälenden Gedanken gerissen, als sich ein Ton über das Schluchzen erhob und es verstummen ließ. Ein weit tragender, dumpfer Ton, der über der Ebene Eternas zu schwingen schien.

Tasmund trat überrascht an die Brüstung des Signalturms heran und blickte nach Süden. „Das kam vom Pass her."

Auf der hölzernen Treppe waren Schritte zu hören, und schon drückte der Posten des Signalfeuers die Luke auf und trat auf die Plattform. Meowyn wandte sich hastig zur Seite und wischte sich mit dem Ärmel ihres Gewandes über die Augen.

Der Posten trat neben Tasmund, als der Ton erneut erklang.

„Ein Horn der Pferdelords, Erster Schwertmann“, stellte er fest.

„Keines der Hochmark. Der Ton ist zu tief und stammt nicht aus einem metallenen Horn.“

„Aber eines der Pferdelords, das ist gewiss. Und es kommt näher“, sagte die Wache und beugte sich über die Brüstung des Turms. „Gebt Acht am Tor.“

„Meinst du, wir sind taub?“, rief eine Stimme vom Innenhof herauf. Tasmund beugte sich ein wenig vor und wurde nun für die Torwachen sichtbar. „Ah, verzeiht, guter Herr Tasmund, ich wusste nicht …“

„Schon gut, weckt die Küche. Dort kommen Männer, die sicherlich sehr weit geritten sind und eine Stärkung vertragen können.“

Meowyn trat neben Tasmund und den Posten, und sie alle blickten nach Süden. Erneut ertönte das Horn, und im Tal war nun eine dunkle Schlange von Reitern zu erkennen, auf deren Rüstungen und Waffen das Sternenlicht funkelte. Sie bewegte sich rasch auf die Stadt zu und erreichte deren jenseitige Grenze, wo nun Lichter angingen und Menschen vor die Türen ihrer Häuser traten. Männer trabten durch die Straßen und näherten sich in dichter Formation. Sie trugen die dunkelroten Rosshaarschweife der Nordmark und die dunkelgrünen der Reitermark, und auch der gelbe Helmschmuck der Pferdelords der Westmark wurde sichtbar, als die Männer unter den dreieckigen Wimpeln ihrer Beritte zur Burg trabten.

Tasmund blickte Meowyn lächelnd an. „Wie ich Euch sagte, gute Frau Meowyn, kein Pferdelord lässt den anderen im Stich. Seht all diese Männer, Meowyn. Garodem hat die Pferdefürsten gerufen, und unverzüglich entsenden sie ihre Männer.

Die meisten von ihnen sind Schwertmänner der Wachen, keine Einberufenen. Man hat die Losung in den anderen Marken des Königs noch nicht gegeben, aber ihre Wachen kommen zu uns. Habt keine Sorge, gute Meowyn. Kein Pferdelord wird jemals ganz allein stehen, solange ein anderer noch die Lanze zu führen vermag."

53

Kaum einer der Verbündeten würde in dieser Nacht noch Schlaf finden. Am vorderen Graben war ständig Bewegung, denn die Orks schienen einen erneuten Vorstoß der Verteidiger zu befürchten. Im Lager der beiden Legionen brannten jetzt Brennsteinfeuer, und man sah auch dort geschäftiges Treiben. Offensichtlich versäumten die Bestien keine Zeit und ersetzten noch während der Nacht die verbrannten Sturmgeräte.

Kormund und Nedoruk schritten hinter dem aufgeschütteten Erdwall der ersten Verteidigungslinie entlang und versuchten den Männern und Zwergen Zuversicht einzuflößen. Die Verteidiger waren kampfbereit, aber man spürte, dass sich eine gewisse Mutlosigkeit ausbreitete. Der nächtliche Einsatz des Stoßtrupps schien den Angriff der Bestien nicht wesentlich verzögert zu haben.

„Es fehlt uns an Pfeilen“, stellte Kormund missmutig fest.

„Auch an Kämpfern und Wurflanzen“, stimmte Nedoruk zu. „Ich habe die noch vorhandenen Lanzen unseren besten Werfern gegeben.“

Der Scharführer der Pferdelords nickte. „Ich bin mit den Pfeilen ebenso verfahren. Unsere Bogen werden für kurze Zeit schießen können, dann bleiben uns nur noch Stoßlanzen, Äxte und Schwerter.“ Er grinste verzerrt. „Und Steine, mit denen wir werfen können.“

„Das mag ein paar der Bestien fällen“, sagte Nedoruk lakonisch. „Aber es wird die Masse nicht daran hindern, über den Graben zu stürmen. Ich hoffe, dass sie erst dann angreifen, wenn wir die Brenner einsetzen können."

Das erste Morgenrot zeigte sich bereits an den Rändern der Schlucht.

Frauen der Zwerge hasteten aus der Fluchthöhle die Treppen hinab und brachten Blor und Pilzbrei für die Zwergenmänner und Wasser für die Menschenwesen. Die Pferdelords nahmen das Wasser gerne an, bevorzugten ansonsten jedoch Brot, Trockenfleisch und Käse, deren Vorräte ebenfalls bedenklich geschrumpft waren.

Mortwin klopfte Nedeam auf die Schulter, der hinter dem Erdwall lag und in Richtung der Orks spähte. „Iss dich ordentlich satt, junger Freund Nedeam. Heute gilt es, denn die Bestien werden vorstürmen, und am Abend werden es nicht mehr viele Münder sein, die noch zu stopfen sind."

Nedeam sah den Pferdelord nachdenklich an. „Du glaubst also nicht, dass wir sie zurückwerfen können?"

Mortwin zuckte die Schultern. „Einmal schaffen wir es vielleicht noch. Ja, es mag uns gelingen, sie noch ein einziges Mal zurück zu werfen. Aber dann? Nein, Nedeam, sie werden uns überwältigen."

Mortwin setzte sich neben den jungen Pferdelord, zog sein Schwert aus der Scheide und nahm einen Stein vom Boden. Er feuchtete ihn an und begann ihn langsam über die Schneiden des Schwertes zu ziehen, um es zu schärfen. Auch an anderer Stelle war das sanfte Schaben zu hören. „Aber wir werden den Bestien einen guten Kampf liefern, wie es sich für Pferdelords gebührt. Wir werden ruhmreich zu den Goldenen Wolken reiten, Nedeam, mein Freund. Wahrlich ruhmreich."

Nedeam schüttelte den Kopf. „Wir werden sie schlagen. Irgendwie werden wir die Bestien schlagen."

Der Tod war für die Pferdelords ein Teil des Lebens. Menschen fielen Raubtieren oder Unfällen zum Opfer, konnten an Krankheiten sterben oder im Kampf. Der Tod nahm keine Rücksicht auf Geschlecht und Alter seiner Opfer. Nedeam war noch lange nicht bereit zu sterben. Die wenigsten waren dazu bereit, wenn der Tod sie holen kam. Nedeam würde versuchen zu überstehen, und wenn der Tod ihn doch ereilte, so wollte er den Bestien sein Leben teuer verkaufen.

„Wir werden alles daran geben, sie zu schlagen, Nedeam, mein Freund“, stimmte Mortwin zu und prüfte die Schärfe der Klinge mit seinem schwieligen Daumen. Erneut zog er den Stein über den Stahl. „Vielleicht können wir sie ja wirklich schlagen, denn immerhin“, er grinste schief, „wir sind Pferdelords, nicht wahr? Und die kleinen Axtschläger kämpfen auch nicht übel.“

„Die kleinen Herren scheinen auf die Sonne zu hoffen.“ Nedeam wies in Richtung der Treppen, die sich zunehmend deutlicher vor dem Hintergrund der Felswände abhoben. „Sie versprechen sich offenbar viel von diesen Schüsseln.“

Mortwin schnaubte. „Ich verspreche mir mehr von der Schärfe unserer Klingen und der Kraft unserer Arme.“

„Was werden die kleinen Herren mit den Schüsseln anstellen?“ Nedeam schloss seine Proviantasche und spülte den letzten Bissen mit etwas Wasser hinunter. „Sie sagen, sie würden brennen.“

Mortwin kratzte sich. „Die Schüsseln? Glaube ich nicht. Die scheinen aus Kristall zu sein. Ich habe noch nie brennenden Kristall gesehen.“

„Nein, die Bestien.“ Nedeam verschloss seine Wasserflasche. „Sie sagen, die Bestien würden brennen.“

Der ältere Pferdelord blickte zu den Kristallschüsseln empor. „Ich weiß nicht, ob diese Schüsseln so etwas vermögen.

Aber ich weiß, dass mein Schwert den Orks gar nicht schmecken wird."

Die Zwergenfrauen eilten in die Höhle zurück, und auf den beiden Treppen sah man nun Zwergenmänner, welche die Schüsseln aus weißem Kristall auf die langen Stäbe steckten und diese dann wieder aufrichteten. Sie vergewisserten sich, dass die Stäbe fest in den Löchern der Steinstufen steckten, und die Pferdelords konnten sehen, wie die Schüsseln sich dabei auf den Stäben hin und her drehten. Einige fingen das Licht des Sonnenaufgangs ein und schimmerten rötlich. Es sah zwar recht hübsch aus, machte aber nicht den Eindruck einer tödlichen Waffe.

Auch die letzten Verteidiger hatten ihre Vorbereitungen abgeschlossen, und das Schaben der Steine war verstummt. Jetzt lagen die meisten der Pferdelords und Zwerge hinter dem Erdwall bereit, während einige Bogenschützen und Wurflanzenwerfer auf dem befestigten Balkon vor dem Zugang der Höhle in Stellung gegangen waren. Sie bildeten die letzte Verteidigungslinie. Wenn sie jedoch überwunden war, konnten die Bestien die Höhle stürmen und die Frauen und Hüpflinge der Zwerge schlachten.

Auf den oberen Stufen der beiden Treppen erhoben sich nun gut dreißig der seltsamen Kristallschüsseln auf ihren Stäben, die von jeweils zwei Zwergenmännern bedient wurden.

Kormund blickte seufzend in Richtung der Höhle. Unterhalb des kleinen Festungswerkes standen die Reittiere der Pferdelords. „Ich würde den Bestien lieber auf dem Rücken meines braven Hengstes begegnen."

Dorkemunt hörte die Worte seines Scharführers und grinste. „Es geht nichts über einen starken Wallach, Kormund, mein Freund. Er lässt sich nicht durch eine Stute ablenken."

Sie fuhren herum, als aus dem Lager der Orks ein monotoner Sprechgesang ertönte.

„Ich glaube, es geht bald los", murmelte Kormund. „Sie beginnen, sich in Stimmung zu bringen."

Die Sonne schob sich nun immer höher und begann die lange Schlucht mit Licht zu füllen.

Im Lager der Orks formierten sich nun die Kohorten der beiden Legionen, während Arbeitstrupps immer neue Stege und Sturmleitern nach vorne brachten. Die Verteidiger sahen, wie die beiden riesigen schwarzen Banner mit den Symbolen der Legionen an die Spitze geführt wurden und zwei große Rundohren mit den zwei Helmkämmen der Legionsführer vor die angetretenen Kämpfer traten.

Die gebrüllten Worte der beiden Kommandeure waren nicht zu verstehen, aber ihre Kämpfer reagierten mit rhythmischem Stampfen der Füße und begannen die Schäfte oder Klingen ihrer Waffen an die Schilde zu schlagen.

„In manchen Dingen sind sie uns recht ähnlich", bekannte Dorkemunt und grinste Kormund und Nedoruk an.

„Ja", erwiderte Kormund spöttisch. „Vielleicht sollten wir sie zum Rundtanz auffordern."

Der Erste Axtschläger musterte die Legionen, die sich nun langsam in Bewegung setzten. „Es ist zu früh, Pferdelords. Wir brauchen mehr Sonne."

Sie blickten in den Himmel hinauf, und der Zwergenmann seufzte. „Sie steigt so langsam."

Dorkemunt wollte den braven Axtschläger nicht vollends entmutigen, aber er wies dennoch nach Süden. „Selbst wenn sie sich beeilen würde, guter Herr Axtschläger, dies wird ihr Licht bedecken." Von Süden trieben dunkle Wolken heran, die sich langsam zusammenballten und eine düstere Drohung ausstrahlten. „Das sieht mir nach einem schweren Regensturm aus."

Kormund grunzte. „Könntest du denn nicht auch mal eine gute Nachricht für uns haben, Dorkemunt, mein erfahrener Freund?“

Der kleinwüchsige Pferdelord grinste. „Vielleicht wird es ja ein sehr ordentlicher Regensturm, und die Orks ersaufen hier einfach.“

Zwei Kohorten der Rundohren eilten den anderen voraus, nahmen die Sturmgeräte auf und begannen über die Aufschüttung des vorderen Grabens zu klettern. Dann folgten die anderen Kohorten. Der ungleichmäßige Untergrund zerriss zunächst ihre sauberen Formationen, aber die Bestien formierten sich rasch wieder, als sie den ebenen Boden zwischen den Gräben erreichten. Neben den vorderen Rundohren mit dem Sturmgerät gingen mehrere Zweiergruppen einher, die schwere Steinbrocken schleppten. Der Grund dafür wurde rasch deutlich. Die Orks nahmen Schwung und warfen die Brocken ein Stück weit vor sich auf den Boden, und schon nach wenigen Versuchen hatten sie Erfolg.

Mit einem vernehmlichen Reißen gab die Stoffabdeckung des zweiten Grabens nach und öffnete sich. Die ersten Stützen gaben nach, und dann sackte die gesamte Abdeckung mit lautem Gepolter in sich zusammen. Eine gewaltige Staubwolke stieg auf und verhüllte den Blick auf die Orks, so dass nur noch deren zufriedenes Gebrüll zu hören war.

„Sie haben den Graben gefunden“, stellte Kormund lakonisch fest.

„Jetzt müssen sie ihn noch überwinden.“ Dorkemunt leckte sich über die Lippen. „Ah, wenn wir genug Pfeile hätten, dann könnten wir dabei viele der Bestien in die finsteren Abgründe befördern, aus denen sie hervorgekrochen sind.“

„Wir haben aber nicht genug Pfeile.“

„Ja, Kormund, mein Freund, ich glaube, das wurde schon angesprochen."

„Bei den Goldenen Wolken." Kormund packte Dorkemunt und Nedoruk und zog sie mit sich in die Deckung des Erdwalls. „Achtung, sie lösen ihre Pfeile!"

Aus der Staubwolke schwirrten Pfeile zu der Stellung der Verteidiger hinüber. Sie waren kaum gezielt, die Spitzohren schienen einfach nur aufs Geratewohl in Richtung des Gegners zu schießen. Aber die Pfeile kamen in dichten Schwärmen, und der ein oder andere traf sein Ziel. Schreie begannen in den Reihen der Verteidiger zu ertönen, und es gab die ersten Toten und Verwundeten zu beklagen.

„Die haben keinen Mangel an Pfeilen", fluchte Kormund.

„Wenn die so weitermachen, haben auch wir keinen Mangel mehr daran", erwiderte Dorkemunt. Er zog einen Pfeil, der neben ihm eingeschlagen war, aus dem Boden und musterte ihn. „Wirklich miese Qualität, aber die Menge macht es wohl."

Kormund drehte sich auf den Rücken. „Sammelt an Pfeilen ein, was ihr finden könnt, aber bleibt dabei in Deckung. Verschießt zunächst die Orkpfeile, aber löst sie erst dann, wenn ihr die verfluchten Bestien deutlich sehen könnt. Die guten Pfeile spart auf, bis sie über den Graben setzen."

Vor ihnen ertönte ein leiser Schlag, und als sie sich umwandten, erkannten sie das Ende eines schmalen hölzernen Steges, der den Graben überdeckte. Unmittelbar darauf senkte sich eine zweite hölzerne Konstruktion aus der Staubwolke heraus auf sie zu und schlug auf den Boden. Durch den Staub hindurch waren das Stampfen, Schlagen und rhythmische Schreien der Orks zu hören, während immer mehr Stege und Sturmleitern den Graben überspannten.

Der Staub begann sich endlich zu senken, und die Kohorten

der Orks wurden wieder sichtbar. Sie standen nun erschreckend dicht am Graben. Entgegen der üblichen Angriffstaktik waren diesmal volle Kohorten von Spitzohren der Front der Rundohren vorgelagert, um einen Strom von Pfeilen auf die Verteidiger zu schießen. Mit Sicherheit behagte es den Spitzohren nicht besonders, derart ungedeckt vor dem Feind zu stehen, denn sonst befand sich immer eine Reihe von Rundohren vor den kleineren Bogenschützen. Zudem trugen die Spitzohren nur leichte Lederrüstungen, die keinen nennenswerten Schutz boten, auch wenn ihre Träger dafür sehr beweglich blieben.

Die Bogenschützen der Pferdelords begannen jetzt den Pfeilbeschuss zu erwidern und benutzten dazu die etwas ungewohnten Pfeile der Orks. Die Schäfte waren nicht immer gerade, und daher nahm so mancher Pfeil eine merkwürdige Flugbahn. Aber die Orks standen dicht an dicht, und so fanden genug Pfeile ihr Ziel. Spitzohren quiekten getroffen und gingen zu Boden, während Rundohren immer mehr Stege und Leitern über den Graben legten. Einige der Träger wurden getroffen und starben, aber sofort sprangen andere vor, ohne sich um den Beschuss der Pferdelords zu kümmern.

Die Bogenschützen der Hochmark waren im Nachteil, obwohl sie durch den Erdwall besser gedeckt waren als die offen stehenden Spitzohren. Auf eines ihrer Geschosse kamen über ein Dutzend Pfeile der Orks, und immer wieder stürzte ein Pferdelord getroffen zu Boden. Dennoch zeigte ihr Beschuss Wirkung, denn etliche der Bogenschützen versuchten nun, hinter den ersten Reihen in Deckung zu gehen, wurden allerdings von grimmig fluchenden Rundohren wieder nach vorne getrieben.

Dann erhob sich eine laute Stimme über den Linien der Orks und schrie ein einzelnes Kommando, auf das ein begeistertes und kampfeslüsternes Gebrüll der Rundohren folgte. Die gepanzerten Schlagschwerter der Legionen setzten sich in Bewegung, schoben die Spitzohren zur Seite und begannen den Sturm über den Graben hinweg.

Der Pfeilbeschuss der Spitzohren wurde für eine Weile schwächer, weil die Bogenschützen sich erst hinter den vordringenden Rundohren in Stellung bringen mussten. Die Pferdelords nutzten die Gelegenheit und verstärkten ihre Anstrengungen, doch auch die Zwergenmänner richteten sich nun am Erdwall auf und begannen die Wurflanzen zu schleudern.

Obwohl eine Vielzahl von Leitern und Stegen über den Graben führte, mussten die Rundohren sich auf den schmalen Übergängen zusammendrängen. Sie waren ein leichtes Ziel für Pfeile und Lanzen, und so starben viele der Bestien und stürzten in den Graben. Aber es schien mehr von ihnen zu geben als Geschosse, die sie aufhalten konnten, und so drangen die Rundohren weiter vor.

Dann, genau in dem Moment, als die ersten Schwertschläger den festen Grund vor dem Erdwall erreichten, geschah das Unerwartete.

Auf der Brustpanzerung eines Orks erschien ein heller Lichtfleck, und bald darauf zeigten sich weitere solcher Flecken auf den Rüstungen anderer vordringender Orks. Dann wanderten die Flecken aufeinander zu und vereinigten sich auf der Panzerung eines der Rundohren zu einem grellen Glühen. Es ging so schnell, dass die Bestie wohl gar nicht begriff, was da mit ihr geschah.

Jedenfalls schien das Glühen sich auszuweiten, für einen Moment meinte man gar, der massive Brustpanzer zerfließe, doch dann loderte die Bestie auf und war in Flammen und Rauch gehüllt. Schon hatte das Licht den nachfolgenden Ork erfasst, dessen Panzer nun ebenfalls aufglühte und kurz darauf auch dieser

Bestie den Feuertod bescherte.

Der Anblick schien Bestien und Menschen gleichermaßen zu faszinieren. Für einige Augenblicke erstarrte jegliche Bewegung, und ein unheimliches Schweigen senkte sich über den Kampfplatz. Das Licht wanderte, Orks fingen Feuer und starben, während die vordersten Rundohren begannen, verwirrt zurückzuweichen.

Nedeam löste seine Blicke von den sterbenden Bestien und blickte zu den oberen Treppenstufen hinauf, wo die Stäbe mit den Schüsseln standen. Die Schüsseln blitzten im gleißenden Sonnenlicht, bündelten das Licht und warfen es in einem kräftigen Strahl den Orks entgegen. Einzeln hätte dieser die Bestien wohl nur geblendet, doch die Zwergenmänner auf den Treppen drehten Stäbe und Schüsseln in einer Weise, dass gleich mehrere dieser Lichtsammler ihren Strahl auf ein und dasselbe Ziel warfen. Bald waren es drei Strahlenbündel, die an verschiedenen Stellen über die vordringenden Bestien wanderten und sie verbrannten.

Der widerliche Gestank von glühendem Metall und verbranntem Fleisch trieb mit dem Wind über den Kampfplatz. Das Vordringen der Legionen geriet ins Stocken, aber es gab immer wieder Stege und Leitern, die nicht von dem Licht erreicht werden konnten. Doch nun begannen auch die Pfeile und Lanzen von Pferdelords und Zwergen wieder zu fliegen.

Nedoruk wandte sich den Zwergen an den Schüsseln zu. „Brennt die Stege und Leitern", rief er durch die hohlen Hände zu den Treppen hinauf. „Brennt die Übergänge nieder!"

Die Lichter wanderten erneut. Ein Steg flammte auf, brach nach ungeheuer kurzer Zeit zusammen und riss die darauf befindlichen Orks in die Tiefe, dann brannte eine Leiter. Das Gebrüll der Bestien nahm einen ängstlichen Klang an, während auf Seiten der Verteidiger der erste Jubel erscholl.

„Brennt sie", brüllte Dorkemunt begeistert und sprang auf dem Erdwall herum, obwohl noch immer vereinzelte Pfeile der Spitzohren heranschwirrten.

Doch mit einem Mal wurden einige der Lichter trübe und erloschen, dann folgten nach und nach die nächsten, bis alle Lichtbündel verschwunden waren und sich eine bedrohliche Dunkelheit über der Schlucht ausbreitete.

Dorkemunt blickte ächzend in den Himmel und sah die schweren Wolken des Regensturms, die sich vor die Sonne geschoben hatten. Er begriff, dass die Sonne nun nicht mehr auf ihrer Seite stand, und auch die Bestien brauchten nicht lange für diese Einsicht. Erneut brüllten sie kampfeslüstern auf, dann begannen sie wieder vorzustürmen, und dieses Mal begegneten ihnen nur wenige Pfeile und Lanzen.

Kormund rammte den Wimpel seines Beritts oben auf den Erdwall und zückte sein Schwert. „Wohlan, ihr Pferdelords und Herren Zwerge, jetzt mag es gelten. Schneller Ritt ..."

Die Männer erhoben sich, traten auf den Wall und reckten den heranstürmenden Bestien ihre Schwerter, Äxte und Lanzen entgegen.

„... und scharfer Tod."

54

Das Geschäft mit Lomorwin hatte sich zerschlagen, oder vielmehr hatte Barus' Keule es zerschlagen, aber das hatte Gunwyns Feststellung, dass sie ein neues Gewand benötigte, nicht beeinflusst. Auch Helderims Einwand, der Laden müsse erst wiederhergerichtet werden, half da nicht viel. Sie hatte wieder jenen Blick aufgesetzt, den Helderim so gut kannte, und bevor sie erneut seine Liebe zu ihr in Frage stellte, gab er ihrem Drängen lieber nach. Er hatte selber viele gute Stoffe in seinem Laden vorrätig und schlug vor, einen von ihnen zu verwenden, aber Gunwyn lehnte empört ab.

„Helderim, mein Guter und Bester, wie kannst du nur erwarten, dass ich davon etwas nehme? Die Stoffe taugen vielleicht für eine einfache Frau oder für Schlafkleider, aber du hast mir ein respektables Gewand versprochen."

Helderim hatte nachgegeben und resigniert genickt. Bei ihrer respektablen Gestalt würde auch der Preis respektabel werden.

„Ganz wie es dir beliebt, meine teure Gunwyn." Ah, es würde wahrlich teuer werden, dachte er mit Unbehagen. Gerade jetzt, wo er manches Regal neu fertigen, Waren kaufen und sich um die nutzlosen Rahmen kümmern musste, für die er noch immer keine gewinnbringende Verwendung gefunden hatte. „Aber es sollte nicht zu ansehnlich werden, meine teure Gunwyn, du Wärme meines Herzens. Sonst werden die Kunden noch denken, meine Preise seien überhöht."

„Helderim, mein Guter und Bester, du bist ein respektabler Händler Eternas'", sagte sie leise. „Soll ich da denn weniger respektabel aussehen?“

Ah, dieser Blick von ihr. So voller Wärme und Güte. „Nein, natürlich nicht, natürlich nicht. Gleich morgen werden wir sehen, wer dir das Kleid fertigen kann.“

„Oh, ich habe da schon jemanden im Auge, Helderim, mein Guter und Bester.“ Gunwyn sah ihn treuherzig an. „Artwyn näht sogar für die Hohe Dame Larwyn. Sie ist bekannt für ihre feinen Stoffe und ihre geschickten Hände.“

Ah, und für ihre ansehnlichen Preise, fügte Helderim in Gedanken hinzu. „Nun, auch andere nähen geschickt und gut.“

„Helderim.“ Kein Guter und kein Bester. Einfach nur Helderim. Als guter Ehemann wusste er, wann eine weitere Diskussion zwecklos war. Aber was bedeutete der Preis eines neuen Kleides, gemessen an der Güte und Wärme, die Gunwyn beständig ausstrahlte?

Noch am selben Tag, eigentlich nur wenige Augenblicke nach Gunwyns Machtwort, traten Helderim und sein geliebtes Weib auf die Straße vor seinem Laden, entschlossen, ein neues Kleid zu erstehen und so die Wärme des Gefühls zu erhalten. Eternas wimmelte förmlich von Pferdelords, und man sah überall die grünen Umhänge mit den schmalen Säumen, welche verrieten, aus welcher Mark des Königs ihre Träger kamen.

„Ich hätte es nicht für möglich gehalten, Helderim, mein Guter und Bester, dass es derart viele Schwertmänner an den Höfen der Pferdefürsten gibt“, flüsterte Gunwyn ihrem Mann zu. Helderim war sichtlich erfreut, wieder ihr Guter und Bester zu sein, und der Blick, den sie ihm zuwarf, erwärmte sein Herz. „Das ist doch sicher sehr teuer, Helderim, nicht wahr?“

„Nun ja“, begann er zögernd, und vielleicht sollte er dankbar sein, dass die liebliche Gunwyn ihm die Mühe einer Antwort ersparte.

„Weißt du, Helderim, mein Guter und Bester", sagte sie nachdenklich, „es muss die Pferdefürsten ja förmlich ein Vermögen kosten, all diese Männer unter Waffen zu halten. Stell dir nur vor, sie alle müssen Kleidung, Waffen und Rüstung, Unterkunft und Verpflegung und nicht zuletzt ihre Pferde gestellt bekommen."

„Ja, ich weiß, meine teure Gunwyn", erwiderte er, während sie Atem schöpfte. „Aber jeder Pferdefürst braucht nun einmal seine stehende Wache. Er muss die Grenzen sichern und Recht und Ordnung wahren. Die anderen Marken sind alle wesentlich größer als unsere Hochmark." Er wies ausholend um sich. „Sie haben keine so leicht zu schützenden Grenzen wie wir. Da brauchen sie auch mehr Männer, welche die Grenze abreiten."

„Unsere Mark ist sicherlich viel schöner als die anderen, nicht wahr, Helderim, mein Guter und Bester?"

Ah, in seiner Jugend, als er mit Garodems Tross in die einsame Hochmark hinaufgezogen war, da hatte Helderim die anderen Marken gesehen. Mit ihren weiten Ebenen, den ausgedehnten Wäldern und so unendlich viel kostbarem Holz. Er dachte an das Gebirge, in dem die Hochmark lag. Nun, sicher hatten auch Stein und Fels ihre Reize.

„Helderim?"

Wenn er ihr von den Wäldern erzählte, konnte es gut es sein, dass die brave Gunwyn sie mit eigenen Augen sehen wollte. Sie war ein wissbegieriger Mensch, böse Zungen behaupteten gelegentlich, sie sei einfach nur neugierig, und würde ihn drängen, eine teure Reise zu unternehmen, um die Wälder sehen zu können. Er nickte hastig. „Oh, ja, unsere Mark ist sehr viel schöner."

Sie verließen die Hauptstraße und bogen in eine der kleinen

Nebenstraßen ein, die ebenfalls mit steinernen Platten gepflastert war. An einer Stelle waren Männer dabei, ein Rohr in den aufgerissenen Boden zu senken. Ein übler Geruch stieg von dieser Stelle auf, und Gunwyn rümpfte die Nase. Hastig zog sie Helderim mit sich, zu einem der kleinen Häuser, welche die Gasse säumten.

Die Gebäude standen dicht beieinander, und ihre Obergeschosse kragten ein wenig vor. Wenn man nach oben blickte, konnte man dort die abgedeckten Löcher erkennen, die sich in diesen Überbauten befanden und durch welche man vor noch nicht allzu langer Zeit seine Notdurft verrichtet hatte. Dabei waren die Straße und auch so mancher unachtsame Passant regelmäßig beschmutzt worden, und so waren Helderim wie Gunwyn froh, dass die Hinterlassenschaften der menschlichen Verdauung mittlerweile unter der Erde dahinglitten.

Das Haus der Schneiderin war leicht zu erkennen, denn wie die meisten Handwerker der Hochmark hatte auch Artwyn ein metallenes Schild vor der Tür ihres Hauses befestigt, das an einem Haken aufgehängt war. Es zeigte in feiner Kunstschmiedearbeit Faden und Nähnadel zusammen mit dem verschlungenen Namenszeichen der Schneiderin. Die meisten Menschen der Stadt kannten das Zeichen und konnten es deuten, ohne der Kunst des Lesens oder Schreibens kundig zu sein. Helderim beherrschte diese Fertigkeit natürlich, denn er musste seine Listen führen. Aber auch die brave Gunwyn hatte dies erlernt. Sicher, sie war ein wenig misstrauisch, was seine Listenführung anging, aber letztlich wollte sie ihm ja nur die mühsame Arbeit des Rechnens abnehmen. Ah, sie war einfach eine gute Seele. Ein neues Kleid würde ihr blendend stehen und ihm zudem eine Weile die Güte und Wärme ihres Herzens sichern. Ah, sie mochte einen großen Leibesumfang haben, doch ihr Herz war mindestens ebenso groß.

Sie betraten den Laden durch die offen stehende Tür, und Helderim überlegte, ob sich ein klirrendes Rahmenspiel nicht auch in Artwyns Tür gut machen würde. Ah, all die vielen kleinen Rahmen des Herrn Lomorwin, und es schien überhaupt keine Verwendung für sie zu geben.

Der Raum war klein, und die Wände waren mit Regalen bedeckt. Eine überwältigende Anzahl an Stoffballen und Fadenrollen lag in den Fächern, und dazwischen verteilten sich allerlei Knöpfe und Zierrat, mit dem sich festliche Kleidung verschönern ließ. Von der Decke hing ein großes Brennsteinbecken herab.

„Ah, der gute Herr Helderim und seine gute Frau Gunwyn“, erklang Artwyns Stimme, und die Schneiderin trat aus dem hinteren Raum des Ladens hervor. „Ein seltener Besuch in meinem bescheidenen Geschäft.“

Gunwyn nickte bedauernd. „Viel zu selten, gute Frau Artwyn.“ Sie warf einen Blick auf Helderim, der sichtlich errötete.

„Sicherlich soll es ein neues Gewand sein, gute Frau Gunwyn?“ Die Schneiderin lächelte die Frau des Händlers an. „Das Eure ist ein wenig knapp, wie mir scheint. Sicher kneift es ein wenig an den Hüften.“

Nun war es Gunwyn, die ein wenig errötete. „Ah, der Stoff hat sich durch das viele Waschen etwas zusammengezogen.“

Die Schneiderin nickte verständnisvoll. „Mit meinen Stoffen wird Euch dies nicht geschehen, gute Frau Gunwyn.“

Helderim fand, dass es wohl weniger am Waschen denn an Gunwyns Kochkünsten lag, doch es war weder die rechte Zeit noch der rechte Ort, um das zu erörtern. Wenn er es recht bedachte, behielt er diese Meinung ohnehin besser für sich. Ah, ein kleines bisschen weniger an Kochkunst hätte ihm nun sicherlich eine Menge an teurem Stoff ersparen können.

Die beiden Frauen zerrten Ballen aus den Regalen und breiteten sie auf einem Tisch aus. Bald begann der Raum zu schwirren von ihren Bemerkungen über Farben, Muster, feine Webarten und dergleichen. Unglücklicherweise schwärmte Gunwyn vor allem für die sehr feinen Webarten. Stoffe von einer Qualität, die den Preis und Helderims Blutdruck gleichermaßen beeinflussten. Bis ihm plötzlich eine erstaunliche Kleinigkeit auffiel.

Gunwyn und Artwyn standen über einen der Stoffe gebeugt, und während Gunwyns Finger emsig und mit sichtlichem Wohlgefallen über das feine Gewebe glitten, deutete die Schneiderin auf die fein gestickten Muster, die darin zu sehen waren. „Der Stoff stammt direkt aus Alneris, der Hauptstadt des Königreichs der weißen Bäume“, sagte die Schneiderin stolz. „Es heißt, man beherrsche dort die Kunst des Webens und der Stickerei fast ebenso gut wie die Elfen. Ich möchte es wirklich glauben, gute Frau Gunwyn, denn die Arbeiten sind unglaublich filigran. Seht einmal hier, wie die Muster gestichelt sind. Von zartester Hand, man sieht kaum den einzelnen Stich.“

Artwyns Anpreisung des Stoffes kümmerte Helderim wenig. Er hatte sich damit abgefunden, nehmen zu müssen, was seiner braven Gunwyn gefiel. Sein Interesse wurde vielmehr von einem merkwürdigen Gegenstand geweckt, den die Schneiderin für ihre Demonstration in die Hand genommen hatte.

Dieser Gegenstand war klein und durchsichtig und hatte eine ungleichmäßig abgerundete Form. Seine Unterseite, die Artwyn nun ein Stück weit über den Stoff hielt, war flach, während sich die Oberseite deutlich wölbte. Die Schneiderin bemerkte Helderims Blick und richtete sich lächelnd auf.

„Ah, guter Herr Helderim, meine Augen sind nicht mehr die jüngsten.“ Sie bemerkte Gunwyns erschrockene Miene und lächelte beruhigend. „Aber ich fertige noch immer die feinsten Gewänder der ganzen Hochmark, seid ohne Sorge.“

„Was macht Ihr mit diesem, äh, Ding?“, erkundigte Helderim sich.

„Ah, das ist ein Weißkristall, den mein Vater einst hier in den Bergen fand“, erklärte Artwyn. „Er hat ihn ein wenig geschliffen und poliert, wodurch der Stein eine wunderliche Wirkung erhalten hat. Kommt her und seht selbst.“

Helderim nahm den Kristall in die Hand und staunte, wie schwer er war. Dann hielt er ihn über den Stoff und sah zunächst einmal nur unscharfe Konturen.

„Ihr müsst ihn ein wenig auf das Auge zu- oder von ihm fortbewegen“, erklärte Artwyn. „Dann werdet Ihr sehen, wie das Bild an einem bestimmten Punkt scharf wird.“

„Ah, ich sehe es“, sagte Helderim erfreut. Wenn er den Kristall in einem bestimmten Abstand zum Stoff hielt, wirkte dieser mit einem Mal vergrößert, so dass die Nähte und Stickereien nun deutlich und scharf zu erkennen waren. Erst zum Rand des Kristalls hin wurde das Bild wieder unscharf. „Erstaunlich.“

„Nicht wahr?“ Die Schneiderin nahm ihm den Kristall mit sichtlichem Stolz wieder aus der Hand. „Man kann damit alles viel größer sehen.“

Helderim bemerkte, wie behutsam die Frau mit dem Kristall umging. „Sagt einmal, gute Frau Artwyn, wäre es nicht hilfreich, wenn ihr einen Griff an dem Stein hättet? Ihr könntet ihn leichter fassen.“

Artwyn seufzte. „Ah, das mag sein. Aber er ist zu klein, um

ihn zu durchbohren. Er würde mir zerbrechen, wenn ich einen Griff daran befestigen ließe.“

Ah, Gunwyn, die gute und treue Seele. Wie glücklich durfte er sich schätzen, dass die Fügung ihm ein solches Eheweib gegeben hatte. Ohne den Besuch bei Artwyn wäre ihm diese Idee niemals gekommen.

„Nun, gute Frau Artwyn, ich sähe da eine Möglichkeit, Euch zu helfen.“ Helderim räusperte sich. „Man könnte den Kristall sorgsam in einen Rahmen setzen, an dem sich dann ein bequemer Griff befestigen ließe.“

Ah, die Rahmen des Herrn Lomorwin hatten zwei kleine Löcher. Sie waren also gut geeignet, einen Griff daranzunieten. Der Kristall würde problemlos hineinpassen, er musste nur ein wenig nachgearbeitet werden, doch das ließ sich leicht bewerkstelligen. Helderim seufzte leise. Wenigstens für einen der Rahmen hatte er nun eine Verwendung gefunden. Es sei denn … „Sagt, gute Frau Artwyn, dort, wo Ihr den Kristall fandet …“

„Mein Vater fand ihn.“

„Ja, Euer Vater, ganz recht. Sagt, dort wo Euer Vater diesen wunderlichen Kristallstein fand, gibt es da noch mehr davon?“

Artwyn zuckte die Achseln. „Er zeigte mir die Stelle. Ja, dort liegen noch ein paar der Steine herum. Warum fragt Ihr, guter Herr Helderim?“

Er brauchte natürlich einen Namen für diese Steine. Einen Namen, der den Verkauf förderte. Etwas Eingängiges. Ah, natürlich, die Steine vergrößerten. Er würde sie Vergrößerungssteine nennen. Er würde viele dieser Steine sammeln, würde sie schleifen und in die kleinen Rahmen fassen lassen. Guntram, der Schmied, konnte dann kleine Handgriffe daran befestigen. Sicher fanden sich viele Frauen, die den Stoff gerne vergrößert sehen wollten. Welch ein Glücksfall, dass die gute Gunwyn so dringend ein neues Kleid benötigte. Vielleicht ließen sich Lomorwins kleine Rahmen nun doch noch gewinnbringend veräußern.

Helderims Vergrößerungssteine. Ah, der Name hatte Klang.

55

Es gab kaum noch Pfeile, welche die Bogenschützen der Pferdelords gegen den Feind schießen konnten, und auch die Wurflanzen der Zwergenmänner wurden nun knapp. Einige Männer begannen tatsächlich mit Steinen nach den Rundohren zu werfen. Eine klägliche Waffe gegen die anstürmenden Orks, auch wenn die eine oder andere Bestie von Steg oder Sturmleiter kippte und in den Graben fiel. Aber der Feind hatte sich nun ohnehin so weit genähert, dass man ihm mit scharfer Klinge begegnen musste.

Etliche Rundohren hatten den festen Grund vor dem Wall erreicht und begannen ihn zu erklimmen, während die Pferdelords die Bestien mit den Stoßlanzen zurückstießen. Dunkles Orkblut sickerte auf den Erdwall und mischte sich an einigen Stellen mit dem roten Blut der Verteidiger. Die Bogenschützen oben auf der kleinen Festungsplattform hatten ihre Pfeile ebenfalls verschossen und sahen nun, wie ihre Kameraden und die Axtschläger in den Nahkampf verwickelt wurden. Obwohl sie die Stellung halten sollten, konnten sie einfach nicht tatenlos dabei zusehen, wie immer mehr Orks auf immer weniger Verteidiger einstürmten, und so zogen die Männer ihre Äxte und Schwerter und stürmten über die Treppen hinab. Auf den oberen Stufen standen indessen noch immer Zwergenmänner an den Kristallschüsseln und hofften, dass die Wolken sich verziehen würden.

Das Tal wirkte ungewohnt dunkel, aber der Starkregen des erwarteten Regensturms blieb aus, und so fand der Kampf in dämmerigem Zwielicht statt. Immer mehr Rundohren strömten jetzt über den Graben, und die Spitzohren stellten ihren Beschuss ein, da die wenigen verbliebenen Verteidiger zur Gänze von den Schwertschlägern der Legionen verdeckt waren. So traten die Spitzohren an den Graben heran, sahen dem blutigen Kampf zu und feuerten die Rundohren an.

Nur wenige der Orks führten die langen Spieße mit sich, die meisten vertrauten auf ihre schweren Schlagschwerter. Mit ihren Stoßlanzen hatten die Pferdelords daher eine größere Reichweite. Aber die Rundohren nahmen den Tod mit stoischem Gleichmut in Kauf. Sie klammerten sich an die Lanzen, die sie durchbohrten, und zogen so manchen der feindlichen Kämpfer einfach über den Erdwall hinweg in die eigenen Reihen hinüber, wo sein Leben dann durch den raschen Hieb eines Schlagschwertes beendet wurde.

Der Kampf war wild und wurde verzweifelt geführt. Die Orks berannten den niedrigen Erdwall auf seiner gesamten Breite, und da es nicht genug Verteidiger gab, um die entstehenden Lücken zu füllen, durchbrachen schon bald die ersten Rundohren die Linien der Verteidiger und begannen diese nun auch von hinten her anzugreifen.

Kormund umklammerte den Schaft seines Berittwimpels, rammte die Spitze durch die Brust eines Rundohrs und versuchte sie mit einer Drehbewegung aus dem Panzer der toten Bestie zu befreien. Aber die Spitze verhakte sich in dem Metall, und das nach hinten stürzende Rundohr zog den Scharführer mit sich. Kormund löste seinen Griff, um nicht vornüber vom Wall zu stürzen, aber es schien zu spät zu sein. Ein anderes Rundohr stürzte sich triumphierend und mit erhobenem Schlagschwert auf ihn, und Kormund schrie auf, da er sein Schwert nicht rechtzeitig dagegenhalten konnte. Plötzlich wirbelte eine Axt durch die Luft, grub sich durch den Panzer hindurch in die Brust des Orks und warf die Bestie hintenüber. Kormund erkannte Nedoruk, der vernehmlich fluchte, da diese Axt nun für ihn verloren war. Die andere Axt, die der kleine Kämpfer führte, war bis zum Handgriff von dunklem Orkblut bedeckt. Selbst Nedoruks Bart und die in seinem Nacken verknoteten Bartzöpfe waren mit dem Blut von Feind und Freund bespritzt. Der Wahnsinn des Kampfes hatte sie alle gepackt. Nedoruk grinste Kormund an, während er das Schlagschwert eines toten Rundohrs unter einer der Leichen hervorzerrte.

„Wir können den Wall nicht mehr halten", schrie Kormund über den Kampflärm hinweg. „Es sind zu viele."

„Dann müssen wir die Treppen schützen", brüllte der Erste Axtschläger zurück. „Die Bestien dürfen nicht hinauf in die Höhle gelangen."

Kormund trieb sein Schwert durch die Kehle eines angreifenden Rundohrs, dann stemmte er den Fuß auf die Brust des Bestienkörpers, in dem noch seine Wimpellanze steckte, und endlich bekam er sie frei. Das grüne Tuch und die weiße Bemalung waren über und über mit dunklem Blut bedeckt. Mit einem lauten Schrei reckte er die Lanze empor. „Zu den Treppen, ihr Pferdelords und Axtschläger! Schützt die Treppen!"

Nedoruk wirbelte herum, seine Axt glitt durch den Unterleib eines Orks, und als das Rundohr stürzte, hieb der Zwerg das Schlagschwert in den Nacken des Sterbenden. Metall klirrte gegen Metall, durchdrang Rüstungen und Leiber, doch die Schreie der Kämpfenden und Sterbenden übertönten jedes andere Geräusch.

Dorkemunt spürte, wie Spritzer sein Gesicht trafen. Er glaubte zunächst, es sei Blut, aber dann trafen ihn immer mehr Tropfen, bis mit der typischen Plötzlichkeit eines Gewittersturms der Starkregen auf die Kämpfer herabzuprasseln begann. Innerhalb weniger Augenblicke verwandelte sich der staubige Boden in rutschigen Schlamm. Dorkemunt sah plötzlich ein ungewöhnlich großes Rundohr in einer Gruppe vordrängender Bestien und erkannte in dessen Händen seine geliebte Axt, die er so sehr vermisste. Die Bestie schwang die Axt, schlug sie in den Rücken eines Axtschlägers und brüllte triumphierend. Dorkemunt konnte sehen, dass die gebleckten Fänge der Bestie rot von Blut waren.

„Möge der Abgrund dich verschlingen", schrie der kleine Pferdelord wütend. „Das ist meine Axt, und ich werde sie mir zurückholen!"

Dorkemunt tötete einen Ork und drängte auf das große Rundohr mit den zwei Kämmen eines Legionsführers zu. Plötzlich war auch Nedeam neben ihm, der zwar eigentlich kein richtiger Schwertkämpfer war, nun aber seine Klinge wie rasend kreisen ließ. Sie grinsten einander an und kämpften sich dann weiter auf den Kommandeur zu.

Nun stießen auch zwei Pferdelords zu ihnen vor, um an ihrer Seite zu fechten. Doch einer der Männer stürzte hintenüber, als ein Schlagschwert seinen Hals durchtrennte. Der Regen fiel immer dichter und begann die Sicht einzuschränken, Donner hallte über der Schlucht, und die ersten Blitze zuckten hernieder. Begleiteten all die unglücklichen toten Pferdelords, die in vergangenen Generationen ihren Weg zu den Goldenen Wolken nicht fanden, nun auf ihre Weise den Kampf der Lebenden?

Das Zentrum der Verteidiger war zusammengebrochen. Die Orks drangen durch die Mitte vor und teilten die Linie ihrer Gegner, die nun verzweifelt versuchten, sich zu den Treppen zurückzuziehen, um diese zu blockieren. Auch Spitzohren eilten jetzt über den Graben, denn sie spürten, dass die Verteidiger kaum noch eine Bedrohung für sie darstellten. So begannen die Bogenschützen der Orks auf die Menschen und Zwerge zu schießen, die erhöht auf den Treppen standen. Körper von Getöteten rollten die Stufen hinunter oder stürzten vom Rand der Treppen auf den Boden der Schlucht. Verwundete schrien, bis der Blutverlust oder die Waffen der Feinde sie endgültig verstummen ließen. Gliedmaßen wurden abgetrennt, Leiber geöffnet, so dass die Innereien hervorquollen. Es war kein Kampf mehr, es war ein Gemetzel. Die Menschen und Zwerge fochten nicht mehr um ihr Überleben, sondern versuchten nur noch, so viele der Bestien wie möglich mit sich in den Tod zu nehmen.

„Sie gehört mir", keuchte Dorkemunt und hieb mit der geliehenen Zwergenaxt um sich. „Es ist meine Axt, und ich werde sie in meiner Hand halten, wenn ich zu den Goldenen Wolken reite."

Ein Spitzohr hielt Nedeam an dem grünen Umhang fest, der dem jungen Pferdelord regenschwer über die Schultern hing. Nedeam wurde nach hinten gezogen, doch Nedoruk sprang hinzu und trennte den Arm des Orks ab. Noch immer krallte sich die Hand des abgetrennten Arms im Umhang fest.

„Vorwärts, ihr Axtschläger und Pferdelords", brüllte Nedoruk. „Es ist ein guter Tag zum Sterben und ein Tod, von dem man noch lange berichten wird!"

Wieder hallten Donnerschläge durch die Schlucht, deren Krachen vibrierend zwischen den Felswänden zu stehen schien, bis es von einem anderen Ton überlagert wurde, der seltsam hell klang und sich zunehmend über dem Lärm des Regensturms erhob.

„Gib mir meine Axt, verfluchte Bestie!" Dorkemunt hatte das große Rundohr fast erreicht, das jetzt auf die Schreie des kleinwüchsigen Pferdelords aufmerksam wurde.

Es wandte sich ihm zu und lachte brüllend auf. „Ah, ein

Zwerg als Pferdelord verkleidet", spottete das Rundohr. „Komm, Menschenzwerg, stelle dich Blutfang und stirb."

„Ich mag an diesem Ort sterben, du Bestie", keuchte Dorkemunt grimmig. „Aber zuerst bist du an der Reihe."

Ihre Äxte trafen klingend aufeinander. Die anderen Rundohren schienen ihrem Kommandeur Platz machen zu wollen, und Nedeam, Nedoruk sowie der übrig gebliebene Pferdelord drangen auf sie ein. Unvermittelt zischte Kormunds Wimpellanze aus dem Regenschleier hervor und spießte einen der Orks auf. Schon sprang der Scharführer mit blutbedecktem Schwert hinterher und schloss sich der kleinen Gruppe an. Der Regen fiel dicht und schwer, aber auch er vermochte das zähe Blut der Orks nicht von den Klingen der Verteidiger zu waschen.

Erneut hallte der Donner und fand sein ungewöhnlich hell klingendes Echo an den Wänden der Schlucht. Nedoruk duckte sich unter einem Schlagschwert weg, trieb die erbeutete Klinge in den Unterleib des Orks und schlug mit der Axt hinterher. Nedeam spürte, wie sein Schwert den Panzer eines Orks durchdrang. Irgendetwas zerrte erneut an seinem nassen Umhang, doch diesmal gab die Spange, die ihn am Hals geschlossen hielt, nach und öffnete sich. Nedeam hörte ein enttäuschtes Grunzen in seinem Rücken, dann einen seltsam schmatzenden Aufprall und ein Pferdelord reichte ihm den von Orkblut getränkten Umhang zurück.

Nedeam nahm ihn an sich, stieß mit dem Schwert an dem Mann vorbei und verwundete ein Spitzohr, das sich gerade mit einem langen Dolch in der Hand auf den Pferdelord werfen wollte.

Dorkemunt und der Legionsführer schienen von all dem ungerührt. Sie umkreisten einander im strömenden Regen, und man hatte den Eindruck, der kleinwüchsige Pferdelord würde kaum eine Chance gegen das Rundohr haben. Blutfang war ungleich größer und kräftiger, er hatte die längeren Arme, und zudem besaß die von ihm erbeutete Axt Dorkemunts einen längeren Griff als die Zwergenaxt, die Dorkemunt selbst hielt.

Der Ork machte einen Ausfall, Dorkemunt wich zurück und rutschte aus. Vermutlich rettete ihm dies sein Leben, denn die Schneide der von Bluthand geschwungenen Axt zischte haarscharf über Dorkemunts Kopf hinweg und riss ihm den Helm herunter.

„Ah, nicht nur ein kleiner Pferdelord", brüllte das Rundohr, „sondern auch noch ein haarloser."

„Das wächst nach", zischte Dorkemunt, wirbelte über den Boden und hieb die Zwergenaxt senkrecht in die Höhe. „Dein Arm jedoch nicht, du Bestie."

Blutfang brüllte vor Schmerz und Wut auf, als die Axt seinen Unterarm durchschlug und ihn abtrennte. Blut spritzte pulsierend aus dem Stumpf, aber es war nicht Blutfangs Kampfhand, und so wirbelte er herum und hieb nach dem abgetauchten Pferdelord. Die Klinge der Axt fetzte durch Dorkemunts grünen Umhang und nahm dabei etwas von seinem ledernen Harnisch und von der Haut seines Rückens mit. Der kleine Pferdelord verbiss sich den Schmerz und kam wieder auf die Füße.

Ein Spitzohr löste sich und warf sich nach vorne, um Dorkemunt zu Fall zu bringen, doch Nedeam sprang dazwischen und schlug gemeinsam mit dem Bogenschützen auf dem schlammigen Boden auf.

Wieder hallte der Donner, und wieder erklang der helle Ton, der nun jedoch vibrierend zwischen den Wänden der Schlucht zu verharren schien. Er war lauter geworden und erhob sich über den Donner. Erhob sich über den Kampflärm, so wie sich die Schemen der Reiter über die am Boden Kämpfenden erhoben.

Lanzen stießen jetzt in Leiber, wurden herausgezogen und streckten sich dem nächsten Ziel entgegen, Hufe wirbelten Schlamm auf, und wieder ertönte das helle Horn der Hochmark und trieb die Reiter mit forderndem Klang dem Feind entgegen.

Der Kampf kam erneut ins Stocken, und Blutfang starrte fassungslos auf die Reiter, die jenseits des Grabens aufgetaucht waren und nun über ihn hinwegsetzten, mitten zwischen die überraschten Orks.

Der Legionsführer spürte, dass der Blutverlust ihn zu schwächen begann. Bald würde er nicht mehr die Kraft haben, die Axt zu erheben, aber diesen einen Pferdelord wollte er noch mit sich nehmen. Blutfang warf sich nach vorne, ließ die Axt in weitem Bogen kreisen, und wieder tauchte der kleinwüchsige Pferdelord unter dem Schlag hinweg. Blutfang spürte jetzt, wie die Schneide der gegnerischen Axt den Panzer seiner Rüstung durchschlug, wie sie in seinen Leib eindrang. Grimmig bleckte er die Fänge, die er so gerne in die Kehle des Pferdelords geschlagen hätte, doch dann sackte er auf die Knie, sah Dorkemunt mit erstarrenden Augen an und fiel dann schlaff vornüber. Schlamm spritzte unter seinem schweren Körper auf.

Dorkemunt beugte sich stöhnend über den Körper der Bestie und zerrte seine geliebte Axt aus den Klauen des Rundohrs. „Siehst du, du Bestie? Es ist meine Axt, und sie kann nur einem Herrn dienen!“

Er reckte sie in den Regensturm hinauf und brüllte triumphierend, während die Stimmen von Menschen und Zwergen den Triumph aufnahmen und weitertrugen.

Reiter grunzten angestrengt, während sie ihre Klingen in Orkleiber trieben, sie daraus befreiten und den nächsten Gegner suchten. Pferde schnappten nach orkischen Kehlen, und

Hufe zertrümmerten schwere Rüstungen.

Als alles vorüber war, richtete Kormund erschöpft den zerfetzten Wimpel seines Beritts auf und stützte sich auf die Lanze. Er sah dem rechteckigen Banner der Hochmark entgegen, unter dem Garodem auf ihn zutrabte, und salutierte dem Pferdefürsten mit blutbefleckter Klinge.

„Ihr seid spät gekommen, Hoher Lord", sagte der Scharführer erschöpft. „Aber es tut mir wohl, Euch zu sehen."

„Es mag spät gewesen sein", bekannte Garodem. „Aber es war nicht zu spät, Kormund, mein Freund. Gerade im rechten Augenblick, wie es die Tradition der Pferdelords ist."

Dem war, im Augenblick zumindest, nichts hinzuzufügen.

56

Der Brutmeister stand weit oben auf dem Hang über dem Tal. Seine Blicke glitten über die übenden Legionen hinweg. „Es ist bedauerlich, Allerhöchster Lord." Der Sprechstein in seiner Hand wallte und strahlte Wärme aus. „Ja, es ist bedauerlich, Brutmeister", vibrierte die Stimme der schwarzen Gestalt vor dem schwarzen Hintergrund. „Doch es ist nicht mehr als ein unbedeutender Rückschlag."

„Wir verloren zwei volle Legionen, Allerhöchster Lord." Der Brutmeister leckte sich über die dunklen Lippen. „Und wir verloren die grüne Stadt der Zwerge."

Das Wallen schien ein wenig heller zu werden, und das Vibrieren wirkte seltsam amüsiert. „Maden sind leicht zu ersetzen, Brutmeister, das weißt du ja. Zudem sind achtzehn Legionen fast bereit. Haben irgendwelche Orks überlebt?"

„Eine kleine Gruppe Spitzohren, Allerhöchster Lord."

Das Vibrieren schien ein Lachen zu formen. „Wenn jemand überlebt, dann sind es die Spitzohren, nicht wahr, Brutmeister?"

„Sie haben ein Talent dafür", räumte der Brutmeister ein. „Sie sind sehr, äh, vorsichtige Wesen."

„Eher ein wenig feige." Die schwarze Gestalt vor dem schwarzen Hintergrund bewegte sich unmerklich. „Aber sie sind brauchbare Schützen, so wie die Rundohren brauchbare Schwertschläger sind." Die schwarze Gestalt schien den Brutmeister unmittelbar anzusehen, obwohl dieser weder Augen noch Gesicht sehen konnte. „Ich vermute, eines der Spitzohren ist der Kohortenführer Einohr?"

„Ihr habt Recht, mein Allerhöchster Lord."

„Macht ihn zum Legionsführer."

„Ein Spitzohr?" Der Brutmeister seufzte verwundert. „Nun, wenn Ihr es so wünscht, mein Allerhöchster Lord."

„Ja, das wünsche ich. Er war schlau genug zu überleben. Und er mag schlau genug sein, dies auch weiter zu tun."

„Und die Stadt der Zwerge?"

„Es gibt noch andere Städte." Das Vibrieren schien sich auszubreiten. „Aber sie sind nun vorgewarnt und werden vorsichtiger sein. Es dürfte nicht mehr so leicht sein, sie zu überrumpeln. Aber das macht nichts, Brutmeister. Wir brauchen die Schwarzkristalle nicht mehr."

„Nicht?" Der Brutmeister grub die oberen Fänge in seine Lippen. „Aber der große Plan, Allerhöchster Lord?"

„Er ist geändert." Das Vibrieren schwieg einen Moment, bevor es erneut aufklang. „Ich spüre, dass du etwas fragen willst, Brutmeister."

„Es ist wahr, dass die achtzehn Legionen fast bereit sind, Allerhöchster Lord. Aber Zwergen-, Menschen- und Elfenwesen beginnen sich erneut zu vereinen. Herr, in der Schlacht um die Stadt der weißen Bäume verloren wir damals mehr als zwanzig Legionen. Viel mehr sogar."

„Das soll nicht deine Sorge sein, Brutmeister. Führe du nur deine Bruthöhle und sei gewiss, dass sie nicht die einzige ist."

Das Vibrieren weitete sich aus und zog sich wieder zusammen, dann begann das Wallen zu erlöschen, wandelte sich zu orangefarbenen Schlieren, und der Stein wurde schließlich schwarz und kalt.

57

Boten waren in die anderen Marken des Königs der Pferdelords unterwegs, um zu berichten, dass die Gefahr vorüber war und die Männer bald heimkehren würden. Die Beritte selbst würden erst am kommenden Tag abreiten, denn heute stand das Spiel an, und kein Pferdelord würde es sich entgehen lassen.

Eternas platzte förmlich aus den Nähten, mit all den guten Pferdelords und den seltsamen Gästen, die zu diesem Spiel gekommen waren. Möglicherweise waren Letztere auch nicht allein des Spiels wegen gekommen, aber in jedem Fall muteten sie seltsam an. Kleine Herren und Frauen mit entsetzlich vielen und langen Haaren, aber sie hatten freundliche Gesichter und ein freundliches Wesen. Ja, sie waren in manchen Dingern sicherlich ungewöhnlich, was jedoch nicht für die kleinen Hüpflinge galt. Kinder schienen doch überall gleich zu sein, und so tollte der Nachwuchs des Pferdevolkes unbekümmert mit dem des Zwergenvolkes umher.

Am Vortag hatten sie alle der Toten gedacht und sie in alter Tradition zu den Goldenen Wolken geleitet. Während die Waffen der Pferdelords immer schneller an ihre Schilde schlugen, hatten die Herren Zwerge sich eifrig die Bartzöpfe gezupft. Dann hatte der König Balruk seine Zopfenden abgeschnitten und sie in die Grabstätte gelegt, als Zeichen der Anerkennung dafür, dass die Pferdelords seinem Volk in solch großer Not beigestanden hatten.

Es hatte lange Gespräche zwischen dem Pferdefürsten Garodem und dem Zwergenkönig Balruk gegeben, und offensichtlich war es nicht nur bei Gesprächen geblieben, denn in der Nacht hatte man ein Lärmen aus der Versammlungshalle im Haupthaus der Burg hervordringen gehört. Man sprach von einer seltsamen Flüssigkeit, die durch die Kehlen der Zwerge und Menschen geflossen sei, und es hieß, dass mancher der guten Herren am Morgen nicht sicher auf seinen Beinen stand. Doch nun war der Tag des Spiels, und die Menschen und ihre Gäste versammelten sich allmählich an dem großen Platz, auf dem die Beritte der Pferdelords ansonsten ihre Kampfkunst übten.

In der Mitte des Platzes war die Form eines großen Quadrates mit Stoßlanzen abgesteckt, an deren Schäften zahllose bunte Tücher wehten. Es war kein Tag des Krieges, sondern einer der Freude, und so ruhte überall die Arbeit, wenn man einmal von denjenigen Menschen absah, deren Aufgabe darin bestand, diesen Tag zu einem Erfolg zu machen. Den Spielern auf dem Feld, den Leuten, die Getränke und Speisen feilboten, und den leidgeprüften Männern der Stadtwache, die eine sehr unruhige Nacht erleben würden.

An einer Seite des Spielfeldes hatte man aus Rücksicht auf die Zwerge eine hölzerne Tribüne errichtet, damit die kleinen Wesen einen guten Blick auf das Spiel hatten, denn die Menschen der Hochmark und die Pferdelords aus den anderen Marken drängten sich dicht um den abgesteckten Bereich.

Helderim hatte keinen Blick für die Vorgänge auf dem Feld und ignorierte das Tosen der anfeuernden Rufe. Er war überrascht, wie sehr sich doch die Frauen in ihren Bemühungen glichen, sich um das Wohl ihrer Männer zu sorgen. Die teure Gunwyn sah in ihrem neuen Gewand prächtig aus. Es schien sie nicht zu stören, dass sie die gute Frau Hegmarukona um mehr als eine halbe Länge überragte. Die beiden Frauen standen nebeneinander an einem Tisch, an dem Speisen angeboten wurden. Es hatte sich herausgestellt, dass die Zwerge frisches Brot über alles schätzten, und so würde man Nal't'rund künftig mit Mehl beliefern, damit die kleinen Wesen es selber backen konnten. Auch Käse und Trockenfleisch schienen sich als Handelsware anzubieten, während der warme Pilzbrei nicht geeignet war. Etliche Pferdelords hatten ihn neugierig gekostet, doch waren die Männer stillschweigend zu dem Entschluss gelangt, es kein zweites Mal zu versuchen. Erträglich war der Brei nur, wenn man ihn mit einem ordentlichen Schluck Blor hinunterspülte, und einige der Männer hatten den Brei ausgesprochen kräftig gespült.

Auch Malvin, der Wirt des ‚Donnerhufs', war zu dem Spiel gekommen und freute sich auf dessen Ende, wenn zahllose durstige Kehlen zu befeuchten waren. Neben ihm stand ein leicht wankender Pferdelord mit dem Rosshaarschweif der Wache der Nordmark und schlug dem Wirt immer wieder grinsend auf die Schulter. „Ah, dieses Blor ist ein guter Stoff, mein Freund, ein guter Stoff."

Ein Pferdelord der Hochmark nickte zustimmend. „Besser als Euer gepanschter Blutwein, guter Herr Malvin."

„Mein Blutwein ist nicht gepanscht, ihr Herren", knurrte Malvin missmutig. „Er wird sorgsam veredelt. Zudem ist das Blor nicht so gut, wie ihr meint. Es benebelt die Sinne und macht die Beine schwach."

Der angetrunkene Mann aus der Nordmark lachte auf. „Aber den Magen macht es stark. Damit übersteht man selbst den Pilzbrei."

Malvin verzichtete auf eine Antwort. Er hatte das Blor selber gekostet und hätte es gerne im Ausschank gehabt. Aber Garodem hatte gehört, wie Malvin mit einem der Zwerge darüber sprach, und hatte kurzerhand den Handel damit untersagt.

„Blutwein und Gerstensaft mögen den Pferdelords genügen, guter Herr Malvin“, hatte der Pferdefürst lächelnd gesagt. „Ich brauche Männer, die auf den Beinen stehen und nicht auf dem Boden sitzen.“

Malvin hatte vorsichtig erwähnt, dass sich das Getränk auch verdünnen ließe, woraufhin sich Esyne, die Schuhmacherin, ungefragt zu Wort gemeldet hatte. „Ah, willst du ihn ebenso panschen wie deinen Blutwein?“

Was hatten sie bloß gegen seinen Blutwein einzuwenden? Man konnte ja nur eine gewisse Menge produzieren, und daher war er gezwungen, das Angebot der Nachfrage anzupassen. Zudem war ihm kein Bürger bekannt, der ihn ernsthaft verschmäht hätte.

Helderim sah unterdessen den Schürfmeister Hegmaruk zu dem Tisch treten, an dem die beiden Frauen standen, und gesellte sich zu ihm. „Ah, guter Zwergenherr Hegmaruk, auf ein oder zwei Worte.“

Ah, war der Tag des Spiels nicht einfach wundervoll? Die Zwerge kannten den weißen Kristall und verstanden sich darauf, ihn zu bearbeiten. Helderim würde also seine Vergrößerungssteine erhalten und sie gegen guten Wollstoff tauschen. Nun musste er nur noch Guntram, den Schmied, auftreiben und ihn fragen, ob er kleine Handgriffe an die Rahmen setzen konnte. Ah, es sollte sich ein guter Markt dafür finden lassen. Helderims Vergrößerungssteine. Es gab sicherlich viele Näherinnen, die ihn gerne benutzen würden. Und Schuhmacherinnen ebenso. Führten nicht auch sie feinste Sticharbeiten an ihrem Leder aus? Ah, wo war nur Esyne, die gute Frau?

Helderim schreckte aus seinen Gedanken, als Nedoruk, der Erste Axtschläger Nal't'runds, seine Stimme dicht neben Helderims Ohr ertönen ließ. So klein der Zwergenmann auch war, seine Stimme glich dies Manko spielend aus. „Lass dich nicht aus dem Sattel stoßen, haariger Pferdelord!“

Die Anfeuerung galt Dorkemunt, dessen Haare inzwischen nachwuchsen und der sich gerade seitlich aus dem Sattel schwang und für einen Moment an der Flanke seines kräftigen Wallachs hing. Der Stoß des Spielers aus dem Horngrundweiler ging über Dorkemunt hinweg ins Leere, und die Zuschauer stießen begeisterte Schreie oder enttäuschtes Stöhnen aus, je nachdem, welcher Partei ihr Herz gehörte.

Ein Spieler des Quellweilers nutzte die Unaufmerksamkeit des Gegenspielers aus und rammte ihm die gepolsterte Lanze in die Seite, so dass der Reiter aus dem Horngrundweiler aus dem Sattel stürzte.

„Stoß und Sturz für den Quellweiler“, brüllte der Schiedsrichter, und am Rand des Spielfeldes eilten Männer und Frauen zu jenen Stellen, an denen Gebote für Wetten angenommen wurden. „Damit steht es vier Stürze für den Quellweiler gegen drei für den Horngrund. Kein Schlag gegen den Punktreiter, den guten Herrn Dorkemunt!“

Balruk, der König der grünen Kristallstadt, stützte sich auf den Stil der neuen Axt Grünschlag und sah den neben ihm sitzenden Garodem lachend an. „Ihr Pferdelords fühlt euch nur dann richtig wohl, wenn ihr den Rücken eurer Pferde mit eurem Gesäß bedecken könnt, nicht wahr?“

An Garodems Seite saß die Hohe Dame Larwyn, die sich nun hastig vorbeugte, da der kleine Garwin auf die Schulter seines Vaters kletterte, ihn an den Haaren zauste und dabei hintenüber zu fallen drohte. Garodem sah seine Frau beruhigend an und setzte sich seinen Sohn dann auf die Schultern.

„Das nennt man Reiten“, erwiderte Garodem. „Und Ihr habt Recht, guter Freund Balruk. Es ist unsere Bestimmung.“

„Ah, unsere Bestimmung ist das Schürfen, und wir verlassen uns lieber auf die Kraft unserer Arme und Äxte als auf solch schwankende Rücken, wie sie eure Pferde bieten."

Die beiden Männer grinsten einander an, und Garodem wies über das Spielfeld. „Ihr habt Euch hervorragend im Sattel gehalten, guter Freund Balruk, und Euch wacker geschlagen."

„Ah, das vermag ich wohl, auch wenn meine Beine ein wenig kürzer als die Euren sind, guter Freund Garodem."

„Wir Menschen und Zwerge haben viel gemein." Garodem seufzte leise. „Wenn unsere Statur auch ein wenig verschieden sein mag, so ist unser Blut doch von einem gleichen Rot."

„Das ist es, guter Freund." Balruk legte seine Hand auf die des Pferdefürsten. „Wir haben unser Blut gemeinsam für die grüne Stadt Nal't'rund vergossen. Wir Zwerge mögen kurze Beine haben, doch unser Gedächtnis reicht weit. Glaubt mir, Pferdefürst Garodem, von diesem Tag an habt ihr Pferdelords in uns Axtschlägern einen guten Freund."

Sie blickten einander ernst an und hätten nicht zu sagen gewusst, welchen Gefahren sie noch begegnen würden. Aber von diesem Augenblick an gab es einen neuen Bund, und wenn die dunklen Mächte sich erneut erhoben, würden sie ihnen gemeinsam begegnen.

– ENDE –

Bereits erschienen ist der
1. Band der Pferdelords:
„Die Pferdelords und der Sturm der Orks"

LESEPROBE

Zunächst sah es danach aus, als habe sich einer der zahllosen Gesteinsbrocken von den steilen Hängen des Pfades gelöst. Aus der Ferne war jedenfalls nur das typische ungleichmäßige Grau eines großen Steines mit seinen grünen Stellen zu erkennen, die vom Moosbewuchs herrührten. Aber als die fünf Reiter langsam näher kamen, wurden zusätzlich auch bräunliche Flecken sichtbar, und die Pferde spürten noch vor den Männern, dass dies kein gewöhnlicher Felsen war.

Kormund ließ sein Pferd im Schritt auf den vermeintlichen Felsbrocken, der vor der Patrouille auf dem Weg lag, zugehen, und als die Gruppe näher kam, wurde der faulige und süßliche Geruch der Verwesung, der von dem Klumpen ausging, zunehmend für alle riechbar. Insekten begannen sich von dem Gegenstand zu erheben, und nun wussten sie, dass hier wohl ein menschliches Lebewesen den Tod gefunden haben musste, denn der Klumpen vor ihnen war zu klein für ein Pferd und zu groß für ein Schaf, aber genau richtig für einen Menschen.

Die Gruppe hielt neben dem Toten an, und Kormund und sein Freund und Stellvertreter Lukan schwangen sich aus den Sätteln. Sie stießen die Lanzenenden in den Boden und gingen nebeneinander zu den menschlichen Überresten hinüber.

„Einer der unseren", brummte Lukan und rümpfte wegen des Gestanks die Nase, als er den Toten herumzog. Jetzt wurden die Konturen der Gestalt deutlicher, ebenso wie die Verletzungen, die der Mann erlitten hatte. Auch der vom Wind herangewehte feine Staub löste sich teilweise und entblößte nun die Kleidung und Wunden des Toten. Lukan zupfte an dem grünen Umhang der Leiche. „Ein Pferdelord.“

Freuen Sie sich schon jetzt auf den
3. Band der Pferdelords:
„Die Pferdelords und die Barbaren des Dünenlandes"

LESEPROBE

Es war ein sanfter und warmer Wind, kaum mehr als ein Hauch, und er strich unmerklich von Westen nach Osten. Es war ein Hauch, der nicht ahnen ließ, zu welchem Sturm er anwachsen und welche Gewalt er bringen konnte. Der Wind bewegte die langen Umhänge, welche die Schultern der Reiter bedeckten. Grüne Umhänge, deren Farben schon lange verblichen waren. Die Reiter standen in langen Reihen, und es waren viele Reihen, eine hinter der anderen gestaffelt. Jeder der Reiter sah nach Osten, dorthin, wo sich steile Gebirgszüge erhoben. Dort, in den großen Ebenen, lag die neue Heimat des Pferdevolkes, geschützt von mächtigen Bergen.

Zweitausend Reiter sahen ihrer neuen Heimat entgegen, doch keiner von ihnen würde sie je erreichen.

Die ausgeblichenen Umhänge waren verschlissen und verfallen, so wie das Fleisch der Reiter und ihrer Pferde längst verfallen war. Hölzerne Stützen hielten Mann und Ross aufrecht und vermittelten den Eindruck von Leben, wo schon so viele Jahre kein Leben mehr war.

Der Wind ließ Rüstungsteile und Knochen aneinanderschlagen und rief ein leises Klappern hervor, als pochten die Hufe der Pferde noch über den Sand, als schlügen die Reiter noch immer kampfeswillig die Waffen gegen ihre grünen Rundschilde. Der Wind und der Sand des Dünenlandes forderten ihren Tribut.

Sie hatten die Knochen von den Sehnen gelöst, und zwischen den Reihen der Reiter lag ausgebleichtes Gebein. Es wurde von Sand bedeckt, den der Wind herantrug, und vom nächsten Wind wieder freigelegt.
Die Toten trugen ihre Helme, an denen noch die Reste stolzer Rosshaarschweife zu erkennen waren. Aber die Helme bedeckten keine Köpfe mehr, sondern steckten auf kurzen Stangen, denn jene, die das Leben der Reiter einst nahmen, hatten den Toten auch die Schädel genommen, als Zeichen des Triumphes über die Männer mit den grünen Umhängen.
Die Toten waren Pferdelords und waren einst die Wache des Ersten Königs gewesen. Sie hatten die Grenzen des Pferdevolkes bewacht und das Volk beschützt. Nun hatte ihr Volk eine andere Heimat gefunden, aber die tote Wache des Königs hielt noch immer die alte Grenze.

Deborah Hale

Der schlafende König 1: Die Prophezeiung von Umbria

Ein fesselnder Liebesroman voller Magie und Fantasy, der dort beginnt, wo der Zauber von Avalon endet …

Band-Nr. 65004
7,95 € (D)
ISBN-13: 978-3-89941-359-5
ISBN-10: 3-89941-359-8
416 Seiten

Deutsche Erstveröffentlichung
Dieser Roman erscheint im Mai 2007

Deborah Hale

Der schlafende König 2: Das Orakel von Margyle

Die Auserwählte hat ihre Pflicht erfüllt: Der schlafende König ist erwacht. Doch ihre wahre Aufgabe hat gerade erst begonnen.

Band-Nr. 65007
7,95 € (D)
ISBN: 978-3-89941-362-5

Maria V. Snyder
Yelena und die Magierin des Südens

Sie hat die Wahl:
Schneller Tod … oder
langsames Gift.

Band-Nr. 65005
7,95 € (D)
ISBN-13: 978-3-89941-360-1
ISBN: 3-89941-360-1
448 Seiten

Deutsche Erstveröffentlichung
Dieser Roman erscheint im März 2007

Robin D. Owens
Die Hüterin
von Lladrana

Die magischen Grenzen fallen und das Böse kommt immer näher. Es ist Zeit für die Marshalls von Lladrana, der alten Tradition zu folgen und die Hüterin aus dem exotischen Land zu rufen.

Band-Nr. 65006
7,95 € (D)
ISBN: 978-3-89941-361-8